本项目受广东省宣传文化发展专项资金资助出版

大家文存

粤派评论丛书

钟 敬 文 集

包莹 编

SPM

南方出版传媒

广东人民出版社

·广州·

图书在版编目（CIP）数据

钟敬文集 / 包莹编 . —广州：广东人民出版社，2018.5
（粤派评论丛书）
ISBN 978-7-218-12415-5

Ⅰ．①钟… Ⅱ．①包… Ⅲ．①民间文学—文学评论—中国—文
集 ②民俗学—中国—文集 Ⅳ．①I207.7-53 ②K892-53

中国版本图书馆CIP数据核字（2017）第310452号

ZHONG JINGWEN JI
钟 敬 文 集　　　　包 莹 编　　　　版权所有　翻印必究

出 版 人：肖风华

责任编辑：胡扬文
装帧设计：张绮华
排　　版：广州市奔流文化传播有限公司
责任技编：吴彦斌

出版发行：广东人民出版社
地　　址：广州市大沙头四马路10号（邮政编码：510102）
电　　话：（020）83798714（总编室）
传　　真：（020）83780199
网　　址：http://www.gdpph.com
印　　刷：珠海市鹏腾宇印务有限公司
开　　本：787毫米×1092毫米　1/16
印　　张：29.25　　字　数：300千
版　　次：2018年5月第1版　2018年5月第1次印刷
定　　价：88.00元

如发现印装质量问题，影响阅读，请与出版社（020-83795749）联系调换。
售书热线：（020）83795240

"粤派评论丛书"编辑委员会

（按姓氏音序排列）

总　序

　　近百年来中国文坛，"京派批评""海派批评"以及20世纪80年代崛起的"闽派批评"已是大家公认的文学现象，但"粤派评论"却极少被人提起。事实上，不论从地域精神、文化气质，还是文脉的历史传承，抑或批评的影响力来看，"粤派评论"都有着独特精神气质和文化品格，有它的优势和辉煌。只不过，由于历史、现实、文化和地域的诸多原因，"粤派评论"一直被低估、忽视乃至遮蔽。有鉴于此，我们认为，以百年粤派文学以及美术、音乐、戏剧、影视等评论为切入点，出版一套"粤派评论丛书"，挖掘被历史和某种文化偏见所遮蔽的"粤派评论"的价值，彰显粤派文学与文化的独特内涵和深厚底蕴，不仅能更好地展示广东文艺评论的力量，让"粤派评论"发出更响亮的声音，而且有助于增强广东文化的自信，提升广东文化的影响力，促进区域文化的繁荣发展。

　　出版这套丛书，有厚实、充分的历史、现实、文化和地域等方面的依据。

　　第一，传统文化的影响。岭南文化明显不同于北方文化。如汉代以降以陈钦、陈元为代表的"经学"注释，便明显不同于北方"经学"的严密深邃与繁复，呈现出轻灵简易的特点，并因此被称为"简易之学"。六祖惠能则为佛学禅宗注进了日常化、世俗化的内涵。明代大儒陈白沙主张"学贵知疑"，强调独立思考，提倡较为自由开放的学风，逐渐形成一个有粤派特点的哲学学派。这种不同于北方的文化传统，势必对"粤派评论"的形成起到潜移默化的作用。

　　第二，文论传统的依据。"粤派评论"的起源可追溯到晚清，黄遵宪的"诗界革命"，梁启超的"小说界革命"的倡导，开创了一个时代的风潮，在全国产生了普泛的影响。上世纪二三十年代，黄药眠在《创造周报》发表大量文艺大众化、诗歌民族化的文章，风行一时。钟敬文措意于民间文学，被视为中国民间文学的创始人。新中国建立后的"十七年"，"粤派评论"的代表人物有黄秋耘、萧殷、梁宗岱等人。新时期以来，"粤派评论"也涌现出不少在全国具有一定知名度的文艺评论家。如饶芃子、黄树森、黄修己、黄伟宗、洪子诚、刘斯奋、杨义、温儒敏、谢望新、李钟声、古远清、蒋述卓、陈平原、程文超、林岗、陈剑晖、郭小东、宋剑华、陈志红等，其阵容和影响力虽不及"京派批评"和"海派批评"，但其深厚力量堪比"闽派批评"，超越国内大多数地域的文艺评论阵营。如果视野和范围再开放拓展，加上饶宗颐、王起、黄天骥等老一辈学者的纯学术研究，则"粤派评论"更是蔚为壮观。

第三，地理环境的优势。从地理上看，广东占有沿海之利，在沟通世界方面具有得天独厚的优势；同时，广东处于边缘，这既是劣势也是优势。近现代以来，粤派学者在中西文化交汇的背景下，感受并接受多种文明带来的思想启迪。他们视野开阔，思维活跃，不安现状，积极进取，敢为人先，因此能走在时代变革的前列。黄遵宪、康有为、梁启超、孙中山等是这方面的代表人物。他们秉承中国学术的传统，又开创了"粤派评论"的先河。这种地缘、文化土壤的内在培植作用，在"粤派评论"的发展过程中是显而易见的。

"粤派评论"有属于自己的鲜明特点。

第一，中国现当代文学史写作，是"粤派评论"最为鲜亮的一道风景线。在这方面，"粤派评论"几乎占了文学史写作的半壁江山，而且处于前沿位置，有的甚至成为中国现当代文学史写作的高地。比如20世纪80年代，钱理群、陈平原、黄子平联合发表的著名论文《论二十世纪中国文学》，其中陈平原、黄子平均为粤人。洪子诚的《中国当代文学史》以方法先进、富于问题意识、善于整合中西传统资源和吸纳同时代前沿研究成果著称，它与陈思和的《中国当代文学史教程》被学界誉为中国现当代文学史的"南北双璧"。杨义的三卷本《中国现代小说史》是比较方法运用在文学史写作的有效实践，该著材料扎实，眼光独到，分析文本有血有肉，堪与夏志清的《中国现代小说史》比肩。此外，温儒敏的《中国现代文学批评史》、黄修己的《中国现代文学发展史》、古远清的港台文学史写作，也都各具特色，体现出自己的史观、史识和史德。

第二，"粤派评论"注重文艺、文化评论的日常化、本土经验和实践性。粤派评论家追求发现创新，但不拒绝深刻宽厚；追求实证内敛，而不喜凌空高蹈；追求灵动圆融，而厌恶哗众取宠。这就体现了前瞻视野与务实批评的结合，经济文化与文艺批评的合流，全球眼光与岭南乡土文化挖掘的齐头并进，灵活敏锐与学问学理的相得益彰，多元开放与独立文化人格的互为表里。粤派评论家有自己的批评立场、批评观念，亦有自己的学术立足点和生长点。他们既面向时代和生活，感受文艺风潮的脉动，又高度重视审美中的文化积累和文化传承；既追求批评的理论性、学理性和体系建构，又强调批评的实践性，注重感性与诗性的个性呈现。

我们认为，建构"粤派评论"，不能沿袭传统的流派范畴与标准，它不是一种具有特定文化立场、一致追求趋向和自觉结社的理论阐释行动。它只是一个松散的、没有理论宣言与主张的群体。因此，没有必要纠结"粤派评论"究竟是一个学派，还是一个地域性的概念，但有一点可以肯定："粤派评论"已是一个客观存在的文化实体，即虽具有地方身份标识，却不局限于一地之见的文艺理论家、批评家群体。

党的十九大报告指出，发展中国特色社会主义文化，就是以马克思主义为指导，坚守中华文化立场，立足当代中国现实，结合当今时代条件，发展面向现代化、面向世界、面向未来的，民族的科学的大众的社会主义文化，推动社会主义精神文明和物质文明协调发展。广东省委宣传部策划、组织、指导编纂出版"粤派评论丛书"，是贯彻落实十九大关于文化建设发展精神的一项重要举措，是讲好中国故事、传播中国声音、阐发中国精神、展现中国风貌的一次文化实践。我们坚信，扎根广东、辐射全国的"粤派评论"必将成为新时代坚定文化自信、实现中华民族伟大复兴路上其中一块最稳固的基石。

"粤派评论丛书"编辑委员会

钟敬文像

编者简介：

包莹，女，1986年生，祖籍辽宁鞍山，在读博士。曾供职于江门广播电视台、中山大学新华学院，现为中山大学中国现当代文学专业2015级博士生，已发表学术论文多篇。

目录

诗话、谈艺录

文艺论

学术论文

外国文学评论

附　录

寻找"诗心"

——钟敬文与他的文字

包　莹

钟敬文是"中国民俗学之父",他为人所熟知,更多在于他对创建中国民俗学、民间文艺学等人文专业学科所做出的贡献。在学术研究之外,钟敬文的另一重要文名来自他的散文,《荔枝小品》《西湖漫拾》等几个小集子和郁达夫的评价,奠定了他现代散文大家的地位。钟敬文的长寿和良好的身体状况,则使他得以在改革开放之后,继续自己的学术生涯,并在新时期培养出一大批专业人才。读钟敬文的文章,我们会发现他的文字一如他的生活,简单而丰富,不管是写学术论文,还是创作与评论,都贯穿着一股强烈的执着信念,那就是坚持自我与本真,做内心想做的事情。这种信念支持他走完漫长的创作生涯,寻找"诗心"亦是他一生的写照。

钟敬文原名钟谭宗,笔名静闻、静君、金粟等,1903年3月20日出生于广东省海丰县公平镇,幼年曾接受良好的中国传统教育,1922年毕业于广东省陆安师范学校,后回到家乡做小学老师,开始其写作生涯,1924年自印新诗集《三朵花》。1927年,钟敬文到中山大学中文系任教,并担任傅斯年的助教。在中大,他同顾颉刚、容肇祖、董作宾、杨成志等人一道成立了中山大学民俗学会,参与编辑《民间文艺》、《民俗》周刊,并撰写研究歌谣、神话、传说、故事及其他风俗的学术作品。他的《民间文艺丛话》和《歌谣论集》与顾颉刚的《孟姜女故事研究集》、赵景深的《童话论集》等书,代表了当时这个领域的最高理论成就。与此同时,他认识了冼星海,见到了鲁迅,出版了《客音情歌集》、《疍歌》、整理本《粤风》,以及自己的第一本散文集《荔枝小品》。1928年夏,由于校方认为钟敬文经手付印的民俗学会丛书之一《吴歌乙集》含"猥亵"语句,他被迫离职,到杭州任教。

在杭州,钟敬文的心境渐趋平和,江南烟雨开始冲淡广州留给他的纷扰情绪,杭州的人文沉淀以及古朴小巷中的民间色彩,进一步让他看到了人生的转机。在这段时间里,他的主要精力仍在民俗学研究,撰写和发表了三十多篇我国民俗学史上的经典论文。1934年4月,钟敬文留学日本东京早稻田大学,师从人类学家、神话学家西村真次教授,攻读民俗学、民间文艺学、社会学、人类学、民族学、语言学等理论,此间他撰写的《民间文艺学的建设》一文,首次提出"民间文艺学"概念,并对它的性质、系统、任务及方法等进行了论述,标志着我国民间文艺学的研究开始走向整体、系统研究。这一时期,钟敬文还出版了散文集《西湖漫拾》和《湖上散记》,其中《西湖的雪景》等文章入选郁达夫选编的《中国新文学大系·散文二集》,文艺论集《柳花集》、新诗集《海滨的二月》亦同时问世。

1936年夏,钟敬文回到中国,抗战爆发后在广州第四战区政治部第三组担任上校视察专员,用他自己的话来说,是"从学院转向军门"。1940年他专门到粤北战地采访,写出一批报告文学作品,出版诗集《未来的春》。1941年,钟敬文"从军门回到学院",再到中山大学中文系任教,教授"民间文学""文学概论""诗歌概论"等课程,1942年出版诗论集《诗心》,1944年出版《寸铁集》。1947年夏遭中山大学非法解除职务,转赴香港达德学院任教。

1949年5月,钟敬文到北京参加全国第一次文学艺术工作者代表大会,当选为全国文联候补委员和文学工作者协会(作协)常务委员。随后,他进入北京师范大学中文系工作,之后一直没有离开。与施蛰存、沈从文等人在1949年以后由文学创作转向学术研究的选择不一样的是,对于民间文学的兴趣,源自钟敬文幼年,对于这门学科的专业研究热情,一直贯穿他的整个人生。在北师大中文系,钟敬文开设了民间文学课程,创建了人民口头文学创作教研室(即后来的民间文学教研室),并开始招收研究生,有计划地培养专业人才。与此同时,他参与筹备中国民间文艺研究会,主持创办《民间文艺集刊》和《民间文学》月刊,发表《口头文学——宗重大的民族文化遗产》《歌谣中的醒觉意识》等学术文章。1957年钟敬文被错划成右派,"文革"中被下放劳动，但他仍治学不辍，先后撰写了《晚清革命派著作家的民间文艺家》《马王堆汉墓帛画的神话史意义》等多篇论文，并坚持旧体诗词创作，以慰人生。"文革"结束后，钟敬文恢复了所有职称及待遇，1979年与顾颉刚等人共同倡议重建中国民俗学。钟敬文逝世于2002年1月10日，在生命的最后二十几年里，他一直没有放下手中的笔，尽管已到高龄，但他仍以巨大的热情投入到教学、科研工作当中，90年代仍亲自走上讲台授课。

　　钟敬文从事学术研究与文学创作前后达七十余年，除了专业研究，他还写了不少散文、诗词等文学作品以及诗论、文论等文学批评，这些作品因体现了作者丰富的学识、睿智的见解、鲜明的语言风格，一直受到广大读者欢迎。目前钟敬文作品已经出版了各种选本，其中较为全面的是安徽教育出版社出版的五卷本《钟敬文文集》，这些选本基本上涵盖了他的大部分作品，包括民俗学、民间文艺学、诗学、文艺理论、散文随笔、诗词等多个领域。本次选编《钟敬文集》，主要着眼于钟敬文的文学理论与文学批评，编者期冀通过这些文字，为读者更好地理解钟敬文的文艺思想提供一些参考，并与读者一道，"略窥"中国新文学的发展与变化。

　　在阅读钟敬文作品的各种选本与他的传记时，有两本书留给笔者深刻的印象。一是央柳的《少年钟敬文》（花城出版社2006年版），该书详细记写了钟敬文青少年时期的人生经历，与他一直以来留给我们的耄耋老人之印象不同，少年钟敬文"英俊聪颖，才智超群，慈善而又带有几分刚烈的挑战性格"，"专注民间的各项活动"①。另一本则是北京师范大学中文系在钟敬文逝世后编写的《人民的学者钟敬文》（学苑出版社2003年版），翻开此书目录，满眼是钟老的葬礼记录，包括来自全国各地的敬赠花篮花圈名单、唁电、悼文、挽联等，后附繁厚的悼念文章与钟敬文生平介绍，读来使人心感悲戚。钟敬文刚好一百岁的年月，仿佛就在书桌上摊开的一本本书、一个个文字中走完，他本意不在"立言"，我们这些后生却一直在读他的"言"，在评说他的"功"，民俗学专业的学子对于这一点，或许会有更深刻的体会。与其他许多选本的编者身份不同的是，笔者并不是钟老的学生，在他生前也没有与他有过

---

　　① 叶春生：《少年钟敬文》序，花城出版社2006年版，第1页。

任何的联系或交往，笔者只是一名年轻的文学系学生，在阅读他作品的过程中选出了后面的文字，凭借的更多还是自己的感悟。亦是基于这个原因，本书在选择文章时，可能会更加偏向"文学"，看重钟老作品中的"文学性"。钟敬文本质上是一名诗人，他在幼年时代即受到中国的旧体诗与传统诗话的启蒙影响，在日后漫长的人生当中，诗歌则是一直陪伴他的精神挚友。他曾说"百年以后能在墓碑刻上'诗人钟敬文'足矣"①，老年时书房中检点出来的那个装满纸片的大袋子，记录的便是他这些年的"诗想""诗话"。

钟敬文十几岁上小学堂的时候开始接触旧体诗，启蒙课本是清代钱塘才子袁枚的《随园诗话》，到了20年代中期，他开始写作诗论。那时他一面采录民间故事、歌谣，一面写作新诗与散文，同时阅读了大量诗话与诗品等传统诗学著作，如王士祯的《带经堂诗话》《渔洋诗话》，叶燮的《原诗》等。此后，在留学日本、回国任教等十多年间，钟敬文始终关注文艺理论特别是诗论的学习和探索，雪莱的《为诗辩护》、萩原朔太郎的《纯正诗论》、波亚罗的《诗的艺术》等都曾带给他启发。在中国传统文化与西方文艺理论的影响下，钟敬文探索用不同的形式去表达自己的学艺观点，在诗论中的突出表现则是格言式、警句式文体，以及借用现代白话文写就的诗话。钟敬文偏爱格言体，因为这种文章要求极端简缩，不能随意妄为，必须经得起时间的淘汰，而且"在这些条件以上，它还需要有特别的精神和光彩"②。钟敬文的写作，便追求着特别的精神和光彩吧。

《诗心》是钟敬文的第一本诗论集，从题目来看，不管是将之理解成"诗人之心"，还是"诗歌之心"，都容易让人联想到李贽之"童心"，所谓"天下之至文，未有不出于童心焉者也"，用钟敬文的话来说，便是"诗人必须兼有儿童的直观和哲学家的透视"③。《诗心》的第一句："诗人的第一件

---

① 赵仁珪：《我为钟先生整理诗词集》，《钟敬文文集》（诗词卷），安徽教育出版社2002年版，第628页。

② 钟敬文：《略论格言式的文体》，《钟敬文文集》（诗学及文艺论卷），安徽教育出版社2002年版，第236页。

③ 钟敬文：《诗心》，《钟敬文文集》（诗学及文艺论卷），安徽教育出版社2002年版，第31页。

功课，是学习怎样去热爱人类。"①钟敬文提供的是一种兼容、浑朴、开放的眼光。在这种热爱人类、热爱思考、热爱自由的诗情中，我们能感受到"宇宙诏示我们生意的葱茏，同时也感到一种凝重的冷漠"②之哲思；也能看到救亡青年"森然背影如杉柏，雄劲歌声彻水云"③之现实图景。钟敬文生于、成长于变革年代，曾经历狂飙突进的"五四"，也走过战火连绵的岁月，在面对与处理这些强硬的现实时，他一直葆有强烈的"拓荒者"意识，比如他说"古代希腊人军队出征的时候，诗人常常走在前头"④，因为"诗人在某种意义上是拓荒者"⑤，"徒然袭取马耶可夫斯基诗作的外貌的人，是永远和马耶可夫斯基相去千里的"⑥。但另一方面，钟敬文接受了马克思主义唯物史观，看重历史过程中的"人"之重要性，而不是仅仅凸显英雄之特质。钟敬文认为自己是一个平凡的人，生活中更重要的是人与人之间的联系，"没有一个人是真正孤立的。就是那最卓越最杰出的人物，也不是什么虚悬在天空的星球。他们是生活在人们中间，发展在人们中间的。他们是一定历史和社会所影响着的人"⑦。这正如钟敬文的同时代人冯至所说："哪条路、哪道水，没有关联/哪阵风、哪片云、没有呼应/我们走过的城市山川/都化成了我们的生命"，这些诗行中闪耀的，是他们共同感悟到的时代之光。

钟敬文的诗话，除了谈诗，更谈人生、谈艺术、谈现代生活，如他写

---

① 钟敬文：《诗心》，《钟敬文文集》（诗学及文艺论卷），安徽教育出版社2002年版，第17页。

② 钟敬文：《冷漠》，《钟敬文文集》（诗词卷），安徽教育出版社2002年版，第523页。

③ 钟敬文：《赠救亡青年》，《钟敬文文集》（诗词卷），安徽教育出版社2002年版，第21页。

④ 钟敬文：《诗心》，《钟敬文文集》（诗学及文艺论卷），安徽教育出版社2002年版，第17页。

⑤ 钟敬文：《诗心》，《钟敬文文集》（诗学及文艺论卷），安徽教育出版社2002年版，第19页。

⑥ 钟敬文：《诗心》，《钟敬文文集》（诗学及文艺论卷），安徽教育出版社2002年版，第20页。

⑦ 钟敬文：《〈诗心〉自序》，《钟敬文文集》（诗学及文艺论卷），安徽教育出版社2002年版，第15页。

到："艺术上的美学观念，往往比实际生活来得落后。歌咏火车轮船的'美'的诗歌，是在蒸汽机应用多年之后才产生的。"①这种来自现代生活的审美眼光，与巴金看到省港小火轮时的感受或许是相似的，现代机械的工业之美，已经溢出了古典美学追求优美与崇高的范畴。这种感悟传统与现代变迁的眼光同样体现在钟敬文的散文中，他早期的散文谈荔枝、谈水仙花、谈槟榔，都是南国风物，着眼点在它们背后的历史文化及所包含的民俗意象，他到杭州写西湖雪景，并没有打造圆润一体的西湖美景，而是信笔写下心之所至神之所往，意在打通古今，感受天人合一，因此郁达夫说它们"清朗绝俗"②。钟敬文后期的散文，则包含他对外族入侵的忧患悲愤、对弱小者的同情，以及对自己命运的感怀。从抗日战争到解放战争，钟敬文的散文尽管保持着清致淡雅的特质，但不断融入社会生活。他在报告文学《银盏坳》的结尾处如是写道："我坐在那战垒上，向四面望去。我沉醉在一种浓郁的感兴里。一阵栀子花的香气，把我的心刺醒过来。""战垒"与"浓郁的感兴"、"刺醒"与"栀子花的香气"，强烈的对比突出的是巨大的虚无与失落，在古典的抒情语调中，钟敬文突破了报告文学新闻式的写法，有效地写出了战争中人物的内心世界。

钟敬文的文字带有较浓的学理性，这与他接受的学科专业训练有关，亦离不开他对生活的思考。钟敬文注重语言的锤炼，他曾说："一切语言，当它产生的时候，大都是活生生地具有诗趣的。现在我们如果细心体味民众日常使用的语言，也往往可以嗅到那种浓烈的诗的香气"③。钟敬文在20世纪40年代曾是香港"华南方言文学运动"的参与者，他撰写的几篇讨论"方言文学"的文章，从历史、现实、艺术表现等角度，结合民间文学的形式与特点展开讨论，认为方言文学能够展现语言随社会生活产生的变迁与混杂情况。钟敬文的这些看法不仅仅来自当时毛泽东《在延安文艺座谈会上的讲话》产生的政治影

---

① 钟敬文：《诗心》，《钟敬文文集》（诗学及文艺论卷），安徽教育出版社2002年版，第25页。
② 郁达夫：《〈散文二集〉导言》，《1917-1927中国新文学大系导言集》，天津人民出版社2009年版，第141页。
③ 钟敬文：《蜗庐诗谈》，《钟敬文文集》（诗学及文艺论卷），安徽教育出版社2002年版，第48-49页。

响，而且与他自身学术思想的发展相关。从最初凭借纯粹的兴趣爱好向《歌谣》投稿，到后来渐渐发现人类学、社会学等其他学科与民间文学、民俗学之间的关系，再到30年代日本学习期间受到导师神话学、文化学理论的影响，钟敬文开始综合这些人文学科之间的交叉领域，抗战时期的社会情势则进一步加强了他参与社会实践、将实践与理论相结合的观念。也正是在这一基础上，钟敬文将民间文学从"野生的"状态中规范出来，确立了其口传性、集团性等特点，将之与一般文人文艺区别开来。韦勒克在讨论"比较文学"时，曾指出"它首先是关于口头文学的研究，特别是民间故事的主题及其流变的研究以及关于民间故事如何和何时进入'高级文学'或'艺术性文学'的研究"①，这类文学指涉的对象也可以归入民俗学，民俗学对民间故事的调查与讲述、对其文学格式的结构形态研究，在口头文学与书面文学之间架通了桥梁，亦能提供文学的民族性。从这个角度来看，钟敬文写作的《中国的天鹅处女型故事》《口头文学：一宗重大的民族文化财产》《歌谣与妇女婚姻问题》《刘三姐传说试论》等论文，都具有"比较"之意义。关于民俗学与民间文学之关系，钟敬文明确界定为：民间文学作品及民间文学理论，是民俗志和民俗学的重要构成部分。②口传文学与民间文学作为人类文化的遗留物，同时亦是"文学"学科的组成部分，对于这些文化现象的考察，除了技术上的科学操作之外，我们要重视的更多的是它们体现出来的精神与灵感，而这些专业本身也不可避免地呈现出来"文学性"，不管是它们的语言，还是它们的情趣、诗趣。因此钟敬文说，"文学不是一种职业，而是一种宗教"，投身其中者，必须怀抱"殉教者的决心"③。钟敬文在他的"格言"中不止一次提到歌德，提到歌德的"感兴诗"，讲到歌德在与席勒谈话时感叹自己是外物的奴隶，歌德打动他的，或许正是内心的敏感与真实。

---

① ［美］勒内·韦勒克，奥斯汀·沃伦著，刘象愚等译：《文学理论》，江苏教育出版社2005年版，第41页。

② 钟敬文：《民俗学与民间文学》，《钟敬文民间文学论集》（上），上海文艺出版社1982年版，第187页。

③ 钟敬文：《诗心》，《钟敬文文集》（诗学及文艺论卷），安徽教育出版社2002年版，第23页。

本书的编选，也意在寻找钟敬文之"诗心"。本书正文分为文学评论、诗话、谈艺录、文艺论、学术论文、外国文学评论等几个部分，其中所选的文章，时间跨度较大，涉及钟敬文创作的各个阶段，亦指向不同的学科。读钟敬文的文字，我们除了可以进入他毕生念兹在兹的民俗学、民间文艺学等专业领域，更能感受到他对于诗歌的不变之乾乾热忱；而他在经历百年中国社会的巨大变化之时，一直在寻找学术、人生之"诗心"，坚持从生活中发现美，发现诗。钟敬文曾说他十分喜欢何其芳《夜歌》中的几行诗句，单纯、朴素、有新味，写出了生活的流利自然：

> 我们的敞篷车在开行，
> 一路的荞麦花，
> 一车的歌声。

本文亦愿意以此作结，一方面缅怀已远去的钟敬文先生，另一方面作为我们对于自身生存状态之审视与勉励。

文学评论

李金发的诗

　　我初次读李先生诗，是在去年春间周作人先生给我寄来了一束《语丝》的时候。那时，诗坛的空气消沉极了，——现在又何曾不然？我读了李先生《弃妇》及《给蜂鸣》等诗，突然有一种新异的感觉，潮上了心头。

　　　　　弃妇之隐忧堆积在动作上，
　　　　　夕阳之火不能把时间之烦闷
　　　　　化成灰烬，从烟突里飞去，
　　　　　长染在游鸦之羽，
　　　　　将同栖于海啸之石上，
　　　　　静听舟子之歌。

　　　　　衰老的裙裾发出哀吟，
　　　　　徘徊在邱墓之侧，
　　　　　永无热泪，
　　　　　点滴在草地，
　　　　　为世界之装饰。

　　　　　　　　　　　　　　——《弃妇》之末两节

　　的确的，像这样新奇、怪丽的歌声，在冷寞到了零度的文艺界里，怎不教人顿起很深的注意呢？——虽然我于李先生的诗，起初就已是那样觉得它的不大好懂了。记得那时候，李先生用的不是现在的大名，而是那有点女性化的"淑良"两个字儿。自是以后，我和朋友们谈起现代的诗人，便不免举列出他的大名来。在浏览刊物时，也很留心找寻着李淑良这名字的作品。后来陆续在《文学周报》《黎明周刊》《小说月报》等上面，常常读到李先生的文字——这些诗，他已改用现在的"尊名"了——觉得虽每一篇作品，重读过两三次，还是不能大懂。可也不知为何的，只是愿意拜读，绝不生出一点憎恶来。而且每度读后，脑子里总有一股凝重的情味，在那里悠然地浮动着，浮动着，经时而始消失。数月前，得到他的《微雨》，饱读一过，这种情况更加深深地感受到了。

我不但留意李先生的诗，并且也想多知道别人对于他的诗的意见。记得李先生自己在什么地方说过，谓朋友们都道他的诗不好懂。我的朋友中，也多有这样说的。一个多月前，到创造社出版部的分部去，在一个小刊物上，见穆木天先生也有同样的说话。而且他还附带地讲了一句很Humour之语，就是我不喜欢金发，我喜欢的是黑发。大意如此，原文记不那末清。由这些看起来，李先生的诗的不大好懂，是被大家公认定的了。

李先生尝自承认是魏尔仑的徒弟。魏氏为法国前世纪著名的象征派诗人。他的诗的特征，——也可说是这一派的——不在于明白的语言的宣告，而在于浑然的情调的传染。在这一点上，李先生的诗确有些和他相像之处。我不敢说凡诗歌都应得如此。但这种以色彩，以音乐，以迷离的情调，传递于读者，而使之悠然感动的诗，不可谓非很有力的表现的作品之一。诗歌，在文艺中，比较上尤其是主情的。感情的传达，有时实超越于平常语言文词能力之外。那末，这种表现，更其应当存立的了。

以上的话，不过随便就理论谈谈。至于李先生的诗，是否已做到十分成熟，我观察力浅薄，不敢冒然武断。只得希求我们高明的读者，给他一个公平的判词。我的这篇小文，聊算是些引端而已。

1926年10月20日于岭南大学

仿吾的诗作

我现在提出仿吾的诗作来谈谈，这并不是纯出于偶然的高兴。

记得有几次都是如此：正在乱谈着现在中国文学界的情况之际，朋友突然地问我，现下新诗人中作品，你以为谁个比较好？这个不易答复的问题，把我暂时问哑了。经了少时候的思索，我嗫嚅着用商量的口吻回道：沫若、志摩之外，我觉得仿吾的很不错，不知你以为如何？他们都不免觉得有点奇怪。因为仿吾数年来所著见的工作，多在他的文艺批评方面。无论他的言论是非当否，但那种大刀阔斧，斩除文坛的野草——对不起，这里恰用了鲁迅小品集子的名字——为职志的态度，是很易唤起一般人对于他之注意的。（信仰他的，称之为"文坛救星"；反对的呢，以之为卤莽的李逵。总之，这都表明大家在注意他。）可是，他的诗作呢，一是发表出来的成绩很不多，再则呢，没人提起过，——就是他的朋友如沫若、达夫，也不曾谈到他的诗作，——所以我骤然地说到他，就要使朋友们很感到诧惊了。便是，此刻呢，读者初瞥到了我的标题，也免不了突然涌起一个疑团来吧。

曾见过仿吾的朋友，总可以知道他是一个怎样寡交际，少言笑的人。依他的外表看，他几乎完全是沉默木讷的。可是，他的心灵呢，却是一个浪荡、热烈的结晶品。"灵魂的冒险"，这句他喜欢在批评上采用的语，真能十分地表露出他内在心灵的性格呢。我的朋友陈锡襄君，近在着手著《新文学运动概论》一书，特给他的批评起一个名词，谓之"热骂派"。这个名词，也许还有可斟酌的地方，但说他对于批评的工作，——无论在动机上，文字上——是出于一团心灵的热力之表著，想大家都是承认的。他的诗作，也是在这同样的热力之下所产诞的骄儿。

自然，他的诗，是全属于抒情的。这在作者平日的主张上就可以明了。

况且在他那种作诗的态度上，纯粹客观的写景诗，叙事诗，是不会茁长出来的。他是那样地要表现着他那填膺的热情！作者常对人云，诗的情绪，是需要最纯粹的，我自己不是到了情感白热的程度，就不做诗。是的，这是他的作品所以分量不多的原因，而他的诗之会那样深挚紧张地动人，也就植基于此。我们试读《流浪》中所收的诗九篇，除了早年写的几首以外，其他，每首的情感，都是很紧凑鼓荡的。读别人的新诗集时，就怕不会如此的酣畅。篇中，如《岁暮长沙城晚眺》《白云》《小坐》《诗人的恋歌》《清明时节》等，真是百读不厌的作品，至少在我个人是这样觉得。但他的作品中，也非绝无情感薄弱的、极端的例，如《长沙寄沫若》里面有一些句子，我就觉得感情是分外稀淡的。（这首诗，记得从前有人诋为"抬头式的通信"，这也许有些过火；但平心而论，这首诗的材料是零片的，所以不易使情感集中，而词句间，又多平驰不紧张调谐。在作者因为出于自己经验之故，读了也许别有感撼情思之力未可知，在我们没有特别关系的人看来，就不免觉得颇为平淡了。）

　　论到仿吾诗作之语词上技术的问题，我觉得它颇有时间上蜕化的痕迹。——自然说的是大概，若以为可厘然割分，那是决没有的。

　　他初期的作品，如《海上吟》篇的前几首，颇很显然的带着受中国诗歌、词曲影响的印迹。聊拈一节以示例：

> 我步儿慢移，
> 你潮声低咽。
> 年来失去的自然，
> 重逢更加清切。
> 山腹横霞顶流翠，
> 对此令人神悦。
> 低头处，潮来往。
> 新痕灭旧痕，却肠结。
>
> ——《海上吟》第二段

　　如果把这节诗抄在纸上，隐去了作者姓名以示人，说是一阕诗余，大约准可以给我们瞒骗过来吧。再进一步，他的诗的修辞，由旧诗词化而转易为欧语化，前人诗词式的语句，渐渐减少了，一种新的外国语法的，便在篇里显露头角。这样的就是他的诗的中期。读者如以为这样说不够时，我就随掇一二语句为例：

> 化片巾儿把一切揩了，
> 不论心里的微霞，明眸的雨露。
>
> ——《诗人的恋歌》

> 是谁把我推出来了，
> 由这一重重的门户？
>
> ——《醉醒》

这一类的语句，不是我们从前的文章里所有的，它是外化了的中国语了。欧化语的运用，得当时能使文字格外新颖或缜密。但流弊也往往免不掉，就是词意的曲晦，和音调的佶屈。所以，有些作品或译品，深引起人的反感，至诋这种现象为"诗的自杀"。量情酌理，语词的欧化是可能的，而且也是必要的，不过应有分量的节制与相当的融会罢了。说得似乎有些丢题了。仿吾的诗，自第二期再一转，便入了第三期的独创的境地了。这时候把第一期的诗词化，第二期的外语化，陶熔之，洗炼之，融会综合而成了一种比较新的适于表现的语词。圆熟、周致、美丽，包含着前两期的长处，而没有它的短处，可以说是比较成熟的技术了。在中期《诗人的恋歌》中，已很有这种趋势，到《清明时节》篇中，却格外成功了。"百尺竿头，更进一步"，这是我们所希冀于今后之作者的。——其实，这种新诗在技术上演进的情状，是同时代中许多作家共通的历程，仿吾的诗作，不过尤其显然地呈露着这种形象罢了。

没有宁静的环境，也没有宁静的心情，在这样草率下写出来的东西，自然是草率的。从头一看，有些地方想说的话都遗漏了。有些呢，却写的真不惬意。这是希望读者及仿吾能够恕我的。

1928年1月13日　广州

次日补记 因为这点遗漏了的意见，颇关重要，所以再来补写一下。

仿吾是一个孤独的人，他的生活又是尽流浪着的，所以他的诗中，差不多都表露着一种孤独与彷徨的深感。

> 我的歌儿，如个黄昏的飞鸟，
>
> 飞去飞来，只不会寻着一枝！

这不是他整个生命的象征吗？明此，我们对于他的诗作，可以更增进一些理解的能力。

又他诗中喜欢用"梦一般的"之语词。此语的妙处，不是有相当经验的人，未易领悟的。他的诗境，轻灵流动，不露一点斧凿痕，正合用此"梦一般的"四字作评语吧。

《饮水词》作者的友情

旧友的手是何等温柔甜美哟！

对于几位过去文学史上的诗词家之作品、身世、思想等加以说明探究，差不多是目下文坛上一件很时髦的工作了。就《饮水词》（包含《侧帽词》）的作者而论，他的身世、作品、思想，不是都已有人在给他阐明叙述了吗？这样工程，虽然我们高明伟大的战将，会取笑为不能创造文艺，但在我们这班渺小无力的庸人看来，不能不以为也是可快慰的一件事了，虽然不至于便指认这些而夸大之曰："已干尽了新文艺运动的能事！"

家居闷极了，除了翻翻旧书，还有什么适意的消遣？我把久已读过的《纳兰词》，再从新温读了。他的"悼亡词"，他的"边塞词"，早经有人说过，最近连他的不甚显明的"失恋词"，也都给人指了出来。这些，我似再无须乎来复嚼一回。我所感觉得，而不能不提说一下的，是他热烈地表现着深情高谊的关于朋友之词。

"非文人不能多情，才子不能善怨，骚雅之作，怨而能善，惟其情之所钟为独多也。"作者挚友顾贞观的话，是说明得再精当没有的，也惟容若能当之而无惭恧。其实，正确点说，应谓惟其多情，才能成为真正的文人与才子。古今来最伟大的文人才子，当无过于屈原、李白、Dante、Goethe、Byron等，而他们谁个不是深情如海的人？容若的缠绵悱恻，富于情谊，于悼亡词中见之，于关于朋友间投赠、离别、思慕之作，表露得尤其深刻！

"吴江吴兆骞，久徙绝塞，君闻其才名，赎而还之。"（徐乾学所作容若墓志中语）这是词人传中一段绝值得注意的佳话！侠骨柔情，一洗从来"秀才人情半张纸"之讥。我以为容若便没有那三百多首婉丽凄清的妙词，他也已不失为一个真正的诗人了。因为我们在这件事实上所感到的美丽的情绪，实比较咏味他一切作品所得的尤为深挚。正如我们谈到Byron便先要赞美他那种帮助希腊独立的风义，而韵调激壮的诗歌反在其次。一样的崇高真纯的情绪，表现于艺术诗歌上，又何如表现于实际生活的行为上更来得可爱呢？容若他一面用实力营救汉槎，一面也用韵律来表白他这种苍凉深挚的情谊。我们看他那首自标明为"简梁汾，时方为吴汉槎作归计"的金缕曲吧：

洒尽无端泪。莫因他琼楼寂寞，误来人世。信道痴儿多厚福，谁遣偏生明慧？莫更著浮名相累。仕宦何妨如断梗，只那将声影供群吠。天欲问，且休矣！　情深我自拼憔悴，转丁宁香怜易爇燕，玉怜轻碎。羡煞软红尘里客，一味醉生梦死。歌与哭，任猜何意。绝塞生还吴季子，算眼前此外皆闲事。知我者，梁汾耳！

这首把容若慷慨悲悯的情怀尽量揭发了出来之词，是要和那风义独绝的壮举，永恒地摇撼着人间的心灵的！

容若赠顾贞观（梁汾）金缕曲云：

德也狂生耳！偶然间缁尘京国，乌衣门第。有酒惟浇赵州土。谁会成生此意？不信道竟逢知己！青眼高歌俱未老，向樽前拭尽英雄泪。君不见，月如水！　共君此夜须沉醉。且由他蛾眉谣诼，今古同忌。身世悠悠何足问？冷笑置之而已！寻思起，从头翻悔。一日心期千劫在，后身缘恐结他生里。然诺重，君须记！

《词苑丛谭》评云："词旨嵚崎磊落，不啻坡老、稼轩，都下竞相传写。于是教坊歌曲间，无不知有《侧帽词》者。"又贞观在《弹指词》中附录此词，并书其后云："岁丙辰，容若年二十二，乃一见即恨识余之晚。阅数日，填此曲为余题照，极感其意……"我们读了，只觉字字从肺腑中迸涌出来，一种年轻人对于朋友热炽、眷怜、怆唈的感情，使我们不能不醑然受感动！"文章憎命达，魑魅喜人过。"千古诗人的绝唱，惟容若差足以嗣响！

姜西溟与梁汾，同为一时孤傲能文之士，而俱与容若好，所以集中关于二人之作颇多。录一首慰西溟的金缕曲吧：

> 何事添凄咽！但由他天公簸弄，莫教磨涅。失意每多如意少，终古几人称屈！须知道福因才折。独卧藜床看北斗，背高城玉笛吹成血。听谯鼓，二更彻。丈夫未肯因人热，且乘闲五湖料理，扁舟一叶。泪似秋霖挥不尽，洒向野田黄蝶。须不羡承明班列。马迹车尘忙未了，任西风吹冷长安月。又萧寺，花如雪。

"春草碧色，春水渌波，送君南浦，伤如之何！"这是江文通《别赋》中的话。"落月满屋梁，犹疑照颜色。"这是杜少陵怀人诗中的话。伤离与念远，是人的常情，而诗人所感到的，尤为沉痛真挚。容若词中，除了上面那些投赠之作以外，这类篇章便也不少，而每首差不多都是有真实之情感的，并非如一般的敷衍浅薄的赘作。《水龙吟·再送荪友南还》云：

> 人生南北真如梦！但卧金山高处，白波东逝，乌啼花落，任他日暮。别酒盈觞，一声将息，送君归去。便烟波万顷，半帆残月，几回首，相思否？　　可忆柴门深闭，玉绳低，剪灯夜语？浮生如此，别多会少，不如莫遇！愁对西轩，荔墙叶暗，黄昏风雨。更那堪几处金戈铁马，把凄凉助！

《清平乐·忆梁汾》云：

> 才听夜雨，便觉秋如许。绕砌蛩螀人不语，有梦转愁无据。乱山千叠横江，忆君游倦何方。知否小窗红烛，照人此夜凄凉？

至于那曲说着"飘零心事，残月落花知"和"香消梦冷，窗白一声鸡"的《临江仙》，更是一首凄哀幽丽的小词了。

1928年8月10日

平伯君的散文

近来常常来往西湖堤上，每到西泠桥附近，望见遥对着南岸诸山的俞楼，便教我想起曲园老人和他的曾孙平伯君。我对于曲园，虽然年少时，曾诵读过他的一些笔记尺牍之类的文字，可是对于他这位老先生重要的思想学术，实未领教过，所以纵然是在脑子里忆起，意念却非常的轻淡。平伯君呢，虽然没有什么生平的交谊，但他在我，不特名字是很稔熟的，他的心音，尤其是常溢于我的耳鼓心头，而使我有不易漫灭的留影。当我站在俞楼前的柳树下，悄对着幽静的湖波、烟岩，口上不觉低微地哼出这样梦也似的诗句：

> 出岫云娇不自持，
> 好风吹上碧玻璃。
> 卷帘爱此朦胧月，
> 画里青山梦后诗。
>
> ——俞平伯《偶忆湖楼之一夜》

我对于他，是怎样蕴郁着沉挚的遥想呵。

那一天，是记不清楚了（大约总在一个月前吧），在《开明》月刊上面，看到了《杂拌儿》（一名《梅什儿》）出版的消息，在那里并引用着周作人先生这样的两句话做广告："平伯所写的文章自具有一种独特的风致。这风致是属于中国文学的，是那样地旧而又这样地新。"其实，便不看这个吸引人的广告，我早就认识了俞君文章的翩翩风致了。

当我从书店带着这册淡湖色封皮的散文集，回到自己住房之时，正是四处表露着苍茫暮姿的傍晚。我开了电灯，坐在靠椅上，把书中目次展开一览，里面的文字，十之七八，是从前曾在各书报上看过一度的。但我愿意在这个集子上和她们再会一会面，因为如此，更可以使我对于作者文章的情调与风格，得到浓醇的享受。

如果文艺的鉴赏，是不一定要请准于"玉尺量才"的尊旨，而可以用自己个人主观的认识好恶说句话的，那么，我要在此说声，平伯君这册集子里，有几篇文章，是写得很隽俏，为我所极爱读的——我并没有说，我所爱读的，只有平伯君这集里的几篇文章，更大大没有说，天下偌大的文坛中，只有平伯君这几篇文章是值得读的。我只是很疏浅而已，这样的狂妄，是万不敢当的。请求文豪们千万不要因误会我而生气才好呢。

平伯君这个集里所收的文章，有考据的，有说理的，有描摹风景的，有抒写情思的，性质很不一律。但除了一小部分属于考据性质的，语意颇为简质外，大都很丰饶着一种迷人的情味，而使我们一读，就认得出是作者个性所投射的特殊风格。集中最佳的篇章，自然要推《桨声灯影里的秦淮河》《陶然亭的雪》等融洽情景于一气的文字。其思致的委婉，词调的风华，我实在一时想不到恰当的形容词，无已，把作者自己所说的"朦胧之中似乎胎孕着一个如花的笑"用作评语，或可勉强十一而已。但此种文章做得这样有消魂的风情，似乎尚不算十分困难的事，因为这类题目，本来是颇有做成好文章的可能，如果碰到不是劣手的作者。集中如《文学的游离与其独在》《析爱》等篇，这类分析名理的文字，在平常人手下，无非是写得简单明了，就算已尽能事的，不意给作者竟这样创制成绝妙的抒情妙品。我们读了，不但不会头痛，并且如吃佳馔似的，只虑其速尽，于此，我们不能不佩服作者才思的赡美了。

记得《剑鞘》里面，也收有作者几篇美妙的抒情小品。如果让我凭着个人的癖好，来替俞君编个美好的散文的集子时，我要把现在《杂拌儿》里所收入的几篇考证的和其他一二不很重要的短篇抽出，另放在一个去处，再把《剑鞘》里的几篇重辑过来，那末，这个性质比较统一、情词比较深秀的文章的结集，我要觉得更为高兴，而钦美它的名贵了！质之俞君，及俞君的好友如朱自清、叶绍钧诸先生，不审以拙见为然否？

或曰，俞君文章，有个小小的毛病，就是有时故意屈曲反复其词意，以求深入周折，但因之倒违阻了文理的自然纯朴，正俞君所谓"着意则滞"也。

这话，也许并非全无根据，但我想俞君文章的佳处，总足以遮掩这点小疵吧。

　　末了，我想借作者赞美沈复《浮生六记》的话，做他自己将来文境进步的颂词。俞君云："妙肖不足奇，奇在全不着力而得妙肖；韶秀不足异，异在韶秀以外竟似无物。俨如一块纯美的水晶，只见明莹，不见衬露明莹的颜色；只见精微，不见制作精微的痕迹。"

1928年10月17日夜　杭州

"荷花"的印象

景深兄：

几天没有到湖上去了。日来西风凄紧，黄叶萧萧，湖面的残荷，怕连几片破伞似的干叶，也都飘零了，剩下的，只有几株在临风发抖的光棍吧。记得两旬前，曾触景写过一篇《残荷》的小品，不意才一转眼，已将届"荷尽已无擎雨盖，残菊犹有傲霜枝"的"橙黄橘绿时"了。

在这样寒意萧索的午后，我神思苍茫地想到湖上的荷花，同时联想到你的诗集。"前面是一片绿色的荷田，一朵朵白莲在那里颠荡。"我禁不住把她从书架上取下，如温旧梦似地讽诵起来了。

景深，我觉得你的诗作的第一个显明的特点，是想像的赡美。你说你1924年的写景诗，"大都以想像为主"。其实，1923年的抒情诗，1925年以后的叙事诗，又何曾不然？但你的想像，是游丝般轻渺的，魔术般梦幻的。除一二篇，中间颇渗杂着人间沉痛的哀怆，以外都是做着"童话般的好梦"。这不能不说与你温婉的性格，与对于儿童文学的萦心有很大的关系了。

> 我要这样甜蜜地向伊说：
> "桃花园里是没有男小孩的，
> 一个个都是娇好的女子。
> 每当夜静无人的时候，
> 伊们便披星衣而戴月冠，
> 手携手儿作伊们的姊妹舞。
> 舞到兴会淋漓的时候，
> 忘记了一切的一切，

要想住手也不能住了。

所以直到如今，

桃林里的树枝都是密密相接的。

我们读了这个素朴有趣的童话，仿佛是在什么地方曾经听过似的。景深，你原是格林、安徒生的好朋友，怪不得你在韵文里也会编出这类迷人的故事了。

你诗作的第二个显明的特点，是风格的幽淡。这你自己也在序上提起过。新文学运动以来，作风上都充满着叫喊暴怒的趋势，所以在作品里——尤其是韵文的作品里，惊叹词和惊叹符号，最被用得烂熟。词意上略为幽峭淡远的作品，便不容易找到，间或即使有三数位这样遗世独立的作家，却不免要受人忽视，甚至于毫不理解地诋毁。我很能明了这种现象所由造成的一些原因，但我却仍望有些愿意清寂的朋友，不妨独自完成他们悠然意远的作品的风格，而不必一定要跟随多数人筋张肉跳地去习染着叫嚣的时代的风采。你的诗，在这一点上，我自信比较更能了解与赏鉴。

我虽然知道诗是可以拿来写景叙事的，但我自己固执的怪脾气，总特别喜欢抒情的诗，有时并且觉得篇幅愈短愈好。我对于中国的七言绝句，特别地喜爱，也就是为此。论到道理，也许非全无可说，大概诗体既短，则情感易集中，因而撼摇心灵的力量，也越来得浓重。但我须声明这只是我个人的私见，不便当作普遍的真理讲。你的诗作，据我的瞎眼看来，情绪比较紧凑的，为《北地》《这是梦么》《诗人的遗像》《放翁的老年》《Mars的恩惠》等数首。《这是梦么》一诗，我尤觉得可爱。我们听：

这是梦么？我倦了归来，

她向我莲花似地微微一笑。

这从来做"小物件"的孩子，

我有梦幻的今朝，谁能料到？

这是梦么？漂泊的小鸟，

在那娇小女郎温柔的怀抱。
这从来孤独无依的生命，
也有梦幻的今朝，谁能料到？

　　这短短的八行诗，却蕴含着多少深挚的情思！我觉得比其他篇幅长至三四倍以上的，反要易感动人了。记得孙席珍先生批评此诗道："《这是梦么》虽然是用的文艺的反证法，用过去做'小物件'的寂寞衬托出今日梦幻似的快乐来，但因实际上在从前并没有过强烈的悲哀，所以在这里也不能反映出极度的快乐来。本来那时，正值他新婚不久，实生活一定是说不出地快乐的，可惜他把这些快乐秘而不宣，不肯尽情地形容在诗上。"孙先生的话，也许是很不错的。但不知怎的，这八行短诗，于我总觉得她在所要表现的情绪上，已经宣示得很饱满，——至少也没有什么大的缺憾。倘若你真的把当时的实生活，不厌烦地尽情地形容在诗上，也许倒要使我觉得她没有现在这么紧张有威力吧。我的私见，以为诗歌的方法是表现，有力的经济的表现，若详细地描写，刻意地叙述，似乎并不是十分上乘的法门。这是我不很和孙先生意见相同的地方。——也许我对他的话有所误解，若然，就要请他原谅我吧。

　　末了，我觉得你的作品中，有些语句过于生硬欠浑成，——至少是念来不很圆润，有些又颇蹈袭了旧词曲的套调，新颖的风味不很够。《花仙》一首，我觉得很坏，虽然你是那样吃力地用那些新鲜风物，替我故乡的女郎编童话。其他，还有一二首，我以为颇平凡的，恕不列举了。

　　明知空疏如我，是不配谈诗的；更明知你的诗，早有许多人在讨论过，原用不到我多嘴的。但我感到现在一般人对于诗歌的兴味太寂寞了，这样勉力出来乱谈一下，也许要多少激起些浪纹，即使不能为掀天的大波。至于中间的毁誉，那是信笔拈来的结果，于你是犯不着为之喜恶的。

弟　钟敬文
1928年11月2日　杭州

《背影》

  在俞平伯君的《梅什儿》出版了不多时日，便看到朱自清君的这个《背影》。姑无论他俩一对好友，是否有意这样安排着来的，但是我们会在悠然的喜悦中，把他们作应有的联想，这是无有疑惑的事实。

  在各种比较有影响的刊物上，年来似乎不多见到朱君的文章了。但三四年以前，他却是一位时常把他的创作丰富地呈供于我们读书界的作者。他的作品，似以诗歌为繁富与见称于人。可是，恕我有点不大敬意，他的诗作，除了那首曾惊摇过一时的读者之心的《毁灭》，以外似乎不大能引动起我疲弱心灵的共鸣，所以到现在所留的记忆之影，是朦胧得有如秋宵的残梦。他的散文作，却是我从来所喜欢读的。《踪迹》在我个人偏爱的鉴赏上，与其说是前面大半用韵律表现的诗歌好，毋宁说是后面三数篇诗意葱茏的散文作更叫我惬意。我相信不至于全没有人会同我怀着一样的偏爱吧。真的，像他过去所作《桨声灯影里的秦淮河》《温州的踪迹》《〈忆〉跋》一类的散文小品，如果不是和作者抱着极端相反背的心绪的人，是不应该全不领会出一点作者抒情的艺术的，即使不能十分迷醉于他的芳醇的话。

  《背影》，是作者"四年来所写的散文"的结集。十五篇文字中，分作两辑，据他说，"是因为两辑的文字，风格有些不同"。散文小品之作，不必一定要用以抒情写景，但抒情写景之篇制，却会令我感到格外的高兴。朱君这个集里大部分的文字，是抒情写景的，其中即使有些是像小说模样在描写着故事的东西，但表现的方法，仍旧是优美地醰畅地抒情的。

  中国现在作家中，在散文里表露着隽永的画意的，冰心女士，是我心眼中比较重要的一个。她自己曾经歌吟过：

假如我是个作家，我只愿我的作品，在世界中无有声息，没有人批评，更没有人注意；只有我自己在寂寥的白日，或深夜，对着明明的月，丝丝的雨，飒飒的风，低声念诵时，能以再现几幅不模糊的图画；这时我便要流下快乐之泪了！

《背影》中的《荷塘月色》，只顾从题目上看来，已先令人感到画意的丰满了。我们看他轻轻地挥洒着他的笔墨，现出在纸上的，是那样幽秀、婉媚与神化！

月光如流水一般，静静地泻在这一片叶子和花上。薄薄的青雾浮起在荷塘里。叶子和花仿佛在牛乳中洗过一样；又像笼着轻纱的梦。虽然是满月，天上却有一层淡淡的云，所以不能朗照；但我以为这恰是到了好处——酣眠固不可少，小睡也别有风味的。月光是隔了树照过来的，高处丛生的灌木，落下参差的斑驳的黑影，峭楞楞如鬼一般；弯弯的杨柳的稀疏的倩影，却又像是画在荷叶上。塘中的月色并不均匀；但光与影有着和谐的旋律，如梵婀玲上奏着的名曲。

这仅是文中的一小段，但是人间还有描写荷塘夜景比这更来得美妙的图画么？今年的中秋夜，我是在这里过的，那晚独自儿地徘徊于西子湖滨，湖上夜色，给予了我很深的印象。回来时，觉得任它埋没了有点可惜，于是便援笔写了一篇《中秋夜的西湖和我》，中间描摹湖上的景色一段云：

湖里大部分的水色，是和天空一样的浅蓝，远远望去，真如地平线上的一片烟霭。月亮光芒所照射的部分，耀着雪白的银光，受轻风微微荡漾，很像腾跃着的沸水。湖滨路一带楼房的灯火，灿烂地照射着，倒影入水中，凝成一片黄金的色彩。西南各山影，都只变成一个深蓝的影晕，拦放在水天的交接处。湖心亭，阮公墩，在眺望中，影像是浓黑的。环湖各处——尤其是西村一带——电杆上

> 所缀的灯火，在水中幻作长条的金棒一道道。来往湖中的划子，近
> 一点的，只见一簇黑影，远处的，则连黑影都迷糊了。

虽很吃力地想把所承受的印象表现出来，可是以视朱君全篇轻灵而又幽秀的抒写，只格外地显现出情调的枯窘罢了。——其实，朱君这种手笔，与其说是画的，还不如说是诗的来得恰当呢。

抒情，是朱君这个集子的惟一特色，中间尤以《背影》和《儿女》等篇，写得更凄黯动人。我自己也正和朱君一样，几年来为了口腹，迢遥地离去了老境颓唐的父亲。他为悲伤所损害了的双眼，老远地在迷蒙中盼着我的归程。但是，羁身千里外的我，"不知何时再能与他相见"！朱君，你以为在这样到处是苦恼撒播着的人间世，寂寞中怆忆着爸爸的"背影"的，只有你独自儿一个么？

朱君以前的散文作，虽真挚的气氛，并不见得不充实，但毕竟在修辞上太为卖力，有时不免使我们感觉到作者是有意在播弄技巧。此集中各篇，多纯朴深挚，谢绝一切过分的繁缛，在文章的艺术上，不能不说是一大进境了。《儿女》一作，最足以代表他新近的作风。这篇我在前月初读于《小说月报》上，情词深切而苍老，深为感动，并惊奇他文字风格的突变。今细读此集，才知道这变动非出于一朝一夕，其由来已渐，不过在这篇里，特别表现得显著罢了。

诚如作者所说，乙辑里三篇，和甲辑中各篇，风格颇有些不同。若以后者为诗的感伤的，则前者——即乙辑——可说是"幽默"的讽刺的。作者自己说："郢看过《旅行杂记》，来信说，他不大喜欢我做这种文章，因为是在模仿着什么人，而模仿是要不得的。这其实有些冤枉，我实在没有一点意思要模仿什么人。"我们平心而论，郢君说作者是在模仿着什么人，这也许真是冤枉的话。但此种文字，是受着流行的作风所影响的产品，那却是无疑的。自从《语丝》诞生以来，文坛上滑稽与讽刺的作风大为盛行，到现在，真可谓泛然普及了。我们人生的思想、行动，是无时不受环境的影响而发生变化的，何况最易习染的文章上的风格呢？至于我个人对于这集子里两种风格的文章的好恶，是完全同意于郢君——喜欢《飘零》与《背影》之类，而不大爱那《旅行

19

杂记》。

说到《飘零》，不免想起《飘零》的主人翁。因为我曾经和他同在一个大学里干过好些时的事，对于他有着许多很趣味的记忆。不错，他是个疯子，过去是，年来是，将来也许仍是。他镇日不是在实验室里，便是在动物园里。他常常对着人说，我今天解剖了一只老鼠，我前天试验了一只猴子等类的话。记得有一回Y君请我们在C城北门外的一家酒店中吃酒。时候，正是二月的芬芳季节，我们一二十位籍贯不同，年纪不同，性别不同的朋友，聚在那野外傍山邻树、位置幽雅的厅堂中，忘掉一切地畅谈狂笑。筵席开时，酒杯四举，在那里，我认识了《飘零》的主人，除了学者的沉默以外，还有另一面诗人豪放的态度。他在努力追求着我们同事中的一位女性，——记得Y君的《广州大火下的日记》，里面有一段是叙着这故事的。——起初听说颇碰了些钉子，后来却进行得很顺遂了。愿上帝保佑他的希望，让他做个自己意念中所承认的"真人"！

仍回到谈朱君的文字吧。他在同时人的作品中，虽没有周作人先生的隽永，俞平伯先生的绵密，徐志摩先生的艳丽，冰心女士的清逸，但却于这些而外另有种真挚清幽的神态。他自恨写不成好的小说和诗歌，这种悲哀的心情，我是能够深澈地领会的。但是，朱君何必以此自馁呢？一个人，也有自己的园地哪！记得《两当轩诗集》的作者，尝恨自己的诗作缺乏豪雄气概，——《将之京师杂别诗》，有云："自嫌诗少幽燕气，故作冰天跃马行。"——其实，他那种幽怨欲绝的情调，又何逊于悲歌慷慨的幽燕气呢？文体与风格，我以为都不成什么问题，只要能够表现自己的情怀思想（文体方面）和是出于自己自然真实的流露（风格方面），那便得了。至于必须就业地计量着，我要用那一种文体和那一种风格，才能够赢得一个作家的地位，那在事实上，或许也有成功的希望。然这样似乎来得太吃力了，并且往往要掩埋了可爱的真的自我呢！一切肤浅的我，不敢以自己的私见，妄渎我们高明的作者。不过一时联想到了，信笔附写于此，藉以求教于读者罢了。

1928年12月15日于杭州

谈《王贵与李香香》

——从民谣角度的考察

李季的《王贵与李香香》，是我们新文坛上一个惊奇的成就。

这篇长诗的风格很单纯，跟这恰好成对照，它的意义却相当丰富。譬如说，它反映了中国历史转换期的伟大的现实；它完成了我们多年来所期望的艺术和人民的深密结合；它创立了一种诗歌的新型范……

一件成功的艺术品，它的好处，往往很容易使人感觉到。可是，要充分说明它却又相当困难。《王贵与李香香》好像青空白日一样，谁一看到它，就会感到它的爽朗、明丽。但是，要对它作一种确切、深入的阐明，就不是那么容易了。郭沫若、陆定一、周而复诸先生的序跋，自然尽了提纲挈要的任务。说到那更周详的剖析、探究，却还不能不稍待将来。为着对这种评论、研究的工作尽一点微力，现在我试从民谣的角度，对它做些粗略的考察。

仿作民谣，本来不算是一件新鲜的事情。从世界各民族的文学史上看，从我们中国的文学史上看，都不能够说是没有前例的。就我国过去的文学史实看，例如唐朝的白居易、刘禹锡、温庭筠，宋朝的苏轼，明朝的宋濂等文人，都曾经多少有意地仿作过民谣。但是，他们的仿作，大多出于偶然的兴致，并不把它当做正常的创作道路，而且成就也没有怎样重大。就是新文学运动初期作家之一的刘半农，他写作了二十多首仿效江阴船歌的作品，在见识、勇气和艺术成绩上，都值得相当佩服。可是，要把他跟《王贵与李香香》的作者来比较还是不相称的，尽管《瓦釜集》也有它自己的历史意义。

在创作的意识上，《王贵与李香香》的创作者，固然不是由于贪爱新奇，也不仅由于热爱人民的艺术形式和思想。他从事这个工作，主要是由于那种正确的理解，更由于那种伟大社会力量的推动和哺养。他是跟广大的革命人民一起呼吸，一起战斗的。他的作品，和本格的民谣血脉相通，骨肉相联。他的创作意识就是人民的创作意识。严格地说，他不是仿作者，他是道地的民谣作家。而且他所代表的人民意识，是进步的人民意识，是新时代的人民先锋队的意识。因此，他的作品不仅是代表人民的，并且是教育人民的。它不仅是重要的历史现实的反映，同时也正是社会前进的精神的乃至物质的力量。从这种意义看，在我们过去文学史上是很少有人可以跟这位作家相比的。

在形式或技术上，跟在创作意识上一样，《王贵与李香香》作者的成就，也不是普通的民谣仿作者所能够随便赶得上的。在内容上，要做到完全民众化固然不很容易，在语词上、腔调上和风格上要做到完全和人民自己的作品一样，自然更加困难。就是那些历史上的著名诗人，也没几个在这方面有较大的把握。例如歌德，他那样富于天才、学力，并且对于民谣那样热爱（他曾经亲自采集过民谣，并对它发表过深刻的意见），但他被公认为具有民谣气味的作品，也不过只是《野玫瑰》等少数篇章罢了。以白居易的才能和创作上的力求通俗，他的《竹枝词》（仿巴渝地方民谣的作品），在风格上到底也不能够怎样肖似真正的民间作品。总之，仿作民谣，要做到"逼真"的境地，是相当困难的。《王贵与李香香》的作者，不仅在许多地方巧妙地运用了现成的民谣。更值得注意的，是他自己创作的绝大部分，各方面都跟自然的民谣那样神形毕肖。这是一种可惊异的艺术成就。

比、兴是中国民谣传统的表现方法，它也是民谣形式上的一种特色。自国风、吴声歌曲，以至现在中国西北及南部各省的民歌，都具有这种特色。在文人作品中，比喻还不怎样稀罕，起兴却极少见到了。因为在一个作品中，那起兴部分和下文的关系，往往是在有意无意之间。这正是口头文学的一种特点。文人知识比较发达，创作意识比较明显，在这种地方，倒显得不易见长了。如同我们大人比起小孩子来，尽管能力强、知识富，但是要去仿效他们的"天真"，就不容易成功。从中国文学史上看，这种表现法，唐人以前的作品中，还偶然可以碰到，唐以后，差不多就近于绝迹了。《王贵与李香香》在学习民谣的形式方面，很惹人注意，也很叫人佩服的，主要无疑是这类比、兴的表现法（特别是兴）。在这篇叙事长诗中，比、兴不但用得很多，而且有许多地方还用得那么好。我们随便举几个例子：

瞎子摸黑路难上难，
穷汉们就怕过荒年。

风吹大树嘶啦啦啦的响，
崔二爷有钱当保长。

玉米结子颗颗鲜，
李老汉年老心肠软。

红瓤子西瓜绿皮包，
妹妹的话儿我忘不了。

我们把这些诗节杂在最好的民谣中，是不容易分出彼此的。

其次，《王贵与李香香》在词汇上、语句上，都是非常大众化而又艺术化的，因此给予读者的感觉是那么亲热却又那么新鲜。它是生活的，同时又是诗的。现实生活中普通的语言大都还不过是一种"璞"（石中之玉），它需要经过一定的琢磨，才成为美玉。我们光称赞作者语言的人民性是不够的，它是人民的艺术，它是真纯的诗，它是美的创造。在中国现代丰富的民歌中——勤劳、纯朴而且智慧的农民艺术中，我们到处可以闻到这种语言的清纯香气。这种诗的语言的特性，是平易、简练、隽永和自然。那些大城市的通俗文学或某些职业艺人的作品，跟它比较起来，往往就多少要显得矫揉或庸俗了。《王贵与李香香》的语言，是生活中的诗的语言，是农民的优秀歌咏中所常碰到的出色的语言。

诗是着重感情因素的艺术，因此，它不能不节奏化。说它是"美的节奏的创造"（诗人爱伦·坡的话），也许偏颇些。它是音乐性的文学。它的言语不能和散文一样，它必须有它自己的音节。古今中外任何民族的诗歌，恐怕很少是没有音节的。在一般文化比较粗朴的民族或人民，他们的"诗"就是"歌"。自由诗是近代资本主义发达国家一部分知识分子的产物，在诗的领土中，可说是比较特殊的东西。但是，它在行文的音调上也不是完全跟散文一样的。它不过是打破了那固定的、人为的诗律限制罢了。中国地方那么广博，民族那么复杂，生活、思想和感情也那么多样，可是在"诗歌必是有音节的"这点上是没有什么大分歧的，尽管具体的音节形态可能千差万别。音节是民谣生命的一部分，甚至于是它的主要部分。仿作民谣，形式上的努力点之一，就在于这种音节上。做旧诗的人，因为有一定的平仄和押韵法可以遵循，在这方面多少倒比较容易着手些。至于民谣，它的节奏、腔调等很灵活，因此也就更加难于捉摸。可是，一个民谣仿作者，如果在这方面不能够克服困难，他的作品就不算得怎样成功。因为那结果不会是民谣的嫡亲儿女，至多只是它的义子罢了。《王贵与李香香》在这点上也正像在别的好些点上一样，是非常成功的。它不但全篇咏唱得上口，而且使我们咏唱起来简直像回到故乡，看见亲人一样。它对我们的耳朵是那么熟悉。你试把下面几节朗吟看看：

> 大年初一饺子下满锅，
> 王贵还啃糠窝窝。
>
> 山丹丹开花红姣姣，
> 香香人材长得好。
>
> 前半晌还是个庄稼汉，
> 到黑里背枪打营盘。
>
> 白生生的蔓菁一条根，
> 庄户人和游击队是一条心。

这些诗节都具有很谐美的音乐，而且是中国大多数人民所熟习的、爱听的音乐。它不但比那些欧化新诗的音节更自然，也比那些传统旧诗的音节更活泼。它没有固定的平仄，没有刻板的音步和抑扬，可是吟咏起来却使人感到一种奇异的美妙。它是作者灵巧地应用了许多能构成悦耳的音响元素创造出来的。叠音、半谐音、句尾韵、句中韵以及那些相当合理的传统腔调……这一切造成了这篇划时期的长篇叙事诗的音乐效果。而这正指明了作者对于人民自己的诗艺是何等精通而且善于运用！我们别以为这长诗的音乐性是一种外在的、形式的。好的诗歌的音乐性必然是一定内容（思想、情绪等）在声音方面的"表情"。它不会是独在的、机械的。在许多地方，我们分明看到这位作者在怎样使他的诗句的声音去确切地传达某些内容的意义。我们试举一个例子：

> 太阳偏西还有一口气，
> 月亮上来照死尸。

这两句诗的音节，特别是那两个脚韵，是哀伤的、凄咽的，它本身就是那种悲惨情景的有力表达。这种"声情吻合"的优点，正是许多成功的作品（不管是民间歌谣或文人的诗作）所同具的。要真正做到这种地步，才算得诗歌上最有意义的音乐美。

一件真正的艺术，一方面固然在传统上应有深厚的根源；可是，另一方面，它又必须是独创的，发展的。它是那么旧又那么新！内容这样，形式上也正一样。完全脱离了民族优越传统的诗形的作品，是鲁莽的。可是，如果在传统的圈子中不能跨出一步，也不是怎样可称赞的，特别是那些在社会转换期所产生的作品。《王贵与李香香》，不但在创作意识上是进步的，在形式或技艺方面，也是从坚实的人民传统的土台上提升了的。结构、用语，它都不肯停留在旧疆界上。光就用语来说，它的绝大多数，是取自人民长久生活中所产生和应用的。中间也镶着好些很新的名词，如像"白军""革命""同志""平等""赤卫军""少先队""自由结婚"……可是读起来却很自然，并没有不谐和的感觉。原因是这些名词所代表的事物，大都在广大民众生活中已经流行或正在产生。其次，是作者的妙手善于选择、配合，例如"闹革命"，就是一个崭新的同时也非常民众化的名词。又如"自由结婚"一词是相当新的名词，可是接上"新时样"三字，就显得习熟了。在这种地方，作者并没有背离民谣诗人的基本精神。或者还可以说，他倒是一个民间诗人的忠实榜样。说到民谣，有些人以为它必然是守旧的，新思想、新事物和它不能够有什么缘分。事实上，过去许多民谣自然具有浓厚的传统性，可是，我们却不能把这一点无限制地加以夸张。英国民谣学者R.V.威廉斯曾经说过："一首民谣，不是新的，也不是旧的；它和森林中一株树木那样，它的根只深埋在往昔里，却又继续伸出许多新枝，长出许多叶子，打结新的果子。"这几句话，也可以应用到民谣的总体上。民谣一方面是旧的继承，一方面又是新的生长。在社会变动的时期，那种生长自然更加巨大和急速。这用不到去翻检过去民谣史的事实，只要稍为留意眼前各地活着的民谣，就可以证实了。《王贵与李香香》的作者，是民众诗艺优越传统的继承人，同时又是他的发展者。

一种艺术上成功的创造，不一定是十全十美的。你看自然界中的大树，往往有一些败叶或虫伤。现实的东西，大都只有比较上的完成。完全没有一点缺陷的创造物，恐怕只存在于我们的意识中罢了。《王贵与李香香》的创作，是我们诗学上的一种革命，是一个大胆的尝试。如果它完全没有瑕疵的地方，那恐怕真是一种奇迹了。在它巨大的成功的另一面，存在一些缺点，正是很自然的事。现在我试指出其中比较重要的一点来说说。

《王贵与李香香》，是一首叙事长诗。在三部十二节中，包含着许多事象和场面。表现这些事象或场面，大都是需要比较集中的联贯的描写的。可是诗中有好些地方就不免使人多少感到零碎、支离的印象。其次，有些事象或场面，是需要着重表现出那种强烈气氛的（例如《红旗插到死羊湾》或《团圆》的战争场面），可是，作者却只给予了一些清淡的描述。没有疑问，这要减少那种应有的感人力量。

产生这种缺点的原因自然不是单纯的。像作者生活体验和想象力等的限制，自然是很重要的因素。可是在运用民间形式上，缺少更大的灵活性和主动性，不能不说有很大的关系。大家知道，这首诗全体所用以构成的形式，是陕北地方流行的顺天游。顺天游在诗体上的主要特点，第一是两行一首，第二是首句惯用的比兴法。这种小形式的民谣，一般是用来即兴抒情的。在陕北虽然也有一些用这种诗体联缀成的叙事歌，但是，那到底是比较少见的，而且，在那些叙事歌中，固有的押韵法、修辞法等多少要起些变化。

作者采用这种特殊的民谣体写作长篇叙事诗，原则上自然不一定是不可以容许的，但是，它同时在处理上，必须非常灵活和主动。例如在必要的地方，突破只以两句为单位去安排语意和押韵的惯例，特别在整段叙事的地方要避免连用比兴法（这些做法，在陕北民间流传的一些短篇叙事歌，例如《蓝花花》《腊月梅花香》《媳妇受折磨》等，多少已经实行着）。在某些特殊的地方，更应适当地吸取其他形式的民谣形式来加强表现的效果（在这一点上，白毛女歌剧是做得更好的，它根据内容的要求，采取了各种性质不同的曲调）。这样就可以减少这种小形式的民谣体在长篇叙事上所容易招致的缺点。可惜我们的作者对这方面注意得不够，因此，就不免在一座美丽的建筑上留下些裂痕。

《王贵与李香香》的成功，反映出中国人民政治的、文化的革命事业的伟大成长。它在中国新诗歌的进程上已经竖起了一块纪念碑。随着革命事业更大的胜利，巍峨的碑石要接连地竖立起来。我们有权利、有信心地期待着我们的新文坛，出现自己时代的《伊利亚特》和《奥德赛》！

1948年末于香港九龙

鲁迅旧体诗歌略说

一

鲁迅诗歌方面的创作，除了散文诗《野草》之外，还有新诗和许多用民族固有诗歌形式（包括民间歌谣形式）的诗篇。新诗六首，后者数十首。这些诗篇，数量不算多，但质量却相当高。1942年，毛主席《在延安文艺座谈会上的讲话》谈到为人民大众的作家"必须彻底解决个人和群众的关系问题"的时候，引用了鲁迅《自嘲》诗里的两句"横眉冷对千夫指，俯首甘为孺子牛"，并指出："一切共产党员，一切革命家，一切革命的文艺工作者，都应该学鲁迅的榜样，做无产阶级和人民大众的'牛'，鞠躬尽瘁，死而后已。"到了1961年，毛主席又亲自写了鲁迅的《无题》绝句（"万家墨面没蒿莱，敢有歌吟动地哀。心事浩茫连广宇，于无声处听惊雷。"），用以勉励处在黑暗势力统治下的日本人民。这些决不是偶然的事情。它充分表明鲁迅这方面的创作具有重大的政治意义。

鲁迅的诗歌创作上的成就，是这位伟大的文学家兼革命家的整个文学业绩一个有机的构成部分。

鲁迅的新诗，作于《新青年》时期（1918年—1919年），在当时和稍后的文坛上没有引起应有的注意，这自然不是完全没有理由。因为除了数量较少的原因外，跟他的小说和杂感文等比较起来，这方面的成就和所起的作用是次要的。尽管如此，作为新文学运动发动时期的韵文创作，却占有一个自己应得的位置。（我们知道：新诗的创作和它的理论建设，是当时新文学运动重要的一翼。）

首先，鲁迅这些新诗，每首都含有一种新意或深意。它不愧称为当时的"新诗"，区别于用传统思想情绪和形式表现的"新诗"。例如《爱之神》是颂扬爱情自由，呼吁大胆摆脱旧礼教的束缚的；《他们的花园》是痛恨旧思想、旧习惯对外来的新事物的污损的；《人与时》是强调重视"现在"，批判那些留连过去和空想未来的想法的；《梦》是号召作"明白的梦"，而抛弃那些"墨一般黑"的过去的梦的……这里所表现的，都是当我国新民主主义革命初期积极的、壮健的思想和感情，是与当时整个前进的时代精神相一致的，同时它又是对于那种精神的鼓吹和促进。值得特别指出的是，这种精神因素，是作为革命的民主主义战士的鲁迅所夙有的，在他的头脑里是根深蒂固的。它并不像当时某些作家作品里的新思想那样，是一种水上浮萍，是临时批贩来的思想货色。

其次，鲁迅这些新诗，在表现形式上，也具有它的特色。在语言上，他用了比较纯粹的口头语。在语句的安排上，具有一定的整饬性，并且在音韵上具有相当的节调和押着相当谐和的韵脚。这种语体诗的创作方式，跟他后期在通信里回答关于创作新诗的意见，大体上是一致的。他说："新诗先要有节调，押大致相近的韵，给大家容易记，又顺口，唱得出来。"（1934年，致窦隐夫信。另外在答蔡斐君的信里，也有近似的话。）当新诗诞生后的一段时期里，诗坛上曾出现过两种偏向：一种是极端的散文化，起码的节调也没有，韵脚更不用说了，这是"自由派"。另一种是词藻和句法等还相当受旧诗词形式的束缚，不能显示出新的气味，这是"改组派"（或者说"放脚派"）。鲁迅新诗的形式，是超越了这两种偏向的。他的作法，不但在当时是健康的、正确的，就是在此后新诗的发展上也很有参考价值。

二

鲁迅在诗歌方面（除散文诗外）较大的贡献，主要还在那些用民族传统形式写作的诗篇，包括用歌谣体的创作在内的旧体诗歌。

鲁迅这方面的创作，1900年，他在国内当学生时代已经开始（据现在所保存下来的资料说）。1903年，到了在日本留学时，他所作的《自题小像》绝句，不但具有在他个人思想发展上重要的史料意义，也是当时一般先进知识分子爱国和企图改革旧社会的思想的代表。从他诗歌方面的创作历程说，这又是一块矗立的纪程碑。但是鲁迅这方面主要的创作时期同时也是成绩最辉煌的时期，却在1931年至1935年这几年间。

这段时期，正是我国民族斗争和阶级斗争都十分剧烈的时期。日本帝国主义加紧侵略我国，占领了东北大片土地之后，还不断向华北及华东发动进攻。中国共产党领导着广大工农群众，建立了民主政权，英勇地与代表大资本家、大地主的卖国的国民党反动派作殊死战斗。党内出现了"左"倾错误路线的统治，但毛主席的正确路线终于取得胜利。几年间，国民党反动派进行着残酷的文化"围剿"，革命人民、进步知识分子却进行着英勇的文化反"围剿"。

这时期，鲁迅已经由早年的进化论者变成为光辉的马克思主义者，由急进的民主主义战士发展成为共产主义战士。1935年10月，他致电毛主席和朱总司令，热烈祝贺工农红军经过长征，胜利到达陕北。这完全有力地表现了他这时期庄严的政治态度。在这沸腾的年代中，他鞠躬尽瘁地为无产阶级和广大劳动人民的解放事业奋斗着。他曾经英勇地参加当时政治上、文化上的进步组织，如中国左翼作家联盟、中国自由运动大同盟、中国人权保障同盟等。他对凶狠丑恶的国民党反动派及其御用文人，进行着勇敢顽强的、持久的、有效的斗争，对于变节的文坛小丑等进行着无情的扫荡，对于进步文艺阵营里某些不利于革命事业的思想、行动，进行着严肃的批评。

同时，鲁迅又创办刊物，介绍各国进步的文艺，培养和扶植有前途的青年作家，苦心提倡有利于革命斗争的艺术形式（木刻）。在创作上，他写作了光辉四射、锋利无匹的许多杂文和一些以传说、历史为题材而紧密地为现实服务的小说，同时还写下了数十首运用民族传统形式的诗篇——旧体诗歌。

鲁迅这些运用传统形式写的诗篇，虽然不是他在进行剧烈斗争的主要武器，像他的杂感文那样，但是它不失为一种摧毁力很强烈的武器。它跟其他文学体裁的作品同样尽着"团结人民，打击敌人"的任务。关于这一点，作者自己是很清楚的。1935年，当他知道由书店照例送审的《集外集》里的那些旧诗的稿子，一首也没有被删去的时候，他大笑那些检查官是"呆鸟"。因为他们竟然看不出那些诗篇对他们主子的危害性（从我们的立场说，就是强烈的革命性）。

鲁迅这方面的诗歌作品，从内容上大约可以分为两大类：一类是抒写革命情思的；另一类是揭露、讥讽反动派及各种堕落或落后的社会现象的。两者当然互有联系，不能绝对分开。

在第一大类里，还可以分为几个小类。①歌颂苏区的光明世界的，如《湘灵歌》前半篇："昔闻湘水碧如染，今闻湘水胭脂痕。湘灵妆成照湘水，皎如皓月窥彤云。"（对于这首歌的内容，今天同志们有不同的看法。这里我暂时采取歌颂苏区的说法。）这是何等瑰丽的图景！比起《楚辞》里的《湘夫人》等歌来，艺术上一点没有逊色，但意义却重大得多了。从这诗里很可以体味到鲁迅那种向往和热爱革命地区的心情。②同情被践踏、被摧残的人民和地区的，如《无题》："大野多钩棘，长天列战云。几家春袅袅，万籁静愔愔……"这是在写反动派的白色恐怖笼罩下的地区的情景的。又如《所闻》一绝是写一个因侵略战争而丧失了故居和亲人的女子，在为豪门侍宴时的情状和悲哀心境的。此外，还有好些篇章是局部地抒写这种情景的。③哀悼为进步事业牺牲的战友的，如《为了忘却的记念》（悼念柔石等）、《悼杨铨》等。后者末二句说："何期泪洒江南雨，又为斯民哭健儿。"有人称它"才气纵横"，其实更重要的还是作者那种对战友的伟大感情。④表现战斗情绪的，如《自嘲》里毛主席所引用过的那两句。又如《无题》末二句："心事浩茫连广宇，于无声处听惊雷。"⑤表现国际主义感情和对于异国的怀念的，前者像《题三义塔》，它后半四句："精禽梦觉仍衔石，斗士诚坚共抗流。度尽劫波兄弟在，相逢一笑泯恩仇。"后者像《送增田涉君归国》绝句。

以上几类诗篇所表现的思想、感情，大都是壮健的，跟他许多杂感文的战斗性也是完全一致的。但是，另外有少数诗篇，抒写着一种极其愤激和沉痛的情绪，因而使它在表现上采取了一种特殊的，甚至于反语的形式。1933年12月所作《无题》里的"深宵沉醉起，无处觅菰蒲"，及1935年12月所作的《亥年残秋偶作》里的"老归大泽菰蒲尽，梦坠空云齿发寒"等诗句，都和他其他诗篇的情思有着不同的意味。但是伟大的革命家、艺术家鲁迅，何来这种特殊的心境呢？过去，有一个时期曾经使我们不得其解。这个问题，现在比较容易明白了。从鲁迅所遗下的许多信札里，我们知道在逝世前的两三年间，他的"心绪……颇不舒服"，"常常有'独战'的悲哀"，甚至于"很想离开上海"，虽然也知道"无处可去"。据他的自白，那主要原因是由于"同一营垒"的"战友"们对他的责备、讥讽……

虽然这样，马克思主义的战士的鲁迅并不因此"有什么灰心，休息一下，仍然站起来"。他这时期在思想文化战线上所立下的光焰夺目的战功，就是铁的证据。由于上述情形，使我们深刻理解到：鲁迅在当时激烈而复杂的革命实践过程中，尽管因为遭到逆心的境况，而一时气愤说些反话，却始终坚持原则立场，不肯随便妥协，更不肯放松战斗。他真不愧是一个具有硬骨头精神的中国人！

现在把《纪念柔石》的名篇，试作些分析。

原诗："惯于长夜过春时，挈妇将雏鬓有丝。梦里依稀慈母泪，城头变幻大王旗。忍看朋辈成新鬼，怒向刀丛觅小诗。吟罢低眉无写处，月光如水照缁衣。"

这首七言律诗，作于1931年1、2月间。当时鲁迅为了避免国民党反动派的逮捕，暂时离开寓所，移居外国人所开的旅馆花园庄，在那里，因怀念新牺牲的战友而作此诗。到了1933年写纪念柔石等烈士的文章（《为了忘却的记念》）时，才把它公开发表。

诗的第一句，表明他长时期处在被压迫的黑暗境地，就是春天到了，也是接触不到阳光的温暖的。第二句点明他避难时的情景，反动派逼得他带着爱人和小孩离开了家，他忧愤得头发也变白了。第三句说在做梦里仿佛看见了母亲为他而焦急、忧愁的情形。第四句说国民党反动派头目们互相争权夺利，忽上忽下，忽左忽右，随时改换着名目，活像山大王一样。第五、六句，说年青有为的战友为反动派活活杀害了，我的心怎能不痛惜呢？但不管反动派怎么凶恶，我也要愤怒地作我的悼诗，这是全诗的高潮。最后两句，是说诗虽然吟成了，却没有笔墨来写它（更不用说发表了），只好让天上明朗的月光照着自己的黑衣（他逃难时所穿）而已。这首律诗，深刻而强力地抒写了革命家鲁迅对战友的恳挚、深沉的感情和对国民党刽子手的火烈的憎恨。

跟作者的思想、感情内容相适应，它的艺术力量是雄强的。诗篇一开头就形象而简括地表达了自己被压迫的情况，美好的春天，被掩埋于长夜的黑夜里，而于"长夜"之前加上"惯于"二字，就更使人感到并憎恨那黑夜的威力了。第二联用梦里慈母的眼泪和城头变化不定的强盗（影射国民党反动派头目）旗帜相对照，使人同情作者避难的处境和愤恨那些政治强盗的丑恶行为。这种艺术效果是和作者善于抉择典型事物（慈母的关心和反动派的政治丑剧），并使之形象化的能力分不开的。例如后一句，如果直说，便会减少了现在所具有的那种力量。第三联，是全诗的顶点，两句意思是联贯的。上句是本色语，但因为饱含愤怒情绪，并且用了"新鬼"这个极富于刺激力的词，所以很动人。更重要的还是下句。这句的思想、情感是高昂的，而所用的语语（"怒向""刀丛"）也大有"拔剑起舞，叱咤不平"（顾翰：《补诗品》）的气概，因而能达到全诗高潮应起的作用。第四联是尾声，上句承接上联下句的"觅小诗"而来，显示出避难里极不自由的情况。下句以月光照黑衣（实际是象征着危难中的自己）的写景作结，粗看好像使本来紧张的情思松缓了，其实是余味不尽，艺术效果更显得深厚了。这种表现法，古代的优秀诗篇里是经常使用的。近代民主主义诗人柳亚子，曾经赞扬这首诗说："郁怒清深，兼而有之。"〔郁怒清深，本来是清代龚自珍（定庵）评论舒位和彭兆荪二人诗歌的话。〕这是很适宜的评语。

鲁迅运用民族传统形式写的诗歌的第二种（就是揭露、讥刺反动派及各种堕落或落后现象的作品）也占着相当数量。这种诗篇是战斗者鲁迅的社会批评在韵文艺术上的表现。它显示了他的诗歌创作一种突出的特色。

这种作品里大概也可分为两类。一类是暴露、讥刺、嘲笑国民党反动派政治上文化上的丑恶行径和荒谬思想的。例如《好东西歌》《言词争执歌》讥刺当日本帝国主义抢去了东北三省土地之后，国民党反动派头目们却在互相推脱责任，互相诟骂，口是心非，丑态百出。这些歌词嬉笑怒骂，淋漓尽致，真是给他们画出了一套遗臭万年的丑脸谱。又如《二十二年元旦》、《无题》（1933年6月作）及《赠画师》等，暴露、控诉反动派的屠杀人民和血腥统治，《公民科歌》《学生和玉佛》《吊大学生》等讥刺反动派对于教育、文化的荒谬主张和反动措施。鲁迅在上述这类作品里，笔头紧紧对准反动派，毫不容情地深揭猛刺，使他们丑态毕露，凶相全呈，成为人民所共弃的凶鬼恶煞。

作者这种无产阶级战士的勇气和智慧，的确是无限珍贵的。

这种作品里的另一类，主要是揭露、讥刺当时资产阶级文化人的反动、错误思想和恶劣作风的。例如《吊卢骚》讽刺梁实秋的诋毁民主主义创导者卢骚的人格；《教授杂咏》讽刺当时某些教授的反对辩证法，望文生义的翻译，写作色情文学，以及评选小说的近视眼。又如《赠日本歌人》的下半部分"莫向遥天望歌舞，西游演了是封神"，是讽刺当时上海那些为神怪作品所占据的舞台的落后现象的。这种种落后的乃至反动的文化界现象，大都是与新民主主义革命时期进步的文化活动相抵抗的。鲁迅后期的杂感文里，对这方面的战斗，占着相当的位置，也取得了十分辉煌的成绩。在诗歌创作里，他同样执行着这种文化批判的任务。这也是鲁迅当时整个战斗业绩的一个有机部分。

这里试把《二十二年元旦》绝句略加分析。

原诗："云封高岫护将军，霆击寒村灭下民。到底不如租界好，打牌声里又新春。"

第一句指当时反革命的总头子在庐山上设立反革命军事总部，以策划和指挥对苏区的进攻。第二句斥责反动派的空军悍然轰炸苏区人民的弥天罪行。下二句，说住在上海租界里的反动派官僚、政客和买办资产阶级等，当苏区人民正在遭受着残酷的屠杀的时刻，他们却依然"及时行乐"（打麻将牌），度他们天堂里的春天。

这首绝句的内容，主要自然是控诉（虽然用的是讥刺口吻）那杀人魔王的反动头子的，但同时也讽刺了那些腐败、自私的租界里各种全无心肝的人们。云封高岫，本来是一种美好的景致，但现在却在那里深藏着人间的魔王，成为虎狼的巢穴。这样一来，两者成了鲜明的对照，增强了表现的效力。第二句把空军轰炸比做雷霆的轰击，已经有力地暴露了敌人的凶恶、暴虐，在"下民"上用一"灭"字就更加突出了反动派无比深重的罪恶。下两句原要责备那些家伙的自私自利，只顾自己享乐，却故意用了"到底不如租界好"的反语，这样讽刺的表现，使诗的意味更深长了。"打牌"是近代剥削阶级作乐中有代表性的事例，用了它就能更加强讽刺的意味。又"打牌""租界"都是现代口头语，在这种全诗气氛和前两句形象、词藻都有一定古典诗歌意味的作品里运用了起来，却使人没有感到怎样不谐和，这也是作者艺术手腕高明的地方。再者，末句的"又"字，也很见苦心。因为它表明这种行乐并不是偶一为之的事。总之，《二十二年元旦》这首用传统的绝句诗体写作的讥刺小诗，在思想、感情和表现艺术上都达到一定的高水平，是这一类诗的范本之一。

三

鲁迅诗歌创作方面的形式（体裁），除散文诗外，主要有两种：一种是民间歌谣体，就是每句基本上五言或七言（有时参用三言及九言等），每首四句或不拘句数，不讲究平仄，语词及押韵都用现代语；第二种是过去专业文人所惯用的五、七言律、绝（即所谓"近体诗"）。后一种体裁，在唐代已经完成，每首句数、平仄、押韵（律诗还有对句），都有规定，语词一般用文言。这是一种比较严格的诗的体裁。除了上述两种诗体外，鲁迅前期还写过一些骚体（即楚辞形式）的诗，后期也写过一首拌合着古体和七律体的诗（《湘灵歌》），因为数量不多，就不再特别提出了。

鲁迅用民间歌谣体写的诗篇，大都是一些讽刺诗，如《好东西歌》《公民科歌》《言词争执歌》及《南京民谣》等。这些诗大都是在一段较短的时间内写作和发表的（1931年12月至1932年1月，陆续发表于通俗刊物《十字街头》）。内容是及时地暴露和讥刺当时国民党反动派头目祸国殃民的罪行和丑态的。它具有强烈的政治意义。鲁迅为了使这种作品能够普及于广大劳动人民，所以特地采用了他们喜闻乐见的民间形式。这是一种极有意义的试验，而且他在这种试验里是取得了无可怀疑的成绩的。（两年后，在《申报·自由谈》上陆续发表的《门外文谈》，是他在理论文通俗化试验方面的又一成绩，尽管所写的内容和体裁有所不同。）这些作品，现在读起来，那些反动派头目的丑态，还活活地浮现在眼前，使我们感到痛恨。这正是鲁迅运用这种民间诗体成功的有力证据。

鲁迅在这个时期用民族传统形式写作的诗篇，更多的还是后一种，即用五、七言律、绝体写的。这种诗歌形式，鲁迅在做学生时代，就已经很熟悉，并且能够适当运用了。我们前面已经说过，在1903年，他就写出了那样优秀的作品（《自题小像》）。1931年—1935年，这是他已经成为马克思主义者，在党的帮助下为中国人民大众英勇地战斗着的时期，他用律、绝体写的那些诗篇，不但思想、感情高出于当时一般进步作家之上，艺术上的造诣，也远非其他作家所能企及。在前面，我们曾分析过两首这种形式的诗，但还不能全面地概述他这方面诗歌艺术的成就。他所写的五、七言律、绝里，有一部分篇章，词采绚丽而沉着，使深刻的内容取得更大、更深的感染力量。例如《无题》第一首（1931年6月14日，为宫崎龙介写的条幅）："大江日夜向东流，聚义群雄又远游。六代绮罗成旧梦，石头城上月如钩。"这诗是暴露和讽刺当时盘踞南京的反动头目们的内部斗争的，因为作者善于采择历史、自然的形象（特别是在后两句），并加以点染、锤炼，就使它成了富于动人之力的高妙艺术。又如上文所曾提到过的《所闻》："华灯照宴敞豪门，娇女严妆侍玉樽。忽忆情亲焦土下，佯看罗袜掩啼痕。"语词越秾丽，越反衬出被损害者的苦境和酸情，因而也更激起人们对于那些战争杀人犯的疾恨。此外，如《无题》（1932年1月23日为人写条幅）、《赠画师》、《悼丁君》、《赠人二首》、《无题》（1933年11月27日所写）、《深夜有感》、《亥年残秋偶作》等，都有近似的表现和艺术效果。

另外一些篇章，词采没有那么华丽，但表现上却很精悍有力。例如《无题》（1933年6月28日为人写的条幅）："禹域多飞将，蜗庐剩逸民。夜邀潭底影，玄酒颂皇仁。"着墨很少，却突出地表现了反动派的凶恶和苏区人民所受的虐害。因为用的是修辞学上的反语，就使读者更加憎恶那些屠夫和同情那些被损坏者们。像《赠日本歌人》《自嘲》《二十二年元旦》《吊大学生》及《无题》（1934年5月30日为新居写的条幅）等，都近于这一类。鲁迅用旧诗形式写的作品，主要的风格是精警、沉郁、绚丽。这些风格特点，跟他的思想、感情及对古典文学的深沉学养是分不开的。

鲁迅用五、七言律、绝体写的诗篇，不必说内容都是崭新的，跟过去文人墨士的作品所表现的，是绝不相同的精神世界。但是在诗的形式上，它却跟民族优秀作家的传统有着深湛的关系。这类作品，句数、平仄、押韵，乃至于对偶等，大都是依照传统规定的。问题不仅在这里，他这类诗篇的词藻、句法，甚至于气息，也大都与历史优秀作家的作品相近。这是我们只从前面所举的例子也可感觉到的。他的这类诗篇，在形式上具有汉魏文章的文采，唐人诗歌的风韵，而与楚辞的关系尤为显然。不但许多篇里，大量用了楚辞的词藻、短语，有些作品连气息也颇为迫近。

但是，鲁迅是一个革命的文学家，他在艺术上具有独创性，正如他在思想上具有独创性一样。他对古典文学因素的吸取，是经过严格的批判和必须的改造的。这样的结果，就能够使那些旧的、有益的因素为新的内容服务，也能够使所写作的东西完全成为一种新的作品。

鲁迅这方面的诗篇的确是民族优秀诗歌传统的继承和发展的卓出范例。在近代旧民主主义革命运动中，我国一些觉悟较早的知识分子，如谭嗣同、梁启超、夏曾佑等，曾经企图来一次"诗界革命"。但是由于社会的和主观的种种原因，他们那种企图，跟他们的改良主义一齐失败了。而真正的诗歌革命的任务，却在新的时代里，由卓越的共产主义者的鲁迅杰出地给以完成了。这不能不说是一种富有启发性的文化发展规律的示现。

鲁迅用新形式和民族传统形式所创作的许多诗篇（特别是后者），不但是新民主主义革命时期诗界的卓越成就，也是我国数千年诗歌历史上的不朽名作。当社会主义革命正在深入进行的今天，它又是广大革命群众和青年们一份贵重的精神粮食。

写于70年代前期
1981年2月整理

关于《自题小像》的二三问题

鲁迅的旧体诗是他珍贵的文学创作遗产的一个构成部分。它数量虽然不多，但是在质量上却正可以和他的杂文、小说创作等相比并。

鲁迅所写的几十首旧体诗（主要是律、绝一类的近体诗）里，有许多自然是容易或比较容易理解的。但是，也有一些，在意义、语词及写作年份等方面，却不是一看就明白或不发生什么问题的。因此他的这类诗篇，在后人对它的解说、注释和系年上，不免产生彼此意见分歧的现象。在这种地方，就有继续进行探索、论证的必要。这样做，才可以使那些问题得到解决，从而有利于广大读者（甚至于讲解者、研究者）的正确理解、评价和传授。

《自题小像》是鲁迅早期所作一首极重要的诗篇。作者在创作后三十年，重新把它写出来，也足见他对这首绝句的重视。但是，由于种种原因，对它的系年、解说、注释等，人们却有种种不同的意见，直到今天，它仍然在比较热闹地被讨论着。现在我在这里，试提出三个问题，给以论述和解答，希望能得到国内鲁迅作品研究者、讲解者们共同讨论和是正机会。

关于这诗的写作年份和地点问题

自鲁迅逝世后，对于《自题小像》的写作年份和地点（尤其是前者），四十年来，看法和处理是相当分歧的。概括说来，年份方面，有的主张1901年，有的主张1902年，有的主张1901年—1902年间，当然，还有的主张1903年或1904年。地点方面，主要也有东京说、南京说乃至仙台说三种。为了使一般的读者知道个大概情形，便于判断新见解的正确与否，在下面我把那些分歧说法和论辩的经过等简单地叙述一下。

关于这个问题，最先提供出资料（虽然它公开发表的时间比较靠后）的，是鲁迅自己的"题记"。他在1931年重写出这首绝句时，附记说：

> 二十一岁时作，五十一岁时写之，时辛未二月十六日也。（另一幅末句作"时辛未二月下旬，在上海也。"）

作者明确地记明了他创作和重写时的年岁。但是，大家知道，现代中国人，在计算年龄上，有的用西洋算法（实足年月的算法），有的却用中国习惯算法（虚岁算法），有的还在不同时期（甚至于同一时期的不同场合）兼用两种算法。而两种算法结果的不同，可能相差到两岁。鲁迅的"题记"只指出自己创作时的年岁，没有记明那年岁的公历或华历年份，它就不免成为后人猜想或探索的一个问题。

1936年10月，鲁迅病逝以后不久（同年12月），他的老朋友许寿裳，便作了一篇《怀旧》的文章，记录出《集外集》没有收集的一些遗诗。关于这首《自题小像》，他说：

> 一九〇三年他（鲁迅）二十三岁，在东京有一首《自题小像》赠我的："灵台无计逃神矢，风雨如磐暗故园。……"

和这语意大略相近的话，他说了不止一次。但是，在他的《亡友鲁迅印象记》（1947年）的某一地方，他却说：

> ……别后（按：指鲁迅离开东京去仙台后），他寄给我一张照片，后面题着一首七绝诗，有"我以我血荐轩辕"之句，我也在《怀旧》文中，首先把它发表过了（该书第五节《仙台学医》）。

这跟他在以前所说的，作诗时间和地点都不同。时间有1903年和1904年的差异，地点则由东京变为仙台。但是后来的注释者或研究者多依据他的前说，只有极个别的人才依据后说的（例如1959年，青年出版社刊行的王士菁的《鲁迅传》）。1938年，上海鲁迅全集出版社刊行的《集外集拾遗》（《全集》第七卷），目录上把它系在1903年（误排作1930年）。这就是根据许文前说的。但是，解放后，人民文学出版社刊行的《鲁迅全集》，把这诗改编在《集外集》里，而所系的年份却是1901年，并且在卷末注释里引用了上述鲁迅自己的"题记"之后，接着说：

> 按：鲁迅计算自己年龄，向来依照中国习惯，因此二十一岁当在一九〇一年二月到一九〇二年二月之间。

它没有提及创作地点问题（但依所定年月推算，似乎是在南京）。后来连续出版了张向天和周振甫两位的鲁迅诗歌注解本——《鲁迅旧诗笺注》和《鲁迅诗歌注》。张向天根据鲁迅的"题记"，并引证1902年6月他题在寄二弟照片后面的话，断定《自题小像》一诗作于1902年，张同时认为许寿裳1903年的说法是"误记"，并且不同意人民文学出版社版全集的鲁迅"向来依照中国习惯"计算自己年龄的说法。写作地点，他认为是在东京。

周振甫和张向天的意见相反，他赞成许的1903年说法，他的理由是：①这首诗是鲁迅到了日本后作的，②这首诗是题在剪掉辫子后拍的小像上的。在地点问题上，他当然是属于东京说的。

此后，一般注释或讲解《自题小像》这首诗的，大都采用周振甫的说法。

近来，对于这个问题，从新活跃起一些不同的意见来。例如单演义的"1901年作于南京"的说法和常明的"1902年作于东京"的说法。单说的根据：①"鲁迅自题二十一岁时作"。②"当时祖国的号召"（按：指1840年以后帝国主义的对中国的不断侵略，和祖国青年的救国热情等），并同意鲁迅计算年龄用中国习惯的说法［参看单演义：《自题小像》，山东师院聊城分院所刊《鲁迅作品教学手册》及《鲁迅〈自题小像〉探索》（征求意见本），西北大学中文系］。

常明认为这首诗的写作年份是1902年（秋），地点是东京。主要根据是鲁迅自己题记的"二十一岁"，推算法用阳历。他并说明作诗和剪辫并没有什么必然关系——作诗在1902年秋，剪辫却在1903年初（参看常明：《〈自题小像〉的写作年代问题》，《南京大学学报》，1976年第三期）。

在近年对《自题小像》的创作年份和地点的见解里，我觉得去年《中山大学学报（哲学社会科学版）》所发表的《鲁迅〈自题小像〉作年新考》（1976年第5期，王若海、文景迅作）一文，比较值得重视。它在这个多年被议论着的问题的解决上射进了一道强光。两位作者采用了一些新的论证材料，其一就是鲁迅留学日本时期的《清国留学生会馆第一次报告》。这个报告，"系记述'自壬寅年（按：即1902年）一月起至八月止'的清（中）国留日学生会馆情形"，刊行于（日本）明治三十五年（按：即1902年）十月五日，（清）光绪二十八年（按：即1902年）九月四日（阴历）。在该报告的《同瀛录》（按：即留日学生姓名录）里，鲁迅自己所填的略历是：

周树人，豫才，二十（岁），浙江绍兴，（清）光绪二十八年三月（阴历），南洋官费，弘文学院普通科。

这个材料的提出，在对鲁迅创作《自题小像》年份的论证上，具有重大的力量。鲁迅这个简历，填写于他初到日本入学弘文学院的时候，年月是1902年4月。他的生年是1881年，生日是9月25日（阴历八月初三日），这时，从西洋的实足年月计算法，距离21岁还有几个月，所以他填写"二十"岁。这充分说明鲁迅到日本后，计算自己的年龄采用了实足年月的西洋算法，同时这也可以帮助证明他后来"题记"上所说的"二十一岁"，一定是1903年（严格地说，是这年的9月25日以前）。因为这首绝句，是他久久不能忘怀的作品，他对它创作年份记忆必然是比较可靠的。

《鲁迅〈自题小像〉作年新考》的作者，同时还提出了另一件同样相当有力的论证材料。那就是鲁迅于1904年（日本明治三十七年）6月1日向仙台医专当局申请入学时所附的"学业履历书"（原件照片，曾刊载在1958年出版的、沈鹏年编纂的《鲁迅研究资料编目》卷首书影第一页）：

（清）光绪二十四年（按：即1898年）九月（阴历）至二十七

年（按：即1901年）九月（阴历），进本国南京官立江南陆师学堂肄业，普通科毕业。

（日本）明治三十五年（按：即1902年）四月至（明治）三十七年（按：即1904年）四月，进东京私立弘文学院肄业，速成普通科毕业。（按：译文略有调整）

这个自填的"学业履历书"，对于推断鲁迅创作《自题小像》的年份，同样是很有帮助的，因为这里对于他自己在东京弘文学院入学和毕业的年月，也是严格地依照实足年推算的。这进一步证明他留日后，大致上已采用西洋依据实足年月的计算法，而放弃了中国固有的那种虚岁计法（特别在正式的文件的填写是这样）。

总之，《作年新考》对鲁迅早年所作的这个重要诗篇，进行了一回新的论证，而且也得出了比较可靠的结论。

为了使这种结论更加强固，我想再提出一种和该文所援引的类似的证明材料（并且和其中之一有密切联系），那就是鲁迅1904年4月在弘文学院毕业以后，要求入学仙台医专的一份入学申请书：

我现在希望入贵校医学科一年级肄业，敬请批准。附学业履历书一份。此上仙台医学专门学校校长山形伸艺阁下。明治三十七年（按：即1904年）六月一日。清国留学生，周树人（印），二十二岁。（据山田野理夫《鲁迅传》第三章所载，中文参看薛绥之《鲁迅在仙台的二三事》，南京师范学院刊行《文教资料简报》四十六期）

这和上面所说"学业履历书"是同时写的，不过，一是信件，一是履历书罢了。据此，鲁迅自认1904年6月，是22岁。那么，上一年（1903年）的1月至9月25日以前，他的实足年龄是"二十一岁"。据许寿裳的回忆，鲁迅赠他写上这首绝句的照片，正是在这年的春初。我们现在新提出这个文件，对于《自题小像》作于1903年，当时，鲁迅21岁的说法，同样是富于证明力量的。

有些同志，为了论证《自题小像》的作年和作地，曾经从这首绝句的内容、词句去进行分析和判断。主张这诗1903年作于东京的同志（例如周振甫），说诗的思想内容，是鲁迅留学日本后，才可能具有的。主张1901年作于南京的（例如单演义等），却认为它是作者面对日益深重的民族危机，"愿意为祖国的独立强盛，贡献出自己的热血和生命"的表现，并引证了鲁迅对同学丁跃卿的挽联和胡韵仙对他送别的诗。

我是赞成1903年作于东京的说法的。理由很简单，就是作者在诗里所表现的强烈、深挚的爱国主义思想。八国联军蹂躏中国之后，国内进步人士，特别是寄居国外的志士，觉得非进行革命，不能推翻满清的腐朽的统治和摆脱外国的深重压迫。因此，革命派的力量一时高涨起来，而那时东京正是那些志士的聚集地和培植地。鲁迅在南京时，虽然已经关心祖国的命运，努力学习新学，并注意救国的道理，但是所受的影响，主要是严复、梁启超等改良派的理论和主张。到了东京情形就大变了，一方面身在异国，直接感受到帝国主义的严重压力（许寿裳所谓"留学外邦所受刺激之深"），另一方面生活在革命派潮流的旋涡中。所以他到东京后，一方面为拯救祖国的迫切需要而拼命练习救国本领（学习各种新知识），另一方面是参加革命派的各种活动（就是他自己所说的"赴集会，听讲演"）。他坚决地剪掉那作为清朝压迫的象征的辫子，他热情喷薄地译述了歌颂古斯巴达男女英雄坚决反抗异族侵略的历史小说（《斯巴达之魂》），他激昂地写作了唤起保护民族权利和愤斥贪图私利的奸民的科学论文（《中国地质略论》）……就在这样的时候（1903年），他倾吐了自己满腔忧愤、奋激的感情所吟成的诗篇（《自题小像》）——终生履行的革命誓言，这还有什么可以怀疑呢？如果我们把它去跟他1900—1901年在国内（绍兴和南京）所作的律、绝［《别诸弟》（前后共六首）、《莲蓬人》、《庚子送灶即事》、《惜花四律》等］，从内容到风格比较一下，就更能清楚看到它的确不像是在去国前的作品了。

从这首誓言式的诗篇的思想内容看，还有一点足以帮助论定它的创作时期和地点的，那就是末句"轩辕"这个词的采用。在那些时期，革命派志士们为了宣传民族主义（实际包括着一种狭义的种族主义），以抵抗外国的侵略和推翻清朝的统治，所以提出古史上被认为汉族的英雄祖先的黄帝（轩辕）来

（虽然从现代科学的史学看来，他大概只是远古部落的一个出色的酋长，后来文献上所载的他那些巨大功业，大都是后人慢慢添枝附叶所造成的）。当时他们不但主张用黄帝纪元（意义很明显，就是要抵制清朝统治者的纪年，而以汉族相传祖先的纪年为正朔），并且在诗文里经常出现汉族这位大有威望的"古帝王"。只就诗歌方面看，例如当时革命派活动人物之一马君武，他的《自由》绝句的上联就说："西来黄帝胜蚩尤，莫向森林问自由。"（1903年作）民主革命女烈士秋瑾，也曾经一再在她的诗篇里歌咏过黄帝（轩辕），如："积耻从头速洗清，还我堂堂黄帝裔"（《吊吴樾》，语句据《秋瑾史迹》）、"莫使满胡留片甲，轩辕神胄足天骄"（《阙题》——分刻在起义军指约上的暗号）。总之，鲁迅在《自题小像》的结语上，对这位被认为汉族英雄祖先的轩辕，发誓尽忠，决不是偶然的，而是当时（20世纪初到辛亥革命前夜）革命志士共同的思想感情和政治用语。在他到东京之前，这种诗篇上的思想特点是不能出现的，至少是没有形成的。

由于上面的论证，我们可以说，关于鲁迅《自题小像》的写作年份和地点，许寿裳在《怀旧》里所说，1903年作于东京，是可靠的。鲁迅在重写它时所记的"二十一岁"，指的正是这个年份，而地点当然是东京。

但是，问题并不是完全没有了。鲁迅在"题记"里"二十一岁时作"之后还有"五十一岁时写之"的话。这"五十一岁"，是否也是用实足年月计的结果呢？如果不是，那么，"二十一岁"和"五十一岁"两者在年龄推算法上就存在着不统一的现象。这又应该怎样去解释呢？

鲁迅在这首诗的重写附记里，除了写明作诗的年龄之外，还用干支记出重写的年份——辛未，并附月份——二月（日子，一书明"十六日"，一浑称"下旬"）。按"辛未"是公历1931年（民国20年），不管所记月、日，是阳历或阴历，用实足年月计算法，鲁迅这时都还不满五十岁（要到这年9月25日才满五十周岁），他所谓"五十一岁"，分明是依照中国传统的虚岁算法，而这不必说是跟"二十一岁"在计算法上不一致的。

这种计算法不一致的现象，怎么产生的呢？试说说我的一些看法。首先一个原因，是现代中国人（特别是上了年纪的知识分子），在计算自己的年龄上，有时用比较严格的实足年月的算法（特别在填写履历表之类的场合），有时却仍然依照传统算个虚岁。我自己就往往不免应用这种"双轨制"。这种情形并不是太难理解的。

其次（也许是更重要）的一个原因，是作者在重写这首少作时，考虑到"语趣"上的问题（或者这并不是怎样自觉的）。"二十一"和"五十一"，不是既有变化又有统一吗？而且这中间恰好隔了三十年（这个不小的整数，过去中国人叫它做"一世"）。这种情形，也许不是常见的，但是我们不能排除它的存在。

我想举出一个类似的例子，来助证我的解释。1930年，鲁迅在他抱着海婴拍的相片上写着这样两句话："海婴与鲁迅 一岁与五十"。根据他的日记，海婴出生于1929年9月27日上午。而这张父子合影的相片，拍的时间是1930年9月25日（同时还拍了一个全家的），距离海婴出生的周年只两天。这大概是为了纪念儿子诞生周年（27日，为了庆祝这个生日，还"治面买肴"，宴请亲友）和自己的生辰所以特地去拍摄的。但是这时依照实足年月计算，海婴虽然就要满一周岁，而鲁迅自己还不满四十九岁。所以这里的"一岁与五十"也是依照两种不同标准计算的。原因大概也和上面所说的差不多。不过这里似乎特别着重在"一"与"五十"的年岁差距这一点上罢了。这个例子，或者是偶然的，但是它足以说明鲁迅在年龄的计算上，有时并不那么严格要求一致的。

总之，鲁迅在后来重写这首少作时，题记里前后年龄计算法上的不一致，并不能推翻我们上文关于这诗创作年份和地点的主要论断。

关于神矢、灵台的出典问题

"灵台无计逃神矢"，这是《自题小像》上联的出句。要理解这句诗（甚至于全首诗）的意义，就必须先弄清楚这句里"神矢"和"灵台"的意义，或者说它的出典。因此，向来有人（特别是鲁迅诗集的注释者或该诗的讲解者）都给以一定的解释。

在许寿裳发表这首诗时（1936年12月），他只是对这句诗作了大意的解释："首句说留学外邦所受刺激之深。"（《怀旧》）他没有触及用词的出典。过了几年，他给非杞编辑的《鲁迅旧体诗集》所写的序文上，在谈到鲁迅旧诗"采取异域典故"的地方才说：

> 例如《自题小像》之"神矢"，想系借用罗马神话库必特（Cupid）爱矢之故事，亦犹骈体文中"思士陵天，骄阳毁其羽翮"（《集外集·〈淑姿的信〉序》），乃引用希腊神话伊凯鲁斯（Icarus）冒险失败之故事也。

意思大致相似的话，他在别的文章里也说过（如在给沈尹默手写的《鲁迅旧体诗集》的跋里）。他指出"神矢"一词是用的外国典故。但他对于"灵台"始终没有作过解释，大概因为它在中国文章上并不是什么罕见的词儿的缘故吧？后来人民文学出版社出版的10卷本的《鲁迅全集》，对此诗也只注明创作年份等，而没有涉及两词意思的解释或出典，也许由于同一的原因。

在50年代后期和60年代前期相继出版的鲁迅诗歌的注释本，在这方面便作了必要的处理。张向天首先注出"灵台"一词的意思和它的出处（《庄子·庚桑楚》和它的注文）。对"神矢"的解释，他反对许寿裳的说法，而另从鲁迅早年所作的诗论《摩罗诗力说》里去找根据，那就是拜伦所作长诗《莱拉》（Lara，鲁迅译作罗罗，它是诗篇名，同时也是主人翁的名字）。鲁迅在论文里略述了这诗的梗概，那主人翁结局是中飞矢而死的。张以为"神矢"就是指那"飞矢"。后来周振甫在"灵台"一词的解说上虽然同意张说，但是对"神矢"却认为许说才是恰当的，"莱拉说"有些难于解得通的地方。

此后一段时间里，周说比较占上风。许多注释或讲解这首诗的同志，大都采用他的说法。虽然在对使用"神矢"典故的本意上等，早就有些人另提异议，例如锡金说它是对婚姻问题而发的，但是，那种说法受到批评，不大被一般人所接受。

关于这两个词（连带末句的"轩辕"一词）的解释，近来却出现了新的说法，认为它的出典是《山海经》，我们不妨简称它作"轩辕台说"。日人高田淳1971年刊行的《鲁迅诗话》，解释《自题小像》那首绝句的后半，有着像下面的一段话：

> 最近出现了关于灵台的新话（山田敬三：《留学时代的鲁迅》，《鲁迅》第五十号）。从《山海经·大荒东经》射者不敢（西向）放矢的"轩辕之台"，《大戴记·帝系》里黄帝所住的"轩辕之丘"等看来，所谓"灵台"，大概是中国的意思罢？因此，所谓"风雨"，也是当作住在山上的风神和雨神的一种神话上的发想。这是值得考虑的一种说法。

这段叙述，一时颇引起我对它的注意。但是，它只是对山田论文作一个极简略的介绍，我因为没有看到全文，不能知道它详细的引据和论证〔虽然同一作者那论文的下部分（刊在1970年《野草》创刊号）我手边正好有着〕。因此，不能说什么。但是，最近这种新说法在国内也有人提出来了。这是学术上的一件新消息。去年《南京大学学报（哲学社会科学版）》第3期，赵瑞蕻发表了《读鲁迅诗〈自题小像〉和〈湘灵歌〉》一文，它的前半篇就是专门论证这个问题的。他否定了许寿裳等的爱神说和张向天的莱拉说。认为两者都是"古怪的解说"。他正面提出了《海外西经》和《大荒东经》所记的轩辕之丘（台）和"射者不敢西向射"的材料，并作了如下演述：

> 根据《山海经》上的记述，有穷山地方的人持箭不敢向西射去，因为畏惧轩辕台，也就是害怕黄帝。为什么说向西射去呢？因为据传说，黄帝族原先是居住在西北方的，后来打败了九黎族和炎帝族，才逐渐移居中部地区。

接着，他又根据所引用的古典资料和自己的理解，对这诗的首句作了解说：

……"灵台无计逃神矢",在从前,世界上的妖魔,一切的牛鬼蛇神,是不敢用弓箭射击我们的"灵台"(即轩辕之台),不敢放肆向我们伟大的祖国侵犯进攻的。自从1840年鸦片战争起,西方帝国主义强盗们用兵舰大炮打开古老中国闭关自守的大门后,他们的魔爪便肆无忌惮地伸进来,相继侵略中国,捏紧中国的命脉;如今他们更加猖狂地射击我们神圣的国土,再也无法逃避他们恶毒的弓箭了……

以下作者顺序解说了第二、三句。到了第四句说:"此句用轩辕作结,正好点明《山海经》所提到的轩辕台,回到首句的意思。首尾衔接,一气呵成,辞意兼美,真是天衣无缝了。"

这比《鲁迅诗话》作者的那段介绍,具体明白多了。一切学术上的问题,只要它还没有达到理想的解决程度,就应该不断有人提出"言之成理"的新观点。因此,对于这种轩辕台说的出现,我们首先应该表示欢迎的。这个新说,不但在一些名词的解释上提出新的论证材料,并且对全诗的解说上大体也能前后联贯起来。总之,在对鲁迅传记上具有重要意义的绝句《自题小像》的理解、诠释上,这不失为一个喜信。但是,它是不是没有问题的结论呢?还不能这样说。因为,我们对它还有疑点。

为了便于下面比较充分的讨论,先让我们把那两处主要材料引述出来。第一处是载在《山海经》第七卷《海外西经》里的:

轩辕之国,在此穷山之际。其不寿者八百岁,在女子国北。人面蛇身,尾交首上。(清代《山海经》学者,怀疑"在"字下的"此"字是衍字。)

穷山在其北,不敢西射,畏轩辕之丘。在轩辕国北。其丘方,四蛇相绕。("不敢西射"句,晋代郭璞注:"言敬畏黄帝威灵,故不敢向西而射也。")

另一处是在《大荒西经》(《山海经》十六卷)里的:

> 西有王母之山、壑山、海山……有轩辕之台,射者不敢西向
> 射,畏轩辕之台。[郭璞注:"敬难黄帝之神。"按:"射者",
> 旧本或作"射罘"。《山海经新校注》著者毕沅,曾经给以肯定。
> 但是,郝懿行引《大荒北经》"共工之台,射者不敢西向射"的文
> 例,证明应作"射者"。又,郭注"敬难",日本某旧刊本(文荣
> 堂版),作"敬畏"。其实,"敬难"没有错,"难"和"戁"
> 通,畏惧的意思。]

《山海经》的一般经文,不但语词简略,并且有些地方不大联贯,颇为
费解(过去有些学者,曾经着重指出它的"错简"问题)。但是,上引两处
经文,只要细参其他经文语例和前人注释,它的大略意思是可以读出来的。那
就是:西方有个轩辕(黄帝)的台,在它附近(或东边)的部落(或地方)的
人民射箭时不敢对准西方,因为生怕触犯了黄帝的神灵。《大荒西经》里的
"台"字,在《海外西经》里作"丘"。正像过去某学者所说明:"台亦丘
也。"因为这里所谓"台",是用它较古的意义,不一定像现在我们常说的亭
台楼阁的"台",而是所谓"积土四方而高曰台"(见《吕氏春秋·仲夏》、
《淮南子·时则》等注,《尔雅·释宫》等说:"四方而高")。至于文里所
谓不敢西向而射,这是生产未发展,集体成员一般智力比较低下的原始社会所
流行的一种"禁忌"(Taboo)——法术、宗教思想的表现(自然,如果探究
起来,这种思想的产生,是有它一定的现实原因的)。

《读鲁迅诗〈自题小像〉和〈湘灵歌〉》的作者用这种新提出的材料,
进行论证,并且像我在上文所说,它大体上也能"言之成理"。但是我们细读
经文和作者的论证,觉得还有些难点没有解决。现在把它写出来,供作者考虑
和大家进一步研究。

首先,是对"神矢"这个词的解释问题。对于这个在意义上极关重要
的词,作者却没有给以应有的说明或解释,也许他因为两处经文都提到箭
(矢),而其中一处还说到"射者",似乎关于它,不需要任何解释了。其

实，这个词是需认真解释一下的，其中"神"字特别关系重要。现在按"神矢"这个词，大概意义不外两个：①神祇的箭；②神奇或神妙的箭。但是，《山海经》的两处经文，都不能使我们得出这种意思。"轩辕台"和"射者"及其"箭"，在记载上两者的关系正处在互相对立的方面，前者（台）是"神圣的"，后者（射者与箭）是"世俗的"。这种情形，从经文或释经的文字上看都是相当清楚的。该论文的作者也把经里的"射者"解释作"穷山地方持箭的人"，从而那"箭"也是一般世俗的、物性的箭而不是什么神祇的、奇妙的箭。因此，很明显，它在新说上的解释，跟鲁迅诗里这个词的含义是不符合、甚至于是相反悖的。

也许有的同志要说，这里的"神矢"，是一种比喻的话。作者在解说这句诗的意思的时候，不是说过，"在从前，世界上的妖魔，一切的牛鬼蛇神，是不敢用弓箭射击我们的'灵台'（即轩辕之台）……"的话么？这"神矢"就是"妖魔的箭""牛鬼蛇神的箭"的意思。这好像说得过去的样子。但是，一般地说，"神"的性质是正面的。因此，"神矢"应该是肯定的事物（至少不是丑恶的、反面的事物），它跟用以比喻凶恶的帝国主义侵略的妖魔、鬼怪的箭，是不能相等同的。即使退十步，这种比喻说是能够成立的，但也只能说它是"魔箭"或"鬼箭"，而不能说是"神箭"（神矢），因为蛇神的"神"，是妖魔鬼怪一类的意思，它不能离开"蛇"字去单独理解——离开了，就只能当作正面的"神祇""神灵"一类的意思解释。

总之，不把诗里这个具有重要关系的词的性质弄明白，不把它在句里的意义和关系解说清楚，就自然要成为建立"轩辕台说"的一个障碍——它是新说航程上的暗礁。

其次，是对"灵台"的解释问题。轩辕台说的提出者在论文里对这个词没有作其他解释，只在我上文所引用过的那句话里，"灵台"这个词后面的括弧里写上"即轩辕之台"五个字。照我们所知道，"灵台"这个词在古文献里，意思虽然有好些，但是主要的不外两个：一是周代最高统治者，登上去观察天文气象的"妖、祥"的土堆。清代《诗经》学者陈奂曾经扼要地说："灵台之号，始于文王，后遂以为天子望气之台。"据《三辅黄图》说，它的遗址在长安西北四十里。（以上参看《诗经·灵台》孔疏及《诗毛氏传疏》卷二十三等。）二是"心灵"的意思（这大概是一种比喻的意义）。《庄子·庚桑楚》："不足以滑成（'不足以乱我之大成'），不可内于灵台。"（"不可令人而扰吾之心"）晋人郭象注说："灵台者，心也。"《庄子·德充符》里又有"不可入于灵府"的话。成玄英说，"灵府"是"精神之宅"，也就是"心"。所谓"灵台"，正是和它同样的意思。轩辕台说主张者没有采用这类旧说，却把它当作"轩辕之台"的代用语或同义语。这是把这词所具有的特殊涵义抛开或把它一般化了。

那么，我们进一步看看这种代用法，在历史上是否有根据。自从《山海经》传世以来（经过现代学者的考证，它大概是战国至西汉初期那段时间，被写定、编成的一部古书），历代文人学者，在诗文里提到或使用轩辕之台（丘）这个典故的颇多。他们对它的称法，或作"轩辕之丘"（如《史记·黄帝本纪》），或作"轩辕之台"（如崔融《为裴尚书慰山陵毕上表》），或作"轩辕台"（如萧绎《幽迫诗》），还有简称"轩台"的（如庾信《周柱国……尔绵永神道碑》），却很少用"灵台"的特殊名词去代替它（轩辕之台）的。况且，从诗篇的结构上看，在第一句的首两字用了这个一向没有和"轩辕"联系在一起的替代词（灵台），而直到第四句才点出"轩辕"两字，到底不免有使人感到突兀和欠严密的地方。

以上，我提出了关于新说成立的两个难点（其中更重要的自然是第一点）。因为客观上存在着这种难点，就使那论文的说服力受到一定的限制。这两个难点也许将来会被攻破。但是就现在所显示出来的成就说，虽然能给予旧说以相当摇撼，却不能说已经达到足以完全取代它的程度。

在这里，我想顺便谈谈那"小爱神"的"国籍"和本名的问题。

抗日战争末期，许寿裳指出这首诗第一句里的"神矢"，就是罗马神话里小爱神库必特的那能使受射者心里产生狂恋的神箭。从那以来，三十多年里，虽然有个别的注释者不赞成这种神话说，并在叙述这个神话的时候，涉及他的"国籍"和本名，但那只是依据现成材料，顺便提到它罢了（参看张向天《神矢解》）。其他许多注释者或讲解者都是依照许说的。近来有的同志讨论这首诗，在谈论小爱神的地方，也多少接触到这个问题（参看上面提到的赵瑞蕻的论文）。但是，因为它目的另有所在，所以关于这点"语焉不详"。我觉

51

得仍有谈论一下的必要，自然只能比较简略地说说而已。

大家知道，这个小爱神的故事，是西洋神话里的一个著名古典。文艺复兴以后，由于古希腊、罗马文化的传播，它成了欧洲许多国家，乃至于受欧洲文化影响的世界许多国家的学艺界所熟悉的神话典故，被广泛地应用到讲话和诗文上。"五四"新文化运动时期，中国学界大量吸收西洋文化，这个小爱神也就像候鸟那样飞来了。鲁迅在那运动的前一年（1918年），就写作了《爱之神》那首新诗，去呼吁青年们从封建主义的婚姻观里解放出来。他使这个洋典故为我们的新思想运动服务。

中国上古也产生过许多有意义的神话作品（主要由于后来儒家思想的阻抑，使它不能在文学、艺术上得到保全和发展，——像古希腊的神话那样——因而大都只留下简略的骨干或残点断片）。但是，像小爱神这类性质的神话，似乎没有看到。如果要勉强去找寻和比拟，那么，所谓月下老人，把将来世间婚配的男女给用红头绳系起来的故事，也许有点相近吧。但是，从故事学上的类型看：这已经是属于"传说"一类的东西，而且这位主宰者是一个白发老人，并不是什么健美的、活泼的少年，何况故事又多少带上宿命论的意味呢？不管怎样，比起那淘气的小爱神的神话来，这月下老人的传统，多少总是有些减色吧。

小爱神的神话，虽然后来被移植到罗马，并且在那里得到传播和产生了变化，但是，论他的出生地却是在希腊，他那后来比较通行的"丘必特"的名字〔拉丁语，原作库披陀（Cupidon，法语作Cupidon），今多从英语Cupid，译作丘必特或库必特〕，也不是他的原名。他的希腊名字是埃罗斯（Eros，"爱"的意思）。现在我们通常所熟知的他的形象、职能和本领等，是双肩上长着翅膀，双手拿着弓和箭的美少年，是"爱"和"美"的女神阿弗洛地特（Aphrodite）的儿子。他是小爱神，母子俩都是希腊奥林匹斯神山上的神祇。埃罗斯（或丘必特）的惹人注意的本领，是他为一个无敌的射手，而且所放射的是一种神奇的箭。但是，一般只知道他那被射中心坎的神或人（甚至动物）就会产生狂恋的金箭头的箭，却不大注意到他还有着那种作用相反的箭，就是铅箭头的、被射中了要坚决逃避对方的恋情的黑箭。罗马著名诗人奥维德斯（Ovidius）所写的《日神和达佛涅的故事》（见他所著《变形记》），就是写由于这位小家伙射出的两种不同的箭所造成的悲剧。

埃罗斯不仅后来被改变了"国籍"（至少也成了异国神话上的"侨民"）和本名，他在本土就有过一篇神话的发展史。不要小看这位小家伙，他早在古希腊人的宇宙开辟神话里，就是三个最初的世界存在物的一个了（另外两个是"地"和"黑暗"）。埃罗斯（爱）是从"夜"的卵里诞生。他用箭和火炬刺扎一切东西，使产生欢乐和生命［依据巴尔芬齐（T. Burfinch）的《传说的时代》第一章所说］。这种原始神话多少反映出那些远古希腊人的世界观，反映出他们对于原始集团和两性间的亲和关系，以及作为生活恩物的箭和火的作用等的模糊认识。近代英国的希腊神话研究者哈利孙女士（J.E. Harrison）对于早期的爱神埃罗斯（生命的精灵）的性质，曾经说过："……（他）既不是无用的恶戏小鬼头，也不是男女间浪漫的爱情。只是生命的精灵，对于道德上复杂的人类，有时是'宿命的'，甚至于是可怕的，可是对于是'青春的存在'的、娇嫩的植物和动物，却是欢悦而又亲切的。（古代希腊）陶器画师所描画的'爱神'也是这个，那有翅膀的精灵，拿着花枝漂浮于地上。"据说，到亚历山大王称霸之后，希腊主义（即以仿效古希腊文化为目的的文化活动）盛行时期，这所谓爱神才变成上面所说的大家比较熟悉的那种形象和性格（有翅膀的射手，时常用那神箭中伤神或人的心——使他们燃烧起恋的烈火）。不必说，他和阿弗洛地特的母子关系，也是比较后起的，而且那女神本身还是一个客籍呢。

话有些扯得远了。我主要的目的，是要使一般阅读或注释《自题小像》的同志，对诗里这个洋典故理解得更准确和周到些。如果我要在这里完全恢复小爱神的"国籍"和本名，那不免太过学究气。我只想对他的"国籍"和名称作一点必要的修正：就是这个神话，应该叫做希腊、罗马神话（在希、罗两国神话学上，这类例子是举不胜举的），主人翁的完全名称似乎可以叫做埃罗斯——库披陀（或丘必特）。

最后，我再补说几句关于鲁迅所以要用这个洋典故的问题的话。

上文已经说过，对于运用这个典故的说法，有人同意，有人不同意。我不想遮掩自己的观点，我是个"同意派"。理由如下：

首先，我认为"神矢"在这句诗里，是一种比喻或引申的用法（关于引申说，以前已经有人说过）。意思就是，鲁迅用这个西洋有名的古典神话，目的在表达他在异国所心受的种种酷烈刺激（像许寿裳所解释过的）。他当时心里所燃烧起来的烈焰熊熊的爱国感情，正像那被埃罗斯的金箭射中了的阿坡罗或海地斯（Hades），因而心里沸腾着不可压制的恋情那样。这种修辞学上的比喻（或者说典故意思的引申），不但是过去诗文一般作法中所容许的，而且应该说是极富于表现力的。

其次，从鲁迅当时整个思想状态和学习情形看，他在这首誓词式的绝句里使用这个洋典故，似乎是没有什么不自然的地方的。关于他当时的思想状态，前文已经约略说过，这里不再重复。至于他当时学习的情形呢？正如他的老友后来所追述，他初到异国，求知欲很旺盛，大量购读了新书，其中就有希腊神话、罗马神话以及拜伦、尼采等作家的著作。这时候，他在诗里用起那新鲜的洋典故（希腊、罗马神话）来，又有什么可以怀疑呢？

再次，晚清那段时期，进步的文人学者在文章、诗歌里，谈论外国（特别是西洋）的事情或运用外国的典故，是一种兴行的事情。单就诗歌方面说，甚至于在庚子事变之前，就有改良派的人士谭嗣同、夏曾佑、梁启超等，提倡所谓"诗界革命"，那主要的特点之一，就是在诗里大胆地运用洋典故。如夏曾佑所作"有人雄起琉璃海，兽魄蛙魂龙所徙"，就是其中的一个例子（参看梁启超《饮冰室诗话》卷二）。在革命派兴起之后，这种诗歌上的新现象，就更属"司空见惯"了。鲁迅当1903年那样的年代，在革命誓词的诗篇里用了一下古希腊、罗马的著名神话，实在是很符合当时进步文化界的实际情形的。

关于"以"字的修辞学问题

《自题小像》的结句："我以我血荐轩辕"，从诗篇的结构上说，这是全诗的顶点，是作者情思所达到的高潮。从诗的意义上说，它是这位青年爱国者的革命宣言，也是他终生实践的庄严诺言。

但是，从旧诗格律的角度看，这里却有一个小小的问题，就是第二字的"以"，在平仄上不符合通常的规定。大家知道，这首绝句用的是"平起、首句不入韵"的格式。照规定，第四句的平仄顺序应该是"平平仄仄仄平平"。但是，现在诗里实际的平仄却是"仄仄仄仄仄平平"。像这种格式的诗体，第四句第一字将"平"作"仄"是被容许的。但是第二字将"平"作"仄"，就比较特殊了（或者说，在音律上比较成问题了）。因为中国近体诗，七言句里音节停顿的地方，在于二、四、六等字，它在声音上是要特别重视的。古人所作的这种格式的作品，这种地方，将"平"作"仄"（反之，将"仄"作"平"）的例子，虽然不能说绝对没有，但毕竟是比较少见的（他们大都避免这样做）。

这个旧体诗音律上的问题，从来似乎没有引起注释者或研究者的注意。有一位鲁迅旧诗的注解者曾经在所录的这诗的正文本句"以"字下，注明读"平"声［见曹翕君：《鲁迅旧体诗臆说》（稿本）］。但是，他并没有作什么说明。到底是说这个字在格律上应该作平声呢？还是认为这个"以"字可以读作平声？没有交代清楚。因此，这个问题常常在我脑里转动着，使我作种种的想法。

首先，使我想到的，是鲁迅在旧诗创作上对于旧格律的态度。一般地说来，他是遵守固有格律的。他的许多律、绝诗，在平仄、对偶、押韵等方面，很少不依照一般规定。有些地方，还曾经使我们感到惊异。记得前几年，我因为教学上的需要，下手编写《诗词格律常识》，要在近人的作品里找一首"平起、首句入韵"的五言律诗的例子，我想在鲁迅旧诗的武库里取材，但是结果失望了。经过一再思考，我才恍然大悟。因为在传统上，五言律诗虽然有平起、仄起和平起首句入韵与否和仄起首句入韵与否的两组格式，但是，过去一般却以"仄起、首句不入韵"的为正格。鲁迅幼少年时代，是在私塾里受过这类教育的。所以后来他虽然年龄已长大了，思想也大变了，对于这种少年时所学得的诗律，基本上还自觉或不自觉地信守着。

自然，鲁迅所作的几十首旧诗里，打破旧格律的，也并不是没有，但那到底是少数。并且，它大都是有原因的。有的讽刺、幽默的作品，有时在平仄上和押韵上并不依循规定格式或传统诗韵，像《赠邬其山》之类的作品就是例子。又有的作品，看去好像不合一般平仄等的规定，但那往往是由于那种诗体在传统上有着这样的作法。例如五言绝句，虽然初唐以后有一定的平仄、押韵的规定，但是由于这种体裁的大略形式在六朝已经存在（所谓"古绝"），所以后代作者在创作上，对句中的平仄和句末的押韵都比较自由（可以押仄韵），鲁迅的作品如《教授杂咏》《题呐喊》等就是这一类。又如他的有些律、绝，篇里的拗句，像"华颠萎寥落"（《哀范君》）、"却折垂杨送归客"（《送增田涉君归国》）之类，是旧诗里所惯见的，它差不多成为正式格律的一种补充形式了……总之，鲁迅对于近体诗的格律，不但是熟知的，并且直到晚年，大体上也是遵守的。那么，为什么在《自题小像》这首诗里，对于那第四句第二字（一般人不愿破律的字），他却要用"仄"去替"平"呢？原因到底在哪里呢？

或者以为这是他青年时期的作品，偶然大意失于检点吧？但是，他在创作三十年之后重写它时，并没有加以改正。这证明那决不是一时疏忽的结果，何况他早年所作的《赠诸弟》《庚子送灶即事》《惜花四首》等诗，在格律上都是符合程式的，并没有那种平仄不调、失黏等毛病。《自题小像》第四句"以"字的以"仄"替"平"，是决不能用少年疏于检点的原因去解释的。

或者以为是不是在这"以"字的使用上，鲁迅采用了上古音或地方音呢？因为照近代某些古音学者所说，我国上古文字的声调，只有平声和入声。那么，"以"字这个上声字，很可能在上古是读着平声的。又"以"字在现在某些地方的语词里有时读作平声（例如杭州人读"所以"为"所依"声，据说绍兴人中也偶有把"以"字读作"衣"声的）。我们虽然不能完全排除这类设想，但是它的现实性恐怕是不大的。因为一个现代诗人（特别像鲁迅这样伟大的现实主义作家）作近体诗，决不会为了符合格律，突然地去用起那变化已久的上古音来。至于在近体诗里，为了符合规定的平仄，偶然用起方音来，不能说完全不可能。但是，这样做似乎要有个条件，就是那个字非借用方音，绝对没有办法（就是说，不能改用别的字），而这里的情形并没有这么严重（下段将谈及这点）。并且"以"的读仄声（上声）至少已经有千年以上的历史，现在在近体诗里要用方音的平声去代替它，作者总得声明一下，才免引起读者的诧异或猜测。但是，鲁迅并没有这样做。总之，上古音说或地方音说的想法，看来也是不怎样切合事实的。

又或者有人想，这是否因为"以"字不容易找到适当的平声字去替换它，所以这样将就了。也就是说，这是一时出于不得已，是一种消极的处理方法。这种由于不得已而逸出规律的情形，在过去旧诗的作者那里，是偶尔会有的，也是被允许的。但是这种理由，也不能说服我们，因为这个字并没有达到改动不得的那种程度。如果要把它换成符合格律的，那么，改作"将"字不就可以了吗？而这种常见的字，像鲁迅这样伟大的诗人、艺术家，是决不会想不到的。因此，这种想法也不容易成立。

那么，鲁迅到底为什么要用这个不合旧诗律的"以"字呢？我反复思索的结果，以为应该从积极方面去找寻解释的钥匙。换一句话，这是一个修辞学问题，或者说表现的力学问题。

我们知道，鲁迅这首七绝，是他满腔火热的忧愤和奋斗激情的表现，而这一句，又是这种表现的喷火口。鲁迅这位优秀的青年诗人是晓得怎样为了充分适应它的内容，去有效地选择表现的文字的。这种文字的选择，不但是一般意义的、气氛的，而且还包含着声响的、气势的。像那样强烈的感情和挺拔的思想、意志，只有采用那么强悍有力的语词，才能达到过去文艺批评家们所说的"声情吻合"的理想地步。"我以我血荐轩辕"这句诗，破坏了一般律句的形式，却使它赢得了极其优异的艺术效果。因为"我以我血"的"以"字，能加强这句诗的气势，使它劲挺有力，像拉紧的弓弦一样。如果把它改为"将"字之类，平仄是符合了，怎奈缺乏一种与内容相适应的语调上的气势呵！

我从这个"以"字的修辞学的探究过程（尽管是简略的过程），联想到对鲁迅遗产的研究、发扬，有更加全面、更加深入去进行的必要。而且，假以时日，这是一定能够取得比较理想的成绩的。鲁迅遗产的范围相当广泛，在一些重要方面，我们已经取得相当成绩，而且正在继续取得成绩。但是有些地方还需要深入地去挖掘，例如他的诗学（诗的艺术）方面，就得进行更加全面、更加深入的工作。这样，才能使这种遗产的光辉越加放射出来，而在我国广大人民的思想上、文化上产生更伟大、更深远的影响。

1977年1月作于北京

附记　本文脱稿后，我在《南京大学学报》1977年第1期上，看到鲁歌的短论《也谈鲁迅的诗〈自题小像〉》。该文对这首诗的首句（主要是对"神矢"一词）提出了新的解释——它引用鲁迅一些文章里的语句，论证诗中的"神矢"是指当时的革命思潮和反抗喊声。我初步的印象，觉得这个新说颇值得注意。因为本文已草成，来不及加以讨论，仅在这里附记一下。

诗话、谈艺录

《诗心》自序

在十一二岁的时候，我就热爱着诗。年纪长进了，学艺上嗜好的门类也添益了。我所热爱的东西不能够再像往时那么单纯。但是，最初的爱往往是最固执的爱。二十多年以来，我对于各种学艺曾经有过不同程度的眷爱和不同情形的变迁。这笔账，今天自己回顾起来，真不免有些感慨。虽然这样，诗终究是我的一位爱宠。现在，我还是深挚地爱着她——纵然她已经不再独占着我的爱。

谁能够对于自己的爱人或好友，不抱着关切的心情？诗是我少年以来的爱宠，对于她，比起别的事物来，我要注意得深些，思索得多些，这难道不是很自然的事情？现在，回想到自己在十五六岁时候就俨然写作着那成册的"诗话"的故事，实在禁不住温情的微笑。但是，社会激变着，人激变着，我对于诗的思考，自然也不能静定不移。把现在对于诗的一些看法，去和十年前二十年前的比较起来，那种差异的程度，恐怕是要叫人大大吃惊的。

几年前我从学院转到军门，结果又从军门回到学院。年来职务和环境，更加催迫着我对于诗的亲热和思考。去年春间，在那个有人称它做"世外桃源"的山村中，白天或深夜，我往往据案思索着，并且随手记下那些思索的结果。后来在坪石和桂林的寓居中，也曾经继续着那种思索和记录。时日多了，记录也就有了分量。这就是这本薄薄的册子的来源。

没有一个人是真正孤立的。就是那最卓越最杰出的人物，也不是什么虚悬在天空的星球。他们是生活在人们中间，发展在人们中间的。他们是一定历史和社会所影响着的人。所谓"特出"，与其说是质的差异，倒不如说是量的超越。我是一个平凡的人。在我关于诗的思索的结果中，显明地可以看出过去的影响，时代的影响。但是，如果容许我不逊地说一句，我是决不抄袭别人的意见的（无论是古人的或今人的），除非那已变成了我自己活生生的体验的一部分。

有一个时期，我曾经耽读着拉·罗西福科（La Rochefoucauld，1613—1680）的那本著名的小书——《格言和杂感集》。那种用精约的文词表达着丰富的意义的文体吸引着我。直到现在，我贫寒的书案上还站着帕斯加尔（Pascal，1623—1662）的《随感录》和尼采的《欢乐的学识》一类书籍。尽管那些书籍里所蕴藏的思想和我的有多少距离，那种富有回味的文体总叫我抛舍不得。就因为这种缘故吧，我记录这些关于诗的思考的时候，便不自觉地采用了那种格言式的文体［或者说，当时沙布勒（Sable）夫人客厅里所盛行的文体］了。自然，在思想的深邃和语言的精粹上，我是不能追从那些伟大的师傅的。

欧洲从14世纪到16世纪，是历史家所谓"文艺复兴时代"。人们从长期黑暗的禁锢中伸出头来，从新发现自己，肯定自己，企图和实行创造那理想的"人的文化"。历史是螺旋地进行的。今天，人类又将展开一个新的"文艺复兴时代"。那必定是在规模上更宏伟、在意义上更彻底的"文艺复兴时代"。在我们的国土上，现在不知道有多少年轻人，用着一种不能形容的欢喜迎接着它——不，他们是用着超人般的努力去催促它、创造它。他们大多数不仅仅抱有不凡的希望和坚定的信心，而且也具有可惊的明智和难信的谦逊。我每回听到或接着这类青年询问学艺的话语或书信，心便不由自主地沸腾起来。这册子中的一些零思断句，不知道能给予他们一点实际的助益吗？——如果，它真有这个用处，我便将感到无上的光荣了。

1942年4月15日，敬文自序于粤北

诗　心

诗人的第一件功课，是学习怎样去热爱人类。

诗人是真正的预言家。

他的敏感使他预见到人世未来的祯祥或灾祸，而他的诚实使他敢于宣布它。

诗和散文最大区别的一点，是前者在仅少的词句中，蕴着更丰富的意义。

日常的生活中有浑朴的诗情。

日常的语言中有断零的诗句。

古代的诗人，常常用自己的理想渲染了农夫樵子的生活图。

据说古代希腊人军队出征的时候，诗人常常走在前头。

这是诗人职能最好的象征。

"诗的真实"，是从现实的真实中提炼出来的。

有些作家自然地获得和内容最适切的表现形式，另一些却必须经过长时间的奋斗才能够获得它。

伟大的创作家，同时必然是伟大的思想家。

月亮被中国诗人歌咏了一两千年，现在却轮到太阳的班了。

不使思想明晰，不能够驱除语言的暧昧。

诗人因为要说得更真实些，所以有时候不能够不撒谎。

每个时代都有它的"诗人辞藻"。

荷马的作品虽然被各时代的人用种种不同的理由鉴赏着，但是，她仍然有着那一定的客观的艺术价值。

真正具有圣徒的心的作家，往往反被人指派做魔鬼。

所谓"纯粹的诗"，大都是内容最稀薄的诗的别名。

朗诵诗，是诗的还原又是她的跃进。

第一流的诗论家比起第一流的诗作家还要稀罕。

最平实的事物，往往才真是最惊异的泉源。

真正的诗存在于不文的民众中间，正像她的存在于有教养的人们中间一样。

写实要防止琐碎，抒情要防止空泛。

在诗材或诗情稀薄的地方，浮艳的词藻嚣张了。

具有善良心魂的诗人，在今天，毁谤是没有法子避免的。
他最好的自卫方术，是像海涅一样顽强地矜持着。

诗人是不能够脑满肠肥的。

真理是平易的。
为什么有些人偏要使那传达她的声音的诗，故作出艰深的样子呢？

诗人是从日常的感觉、行动中造成的。
在写作的时候，他不过把那诗的魂更具体更完整地显示出来罢了。

诗人在某种意义上是拓荒者。
徘徊在别人富饶的田亩旁，或者局促在自己狭窄的园地里，都是小家相的。

为什么不去走那些更便捷的路径呢？——你想利用诗来博得名誉和利禄的人们。

徒然袭取马耶可夫斯基诗作的外貌的人，是永远和马耶可夫斯基相去千里的。

诗不必借助音乐。
因为音乐正是她的内在质素的一种。

白居易的诗是最容易懂得的。
但是，他所遗留的手稿，却泄漏了一个惊人的秘密——那种浅易正是他惨淡经营的结果。

诗应该写得像亲密友人的谈话，而不应该像中学生的处女演说。

造成神秘诗人的理由是很不神秘的。

言志派作家不同于载道派作家重要的一点，是他主观地并不觉得在布道罢了。

作家要写那在自己认为最好或者最坏的东西，都有他的自由。
但是，他必须具备这个最要紧的条件——熟悉所要写的，像熟悉自己的手指头一样。

艺术到处存在。
因为真实到处存在。

最好的作品，是最容易懂得的作品，同时也是最不容易懂得透彻的作品。

有猎头的风习，才产生了猎头的歌。
有猎头的歌，更巩固了猎头的风习。

没有原则的新，是顽固的另一种形态。

诗是人类不能够长久沉默的一种证据。

最厌恶批评家的诗人，往往自身正是伟大的社会批评家。

温柔敦厚，是一定时代中一定社会的诗学法则，正像夫唱妇随，是一定时代中一定社会的伦理法则一样。

诗是不能够伪作的。
假的诗章比较假的钞票，更容易被人看出破绽。

好的艺术作品，大都是非常个人的又非常社会的。

没有装饰，有时候却是更高级的装饰。

诗歌在某些方面具有一种深邃性，因而使诗学在各种文化理论的传统中间，那神秘意味和保守精神，往往来得特别强烈。

就是最好的诗也不能够使一切读者得到同等性质的和同样程度的感动。
因为在人类的心理上，根本没有（至少是现在还没有完成）这种整齐划一的感应基础。

诗和哲学的界限，在尼采的脑子里是很模糊的。
他用诗笔写成哲学论文，同时也用哲学思索创作诗篇。

功利决不消减艺术。
恰恰相反，它是艺术发生和发展的首要条件。

纯情的语言，必然是质朴的。

有许多诗的理论，像托尔斯泰对那些哲学著作所感到的一样，只有在不直接讨论到诗的真正问题时候，才是明白确切的。

死抱住艺术的，往往倒失掉真正的艺术。

作品的永久性，只是她坚实的时代性的延长。

每个作家都应该有他特殊的创作道路，去达到那共同的终极目的。

"最冷的燧石中有烈火"。
外表冷静的作品中，常常含蕴着炽热的爱或愤恨。

卑劣的心必然产生诬妄的艺术。

丑妇有时候最晓得别人的丑貌。

明朝一位诗界的复古大家对别一个说：
你的作品最高明的地方，也不过是前人的影子罢了。

在人类能够利用机器驱使水力的时候，从前作品里面的水仙波神，就只得让位给劳动的和智慧的人类英雄了。

诗人创造更高的自然，批评家说明和广播它。

我们不需要那种创新，如果它所给予的只是些新的风花雪月。
新的诗不单要有新的感觉新的辞藻，而且也要有新的资材和义理。

灵感，是诗人精神的积水，被偶然的风力所激动起来的浪花。

记着这个文艺技术学上的主要原理——
"不帮助目的，就是违背目的。"

文学不是一种职业，而是一种宗教。
从事这种神圣工作的人，从第一天起，就必须具有殉教者的决心，至少也要准备欣然去履行那不容避免的苦行。

好的诗人必然是伦理家。

但是，用伦理去写诗或评诗，往往是和诗没有缘分的。

最有用的技术，是自己在创作实践过程中所得到的。

没有美妙的语言，除非它被安放在最适宜的地方。

所谓独立的语言的美丽，是没有意义的，正像说超越现实社会的道德的崇高，是没有意义的一样。

成天吟诵伊利亚得（Iliad）的但丁，写出来的却是他自己的神曲。

有人说，唱歌是肚子吃饱了以后的事情。

其实，饿着肚皮的人也未尝不想望或不能够唱歌。但是，他所唱的必然有他自己的意义和调子——如果他不是学舌了那些吃饱肚子的人的歌曲。

不严肃地处理艺术的人，至少是无意识地侮辱艺术的人。

卢南（E. Renan）曾经说过："史诗和个人的英雄主义一齐消亡了。炮兵和史诗不能够两立。"

是的，个人的英雄主义是消亡了。但是，新的英雄主义产生着。炮兵并没有根本毁灭史诗。它不过毁灭掉荷马式的旧史诗罢了。

诗歌中并不严禁一切抽象的东西，她只拒绝那种僵冷而没有生气的——就是没有经生活和情绪孵育过的。

在社会生活越紧张的时候，文学越容易显出她正当的机能。

从窗子里去看世界和从高旷的地方看它，结果自然是很不同的。

多数作家都安于自己所站的地位，只有很少数的作家知道怎样去寻找更适宜于瞭望的位置。

艺术上的美学观念，往往比实际生活来得落后。

歌咏火车轮船的"美"的诗歌，是在蒸汽机应用多年之后才产生的。

在今天，看出新艺术和旧艺术两者的一致固然也是需要，但是，看出两者的区别和那种区别的真正原因却更加必要。

大作家的自叙传，多半是一种抒情诗。

作品里头的血肉，是由作家的社会实践中产生出来的。

抽象的思想，或者可以假借，活生生的血肉却没有法子旁取。

能够从人生琐碎的事象中看出深刻意义的，是有价值的作家的本领。

不肯把文词写得更平易些的人，往往是没有什么重要东西可以写的人。

诗人如果被容许做梦，那因为他梦的是更完美的现实。

诗人也有他的算盘。

他孜孜不倦地计算着人群的福利和不幸。

年青的朋友！

如果你觉得写诗是很容易的，那也许因为你还不知道什么是真正的诗的缘故。

人的尊严就是诗的尊严。

从诗的最高意义上说，所谓"恶的诗人"，是语词的矛盾。

热爱工作是一切艺术家的起码条件。

苏东坡、辛稼轩的粗豪的作风，一向被看做词中的变调。
这不仅仅是从传统的词学观念看，而且是从传统的伦理学观念看的结果。

思想在文学作品里面，要像那江海中的鱼，潜泳在水里的时候多，显露在水面的时候少。

骨子里的秀，是最真实的秀。

不是为着通俗化才写出素朴的诗，而是要使诗成为更高级的所以素朴地写。

古人曾经有造诗冢来埋葬废诗的故事。
我希望现在的新诗人，每位都有这样一个冢。
它可以叫读者节省精神，同时并使他自己的荣誉增高。

新诗和旧诗的区别，主要不是形式上的，而是思想体系上的。

艺术不仅仅应该使生活更加丰富，而且应该使它更有理致。

咒语，是原始人对自然斗争所产生的诗歌的一种形式。

在今天，叫人明辨是非的文学和叫人增强生活勇气的文学，有同样的重要。

"惟留一湖水，与汝救凶年。"
这两句诗的动人，在它不单显示了一种高贵的观念，而且代表着一种实在的德行。

仅仅说诗是诗人对于世界的解释是不够的。
诗是诗人带着一定好恶对世界的解释。

让那些应该死去的诗情死去罢，在她的坟场上将产出那新鲜而且壮丽的诗篇来。

时代是飞跃着的。
年青人的诗才，也不容许我们用寻常尺度去计量它那生长的速率。

竭力扫除语言上的一切残滓啊！
它的存在，是你的诗章，甚至于全部思想的污点。

周濂溪说，窗前小草和自家的生意一般。
这是理学，也就是诗。最高意义的理学是能够和诗谐和一致的。

直观，就是在创作的时候，也不是诗人心理活动的全部机能。

有些语言学家说，语言是经验（特别是情绪的经验）的象征符号。
如果这话是对的，那么，诗不是一种最具特征的语言么?

现在鄙薄新诗的人有两种：一种是在观念上根本和她对立的，另一种是对她抱着过高的（因而是不切近事实的）期望的。

在芍科伯（Jacob）的褐色的眼睛里，只有感伤的少年诗人巴比赛才是可爱的。

"回到文学上来罢！"垂死的屠格涅夫对"俄国的大诗人"托尔斯泰这

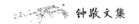

样恳求。

这无疑是优渥的友情的喊声。而违背了它坚决地前进的托翁，也始终没有在玄学的思索上，获得根本解决人生问题的正当方术。

但是，托翁比他的劝告者到底是更伟大的，因为他勇于替文学去寻求更深邃的天地。

作品上的某种优点常常附带着一种缺点。

而实际上那种缺点比起优点来，是更容易被学到的。

小孩子的游戏，从心理上说，也许是最"没利害感"的罢。

但是，除了那些偏见的学者，谁肯承认它是真正的艺术呢?

子夜歌和敕勒歌思想、风格的不同，主要不是由于自然风土的差异，而是由于作者生活形态的差异。

夏侯太初说："伏羲有网罟之歌，神农有丰年之咏。"

这是包藏着某种"历史真实"的远古传说。

诗人需要明智不减于需要热烈。

现在的我们和百余年前的拜伦，同样抱着深沉的"世界苦"。

但是，幸运到底属于我们——我们不是预见到那未来世界的光明么?

在西湖上的一只游艇里面，一个诗人和一个船夫，同样凝望着前面的云容水色。

可是，他们所关心的并不一致。如果诗人是神往于那些景色的美或由她所引起的种种情事，那么，船夫却是在打量着水程的远近或气候的阴晴。

太过天真地描写着希望的艺术，很像小孩子所吹嘘的肥皂泡子。

一段故事，一个思想，都有它最理想的表出程序。

能够捕捉住这种程序的，便是干练的艺术家。

艺术的心不是突然涌现的灵泉，而是那越磨擦越光亮的铜镜。

也许像利恰慈（I. A. Richaps）教授所说，某些诗歌只在表现着一种经验。

但是，没有贯穿着思想的经验，正像一些散乱的珠子——而艺术却必须是有组织的项链。

进化论派说，人类最初的艺术是求爱的。

可是，民族学者告诉我们，她是求食的——更正确地说，是帮助求食的。

在现实存在着种种缺陷的时候，暴露和讽刺的作品是不能够绝迹的。

真正原始意味的感情，在我们心里是不存在的。

如果刚出世时候的感情可以比做一块生铁，那么到了相当年龄以后，它已经是在社会的熔炉里和铁砧上千百次烧炼和锤击过的熟铁了——不，它已成为某种定形的器物了。

当自然还威胁着多数人生活的时候，对它唱出颂歌的诗人，是自私或无智的。

在中国的诗论史上，一般批评家对于作者的特殊风格，远不如对于那传统风格的重视。

诗人必须兼有儿童的直观和哲学家的透视。

年青的作家大都不能够了解简洁风格的美。

结果，在他们的作品上，往往词浮于意或语词凌乱。

据说，有一次诗人济慈（J. Keats）为痛恨牛顿而干杯。因为他给虹以科学的分析。他破坏了诗的美。

许多年月过去了。事实证明科学并没有吞吃了诗。它反而给诗人开拓了许多启发灵思的新境地。

深沉的忧苦，是诗人献给"真理"的特定礼物。

诗人啊！当你应该歌咏勇士的钢枪的时候，你还在为着丘比特（Cupid）的小弓矢而浪费神思么？

诗人不是修辞学家。

但是，最好的诗作，必然包含着最高妙的修辞技术。

现在极力反对文学上新形式的人，不知道他所拥护的旧形式在刚产生的时候是曾经遭那拥护更旧形式的人顽强地反对过来的。

不要玷污艺术！

不然的话，那将要叫你很难从人间永久的正义法庭里得到宽恕。

老年人爱从作品里去寄托感慨，青年人却爱从那里去追求理想。

文学史上没有怪僻缛艳的第一流作品。

广和深都是作家所必需的。

在两样不能够兼得的时候，宁可放弃前者。

因为自己不需要或不可能发挥文学正当机能的人，才主张文学是为娱乐而作的。

创作家的文学论，实际家的文学写作，都是一种业余的产品。可是，在那里，往往有着永远不会磨灭的宝玉。

说伟大的作品是用作者个人的生命写的，不如说她是用许多人的生命写的更来得恰当。

作品里的警句，是那作家思想的结晶。
越是警句丰富的作品，越是作者思想成熟的产物。

最成功的文学家，不仅仅深切地晓得某种技术的用处，而且深切地晓得那用处的一定界限。

主观本身没有好或坏。
如果在某些作品里，主观成为一种有毒的破坏原素，那么，在另一些作品里，它却可以给她们增添许多迷人的力量。

有时候，形式上不完整的作品，也能够收获到惊人的效果。

一部文学史，是旧体裁对新体裁不绝压迫而又不绝让位的历史。

创作生活是一个不绝发展的过程。
谁在中途停住脚不走，谁就是自己前程的放弃者。

好的作家像好的花匠。
他知道怎样去芟除那些繁枝复蕊，使得本干健强而花朵肥壮。

写作的敏捷，并不是伟大作家必不可少的标志。

作品的公式化，是那作家对所描写的现实太过生疏的一种证明。

理论不过是路标。
一程一程的道路，还是要靠自己的双脚去走。

卓越的文学家，大都可以说是那个时代伟大的心理学者。

一般所谓典雅的词句，当真看起来，往往是很恶俗的。

为什么要禁绝歌咏个人的哀乐呢？——如果那是和大多数人的哀乐相通的。

我每看到炫奇斗巧的诗章，便想到街头那些妇女时装的命运。

诗到底是一种手工业。
你要使手上的那枝笔变成非常大量生产的机器，不将是徒然的希望么？

把诗当做玩艺的人，决不能够得到诗的真正悦乐。

如果你对于一位将军穿上女人旗袍的样子，感到滑稽可笑，那么，你又怎样能够不努力使自己作品的内容和形式更加谐和呢？

把诗的某种题材或词藻当做诗的本身的人，和诗正隔着一重坚厚的墙壁。

在有些社会里，诗被当做部族联结的媒介；在有些社会里，她被当做驱赶魔鬼的符篆。

在有些社会里，诗被当做礼赞英雄的颂词；在有些社会里，她被当做粉饰太平的釉彩。

在有些社会里，诗被当做麻醉人民的鸦片；在有些社会里，她被当做唤起抗争的军号。

浮滥是诗的死敌。

一首诗中情绪的价值，不只在于它对作者是忠诚的，而且在于它对人群历史的进化是忠诚的。

好的酒只叫人沉醉。

好的诗叫人沉醉，更叫人醒奋。

一切技术都是那产生或适用着它的事物的一个有机部分。一切离了那事物本身，技术往往变成失水的鱼了。

小说决不能够代替诗——虽然它已经掠去了一部分的诗材。

说"艺即是道"的陆象山，比以为"工文则害道"的程伊川，是更懂得道和艺的真正关系的。

和强调诗的抒情性同时，我们强调着诗的批判精神罢！

一首揭露生活罪恶的诗，如果叫人读了不是更想去肉迫生活，那么，她的价值决不能够算是很高的。

说诗人是立法者固然有些夸张，一定要把他从"共和国"里驱逐出去，不是更实际得太空想么？

所谓"哲学诗"大多数不是最佳妙的诗——虽然好的诗多少必须含有哲学的意味。

好的作家必然是语言的艰苦的斗争者。

他一面要驱赶陈言滥语，另一面又要克服那涩词险句。

歌德曾经私叹过宫廷生活对自己创作自由的妨碍。
那些才能、气概和敏感远不如歌德的作家又怎么样呢？

改正文学上的错误观念和陈旧习惯，在今天的中国作家们，都是极端必要的。
不过，改正习惯比改正观念，更加困难罢了。

所谓道德派的艺术，比起所谓恶魔派的，实际上常常给予人群以更多的恶影响。

有些感兴或题材，好像掠过眼前的飞鸟，一去是永远不再回头的。

良好的作品像良好的朋友，接近越长久，越能够显出她的好处。

像庖丁的神技，在于看透牛身的脉络、肌理；文学家的神技，是在于看透社会及人生的脉络、肌理。

时代是容易把人抛在后头的。
有些新文学运动时期的少壮诗人，现在已回头专门去写作旧诗，或诅咒着当前更进步的新诗了。

时光对于某些作家是最优厚的恩人，但是，对另一些作家却是最残酷的判官。

艺术成为少数人的，那只是某一特定历史阶段中的病态。
在原始社会里，艺术是普遍的，在未来的社会里也将是这样。

靠着典故表现情思的作家，正像靠着拐杖走路的老人。

一个作家的洁癖发展到极点，只有使他变成一无所事的游民。

把艺术降做科学的奴隶，正和把她指做科学的仇敌，是一样谬妄的。

艺术修炼的长进是有程序的。
想一步跨登高楼的人，往往反而折断了肢体。

诗人的主要态度不外美和刺。

人类的审美观念，如果不是心理学上的一种神迹，那么，它决不会在整个社会进化的生活体系中，单独保持着纯粹天然的状态。

考古学家确切告诉我们：旧石器时代那些每天和野兽搏斗着生活的人们，已经在洞穴里描绘着使现代人惊奇的动物画了。
艺术果真是闲暇的产物么？

艺术不断地变革着。
但是，那些超越了社会的广大需要和艺术的基本性质的变革，决不会有什么良好结果。
要彻底消除社会观和审美观的冲突，只有生活和艺术的实践同进到一定阶段的时候才能够办到。

最原始的形式，有时候可以做很进步的利用。

中国古代的达观文学，大都是教人敷衍生活的。
被痛苦所压倒的作家，又怎样能够替人间消除痛苦呢?

这是今天批评家的一大任务——
把生活中的诗和诗中的生活，精审地加以推究、比较和评断。

民谣的作者并不像一般人所想像般的，是天生的艺术家。
他们一样经历着必需的学习和创作苦恼等过程——在他们的作品里不是常常现露着这种经历的痕迹么?

由于心脏的搏动而咏唱出来的真理，是诗。

情绪是朦胧而又敏感的。
因此，诗特别具着那种暗示性和含蓄性。

诗歌违反逻辑的地方，正是它吻合逻辑的地方。
它违反的是理论的逻辑，而吻合的却是情感的逻辑。

诗人不是敌对数学的。
他只是漫画性的数学家罢了。

在技巧泯灭的地方，才有真正的风格。

歌德说他自己的诗都是"感兴诗"。
这不是表明他的诗篇里没有观念存在，——人根本是思想着的，——而是表明他对于感性的无限看重。

每个作家的修辞学，都是他对于世界的观感的一部分。

康德等只看到美和善分歧的地方。
我们古代的理学家恰好相反，他们大都只看到美和善混合的地方。

诗里的思想，必须是热烘烘的，像刚出炉的面包一样。
可是，我们常常碰到的，却是冰冷的，甚至于是发酸的。

从碰击里溅出浪花，从燃烧里腾起火焰。
从生活的纠纷和搏斗里产生伟大的智慧、节操和艺术。

在黑暗的世代里，那些有良心的艺术家的作品，往往是"言不尽意，意不拘题"（袁黄语）的。

希腊哲人赫拉克列特斯（Heraclitus）一再地攻击那些闻名的诗人。
这恐怕不只因为他们是谎话的邮人，而且因为他们做了传统和权势的媚妾。

散文中浸透情绪的地方就成为诗。

叫读者无暇去赞扬它的技巧的，往往才是最高的作品。

"诗歌合为事而作"，这是侧重作品跟社会的关系说的。
"诗中须有我"，这是侧重它跟作者的关系说的。
真正优越的作品，必须同时具有深厚的社会性和个人性。

情绪动力学，是打开诗歌修辞的秘奥的一把钥匙。

词意的过分精致，往往倒闭塞了诗的主要机能。

雅和俗不是永远相对的，两者常常有互相转化的时候。

没有一个真正的艺术家，在他的工作上会不是一个精明的科学家。

"生也死之徒，死也生之始。"（庄子）这是哲学家的语言。
"何须怨摇落？多事是东风！"（吴野人）这却是诗人的语言了。

情深的语多韵味，才胜的语富气势。

艺术家是应该至公而又偏执的。
因为前者可以使他明辨人间的是非，后者却能够使他去发扬心中的爱憎。

风格的努力只有当它密联着一定内容的时候才是有意义的。

当诗人只计算着他个人世俗利益的时候，他头上的光轮即刻就黯淡了。

我梦想着那种人生，那种风格——
在那里，诗和科学是那么谐合，那么浑融！

情绪的语言，是自然地带着节奏的。
可是，要在作品上活泼地传达出那种节奏，却非有一番刻苦的功夫办不到！

形式，严格地说起来，它正是内容的一个特殊部分。

诗的欣赏者太偏重头脑，是一种灾害。

把自己艺术的一切表现方式限定了，就等于把所有创作的内容凝固了——可是那（内容）却应该是发展的、多样的、活跃的。

诗人的艺术，应该宗师自然：
你看，一匹蚂蚁和一个人，在躯体的构造上，不都是那样完整么？

普通的词典是散文的。
诗人有他特用的词典——那大都是出自生活，而又秘藏在自己的脑子里的。

好的诗作应该叫人超越现实，却不是叫人避开现实。

不得已才拿起笔来的作者，往往却永远占住了艺术的王座。

艺术有它创造上的自由。
可是，这种权利并不是没有疆界的。它如果超越过一定的社会、心理的真实及艺术法则，那么，它不过是一种有意的或不经心的恶戏罢了。

如果有些艺术家用语言去遮蔽他的思想，那或者因为他更有力地表现它。

透过复杂，才有真正的单纯。

我们应该原谅那班象征主义者。
他们所以不赞成表现一定的事物和思想，正因为他们只怀有那些空漠或颓靡的情调罢了。

诗所以缺少"达诂"，大概因为"达"者未必肯"诂"，而"诂"者未必真"达"。

诗学上的冶容派和毁容派，都是错用心机的人。

因为作品的声音姿色，是要根据一定的内容去决定的。

不善学习的一种有力证明，是自己写出来的太像自己所爱读的作品。

诗人是用腻友态度去施行明师教训的。

诗中的"理趣"，应该像盐味在海水中，香气在花瓣中。

诗是图画、音乐和哲学的和声（Harmony）。

诗是一种乔木。
它的根深入泥土，那枝干却高拂云霄。

诗人一染上江湖气，就把那应有的"真纯"断送了。

在艺术上所谓"卓越的技巧"，应该是"表现上最适切"的同义语或换一种说法。

艺术上的许多问题，追根究底，自然都是生活问题。
可是，忽略了许多细微曲折的情况和关联，"生活艺术论"就容易成了立体派的图画。

艺术家用缺略去表出完全。

"侥幸"这个名词，用到哪个真正成功的学者或艺术家身上，都是不可饶恕的侮辱。

"谁能不把面包和眼泪齐吞？"——诗人啊，对于你，那眼泪比面包是更重要的滋养品。

文学家的胜利，应该和人类正义的胜利一起。

正确的现实认识，是伟大的理想的基础；伟大的理想，是正确的现实认识的延长。

"把现实让给狗仔们罢！"——诗人对于浮世的名利，不能不具有这样旷达的胸怀。

打倒古典主义！同时不要忘记谦逊地学习古典的作品。

具有霸气的诗章和具有霸气的人物，一样是培养人间豪情胜概的沃壤。

没有言外意的诗篇，好像没有弹力的皮球。

诗是文学中的音乐。因为比其他的文学种类，它要求着更高的谐和。

不要太信任你的艺术胃口！你得精细地检查它的健康状况。它也许会使你成为一个全没有出息的作者或读者，如果它本来是畸形的或病态的。

诗人必须有强烈的爱或憎。微温的作品所得到的反应也只是微温的。

文学决不是政治的奴婢。两者是孪生的姊妹，是为同一目的而作战的袍友。

诗　话

鼓楼诗话

谑画诗

1938年秋，敌人由大鹏湾登陆进攻广州，军事进展的迅速，恐怕连敌人自己也要觉得出于意外。因此逃难的人就不免格外狼狈了。大任有咏羊城失陷前挽绝句："街巷犹传未败兵，帽檐低掩出仙城。车如流电官如狗，冷月西风送远行。"很有一种"谑画"（Caricature）的意味。

诗味的丰饶

"荷尽已无擎雨盖，菊残犹有傲霜枝。一年好景君须记，正是橙黄橘绿时。"这首东坡的有名绝诗，是我在私塾里念书时候起就会背诵的。但只是朦胧地觉得很有意味罢了。几个月前，在一家厅堂里看到梁漱溟先生所写的这首诗，正在欣赏他的书法的时候，突然想到这诗不是隐约地象征着一种人事么？因此连带产生了一点关于诗歌鉴赏问题的意见。

A. 法朗士在他的《易匹鸠尔之园》里有一段谈到诗歌鉴赏的话。他认为鉴赏者不过是被作品所唤起的"再创作者"。鉴赏者所看到和感到的只是他自身的东西。我们不敢完全同意这种奇警的意见。不过我们可以说（或者是应该说），一首好诗，它能够唤起的情趣、哲理必然是很丰饶的。它往往要远超过作者所感应到和意识到的。因为艺术的鉴赏，不是纯粹被动的。它是被动而又自动的。鉴赏者正是用他的经验、学养和趣味，对着一定艺术品去"半创作"的人。

赞颂的诗

赞扬壮忠贞烈一类的诗，最容易堕入陈腐空套。古来许多这类作品，大半叫人读了生厌。可是有些会取材和造词的作者，却能够巧妙地超越这种陷阱。例如归熙甫咏苏州同知伍环破倭寇绝句："惟有使君躬擐甲，刘家港口看潮生。"又："忽驾回潮趋海道，传呼尽避瘦官人。"（伍环身瘦，所以倭寇叫他瘦官人。）这些句子只精要地写述出当时某些情景，我们读了不觉得那种腐气。它给人的印象是新鲜而深刻的。

择福由于同祸

倪元璐"题元祐党人碑"一文，少时曾在教室中听过讲解，没有特殊感应。近日再读一过，觉语短意深，余味缭绕，不易去胸。所谓"择福之道，莫大乎与君子同祸，小人之谋，无往不福君子也！"真是一段精警理论，足以振奋千古志士的意气。张九钺的《襄阳烈士行》说："骂贼甘随毅鬼雄，择福能同正人祸。"正是善用这种警语的。又明人的"谁知党人碑，翻作褒忠籍"，语意也很相近。

蜗庐诗谈

小 引

在我初敲打着知识之门的时候，我就碰到了诗。不必说，即刻迷上她了。

过去相当悠长的时日里，我曾在诗的河流中恣情游泳。与其说是从她得到精神的慰安，还不如说是从她得到精神的倚赖，得到精神的滋补。

但生活本身扭转着它的方向。诗渐渐减轻了对于我的支配力。

人生多少是有点奇妙的。脱离了诗的精神羁縻的我，却又靠了她来维持物质的生存，——谈讲她，竟成了我的一种糊口的职业。

这里，一些关于她的零碎意见，是随兴记下的。有的写在六七年前，有的还是新近的手笔。说来也该惭愧，我们还不算太疏远的关系，却不能使我对她有更丰饶更深邃的理解和表白。这点儿实在太微小了。

西洋有句隽语："语言是诗的化石。"意思是，一切语言，当它产生的时候，大都是活生生地具有诗趣的。

现在我们如果细心体味民众日常使用的语言，也往往可以嗅到那种浓烈的诗的香气。在那里，语言多半还在花开的时期。恰好相反，在一般文人知识分子笔下或口头，我们倒常碰到那腐朽的花瓣或僵冷的黑石块。

很普通的意思一经名匠就眼前事点染，往往就成了隽语。东坡《骊山》诗："辛苦骊山山下土，阿房才废又华清。"叹说帝王兴土木，劳百姓，本来不过是平常意思罢了。可是经他慧心一融合，却显出了那样清新的韵味！

陈思王《鞞舞歌序》说："异代之文，未必相袭。故依前曲，改作新歌。"

这位中古的杰出诗人，见解到底也远超过陆士衡等千百倍。

大家都爱赏或称道李后主那些凄艳的词篇。实际上这位风流皇帝，并不是全不会做别种风格的韵语的，他那"金剑已沉埋，壮气蒿莱……"念起来就差不多有"仰天长啸，壮怀激烈"的悲壮意味。又像"四十年来家国，三千里地山河，凤阁龙楼连霄汉，玉树琼枝作烟萝，几曾识干戈？……"语气壮阔豪爽，可说开宋代苏辛一派的先河。

诗文里语词的美丑，往往不在语词本身，而在于他裁截配合得是否适当。好像邓尔雅赠别诗："至竟相逢无话说，依然后事下回看。""无话可说"和"欲知后事如何，请听下回分解"，本来是相当俗气的语词，可是经过我们诗人的一番灵心陶镕，就有着洋溢的诗味。随园咏钱诗说："解用何尝非俊物。"这话正可应用到诗文语词处理的问题上。

前人论诗，多针对时弊发言。如果我们不知道他所指的现象，不但不能够理解他所以偏激的原因，且也不容易充分领会他精确的所在。

东坡与孙觉诗："若对青山谈世事，当须举白便浮君。"表面好像达观，骨子里是很愤激的。元遗山与冯吕饮秋香亭句："莫对青山谈世事，且将远目送归鸿。"词意相近，热力却减弱了。

山谷说："文字难工，惟读书多贯穿，自当造平淡。"这话很有意味。因为多读书，多明理，才能够捉住事物的意义和条理，而把它简当地表白出来。尼采也说过："他是一个思想家。这就是说他能够处理事物比本来简单一些。"

帕斯迦尔（B. Pascal）在他的遗著《沉思录》里，说一般人所谓"诗的美"，是从诗的那种"不确定性"来的。我们以为如果在客观上没有某程度的确定性，固然没有所谓医学和数学，也决不会有所谓"诗的美"的。

肉煮得太烂熟了，自然没有多少味道；可是让它连腥带韧送到嘴上，也不是叫人快适的。诗文也同其这种道理。太烂熟的话句，固然叫人厌恶；要只是那么硬生生的，不是一样叫读者皱眉头吗？

少陵说："文章千古事，得失寸心知。"这是成熟的（或比较成熟的）作家才能够抵达的境界。在一般的初学者，倒是钟记室的那两句话更切合事实："独观谓为警策，众睹终沦平钝。"

诗词中所描写的景物，必须是最撩动作者情思的。要不是，尽管描写得怎样确切精工，不外是些详实的山经水志或博物志罢了。钱载《夜行将至柳前作》句："滕县南来众山静，徐州东下大河深。"有的批评家称它做"地志"。实际上那种山川形势如果不是跟作者当时的心情很有关联的，那么，就大可不必烦劳他的笔尖了。

前人盛称东坡诗文善用比喻，精巧的地方不是别人所能比并。近来细读

《剑南诗集》，却觉得放翁很爱用对照修辞法，而且往往收到丰美效果。随便举一例："白发萧萧病满身，冻云野渡正愁人。扬鞭大散关头日，曾看中原万里春。"把极度不同的前情后景对举起来，作者那种悲痛心境就凸出纸面了。

艺术的精进虽然可以用人工去催促，却不能没有阶段地突跃。古人说："学诗如学仙，时至骨自换。"正说破了这层道理。

戚元敬不单是一位精能的将军，而且是一位俊逸的骚人。他那"朔风边酒不成醉，落叶归鸦无数来"的诗句，决不是一般文人笔下容易写得出来的。我很爱王仲瞿题他坟茔的那两句诗："篝灯肃法中军静，鼛鼓吟诗万马眠。"雄豪中饶有韵致，正是戚将军性格的恰好写真。

现代欧洲一位著名的神秘诗翁，曾经板起面孔说："不是古人使用过的情感，你别相信它会有什么深奥的地方。"我们很想这样回答他："那些没有在古人篇章上出现过的诗情，它深奥的地方正是你不能够或不愿意领略的。"可是他老人家连耳朵也未必肯打开呢。

读何其芳君的《夜歌》，在那些写景的句子中，我特别爱念下面几行——

> 我们的敞篷车在开行，
> 一路的荞麦花，
> 一车的歌声。

单纯，朴素，却有新味。山谷曾经极口赞赏荆公"扶舆度焰水，窈窕一川花"的句子，说简短中含有几个意思。也许正因为有这种特色，在另一方面，它就反比不上何君诗句的流利自然了。

郭希声闻蛩诗结语："苦吟莫向朱门里，满耳笙歌不听君。"这正是诗文赏味界限性的一种说明。

孟东野句："出门即有碍，谁谓天地宽？"谈诗的人大都笑他胸怀狭窄，不知道这正表白着一种很悲酸的人生体验。

"马边悬男头，马后载妇女。"（蔡文姬《悲愤诗》）寥寥十个字，活写出当时胡兵的强暴情景。真是语不贵多了。

江文通到了晚年失去文才的故事，古代必得乞灵于神秘的解释，但是我们却尽可以应用社会学或病理学去说明它，谁说科学和文学研究是风马牛呢？

没有外缘不容易涌动诗思，闭坐斗室中，虽不是绝对不能够产生诗感，但到底比不上外出时候的印象辐凑，诗兴翻腾。所以徐玑诗说："客怀随地改，诗思出门多。"

有一次，歌德谈到席勒在任何场所的自由不拘束，因而感叹自己是外物的奴隶，不能够发挥本性中的伟大成分。在别的地方，歌德也好像表示过相似的意见。像歌德那样敏感而又真实的诗人，是不会看漏自己相当重要的缺点的。这种反省能力和坦白态度，也正是他不可及的地方。可是现代一部分盲目的批评家，却要把他当做全知全能和全善的模范圣人，这种不当的谄媚，歌德本人有知也是决不愿意接受的吧。

王静安氏说："雅俗古今之分，不过时代之差，其间固无界限也。"在新文学运动以前说这种话，不能够不佩服他的卓识和大胆。

使用旧诗体去表白新事物，新情思，即使能够做到怎样充分的地步，面前还是横着一座大难关，就是：作品的神和形中间不容易造成极端和谐的感觉。但这种感觉，却是一件成功的艺术品所决不能够缺少的。

陶渊明的"晨兴理荒秽，带月荷锄归"，是一种平实冲淡的境界。李太白的"长歌尽落日，乘月归田庐"，却另是一番恢奇豪宕的境界了。

东坡观鱼台绝句："欲将同异较锱铢，肝胆犹能楚越如。若信万殊归一理，子今知我我知鱼。"这可以当做一篇论同异的哲学文章看。

鲍明远才情激越，卓卓独创，可惜他没有深造的理趣，所以到底不能到达第一流作者的境地。

《后山诗话》说："苏诗始学刘禹锡，故多怨刺，学不可不慎也。"东坡曾经耽读过《刘宾客集》，这也许是事实。可是要寻找苏诗多怨刺的原因，却不能够单单在这点上着眼。东坡所生长的社会状况，他个人的政治经历，以及他的性格教养和交游，都是不能轻忽的。《刘宾客集》即使曾经影响苏诗，也不过是外在条件的一种罢了，它决不能够看做产生怨刺倾向的全部原因或最重要原因。

诗人需要有千里眼，顺风耳，他可以看到和听到那些普通人不容易见闻的形象和声音；同时他还需要有近视眼，逆风耳，这样，他才可以省略去那些即在附近可是对于艺术并不紧要的东西。

宋唐子西说："文章即如人，作家书乃是。"这话自然是至理，可是家书何曾容易作呢？所谓"汝无自誉，观汝作家书"的古谚语，就已经道破其中的消息了。因此，世间才是恶滥的诗文多，而真切可诵的篇章少，更何足怪呢？

古人做诗话的本意，有的是论诗艺，有的是讲道德，有的是备掌故，有的是留纪念，也有的是讽时事。明人胡震亨做的《唐诗丛谈》，虽然作意并不单纯，可是假借唐人诗语来批评，或感叹时事的意思却很明显。例如关于李涉连云堡诗说："边上事作不得，说不得，古今一揆。"关于郑五题中书堂诗说："言国运且衰，旦夕有愚智同尽祸也。若今人处此，则一切讳言矣！"这些都不是针对着时弊而说的话么？

陶菴论结交的对象说："人无癖不可与交，以其无深情也；人无疵不可与交，以其无真气也。"诗文上也有相似的情形，许多具有深情真气的作品，往往带着某种疵累。反之，有些作品，在它身上，你不容易找出显著的疵累来，实际却是平庸的，冷死的，它只是一种没有生命的纸花罢了。学院的批评家喜欢称赏后者，对于前者，却常常不惜给以攻击或鄙视。

宋人曾批评东坡"以诗为词"。清代江顺诒在《补词品》上也说："弩张剑拔，雨骤风驰，雄而且健，窃恐非宜。"他们都以为词的风格必定是要"婉约的"。实在这不过是从词的早期作品中得来的一种观念罢了。它决不能范围尽千古作者的心手，苏辛派词学的成功，不是明白地宣告它的无效了么？如果我们从文学思想史上去看，这种把一定风格固着于一定诗体的理论，原是拟古主义者的常态，在词论上的应用，只是其中的一个例子罢了。

"模仿说"是西洋自希腊以来诗学上的一种重要学说。但是在中国诗论史上却没有占过什么位置。这大概因为中国向来所谓"诗歌"，大都只指那些短章的抒情作品，跟西洋主要指诗剧、史诗等描写性的大型作品很有差别。这种从描写性作品出发的诗歌学理，我们过去只有在谈论广义的诗作（好像赋和曲等）时候才多少被提及罢了。

十几年前日本文坛上曾经盛行过一种文学流派，作者在创作上的主要能事是"安排新鲜的感觉"，叫个"新感觉派"。这派的主将横光利一氏，在我国一般新文艺读者脑中并不是一个怎样生疏的名字。本来文学是植根在人类生活和精神深处的东西，把它的表现方法只限制在表面的感觉方面，自然是走入了岔路里去的。可是，文学到底是依形象去表现事物和义理的，在适当的限度下，安排一些新鲜的感觉，至少可以叫作品不堕落到一般的陈套境地。散文这样，诗歌也一样。记得俞平伯氏的《忆》里有这样的两行——

> 窗纸怪响的，
>
> 布被便薄了。

这是简单而又很见效果的一种表现——他叫我们亲切地"感觉"到那种寒冷的情味。

诗是成立在感兴上的，因此它的产生需要有力的刺激物。接触活泼的丰富的人生和自然，当然是一种机缘；就是吟诵别人的作品，也是刺激灵感的机会。不过初学者由于蕴积太浅，加以技艺不熟，在诵读后写出来的东西，大半不免是一些没有生命的仿制品罢了。

"草解忘忧忧底事？花名含笑笑何人？"这是宋朝丁公言在海外所做的诗句。东坡也有和它很相像的一联："花非识面常含笑，鸟不知名声自呼。"批评的人断说丁句远不如坡句，可是没有举出理由来。我以为大概因为前者只是新巧罢了，后者却富有一种"人间味"的缘故。

一首诗包含着丰富深沉的意味，这是可以的，或者还是应该的。可是如果在诵读上，必须是一个百科全书家，是坐烂了裤子的哲学者才能理解或感应，那么不管它含蕴着怎样可贵的东西，也决不会成为人群文化或精神发达的酵母的，因为它除了学院里三数饱学的或其具有特殊癖好的先生们觉得津津有味以外，大多数读者会感到什么呢？

在考古学上据说有一种"始祖鸟"，形态在现在的鸟类和爬虫类的中间。它是一种过渡期形态的飞禽。

在文学上新旧交替的时代，也有这种始祖鸟式的作品，它一面已经粗具了新形态，另一面又相当保存着某些旧形态。新文学运动初期，胡适之、沈尹默和刘大白诸先生的新诗，不正是那种新文学形态上的始祖鸟么？

有人批评白乐天，说他是假仁假义的，这话好像有些不了解人类心理的真实状态。人类的心理往往是矛盾的，伟大的作家也没有例外。白氏的慈悲心肠或山林思想，不一定不能够和他那享乐一类的心情或行为并存于一身。我们可以指摘他精神或性格的矛盾，却不能够骂他在作诗上造伪做假——虽然文学史上并不是绝对没有这一类的作家。

袁中郎、袁子才等明清诗作者兼诗论家所主张的性灵主义，对于传统的伦理主义及形式主义的诗学，没有疑义地是一种大胆的"敌对说"。这种新诗学，从来只把它看做纯属文学上的新奇主张，那是相当皮相的。一种敌对旧诗学的新学说大都是一种新社会意识的表白，性灵说的公然提出，必然有它社会基地上的根据。尽管它还未达到发展或完成状态，但多少必代表着一种新的社会体认或社会欲求。从文学意识上的关系说，它好像是和宋元以来的通俗文学有较密切的血缘的。这个诗学史上的重要问题到现在还没有认真探索过。可是我们相信不久的将来一定要被提出和解决，而且那结论断不会跟我们现在所预想的相差得太远。

"大概可以用散文去述说的，就不应该用韵文。"兮科伯（M. Jacob）这句话虽然多少不免把诗的疆土削小了，可是对于那些缺乏辨别力和节制力的诗作家却正是一杵晨钟。

陶渊明生活疏散，风致淡远，所以他的咏荆轲、叹三良等诗，尽管有豪情俊想，却不能够形成挺拔雄浑的篇章。一个作者的生活、性情关系于作品的风格是很重大的。

黄檗禅师说："不是一番寒彻骨，争得梅花扑鼻香？念头稍缓时，便宜庄诵一遍！""欲坚道力凭魔力"，对于这句明末殉节名臣（翟式耜）的诗，我们也不免要做同样说法。

舒立人《月夜出太湖》句："半夜横风吹不断，青山飞过太湖来。"下句把静物当做动象表白，比东坡名句"浙东飞雨过江来"，更加奇警。我们读着，好像神意也要跟它飞动起来。

诗人胸怀耿直，语言锐利，最容易惹嫌怨，招祸害。古来因为诗语得咎的真不知道多少？所以当东坡贬谪杭州的时候，他的弟弟（子由）就劝告他"西湖虽好莫题诗"。敏感的诗人们，自己是不会不领悟到这点的。诗圣杜少陵就常常在诗中提到它，例如"文章莫浪传""将诗不必万人传"，又如"贾笔论孤愤，严诗赋几篇。定知深意苦，莫使众人传"，大都有忧惧贾祸的意思。陆放翁也说过："文章畏客传。"

张茂生说："夫言有浅而可以托深，类有微而可以喻大。"这两句话是不单适用于"咏物诗"的。

章实斋的文史理论，实在不少精辟的地方。好像"六经皆史"的见解，就和现在最新颖、正确的文学论暗合。像《诗经》一类的文学作品，不但是一定历史条件下的产物，也是具有丰饶的历史价值的文献。

听雨楼诗话

衣钵不可靠

金朝王若虚，著有《滹南遗老集》，评论文事，不少中肯的地方。他做的诗也往往衡量艺文，论东坡山谷的一首绝句说：

> 文章自得方为贵，
> 衣钵相传岂是真？
> 已觉老师输一著，
> 纷纷法嗣更何人！

喜欢标榜宗派的，可以不反省么？

仲则的雄浑之作

黄仲则多病失意，所以诗歌多凄楚悲凉的调子，但也偶有雄浑的音响。好像《小馆夜作》第二首：

> 长夜山窗面面开，
> 江湖前后思悠哉。
> 当窗试与燃高烛，
> 要看鱼龙啖影来。

每当在山居或水泊的夜晚中，吟诵一过，胸中积闷消散欲尽。偶忆放翁《醉中作》一首，正和这篇同一气概：

> 驾鹤孤飞万里风，
> 偶然来憩大峨东。
> 持杯露坐无人会，
> 要看青天入酒中。

铺张与诗味

诗歌是精炼的艺术。如果辞浮意滥，就是诗的自己否定。前人批评唐刘言史诗说："铺张甚富，而咀嚼少味。"这话正是现下许多新诗人应该写了贴在书案边的。

于髯的诗

于髯翁诗风豪爽，是革命家的本色，抗战中所作，像《有询藏石者以诗答之》绝句：

> 天险黄河十丈崖，
> 仓皇残寇会沉埋。
> 关门将士如龙虎，
> 休念鸳鸯七志斋！

诗语也像龙腾虎啸。不是攀高峰，挺胸高呼的，恐怕不容易领略它节奏的壮美。他作品里也有豪爽而带妩媚的，好像下面一联（《中秋夜登民治团城楼》七律）：

> 浊酒因风酬故鬼，
> 战场如雪放荞花。

东坡的禅语诗

东坡精通内典，诗文中往往流露禅语。可是成就上并不一律。好像：

> 三过门前老病死，
> 一弹指顷去来今。

这自然是很成功的。至于：

> 溪声便是广长舌，
> 山色岂非清净身？

就觉得有意搬弄，近于丰干饶舌了。

直接的与间接的

研究小说的人常常把描写分做"直接的"和"间接的"。作者把要显示的事物从正面去描写它，这就是前者。如果他从旁面或他方去写述，那就是后者了。这两种描写方式，在诗歌里一样存在着。譬如韩昌黎《听颖师弹琴》诗，起头四句：

> 昵昵儿女语，
> 恩怨相尔汝。
> 划然变轩昂，
> 勇士赴战场。

这是现在时常被修辞学者或语言学者引用的句子，因为它不仅用鲜明的意象描写出琴音的高低强弱，同时也用了文字的音响去表现它。这自然是直接描写法的好例子。可是那首诗的末数句：

> 嗟余有两耳，
> 未省听丝篁。
> 自闻颖师弹，
> 起坐在一旁。
> 推手遽止之，
> 湿衣泪滂滂。
> 颖乎汝诚能，
> 无以冰炭置我肠！

这一段由听者的受感动去显出琴声的美妙，是一种间接的描写法。这种描写法，在效果上不一定比直接的差些，有时也许还会胜过它呢。

光明面与黑暗面

东坡《题陈季常所蓄朱陈村嫁娶图》第二首：

> 我是朱陈旧使君，

劝耕曾入杏花村。
而今村景哪堪画，
县吏催钱夜打门！

末二句的意思，好像只有光明快乐的情景，才值得艺术家的取材。其实黑暗悲惨的情景，也一样足以唤起吟情画意。历史上所艳称的"流民图"之类，就是好例子。东坡自己集子里许多讽刺时政的好诗篇，不正是由描写黑暗面而产生的么？他也说过："岁恶诗人无好语。"所谓"无好语"，并不是吟不成好诗，只是不能说出叫人欢娱的话罢了。

讽刺秦始皇的诗

秦始皇在过去诗歌中，是一个聚集讽刺的箭垛。例如讽他焚书的：

夜半桥边呼孺子，
人间犹有未收书。

讽他坑儒的：

尚有陆生坑不尽，
留他马上说诗书。

讽他收金器的：

如何十二金人外，
犹有人间铁未销？

讽他求神仙的：

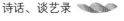

> 蓝田倘致长生草，
> 眼见诸侯尽入关。

像秦始皇这样备受后来诗人讥笑的帝王，在历史上是少见的。

言语与心情

言语是表白心灵的重要媒介。可是这种媒介对于思想和感情的表现力量是颇有限的——特别对于感情是这样。虽然表现方式有种种，到底不能够完全使人满意。

> 常恨言语浅，
> 不如人意深。

这是千古诗人同声叹息的。

诗世界

杜工部的诗像莎翁戏曲，包涵万象，单擅长一面的作者永远不能和他相提并论。王禹偁句：

> 子美集开诗世界。

这是很能道着要处的话。比那些掇举单文只义去称赞浣花草堂诗歌的，眼力高强多了。

偈子诗

王荆公《即事》诗第一首：

云从钟山起，

却入钟山去。

借问山中人，

云今在何处？

尽管语词反复，却颇有诗趣。第二首：

云从无心来，

还向无心去。

无心无处寻，

莫觅无心处。

这就简直是典型的偈子，只可以供和尚们去念念了。

天风海涛室诗话

1938年10月，广州将要陷落的前一天，我跟随战区政治部，赴翁源。过了几天，就是重阳节，感怀时局，做了一首七言律诗。第二联说：

万里西风丛血泪，

百年佳节几杯觞。

颇承幕友某君谬奖。后来读元人叶颙至正戊戌九日感怀诗说：

正须击剑论孤愤，

何暇提壶举一觞。

他那种豪健的意气，叫我深深感到惭愧。

石达开将军兵略诗才，两相辉映，实在给太平天国革命史添一段不灭的光彩。他所遗留的诗篇虽然不多，但是已成为我们民族血性男儿的宝爱物。三年前在连城的时候，曾经和三两位友好，日夜高吟"扬鞭慷慨赴中原，不为雠仇不为恩"等诗句当做快乐的事情，他们甚至于把所住的小楼叫做"达开堂"。庚明赴任恩平县的时候，我送他的诗，最后两句说：

> 他年应惓念，
> 风雨达开楼。

便是指这个。大任告诉我，他曾在广西某姓家中，亲眼看到石将军写送部下某君的一副对联。那联句是：

> 万里腥膻同涤荡，
> 九州风雨共翱翔。

气概凌云，确肖将军口吻。下句又颇叫人联想到高尔基氏的《海燕歌》。我曾经写过一首题将军遗诗绝句：

> 事去凭人说短长，
> 遗编留得气堂堂。
> 曾胡自是清名将，
> 忙到春秋义也忘。

后两句，读的人颇以为"善谑"。

清人周栎园（亮工）示友绝句说：

> 海水群飞百丈高，
> 同君城上拥弓刀。

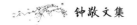

> 战瘢莫向灯前看，
> 恐惹霜华上鬓毛。

后两句虽然带着哀怆意味，但是没有陷入衰飒地步，所以不失为悲壮的诗。

我住在杭州前后共数年，游岳王坟不下百数十回，常常想做一首诗来抒写情怀。但是，每念着赵孟頫——

> 南渡君臣轻社稷，
> 中原父老望旌旗。

那首名作，便迟迟不敢下笔。这真是古人所说的"珠玉在侧"的那种情形了。

杜甫秦州诗第六首第二联说：

> 无风云出塞，
> 不夜月临关。

这十个字，意境卓特，词笔矫健，的确是老手笔。他的另一首诗第二联说：

> 关云常带雨，
> 塞水不成河。

虽然同样画出关塞风景的特色，但是文词的劲挺，便有些不如前联了。

明人顾元庆《夷白斋诗话》载米元章咏潮七律一首，语意很豪壮。那前半篇四句是——

> 怒气号声逆海门，

州人传自子胥魂。
天排云阵千家吼，
地拥银山万马奔。
……

钱塘江八月潮水和西湖风景齐名。十余年前，我到杭州，不久即值中秋，曾乘兴去看过一回，潮势并没有想像中那么壮观。但是，那月下的景色和气候，却实在爽人心魂。我离开杭州，差不多四年了。近年江浙一带都受到敌骑的践踏，那钱塘江上的寒潮恐怕也要更加怒啸罢。

自嫌诗少幽燕气，
故作冰天跃马行。

这是黄景仁北上诗中的两句。他的意思是想在北方壮旷的旅行中，改变他过去柔弱的诗风。但是，我们看他到北方以后的诗篇，并没有添加多少幽燕气概。可见诗文风格的形成或转变，决不是仅由那些地理环境或短期的外表生活的变易所能为力的。

陆游，生在南宋的时候，朝廷没有收拾旧山河的宏志，他一股忠勇的意气抑郁在胸里，一有机会，便发泄出来。所以在他的诗集里，我们随处可以感觉到这点。

和戎壮士废，
忧国双泪滴。

这种境遇真太值得哀伤和同情了。他生平对于杜甫颇为致意，读杜诗结句说：

后世但作诗人看，
使我抚几即咨嗟。

这正道破了他自己的心事。数年前，住杭州乡间，曾做了一首题《剑南集》绝句：

> 莫道孱迁不解兵，
> 梦中往往夺松亭。
> 骑驴细雨销魂事，
> 终竟诗人了此生。

三四年来每回出行，总把《剑南集》放在皮箧里。因此，前年冬在始兴所作诗中，就有这样的两句——

> 激昂降未得，
> 三读剑南诗。

诗论家多说陆游诗出于曾吉甫（几）。我半年前读曾氏《茶山集》，觉得作者笔路是黄庭坚一派，和陆诗好像很少相像的地方。《四库全书总目提要》说：

> 几之一饭不忘君，殆与杜甫之忠爱等。故发之文章，具有根柢，不当仅以诗人目之，求诸字句间矣。

这种话，至少从我所看到《茶山集》说是颇为溢美的。但是集中《闻寇至初去柳州》一首律诗，描写避乱情景，十分迫真，很可以供时下诗人写作的借镜。那首诗说：

> 剥啄谁敲户？
> 仓皇客抱衾。
> 只看人似蚁，
> 共道贼如林。

诗话、谈艺录

两岸论千里，
扁舟抵万金。
病夫桑下恋，
万一有佳音。

杜甫出塞诗有句说：

落日照大旗。

它所表现的是一种壮快的境象。去年春间，友人居甫咏战地诗，有

阴风满大旗

的句子，这却便显示出一种阴森悲凉的韵味了。居甫擅长填词，所作往往叫侪辈读了称快。

天问室诗话

屈翁山用梦江南调作《落叶词》，寄寓他的家国之感。第二首说：

悲落叶，落叶绝归期。
纵使归来花满树，
新枝不是旧时枝。
且逐水流迟。

翁山不但有爱国思想，对民间文艺如谣谚之类也颇爱好和理解。此词跟广东旧民歌所云：

107

> 但见风吹花落地，
>
> 不见风吹花上枝。

彼此意味颇相近，尽管后者似更为质朴、径直些。

近日友人见示《世载堂诗待删稿》。稿为清末革命家刘禺成所作，一部分曾经陈散原（三立）点评过。许多五律及七绝，颇有史料价值（如《奉东题冯自由兄革命逸史·三集》及《自题七十自传暨先总理旧德录》十首）。予颇爱其自题禺生四唱末首云：

> 八公草木晋家春，
>
> 风景河山手笔新。
>
> 万里中原豪气尽，
>
> 江关岁晚作诗人。

末二语，可见旧民主主义时代革命家晚年的没落情况。个人诗史，亦社会诗史也。

散原曾一再评刘诗，其辛未评"句奇语重，风骨崚嶒"云云，只论其风格。至其情思如何，就不见过问了。

林则徐的"苟利国家生死以，岂因祸福避趋之"的诗句，我常讽咏在口上。两语表现一种忠于国事的精神，是很感人的。但是，从艺术上看，语词到底不免有些生硬。

近来论宋诗的，往往只重视其爱用典故的弊病，却没有注意它勤于炼意，并驱除诗学上的陈词滥调的那种好处。这不能算是公正全面的评价。

北京小白梨，体虽小而形味都佳，实为京都水果中俊物。我以为它大可入小诗。偶读王礼锡《市声集》，其中已有"绿壁红灯小白梨"之句。一句三用色彩字，使人想起前人（李文安）"红米青煤白屋"的句子来。后者也是写北京生活的。

前人诗词，意思往往陈陈相因。即使表现艺术，间有比较优秀的，但也未易唤起读者的新鲜之感。

偶得蒲田张琴桐《云轩声画集》，见其二卷题画一律颈联云：

> 人老肺肝如欲照，
>
> 天回枯槁不言功。

下句虽咏自然现象，实在是自写其襟抱，也可说是颇有新意的诗句了。

前人咏红叶（或红树）往往作衰飒语。但是，也偶有例外之作。如晚唐诗人吴融所作七律结句云：

> 长忆洞庭千万树，
>
> 照山横浦夕阳中。

气象何等壮丽！韩愈的"山原远近蒸红霞"（咏桃花句），未必胜此多少。

我们大家熟悉的杜牧的：

> 停车坐爱枫林晚，
>
> 霜叶红于二月花。

虽不如吴作的壮丽，也不衰飒，却别有情趣。

刘禹锡《与歌者米嘉荣》云：

> 唱得梁州意外声，

> 旧人惟有米嘉荣。
>
> 近来时世轻先辈,
>
> 好染髭须事后生。

颇为人所爱诵。吴伟业《听朱乐隆歌》有云:

> 自是风流推老辈,
>
> 不须教染白髭须。

意思要翻刘氏的说法。但是终不似原作的动人。大概因为吴作意较平常,不如刘作的富于批判精神吧。

张维屏《新雷》云:

> 造物无言却有情,
>
> 每于寒尽觉春生。
>
> 千红万紫安排着,
>
> 只待新雷第一声。

此诗颇有意思,似非完全吟诵自然景物之词。次语使人联想到雪莱《西风歌》里的名句。

陶渊明的诗:

> 采菊东篱下,
>
> 悠然见南山。

为从来学人所称道。但我尤爱赵思肖《菊花歌》的末两句:

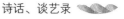

> 至死不变英气多，
> 举头南山高嵯峨。

它表现了一个失国遗民的磊落心情。

> 万刃攒身终不变，
> 一诚铭骨岂能忘？

正同此意。

清初遗民李邺雨的《众中》诗云：

> 众中常默默，
> 自觉不能亲。
> 草木增新涕，
> 江山厌旧人。
> 名宜随世变，
> 诗尚触时嗔。
> 还憩空床坐，
> 低回此日新。

作者念旧疾俗之怀，数百年后读之，犹捣人心肝。

有些诗句，是许多人读了都要涌起同感，并时常记起来的。例如龚定庵的"若使鲁戈真在手，斜阳只乞照书城"，对于我们这些书蠹来说，就是如此。

清人叶舒露（景鸿）读杜、白二集五集云：

> 子美千间厦，
>
> 香山万里裘。
>
> 迥殊魏晋士，
>
> 熟醉但身谋。

现在看来，这种诗的思想，自然平平无奇（即使不问两诗人所要使之有衣穿、有屋住的到底是哪些人）。可是，在封建时代的文人的诗作里，这种诗意到底是值得宝贵的。

苏曼殊寄黄晦闻绝句云：

> 忽闻邻女艳阳歌，
>
> 南国诗人近若何？
>
> 欲寄数行相问讯，
>
> 落花如雨乱愁多。

结联，我年青时，很喜欢吟诵它。近读王渔洋《感旧集》，见施闰章诗里也有类似的句子（施诗题目是《江干僧舍见栎圆题有"深竹留人细雨中"之句，率尔有怀》）：

> 欲寄数行相问讯，
>
> 白苹风起乱愁多。

这种情形，在过去诗人的作品里，并不是完全没有例子的，尽管具体的情况有些不同。这未必是作者有意抄袭。因为诗人平常读了前人的作品，心里有所共鸣。在自己写作时，就不知不觉从笔下溜出来了。这种道理也并不难于想像的。

杜筱舫引《瓶隐山房词集》语云："填词须试难调。"（海波楼词丁）

所谓"难调"，就是一般平仄没有近体诗那么顺调的词牌，如露华、兰陵王序等。其实，现在词已成为诗歌形式的一体，只要其声调与诗情相吻合，便是好作品，实没有必要去玩那些特殊的音调把戏了。

北京花事最盛的日子，在阳历三四月间。到荼蘼开后，花事就冷落了。这时在许多大街边，却满开着夜合花。这种花俗名"马缨花"。因为花淡红色，形如马缨。它的在北京繁植，不知起于何时。一般讲花事的文献里，好像很少提及。惟记得清代初年，计东（甫草）访公戚不得见，所作诗有"隔墙空望马缨花"的句子。十年前，有一天我坐公共汽车经过故宫博物院外，见路旁马缨花正盛开，曾口占一绝云：

> 荼蘼谢后少芳华，
> 浓绿高头一抹霞。
> 能为都城添彩色，
> 未应轻视马缨花！

这也算是北京的一桩风土诗料吧。

明末民族诗人夏完淳有《精卫》五古一首，寄托他有心救国、无力回天的哀思。结末处云：

> 辛苦徒自力，
> 慷慨谁为心。
> 滔滔东逝水，
> 劳劳成古今。

清代诗评家沈德潜说："此渊明咏荆轲之作也。"我以为如要用陶潜的作品来比夏作，倒不如说是与《读山海经》诗里的一些诗篇更切近。因为都是用神话、传说的人物、故事来抒写自己思念故国之感的。

刘过《蕲州道中》绝句:

> 如箭阴风劈面吹,
> 雪花斜夹雨垂垂。
> 胸中自有平戎策,
> 路入蕲州冷不知。

末二语不仅抒写了作者的襟抱,也富有一种启发读者思想的意味。

我年青时曾爱读《饮水》《侧帽》二词集,心中颇慕纳兰性德其人,但不知他另有何种著作。前年与友人游香山,友人谓听人家说,双眼别墅,是纳兰故居。当时,我曾为赋一绝。然稍考古籍,并未得到证明。

冬间偶在书店零种书堆里,得《渌水亭杂识》一册(共四卷,张氏适园丛书)。这是他二十岁前后所作。编中所记,为史地、经籍等小考据。末卷多谈诗文,颇可见作者的才识及当时文坛风气。像他认为《焦仲卿妻》是"乐府中之别体,意者如后之数落山坡羊,一人弹唱者"。观此,可知其对文艺的优异理解力了。

1941年,重庆文化界为郭老(沫若)庆祝五十寿辰,当时这种活动实带有政治意义(扩大左派势力的影响)。柳亚子先生贺诗第二联云:

> 北伐记攗金锁甲,
> 东游曾吃玉川茶。

不但词藻隽美,也相当切合情事。我平日颇爱吟诵。近读柳先生《迷楼集》里旧作(1920年末、1921年初间做的),见和昭懿诗有类似的旧句("北伐已抛金锁甲,南游且吃玉川茶"),知这一联乃柳先生得意之句。所以二十年后有意或无意中又写入新作里。这种情形,古代诗人间也有之。

我们故乡谚语说:"姜太公钓鱼,愿者上钩。"据传说,姜的钓钩是直的，所以有这样的说法。我从小熟闻此语，未知前人有无记录。顷读《闲谈录》，中云，钱武肃王时，征使宅鱼，颇病渔民。诗人罗隐作绝句讽喻他，首两句说：

> 吕尚当年展庙谟，
> 直钩钓国更谁如？

因此知道在千年以前，民间已经有这类传说或谚语流传了。

晚清时期，为西方资产阶级思想、学艺大量输入时期，学界对资本主义国家一些军政要人如华盛顿、拿破仑、俾斯麦等颇为崇拜。但也有对他们提出批评的。例如黄天的《杂诗》之一云：

> 全凭铁血逞凶顽，
> 拿帝俾公尽野蛮。
> 何日方如平等愿，
> 同胞一体笑开颜。
>
> ——《政艺通报·风雨鸡声集》甲辰上

翁同龢《辛丑中秋月出复翳，夜坐悄然，见荆门画》第二首云：

> 一轮才吐晕微黄，
> 又见浮云白渺茫。
> 我不胜寒何足道，
> 琼楼玉宇有风霜。

这是感慨戊戌时事的作品，正可与他的"寄语蛟龙莫作剧，老夫惯听怒涛声"等诗句参看。

> 避席畏闻文字狱，
>
> 著书都为稻粱谋。

这是定庵最被人传诵诗句之一。查初白《小除夜淑岩招集王岩士枢部斋》律诗有云：

> 座中放论归长悔，
>
> 醉里题诗醒自嫌。

（前二句"失路才华同辈少，畏人心迹择交严"。）语气稍逊龚诗，然其忧畏心情则一也。由此可见从前专制时代对言论统制情形的一斑了。

查初白《重阳前六日小集分韵》后半云：

> 探骊有客曾惊座，
>
> 归燕无诗亦畏谗。
>
> 开口勿轻谈世事，
>
> 尊前除饮便须缄。

又《初到家》二首，后一首末数句云：

> 后生颇好事，
>
> 开口问朝局。
>
> 吾衰苦善忘，
>
> 聋聩废耳目。
>
> 报以一不知，
>
> 惟应话农牧。

诗中反复及此，其忧畏之深可以想见了。

鲁迅早年诗：

> 寄意寒星荃不察，
> 我以我血荐轩辕。

可见这位战士的少年志向。但这种志向在当时也是许多爱国之士所同具的。例如黄天的《杂诗》中就有：

> 拟将一盏黄炎血，
> 滴入洪炉铸旧魂。

意境乃至语词正与鲁翁诗句很相近。

齐白石有《蛙声十里出山泉图》，盖老舍所请作也。其构图颇巧妙。按此诗句原见查初白《次实君溪边步月韵》七律，上句作"萤火一星沿岸草"。老舍不但工于作语体小说，其旧文学教养也很不错，所作旧体诗，足以证明此点。

黄公度《怀陈次亮》绝句：

> 相期共炼补天石，
> 一借九泥塞漏卮。

这是希望共同振兴国货，以堵塞国家漏卮的。又他在《己亥杂诗》中云：

> 篱边兀坐村夫子，
> 极口娲皇会补天。

这是借村夫子的侈谈女娲神话，去讽刺旧教育的。两者同用女娲神话典故，但态度却截然不同。表面看来，虽像矛盾，实际并不如此。因为前者只是借用这个典故，意在努力救国，后者则责斥塾师的无知。因为他把神话当成历史，不利于国民科学精神的发展。

彭始奋《恶溪谒柳子厚祠》第三联云：

> 谪宦几人宽瘴疠，
> 名流悔不薄功名。
>
> ——《思旧集》卷十六

下句有惋惜兼轻微责备柳氏的意思。

一九三七年至次年春，我因避日寇自浙江西部出发，历江西、湖南到达柳州。访柳祠时，曾口占一绝云：

> 是非终古有公断，
> 山水向人犹逸姿。
> 我亦南迁一骚客，
> 东风来拜柳侯祠。

首语颇翻传统成见，与全国解放后学界对柳氏的持论相仿佛。（这首绝句曾经刊载于夏衍等同志编辑的《救亡日报》上。"南迁"原作"投荒"。）

宋芷湾（湘）在惠州两载，对湖中花木、古迹，题咏都遍。有《西湖櫂歌》十首，盖竹枝词一类的作品。其第七首云：

> 半径人家半卖樵，
> 下郭人家养鱼苗。
> 黄塘人家半耕种，
> 城里人家来造桥。

打破一般格律及表现法，质朴直如谣谚，在传统文人的近体诗里是较少见到的。宋氏《与人论东坡诗二首》中有云：

> 唐翻晋案颜家帖，
> 几首唐诗守六经？

可以窥见他敢于反叛传统诗学的胆量了。

近来读古诗文，不时产生疑问，始悟以前读书多囫囵吞枣的毛病。记得陈沆送魏源诗云："学当欲进转多疑"（上句云"名到无成方肯悔"），正是说的这种境界。魏氏说，"善学者方能有悔有疑"，是能理解这种先进修业的真正功夫的。

> 沉舟侧畔千帆过，
> 病树前头万木春。

这是刘禹锡的名句，常被近人所引用（他们从与刘氏原意相反的意义上去运用它）。

近日重读《剑南诗稿》，见放翁也有类似诗句：

> 沉舟侧畔千帆过，
> 剪翮笼边百鸟翔。
>
> ——《读胡仲旧诗有感》

不但意思与刘句相似，而且上句用词也都相同。关于这种现象产生原因的意见，在前面关于苏曼殊的诗作中已经谈过了。

罗瘿公（惇曧）《壬子正月十二日作》云：

夜半惊闻戍卒呼，
咸阳一炬变榛芜。
饱飏今识鹰难养，
非种谁言蔓易图。
辇下已成肚箧尽，
道旁空见窃钩诛。
九门禁夜行人断，
萧瑟春城冷月孤。

这是咏当年袁世凯为了不愿离开北方地盘，故意造出来的北京大抢劫案的。作者虽不能深揭其奸，但也不失为对那大丑闻保留一种可信的史料了。

罗瘿公《辛亥九月任公自日本须磨归国，相见于辽东，旋同还须磨》第三联云：

百年此日并哀乐，
一姓何当问废兴。

落句，从现在看来是一种常识，但是在晚清北京士大夫中，却不失为一种大胆的思想了。

人的某些固有的感情反应，虽然往往很顽固，可是如果有某种重要的思想主宰其心，那么，它也是可以转变的。这种情况，不但是我们所容易经验到的，过去的诗人，也往往在诗作里客观地表现了它。例如梁鼎芬句云：

平生好幽居，
闻雨动凄怨。
浏浏竹间来，
昨宵独无闷。

120

草木歇薰煮，

禾麦发新嫩。

有如脱枷扭，

宽政不汝困。

书词尚皇媿。

民命重缱绻。

……

——《公定太守书来，喜得雨数寸，复报

此诗》（《节庵先生遗诗》卷四）

作者素来是讨厌下雨的，可是，天旱了影响到人民的收成，就使他对于雨声有了不同的情感反应。这自然只是一个例子罢了，在精神现象上，这种情形是很常见的。

王安石《即事》七律第三联云：

嘉招欲覆杯中渌，

丽唱仍添锦上花。

上句用杜诗"喧呼且覆杯中渌"，下句却分明是用俗语"锦上添花"（另一句或作"寒炉添炭"）。但是注释家李璧却咬定荆公"未必本此"，而另外引用了卢氏杂记一段关于宫锦的记载来敷衍。这种地方，最有力地说明前代文人对于民间文化的阶级成见。其实，诗中融入一些民间谚语，在宋代诗人的作品里并不是很少见的，像陈后山、苏轼等人的作品就是好例。

解放前，有人指摘民间文艺因求押韵导致用语不通，举出了"地平川"等为例。我当时也颇以为然。后住北方，到各处旅行，常听说"平川"一词，意犹"平地"，始知自己对于祖国语言所知道的太鲜少。近读杨万里《过波子径五十余里，乔木蔽天，遣闷》（绝句五首之一）云：

> 山穷喜见一平川，
>
> 不似林中不识天。

知宋人已经早把它写进了诗里。

又陆游《汉宫春》词（《初自南郑来成都作》）开头云："羽箭雕弓，忆呼鹰古垒，截虎平川。"更可见这个词在那时的流行程度了。

新文化运动发生后，林纾曾给北大校长蔡元培一信，攻击新文化运动领导者的过激言论及文体改革。那封信和蔡的答书，后来成了研究这段文化思想史的人所常引用的文献。

但林氏在这时期中（1918年），曾做了几首五言古风（题目是《岁暮闲居，颇有所悟，拉杂书之，不成诗也》）。其中一首，是谈他的第四个儿子读经书的，开首几句云：

> 举世尽荒经，
>
> 人人咸坐朽。
>
> 昌言一无忌，
>
> 美恶变舜纣。
>
> 蔑伦侈翻新，
>
> 叛道诋守旧。
>
> 吾力非孟韩，
>
> 安足敌众口？

这是攻击新文化运动主张的，与致蔡氏信及小说《荆生》，同样可以见出这位卫道者的反对进步和一种无能为力的心情。不过一般文学史家、思想家很少注意到这个材料罢了。

郁达夫与清代诗人厉鹗关系是相当密切的。他曾经以厉氏在湖州娶月上的故事为题材，写作了《碧浪湖的秋夜》。又曾经到杭州西溪法华山去寻找过他的坟墓。因为没有找到，便做了下面一首颇致景仰和眷恋之情的绝句：

> 曾从诗纪见雄文，
>
> 直到西溪始识君。
>
> 十里法华山下路，
>
> 乱堆无处觅遗坟。

——《水明楼日记》

这些都是已经发表过的材料，稍为留心达夫文献的人大都知道的。

但是，达夫跟厉鹗的关系，并不止此。我近来重读《樊榭山房诗集》，觉得达夫旧诗的气息跟厉诗也是相当凑泊的，这不仅像《毁家诗纪》里的某些篇章的情调，极像厉氏的《悼亡姬》等诗而已。

又达夫论诗说："……（不过）像那些文丐的什么诗选，什么派别，我是不大喜欢的。因为他们的成见太深，弄不出什么艺术作品来。"这种话跟厉鹗在《查莲坡蔗塘未定稿序》上所说，"诗不可无体，而不当有派"一类的主张，分明是有相当关系的。自然，我们不能忘记，达夫的诗和他的诗论，自有时代的印记和个人的因素在起作用，不能都归结于前人的影响。但上面所说的那种情况，至少可以说是文学思想上的受到启发或者彼此共鸣吧。

中国过去文人，咏花的诗很多，但是所咏主要就是梅、菊、兰及牡丹、芍药之类，咏菜花的却很少见。这里多少透露着他们身份的局限和兴趣偏颇的消息吧。

厉鹗有《城北泛舟看菜花》七律一首，第二、三联说：

> 连畦金粉雌雄蝶，
>
> 十里斜阳子母牛。
>
> 北郭不来游女赏，
>
> 东风多属野人收。

颇能写出菜花的情调和与游人的关系。但措词优雅、温婉，这也许正是它的好处和自然局限吧。

刘过诗喜用《列子》六鳌的典故，如：

> 不因此日沧溟近，
> 一钓那能得巨鳌？
>
> ——《寿建康太尉》

> 安得长竿入我手，
> 翩然东海钓鳌归。
>
> ——《观白鹭州风涛》

这种修辞现象，大概是跟作者那种豪迈思想和诗作有深切关系的。

刘过《呈王山义》二绝之一落句云：

> 岁寒老树虽荒寂，
> 会有腊残春到时。

这也是雪莱"严冬既已到来，阳春其尚迢遥"的意思。

东坡晚年在海南所作《被酒独行遍至子云、威徽、先觉四黎之舍》三首之一云：

> 半醒半醉问诸黎，
> 竹梢藤梢步步迷。
> 但寻牛矢觅归路，
> 家在牛栏西复西。

这首诗自然并不是什么高作，但它颇能写出当时的实景。清代封建文人纪昀（晓岚）却批道："牛矢字俚甚。"因为在他看来，像"牛矢"这类字是入不得诗的。但是，我们却觉得东坡在这些地方是高出于过去一般文人的。因为他觉得在什么地方，应该用什么词，就使用它，并不管它雅不雅。这也正是我们所惯说的现实主义的态度。

1956年夏，我与冯至、朱光潜等文艺界同人，赴西北旅行。途中作绝句数首，中有一首云：

荞麦花红山雪丽①，
岭南无此好风光。

诗刊出后，读者来信质问，谓荞麦花"白"，不应说"红"。其实，荞麦花有红、白二种，我在玉门归途所见的，确实是遍地红花。

近偶读吴虞《秋水集》，他在新繁所作绝句中有云：

朝日初升凉露满，
野田荞麦遍红花。

正是一证。又于右任《民治学校园杂事诗》中也云：

荞花如血棉如雪，
早不躬耕计已非。

也是例证。

定庵诗爱连用"箫、剑"二词，如"怨去吹箫，狂来击剑"之类，不一

---

① 山，指祁连山。

而足。这两件东西对于龚氏志士、诗人的两种身份都是很有象征意义的。近代诗人，如柳亚子等，也爱沿用，以其心情有共鸣也。但"箫、剑"连用，读者多以为单龚氏所独创，有些注者亦以为然。近读龚鼎孳（芝麓）《人日同古久诸君作》七律，第三联云："吹箫仗剑非无事，辟谷封留总此身。"知龚氏实有所本。但不知芝麓语更有所出否？

苏轼句云：

> 暂着南冠不到头，
> 身随北雁与归休。

诗的好坏姑且不论，但是意思却是表现得相当明白。纪昀批评说"不到头"三字不妥当。其实不过苏氏用了民间语言，不合于封建士大夫要求雅训的特别胃口罢了。这种在诗中运用口语的例子，唐人诗里便早有先例，如李山甫《上元怀古》起联云：

> 南朝天子爱风流，
> 尽守江山不到头。

诗词咏物，须有寄托，才使人读了感觉意味深长。如果光咏物品本身，即使很工巧，也没有多大的意义。杜甫咏马说：

> 所向无空阔，
> 真堪托死生。

陈维崧咏鹰说：

> 人间多少闲狐兔，
> 月黑沙黄，

　　　　　　　此际偏思汝。

　　　　　　　　　　　　——《醉落魂》

读了都使人神志竦动。因为其中有关于人生、社会的寄托在也。

　　辛亥革命时，柳亚子在南京政府工作，诗友苏曼殊寄他的信中，有下面
两句诗：

　　　　　　　壮士横刀看草檄，
　　　　　　　美人挟瑟看题诗。

柳氏颇喜欢这两句诗。我们读者颇想知道它的出处，但始终找不到什么线索。
初日偶读《唐诗鼓吹》，见独孤及古别七律第三联云：

　　　　　　　佳人挟瑟漳河晓，
　　　　　　　壮士悲歌易水秋。

可能苏氏的诗是从这两句套出来的。但是它对柳氏当时的思想感情，很有一种
写照作用。

　　附记　60年代后期至70年代中期，在我国，实为狂风冻雪时代（作为一个
老知识分子，我除了受批判、写检查之外，就是劳动及赋闲。但我又是个闲不
得的人，因此，往往乘闲泛览着古典诗词集子——这本来是我自幼养成的、最
感兴趣的事），偶有所见或所感，就随手写在纸片上。日积月累，这种纸片居
然成袋。"四人帮"倒台后，有时也想加以整理。但是，因为忙着这，忙着
那，结果还是让那鼓鼓的纸袋长期闲躺在书橱的角落里。
　　近日杨占升同志，热心为我编纂文艺理论集子。他颇有穷搜细觅的豪
兴，因为知道我有这堆被搁置了的诗话稿子，就取去抉择一番（约略存三分之
一）。所选定稿，由同学们代为誊正，最后由我自己略加校订，结果就是这篇

稿子。

我从少年起，就爱读古今人诗话。只要能够入手，决不放过它。有的本子多年来不知读过多少遍，到现在一入眼，还感到滋滋有味（例如王士祯那部量少而味永的《渔洋诗话》）。我在壮年和老年时期，一再用这种传统的、简便的形式写述自己关于诗歌的观感，这不能说是没有缘故的。但是，由于才识局限等关系，成就鲜薄，对于那些前贤们，不免深感到惭愧罢了。

1992年1月17日 于北师大宿舍

天问室琐语

余素喜姜白石小诗，《除夜自石湖归苕溪》十首，尤所爱诵。昔人谓其"有裁云缝雾之妙思，敲金戛玉之奇声"，非过誉也。去岁除夕，余自大阪归东京，车中愁寂，口占二绝自遣。其一云："绝爱归桡十首诗，酒般情味雪般词。眼前乡县殊风土，白纻春衫敢梦思？"末二语即翻姜诗"但得明年少行役，自裁白纻作春衫"之意。

"多情怀酒伴，余事作诗人。"此十字，足见韩昌黎氏之风致与怀抱矣。

"淡云微雨小姑词，菊秀兰芳八月时。记得朝鲜使臣语，果然东国解声诗。"此王渔洋诗也。近偶读古贺氏《侗庵笔记》，记朝鲜船人金子贞诗云："举舟无恙系扶桑，呼弟谢兄喜欲狂。妻子不知吾健在，向东烧尽返魂香。"结语亦颇有意致也。

明冯梦龙所编《笑府》中土已稀传本。余于东京购得二种，然皆非完全之本矣。

艺术，非玩艺，亦非余暇之产物。此事今世人类学者及谣俗学者，最能证明之也。

"立马吴山"，为金兀术豪语，亦千古话柄。然吴山实培塿耳。顾登之足以兼览西湖与钱塘江之胜，位置亦殊不恶耳。

昔年掌教中山大学，曾采取《明十六家小品》中若干篇充讲义，并深有选刊其书之意。彼时明代小品文，尚不为学界所注意也。近年重刊明人散文之风大炽，谈论之文，亦纷见选出。然余对之殊乏兴味矣。

《古今小品》一书，亦中土散文集之佳选。昔年除夕，余以二十金购得一部于武林某旧书肆。其夜，书贾立灯下，酒意醺然，刺刺强余购其书。如斯情景，思之犹在眼前也。

某报曾载马君武博士甲辰去国东渡时所作五律，中有云："甘以清流蒙党祸，耻于亡国作文豪。"当时意气，亦云壮矣！

余与干青别七年矣。前岁忽相遇于东京。欢叙之余，承录示数绝，皆情酣语妙。其游箱根芦之湖有感云："无数波光点暮烟，远山螺黛未澄鲜。劫余一棹分明在，风雨迷茫已七年。"

在未东渡之前，余曾杂读若干关于日本之著书。使予对此土较感兴味者，乃法国海洋作家罗蒂之《菊子夫人》也。

坪内逍遥博士姓名传入中土，当在新文化运动兴起之后。然亦仅有介绍之词而已，著作之移译，似未见也。余尝读其《小说神髓》一书。去年春，在东京闻博士逝世讯，曾口占一绝云："舍前双柿尚春荣（博士所居曰双柿舍），杳矣吟窗咳唾声。但得莎翁全集在，百年人总说先生。"诗不足存，录之以见钦迟之情耳。

久不读查初白诗集矣。然犹未能忘其"莫问生涯流转迹。贱贫何事不曾经"之句也。

拜伦哀希腊诗，中土有数种译本，且皆出名家之手，亦一佳话也。以余管见，马君武博士所译为最上。盖其慷慨悲壮之气，殊迫人也。胡适博士译以骚体，语意较忠实，不愧为可诵之章。曼殊大师以五古出之，情词非不哀丽，微嫌其音节简促，且语词去原文稍远耳。

去年《国闻周报》上载某君咏梨花诗有云"明月不来当独夜，余寒犹劲况荒滨"，真秀句也。忆少日亦有句云："满地月明人闭户，半帘烟冷暮飞莺。"殊逊其隽永矣。

余尝作《黄叶小谈》一文，刊布于沪上某杂志。文中引少日呈周六平师句云："风流我愧秦淮海，竟许苏门夺席来。"近日见《现代十六家小品》及《中国新文学大系》散文二集等，录载拙文，"竟许"皆误作"竟于"，语意虽勉强可通，要非本来面目矣。

日籍《清俗纪闻》为中川忠英氏所主辑，凡十三卷，叙述中土岁时及一般礼俗，各附以图。盖中川氏官长崎时，命译吏等询问中国客商所作成者也。其中所记，虽多限于江浙民俗，然颇有足供吾人考证之处。中国人士其有愿以国文译之者耶？

小泉八云氏之文艺论，有极明达处，亦有颇固陋处，是在读者之善审择耳。

日刊本《清嘉录》卷首江户朝川鼎一序，叙当日（百年前）中土诗文集东输情形，足为东洋文籍流通史上之好资料。至其述及与《清嘉录》作者隔海相倾慕之事，则尤古代国际学术界之一佳话矣。

中土新文学运动发生以来，外国作家，如易卜生、泰戈尔、辛克莱等作品，皆曾有一度之流行。日本散文家厨川白村教授之文集亦尝博得广大读者。今则虽不至全无人过问，要已冷落非昔比矣。

田山花袋氏之《蒲团》，译成中文后，颇被一部分青年所耽诵。此恐亦

当时读者心理之一反映也。

"春雨楼头尺八箫，何时归看浙江潮？芒鞋破钵无人识，踏过樱花第几桥。"余每于东京街头，见乞者吹尺八，辄忆及曼殊上人此诗。此等小诗，风流蕴藉，百读不厌。真所谓"恰到好处"之作也。

前年夏，避暑房州西之滨。一日傍晚，散步海岸。残霞未敛，海波微漾。忽忆昔日太湖之游，因纪以绝句云："海曲黄昏聊散策，快游蓦忆往年时。银光万顷春风酽，帽插桃花过项祠。"项祠，即项羽庙，在太湖边上。

咏风土诗，古来并不多，佳者尤少。近读《求是斋杂著》，中有彭松毓《云南风土记事诗》一卷，语意殊少工者，惟诸注稍有学术价值耳。伺杂著中王家璧之《缅甸风土诗》亦然。

数年前《贡献》半月刊上，载蔡元培氏七律一首，中有"灵魂无处索真评"之句，足见其近年处境持身之苦矣。

非平淡之可贵，贵在平淡而不庸俗耳。此陶渊明之诗所以成为不磨古典也。

《水曹清暇录》，载某人咏西湖诗云："西湖女儿乡，六桥花草地。本无英雄姿，但有媚人致。"余住西湖边凡数年，于此诗颇有同感。几年前，郁达夫氏自海上移家杭州，鲁迅氏自书所作七律一首，以送郁夫人王映霞女士，结句云："何似举家游北地，川原浩荡足行吟。"亦此意也。

宫岛，山姿娟秀，水色澄明，配以鲜红鸟居，可谓岛国本色风光矣。

日本有王纳练评选《苏长公小品》一书流传。集所收东坡短文，颇隽永可味。此选本，中土坊间似甚罕见矣。

戴望舒新诗，别具风态，其《雨巷》一作尤为轻俊。余曾以诗赠戴氏云："吴儿生长西湖曲，云影波光荡肺肠。爱尔雨中诗思好，相逢有女似丁香。"四年前，彼忽作啸傲巴黎之想，遂破浪西行矣。闻去年曾活跃于海上文坛。其已攫取洋翰林（博士）之衔以归耶？

托翁《艺术论》一书，新文化运动起后，不久即被译成中国文，在文学界中影响颇不小。当时俞平伯氏所唱"诗底进化的还原论"，即与托翁之主张极有关系也。至托翁书在日本过去文学批评界之势力，则尤非中土可比矣。

东京旧书肆，出售汉籍，大都索价奇昂，往往倍于中土。然亦偶有我所贵而此反贱之者。

中土民间放纸鸢之俗，旧传起于韩信。余凤疑之。谓必出于法术或宗教之动机。然苦无证据。近阅某类书，据引广东方志，云石城县风俗，每年五月一日至五日，儿童以风筝为戏，名曰"放殃"。偶线断落屋舍，必破碎之，以为不祥。此盖足证余所疑之不谬矣。朝鲜之放纸鸢，盛行十上元节，其动机与上述石城县俗相同，详彼邦《东国岁时记》《洌阳岁时记》诸文献中。

白居易诗，多浅显易解，于此土最被传诵。昔人评白诗为"沙中金屑苦难披"，似稍过火。平心论之，白氏《长庆》一集，实不少佳作。唯平庸之品，亦杂出其中，此不免招物议之由也。

去年以来，"杂文"一词，骤成为中土文坛之流行语。偶阅《事物纪原》，见卷三"杂文"条云："唐贞观八年，刘思玄始令贡士试杂文，今论是也。摭言云，调露二年。"按《摭言》曰："调露二年，刘思玄请加试杂文，神龙元年方行三场试。"原来所谓杂文，乃唐代考试时，对策外所作之小论，与今日随笔、漫谈等颇不类也。近世语言社会学者，谓古代语词，往往至后日虽仍被袭用，然实质已大变。此亦其一例证乎？

红豆，在中土为相思之表征，凡曾读王维《相思子》一诗者，类能知之。一日，日友某君得一颗，以问余。余以其义告之。彼惊诧不置。盖其物之贻赠者，乃一女性也。

周学普，浙江嵊县人也。性质朴，寡言词。留日近十载，专攻德国文学。三年前，彼移译歌德名篇《浮士德》，余读其手稿，深为惊异。盖词华郁茂，殊不类其性格与言谈也。周氏又有意于移译德国古典《尼泊龙根之歌》，余敢不竭力以怂恿之耶？

周树人氏以小说、随笔等知名中外，殊不知其于旧诗亦能手也。数年前，曾公表一七律云："惯于长夜过春时，挈妇将雏鬓有丝。梦里依稀慈母泪，城头变幻大王旗。忍看朋辈成新鬼，怒向刀丛觅小诗。吟罢低眉无写处，月光如水照缁衣。"柳亚子氏曾以"精深"二字评之。

李商隐诗，号称难解。其爱用神话、传说典故，恐亦使词意不易明了之一因。余昔年曾集楚辞中神话、传说，加以论考，其结果既已公表之矣。于李诗亦拟试作之。然年复一年，卒未成篇也。

龚定庵诗，奇肆自成一格，青年多喜之。昔年余执教鞭于某国立大学，与同事冯汉骥君皆有"龚癖"。课余，聚绿窗下，以竞诵龚诗为乐。不久，汉骥赴北美研究人类学，余亦于前年飘然东来。每日埋首图书馆之灰尘堆中，勉度学者生涯，龚诗已久不上余口矣。未知汉骥于摩挲红印第安人头骨之余，尚有兴致一诵"秋心如海复如潮"否也？

杜牧咏史诗，喜作翻案之语，如"江东子弟多才俊，卷土重来未可知"等是也。论者颇讥之。然余以为在往日社会中，学人思想文章，多囿于一定型式，间有一二不受拘束之士，独标异论，虽所言未必尽当，要亦非彼凡俗辈所能为者矣。

希腊悲剧及喜剧，发源于农事祝祭，此为学者周知之事。中土戏剧之起源，论者仅谓出于巫舞。其实，恐与古昔农事之庆祝或法术深有关系也。《史记正义》谓汉祀灵星，用童男十六人为舞者，象教田。初为芟除，次耕种、耘耨、驱爵及获刈、舂簸之形，以象其功。又据前代地方志所记，湖南彝陵州，正月十二至十八数日间，有少年数十辈，女装携篮负篓，作采茶状，且唱且采。历大家之门，各以意作态，若演剧然。又一伙青衣女装，作田妇群然插秧之状，亦遍历大家之门。此种仪礼及土俗，乃远古时代之产物，其与后日本土已发展之戏剧，宁无源流相关之处耶？

中邦土俗志及谣俗志等古文籍，为数颇富，以余所藏及曾经眼者，已有数十种，博汇之或犹不止此也。尝拟为编一目录，并附以简要说明，藉资东西学人之参考。虽已试作若干，然大体尚未写成。世乱日亟，身如断云，其终有了此书生夙愿之一日欤？

郁达夫氏早年所作旧诗，如"五十余人皆爱我，八千里路独离群。谁知岭外烽烟里，驿路匆匆又遇君"，及"薄有文章传海内，竟无馕粥润诗肠"等，虽颇见才华，然体格犹未凝练也。近年隐居武林，所作益精进。以诗艺论，不能谓非已升堂入室矣。

张继《枫桥夜泊》诗云"姑苏城外寒山寺，夜半钟声到客船"，为千古名作。欧阳氏以夜半非打钟时讥之。后人为之辩解，则谓惟苏州有"夜半钟"。陆放翁既引干邺《褒中即事》诗及皇甫冉《秋夜宿会稽严维宅》诗，证明唐时僧寺自有夜半钟。又云："京都街鼓今尚废，后生读唐诗文及街鼓者，往往茫然不能知，况僧寺夜半钟乎？"时代迁移，风俗改易，学者徒知执今以例古，是一大病。放翁之言，殊有见地矣。

古书云：燕有谷，地美而寒，不生五谷。邹衍吹律，而温气至，五谷即生，故名黍谷。此传说，盖从"以音乐为具有魔力"之古代信仰所产生者也。

唐女子姚月华《有期不至》绝句云："银烛清樽久延伫，出门入门天欲曙。月落星稀竟不来，烟柳朦胧鹊飞去。"二十八字，活描出期待者之苦趣矣。

论诗绝句之作，起于元遗山（或谓其滥觞于杜甫《戏为六绝句》亦可）。后代仿作，以王渔洋三十二首为最著名。此土汉诗文名家赖山阳氏亦有所作。其结章云："欲掣鲸鱼无气力，半生枉被唤诗人。"颇可窥见其心事也。

守财奴吝惜金钱，人所共厌。然作家能节省其笔墨，却是佳事。古人云："惜墨如金。"此语极可玩味。

余少好作诗，近体及古体，皆学为之，惟不喜填词，偶或作之，亦不类词而类诗。后闻故刘半农博士谓"词有小老婆气"，甚为同感。顾细思之，实亦未必然。如辛稼轩等人所作，何曾不昂然有男子气乃至武士风耶？

林风眠氏，为今日中土画坛杰才之一。其往年所作油画，如《生之欲》《殉教者》《民间》等，皆沉着有气力，为时人所称赏。近年居西湖上，好以淡墨作小品，其作风已一变矣。

南昌滕王阁，以王勃一序名天下，其实恐未能副也。三年前之夏，余受聘于江西省教育厅，赴南昌讲学。课余访之，闻已于革命军攻城时，烧毁于炮火矣。徘徊汉边，吊以一绝云："昔年爱读王郎作，今日来看赣水清。高阁已灰词客杳，西山古意付蝉鸣。"

昔年胡适博士著《白话文学史》，极表彰寒山子诗。余在东京旧书店架上，常见有寒山诗集刻本。知此土文士，正不缺少与胡博士同嗜好者矣。

清人有《七绝求声》一书,所辑录多韵味隽永之作。"吴姬十五发鬒鬒,手把蒲桃劝客酣。但过黄河风色冷,更无春酒似江南。"此其一例也。

《孔丛子》载:子高游平原,将还鲁,其友邹文、李节甚恋恋,而彼不少动。既别,子高弟子怪其师之薄情。彼答曰:"人岂鹿豕也哉——而常群聚乎?"此语爽达,如出漆园傲吏辈之口。

定庵杂诗云:"偶赋凌云偶倦飞,偶然闲慕遂初衣。偶逢锦瑟佳人问,便说寻春为汝归。"论者诋其轻薄。然彼别一诗云:"坐我三薰三沐之,悬崖撒手别卿时。不留后约将人误,笑指河阳镜里丝。"则此公又岂非大老实人耶?

中土故青年画家陶元庆君,虽作小幅画,往往必反复沉思,有至数月之久,方始下笔者。"两句三年得,一吟双泪流",此古人之苦吟也。若陶氏者,其亦可谓之"苦画"矣。

往昔同事黄仲琴氏,尝于广州市冷摊中,购得一未刊稿本,曰《桥东诗抄》。其中咏黄叶一律,颇为佳妙。黄氏嘱题其卷端。余为写二十八字云:"苍然诗格看初变,红到斜阳尚有情。试咏桥东黄叶句,可应专美让崔生?"首二语,即其原诗也。比之崔不雕"丹枫江冷人初去,黄叶声多酒不辞"之句,格调不同,而各臻其妙。

定公诗云:"不能古雅不幽灵,气体难侪作者庭。悔杀流传遗下女,自障纨扇过旗亭。"盖自歉其少日所作词也。余近每见现代散文选或教科书中所载拙文,辄怃怩不敢正视,实亦不免自悔孟浪矣。

许钦文君所著小说十数种,有一贯作风,即冷静之"客观主义"是也。许君为人,勤勉强忍,无时下青年浪漫及感伤气氛。虽历艰苦之境,而处之晏然。此恐于其作风深有关系也。

去年隆冬，游奈良。云凝寒重，斑鹿悠然。曾口占一绝云："髟杉如语旧王朝，匝地云阴气肃寥。过客雄心未能死，百金欲买奈良刀。"

故刘大白氏，曾以新诗著名，其语体散文亦流利、畅达。然刘氏于"文学革命"前，乃一旧诗词家也。所作甚富，以东西南北分集。《东瀛小草》一集，为在日本时所作者。其《游日向岛登太阳阁·浪淘沙》云："一醉起凭栏。红日西残，波光上接日光寒。返照入云云入海，人在云端。——何处有神山？依旧人间。我来手拂晚霞看。遥指秦时明月上，海外桃源。"昔年余旅食杭州，时刘氏正主持浙江大学中国文学系兼长秘书，暇日常相来往。一夕，彼携其诗词稿见示。数日后，余附题数绝归之。其诗，大体主性灵，颇有清新味。如"两岸青山相对坐，一时看我过江来"等，实似袁枚集中佳句也。

中土新诗坛，初期诗人汪静之，出名时，尚不满二十岁。其《蕙的风》一集，不特为尔时重要创作，且曾惹起文坛一大论争，故世人鲜有不知之者。余赠彼诗有云："声华籍甚当年事，一卷争传蕙的风。"盖纪实也。

民族学者杨成志君，其研究西南民族学绩，此土已有《南方土俗》及本志（《中国西南地方番人文化》一文附记）之介绍矣。杨君治学任事，甚勤奋。八九年前，余与彼同任职于华南某中学。彼教历史，余教国文。所居亦同室。余性疏弛，夜或早眠。尝一觉醒来，见彼犹兀坐淡黄灯光下，挥笔为学生辑集参考文献，心窃恧然。后彼以中大及中央研究院之派遣，与俄国人类学专家史禄国氏（Skirokogoroff）等赴云南考察民族体质及文化。既至，史禄国氏等以地境险恶，先驰归。杨君独匹马深入，与自然及人事之苦难战。前后居南中凡若干时日，卒获明了其真相以归焉。近闻彼新返自巴黎，于讲授之余，且努力于广州博物院之创设，其勤奋正有加无已乎？

前年秋，东京举行故作家慰灵祭，并开故作家遗物展览会一周。曼殊上人亦在被祭及遗物展览之列。余时自书所作《吊曼殊诗》三首参与之。实藤惠秀教授，亦曼殊爱好家也。见余诗，即持日华学会高桥氏介绍名刺，晤余于户冢寓所。相对畅谈曼殊事并及中土文坛情况，殊欢洽。异日余赠以诗，有云："何日共寻红叶寺，白云零雁吊阇黎。"至是已将两载，此约卒未实现。今年清秋时节，恐余只能于西湖曼殊墓畔，独看枫叶矣。

闽侯陈式湘，治哲学与经济学，旁及文艺。其所作旧诗，颇有苍凉沉郁之慨。积稿甚富，而懒于刊布。前年自伦敦东归，海上寄示其《月夜发科仑布》律诗数章。兹摘抄二首于此。"言发科仑布，归舟已半程。重游非有意，一别若为情。远水壶光翳，轻云鼎篆明。夜深浑未睡，似有故山横。""海水三边白，楼船一叶轻。澄心宜净土，窅意更沧瀛。浅霭摇幢影，微波合珮声。当前仙佛境，负手两无成。"二诗非陈君代表之作，录之以志忆念而已。

余作文，欲状写某种色彩，常恨难获适当字眼，观时人所用者，亦复甚有限。近见《侯鲭一脔》，录有染色名六十品，其中颇有为一般所难解者，然新鲜可资采用者实不少。如虎黄色、红古铜、丁香色、水红、海棠红、浅海红、莺哥绿、深铁色、石青、深月白、沉香色、豆黄、柳牙绿、深血色、姜黄、鹰背、酱色、浅象牙等是也。《侯鲭一脔》，为龟田文左卫门（鹏齐先生）及其孙保资郎所著述，凡五卷。采列中土事物名号，引证其出处，类今之辞书。虽云"兼著雅俗"，实则俗多雅少，颇足供谣俗学者等之考究，固不仅助人见闻而已。

余少日耽爱王渔洋诗，其兴趣至今未能断也。古来文人学者，对彼所谓"神韵"之说，或毁或誉，各有所执，然能予以细密之考察者，实罕见焉。曩读此土铃木虎雄博士《支那诗学史》，颇表敬意。盖博士之论，虽或有未尽处，然丝剖缕析，其发前人所未发者固已多矣。

南社诗人柳亚子氏，数年前曾刊一诗集，曰《乘桴集》，盖昔时游历此土所作者也。其后日赠郁达夫氏诗有云："最是惊心文字狱，流传一序已无多。"此语，其将为他年修史者所取资乎？

阿蒙氏《闺艳秦声小曲》序云："昔袁公于吴中诗文，一概抹煞，而独喜里巷所唱小词，以为必传。岂非以村童巷女之讴吟，情真而味永乎？"读此，可知前代文人，于民间文艺，实颇有能具真赏者矣。

周六平师，诗主神韵。其《兵败重过汉阳》云："残垒犹留战血黄，龟山云树晓苍苍。西风吹梦成今昔，破帽疲驴过汉阳。"

耶马溪，为此邦天然名胜之一。余游其地时，惜正当微雨浓雾，对面峰峦，亦多不能辨认。然或以此更增遥想耶？赖山阳有重游其地绝句数首，其一云："山屐何辞泥路新，天将变套待游人。群峰得雨如龙斗，隐跃云间见爪鳞。"

昔年顾颉刚氏，于闽中得渔洋《柳洲诗话图》。一时学者名流如蔡元培、陈石遣诸氏，皆为题词。友人余永梁君及余，亦各有诗咏之。余君并以其所作转写余扇上。其第一首云："哀乐平生费细论，秋风摇落绿杨村。疏条冉冉明湖照，犹是销魂白下门。"余君，四川人，年轻而湛于学。尝师事故王国维、梁启超二氏。于古文字学，颇有创获，所作诗词亦清俊。与余同供职岭表某大学，游息与共，洽好轶侪辈。不久，余离职北上，余氏亦拟赴欧洲，为中央研究院钞影敦煌石室古文献。讵意将行前，遽以狂疾闻矣。彼在浙江莫干山及沪上疗治时，余曾一再往探之。后卒为其家人挟以西归。及今数载，杳无讯息。西土荒落中，故人其尚健在耶？每展示彼手迹，或读其见贻诗章，辄为悒然久之。

友人某君，尝为余诵其女弟子句云："痴于银烛应垂泪，生作秋花易断肠。"

明李攀龙《明妃曲》云："曲罢不知青海月，徘徊犹作汉宫看。"语颇含蓄。然明妃嫁匈奴，其地在中国北部，"青海"云云，似稍失检矣。

田寿昌，为新戏曲作家，然亦偶吟旧诗。去年某报上载其狱中新作一律，有云："安用螺纹留十指，早将鸿爪付千秋。"颇显示其慷慨从容之致也。

中土现代民谣，颇多佳品，关于男女性爱者尤然。例如广东南岛情歌云："送人送到大路分，越送越远心越闷。站在路旁捻草尾，看风吹土填脚痕。"（男子唱）"刚刚相逢又离分，尔闷那有比我闷。尔回得看我足迹，我去看谁的脚痕？"（女子和）此两章结末处，描绘恋人之情绪与动作，何等深刻，而语词却又如是易解。谁谓不受文字教育之民众，即不能有秀越之艺术才能耶？

爱伯哈特博士（Dr. Fberhard）为德国"支那学者"之一。攻中国古天文学史，兼及民俗、传说、艺术等。常于彼邦专门志上，介绍中国现代历史学、谣俗学、考古学等著述，拙著亦屡承齿及。前年博士来华作学术考察，适余已去国。彼至杭州，不见余，颇有惋惜意。事后，友人周君书以告余。余感博士风谊，作二绝纪之。其一云："君来我去两参差，殊国神交一面迟。闻说藕花湖畔路，怀人东望立多时。"

1936年春，作于东京

附记 本文在日本《同仁》月刊发表时，前后分正、续篇刊出。现在连成一起，更不加以区别。

作者 1993年岁暮

文学的用处

——蛛窗文话之一

一行伟大的诗对于世界的好处比起一切机器的结晶还要宝贵。

——A. 法朗士语

艺术文学的教养意义是伟大的。因为它同时也同样强力地影响思想和感觉。

——A. M. 皮斯可孚语

客——对不起！没有预先得到先生的答应就来打扰。想你一定能够原谅！——我是为着讨教来的。

主——我常常在想，率真总比客套好些。自然有些时候得估量一下情形。

客——我是爱好文学的，生性又有点喜欢思索，所以脑子里常常转动着一些文学上的问题。可惜身边很少可以讨教的人，一些气味相近的朋友，即使有时候可以讨论一下，但是未必能够得出很坚确的结论。为着宝贵先生的时间，我现在只提出一个问题来，那就是——文学的用处。

主——这的确是一个重要问题。不幸眼前有许多学习文学或爱好文学的人，都不大肯花脑力去想想，所以往往得到那些本来可以免掉的坏处。

客——有些时候，因为生活太苦恼，感伤的情绪就腾涌起来了。可是在案上找到一本鼓舞生活勇气的作品（例如R. 罗兰的《悲多汶传》）来读，马上会把心上的那种懦弱赶了出去。有些时候，受着人事或自然的诱惑，闲散地打发着日子，偶然念起"行动！在活着的现在！"或"莫等闲，白了少年头，空悲切"等诗句，就猛然懊悔，跟着精神抖擞起来。像这一类的经验，叫我切实地体会到文学的用处。可是它整个或主要的作用在哪里呢？尽管急想知道，却没有能力去解答。看看一些文学理论的书，所说的又往往彼此互相出入，有的还叫人觉得很空泛或隔膜。

主——这个问题解答困难的程度，正等于它性质的重要。光就你所说的话看来，也可以知道一些。单凭个人的一点经验，自然不能够答复得完全；片面的看法和疏浅的考虑也未必能够把它彻底解决。我的职业和兴趣，自然叫我常常想着这个问题。可是，个人学艺上的嗜好太少节制了，又没有很安静和充分的时间去做探讨、思索的功夫，所以也未必能够解答得怎样完全或确当。

客——太客气了。你随便思想一下，都要比我们辛苦摸索的结果高明得多。

主——那也未必。初学的人往往也有他特殊的看法。——现在我试把自己的一点意见说出来（不过，得附带声明一句，我的话是侧重在文学对读者方面的作用说的）。你知道，各种学艺，对于我们的精神活动差不多都具有某种作用。可是，由于它们性质和表现方式的不同，那作用，有的偏于知识方面，有的偏于情感方面，有的偏于意志方面，自然有的却普及和深入到精神的全体。文学是艺术的一种，它的作用极重要的一面，当然是激发或滋润情感。我国古代的诗论家说："诗以言情"（刘歆）或"诗缘情"（陆机）。近代欧洲浪漫派的文学论也力说文学是表现情绪的。文学，不完全是情感的产物（这点，我们往后要比较详细地说到），可是，情感无疑是它丰富地带着的一种精神成分。这种精神成分，在整个精神现象上，占着很重要的位置，是我们所知道的。它得不到适当的表现和培植，那人生就将不堪设想。我国古代教育思潮史上，曾经很重视诗和乐的作用。现在世界上那些未开化的野人，他们都没有忽略过这方面的陶冶，在它们那种没有文字、不知道冶金术的社会里，却到处开放着艺术的花朵，而且那些花朵有的还具有惊人的色泽和香气。这种野生的艺术，滋润他们，鼓舞他们，使他们能够顺利地生活。在我们的社会里，那班农夫、樵妇、小贩、走卒，跟上流社会和知识分子，同样不断地在受着艺术、文学的训练。是的，他们没有画笔，没有小提琴，没有骚赋诗词，没有传奇的小说。可是，他们不是有年画山歌，有民俗传说，有原始演唱么？他们的情感，从这些野生艺术里面，得到发泄、刷新和发展。现在，我们要改革旧生活，创造新生活。对于在精神上占着重要位置的情感活动，难道可以不给予充分培养？要从事这种培养，那些只偏于智性的训练，是决不能够收到很大的效果的，正像喝红茶、咖啡，不能满足我们的饥肠一样。只有健全崇高的艺术、文学，能够真正达成情感培养的任务！

客——文学对于我们知识方面的影响呢？

主——文学作用的很重要的一面，虽然是在感性上，可是对于我们的智性，也一样能够尽着力量。在各种艺术中，音乐、舞蹈也许可以说是思想观念比较稀薄的。可是，谁能够说它纯粹是情感的产品和刺激物呢？实际上，世上恐怕没有一种艺术品是不带着一定的思想观念的，就是那些原始时代的动物画或劳动歌也没有例外。人本来就是"思想的"动物。而文学的媒介，又是那以表现思想观念为主的语言文字。文学，是一种具有特殊性的艺术，有些学者曾经把它叫做"思想的艺术"。当我们面对着一幅图画，自然地要通过那种图形，在心里凝结成一种观念或思想。在文学的接触上，这种情形就更加明显了。你读了屈原的《离骚》或《九章》，能够不被唤起那种嫉邪恶、崇正直的观念么？你读了《儒林外史》，能够不产生一种厌恶那些酸腐的知识分子的思想么？哪种伟大的文学作品，不包含着伟大的思想或真理？缺乏这种思想或真理的作品，它尽管怎样精巧或华美，到底不还是一种瓷制的果子或空着的剑盒子罢了。在文学的各种体裁里，诗歌往往丰富地或更直接地表现着一种思想，一种哲学。

客——所以有人把《浮士德》一类作品，叫做"思想的诗"。

主——是的，像这类思想的或哲学的诗篇，没有疑义，会丰富地哺养着读者的智力。可是因为文学主要的表现法是"形象的"，一种深邃的思想或哲学，大都要依附着一定的可感觉的（甚至于是非常鲜明的）形象表现出来。这种形象，由自然的景物或人生社会的种种姿相组织成功。它是洗练过的具体的事物知识。它具有一种"科学的"或"历史的"价值。世界文学史上的许多名作，大都美满地贮蓄着这种可贵的知识。普希金的韵文小说《欧涅金》，被批评家说成是他们"民族生活的百科全书"。巴尔扎克那庞大无比的小说汇海——"人间喜剧"，是"表现19世纪前法国社会生活的人类记录的仓库"。

我们古代长篇叙事诗《孔雀东南飞》，一方面固然会激起读者情感、思想的波澜，可是它同时正给予着当时人情风物的种种写真。宋人的《京本通俗小说》和元人的百种杂剧，它给予我们的社会史和风俗史的材料，决不是别的同时代的书籍里很容易碰到的。杜甫和白居易某些诗篇所表现的民间疾苦情形，诗经、楚辞和汉赋等所记载的动植物诗的名称和性状等，对于我们都是相当贵重的知识财产。孔老夫子说过诗有一种"博物"学的用处（"多识于鸟兽草木之名"）。而人们把杜诗叫做"诗史"，就是从这方面着眼。文学作品可以说是人类知识上的一片丰饶田野。抽象的思想、哲理是一面，具体的世情物状是另一面。不接近文学的人，在情感上固然得不到适当的涵养，在知识上也缺少了一份贵重的补品。

客——文学作品对于我们的意志，是不是也要发生一种作用？

主——自然，它决不会放过精神上的这个重要方面，那种影响我们情感和知识的伟大力量，同时也必然影响到我们的意志活动。据说，歌德的那部《少年维特之烦恼》出版以后，不但在街市添了许多穿维特装的人物，而且形成了一种自杀的风气。十年前上海的报纸上曾经登载过一种可笑而又叫人深思的消息。据说，有些青年学徒中了剑侠小说的毒，结果瞒着人们跑到深山里去寻师学道。记得自己少年的时候，读《三国志演义》，爱慕了周瑜和赵子龙一类的青年将军，因此在那幼稚的心里，常常盘绕这种念头：我长大的时候，一定要像他们那样做出一番英雄的事业。明朝茅顺甫曾说过："今人读游侠传即欲舍生，读屈原、贾谊传即欲流涕，读庄周、鲁仲连传即欲遁世，读李广传即欲力斗，读石建传即欲俯躬，读信陵、平原君传即欲好士。"激烈情感意志，是一切伟大文学作品的必然力量，《史记》不过是个例子罢了。我国前代的教育家禁止青年们看《西厢记》《水浒传》，因为怕他们学会了淫盗的勾当。他们的对付方法当然不高明。可是，那种重视小说对于青年意志影响的见解，却不是没有根据的。一部有价值的文学作品，它可以呼唤起千万人的某种意志，也可以组织起千万人的某种意志。它是一面精神的旗帜，指引着读者意志趋赴一定的方向。

客——文学对于精神的作用，再没有别的方面了么？

主——不，我还要郑重说到一点，那就是美感方面的陶冶。严格说，我们鉴别事物美丑的能力，欣赏甚至于创造美的能力，并不是孤立地形成的。它跟我们日常的全部生活有关系，跟我们情感、知识等的活动有关系。可是，我们要使这种能力充分丰富和敏锐，除对于生活和精神等一般必需的修养外，却不能够缺乏一种特殊性的训练。艺术，它是这方面训练的最有效的教师。音乐教导我们敏锐地去领会声音本身和它所显示的世界的美，图画教导我们敏锐地去领会色彩线条本身和它所表现的世界的美……文学作品对于我们的美感能力，却有着更大更深的作用。有许多自然人生和语言文字上的美妙，不是我们普通的心眼所能发现和捕捉的。甚至于别的艺术作品也不能够显示和教导我们的，文学作品却往往能够指示我们去赏识它、沉醉它。小说家们不单能够表现事物的固有的美，还能够创造那些实际上不曾存在的美——更伟大、更高级的美。我们接触了它，就像打开了"神奇的"眼睛，去观赏那种超越凡庸卑琐的事物和境界。一位现代的伟大文豪，曾经用了诗一样的话语，去写述他从先辈作品中所获得的美的感兴。他说："我在普希金的小诗卷里或者在弗罗贝尔的小说里，看到那些比较从冷漠星辉里、浪花规则的破碎里、林木的私语或荒野的岑寂里所看到的更加伟大的智慧和活跃的美妙。"文学家的手是一枝神杖，一切美的丑的东西，在它的指点下都能够变成动人美感的东西。我们应该怎样感谢它！——它给我们打开了那样庄严微妙的"第二世界"！有些文学研究者或批评家，把文学的机能只局限在这方面，自然是小看了文学的。可是，那些毫不注意到它这种特殊作用的"文学论"或"文学教育观"，也未免有些鲁莽罢。感受美妙，甚至于创造美妙的精神能力，是艺术、文学所要培养的，也正是它很能够培养的。

客——这样看来，文学在我们精神上所作用的领域差不多是全面的，而那程度又是深透底里的。

主——你还得注意，文学对我们精神的作用，那最重大的意识，是在给予它一种基本的活动力量。对于我们的整个精神，文学能使它不绝生长，不绝繁荣，不绝向高处飞扬，不绝向远处突进。它使我们的精神最后能够达到一种超越的境界。一章诗一则故事，或一出戏文，它对你心灵所赠与的或激起的，不是一个固定的思想，一种限定的情绪或意向。那是一只鸟媒，能够给我们引来许多同类。那是一把锄头，可以拿去开发许多沃土。那是一颗种子，一把钥匙……最好的书籍，总是富有生殖力的、开拓力的，伟大的科学、哲学或历史的著作，大都具有这种"法力"。文学作品的这种力量，往往是更普遍的、更宏伟的和更坚实的。一部文学杰作，就是那民族或世界各时代人士精神活力的一股源泉。忽略这点，决不算深切地了解了文学的作用。

客——现在一般的文学理论家，都爱说文学的社会作用，又怎样讲呢？

主——这和我说的并没有冲突。不，这倒是它当然要达到的结论。上面我单从文学对个别读者的直接影响说话。它既然在他们的整个精神上起了重要的作用（或者说，既然有力地变化了他们的精神机能），那必至的结果，是生出一种"社会的"力量。因为世界上没有纯粹的个人。每个人都是不绝受着社会影响，又不绝影响着社会的。他好像江海上的波浪，从水里泛涌起来，又回头去影响那母体（水）。文学，本来就是一种社会事象——或者说，一种特殊的社会事象。它由作者具有的一定社会意义的认识、感兴、意欲和艺术修养而产生，又由一定社会的劳力和精神的合作而流布。它对于读者精神所发生的作用，结局怎能够不成为一种社会力量？这种力量，在新旧社会交替时代，特别表现得明显。你知道，对于法国大革命，卢骚、伏尔泰、狄德罗等启蒙作家的著作曾经尽过多大作用。又如辛亥起义，所以能够推翻两千多年来的专制政体，同盟会诸会员和当时一班热心改革的志士们的诗文，不是很有功劳的么？歌德对爱克尔曼说过，伟大的戏曲诗人，他剧本里的精神可以转化成为民族的。实际上，一个伟大作者的崇高精神，不但要成为"民族的"，而且要成为"世界的"。歌德，他本身就是一个好例子。

客——文学怎样能够产生这样巨大的作用呢？

主——第一，自然因为它是人类有意的精神产物。记得一位英国的著名批评家说，文学是世界上所知道和想到的最高的东西。另一位伟大批评家也说，人类的精神要发展到一定的高度才能够产生文学。这些意见未必完全精确，特别是后者，它太忽视了文学的历史过程。可是他们看重这种精神产物的意义和价值，是很有卓见的。文学，不是游戏——至少，有价值的作品不是游戏。它大都是人们在严肃生活中所产生的情思和意欲的语文上的反映，它是一种努力，一种不安于凡庸、丑恶的追求。这种精神活动的结果，自然要在那些共营着一定生活的人们的心灵上激起反应，并且给予洗练和促进。文学是一种美妙、亲切的呼唤，要换来同样的回响。它又是一种洗礼，给受礼者的精神以超凡入圣的洗涤。其次，是由于文学所具的表现特性。你知道，文学作品和科学、哲学等著作不同。它是饱含情绪，展开形象的，而题材又多半取自一般人所经验或见闻的事物。你要接触它，用不着很大的准备或努力。它自然地引诱你。它具有生香活色，具有妙响灵光。它叫你醺醉，逗你迷恋。在醺醉里，迷恋里，你自然地得到那高尚的滋养，得到那宝贵的活力。当你还不知道"怎样"和"在什么时辰"受了影响的时候，它已经成为你个人和社会的一种坚实力量了。

客——文学既然有这样大的用处，为什么还会有人要把它看做什么废物呢？

主——那些高唱"文学无用论"的人不外两种。第一种人是根本不大接近文学的。他们脑子里充满狭隘浅薄的实用观念。什么东西能够直接地产生一种效力，就是有用的（或最有用的）。不然，都得扔进毛厕里去。在这种奇特的观念下，被判做"废物"的，不单是文学，还有一般艺术——不，就是哲学和那些理论的科学，也难逃他们的严刑。第二种人，本来相当懂得文学，可是，性急叫他们陷入错误的观念里去。他们热心社会和文化的变革，一时看见别的事物（例如军事或政治）比文学能够更急速地产生力量，就不自禁地或愤慨地大喊文学无用了。其实，对于事物的用处，我们应该有比较广阔而又深刻的看法。什么是有用的东西呢？这自然不能够空泛地去解答。可是，在这里，我们不妨这样来个概说，就是对于大多数人生活文化的进步发展，结局能够产生真实的助力的，它就是一种有用的东西。对于这，我们得看重它，并且尽量使它发挥应有的作用。至于，它的作用是偏于物质的或精神的呢？是直接的还是比较缓慢的呢？那不能当做判断或取舍的主要标准。关于文学的效用，像本文前头所引用的A.法郎士的名言，自然有点夸张。可是，它比起那班"惟器用论者"的高见多少要合理些。文学的作用，也许是"隐微的"，可决不是"低微的"。我们要较量它的价值，决不能够拿汽车或纺织机去跟它死板地比论。它是精神的产物，它的直接的作用自然在于精神方面。可是，一种正确而深厚的精神力量，结果，也将成为一种伟大的物质力量，只是中间要经过一种转化的过程罢了。

客——快乐是叫人忘记时间的。时候已经不早了。我望往后有机会再来领受这种知识的筵席！

1938年冬于粤北

谈艺录

艺术家和权力

U. 辛克莱把古来一切伟大的艺术都判做拜金的。这是一种出于善意的误断。

实际上，艺术家——人类的歌者和教师——越是伟大的，就越是反拜金的。

他们常常是（不，他们必得是）真理和自由的使徒。他们不能够和铜臭或不正的权力携手。

据说，悲多汶曾经因为讨厌维也纳的那些纨绔儿，把拿破仑当做了自由精魂的替身。当他兴奋地写成《英雄交响乐》的时候，恰巧那位科尔西加人做皇帝的消息传来了。他涨红了脸，撕去那曲子的题名——"波那尔脱"。

"他会是一位暴君！"他叫了出来。

这是雄豪的悲多汶最性格化的故事，同时也正是一切伟大艺术家最本质的精神的表明！

趣味的资料

法国学士院起初不肯承认莫利哀的才能——因为他是一个戏子。俄国学士院到底取消了要给予戈理基会员资格的提议。

这些事情，到底不过在两位不朽文豪的传记上添上一点趣味的资料罢了。

没　落

"没落是可怕的，好像在沙漠中死去。"

一个作家的没落要更加可颤栗吧。因为他锐利的感觉，会叫他清晰地听到自己沉堕下去的声音。

那是一种"非世间的"空寂的声音呀！

世界的美和艺术

在一本谈论美学原理的书上，引用着这样一句话："世界不会美啊，只有艺术家能够使它美。"

不错，在某种意义上，艺术家是美的创造者。但是，他不是上帝，不是传说中的仙人。他不能凭空幻造。假使世界真是没有美的踪迹存在的，那么，当不会有人工的美的创造品。不，简直连艺术家也恐怕不会产生。

艺术品是世界原有的美的儿子。它是世界的——特别是人类生活的美的女儿。可是，她决不是低能的模仿者。她是"青出于蓝"的卓越的后辈。

两个自然

客观上有两个自然：一个是凶暴的、破坏的，另一个是温存的、滋育的。

我们过去的诗人，过于歌颂那个慈母的自然，而忽视了那个煞神的。

永久性的真理

"诗人应当暂时不管永久的真理，只顾包含当代的思想。"V. 雨果曾经这样说过。

实际上，如果那当代的思想是客观的、合理的，它至少也是一种相对的、有永久性的真理了。

文学法则的建立

伟大的作家大都是文学法则的建立者，虽然他不用抽象的语言去表白它。

诗的神圣意义

在初民的社会里，诗因为原始宗教而被给予了神圣意义。

现在是再把神圣意义给予诗的时候了。

因为我们有着新的宗教——比万物有神观或图腾主义更为超越的人道宗教。

文调和心灵的表情

最好的文章，光靠它的调子，往往也可以收到完满的效果。

因为调子是作者心灵最忠实的"音乐的"传达。它不是补助文义的，而是和文义融和地放射出来的。

文调是作者心灵在声音方面的表情。

波特莱尔的苦闷

C. 波特莱尔的苦闷是深沉的。

他的这种苦恼，找不到直通江海的出口，所以潴成了怪僻和颓废的池沼。

厨川教授说，艺术是苦闷的象征。这是应该指波氏一类作家的作品说的。

歌德的矛盾

在悲多汶粗豪泼辣性格的对照下，歌德的庸俗性是太鲜明了。

可是，像大家所知道，歌德的性格是矛盾的。在那庸俗性的另一面，却具着善良、高超的性质。这是他那崇伟的艺术建筑品的大支柱。

第一流的天才多是悲剧的。老托尔斯泰是一种，歌德却是另一种……

分析法

分析法教导我们支解生命，支解艺术。

可是，生命和艺术呢，不但它们本身是具有统整性的，它们和那些背景也是有机地密结着的。

在一味脔切的手术下，我们看不到生命、艺术完整的性质和意义。

图案和美感

形式主义者要把纯形式的图案看得比迫近人生的艺术更有价值。

实际上，一篇富有人生实感的小说或歌唱，即使是怎样欠成熟的，也比那些光是红红绿绿和谐地安排着的图形之类，更能够激起深刻的美感。

顾影主义者

现在我们的艺术界里有着不在小数的顾影主义者。

他们满足于自己情思的猥琐和艺术的乏弱。

他们恼恨时人对他们的淡漠。他们顾恋着自己灰黯的身影，一步一回头。

怕寂寞和毁灭

人大都是怕寂寞的。把情绪当做工作的主要动力的诗人，自然更饥渴于找寻知己。

可是，为着这点，多少诗人把漂亮的诗琴连同自己的灵魂一起毁灭了。

歌德谈话录

《歌德谈话录》，没有疑问地是一部意义丰饶的书。

可是，我想如果在这位善变的天才的少壮时期，爱克尔曼就能够跟上了他，甚至于爱氏只记录下那些时期诗人的行动和言谈，那结果必然和现在我们所读到的很不相同，而它所给予我们的益处也要更加壮大罢。

两极端

自然主义者说，艺术只是客观的复写。

另一种极端主义（表现主义者）却说，艺术不过是精神的客观化罢了。

好诗和科学

真的诗不应该排斥科学。正相反，它应该把科学包含在自己的骨肉里。

没有科学的无私、深微和确切的好诗，是我们不容易想像的。

永远的骄傲

希腊第一个诗人爱斯溪罗斯曾经替祖国去跟波斯人作战，英国的诗豪拜伦也为着希腊的独立而死去。

裴多菲死在为解放祖国的战场上，蔡尔楷因为反抗法西斯蒂，在西班牙的土地上断送了他的生命……

诗人不单是拿笔杆的战斗者，而且是出入火和钢中的勇士。这是人类永远的骄傲，是人文史上一份崇高悲壮的传统。

伟大者的谦逊

万有吸力的发现者，自谦说是在知识海滩上捡到一点贝壳或石卵子的人。

他同国的一位不朽的彗星诗人也说："我的名字是写在水上的。"

只有那些低能浅智的人，惯学癞虾蟆吹胀自己的肚皮。

谈论的对象和它的结果

一位法兰西著名的批评家说，谈论自己的事情，往往成为诗。

我们也可以说，谈论别人的事情，往往成为喜剧。

没有余味的诗篇

没有余味的诗篇，好像没有弹力的皮球。

乌族的美学者

乌族如果有美学者，他必然要找出种种的理由去说明黑色的神圣意义。

康德的赐与

席勒常常劝歌德不要研究康德哲学。因为那不会给予他什么好处。

我不很清楚歌德从康德那里得了什么坏处。可是，席勒自己在这方面的吃亏倒是相当了然的。他后年著作上那种强烈的观念论倾向，不是很受到那位"近代哲学中最优越"的大师的赐与么？

著作的限制性

在意义和价值上没有限制的书，是不存在的。

因为不管怎样杰出的著作家，也不会有那"社会的真空管"可以让他在里面生活、感觉、思考和写作。

自己的东西

在学问或艺术上，越是自己的东西就越表现得亲切有味。

真理的光辉

真理的本体是透明的，在热情的映照下，它更显得光辉四射了。

艺术和思想

在艺术史上大多数的作家都有他们的哲学。他们是某种意义上或某种程度上的哲学家。

这不是有力地说明了一个艺术学上的首要原理么？——艺术的工作同时必须是思想的工作，并且是深邃的思想的工作！

朴素、庸滥和艺术

朴素的被摒弃于艺术是暂时的，庸滥的被摒弃于艺术是永久的。

艺术和真理

有人说，真理不是艺术的对象。艺术的对象是美。

实际上，美不是和真理冲突的。恰好相反，在健全的人所感应或创作的美的事物中，大都包藏着某种真理的核儿。

语言和个性的予夺

川端康成说："语言把个性给予人们，同样它也剥夺人的个性。"

在写作上，能够凭语言显出个性的只有很少数特殊的人，大多数的执笔者倒是被剥夺了个性的。

40年代前期作

文艺琐语

批评家和创作家是应该互相做教师的。

文学的语言如果是直接地属于社会学的，那么，文学的存在不是多事了么？

艺术上的时代感最敏锐，但是，往往又最迟钝。

"月亮不介意狗子的吠声"。
缺乏诚意和才识的批评家的饶舌，只有叫富于自信的作家冷笑。

读文学史往往叫我们战栗。
多少有才能的作家屈膝在不正的权力下——它把他们的远大前途断送了！

只值得诵读一遍的作品，往往就是没有它也可以的作品。

如果老法朗士到现在还活着，他必然要在自己崇敬的讽刺之神和怜悯之神以外添加一位，那就是——战斗之神。

好的文学读者应该像好的赏音家一样，他能够听出作者的意趣是在高山或在流水。

不消化的理论，像吞下腹里去的果核——它对于身体的营养一点也没有好处。

尼采说："战斗是一切优秀事物的父亲，战斗也正是优秀散文的父亲。"

鉴赏者大都只欣赏着创作成果的佳妙，却很少体味到制作过程的艰苦。

艺术用感动代替论证。

艺术中的理智成分，必须像水里的盐味。

有些作家希望死后坟上装着剑，有的却情愿被安放着枷锁。

警句大半是畸形的天才儿。

艺术的表现形式，在各种文化形态中，是最趣味而又最通俗的。

什么是美呢？
许多美学者比起一个农夫来，常常说得更糊涂。

不变的美和普遍的人性，只存在于一个地方，那就是迷信着它的美学家或批评家的脑子里。

对于苦心的写作者，有一个戒律，就是——
不要使那作品更不容易了解！

植物的花，那容色虽然很美丽，但是，它的目的却很实际。

中国古代的传记大半是最公式的文学。

在社会变革的时期，批评家过分要求伟大的作品，结果，只有摧残了许多饱含希望的嫩芽。

在两种情形下，批评家都容易被作者所厌恶——
一种是他的识力远落在作家的后面，反之，别一种是他的眼光注射到作者所未能看到的前方。

理论不过是路标，一步一步的道路仍然要靠自己去走。

深思是载人到达艺术和真理的国境的渡船。

西赛罗说，男子的美装是品格。
艺术家不应该比一般男子更具有那种美装么？

文艺家的小成就，常常成为他的大成功的劫贼。

真正懂得世界文学的人，才能够更深彻地了解本国的文学。

在中国前代的文学中，商人的姿态大都是被"谑画化"的。
这一半由于商人本质上的缺陷，另一半由于那些作者是和他们的社会地位相反的。

摩理斯说："我不相信什么灵感，我只知道有技巧。"
是的，我们不能够倚靠灵感，但是，同时也不应该过分注重技巧。

民众的心决不是一块石头。
如果我们作品的内容，和他们的经验、意欲有密切的关联，而用的又不是那些矫揉造作的形式，那么，他们是一定能够鉴赏和感动的。

在没有正确的历史眼光的人看来——
新文学运动的成功，比它的突然兴起，是更可以惊异的事情。

作品上的"隔"，主要是由于作者对事物缺乏真挚态度所产生的。

宫廷诗人是没有多大自由的，游行歌人也没有很大的自由。
因为他们的诗歌并不是为自己咏唱的，它有着一定的倾听者。
那些倾听者的好恶，怎能不影响到咏唱者的诗情歌调呢？

历史指示我们——
在高压的政制下，艺术不是变做"供器花"①，便变做反叛的旗鼓。

盲目地歌唱蒸汽电力的新诗人，并不比迷信地歌唱天恩地泽的旧诗人有多大的高明。

有些艺术家急于表白某种见闻或情意，有些却没有这种需求。
许多艺术作品所以在表现上有精粗隐显的不同，这是一个重大的原因。

如果说建筑是凝冻的诗，那么，跳舞正是跃动的画。

模仿是有条件的。
美洲的红印第安人，不会去模仿西欧的象征派或未来派的诗歌。同样，今日苏联的作家，也决不会学做中国的旧体诗或日本的俳句。

---

① 我们乡下的人，把插在祭祀供奉器物上的纸花叫做"供器花"。这个名词，引申起来，又有只供装点，没有实用的意思。

社会创造了活的典型人物，优秀的作家灵敏地捉住他，并给予艺术的加工。

像在自然界里一样，在文学上也没有什么奇迹。

不分有时代思想的作家是怪僻的，仅仅分有时代思想的作家是凡庸的。

德国人说：“正理有蜡做的鼻子。”艺术也一样。

作家必须到地狱那里去来。

艺术上没有侥幸的成功。

虚荣是杀害作家的主要犯人。

真正具有圣徒的心的作家，往往被指派做魔鬼。

诗是人类不能长久沉默的证据。

诗离开了原始宗教，它的神圣意义也被剥夺了。
今天我们的任务是给它以新的神圣意义。
这并非梦想。我们不是已经有比原始宗教更崇伟的“宗教”么？

精神的盗窃者比起物质的盗窃者更卑劣。

每个时代都有它的“诗的词藻”。

即使是伟大的作家，他笔下所抒写的也远不如他胸中所感到和想到的。

当心哟，在文学的国土里，也有着把旅人诱进黑林或魔洞里去的妖婆！

严复自负懂得演进论。他预断白话文学前途的黯淡。
但是，事实否定了他的预断。白话文学壮健地前进了。
是演进论贻误了他呢？还是他误解了演进论？

"我总算用了许多工夫了，但是，写的还是不见出色。"
"你好像还没竭尽最后的力量——而你的真正成功，正等候在那里。"

诗人因为他怀有更高的骄傲，所以不能够拒绝非凡的痛楚。

文学不单是技术学的问题，正像它不单是观念学（Ideologie）的问题一样。

所谓"纯粹的诗"，往往是内容最稀薄的诗的别名。

新时代的作家，比起那些战斗员更需要勇气。

好的作品，虽然有时隐晦，可是并不容易灭亡。

质朴比华丽更有耐久的吸引力。

美衣或者可以隐藏身份的卑贱。但是，美词却不能够遮蔽思想的凡庸。

朋友的切磋，往往胜于神奇的灵感。

大胆和谨严，同样是助成艺术创造的功臣。

文学家，比起学者来更近于冒险家。

神话是说谎的历史，历史又常常是说谎的神话。

文学是隐去年月和姓名的历史。

诗人的胸襟应该像海。
因为它（海）是那么浩茫，那么激荡，又那么壮丽。

小孩子的游戏，从心理上说是最自由的。
但是，除了那些偏见的学者，没有人肯承认它是真正的艺术。

诗神身上披的应该是铁甲，而不是羽衣。

明确是文体的最大优点。

诗人创造"更高的自然"，批评家说明和传播它。

有些作家懂得别人远过于懂得自己。另一些却正好相反。

古旧的体裁，有时也能够写成新颖的著作。

在今天，使人明辨是非的文学，和使人增强生活勇气的文学一样紧要。

"我想写点东西，总找不到适当的材料。"
"我却听见你周围那些材料在诉说着被人忽略的冤苦。"

在庄周、尼采一类著作家的文章中，诗和哲学差不多常常是分不开的。

在某些作品中，只表现着某种气氛或情趣。

但是，这种气氛或情趣，决不是寥空缥缈的云影。它是地上特定人群厨房里所升起的"精神炊烟"。

在中国习见的画像中，帝王或达官的侍从们，因为地位的低微，连身子也硬被缩小了。

歌德曾经私叹过宫廷生活对于他创作自由的妨碍。
那些才能气概和敏感远不如他的，又怎么样呢？

托尔斯泰的《何谓艺术》，像一颗虚无党人的炸弹。它推翻不了艺坛的统治，自然更创造不出什么新制度。
但是，它毕竟是一颗炸弹——打击了某些迷梦的作家，又给另一些有良心的作家以鼓舞。

坐在火炉边的老祖母或妈妈，给孩子们讲述"老虎外婆故事"的时候，一方面固然给予他们以娱乐，另一方面也给予以深刻的教训。

改正错误的观念和陈旧的习惯，在今天的中国作家都是很必要的。
不过，改正习惯，比起改正观念来，却困难得多了。

40年代前期作

风格论备忘

风格是一个作家存在的标志。

真正的风格，产生在作者赤裸地呈露他精神的"表情"的地方。

风格的努力，只有当它密接着一定内容的时候，才是有意义的。

严格地说：世间没有无风格的作家。优秀的创作家，大都是优秀的风格家。

不过，有好些风格容易给予读者强烈印象，另一些，却只使读者不知不觉地滑过去。这就是有些评论家对于具备前一类风格的作者，要特别称呼他做"风格家"的缘故罢。

最能够给人强烈印象的风格，不一定是最好的或最伟大的风格。

时代或流派的风格是不能否认的。可是，我们同时得注意到一个重要的事实：任何属于一定时代或流派的两个以上的作家，彼此在风格上都不会完全一样。

在盛唐时代，李、杜、王、孟等的风格是各别的；在英国浪漫主义时期，那三位早死的抒情诗人的风格也各不相同……

像很少作家的风格不带一定时代或流派色彩一样，在一般艺术史或文学史上决没有不带个人色彩的作家风格。

风格，一面是属于时代的（即属于一定社会的横断面的）、流派的（即一定社会集团的），同时也是属于个人的（即一定社会集团中的个体的）。

风格是一种微妙的现象。要亲切地感受和表白它，必须具有某种特殊的训练。

在过去，差不多只有诗人才能够真正领会别的诗作家的风格。他们在表白上所用的语词，往往不免借助于比喻、象征等，原因也正在这里罢。

大胆是树立风格的重要条件。拘谨和出色的风格是少缘分的。

可是，成功的重要条件，同时也可能是破坏的有力条件。在艺术的废墟上，我们能够看到那些由于大胆摧残了的历历陈迹。

风格的迫人力如果超越过内容的感动力，那就是艺术上的一种魔道了。

千番百遍地味读伟大作家的名篇罢，在那里你才能够深湛地领会了风格的真实意义，比起去读那风格论一类的文章，这种益处是多到难以计量的。

读者在许多作品中找寻自己爱好的风格；另一面，某些作品的风格也在开拓或培植读者的爱好。

前代的学者往往爱指出作者的人品、性格跟作品风格的印契。这用一位德国哲学家的话说来，就是风格是性格的骨相学。

这当然是风格学上的一个重要原理，同时却是相当朴素的原理。

一个人的品性，往往是会变迁的，正像时代或社会能够变迁的一样。俗话所谓"前后判若两人"，就是说的这种情形。

风格也是会变迁的。这不单由于年岁推移的关系，也常常由于社会现象和个人生活变易的关系。情思变了，题材变了，风格也不能够再是本来面目。这种变迁可能是很微小的，也可能是很重大的。一个作家的风格，变得和本来的完全两样，决不是怎样难以证明的事情。

性格是决定风格的主要因素（自然不是惟一的或最后的因素）。但性格并不固定的，因此同一作者的风格也不是不能变迁的。

老托尔斯泰晚年列举理想的艺术风格的标准，把"明晰"和"含蓄"一道并提。有人会以为奇异罢。因为那两者好像是互相矛盾的。

实际上，明晰的反面是糊涂、暧昧。含蓄决不和明晰敌对。正相反，两者可以融会在一种高尚品格的作品里。托翁自己所写的那些童话和民间故事。不正是雄辩地说明了这点么？

想努力去筑成一种风格的人，往往倒反失掉真实的风格。

一个大作家的许多作品，大致上具有统一的风格。

可是，如果一个作家所有作品的风格，好像深秋里平坦的原野，数百里枯黄一色，那不过是才力贫乏的证明罢了。

统一的风格，在另一面必须是多彩多样的。

歌德不单是一个天才的作者，而且是一个博识家，一个有深阔度的人生和艺术的体验者。

可是，悲多汶那种粗犷泼辣的风格，却不能够叫他由衷地热爱。

艺术的理解和赏味，到底是有那一定疆界的。

我们的肠胃，它吸收着动植物的种种质素，结果造成了自己的血液。

我们的头脑也正一样。只要它有强健的消化能力，波特莱尔和淮特曼，尼采和托尔斯泰，同样可以做造成自己作品风格的一种养分。

养料质素的良否，自然不能不注意，可是同样重要的，是自己健全的消化能力。

伟大的作家往往从别的作家受到深刻的影响——它会在风格上明显地表露出来。

这即使不是什么巨大的利益，也决不至于成为一种灾害。因为那相像的地方，大都在作品上是有一种内在的必然关系的，和那些无聊的模仿、剽窃，显然有着"活"和"死"的分别。

"形态从属于机能"。这个原理是应该放在风格考察的重要位置上的。

有人说，风格没有好坏。一切的风格都是有价值的。问题只在成熟不成熟罢了。

这是一种恒温式的见解——他把留芳和遗臭，看做一样值得尊重的事情。

实际上，好像内容、形式有好坏一样，风格也有好坏。例如纤巧、怪僻、委靡、忸怩……无论怎样，都不能算做上品的风格。

一定的时代环境及那环境中所提供的主要题材，往往要求着一定的风格类型。这种类型在当时往往被给予很高的评价，就是别的品质高尚的风格类型也不能和它比并。

在战斗、革命正在剧烈进行的时代，一般所要求的文学风格类型，大都是明确、朴素、活泼、刚健、粗野……并不是这些以外没有比较高尚的风格类别，只因为它们和时代的节拍更为和谐罢了。

"情绪是风格的惟一的决定因素"。

这种惟情的风格论，我们不能欣然同意。因为一种主智的科学著作，有时候也可以具有那种叫人爱好的风格。

不过，在风格的论究上，忽略了情绪的因素，或把它估价得太低也是错误的。

伟大作品的风格，很少不是从情绪的渗透里产生的，——或者说，很少不是从情绪和思想的融和里产生的。

情绪不是决定风格的惟一因素，但它无疑是那些重要因素中的一种。

《乐记》说："大乐必易，大礼必简。"
卓绝的作品很少是险诡、繁屑的。

当那位唯美派诗人得意地说："风格总是个人的。"

他绝对没有想到：不管怎样独出的风格，都不是没有相对的"种属性"的。

十多年前，有人给新文学的"繁词"做辩护。

今天，我们好像又必须来宣说作品"简约"的教义了。

在下层社会里，尽有着品格高尚的人物。和这一样，在民间作品中也有那些值得重视的风格，好像雄浑、疏快、率真、沉挚、简朴等，都是野生艺术中所容易碰到的好风格。

不错，一种作品的风格，大致是作者本身或他的心灵的风格。

可是，艺术有它相对的特殊性。它不完全等于作者本身或他的心灵。在一定范围内，它存在着独自的性格和风貌。

艺术的风格，是一定作者创造物的风格。离开了作者去理解它是不可能的。和这一样，也不可能仅仅从作者的性格及心理去说明它的一切。只有充分注意到构成艺术的各种因素，那说明才可能真正成功。

有人从作者对事物观察的距离上去区分风格。距离近的，描写细致，是近视的风格。反之，描写简略，就成了远视的风格。

这自然不失为一种有益的看法。可是，它没有告诉我们为什么某些作者老是要站在较远的位置去观察和描写，另一些却正好相反。

那仅仅是由于各人的天性不同使然么？还是别有更确实的原因存在呢？——例如，所观察的对象的不同，作者创作时候心境的差别，对读者反应预想的出入，乃至影响或决定这些直接原因的较远原因或最后原因的不同等，这是风格论上所不能轻轻放过的。

从语言的声调、形态、构成因素、历史关系等去检讨文学作品的风格

的，我们可以叫它做"语言学派的风格论"。

各种艺术，都有它独自的表现媒介。这些媒介性质的不同，自然相对地形成了各种艺术的特性。

文学是语言的艺术。语言是文学表现的凭借，更确切地说，文学是借着语言去进行创造过程和完成表现任务的。它的风格的征象和原因，当然可以从语言学的现象上去捕捉。

但是，作品的语言上的活动，并不是创作行为的最后动力。从某种意义上说，它是被动的，在它的背后有着主宰，那就是作者和社会。

语言现象的检讨，不过是风格研究上的一个重要环节罢了。

纯情的语言，大都是质朴的。

子夜歌和敕勒歌思想、风格的不同，主要不是由于自然风土的差异，而是由于作者生活形态的差异。

一般所谓典雅的词句，当真看起来，往往是很恶俗的。

风格是一种自然的产物。它不能够用人工去硬造。谁能够用意志去指挥身体内的不随意筋？风格就是我们作品上的不随意筋。

——那么，我们人工的任何努力，对于风格的形成都等于零么？

不是的，我们的努力，大大地有影响于某种风格的形成。没有适切的努力，就没有艺术，哪里还会有风格呢？

——这难道不是矛盾么？

风格是我们的思想、情感和艺术技能，对一定题材所起的化学作用的结果。它是不能用我们的意志去暴力地干涉的。

但是，我们的情思、艺能和选材方法等，并不是纯然天生的。倒是在这些方面有不断的修炼，才能够使它们深刻精进。它们在创作时候就是一些主要的决定因素。这些因素临时不容许妄加干涉，可是，在平日却可以培育、训练。临时所产生的那种自然力量，就是这种培育、训练的及时花果。

风格不能硬造，但它可以间接地培养。

原因论是风格学上最难解决的问题。

形成风格的原因是多元的。问题的难处，不在于指出那些重要原因，而在于给予那些原因一个精确的逻辑程序。

风格是由作者的精神状态和所处理的客观题材的浑融、化合产生的。它如果不能够和主观的精神状态谐和或跟所处理的题材性质合致的时候，就会显出破绽。

例如刘泽湘氏的《过西山辟支生墓》七古，全篇缠绵、哀丽，很像吴梅村的《圆圆曲》。可是，因为和主人翁的壮烈行为及果敢性格并不谐和，因此，从风格上说，它是失败的。

艺术家如果想改变自己的旧风格去满足时代的要求，他必须在情思、题材及技巧等有一定程度的改变。而能够使这一切真正改变的，主要是生活本身的一定更新。

徒然从题材或语言上等去求改变，结果必像孟子说的，到树顶上去捉鱼——那篓子怎会沉重起来呢？

有一个常被风格论者忽略了的风格成因，那就是——作品对象的性质。

如果作者是把他的作品奉献给贵族或一定的知识分子的，那么，作品的风格就必然（或不妨）是高雅的、典丽的，甚至于尖新、古怪的。反之，那预定的对象，如果是一般平民或较广泛的知识分子，它就自然采取简易、平明一类的风格。（这有时是自觉的，有时是非自觉的，但并没有多大关系，因为结果是同样的：作品的一定对象，相对地规定了它的风格。）

由于这种原理，我们就可以明白"宫体诗"为什么要那么绮靡，"台阁体"为什么要那么纡徐、闲雅，而近代所谓象征诗又那么不怕朦胧、缥缈；同时也可以明白H. 海涅为什么要创出破坏传统的半通俗的风格，梁任公为什么会写出平白、流畅的报章文体，现在一般作者为什么都把质朴、清刚当作典范风格。

陶渊明在孟府君（嘉）传里说，桓温曾经问孟氏"听声乐，丝不如竹，竹不如肉"的原因。孟氏回答，是因为"渐近自然"。

"自然"二字，是风格的最高境界，同时也是陶氏作品所以超过汉、魏、六朝一般作者篇章的原因。

在技巧泯灭的地方，才产生真正的风格。

"真正的风格定义，是把适当的字放在适当的位子上。"

可是，风格学到底不是修辞学。正像另一位贤明作家所说：修辞工夫不过是风格的阶梯罢了。

现在我们所求的单纯风格，必须是从复杂中蒸馏过来的。借用那位"易匹鸠尔之园"里的哲士的警句说：它是揉合七色而成的纯白阳光。

聪明人说：风格就是意识。

愚笨的人却说：风格等于意识。

风格，就是作者对事物的观感法和对文字的处理法的特殊性的结果。

委婉、温和，是中国文学史上的支配风格。它的产生和被尊崇，是和长期封建社会的伦理及文化的要求相适应的。

像在同一社会里，一般地不欢迎跌宕、雄奇的人物一样，在文学上也不崇尚那些率直、粗犷的作品。

我国的学者，很早就相当看重禀赋在风格形成上的地位。可是，直到现在，这个问题还没有十分精确地被论定。

不错，禀赋是各异的，它在一定程度上能够决定作品的风格，也没有疑问。但这种决定，并不是直接的。

作品的形成，是由于一定的社会现实和照应着它的一定的精神的状态和动力。禀赋，只有通过这种具体的内外条件，才可能在语文上显表出来。

"自然"不能够直接决定人类社会样式；同样，生物学现象的禀赋，也不是作品风格的直接或简单的决定者。

感觉灵活的作家，往往能够创造出吸住一时读者心眼的文学风格。

可是，这种作品的根柢里，往往缺乏深厚的情趣和思想，因此，它的寿命也不过像那些朝开暮谢的木槿花罢了。

风格是在最个人的面貌中，隐藏着浓厚的社会历史意义的。

风格，不能够离开一定作品、作者及社会等去研究，正像先史时代的陶器，不能够离开那一定地层及当时当地一般住民的生活状况去研究一样。

自然，风格不是出发点，而应当是一种自然结果。

但是，我们不能够（也不应当）去阻止一个精明的作者，在执笔时候或落笔之前，意识到（甚至于计划到）那作品的风格倾向。

如果你知道蜜蜂不飞近纸花的原因，也就可以明白伪风格为什么要遭人厌恶了。

造成风格的因素，不仅有性质上的差别，而且也有数量上的差别。

例如一个作品中情感的丰啬，或逻辑力的强弱，都会造成很不同的风格现象的。

在现实世界中，没有纯粹生物学的"性格"。

风格学上所能够承认的"性格"，只是那具有生物学上的某种特性的胚子，继续生长并成熟在一定社会的土壤和气候中的果实。

附记 几年来，我的职业常常迫着我去注意文学风格的问题。上面一些断片的意见，就是我思索这问题时候随手笔记下来的——目的只是免得遗忘。我希望不久的将来，能够把这些"杂碎"贯串起来，组织成一篇稍为完整的《风格论》。

40年代前期作

略论格言式的文体

——《寸铁集》自序

> 譬如人载一车兵器，弄一件又取出一件来弄，便不是杀人手段。我则只有寸铁，便可杀人。
>
> ——宗杲

> 冗长不如简单。
>
> ——莎士比亚

前年春天，我在桂林遇到了一位刚从香港逃难回来的朋友。我们在夜街上一边蹀步一边倾谈。要分手的时候，他说，他年来零星地看到我发表的那些短句，为着收获更丰满的效果，希望我以后能够多写些成篇的理论文字。他的声音是那么沉着，我现在回想起来还觉得像铁块落在心上。几个月以后，我的《诗心》出版了，我寄了一本给住在重庆的另一位朋友。他回信说："我愿意再读到抗战前你所写的那些很卖气力的论文。"他们这样友谊的忠告，使我不能够恬然不加反省。

后来，在和一些文学青年的谈话上，多少听到他们对于格言式文体的不满。同时在两三个流行的文学杂志上，也看到批评用这样文体写作文章的一些意见。有的说，它是形式主义的，有的却说，它是教条式的……

可是，事情又有另一面。我常常熬着夜在温读赫拉克列条斯（Heraclitus）的《断片》或帕斯伽尔（Pascal）的《沉思录》。对于后者，我还不自量地来一点零碎的移译。我已经能够淡忘掉在战争中失去的许多醉心的书籍。可是，却还不时痴情地想念着那位被人看做功利论者的《格言集》（Maximes）或别一位作家的《沙上的足迹》。当心绪触动的时候，又会在案头的笔记簿上，随手写下一些关于社会、人生或艺术的零思断想。

这样的情形，使我对于格言式的文体多少不免要做一些考虑。这种文体是怎样产生的呢？它在文体学上的优点和弱点怎样呢？它有什么效用？现在，它是不是还有生存的权利？……像这类的问题不时会在脑里盘旋，有时候也被逼出了一些答案。自然，这种思考的性质，大体是偶然的、断片的。老实说，直到现在为止，我还没有雄心想去写出一篇（不要说一部完整的）"格言文体论"或"格言式文体的辩解"。不过，像自己愿意听听别人的见解一样，我也愿意别人知道自己的一点私见。因此，有时候也想把自己的意见公布出来。现在这个新随想集就要刊行了。赶着这机会写出一些来当做序言，也许并不是很失宜的举止。如果在这里必得累赘地声明一下，那么，我要说，下文的话，是就这种文体的一般作品立论的。它不是在替我个人这方面的写作做宣传或辩解。我的著作的成败，应该由它本身去负责。

这种文体太陈旧了。在眼前，它已经像花翎、朝靴一样的不合时宜。抱着这种反对观念的人是不少的——特别是那些年青一辈的朋友。

是的，从文体史上看，这种形式不能够不说是老古董了，早在两千多年前，希腊的哲士诗人就已经用它去著作。我们先秦时代好些著名的哲人，他们遗留下来的经典，也是运用着这种形式的。如果我们有豪放的历史兴趣，还可以把这种文体的渊源追寻到荒远的先史时代——就是穴居野处，结绳记事的时代。因为这种文体的老祖宗正是那些"要约着民众智慧"的谚语。而谚语的发生却早在"书契以前"。

"高岸为谷，深谷为陵。"自然不绝地变迁着。一切文化现象也跟随着时间和社会的河流在或速或慢地演化。文体当然没有例外。在前一世纪，已经有些明敏的学者替我们做过文体演进——它的生物学的过程——的研究了。可是，如果说一切产生得很早的，就应该消灭得很快，这种意见，却很需要斟酌。从物质的文化产物来看，我们现在日常所用的碗、碟、瓶、壶等的形式，大都在数千年前就已经产生下来了。可是，谁因为这种理由就要拿它们丢到垃圾堆里去？在文体上，我们可以拿一个极端的例子来说。童话不是一种古老得满身锈绿的文学形式了么？但是，现代仍然有些作家采用它，并且有时还要出奇地成功。——关于这，如果安徒生或老托尔斯泰等典范作家的珍品不能够使你满意，那么，不是还有像《真理的城》一类崭新的作品么？

这种事实，决不怎样值得惊奇。人类知识的发展史告诉我们，固然有许多事物的真理被发现得很迟，可是有些却老早就被发现了。这种正确的知识一旦被发现以后，在人们的认识上，就只好继续着去加深或扩大它，却不能够把它推倒——除了像希特勒那种天字第一号的疯子，才会生出这类恶毒而又可笑的妄想。文化的发展史也有点和这相像。某种合理的文化方式，一旦被产生出来了（或者说，被人类的心和手捉住了），它就有继续活下去的权利。谁也不能够把它从人类生活里剔出去。在文体上，童话这样，格言式的文体也一样。时间虽能够制约它们，却不能够勒令灭亡。再者，一种文体，它的起源虽然很古老，但是因为个别作品内容和媒介等的不同，后起的决不会和它的老祖宗一模一样。儿孙尽管像父祖，却不会彼此完全没有差别。现代法朗士或梵乐希的这种形式的作品，会不会和赫拉克列条斯或易匹鸠尔的完全一个样子？张潮的《幽梦影》，到底是和先秦哲人的短句有显著的分别的。即使在同样古代，由于作者的社会背景和个人性格、思想不同，那些同一形式的作品，也正像各具色泽和香气的花朵。哪怕是最不敏感的人，我想也不至于看不出《道德经》里的警句和《论语》里的格言两者彼此间的差别的，因为大致的形式纵然一样，实际上彼此在风调上是千差万别的。文体的一致，并不等于风格的一致。在这样意义上，后起作品的这种形式，是古老而又崭新的。

有人说，格言式的文体，比那些有头有尾的成篇论文，容易写得多。粗鲁一点说，这种小形式是最便宜于懒人的文体。它用不着作者花费什么气力。

我们不能够否认：这种文体比起那种严严整整的论文，在写作上多少简便些。可是，如果把问题更推究下去，道理可就没有这样简单了。一切著作的形式，说困难都有困难的地方，要偷懒也都可以偷懒。三言两语的文体自然便于偷懒，长篇大论的作品，就真正不会或不容易偷懒么？我们日常所经眼的报章杂志上的论文，有多少真是惨淡经营的成绩？反之，有许多名家的小形式的作品，只由于那种迫人的光辉和热力，也可以使我们推想到那制作者是怎样燃烧过他精神的炭火的。拿一点个人小小的经验来说罢（我的作品即使怎样不成功，决不妨害到经验本身的珍贵）。那些零零星星的意思，事实上并不是"俯拾即是"的。这我们且不去多说它。单就写作上的技术说，三言两语的一则文字，往往要经过左思右想，经过七涂八改的麻烦。而上一个月在稿簿上写上的十则，到了下个月也许只剩下三分之一被移到新稿簿上去。日子越长久，这种淘汰也越来得残酷些。因为这种文体是极端简缩的。它再也不能够容许一点旁意权枝的存在，不能够容许一点浮词冗语的存在。在这些条件以上，它还需要有特别的精神和光彩。体积的微小必须由性质的精警去补偿。而这不是靠着艺术的苦心又怎能够完成？

总之，一种作品的成功，大都是作者劳神费思的结果。懒惰是和艺术或学问没有缘分的。一篇好的论文是由作者的心血换来的，一则好的短句也必要作者支付出同性质的东西。我们决不敢说，在写作上，老子比墨子或荀卿占了很大的便宜。如果容许我学尼采套一套希腊哲人的警句，那么，我要说：战斗是一切事物的爸爸，它也正是格言式著作的爸爸。

这种小形式不能够充分地表现一种思想或意见，也不很容易把那种思想或意见更广泛地普及于一般读者。

大体上，这种非难是比较射近靶心的。在极端压缩的凝练的形式里，自然不能够面面俱到，畅所欲言。可是，如果我们说这种文体缺点是缺乏明白、晓畅（你知道，那位用这种文体留下了辉煌学说的希腊哲人，他的绰号是什么——"暗晦的人"），那么，它的长处却是警策隽永。它不但像电光一闪，而且往往是余韵绕梁。它不能够说出所有的意蕴，可是，它会带引读者去寻绎那种意蕴，或领悟更多的意蕴。它要他去同作智慧的漫游。它是指引者，点化者。

这种特殊的文体，自然不适宜于表现那些比较复杂的思想，但是，它却有它自己最适切的对象。我们的思想不常常是头尾皆具，四肢齐全的。在日常的生活上，对于事物，我们往往有突然会意，心机偶动的时候。这种突然出现的意念，尽管是断片的，却往往是很深刻卓特的。它适宜用一种简练的和闪光的文体去表现，正像我们日常生活上偶然的小感兴，适宜用小诗的形式去表现一样。如果有人要把自己长年累月考察或探究的结果，用了一言半语的形式去表现，那么，他的愚笨自然是不可及的。可是，如果把心头偶然一闪的思想，东镶西补地硬拼凑成堂皇的论文，他也不见得比前一种人聪明了多少。格言式的文体，到底是有它最适应的表现对象的。此外，还有一些原因，也巩固或帮助了这种文体的存在和流行。有些作者因为觉得不需要或不方便畅快地写述出自己的某种思想，那么，这种压缩的暗示的文体，就成了很适用的表现形式了。

这种文体，不很适宜于程度较低的一般读者，是实在的。因为他们大都要求明白详尽，而它却是省略的、奇突的、暗示的。在现在的情势下，替初学者和一般的读者多写作些有意义的作品，是应该的事情——也是很光荣的事情。谁怀疑到这点，谁就不会给予我们眼前民族文化的发展以很大好处。可是，我们也不必因为这点就搁下了一切别的写作的笔杆。稍稍带上些特殊性的著作并不是不需要——至少也不是完全不需要。因为读者的层次是参差的，而他们大都有接受一些滋养的或刺激的食品的急切要求。格言式的著作，即使不很宜于一般的读者，可是它依然有在现在出版界中生存的意义。它有它相应的读者。作为一种著作的文体来论，它并不应该受到那种无保留的非难。

我们退一步，只就这种文体的著作对于一般青年读者的关系来说，也不像一些人所想像的那么恶劣。他们并不是不能够或不喜欢接近它。只要内容是现实的，是能够和他们的认识、学习和想望相关联的，它就有被他们耽爱的资格。我们只要看年来出版界里，有一些用这种形式写的诗论之类的书，怎样广泛地占据着一般文学青年的书案，就不须更待论辩了。实际上，用这种形式写的优秀著作，它的教育意义和价值是决不轻微的，它能够启发他们的思考，点化他们的经验，而且引诱他们去简要地捕捉事理，表白思想。他们一时也许不能够完全领会它，可是这并不妨碍他们受到启导和训练。有人说过，诗歌对于读者的点化作用，产生在它的被懂得以前。这种粗看好像是"怪论"的话，对于格言式的文体也相当地适用。这种文体，即使对于青年读者多少有些流弊，可是，它的益处至少也足以盖过它。

记得那位被称做"拉丁文化的最后花朵"的故作家，在他那部有名的随想录里，有一段论到作品风格的话。他说，现在是风驰电闪的时代，一切事物都飞快地变迁着。他同意那位戏剧家兼小说家（L. Hartley）的意见，文章要能够稍经久远必须采取一种简约的风格。这种风格，是各部分精妙地凝结着的。用他的妙喻来说，那就是揉合七色而成纯白的阳光。这种意见多少也可以适用到文章的体制上。就是说，在这样急剧变化的世代，篇幅太过繁重的文章是不很宜于流传下去的。风格或文体的简约，倒可以使文章得到较长时间的生存。（自然，这还有另一方面的条件，就是那文章的内容必须值得人们保存的。）

我觉得使作品尽可能地简短（却不是尽可能地贫乏），不但在保留上方便些，实在也更能够在读者的心里生根结实。大家知道，每个民族的优秀谚语，都成了那个民族普遍而永久的精神财产。它像那些民族传说中的英雄的形象一样，长久地占据着集团里一般成员的心。它成了他们最有力量的教养的一部分。随着人群关系的扩大，它的存在更由民族的成了人类的。又，一切著作中的警句，也都得到不死的命运。人们在少年时期读过的许多书籍，到了壮年或老年，大都忘记了。可是，那些著作里精警的短句，却往往还能够亮在心上，响在口上，——实在，它已经变成他们自己思想和语言的一部分。它也和谚语一样，成了那民族的甚至于世界的活的一份精神财产。至于那些纯用这样简短文体写成的学问或艺术上的卓越著作，长远地被引用着谈说着的光辉遭遇，更是大家所熟知的。我们可以说，这种表现形式，的确是很富于魅力的一种文体。

谁要使自己某些美好的思想的记录，能够经得起时间的淘汰和记忆的甄别么？那么，最有效的一种方法，就是采取尽量简缩的表现形式。用格言式的文体去写作，或者运用这种文体的精神去写作，那报偿决不使你或别人失望。它的简短，往往增重了它的韵味，同样，增长了它的寿命。简约正是使文字达到长生的桥梁。

1944年11月初稿
1948年1月改正

文艺论

谈兴诗

颉刚兄:

前年在《歌谣周刊》读到你的《写歌杂记》中论"起兴"一条,十分佩服你这有价值的发现,并感觉到有些话想写出就正。但终不曾动手。昨日你说要我把这意见写出来,现在只好在此给你谈谈。

你在文中引出郑樵《读诗易法》中的一段话,说它对于兴义是极确切的解释。其实,朱熹这老先生在《集传》里,也说了几句很高明确当的话:

> 嘒彼小星,
> 三五在东。
> 肃肃宵征,
> 夙夜在公。
> 实命不同!

他对于这诗解释道:

> 盖众妾进御于君,不敢当夕,见星而往,见星而还。故因所见以起兴,其于义无所取,特取"在东"、"在公"两字之相应耳。

"众妾进御于君"的话,对与不对,我们姑把它放在一边。"因所见以起兴,其于义无所取,特取'在东'、'在公'两字之相应耳",用这话说明兴意,谁还比它来得更其精确? ——郑樵的话,虽比较详细,却没有说到"它们所以会得这样成为无意义的结合",是由于要凑韵之故的要点。

但是在《诗集传》里，所谓兴、比、赋的诗篇，是定得再凌乱糊涂没有的。例如：

> 有狐绥绥，
>
> 在彼淇梁。
>
> 心之忧矣，
>
> 子之无裳。

这明明是"先言他物以引起所咏之辞"，而却说是什么"比也"。又如：

> 新台有泚，
>
> 河水弥弥。
>
> 燕婉之求，
>
> 籧篨不鲜。

再如：

> 彼采葛兮，
>
> 一日不见，
>
> 如三月兮。

这都是即物起兴的诗，并不是"敷陈其事而直言之"的"赋也"。——《新台有泚》篇，旧注家解为什么"卫宣公为子伋娶于齐，而闻其美，欲自娶之，乃作新台于河上而要之……"云云，这是混语，我们且莫要搭理它。如：

> 何彼秾矣，
>
> 唐棣之华！
>
> 曷不肃雍，
>
> 王姬之车！

这是把秾丽的唐棣之华，和肃雍的王姬之车相提并举，或可以说是"以彼物比此物"的比诗，但却又要以"兴也"解之。又如：

> 投我以木瓜，
> 报之以琼琚。
> 匪报也，
> 永以为好也。

这谁都可以看出它是直陈其事的赋诗吧，而书本上注明着的却是"比也"两字。最可笑的如：

> 泛彼柏舟，
> 亦泛其流。
> 耿耿不寐，
> 如有隐忧。
> 微我无酒，
> 以邀以游。

和下面一首：

> 泛彼柏舟，
> 在彼中流。
> 髧彼两髦，
> 实维我仪。
> 之死矢靡它！
> 母也天只，
> 不谅人只！

这都是以"柏舟"为引起的兴诗，却要有"比也""兴也"两个不同的注解。

诸如此类，不一而足。其杂乱不可捉摸之处，真不下于那所谓风、雅、颂之区分呢。——集中尚有叫做什么"赋而兴也"（例如《野有蔓草》），"比而兴也"（例如《冽彼下泉》），"赋而兴又比也"（例如《有頍者弁》），"赋其事以起兴也"（例如《思乐泮水》）等，更是分得糊涂无理的，可不用细说了。

我以为兴诗若要详细点剖释，那末，可以约分作两种：

1. 只借物以兴起，和后面的歌意了不相关的，这可以叫它做"纯兴诗"。

2. 借物以起兴，隐约中兼暗示点后面的歌意的，这可以叫"兴而带有比意的诗"。

第一例如：

> 燕燕于飞，
> 差池其羽。
> 之子于归，
> 远送于野。
> 瞻望弗及，
> 泣涕如雨。

第二例如：

> 有兔爰爰，
> 雉离于罗。
> 我生之初，
> 尚无为；
> 我生之后，
> 逢此百罹。
> 尚寐无吪！

"第二类所举，颇有点像隐比，但细玩之，又不似有意的运用，而只是偶然兴会的话，所以我们仍不妨把它看作起兴。我想，如要恰当一点的说，不如称它做'兴而比也'罢了。"（见拙编《客音情歌集》所附《客音的山歌》一文）这"纯兴"及"兴而略带比意"的表现法，在现在民歌中，是非常地流行的。如：

> 门前河水浪飘飘，
> 阿哥戒赌唔戒嫖。
> 说着戒赌妹欢喜，
> 讲着戒嫖妹也恼。

这是属于第一类的。如：

> 桃子打花相似梅，
> 借问心肝哪里来？
> 似平人面我见过，
> 一时半刻想唔来。

这是属于第二类的。

起兴与双关语（或曰"庾语"）等，乃古今民歌中颇有价值的表现法，在一般诗人词客的作品里，是没有多少踪迹可寻的。因民间的歌者，他纯迫于感兴而创作，诗人们则不免太讲理解和有事于饰作了。且口唱文学与笔写的文学的区别，也是一个很有关系的要因。

近人郭沫若君采取《诗经》中的四十首情歌，翻成国语的诗歌，这是一件很有意义的工作。但他把许多摇曳生姿的兴诗，多改成了质率鲜味的赋诗，这是很可惋惜的。假若他明白了兴诗的意义，那么，他的成功不更佳吗？

有没有当呢，这样拉杂写了一大堆？——只好请你指正吧！

弟　钟敬文

1927年5月28日在广州东山

绝句与词发源于民歌

——中国文学史上的一个问题

一

不知从哪时起，我脑里便浮着这个观念：中国诗歌体式，大都发源于民间的风谣。这自然只是偶然的直觉，并非经过了切实研讨以后所得到的精确结论；虽然不曾或无暇着手广事搜集材料，试作一精密的归纳和研究，但自己总以为这种意见颇有成立的可能。今年春间，曾对颉刚先生提起它，他似乎颇为首肯。两月前馥泉兄来粤，我也向他说及。他说这是没有什么不对的，已经有许多材料在给我们证明着。我自己也逐渐因了客观事实的发见，对于这个观念有较高的信心。虽然如此，我始终没有决心去做我要做的工作——广集关于此问题的材料，去作精审的研攻。

几日来心绪异常不安，在这行将去家而未果之前，只就可能的范围内尽一点工夫去撰写。将来当用一二年，少或数月的时间，以致力于这个问题的整个的探研，然后把所得的结论就正于我们国内通博的学人。这一篇只算是个简陋的发端而已。

二

从来对于五七言绝句之定义是："绝之为言截也，即律诗而截之也"。

徐伯鲁《文体明辨·绝句诗》云：

凡后两句对者，是截前四句。（如孟浩然《宿建德江》诗"移舟泊烟渚，日暮客愁新；野旷天低树，江清月近人"是也。）前两句对者，是截后四句。（如王维《息夫人》诗"莫以今时宠，能忘旧日恩；看花满眼泪，不共楚王言"是也。）全篇皆对者，是截中四句。（如王之涣《登鹳雀楼》诗"白日依山尽，黄河入海流；欲穷千里目，更上一层楼"是也。）皆不对者，是截首尾四句。（如柳宗元《登柳州蛾山》诗"荒山秋日午，独上意悠悠；如何望乡处，西北是融州"是也。）（敬文按：这里所引证的，虽都属于五言绝句，但七言绝句，也包括在其中。）

近人曾毅，在他的《中国文学史》中也说：

> 绝之声调与律同，或不与律同亦可。章四句，通常散行，亦有全体属对者，有前二句或后二句属对者。盖由律诗中截来，故又号曰："截句。"

五七言绝句发生的时代，大都以为在唐朝，高棅《唐诗品汇序》云：

> 有唐三百年，诗众体备矣。故有往体、近体、长短篇、五七言律句、绝句等制，莫不兴于始，成于中，流于变，而隆之于终。

但近人间也有谓其远开源于隋代，或南北朝间者。

词的来源，古来颇多不同的意见，《蜀中诗话》云：

> 唐人长短句，诗之余也，始于李太白。太白以草堂名集，故谓之《草堂诗余》。

《艺苑卮言》云：

> 词者，乐府之变也。昔人谓李白《菩萨蛮》、《忆秦娥》，杨用
> 修又传其清平乐二首，以为调祖。不知隋炀帝已有《望江南词》。盖
> 文朝诸君臣，颂酒赓色，务裁绮语，默起词端，实为滥觞之始。

彭孙遹，则谓词的长短错落，发源自诗三百篇。（见于他的《词统源流》）此外有的说起于《子夜歌》，有的说起于《离骚》，有的说起于武帝的《江南弄》、沈约的《六忆》及张志和的《渔歌子》等等，真可谓众说纷纭，莫衷一是了。

三

我现在要讲述五七言绝句与词的体式都发源于民歌的理论与证见了。

读过文学史的人谁都知道，任何国家和民族的最初作品，是属于民间的，希腊的《Elias》及《Odysseia》、英吉利的《Beowulf》、俄罗斯的《Былина》（勇士歌）等无一不是传述自民众，而这些民间的作物，在内容和体裁上都不免给后来本国文学以深重的影响。在中国，各时代民间作品的形式影响于文学的体式，尤为十分显然的事实。古代的风谣，及《诗经》里一部分的民歌，大抵都是四言的，而三代秦汉以下的四言诗便于是乎取则。汉朝民间新兴了五言的歌谣，而不久又影响到文人的作品，成了流行的体式。元朝间的曲，起初原是民众新创作，但到了后来，文人学士又采用它来表现自己的感情思想了。这些昭昭的以往史实，除了别具肺腑的人，其余的当不至会来否认。所以我说五七言绝句与词的体式都发源于民歌，并非什么独特例外的事。看了文学史的成例，便可知道。

说到这里，不免要涌起一个问题：这种事实所由发生的理由何在呢？我试给它略解答一下。

民众的脑筋与行动，一般说来，没有士人贵族那么拘牵、禁锢，是比较活泼而自然的。所以他们常能因时代环境的不同，而不自觉地变更他们表现思想的手段。中国白话文的制作，起初是出于民间的，简笔字的采用，也是出于民间的。他们没有很浓重的因袭观念，遇到此路不通时，便毫无迟疑地另走

他途了。士人贵族，往往就不能够如此爽快。他们大多数人有崇古、因循等牢不可破的观念。一种事物，在他们中间如已经成了范式的，忽然要把它一下摔掉，而代以另一种新兴而尚未见信用的，这于他们就不免迟疑、顾虑，甚而打起"扶王灭贼"的旗帜，作誓死的"保皇党"了。近年林纾等之死守古文残垒，对于白话党人努力作殊死战，就是这种缘故。

四

"绝之为言截也，即律诗而截之也"。这话若仅用来说明五七言绝句声韵及对偶等形式，我们是可以赞同的；若以为它那种五七言四句式的体裁，也是从律诗中裁来的，那就有点不明白历史了。如谓"全篇不对者，是截首尾四句"，这就很可疑，难道在律诗未成立以前，就不会有这样的篇章吗？据我们的意见，五七言绝句体式，不但非出于律诗，非始于隋唐，以至于齐梁间任何有名作者（说者没有举出名字，所以无从悬揣），乃远导源自汉魏南北朝的民间歌谣。这话并不是空口白嚼出来的，且让我从那些作品中找到实证：

> 采葵莫伤根，伤根葵不生；结交莫羞贫，羞贫交不成。
> ——《古诗》二首之一
> 藁砧今何在？山上复有山；何当大刀头？破镜飞上天。
> ——《古绝句》二首之一
> 高田种小麦，终久不成穗；男儿在他乡，焉得不憔悴？
> ——《古歌》

以上是从汉朝随便举出的几首五言绝句式的民歌。这种体裁，到了晋宋间，已成了民间风谣唯一的歌式，而产出了无数的作品。我们现在看看当时乐府中南方的清商曲，及北方的横吹曲便可知道。晋宋时代的诗人，已有许多采用这歌式写诗的了。例如吴隐之《酌贪泉诗》云：

> 古人云此水，一歃怀千金；试使夷齐饮，终当不易心。

宋孝武帝的《自君之出矣》云：

> 自君之出矣，金翠闇无精；思君如日月，回还昼夜生。

陆凯的《赠范晔诗》云：

> 折花逢驿使，寄与陇头人；江南无所有，聊赠一枝春。

这些已经俨然的迫近唐人五言绝句了。

下面是一些自汉到南北朝的七言绝式的民歌：

> 汝南太守范孟博，南阳宗资主画诺；南阳太守岑公孝，弘农成瑨但坐啸。
> ——后汉《二郡谣》
> 幸哉遗黎免俘虏，三辰既朗遇慈父；玄酒忘劳甘瓠脯，何以咏恩歌且舞。
> ——晋《豫州歌》。
> 辒车北来如穿雉，不意虏马饮江水；虏主北归石济死，虏欲渡江天不徙。
> ——宋元嘉中《魏地童谣》
> 长白山头百战场，十十五五把长枪；不畏官军千万众，只怕荣公第六郎。
> ——北朝《长白山歌》
> 粟穀难舂付石臼，弊衣难护付巧妇；男儿千凶饱人手，老女不嫁只生口。
> 华阴山头百丈井，下有流水澈骨冷；可怜女子能照影，不见其余见斜领。
> ——北朝《捉搦歌》四首录二
> 兄为俘虏受困辱，骨露力疲食不足；弟为官吏马食粟，何惜钱刀来我赎？
> ——北朝《隔谷歌》

看了这些，我们虽然已可以知道此种体式在民歌中的盛行，但再读下面一首隋朝的民歌（后人以为是无名氏所作，其实就是民间的作品），更能明了唐人绝句的来源。歌云：

杨柳青青着地垂，杨花漫漫搅天飞；柳条折尽花飞尽，借问行人归不归？

——《送别诗》

这种体式，虽至唐朝而始盛为一般文人所采用，但以前却并非没有仿作过。如梁简文帝的《乌栖曲》，就是袭用这形式的，虽然押韵上略有些不同。它是第一句和第二句，第三句和第四句相押韵的。录一首以概其余：

青牛丹毂七香车，可怜今夜宿倡家；倡家高树乌欲栖，罗帷翠被任君低。

至于江总的《怨诗》，则与唐初人所作的没有什么分别了。诗云：

采桑归路河流深，忆昔相期柏树林；奈许新缣伤妾意，无由故剑动君心。
新梅嫩柳未障羞，情去恩移那可留？团扇箧中言不分，纤腰掌上讵胜愁。

这种歌式，到了初唐以后，已发展成一种格律谨严的流行诗体，和它童年的形态一比较，很显出了两个不同的模样儿。但一般诗人，如刘禹锡、白居易、元结等所作的《竹枝词》《浪淘沙》《欸乃曲》，都还有意无意的成了一种含有绝句原始时代的风味与气息的东西。

词的来源呢？"诗之余"，"乐府之变"，这是很笼统的话，我们且不去讨论它。以为出自《诗经》《离骚》，自然不免太高攀；说是起于李白、张志和等，这也有些近视。梁武帝的《江南弄》，沈约的《六忆》，自然可以说是较古的词，但必以为即发源于此，似也不能叫我们相信。谓起于《子夜歌》者，似只以词的婉转的情调，有些与《子夜歌》相近。实在《子夜歌》是后来五言绝句的先河，乃显然的事；和词的体裁原没有什么关系，这是用不着多辩的。依我看，它也发源于南北朝的民间歌曲。我们不用零零碎碎的从那些时代的歌谣中找材料来证明，且单举出一篇有力的作品做代表：

正月歌

春风尚萧条，去故来入新，苦心非一朝。折杨柳，愁思满腹中，历乱不可数。

二月歌

翩翩乌入乡，道逢双飞燕，劳君看三阳。折杨柳，寄言语侬欢，寻还不复久。

三月歌

泛舟临曲池，仰头看春花，杜鹃纬林啼。折杨柳，双下俱徘徊，我与欢共取。

四月歌

芙蓉始怀莲，何处觅同心？俱生世尊前。折杨柳，捻香散名花，志得长相取。

五月歌

菰生四五尺，素身为谁珍？盛年将可惜。折杨柳，作得九子粽，思想劳欢手。

六月歌

三伏热如火，笼窗开北牖，与郎对榻坐。折杨柳，铜枢贮蜜浆，不用水洗溴。

七月歌

织女游河边，牵牛顾自叹，一会复周年。折杨柳，揽结长命草，同心不相负。

八月歌

迎欢裁衣裳，日月流如水，白露凝庭霜。折杨柳，夜闻捣衣声，窈窕谁家妇？

九月歌

甘菊吐黄花，非无杯觞用，当奈许寒何。折杨柳，授欢罗衣裳，含笑言不取。

十月歌

大树转萧索，天阴不作雨，严霜半夜落。折杨柳，林中与松柏，岁寒不相负。

十一月歌

素雪任风流，树木转枯悴，松柏无所忧。折杨柳，寒衣履薄

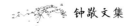

冰，欢讵知侬否。

十二月歌

　　天寒岁欲暮，春秋及冬夏，苦心停欲度。折杨柳，沈乱枕席间，缠绵不觉久。

闰月歌

　　成闰暑与寒，春秋补小月，念子无时闲。折杨柳，阴阳推我去，那得有定主？

这一篇被收入乐府里的南北朝时代的《月节折杨柳歌》，不但是中国古代"十二月式"的民间谣曲之仅存的篇章，而且也是后世长短句（即词）的形式所继承的祖先。即使不是唯一或最初的一个，但总算得许多较古的中间的一个。这是无可置疑的。我们把它试玩味一下，觉得情思与风格之委婉纤丽，与后代词人所作的，有很不易区分之处。这该是当日新兴的民间歌式，是当时盛行着的《子夜》《读曲》等吴声歌曲的变体或分支。我们试看那时代（也许该说稍后些）文人有意无意仿造的作品：

　　忆坐时，点点罗帐前，或歌四五曲，或弄二三弦，笑时应无比，嗔时更可怜！

——沈约《六忆》之一

　　众花杂色满上林，舒芳耀绿垂轻阴，连手躞蹀舞春心。舞春心，临岁腴，中人望，独踟蹰。

——梁武帝《江南弄》七首之一

这些和它是多么相似！李氏的《菩萨蛮》，张氏的《渔歌子》，以至白居易的《江南忆》，王建的《调笑词》等，应该说都是比较后辈的子孙了。

五

　　末了，让我多写几句余言。

文中所谓"发源"云者，自然只说这种体式在最初时代略具的雏形，若以为后来发展到很完美（也许可说是交了病态）的格式，也已经在那时有了的，那就有点不很对了。因为一件事物的进展，必有着它相当的程序，文学也是如此。吾国的骈文，并非六朝人突然创始出来的，唐朝的律诗，也不是倘来之物。两者都有它相当的来源，而到了那些时代，为特殊条件所催促，才汇成了汪洋的河海。这是不可忽略的历史上的事实。其次，民间的作品固往往成了文学体裁的祖先，可是它们大概总比较活泼自然、粗疏壮健。文人学士的便很不然了。雕饰拘谨，喜以工匠的手腕，刻划艺术的形式之美。虽然体式袭用自民间，而制作已另呈面目了。——自然我们用文学史家的眼光去看，它的来龙去脉是不难于探索出来的。所以我们不要以为王建的绝句和《横吹曲》中的《捉搦歌》，李后主的小令与《清商曲》中的《月节折杨柳歌》，它在修辞上意境上已有许多不同，便说后者非导源自前者。其实这正犹人和猴子（类人猿），现在彼此虽已有很大的不同，在最初时代原是同一物。——《子夜》《读曲歌》《捉搦歌》《月节折杨柳歌》等谣曲，一方面影响于文学界而成了五七言绝句与词，另一方面在民间仍继续发展着，现代的风谣中，就有很多很多的嫡派子孙。它的形态自然和庶出的绝句、词等有些差异了，但留心于考探源流的，总可以看出它俩本是同根生的吧。

这样一篇简陋的引端，倘能藉以邀得学人对于这个问题的讨究，那我是何等快慰！

1928年8月22日于公平

附记　曾氏的《中国文学史》，对于五七言绝句的始源，虽曾提到"藁砧今何在"的古绝句，及"杨柳青青着地垂"的无名氏作品。但彼终于没有彰明地揭出绝句发源于民歌的一个观念。——也许他并未意识到或承认这两种东西是民间的作品。并且他仍采用"绝者截也，截律诗而为之也"的旧说，而没有一点异议，这也是我所认为不妥当的。

写毕后再志

盲人摸象式的诗谈

　　近来在国文堂上，为同学讲解《诗经》，对于许多国风里面的诗篇，在文义的诠释上颇有些意见。今晚乘此清暇，勉力草了一点出来，冀求教于国内明审的学人。古人囿于宗派成见，所言诚然多谬误，然不学如我，仓卒抒述管见，能独免于背戾么？记得早年读过的外国故事中，有印度群盲摸象，各以所接触的一部分，谓是象的整体的形象的一个笑话。我现在所谈，毋乃类是？因标于题上，以示自己见解之偏颇。再者要附带声明的，我此刻手头关于此门的书籍，除了一部《十三经》本的《毛诗注疏》，和一部朱熹的《诗集传》以外，什么都没有，连《读风偶识》一类的书，都未带在身边，所以简陋不周之处，无法可免，只好祈谅于读者了。

　　王风《大车》三章，文云：

> 大车槛槛，毳衣如菼。岂不尔思，畏子不敢！
> 大车啍啍，毳衣如璊。岂不尔思，畏子不奔！
> 榖则异室，死则同穴。谓予不信，有如皦日！

　　《诗序》云："刺周大夫也。礼义凌迟，男女淫奔，故陈古以刺今大夫不能听男女之讼焉。"郑康成《笺》，和孔颖达等的《正义》，均依此意解释。谓古代思欲淫奔的女子，因怕大夫的罪责而不敢，诗人述此以讥刺当时大夫的失职。朱《传》则云："周衰，大夫犹有能以刑政，治其私邑者，故淫奔者，畏而歌之如此。"一解作美诗，一解作刺诗，意思截然不同。但有一个共通之点，就是都说是女子要淫奔，因大夫的严厉而中止。其实，在我们看来，并不见真与大夫职责、刑政有什么关系。这本来只是被弃的女子，或对于情人有所怕惧（自然不晓得是惧怕他什么，然这似没有多大关系。）的女子所说的话。他们所以一定要牵到大夫身上去的缘故，第一自然是美、刺的观念包围了他们，第二呢，就是第一、二章起首两语引起了他们的推想。其实，这本来是民间的歌谣，女子要唱一首歌，随便把所见或想到的事物来作个起势，和凑凑韵儿，并不一定和下文有什么密切的关系，在《诗经》里，这种例子尽有的是。不但直到现在，中国民歌中，还保存着这种表现形式，就是外国许多和我们不同种不同文的民族，他们有的现在还唱着这种式调的歌的。譬如南洋群岛的马来人，就是一个好例子。如必须证见，我可以随便拈出一首于下：

> 南山种玉黍，
>
> 北山种青稻。
>
> 爹妈如不许，
>
> 我与你偕逃。
>
> （按原歌为马来语，这是用华文翻过来的。）

关于"起兴"问题的话，顾颉刚先生在《写歌杂记》（《吴歌甲集》附录）中谈论得很详细，这里不用多述了。总之，这首诗第一、二章的起首两语，是一种随意借来开端的话，第三、四才是作者的正意。因为他们认为上两语有了个"大夫在"的缘故，所以把"畏子"的"子"字硬扯到他身上去。其实，这样解释很觉牵强。因为上语"岂不尔思"，明明在对他的情人说话，怎么忽然又对大夫称说"畏子不敢"呢？我以为两个第二人称的代名词（"尔"和"子"）都是称谓他的情人的。这样，不但文法通顺得多，并且在《诗经》里也有着显明的例。如郑风《东门之墠》第二章云：

> 东门之栗，有践家室。岂不尔思，子不我即！

这岂不是很相似的句法？我现在把第一章，试用国语译其大意于下：

大车的声音那样隆隆，

兽毛的衣服如芦芽般青葱。

爱人呀，我何曾不眷念着你？

但是，我怕你的威风！

齐风《鸡鸣》三章，文云：

鸡既鸣矣，朝既盈矣。匪鸡则鸣，苍蝇之声。

东方明矣，朝既昌矣。匪东方则明，月出之光。

虫飞薨薨，甘与子同梦。会且归矣，无庶予子憎！

诗序云："鸡鸣，思贤妃也。哀公荒淫怠慢，故陈贤妃贞女夙夜警戒相成之道焉。"《毛诗正义》及朱《传》，均依此解释。谓第一、二章起首两语，是贤妃警告君王之词；下二语，则释明其所用以警告之言（如"鸡既鸣矣，东方明矣"），是出于她神经过敏的误会。第三章，则全是贤妃对君王自绎所以劝告早起之用意，末句，《正义》解云："无使众臣以我之故，憎恶于子，戒之也。"《诗序》所谓刺哀公的话，是极端附会的，可略而不管。其它依上解释，还没有什么大毛病，可以通过。近人郭沫若先生在《卷耳集》中，把此诗译成故事式的歌，第一、二章三、四两语，译作君王答话的口吻，和上头后妃的相应对，颇饶兴味。刘大白先生，亦以现代语翻译此诗，他完全推翻了二三千年来贤妃告君的解释，以为是丈夫早朝去，妻子在家里等候他快回的一首诗。译文云：

鸡儿在叫了！

朝廷上人已满了。

早朝就要完毕，

丈夫快要来了！

呵呀！哪里是鸡叫！

原来是苍蝇的胡闹！

东方已经明亮了！
朝廷上已经光昌了。
早朝快要散退；
丈夫就将回来！
呵哟！哪里是东方天亮！
原来是月亮的光芒！

虫飞薨薨的时候，
我愿合你再睡一觉；
也许你将要回来吧，
希望你不要尽不回来，
使我憎嫌你！

刘先生这个见解，我觉得很新鲜可贵，最少也自有可以相当成立的理由。特为介绍于此，以奉告于一般永远囿于旧说，而不敢稍动用自己思想的朋友。

唐风《绸缪》三章，文云：

绸缪束薪，三星在天。今夕何夕？见此良人！子兮子兮，如此良人何！
绸缪束刍，三星在隅。今夕何夕？见此邂逅！子兮子兮，如此邂逅何！
绸缪束楚，三星在户。今夕何夕？见此粲者！子兮子兮，如此粲者何！

《诗序》云："《绸缪》，刺晋乱也。国乱则婚姻不得其时焉。"这本来已是超等的混话，但步武着他而来的，什么《毛传》《郑笺》《孔疏》，更是一塌糊涂，离题万里，不但是盲人摸象，简直是盲人道黑白！我们现在试把《毛诗正义》中的话抄录一段出来：

毛以为不得初冬，冬末，开春之时，故陈婚姻之正时以刺之。

201

> 郑以不得仲春之正时，四月五月乃成婚，故举失时之事以刺之。以
> 为婚之月，自季秋尽于孟春，皆可以成婚，三十之男，二十之女，
> 乃得以仲春行嫁，自是以外，余月皆不得为婚也。今此晋国之乱，
> 婚姻失于正时，三章皆举婚姻正时以刺之。……

当时民间的青年男女，因会晤时快乐极了，禁不住手舞足蹈地唱起恋歌来，——现在广东等省境内的客家人，大部分还保存着这种极狂热的先民的生活状态。——随意把什么"束楚""三星"来充充歌唱的开首，不知竟害得我们后代一般圣贤之徒，拉天扯地，盲论不休。其实，只是这么一回事而已。

因为他们要把此篇解作刺婚姻失时的诗，自然每一语都要拉得与此意关合。如"今夕何夕？见此良人！"（第二章的例不繁举），有的说，这是"无妻之男"自叹的口气，"言今三星之夕，是何月之夕，而得见此良人。美其时之喜，思得其时也。"有的说，这是贤者责备男女婚嫁失时的话，意云"今夕是何月之夕，而汝见此良人。言晚矣。"接着下面两语，"子兮子兮，如此良人何！"也因上文不同的解释而生歧义。主张自叹婚姻失时的，（谓《毛传》）以为"上句（按即指'今夕何夕？见此良人！'二语）为思咏嫁娶之夕，欲得此良人，则此句（按即指'子兮子兮，如此良人何！'二语）嗟叹己身不得见良人也。'子兮子兮'，自嗟叹也。……嗟叹此身不得见良人，言己无奈此良人何"。主张贤者责备娶者失时的（谓《郑笺》），以为"子兮子兮"，为斥娶者，以其良人为妻，当以良时近之，今子之娶，后于阴阳交会之月，则损良人之善。故云当"如此良人何！"责其损良人也。第二、三章的解释，大意略同此。他们所言，虽勉强在字句上可以通得过去，但其实多么支离曲折！朱熹的《诗传》，见解总算比较聪明许多了，他虽然仍免不了说什么"国乱民贫，男女有失其时，而后得遂其婚姻之乱者"一类的话，但他能不把那起首的兴语，看做什么大不了的微言奥义；他能把"子兮子兮，如此良人何"，解作"喜之甚，而自庆之辞也"。似此都不可谓非比较接近情理的意见。他们相沿都以三章一连同为"无妻之男"或责备婚姻失时的贤者的口吻，朱氏却以为第一章是"妇语夫之辞"，第二章是"夫妇相语之辞"，第三章是"夫语妇之辞"。这种见解尤为明达。不但在字句上，依这样解释较为确切

（如他们以"良人"和"粲者"，同指为女人之称，实不如朱氏把"良人"释作"男人"，"粲者"释作女子的确切。），就实际的事理论，他也不是没有很可靠的根据。我们知道，文化未开或未尽开的人民，往往喜欢于聚会时，彼此唱歌，互相酬答，或两人以上合唱，以表示他们情感的融洽。这在各民族的初期，都可以找到相近的情况。我国今日南方各地那些山居水泛的特殊民族或人民，和一部分汉族中的客家人，现在仍然保存着这种早期的生活状态。我曾经致疑过《诗经》中一部分叠章的诗歌，是民间赠答合唱的结果。详细的话见《关于〈诗经〉中复叠篇章的意见》（初刊于《文学周报》，今年收入拙著《民间文艺丛话》中），此处不多及。现考朱氏此说，颇与我暗合，更使我为之高兴了。近人穆济波先生在他所编的《高级古文读本》中，解释此诗云："《绸缪》一章（按即谓《绸缪》三章）当是恋者于艰难一晤之中，遭不期而遇之幸，男女欢笑欲狂时之相和歌曲，故一曰'良人'，一曰'粲者'。于一首之中，兼赠答之体焉。"语或本自朱氏。总之，关于此诗，朱氏的解说，除了一定要硬指作失了婚期的夫妇一点外，余都很可采取。又我个人的私见，以为这诗的第二章和第三章的位置，或不是原来的样子，当初的，是第一章女唱，第二章男和，第三章合唱。后来因为给人无意的记错或抄错，所以把第二章或第三章对调了。但这不是很紧要的话，不过说说自己一时的所谓"想当然"罢了。在此将收梢之处，试把此诗的第一章，也用国语译出来看看：

> 我殷勤地把木柴捆作一团，
> 三颗星儿在天空里烁烁发亮。
> 今宵是什么时辰呀？
> 我竟得和你这好人儿碰见！
> 我呀，我呀，
> 可待把你这好人儿怎样！

在这译文里首两语，颇有点依照朱氏"方绸缪以束薪也，而仰见三星之在天"的意思。其实，若把它作纯粹的起兴看，首语可改作"那密密依附着的是木柴一团"一类的句子。这里不过随便翻着玩，语句很不辞，自己也觉得不满意，姑存此以表示偶然的高兴而已。若谓有意冒充这首古代青年男女在狂热中叫喊出来的情歌的唯一解人，则吾岂敢！

1928年10月14日下午于杭州

试谈小品文

什么是小品文？这个问题，是不容易简单地答复的。小品这个语词，从来并不很流行。它的出现，怕是由于佛经里"详者为大品，略者为小品"（《释氏辨空经》）的一句话。但是这和我们现在要说的没有多大关系。前朝文集中，有《皇明十六家小品》《涌幢小品》《娱萱室小品六十种》等名目。此三书中，后两种，一种未翻过，一种翻而浑忘其内容。前一种，在我较为稔熟。因我上学期在中大时，曾从它里面选出了几篇文字以充当诗文选讲义，并且有意想把它中间一部分俏妙，奇丽的篇章选辑出来，加以标点付印。事虽未成功，但当时却真的极高兴拟做一做。据此书所见，则古人于小品云云，似指的是些篇幅不长的文章，其体裁，兼有论议、序跋、传记、铭志等。内容则写景、叙事、抒情、议论都齐备。依此，实和平常所谓文章没有什么分别，只是短篇罢了。现在小品两字，则用得更其广泛，不但把杂色的散文，都算是小品，有时连某些韵文都被隶属于这个名词之下了。以前的，既那样空濛不着边际，时下又少人给它略为厘定一下，我们又怎样怪其被用得这样纷乱呢？

英文中有所谓Familiar essay，胡梦华先生把它翻作"絮语散文"，我以为把它译作小品文也颇确切。胡先生文中，有一段说明絮语散文的话，很可抄在这里，用作"什么是小品文"一个问题的解释：

> 我们仔细读一篇絮语散文，我们可以洞见作者是怎样一个人：他的人格的动静描画在里面，他的人格的声音歌奏在里面，他的人格的色彩渲染在里面，并且还是深刻地描写着，锐利地歌奏着，浓厚地渲染着。所以它的特质是个人的（Personal），一切都是从个人的主观发出来，和那些非个人的、客观的批评文、议论文、叙

事文、写景文完全不同。因为他是个人主观散漫地、琐碎地、随便地写出来，所以他的特质又是不规则的（Irregular），非正式的（Informal）。又从表面看来虽然平常，精细地观察一下，却有惊人的奇思，苦心雕刻的妙笔，并有似是而非的反语（Irony），似非而是的逆论（Paradox）。还有冷嘲和热讽，机锋和警句。而最足以动人的要算热情（Pathos）和诙谐（Humor）了。说到这里，我们大概可以说絮语散文是一种不同凡响的美的文字。它是散文中的散文，就如济慈（Keats）是诗人中的诗人。①

我以为做小品文，有两个主要的元素，便是情绪与智慧。平常的感情和知识，有时很可用以写小说、做议论文的，移到小品文，则要病其不纯粹、不深刻。它需要深醇的情绪，它需要超越的智慧。没有这些，它将终于成了木制的美人，即使怎样披上华美的服装。在外表方面，自然因为各个作者的性格殊异，而文章的姿态也要跟着参差不同：有人的清淡，有人的奇丽，有人的娇俏，有人的滑稽。只要是真纯的性格的表露，而非过分的人工的矜饰矫造，便能引人入胜，撩人情思。无论怎样各人姿态不同，但须符合于一个共通之点，就是精悍、隽永。反此，是恶滥、平凡。诚如是，就将失其摇动读者心灵之力了。

中国古来许多文人中，没有专门做小品文做得多而且出名的。但是这类文艺花园中的异卉的作者，各时代都不断地生产着，并不为人们所注意罢了。例如《庄子》这部产生在战国时的作品，自然，其中就颇有些美丽的小品文。汉、魏、六朝间，有几篇书翰，是很当得起上顶的小品之称。陶渊明这位避世的先生，不但在中土诗国中，是一个杰出的人才，他的小品文也是不可多得的佳制。《桃花源记》《五柳先生传》，这是有口皆碑的，我们也用不着来说了。不大为人所注目，而在我觉得是特别佳妙的，是那篇《与子俨等疏》（疏或作书）。唐人如柳宗元的山水记，虽颇多客观描写成分，然用笔幽隽，作者个人情绪，复不自禁地流泛其间，所以也不能不说是逸品。明某些诗人，虽有

① 见《表现的鉴赏》第44—45页。

复古的趋向，而一些名士却另外开拓了一个抒情的散文境地。如十六家文集中，有许多真是小品的上乘，使我们读了飘飘然欲仙的。新文学运动以来，大家似乎多拥挤在小说、诗歌、戏曲等大道上去，散文——小品文——似乎是一条荆棘丛生的野径，肯去开辟的人尚不多。但在这寥寥的几个走荒径的人中，却有一位已获得了很好的成绩，那就是周作人先生。他的文体是幽隽、淡远的，情思是明妙、深刻的。在这类创作家中，他不但在现在是第一个，就过去两三千年的才士群里，似乎尚找不到相当的配侣呢。其他，据我所知，如俞平伯、朱自清、叶绍钧诸先生，都曾写过小品文，并且成绩颇不坏的。俞、叶合著的《剑鞘》，在新文学创作里面，是一部很可称赏的书。但事实上不料销路很坏——据颉刚先生说，初版尚卖剩很多——并且无人提起过。这真要使我为之愤愤不平了！徐志摩先生也很以写散文为人称道。以浅识的我看来，徐先生文，自然有他特殊的风格与生命，但有时总不免因人工过分的夸饰，流于冗赘、缛艳之境，而率真、幽隽之味已绝。其他当然还有几位作者，但我不想一一细讲了。

我自己有个时候，曾经做过学写小品文的梦想。但不久就觉得自己的才力太薄弱了。文笔的芜杂，经验与情思的枯竭，如何能写出一些美妙的文章？去年我的散文集《荔枝小品》出版后，曾接到一位同乡年轻的朋友的信，说这册子里面的文字，有个共通的毛病，就是内容不很充实。这话十分使我心服。我觉得自己的思力太寒俭，不能使每一句话都有力量，都能使人震动。我原来也颇早有自知之明。当未付印之前，任叔兄，曾因我的请托，给我写了一篇《以信代序》。因为他太看重我了，把我算做现在三数小品文作家中的一个，所以那篇文章虽然承他好意写好交来，可是我总不敢把它印上去，只在题记里引用了他的两句而已。最近一年中，另外闯入了一个世界，已久不再写这类短文了。日来，因为环境的触发，复拉杂写了一点。枯窘、拙劣，益以芜秽，文章二字且当不起，精美的小品云乎哉？

1928年10月16日夜

中国民谣机能试论

一

一种文化的产物，大都有其种种方面可供研究，而学者们因为学力或时间等关系，也往往仅从那中间选取一两面去给予它以或深入或浅略的研究。中国民谣的科学的采集和研究工作，从开始到现在，虽已经有将近二十年左右的历史，但是，惭愧得很，在研究上还没有什么伟大的成果表现出来。有些方面，虽然不能说是全没有初步的收获，但是，被闲却而不曾着手过的方面，却是不少。如民谣机能的鲜被注意，便是其中的一例。在笔者看来，机能的问题，是很重要的一个问题。因为机能大都是一种文化产物所以存在乃至于发生的根由。而且，机能和那产物中的其他方面，例如本质、形态等都有很深切的关系。倘若说，机能的研究，是一切文化产物研究的关键，恐怕也不是太夸张的话吧。

因此，我想在这方面来论述一下。自然，因篇幅及其它诸种的关系，这里只能就一部分的民谣机能，作个粗略的"速写"而已。

二

过去，有许多美学者和文学研究家等，曾经做过一种缥缈的幻想，即把艺术（诗歌、民谣包括在内）看做一种纯粹自然产生、发展的，和人间功利的生活是没有关系的，甚至于以为是不能够有关系的。这种幻想，大体已经被前世纪下半期一些社会学的美学者、人类学的艺术学者们底实证的研究所打破了。（虽然现在还有些顽固的学者企图用"纯美的"动机，去说明艺术的产生等。但是，那不过是艺术论上的回光反照而已。）艺术在它的产生和发展上，是和人们的实际生活有着密切关系的。而这在原始社会的作品中，是特别容易得到证明。

笔者在另一篇文章中已说过：中国是开化得很早的国家，又是一个进步得颇迟缓的国家，至少，它的大部分民众是这样。[1]在这个国度里所流行着的民谣，自然有许多是差不多已进到了"艺术的"诗歌的境界的，换言之，即文明社会中的诗人作品的境界的。但是，在另一面，却有滞留在那较幼稚的文化时期的作品。它们表现着古旧的内容，具备着古旧的形态，并且，仍然保持着古旧的机能。柳田国男氏在许多地方，曾一再表示过下面一种意见：日本是最适宜于从事民俗学研究的一个国家。因为在西洋若干文明国中早已经销声匿迹了的旧风古俗，在日本现在还是丰富地存活着。[2]我觉得把这意见移用到中国来，是再恰当没有的，而我们现在所说的民谣方面，尤其是这样。

民谣的机能，是多方面的。这，在所谓原始种族（即狩猎种族）里，正如少数有见识的学者所指出，就已经是这样的了。中国现代民谣的机能，不用说是颇为复杂的。这里，我们只想举出其中比较近于原始时代的几种。因为，这几种一方面更容易被人们所忽视，另一方面，在古文化史的考究上，它们又特别占着重要的位置。

三

民谣，是直接地为协助劳动而产生的。现代有一些学者，坚定地执持着这种主张。这或者有待于更精密的论定。但是，民谣在一般原始人或开化较迟的人群的劳动中尽着重要的任务，却是谁也不能否认的事实。中国现在各地尚存在着种种旧日的劳动方式如：渔猎、采樵、种植等等。在那里，自然要各各保存着用歌谣来协助劳作的风习。假使你是一位到中国内地去的旅行者，在那

---

① 见拙作《中国民间传承中的鼠》（日本《同仁》月刊第十卷第一号）。
② 见柳田氏所著《民间传承论》及《乡土生活研究法》等书。

青苍的田野或碧绿的溪边，你当可以听到农夫或舟子们的各种歌唱吧。若是你有机会走到那些正在从事建筑的工人旁边，那么，便可以听到那韵律非常均齐的、和声的歌曲。在中国民谣中，占居相当地位的所谓"山歌""秧歌"等，它们的起源，固然大抵是为协助劳动（采樵、种田）的，就在现在，它们也大都还是和那些田间陌头的劳动者，保持着很密切的关系。即使现在这种歌谣的内容和形式与原来的相比较，已经有着若干变化的地方，也仍然如此。劳动的歌谣，由于各种劳动性质的不同，和歌谣自身传承上的演变等不同，自然是很不一律的。在现在中国境内各地，从最单纯的"邪许、邪许"的喘息声，到语句颇为整齐和内容很有意味的原始诗篇，都同样流行着。举一个较简短的例子吧：

邪——许！

鬼叫你穷，

顶硬上！……①

这是中国南方一个大都会中，抬轿或扛货物的劳动者在工作进行中所歌唱的。寥寥的二三语，不但有效地调节了他们劳作中的喘息，同时也激励了他们奋勉的勇气，虽然这是何等悲惨的激励的话！

四

文化越幼稚的人民，就越是灾害（特别是自然灾害）的俘虏。因为他们技术和智力低下，对于那种种灾祸的侵袭，没有更坚实的可以对付的方法和能力，其结果之一，便产生和发展了法术、宗教一类的事象。语言，具有特别韵律的语言，在文化幼稚的人民头脑中，有着和在文明人头脑中所具有的很不相同的观念。在他们看来，语言是一种神秘的、能动的东西。换言之，它是一种有力的、法术的武器。所谓"咒语"，就是这种被神秘地看待了的语言。中

---

① 流传于广州市一带。

国现代民谣中，很富于这种东西——有韵律的、被信为能抵抗或消除那实际的（或想象的）灾患的咒语。它们不是已经完全僵冷了的化石，反之，它们在某种程度上，是尚存着活泼的生命的。（大抵，这种咒语在应用的时候，必伴着种种相关联的仪式。）

疾病，是人生最普通的灾患的一种。关于它，自然要有许多抵抗的或消除的韵律语言。例如，谁伤风了，要是他（或她）把两句韵语写了贴在什么地方的墙上，那么，便认为可以安然脱离病魔。那两句最普通的韵语是："出卖重伤风，一见便成功！"又如，患着赤眼病的人，他认为光吃什么药是不行的，必须贴着或念着这样的几句咒语：

赤目赤目神，你是扬州扫地人；

因为扫地打瞎目，今来变做赤目神。

我今一点提破你，千年万载不相寻！①

这是被认为比那些药品更容易见效的"灵物"。洗澡，本来是很平常的事情。但是，在民间，它却不是可以那么随便的，至少，小孩子们的入浴是这样。当小孩子脱光了衣服，被放进浴盆里去的时候，做母亲的，少不了要给他拍拍胸或背等，同时口里唱出这样"压胜的"咒词："一拍一拍，莫觉水吓，捉到落水鬼打汤吃！"②或"拍拍胸，三年唔伤风！拍拍腰，三年唔发烧！"③

某种动物，实际已经给人或将给人以伤害的时候，或者被认为是将给人带来某种不吉利的时候，人们也可以用那韵律的语言去抵抗或消除它，当那会刺人的蜜蜂，就要飞近你的身体的时候，你用不着过于慌张。"蜂臭！蜂臭！

---

① 采自广东东江一带。
② 见《湖南儿童歌谣》"农教丛书"第六编。
③ 见陈元桂编辑的《台山歌谣集》第185页。"唔"，"不"的意思；"发烧"，即发热。二者都是广东方言。和这首同型的歌词，散见于许多歌谣集中。

三年飞不到！"①这样反复地念着，便认为可以驱除它了。"老鸦叫，晦气到；喜鹊叫，运道好！"②听见了乌鸦在哑哑地叫，这是一种不幸的前兆。但是，这也有办法，就是你立刻唱出下面的咒词："老鸦叫，叫四方，有事别人当，无事老鸦口生疮！"③这样，据说就不干你的事了。而且，那本来将给你带来不幸的乌鸦，自己还要生疗疮呢。

虽然是太占篇幅了，但是，我还不得不再举一例。那是关于一种极古老而又颇普遍的信仰的。当造桥打桩的时候，行人走过那里，倘若听见石匠叫唤的声音，他就得唱四句咒词来制御它。不然，据说他的灵魂便要被桥神摄去了。那咒词的语句是这样的：

> 石叫值和尚，
> 尔叫尔自当！
> 尔叫我不应，
> 捉尔顶桥梁。④

五

抵抗或消除灾祸是一种消极的行为。反之，祈求福祉，是积极的行为。二者虽是不同的两方面，但考其本意，却是没有什么差异的，因为两者都是为了要使生活能够顺利地进行。一般地，在文化比较幼稚的社会里，为了增进生活的福祉而存在的法术及宗教仪礼，大都是很丰饶的。歌谣——韵律的语言，

---

① 见谢云声编辑的《闽歌甲集》卷上，同样的韵语及风俗，也流行于广东东江等地方。

② 见陶茂康编辑的《民间歌谣》第一集（绍兴歌谣第四九首）。

③ 见娄子匡编辑的《民俗周刊》第二期歌谣专号。同型的歌词，也见于《江苏歌谣集》第三辑等书。又关于乌鸦的厌胜韵语，又有一首，也流传颇广。它的词句是："乌老鸦，白头颈，叫两声，不要紧！"（黄绍年编辑的《孩子们的歌声》第一五二首。）

④ 见林宗礼、钱佐元合编的《江苏歌谣集》第一辑（第191页）。本年六月二十七日的《时事新报》上，也刊载有下面相似的咒词："石匠、和尚、造桥有地方，不关小孩事，石匠自身当！"

在这里，正象在别的地方一样，当然要尽着很大的职责。中国的某些地方，有着这样一种风习，即新年的时候，那些叫化子，手上拿了系缀着铜钱的树枝，到街上挨户去唱诵吉利的歌词。又有扮做财神的奉送者，他到别人家里去做唱喜词的工作。下面所录，是那些摇钱树者所唱歌词的一例：

> 摇钱树，到门来，
>
> 年年都富贵，
>
> 日日常生财！[①]

结婚，是人生的一件重大事情。所以在许多民族中，关于它的仪式，大多是很重视而且颇复杂的。汉族在这件事情上，也正和别的民族一样。光说伴着歌词的一类仪式。——例如送房、撒帐等，便已不在少数。那种歌词的意旨不消说是在于祈求福利。让我节录河南省开封地方所流行的《撒床歌》底一段于下吧：

> ……
>
> 叫秋菊，命海棠，
>
> 端过来盒儿我撒床：
>
> 头一把，撒哩是繁华富贵，
>
> 第二把，搬哩是金玉满堂，
>
> 第三把，连中三元，
>
> 第四把，事事如意。……[②]

这样接连地数下去，直到"第十把"为止。中国又有一种关于使小孩健康生长的风习。即小孩子生了下来，经过一定的时间（例如一周年）他底亲友或家人，便要给它戴上一个小金锁或小银锁。那作用据说是护卫小孩的灵魂，

[①] 见《中国儿歌集》"江苏第一师范丛书"第42页。

[②] 见白寿彝编辑的《开封歌谣集》第131页。

使它不容易被恶魔之类掠取了去。在举行上锁仪式的时候，便要唱诵着这样祈福的词句："天上金鸡叫，地上凤凰啼。今天黄道日，正是上锁时。"①

六

交通或感召"超自然者"，是"前文明人"的一种重要事情。不管是职业的巫师，或非职业的平常人，他们为达到这种交通或感召的目的，大都要把韵律言语当做手段。中国民间所谓"迎紫姑"，是在颇古远的时代即已流行（有文献可证）现在也还是很广泛地传播着的风俗。这是一种降神术，即召请神灵降栖于某物体上，以预言年岁或家庭中吉凶、利害等的法术。各地所流行的，虽女神的名号互有不同（这大多数是由于声音底转讹），但是大体的作法，颇为一致。在举行这种降神术的时候，召神的歌词，是必不可少的。现在试举中国中部地方所流传的这种歌词做为例子：

> 正月正，麦草青，
> 请七姑，问年成，
> 年成问得梳梳寨。
> 前一梳，后一梳，
> 梳得七姑笑呵呵；
> 前一耍，后一耍，
> 耍得七姑骑白马。
> 七姑七姑，要早点来。
> 莫挨黄昏夜晚来！
> 黄昏夜晚露水大。
> 打湿七姑绣花鞋。②

---

① 见《江苏歌谣集》第五辑（第127页）。
② 见《中国儿歌集》第17页。采自湖北武昌县。《江苏歌谣集》（第五辑）中也载有和这相同的歌词。

七

做为一种传达知识的手段，歌谣（即韵语），在人类幼年期是担当着很重要的任务的。哲学的思维、科学的认识，以及历史的事件，差不多全要使用那韵律的语言去表现。这是在东西洋一些古文明国初期的文献中，已被证明了的事情。中国的古文献——例如《易经》《尚书》《老子》等，也大都多少能够予以证明的。但是，从民俗学的资料看来，则尤为显明不过。在今日流传的民谣中，实在数不清那种为传达知识而产生的作品的数目。如众所周知，汉民族，是长期地以农业为生产主体的一个大民族。天候的变化，季节的转换等自然现象，都和农业的经营有莫大的关系。因此，农民对于它们非常关心，结果便自然产生了许多贮蓄这种知识的韵语。象"巫山戴帽，农夫睡觉"。"吃了冬至饭，一天长一线"等①，都是好例。

此外，象为传达地理、植物、风俗等知识以及某种技术、事件而产生的韵语，也为数不少。我们来举一个比较有趣的例子。那是关于迷信风习的。据说，从人们手指的纹形上可以看出那个人一生的穷富以及性格等。记载这种判别纹形知识的东西，普通都是采用着那韵律的语言的。例如：

> 一螺穷，
>
> 二螺富，
>
> 三螺牵猪牯，
>
> 四螺磨豆腐，
>
> 五螺满丰丰，
>
> 六螺做相公，
>
> 七螺骑白马，
>
> 八螺凉伞遮，
>
> 九螺吹喇叭，

---

① 见张佛编辑的《农谚》（商务印书馆版）第35页及30页。

十螺做叫化。①

八

文化比较幼稚的人民，因为缺少智力决定当前的事件，或预断未来的种种事情。于是神秘的占卜等方法，就成了他们最依赖的手段。要想晓得我们远古的祖先们，怎样去决定许多事情，那考古学上丰富的资料（殷墟出土的龟甲、兽骨等），固然很能够告诉我们，而今日民间流行着的许多风习、行事，也足以证明。民谣中占着相当分量的占兆的韵语，就是关于这类行为的一种极显著的例证。

今日中国各地的小孩游戏，往往伴着一种韵语。自然，这在别的民族里，也多是一样的。当他们开始从事一种游戏，要找一人出来充当某项角色的时候，他们往往不是论才智，也很少讲年齿，所用的却是一种奇特的办法，即把韵语来做卜择的手段。例如，当卜择的时候，大家排成一列（或者各伸出一只脚或手），其中的一人，一面诵着韵语，一面挨序点数着小孩子们（或他们的脚或手）。那韵语最后的一个字停止在谁的身上（或谁的脚或手上），那么，他就算是当选的人物。这种韵语，在学术上叫做"抉择歌"（Counting-out Song）。各地所流传的，颇不一律，现在且举出一个传播得比较广阔和久远的例子：

> 铁脚斑斑，
>
> 扳过南山。
>
> 南山荔子，
>
> 荔子捌羹。
>
> 新官上任，
>
> 旧官请出。②

---

① 见《农村歌谣初集》（伍农丛书之一）第45页。

② 见陶茂康编辑的《民间》第一集第119页。同型的歌词，不但散见于近人所编各地歌谣集，且远见于前代的文籍中。

九

以上我略略述说了民谣的几种机能。自然，它算不得很完满的探究。但是，仅从这些看来，我们不是已可以明了下面一件事了么？即，民谣，它绝不是一种仅以爱美的或和现实生活无关系而发生及发展的东西。反之，它正具有非常功利的性质。说得痛快些，民谣，在文化幼稚的社会中，差不多是和该社会里人们手上所拿着的弓矢或锄头等有着相似的作用，至少在他们脑里是这样认为的。①

说到这里，或许有人要提出一种抗议吧，即他们以为象笔者前文所举述的那些韵语，是算不得真正的歌谣的。因为它们仅仅是一种用韵律组成的语言，既不具备一般诗歌的内容，也缺少诗歌的风貌。但是，在笔者看来，这是似是而非的说法。那错误是在于把自己的眼光仅集中在比较发达的社会的诗歌上面，而没有看到远古的社会中或者现存的未开化民族中的诗歌（歌谣）的缘故。据现代一些人类学的美学者的研究，在文化幼稚的社会的歌谣中，象我们现代诗人所写的恋爱诗或写景诗，是很少见的。②芬兰杰出的美学者希伦氏说道："……虽然那些工作歌（文化幼稚的社会的），诗歌的或音乐的价值，可能是不优越的，但是，从进化论看来，无疑是重要的东西。"③这正可以说是对前述问题的一种有力的答复。

或者又有人要表示这样的怀疑吧，即依笔者的说法，不是要把民谣的美学的（或艺术学的）意义和价值都断送了么？自然，在这里，没有余裕的篇幅，可以让我们从容地来讨论这个问题。但是，可以简要地说，我们阐明民谣功利的机能，绝不会妨害到它的美学的意义和价值，相反，或者倒能使人们对它增益些更切实的理解也未可知。因为，象前文所已说过，民谣的机能，是和

① 在文明的社会里，艺术的机能，虽大抵仍然是功利的，但是在那里，他们（文明人们）一般的文化生活，已经发展到相当高度，因而艺术机能的性质和表现，也就不免和文化幼稚的社会里的显出差异了。

② 参看格罗塞博士（Dr. Grosse）的名著《艺术的原始》〔（Die Anfange der Kunst 1894）中译本作《艺术之起源》〕第九章。

③ 见希伦氏（Y. Hirn）的《艺术的起源》（The Origin of Art，1900）第十八章。

它别的方面有密切关系的。谁能说对于民谣机能的阐明，不是兼有利于它的别方面的解释呢？自然，这些话，是仅限于对科学的美学者、民谣学者们说的。

1936年春夏间作于东京

附记 这篇小论，是几年前给一位外国学者一部中国民谣译本写的序文（自然，原文结束的地方，那一段关于译本本身的话现在略去了）。因为执笔时候的种种限制，在考察上只做到这样很粗略的地步。现在又因为时间及资料等关系，不但改作不可能，想要部分地加以修订也没有办到。就让它照原样刊载在这里，不消说是很抱歉的。

1942年3月

文艺批评的科学性与艺术性

在历史上，文艺批评成为一种艺术，是惯常的事情。它被用形象思索着，又用韵律去表现。不管在欧洲或中国，都曾经有过这种情形。《文赋》《文心雕龙》《二十四诗品》等是用韵律文的实质和形式写的，荷累士或玻阿罗等的《诗学》，也都是诗体的著作。

现代是科学的时代，是散文化的时代。"科学的小说"，并不是什么新的名词。有些极端的作者，就简直把文艺创作看做实验科学（我们只要记起左拉先生那篇有名的《实验小说论》就得了）。在形式上，散文差不多侵占了诗歌的绝大部分的领域。创作这样，本来不是正式的艺术类型的文艺批评，又怎能够不大大改观呢？有的把它当做特殊的生物学——人类精神的"生物学"的研究，有的把它当做文化史学或病理学研究的一部分。"客观的批评""科学的批评"……成了流行而且含着尊敬意味的名词。

"物极必反"。君临一世的科学及其在一般生活和文化上的权威，到底受到相当普遍的攻击了。科学的文艺批评——或者说，文艺批评的科学，当然不能够逃开这种箭头。不管是太纳的三条件说，或者是布廉梯尔的文艺进化论，都成了瞄准的目标。你说，文艺批评是一种创造；他说，文艺批评只是批评家的漫游记录；或说，批评是文艺创作的特殊种类。总之，他们以为批评绝不是一种科学，正像飞鸟不是走兽一样明显。它是一种艺术——是一种诗，一种自叙传，或者一种罗曼司。

自然，在把文艺批评和艺术创作同一看待的主流澎湃的时候，还有那些不惹眼的旁流存在。这种旁流是一面沿着科学的旧传统，而另一面却包含着更新的因素的。现在相当得势的社会学的批评，就是这种旁流中的一股。

文艺批评，到底是科学呢，还是一种艺术呢？

由于对象的不同，由于目的的参差，各种学艺自然各具着独自的性质和形态。科学不同于历史，艺术跟历史科学也各有自己的精神和面目。就是在科学中，也不是漫然一律的。自然科学与文化科学，到底彼此有着若干分歧的地方。

文艺批评是文化产物，是人类精神的特种产物。它不但和自然界中的花草或石头不同，就是跟别的文化或精神产物也有它一定特殊性。而它的终极目的，是在求出那作品或一般创作现象的真正意义和价值，去指导辅助读者和作者。

文艺批评，就由这些因素去决定了它的主要性质和表现形态。

文艺批评的主要性质，无疑是偏重智性的。

批评家要精细地去分析他眼前的作品，又要严密地去论证它，判断它。这是十分需要智能、学力的工作。没有相当的科学精神和训练，是不能够成功的。

形式是内容的体态，两者各有特性，同时也有逻辑的关联。史实要用叙述的文体，而数理的法则，就必须用"公式"的形式去表现。一定的内容规定着一定的表现形式。文艺批评，由于它内在主智性（或说理论性），它的表现容貌，当然不能和抒情写景的诗歌或描画性格的戏曲小说纯然一样。在文体上，它与其说是近于诗歌的或小说的类型，不如说是近于普通论文的类型。

这样说来，文艺批评是科学性的。它是人类智性劳作的一个部分。

问题却没有这样简单。

科学性的文艺批评，同时正含蕴着那艺术性的另一面。

对于一匹蚂蚁，一块燧石，你可以单单凭着智力去分析、论证和判断。对于一首诗，一篇故事，一出戏剧，可就不能这样了。它是一种艺术，一种人类心灵的美妙产物。它是一种活的呼声，活的表情，活的人生和义理。你去接触它像接触着一个朋友，一个亲人，好，就算是一个仇敌罢——那也不等于一颗石头。它和我们生命的呼吸有一种亲密的关联。在你去分析、论证和判断它之前，你得充分感受它、爱抚它（除了它是那种不成器的东西），就在那种智力的工作进行中，也不能够完全停止着那种情绪性的心理活动——好像感受、想像等。

批评家在做为科学家而活动的时候，同时又是做为艺术家而活动的——即使后者的性质比较前者来得淡薄些。

批评家的精神活动既然相当地具着艺术性质，在表现上自然要带着一定的艺术风貌。何况批评文章的作用，不单单在说明，它还必须亲切地指点呢！你只要想到那些枯燥无味的批评文的叫人厌倦——甚至于反感，就知道这种文章在体式上怎样要求一定的艺术性了。

我们不像法朗士一样，把批评看作闲谈；也不愿将它跟创作的界限完全抹去——即使我们在一定限度内，尊敬着斯宾庚教授或克罗采部长的艺术学上的业绩。批评，到底是比较着重智性的一种工作。它决不能和诗歌或小说的创造混成一谈。

可是，我们也不想把批评纯粹看做遗传学或文化史学等研究的一部分。文艺批评，由于它本身的特性和外在的要求，它必须带着一定的艺术气味。罗斯金的美术评论或安诺尔德的诗论和作家论，到底跟普通的科学论文或研究报告，是显然不同的东西。

让科学与艺术密切地结合着，不，让它们融成一个浑然的统一体罢。这决不是一种无意义或无希望的空想。

1938年秋作于广州

诗和歌谣

一

诗，在它的孩童时代就是歌谣。它是民众所产生的，是民众所歌唱的。我们的文学史证明了这点。你只要翻一翻《乐府诗集》《诗经》一类的诗歌总集，就明白了。同样的情形，也显然见于别的文明国的文学史上。据我们所知道，差不多没有一个国家的文学史，那第一章不是叙述着民众的韵文制作的。而现在一般民族志或人类学的著作，在这方面尤其是提供了丰富的佐证。差不多所有文化落后的部族的诗，都是流传在一般民众口头的，是用着他们共同的语言表现他们共同的情绪和所关心的事物的。在这种时期里，不单单诗跟歌谣是同属一体，就是诗跟舞蹈或戏剧也差不多是骨肉兄弟。

社会生活进化了。一般文化现象跟着它发展开来，分化开来。诗本来是属于一个社会的全体成员的，它是他们的自然制作，共同财产。但是，从这以后，它一方面虽然还是循着旧路前进，另一方面却渐渐转入别一条道路上去。它成了少数特殊的职业者的产物，这种职业者，或是巫祝，或是乐工，或是供奉诗人，在这些时期，诗已经渐渐部分地或大体地走向现在诗人作品的境界了。它在各方面已经和原始时期的诗（歌谣）显出相当距离了。

从上面所说的情形再往前走，它就变成了"现代意义的"诗作。它是个人的，甚至于非常个人的。个人的情绪，个人的哲学，个人的修辞学，……诗和歌谣，成了各具特点的东西。

但是，历史的行程是奇妙的。它并不一定笔直地朝着未知的前方走去。有时候，它却做出一种回旋的进行——自然，这种回旋是螺纹的。我们现在诗坛上已经响着学习民间歌谣的呼声——不，有的人已经唱出那种近于原始制作的诗篇了。我们的诗，已经不把接近那些"粗野的"制作当做羞耻，倒过头来，却要把它当做光荣了。

诗，在遥远的过去，是和歌谣同属一体的。在不远的将来，它（至少，其中的一部分）也许还要回到那个老家去——自然，它已经不再是完全旧日的门庭了。

二

诗和歌谣的密切关系，并不限于前面所说的那一点。

巫祝、乐工、供奉诗人等的作品，在题材方面，在形式方面，都承受着原始诗作（歌谣）重大的影响，是不用细说的（它们的分化程度并没有那么极端）。就是后代纯粹诗人的作品，那些最富于独创性的伟大诗篇，如果详细地分析起来，它们和民间制作的关系也往往相当深重。象屈原、莎士比亚、歌德、普希金等世界诗国的巨星，他们那种不能消灭的诗的光芒，就都不免融合着他们同时代或以前时代民众诗作的光辉在内的。配希科大（Peshkov）在指述歌德《浮士德》的容受着民间制作影响之后，接着就说："欧洲的戏曲家决不轻视勤劳人民的口头传说——口传的故事诗，他们利用吟唱诗人和职业诗人的谣曲。"

如果从我国诗歌形式的发展史看，我们更可以确认民间制作对于诗人作品影响的重大。这是大家都知道的，我们诗歌史上，许多重要体式的来源，大都可以或必需追溯到民间的制作那里去。歌谣差不多是我们一切诗歌体式的发源地。在另一方面，民间韵语对于一般诗人作品在语词等方面的影响也是很深重的。关于这，我们只要记起"促织鸣，懒妇惊"和"巴东三峡巫峡长，猿鸣三声泪沾裳"一类短谣在旧诗歌上是怎样当作辞藻，被重复地使用着的事情，不就很够了吗？

现代，是民主主义泛滥的时代，对于民众生活和他们的文学艺术的关心，成了一种很流行的思潮。搜集歌谣和仿作歌谣，差不多是一种国际性的文学活动。在德国，在法国，在苏联，在日本，都有那些仿作歌谣或运用它的形式的诗人。象我们读书界比较熟悉的《十二个》的作者布洛克（A. Blok）或《大街》的作者白德尼（D. Bedny），就可以说是这类诗人中很有成就的。我国新文学运动发生以后，搜集歌谣，研究歌谣，也成了一时风气。有的更热心地去学写那些山歌水调。刘半农氏的《瓦釜集》就是一个好例子。其实，这种仿作歌谣的事情，在我国本来是"古已有之"的。唐朝著名诗人象刘禹锡、白居易、温庭筠等就都曾仿作过南方的民歌。象《竹枝词》到现在还是诗的一种特殊体式呢。

现在，我们一部分先进的诗人和理论家正在想竭力造成一种真正的民族风格的诗篇。为要达到这种目的，深入地学习民间制作的表现法，甚至于摄取它的某些情趣或题材，是很必要的。而这已经不只是理论的问题，有些先驱者正在实行着，并且多少显示出那种尝试的成果了。

歌谣不但是诗的母体，而且永远是它的乳娘。

三

歌谣，一方面是文人诗作的根源和哺养者，另一方面它本身也正是一种独立的艺术。我说它是一种"艺术"，这意思是它具有那种跟纯粹诗人的作品或别的艺术制作一样的优越性质和感人力量。

在这里，要详细地来讨论歌谣的艺术性质和价值等，是不可能的，或者还不是很必要的。因为我们预定的篇幅太有限，而关于这种论述，别的地方又已经有人写了不少。我只想指出其中比较重要的一两点。

歌谣是民众的产物。由于实际生活的艰苦和狭窄，民众的精神状态，往往不能摆脱某种固陋或愚昧。他们的智能和情绪，大体上没有充分发达或缺乏一种必需的锤炼。但是，从另一方面说，他们的思想和情绪大都是壮健的、真挚的、现实的。因此，表现在他们的诗作上，就很少那些乏弱、虚伪的病态。对于世相，对于自然，对于人生的活动和遭遇，他们有着他们真实的见解和感触。在歌谣里，他们率直地歌咏了它。我们可以从那里亲切地感觉到那种真实的心情或事物。他们的苦难会使我们流泪，他们的快乐会使我们跳跃。他们的希求、梦想会使我们神往。他们的诗作里，有时候还含有一种圆熟的机智或谐趣。古文献上所收录的《枯鱼过河泣》一类的短章，是我们爱好文艺的人所熟知的。我们随便举出一个现在的例子：

> 大雪纷纷下，
> 柴米都涨价，
> 乌鸦满地飞，
> 板凳当柴烧，
> 吓得床儿怕。
>
> ——流行浙江一带

这首短谣，最后诗行中所含的妙趣，在我国过去文人的诗作里，就不很容易遇到。总之，在歌谣里比起在文人的作品里，往往能够使我们吸取到更多的大气和阳光。

歌谣，在它的形式上存在着某种显著的缺点，这是不必掩饰的。例如那种太过单调或太过呆板的印象，是一般熟悉歌谣（特别是现代我国的歌谣）的人所容易感到的。但足，这不能抵销它在别方面的许多优点。民众的一般诗作，跟他们的生活形式和精神态度相照应，跟他们的诗学传统和传递过程相关联，那形式上的主要特征，是质朴，是明快，是简练。它没有奢侈的装饰，没有故意的朦胧，没有那种厌人的拖泥带水，或可笑的忸忸怩怩，而这些现象是在不少文人的诗作里颇难免掉的。在歌谣形式上那些优美的特征中，尤其值得我们注意的，是音节上的谐美。A·法朗士说："民歌的诗句，听起来是……清脆的、嘹亮的。"有人把这种美音比喻做百灵鸟的啼声。我以为它还不如那个著名的莱茵河女妖传说（象H·海涅的《Lorelei》诗里所歌咏的），更能够说出它的魔力罢。在意境上平凡的歌谣是不少的，可是，在音调上佶屈聱牙的民间诗作就很少听到了。它到底是一种歌唱的艺术。它打通人们情思的主要力量，正在那美好的声音上面。这一点，是值得今天的新诗人们特别注意的。

19世纪末年，有一位因公务住在我们首都的意大利男爵卫太尔（G. Vitale），他辛勤地收辑了一部《北京歌谣》。在序文上，他承认从那里可以看到"真诗的星光"。十年前，我把自己辑印的一部民歌集子寄给一位德国的"东方学者"沃尔夫·爱伯哈特博士（Dr. Worlf Eberhard）。他给我的回信说：那些民众的诗作，除了某些部分外，和"艺术的诗作"（文人的作品）没有什么差别。这些话决没有什么过分。歌谣是一种野生的诗。它是一种发散着特殊的光彩和芬芳的艺术。

四

现在，我们的文学史和文学理论的论述，主要的对象，大都还局限于那些书本的文学，文人的作品。它没有尽量扩展到一般民众的制作上去。那些制作，在我们的学艺中，大部分还是一个"未知的"森林。在今天，我们对于民众的——特别是活着的民众的文学制作，那重要的问题，不只是公然承认它的存在权，不只是个人对他的赏鉴或学习，也不只是对它作特殊的叙述研究，而是应该把它列入我们全部文学探究的主要范围中。这才能够使我们所得出的文学的历史法则和一般原理更加丰富，更加确切。

歌谣，是民众的诗。它是他们生活的写照。是他们认识、欲求的表白。是他们艺能的表演。我们要知道他们精神上的确实经历，艺术上的巧妙才能，甚至于人生和社会的许多重要真理，就不能够不认真地去考察这种对象——歌谣。现在，我们的诗歌史和诗歌学的成就，大体上述是相当局限的、乏弱的。有的甚至于还不免是错误的。那重要原因的一个，无疑是它忽略了（至少是没有充分重视）数量丰饶和意义深大的民间制作。只有把这种制作尽量划入一般诗歌史和诗歌学的探究中，我们建立完美的民族的诗歌史和诗歌学的巨大工程，才能有真正成功的希望。

歌谣的历史和原理的充分阐明，确是今天我们诗歌科学上的一件重要工作。

五

诗和歌谣的关系，是多角的，也是密切的。

这种关系的广泛、周密的考察说明，对于诗的赏鉴和理解，固然有重大的利益，对于诗的创作和批评，也能够给以无穷的帮助。可是，这种工作以前没有人很认真详密地做过。现在是不容许再延误了。我们得在很短的时间内去着手并完成它。

我的这篇小文，只算在这方面呐喊一下。详尽的、精审的论述，有待于大家共同的真挚的努力。

1943—1944年间

谈　诗

Z兄:

　　一年以来，我们常常有机会对面倾谈。诗学总是我们谈论的中心。此刻回想起那种高兴得声情激越、口沫横飞的情景，谁能够禁得住会心地一笑？只可惜大都随兴扯说，对于一些比较重要的地方，往往倒反浮光掠影过去。每想用笔墨向你稍作系统的谈述，可是，性子懒，事情又往往杂乱，结果只成了空愿。今天，一清早起来，就觉得像坐在大灶旁边。这时候，窗子外的蓝空和白云，都亮得发焰。窗格间的蜘蛛丝像铁网子一样静定。自然没有客人来打扰，自己也怕到街上去受那"汗水浴"的苦刑。坐在这破旧的书桌边，不自主地拿起笔来，想写出关于诗的一些意见，当做又和你在茶馆里或树阴下快谈一阵。

　　经过了相当的考量，我承认诗的主要任务，在传达真实或真理（这好像可以用一个外国字概括它，那就是Truth）。这个意见自然需要相当解释。我想分做三点去说明它。

　　第一，诗是否表现真实或真理？——这是一个稍有争论余地的问题。不过，我想如果把容易引起异议的"真实"——特别是"真理"这个名词加以说明，问题的解决就该顺利些。如果有人硬要把一般科学上或哲学上那种极精密的认识及极概括的原理法则，才算做真实或真理，那么诗和它们的关系，即使不是全然没有，也决不能够说怎样密切。换一句话说，它们未必曾是一切诗歌的内容。可是，对于诗中所表现的真实或真理，除了那些外行的或抱着极端意见的人以外，恐怕很少曾做这种看法。我们常常听见人说——有时候自己也不免这样说：这首诗对于人情物理表现得多么亲切；或者说：那位诗人伟大的地方就是在于他能深刻地捉住了那种世态、人情，所谓"人情、世态、物理"就是我们所要说的真实或真理。诗人无论他写弃妇的苦恼，写耕夫的勤劳，写侠客的豪爽，写贵人的骄横，写志士仁人的远见深忧，写谗人毒士的奸谋诡计，乃至于写一云一月的光影，写一草一木的性能，写一虫一鸟的鸣声……只要写得逼真并多少显示了那内在的意义，就可以说是表现了某种真实或真理。

"朱门酒肉臭，路有冻死骨"，"一丛深色花，十户中人税"，"医得眼前疮，剜却心头肉"……这些自然表现了某种真实、真理。"志士惜日短，愁人知夜长"，"乍见翻疑梦，相悲各问年"，"遂令天下父母心，不重生男重生女"……这些一样是真实和真理的表白。"蝉噪林逾静，鸟鸣山更幽"，"星垂平野阔，月涌大江流"，"落木千山天远大，澄江一道月分明"……这些句难道不都是表示着一种实相——特别是一种理致？诗人不一定要像科学家那样，去记述或说明天体形成的过程，生物变异的情况，物质化合的自然因果或社会演进的规律……他在表现所接触所感兴的事物中显示出它的实状及理致，这就是对于真实或真理的一种表白。如果我们借用那位法国天才美学家基约（Guyau）的话说来，那就是"一种自发的科学"。

其次，诗人怎样表现真实或真理？——如果科学家通常是冷静地、抽象地去叙述他所探求的真理，那么诗人却是兴奋地、具象地而且有节奏地去抒写他所感知的真理的。他们最后的归趋也许并没有很大的差异，可是彼此表白它的方式却非常不同。这正像鸟类和兽类同样营着生殖行为，但是那方式却截然两样：一种是卵育，另一种是胎生。诗人和科学家等表现真理法式的不同，原因自然不只一点，可是主要却在他们获得真实真理的过程的差异。科学、哲学上的一篇论文或一部著作，大都是经过作者精心观察、比较推究和判断的结果。它大体上是"纯智的"劳作。诗人的诗篇，却大都是作者对于事物的突涌的感兴的结果——或者根据那种感兴构筑成功的。自然他在工作进行上，要凭借一定的客观事象，要利用许多日常的观察和经验。可是，那些沸腾强烈的感情、活跃飞动的想像，却更加是他所需要的。诗人自然不只靠心脏工作，可是那工作的全程必渗透着跃动的感情。诗人自然不能离开思索，可是那思索却大都在有声有色的境界里进行。有些外国学者说"诗是真理的、直观的或形象的表现"，又说"诗是感奋的真理"。这正是上述现象各就一面的说明。而在这里就存在着诗的特殊性，它和科学或哲学的一道分水岭。我们明白了这点，也就可以知道，宋明时代有些道学家所做的诗（理学诗），所以多要不得的原因。同样也可以知道，现在有好些作者拿某种科学或哲学的原理（尽管它本身是怎样正确的）去生硬地"做出来"的诗篇，所以不大使人感动的原因。诗中的真理要表现得像花朵中的香气，海水中的盐味。它含蕴在花朵和海水的全体里，使你能够直觉地感味到它，眼里却不会发现什么香块、盐粒。诗人的作品（特别是优秀的作品）虽然多少包含着些科学或哲学的要素，可是，用科学家或哲学家的工作方式去写诗，那结果是注定了要失败的。歌德说，诗人要在作品里隐藏他的哲学，就因为他很明白这种道理的缘故罢。

最后，诗应该表现些什么真实或真理？——这好像是个不必过问的实际上却不容忽略的问题。人事界和自然界里大小不齐的万千现象，各有各的实相，也各包含着一定的道理。诗人的作品，是不是无差别地去表现它呢？首先是办得到办不到的问题。人的寿命和他的智力、情感等都是很有限制的，因此他所接触、领悟和感应的事物范围，也决不是无限的。没有限制地包罗一切真实或真理的表现，在逻辑上是不可能的，在实际上是没有这回事。其次，就算那是可能的，也不是必要的。人只应该把人群自身较有关系的事物当做行动和学艺的对象。人的行动，学艺自然不应该限制在太狭隘卑近的功利的小圈子里。可是人总是人，他的作为不能够毫无计划和目的地听任自然。总之，在终极的意义上，诗人决不能够（实际上自然也不会有）无所为地工作。他生在一定社会里，和大多数人共营着一定生活。这个大团体里的利害祸福，就应该是他的利害祸福，他们共同的欲求感兴，大体上就应该是他的欲求感兴。自然，诗人不能够完全和民众一样。他比一般民众必须更有敏锐感觉、深刻认识和艺术才能等。但大体上他更必须以公众的心情做心情，以公众真实的是非当做是非。这样，诗才能成为人民的喉舌，它才能成为人类的崇高事业——用老托尔斯泰的话说，是成为"人类进步的重要机构"。我国从先秦以来，伦理主义在诗学上占据领导地位。这种主义，从现在看来，当然有许多缺点，在新文学运动兴起的时候，它就做了攻击的主要目标之一。但是，如果我们暂时抛开它的缺点不提，它那种根本精神，并没有什么错误。不管怎样说，诗必须是"伦理的"。（有些批评家把拜伦一类反抗诗人的诗篇，当作恶魔的叫声。其实，这只是站在不同的——也许应该说是陈腐的——伦理观念上的一种判断罢了。）郑板桥并不是个属于正牌的伦理主义的诗人。可是，他却说："作诗非难，命题为难。题高则诗高，题矮则诗矮，不可不慎也。"这话很值得玩味。他所谓"题"，就是现在普通文艺论上"题旨"（Theme，或译作"主题"）。在诗史上看来，伟大的诗篇，大都具有伟大庄严的题旨。所谓第一流作家，是很少浪费精力去写述那些猥琐的事象和微末的义理的。他们大都能够把握住当时最重要的真实或真理去给以动人的表现。前世纪一位英国著名的艺术批评家说，最伟大的艺术家是那种表现了最大多数人的最大观念的人。那班一生竭神弊精去吟风月，赞花鸟，绘画眉腰，刻镂鞋袜的诗家，他们也许多少表现过一点真实或真理，但那些琐屑细微的东西，和广大的社会人生的进步繁荣有多大关系？那种诗篇不过是极少数人闲情余兴的发泄罢了。"锦囊言语虽奇绝，不是人间有用诗"。这种攻击，决不能够算做怎样过火。

今天的诗人，决不能够忘记我们所居处的社会，决不能够忘记我们所逢遭的时势。现在我们所正对着的，是一个太不平凡的历史时期。我们的社会是惊心动魄的！在这里有浊浪漫山的横流，有青舌舐空的妖火，有结队噬人的猛兽，有望风披靡的弱草，有窒塞呼吸的奇臭……可是，同时也有晶明澈底的清泉，有辉照世界的明灯，有征兆世瑞的麒麟，有傲抗冰雪的松竹，有沁透心魂的芬芳……我们的社会曾是神兽剧斗的社会。我们的时代是是非杂陈的时代。在这当儿，真正诗人，对于眼前惊心动魄的情景和隐藏在这种情景背后的意义，他是不能够淡漠过去的！他要以真实的是非标准，健全的爱憎情感，和独得的艺术技能，去判断，去感应，去创成自己的艺术。宋代有位诗论家，说千载所以只有杜甫的诗，是因为他的遭遇是不常有的。我们的时代，不正是很有利于做杜甫一类伟大诗人么？我说了这些话，你当然不至于误会，以为我在极力奖励那种韵文八股。没有疑问，我们所要求的（至少，在理想的意义上）诗篇，必须是作者的生活和精神体验的最真挚的表白（虚伪或勉强，是违背艺术原理的）。问题只在于诗人要怎样做才能够达到那一步。我以为，今天的诗人为着获得完成自己使命的能力，他必须投进时代的洪炉里去锻炼自己，提高自己。这样，他才能够写出饱满而有意义的诗。这种作品，才不致被抛到历史的无足轻重的角落里去。

我们移到技术的问题。

一切艺术都是不能够缺乏技术的。一般艺术理论上所谓"自然"或"不尚技巧"，那往往指的是一种"极致的"技术，或者使读者不容易察觉出来的技术。诗不仅是一种艺术，而且是一种特别需要精炼的艺术。关于这点，我们实在没有详说的必要，只要记起中外诗史上传统的对于诗形、诗作法的讲究，又记起古来许多听了简直要叫人发笑的苦吟故事，不就很可以明白了么？——其实，对于这，我们各人自己一点贫乏的创作的经验也尽够做证人了。一首真正成功的诗，就是在技术上达到完美程度的诗。做诗的人，如果说可以轻视或无视技术，那就等于说，木匠可以不需要绳墨刨凿，建筑师可以不需要构图营造，僧侣可以不需要刻苦修炼。这难道不是荒唐的事情？诗人应该重视技术，这是天经地义的。可是，更重要的，是对于技术的合理的了解和态度。

第一，我们必须明白，诗的技术是和内容密切地关联着的。一定的内容要求着一定的（即最适切的）处理方法。严格地说，内容是千差万别的，因此，技术也不能够是怎样固定的。否则，岂不要闹出将军穿旗袍，或关夫子在剧战时候也摸着胡须一样的笑话？其次，最高意义的技术，必须是独得的。技术可以传授，可以讲习，这在一定的限度下我们不想否认或反对。可是，最高的技术，和真实深刻的内容一样，必须是独得的。"虽在父兄不能以移子弟"。最后，技术的应用必须是圆熟的。严格地说，没有所谓生硬的技术，正像没有所谓抄袭的技术一样。前人所谓"圆转自如""炉火纯青"一类的话，正可用做对于技术圆熟状态的一种说明，而这种境界也就是一切成功的艺术所必须达到的。总之，创作上，一种技能的完成，在于它是适切一定内容的，是不抄借别人成规的。此外，它还必须是运用圆熟的。我们也许可以说，因为圆熟，它才能够充分适应特殊的内容，也才能够完成真正的独创性。

盲目地抄袭别人或一时代已成的技术，或者不分皂白地沿用一两种固定的技法；再者，半生不熟地制作着，像初踏进实验室的学生的动作，这样，结果只能够成不三不四的东西。真正的艺术决不会存在这里。正像剪纸扎篾，决不能够造成活人一样。在我们的诗史上，实在不缺少可资证明的例子。比如李商隐、黄庭坚，好些批评家说他们是从浣花草堂出来的。可是，如果他们的诗艺只是完全抄袭杜集的，那么，你想他们在诗史上会占到一个自己的位置么？这不过只就第二流作家说的。至于那些第一流作家像屈原、李白、杜甫等，我们能够从哪里去指出他们诗艺的惟一本源呢？

这样说，并不是主张诗人要立意去拒绝一切有益的影响。像诗人的思想、情感，多少要承受外来的影响一样，技术也不是能够完全和外力绝缘的。谁能够把自己和传统的或时代的关联一刀切断呢？如果，这是可能的，也正是不应该有的。因为这样做，除了使自己的作品极贫弱粗陋以外（这可以戏说是，一种"裸体主义"或野蛮的复归罢？），还会带来什么呢？《离骚》的作者是熟悉楚国的民间歌谣的，《北征》的作者是不薄六朝初唐而以"多师"为师的，《神曲》的作者是那样熟读荷马，《欧尼金》的作者是那么醉心过拜伦……随便拈出点例子不就够说明诗艺影响的重要么？在诗艺上，正像在别的文化或人事方面一样，受影响是自然的而且是必要的。一个作者所受的好影响越多，那自己的创造也就越有力量。艺术上的创造，决不是上帝式的创造，决不是魔术师的创造。它是建筑师式的创造。诗人平常必须吸收种种应用材料。到了写作的时候，依自己特殊的精神、手腕，神化地去创造出新的事物来。他所受的某种影响（当然是指那些有益的影响）已经像咀嚼了而且消化过的食物一样，变化做他自己的一部分血肉。你如果精密地去加以剖析，也许多少可以找出那种原素来。可是在这里，它已经是不容离析的有机部分了。如果不是这样，它决不会对这个精神产物的有机体有什么好处。我们可以斩截地说：一个真正的诗人，他不但是新的思想家，同时也是新的技术家。没有一个真有价值的独特的诗的内容，是可以靠抄袭或借用来的技术去表现得完全、恰好的。古人说得相当中肯："法在心头，泥古则失！"

只有那种不明白诗的根本意义和创作理法的人，才甘愿在诗艺上迷失了应走的路向。他们在过去某一个诗人或某一个流派作品中找求诗艺的"底本"。他们往往捡到一些鸡毛便当作令箭了。不管那种技术是怎样发生和发展的，不管那些技术和一定内容有怎样密切的关联，更不管那种技术的一定限制性。他们只管抄袭它、沿用它。这种诗艺偶像的来源，不管是什么名家大匠，或什么巨宗硕派，总之所得结果，往往不免成了优孟衣冠，徒然供人哄笑罢了。自然，我也知道，在某些末代的诗人中，是有的因这种方法博得一时的声名的。可是我们得明了：第一，这种声名，不一定就是历史的公断（它往往只是嗜痂者们的病态赞颂罢了）；其次，这种诗人的技术，自己和别的许多人虽然都承认它是沿袭什么名家或什么流派的，可是，他们自己多少也有一些心得的地方。不然的话，他们就连那点浮名也不会捞到手的。

最后——或者恰恰是最重要，我总觉得做诗不是一种职业，那是一种宗教。诗人是苦修的头陀，往往还是一个殉教者。

诗人不是普通的职工或艺匠。他要具备许多特殊的条件。丰饶的灵智和热情，自然少不得；超越的忠实和忍耐，也一样不能够缺乏。还有，像那广阔的胸襟，宏博的知识……他要能够领悟和感应那些别人未注意到的或不很显明的真实、真理，并且用了使万人感应的手腕表现它。在某些时候，他尤须用最高的代价去保卫或宣扬他所发现所崇敬的真理。他用了生命本身去写成壮丽的诗。在世界诗史上，第一流的诗人大多数过着压抑、幽囚、放逐、摈斥……的生活，这正证明着：诗人不但是在才艺上卓出的人，而且是在品格上崇高的人。古希腊人说："坏人不能够成为诗人。"其实，庸汉和懦夫等同样是跟诗人隔着厚壁的。他们可以去当大官，可以去成豪贾，可以去做社会上一切出风头的人物。可是，他们却不能够伺候诗神！因为这位阿林普斯山巅的女性，是温柔的而又骨鲠的，是崇高的而又愁苦的……那些卑污、恶俗、贪婪、浮滑的家伙，她决不容许他们排列在她的神龛下面……

附记 过去的诗人，往往嫌恶"俗众"。这种现象的产生，主要是由于：①那些诗人大多数是出身贵族或具有贵族一类的思想立场的。②他们所说的"俗众"，不是一般民众，却是那些奸恶、无耻的小人之类，像屈原、普希金等所斥责的，大抵就是这种人。

这篇信稿，是去年在连州时候一个大热天里写下的，目的是想寄给一个常做旧诗的朋友。因此，篇中多少带着一点特殊的意味，例如某些地方说得相当详细，别的地方却非常简括。这，做为普通文章看，自然有点欠谐和。可是，现在，实在没有工夫去大大修订一下。只希望读者记住它原是一种"特殊文件"就好。

1946年　作者

谈散文

　　如果只照字面说，散文是指一切不押韵律写作的文章。在这种名义下，不管是"等因""奉此"的公文，"久仰""至念"的私信，乃至于"生因家事……"的请假单子，都可包容进去。可是，现在一般人心眼中所谓散文，却是一种比较特殊的东西。但它大体上虽然可用各人的经验去互相印证，却不容易用确定的语言去说出它的性质和界限来——好像我们跑得烂熟的街道，却往往不能够准确地说出它的长宽度，甚至它的名称或方位一样。

　　散文在名号上就有种种的称呼。有人叫它"小品"，有人叫它"随笔"，有人叫它"美文"，又有人叫它"絮语"或"抒情散文"，有人却简直把它在西方的名称去呼唤它——"爱说"（Essay）。

　　给事物下定义是困难的，特别是对于像散文这种仪态万方的对象。因此，就有人滑头地说出这样的话："散文家的作品就是散文。"这完全等于说生柑子的树就是柑子树。你稍微学过逻辑ABC的，我知道你就要笑出来了。可是如果我们平心静气细想一下，它也未必没有一点道理。

　　我们还是赶快抛开了那种学究式的探求好些。

　　散文在内容上是没有什么限制的。自然有的作家只喜欢写些虫鱼草木，有的只喜欢写些书籍朋友，有的只喜欢写些村风市景，有的只用它去抒发思古之幽情，又有的只用它去表白古怪的冥想……可是，如果我们披读上十个或二十个散文家的集子，就自然要取消那种以为散文只适宜于抒写一定题材和心境的错觉了。不过散文的内容尽管海阔天空，作者们却不是没有羁勒的天马。他是生活在一定现实境况中，并且要为着这一定境况的进步而拿笔的人。他必须知道自己应该说些什么——或什么用不着浪费笔墨。（自然，他同时也必须顾虑到他表现力的界限。）艺术家一方面要沉没在"醉梦的波浪"中，另一方面又须高步在"清醒的峰顶"。

散文家和哲学家、科学家或别的艺术家不同的地方，主要不是由于所用的材料或思想的品类，而是由于对于材料或思想的获得和处理的差异。散文家大都是偶感者，掇拾者，是一个没有严密计划的人。他的材料、思想大都是偶来的，俯拾的，未发展的，非组织的。

形式是内容的写像。散文的内容既然大都是偶感的，掇拾的，未发展的，非严格组织的，它在形式上自然不会要求那种规律森严的结构，那种循规蹈矩的行文。它的作者，也许和小说家一样去写述一段故事，可是他不妨随意起讫，或夹议或夹叙，甚至放恣地抒情。如果他写的是小说，这样做就不能够不受非难了。现在作者既自己承认是散文，那么谁也就不会去指摘它。表现思想，抒写情感，也和这一样情形。做为科学论文或诗篇要受人指摘的地方，在散文往往可以得到宽恕。这不是说散文的形式可以乱七八糟。任何艺术都有它一定的条理的。散文有它自己的性格，有它自己的形式上的"规律"。不过，比起严格的学术论文或小说、诗篇来，它是具有较大限度的自由性的。

一切的文学种类，都是依随时代社会演变的。像地上没有永远不变化的物种一样，也没有永远不变的文学种类。人类社会的演变史，就是文学种类的演变史。现代的西欧戏剧，跟古希腊的悲剧比较起来，你知道那有多大的差异。拿我们现在的语体诗去和诗经或楚辞对看，谁能够不惊异那性质和风貌的分歧呢？散文文学也一样在不绝演变中。苏东坡或袁中郎的小品，毕竟和魏晋人的风味各别。就是同一作家的作品，由于生活、境遇和年岁等的差异，也不能够前后如一。你试比较一下林语堂大师在语丝时期和论语时期的文章，便可以明白了。

因此，要奉陶渊明或袁中郎做散文的惟一祖师，或说伊利亚随笔才是散文的老牌正宗等等，都是刻舟求剑的。培根并不同于蒙旦，阿特生何曾跟蓝姆一样神态？比如现在以时事小品著名世界的爱伦堡的文章，跟袁中郎或蓝姆都有天渊之别。可是，谁能够否认它是现代散文中的珍品呢？

目前有许多青年人爱写诗。这是自然不过的事情，因为青年是诗的时代，正像春天是开花的时候一样。可是，诗是更高贵的艺术，也是更严格的艺术。它在形式上固然需要有更大的努力，在内容上也比较散文更受限制。有许多不很出色的诗篇，如果用散文形式写出来，也许会是相当优异的文章。

我不怕逆耳，常常劝青年们多写散文。这并不是看轻诗歌或别的文学种类，倒是更尊重它们的意思。我的僻见，总认为散文是较广阔、较自由的天地。活动在这个天地里，不但个人的才能更容易舒展些，就是对于社会的贡献说，也是更广阔而直接的。

1946年下半年作

诗的逻辑

一

王充在他那部富于卓见的论集《论衡》里，对于诗的一种重要表现法——夸张，曾经认真地讨论过，例如对于"鹤鸣于九皋，声闻于天"两句诗，就说了下面一大片的话：

> 言鹤鸣九折之泽，声闻于天，以喻君子修德穷僻，名犹达朝廷也。其闻高无，可矣，言其闻于天，增之也。彼言声闻于天，见鹤鸣于云中，从地听之，度其声鸣于地，当复闻于天也。夫鹤鸣云中，人闻声，仰而视之，目见其形。耳目同力，耳闻其声，则目见其形矣。然则耳目所闻见，不过十里，使参天之鸣，人不能闻也。何则？天之去人以万数，远则目不能见，耳不能闻。今鹤鸣，从下闻之，鹤鸣近也。以从下闻其声，则谓其闻于地，当复闻于天，失其实矣。其鹤鸣于云中，人从下闻之；如鸣于九皋，人无在天上者，何以知其闻于天上也？无以知，意从准况之也。诗人或时不知，至诚以为然；或时知而欲以喻事，故增而甚之。（《论衡》卷八，《艺增篇》）

他本着常识的推理法，辨明诗人措词的不合事理，最后又给以一种唯理主义的解释。他对于那种诗的夸张，多少总有些"伤失其本，悲离其实"的意思。

王氏的这种见解，并不是怎样独特的，在前代著述中，我们尽可以找到许多相似的例子。唐人裴说有一首题耒阳杜公（甫）祠的诗：

> 骚人久不出，
> 安得国风清？
> 拟掘孤坟破，
> 重教大雅生！
> 皇天高莫问，
> 白酒恨难平。
> 恺怏寒江上，
> 谁人知此情？

刘庚凝读了它的第三、四句批评说："作者难道是挖坟强盗么？"（见刘讷言《谐噱谈录》）又好像黄庭坚题画的"欲放扁舟归去，主人云是丹青"，王子端的"猛拍阑干问兴废，野花啼鸟不应人"，法具的"半生客里无穷恨，告诉梅花说到明"等诗句，金朝批评家王若虚认为它们都犯了过火病。他逐条驳斥说："使主人不告，当遂不知？"（对黄句）"若应人可是怪事。"（对王句）"不知何消得如此！"（对法具句）（见《滹南遗老集》，卷十四）

这种见解直到现在没有断种。"五四"前后的新文学运动，一方面固然泛溢着感情主义，另一面却昂扬着唯理主义、唯实主义，所谓"赛先生"，就是后者的一根大支柱。在那些新旧文学问题激烈的论战中，很可以看到这种主导精神的活跃。那时候新营垒里最大战将之一的胡适之先生，在某一回和友人讨论古典作品价值的时候，对于杜工部的那"独留青冢向黄昏"的诗句，就给以根据平常事理的驳论。他说："那个冢难道只向黄昏而不向白日的么？"（见《答任鸿隽书》）这样简单明白的逻辑，一点明，大家自然哈哈地同意了。

要对这种诗的现象找出科学的概括、说明么？那么，我们可以向一位声名显赫的现代美学大师那里请教去。克罗采（B. Groce）氏在他那部有名的美学著作上，一开始就把人类的知识干脆地分做两种样式，一种是直观的（Intuitive），另一种是逻辑的（Logical）。所谓艺术（当然包括诗歌在里面），它的特性就存在于这种直观上。它是一种直观或表现。它是跟"逻辑的思考或知识"对立的思考或知识的结果。〔见克氏《美学》（Aesthetics）第一章〕克氏的这种学说，可说是对我们前面所举的那些诗的现象的科学的概括解释吧。

诗（或艺术）这种普遍存在的精神产物，它是不是跟一切道理毫不相干甚或互相冲突呢？它有没有自己依循的规律呢？有没有它的逻辑呢？——这就是现在我们所要讨论的问题。

二

什么是逻辑呢？

详细地来讨论逻辑的定义、原理、形式，或叙述它在西方和东方发展的历史，这不是我们现在应该做的事情。逻辑在西方学术史上曾经有很长久的时间，被看做"思考形式的规律"。近代众学蜂起，这种传统的观点，已经渐渐失去"独尊"的地位了，许多新的逻辑学说在流布着，这里，对于它，我们只想采取一种宽泛的看法，即当它是"一切事物活动的规律"。如果要借一个古代贤哲惯用的字，那就说是"道"罢？——这自然是取它较广泛的意义的。

所谓一切事物活动的规律，是句很概括的话。如果稍加分析，那么，所谓规律，就有不同程度或不同性质的种种差别。有较普遍的共同性的规律，也有较狭小的特殊性的规律。宇宙间万物万事，它们的性质、形态和机能，千差万别，我们实在没有法子去举述出来。可是它们都是一种客观的存在，至少彼此必然有某些比较基本的共同性质，因此它们就有共同依循的某些规律。地球之大，苍蝇之微，在某些点上都逃不掉某些共同规律的支配。但是一切事物既然是千差万别的，它们各有不同的性质，不同的活动条件，因此彼此间就要有许多不同的规律存在——各种特殊的逻辑存在。例如人类和动物，在一方面彼此是具备着某些共同性质和活动条件的，因而是依循着某些共同规律的。但是，在另一方面，彼此却是那样不同，这就使他们不能不有各自依循的规律了。再拿人类本身来说，原始人和文明人，在许多点上（生理的和心理的某些点上），他们是有共同性质，或近似性质的，因此，那些支配着穴居血食、信奉图腾的原始人的规律，也同样支配西装革履、谈科学、说民治的文明人，但这不过是一方面的情形罢了。在另一方面，彼此不仅是各不相关，甚且互相水火。因此，我们文明人所依循的某些规律（我们看做当然的逻辑），在原始人身上也许是不相干或不相容的。关于这点，我们只要提起法国优秀的社会学者吕梵·布留卢（Lévy Bruhl）氏所倡立的"前逻辑学说"——那种说明原始人思考的特殊法则的学说，——就不必更絮絮了。艺术和科学的问题也一样。在一方面说，这两种精神产物，在某些点上有着共同的性质和活动条件，因此，自然也受支配于某些共同规律。但是，两者到底是不同种类的，它们各有特殊的性质和活动条件。因此，这一方所依循的规律，在别一方就可能是绝不相干甚或互相冲突的。你想想，假如一个科学家用诗的想像去写实验报告，或者一个画家依照数学的公式去绘写景物，这将会有什么结果呢？

总之，各事物间种种不同的性质和活动条件，就形成了种种不同的规律——特殊的逻辑。

三

诗是一种艺术，一种文化现象。在某些点上，它和别种艺术，别种文化现象，是有些共同性质和共同活动条件的。这就等于说，它和它们在某些点上是依循着共同规律的。例如它们的生长和变迁都受着某些社会基本力量的规制。但是，实际上，诗不单是和音乐、图画、跳舞、戏曲、小说和科学、哲学、伦理、宗教、法律、政制等，有着共同依循的规律，甚且和自然界里的一片云、一匹马、一株树、一颗石头，也都有某些共同依循的规律，它们一齐活动在那些"大逻辑"的圈子里，它们都是在如来掌心上翻着跟斗的。

但是，诗到底是一种独特的存在物。它是一种特殊的文化现象，一种特殊的艺术。它和一般自然界里的东西比较起来，当然有许多不同的性质，不同的活动条件，最终自然是有那种不同的活动规律——特殊逻辑。就是和别的文化现象，别的艺术产物比较起来，也自有某些特殊的性质和活动条件，因此自有它的特殊逻辑。在这种意义上，诗，只是诗；它不是法律、政制，不是科学、哲学，不是（或不同于）音乐、舞蹈和小说。它是一个独特的星球，它有它自己依循的轨道。

在这里，我们要碰到一个诗学上的麻烦问题——诗的特质是什么？关于这个问题，历来发表过意见的人真不少！那些答案正纷歧到使我们怕提起它。有的人说是"想像"，有的人说是"热情"，有的人说是内容的"真理"，有的人说是形式上的"韵律"，当然也有采取综合看法的，还有的奇特地说是"神秘性"或"梦幻性"。现在，我们不想（实际上也不需要）详细地完全地来检讨和解决这个问题。只要在必要的范围内作出一些回答就得了。

诗的主要特性到底在哪里呢？我以为就在它的那种情绪性、主观性上面。

情绪本来是一切艺术的基本性质之一。但是作为"艺术之一种"的诗，在这项特质上却显得格外凸出。在普通的诗学上，关于形态的分类，虽然有叙事诗、戏剧诗、抒情诗等的分别，可是大体上诗是不能缺少情绪的——高度的或浓度的情绪的。上面的那种分类，不过是相对的而且是很粗疏的罢了。我们有时候也说，抒情的图画，或抒情的小说，抒情的戏剧……但这总是在那种比较特殊的情况下。至于说抒情的诗，就十分平常了——虽然这句话在性质上也许有点矛盾。近代有些诗人或学者主张"抒情诗"才算得真正的诗，其他不过是韵语的故事或论说罢了。我们并不赞成这种极端的看法，可是总认情绪——一定高度或浓度的情绪，是诗的最主要的一种因素。忽略了这种因素的诗，即使能够存在，也决不会有广泛和深沉的感动力的。它往往只是一种苍白或残疾的作品罢了。不错，诗要有活跃的想像，要包含着宝贵的真理。但是这些重要因素，在诗篇里都和作者的情绪有密切关系。诗篇中的想像和真理，是必须饱和着情绪的。实际上，诗中的想像，大都是热情昂扬时候的必然产物，那真理也往往从热情的沸腾中自然领悟出来的。这很像诗句的韵律大都是情绪的必然产物一样，所以有些学者说"诗是感奋的真理"，"没有热情的诗很少是想像的"。

一切精神活动现象，很难不带一些主观性。例如分析、推理、判断等活动，在理是应客观的，但往往也或浓或淡地带着主观成分——个人的主观或一定社会集团的主观。但是情绪在精神现象上是特别富于主观成分的。不但它自身这样，和它有密切关系的别种情绪活动像想像、记忆等，也往往被它涂上浓厚的主观色彩。但是，在诗上，所谓主观性是很广泛、很深重的。除掉情绪、想像等以外，主要的还有"欲求"。诗人对于世界和人生的态度，不单显示着强烈或深沉的爱憎，往往也带着浓重或固执的欲求。它不单恩怨分明，而且跃跃欲动。诗人们有的要舍生取义，有的要杀身殉情，有的要创造地上的乐园，有的要征服人世的魔鬼……他们的欲求，显然比平常人甚至别的艺术家来得更壮旺、更强烈。那种欲求伴着热情、想像和义理等具现在一定语文形式上，往往就成了动人的诗篇，所以，有些文学理论家简直把"理想性"——超越现实的欲求——当作诗的一种重要性质。总之，欲求无疑是形成诗的主观性的一个有力成分。

诗因为具有这种浓厚的情绪性、主观性，所以在表现上不能和别的语文的著作一样。它必然显出那种不同的形貌，因为它依循的是一种特殊规律——特殊逻辑。这种逻辑，依照诗学上的某些语例——好像"诗的正义""诗的真实""诗的词藻"等，我们可以把它叫做"诗的逻辑"（或"艺术的逻辑"）。

四

这种情绪性、主观性在精神活动上，显出怎样的形态呢？它能够自由地伸缩客观事物的性质、形态和机能。它能够打破事物间的某些界限。它能够把人类自己的许多属性给予客观事物，它能够使人和自然界发生亲密关系。它能够任意去构成或评断那些客观上实有的或乌有的事物……它使人们的精神活动非常活跃，非常奇妙。夸张一点说，它使人们的头脑成为"魔术的"。

一般用语文做表现工具的精神产物，好像科学、哲学、史书、评论等，它们彼此间的性质、形态和机能，不消说是有许多差别的。但是，它们在表现上，大都以忠实于所探究或叙述的客观事物的现象或义理为主。它们都是智性的、客观的。它们的表白越能够贴切对象的实际就越有价值。它们的表现手段，大体上必力求明晰、简单和质实。像数理等科学，就简直采用了那极端概括的公式。这类著作，因为没有情绪和主观的参与，所以表现上也就决不会有那种在人们看来是违反常理（普通事物的逻辑）的地方了。

但是，诗的表现怎样呢？由于它本身所具浓厚的情绪性、主观性，由于这种特殊性等所带来的特殊规律（逻辑），它在语言上的表现，就和那些把客观的真理做内容的科学等的表现，显出了不可泯灭的疆界，甚且显出十分强烈的对照或冲突了。大家都知道诗是有它的特殊修辞学的。好像许多著名的修辞格（Figures of Speech）——比喻，借代，拟人，夸张，讽刺，反语，感叹，呼告，讳忌等，都是诗里所惯用的，甚且是专用的。这些修辞格的产生和繁殖的根由，主要就在于诗的那种特殊性上。像前文所曾提到，它的韵律的形态，也正是同一原因的结果。抒情的语言必然是韵律的。

我们要看看具体的例子么？不妨随手掇拾一些。当诗人觉得日子过得太闲空了，他可以说："日长似岁闲方觉。"如果他觉得人生太短促了，又可以说："处世若大梦。"当他设想自己遨游世外的时候，他可以说："前望舒（月御）使先驱兮，后飞廉（风神）使奔属"，或"饮余马于咸池兮，总余辔于扶桑。"他觉得别离太难堪了，就牵扯地说"马为立踟蹰，车为不转辙"，或埋怨地说："无情汴水自东流，只载一船离恨向西洲。"要状述一个人的英勇的时候，可以说"力拔山兮气盖世"，或"雄发指危冠，猛气充长缨"。如果要表白自己的忠贞呢，他可以说"亦余心之所善兮，虽九死其犹未悔"！或"万刀攒身终莫变，一诚铭骨岂能忘"？觉得不应该只顾自己温暖的时候，他就说："争得大裘长万丈，与君都盖洛阳城。"觉得敌人可恨可杀的时候，他就说："壮志饥餐胡虏肉，笑谈渴饮匈奴血！"他觉得缺少亲朋来往的时候，就说："独行天与语，枯坐石为徒。"他觉得和某种东西有密切关系的时候，就说："长镵长镵白木柄，我生托子以为命！"觉得眼前景物很称意的时候，他就高兴说："流莺有情亦念我，柳边尽日啼春风。"如果某种风景使他不满了，就这样叽咕着："云意不知残照好，却将微雨送黄昏。"他觉得那些花朵有点像美人的韵致，就说："想佩环、月夜归来，化作此花幽独。"他觉得画幅里的山水太可眷恋了，就说："未可匆匆便移去，夜窗吾欲听滩声。"他觉得那异性太美丽了，就不妨说："一顾倾人城，再顾倾人国！"或"猛见了可憎模样！"……好了，这样信笔写下去是不会有尽头的。

上面所举的诗的语言，大都是不符合平常道理的。它不合科学的逻辑，甚至和它显明地相水火。但它是由于诗的情绪性、主观性产生的。它是那种特殊性的结果。它是诗的逻辑的自然表现。

说到这里，我们得附带解明一个问题。大家知道，一切艺术品，都是具有情绪性、主观性的。那么，它们多少也是依循着这种特殊逻辑的。但是，为什么诗在认识上，要特别使某些人感到它的不合常理呢？这个问题并不难解答。那主要的原因就在于表现的工具上。像绘画、音乐、雕刻或跳舞等，它们所用的表现工具都和语言的性质有差别。语言，在日常应用上，固然有拿去表情的时候，但是它主要的用途，却是叙说平常的事象物理。因此，当人们看到拿这种工具去做诗的特殊表现的时候，就不免觉得奇异了。其次，作品中所蕴情绪，主观的高度或浓度也很有关系。同样用语言做表现的工具的艺术品如小说、戏剧等，在语言上很少使人感到它们的违反常理。这就因为它们没有要那样富于情绪性、主观性的缘故。

五

在本文第一节里，曾经举出了好些不理解诗所依循的特殊规律的意见。难道古来真正没有人懂得这种道理么？不是的。在很古的时代就有些学者感觉到它，而且在某种程度内给以正确的解释了，例如孟子，他就这样简要地说过：

> ……说《诗》者不以文害辞，不以辞害意；以意逆志，是为得之。如以辞而已矣，《云汉》之诗曰："周余黎民，靡有孑遗。"信斯言也，是周无遗民也。（《孟子·万章》篇上）

他知道诗是情感昂奋时候的产物，它的语言是不能只用平常的道理去解释的。要真正理解它，必须用自己的心情去体会。他说出自己意见之后，还举了一个有力的例子，这道理就更加显明了。

刘勰在他那部文学理论的名著里，对于诗最特征的修辞格之一的"夸张"，不但用专章去述说，而且意见也超卓。他说：

> ……言峻则嵩高极天；论狭则河不容舠；说多则子孙千亿；称
> 少则民靡孑遗；襄陵举滔天之目，倒戈立漂杵之论。辞虽已甚，其
> 义无害也。（《文心雕龙·夸饰篇》）

这还不过替经典上那些诗的语言（或诗意的语言）做一种消极的辩护。接着他
更进一步指出产生这种诗的特殊修辞法的原因：

> 且夫鸮音之丑，岂有泮林而变好？茶味之苦，宁以周原而成
> 饴？而意深褒赞，故义成矫饰；大圣所录，以垂宪章。

"意深褒赞"，"义成矫饰"，这就精要地说明了诗语夸张的自然要求。我们
如果说，这位杰出的文学理论家，在一定程度上了解了诗的特殊规律或逻辑，
并不能算是过分的话。

唐朝以来，文人学者中懂得这种道理的人渐渐多了起来。据说，有一
次，令狐绹向唐宣宗推荐李远。那位皇帝却记起了李远的一句诗"长日惟消
一局棋"，因此怀疑他是否可以去担任政务。令狐氏解释道："诗人的话是
不能这样老实地去看的。"结局自然是皇帝让步了。记述着这个逸话且给以
解说的黄彻氏，又举出韩愈《和刘使君》句"吏人休报事，公作送春诗"及刘
禹锡《送王司马去陕州》句"案牍来时惟署字，风烟入兴便成章"等，并俏皮
地说："这些如果给俗吏看起来，都是不打理公事的证据了。"（见《碧溪诗
话》，卷七）

诗人杨万里在他的《诚斋诗话》里，引述了一位天台诗僧的绝句：

> 四面峰峦翠入云，
> 一溪流水漱山根。
> 老僧只恐山移去，
> 日午先教掩寺门。

他称赞它"甚有诗家风旨"，而骂那位说"山欲去，岂容人掩住"的批

评家是痴呆习气，不懂诗艺。

这类记述，如果我们高兴，自然还可以举出好些来。但是，仅仅这些，已经尽够证明一点了，即：自古以来，虽然有许多唯理主义者或痴呆汉，喜欢拿平常事物的道理去衡量诗的语言；可是，在另一面，却有着那些通达的人，知道诗的特殊性质所要求的特殊表现。他们多少晓得诗的那种独特的逻辑。

一种客观地存在着的规律，人们就必然地或可能地去发现它，反映它，——这不正是一种当然的逻辑么？

附记　这篇小论，是三年前在坪石草成的。当时曾经寄给一个学术杂志去发表。可是它没有排成，就跟着那古城沦陷了。侥幸在箱子里保存了一份底稿，现在重抄出来，交本刊发表。因为时限迫促，词意上未能细加磨炼，这是很抱歉的。

1946年冬于广州

对于古典文学的兴味

　　"我总是这样被古典作品所牵引。近来又给帕斯加尔（B. Pascal）和略帕尔地（G. Leopardi）占去了不少时光。你不笑我痴呆吗？"这是十天前，我写给L君——一位新朋友信中的几句话。

　　实际上那最后的一句，如果改做"你大概是不会笑我痴呆的？"或者"你大概是能够了解我这种痴呆的？"也许更符合于我的本意些。因为我知道他对于古典文学的痴情，并不一定在我之下。是的，他是那样年轻，而且对于现在世界和本国最新的文学有着很深的了解，甚至于溺爱。可是，他却那样难以相信地迷上了莎士比亚。在和我关于文学的谈话中，一提到这位戏剧的圣人，他就现出不可掩抑的兴奋。一种口唇上的笑反映着他心腔里那个更深彻的笑。（这真难怪了，他把《哈姆雷特》戏中那段著名的独白翻译得那样亲切、流利，叫我读了忘记不掉。）现在——你知道这是怎样一个铁飞血舞的时候，他却独自地躲在小房子里和那伟大的同时又被人看做过时的《安娜·卡列尼娜》相周旋，而且是那样感觉到幸福，虽然我不知他是否为这掉下泪来。简单地说，我知道这位年轻的朋友，比我别的许多友人（不管是新交或是旧识）更能够理解我溺爱古典文学的心情——至少，他是更能够原谅我那种好像奢侈的心情的。不相信么？今天我就听到他那同情的回音了。在简短的复信上，他这样写着：

　　　　有些事情真凑巧，我近来也翻到帕斯加尔，拉·罗西福科（La Rochefoucauld）……的东西。可惜安娜把我迫得太凶，不能多花脑筋去想去读……在此地，我也不大高兴讲起古典作家，莎士比亚都少提。这里诸先生的心目中，托尔斯泰已是过时的货色。

　　我充分知道他写这几句话时候是带着怎样的感情的。这样的共鸣，自然给我一种深沉的喜悦。但是，却不因为这就热昏了头脑。它反而引诱我去作一种有意味的思索。我思索着现在青年文学工作者对于古典文学兴味的问题，自然这种思索不免是断片的、主观的。但是我希望它的结果，对时下一些文学工作者多少有点用处。

　　新文学运动是一个革命的运动。如果我们高兴，也可以说它是一种"狂飚突进"的运动罢。革命的一种主要特质是否定，对于现存或过去的东西的否定。换一个更流行的语词号，就是"打倒"。新文学开始的时候，在这方面表演得十分露骨。那些主将们把过去的语言判作死语言，而那些语言所写成的文学就是死文学。死文学，当然没有资格受我们活人眷爱。不，我们应该努力去避免这种僵尸的作祟。只有用现代语言写成的是活的文学，是值得我们亲近、爱好的文学。因此那些向来不登大雅之堂的小说、戏曲，甚至于民歌、童谣，都突然从卑微的地位升上文学的宝殿。它们成为文学史上惊奇的存在。一时他们差不多不知道应该给予屈原、庄周、杜甫、苏轼等一种什么地位。这种情形，现在我们回头看来，多少不免感觉到鲁莽。但是，从当时的情势说，却是很自然的，或者还可以说是很必要的。可是，暴风不能够长久。这种学艺上的特别情形，很快就过去了。在那整理国故的时期里，大家不知不觉地已经改正了原来那种过分的鲁莽。他们的基本态度不再是消极地打倒，而是积极地整理和研讨了。

　　苏联的文学界，好像也曾经历过和我们相近的情形。十年前我们文坛上不是有人谈论到卢那卡尔斯基氏对托尔斯泰态度的事情么？（卢氏前后所发表的关于托氏的两篇文章，态度上有显然不同的地方。）这是有相当意味的一个例子。我们从另一方面看，那本来有好些青年诗人曾经高喊"放逐普希金"的新诗坛上，没有多久，就把普希金放在国民文学甚至于世界文学的最高位子上。被放逐者的镣铐改成了金冠。

　　日本的新文坛，也没有走着不同的轨道。记得八九年前，他们曾经刊行过一部《古典文学的再认识》，里面所载的都是些重新估定世界古典文学的论文。它不是一部平常意义的文学论集，在日本的新文学演进史上，它是具有划时期的意义的。它矫正了过去那种对古典文学欠公正的轻蔑或冷落态度。它在号召一种新的行动——从墙崩栋折的古文学殿堂的废墟中，去辨认和拾起那些不朽的宝玉。

这些情形，初看起来不免使人迷惑。但是，实际上并不怎样可怪。一个人在少年时期的嗜好、行动，到年纪长大了自然是会改变的。我们不能够责成少年人爱好大人所爱好的东西，或做大人所做的事情。同样的道理，我们也不能够叫大人去继续少年人种种稚气的行动。

二三十年来，中国的社会不停地变动着，植根在那上面的文学也跟着一再变动。它不绝地簸扬自己，同时也使自己不绝长进。近年来整个民族经历着空前的狂风、暴雨，这使我们的文学不能不来一次巨大的成长，同时也就是又作一次对于过去的簸扬。对照着水沸、火腾的现实生活，我们五年来的文学，不但内容多是新的，形式也多是新的，不但理论多是新的，作家也多是新的。（他们正合于一个诗集的名字：《我是初来的》）如果不稍嫌夸张，可以说，我们在弹雷、血海中开创了一个新的文坛。在这种突变的新情势下，许多文坛人——特别是占着大多数的新来者，对于一般古典作品趣味的冷淡，决不是怎样奇怪的事情。正在厮杀中的关公，是无暇去做捋胡子的手势的。

但是，一切人类历史的进行是相承接的。所谓革命或创新，不是把过去或现在的东西全盘毁灭。它是摧毁或扬弃那些不合理或有害的，而把那有用的和应该发展的吸收起来，造成一种新的"存在"。建筑新房屋的人，就是图案和材料全是新的，可是那建造的方法，就未必可以完全割掉过去的关系。数千年人群承继下来的建筑术，还是很可参考或必须遵循的。建筑是这样，何况文艺的创作呢？如果没有过去文学的影响，恐怕任何一个新的文坛都没有法子建立起来。一切新事物里，正包含着旧事物的某种成分。没有完全的新，正像没有完全的旧一样。新的东西大都是从旧的东西生长或蜕变出来的。

古今来多少成功的作家，都从古典作品里得到滋养。《神曲》的作者是那么熟读荷马的。散文大师蒙旦（Montaigne）把自己比喻做在古典作品中采蜜的游蜂。法国大革命先驱思想家之一的伏尔泰的写作悲剧《布鲁都斯》（Brutus），是受到莎士比亚（他所部分地反对的作家）的影响的，而他从

《天方夜谭》译笔所得的好处，又表现在《赣第德》（Condide）的制作中。"歌德的传记好像就是他所受影响的历史"。（A. 纪德语）雪莱在预备学校时候，就那样醉心伏尔泰、狄德罗，而在他那淹死的尸身上还带着古希腊悲剧家的集子。《双城记》作者的真正老师（像一位名传记家所说），是《鲁滨逊飘流记》和《堂·吉诃德》等。普希金的血管里，更番地流荡着拜伦、狄更斯、莎士比亚等人的血液。"俄罗斯圣人"托尔斯泰，是从《爱弥儿》的作者吸取过养分的。斯旦达尔、巴尔扎克等培植了《母亲》的作者。法捷耶夫承认常常被托翁艺术手腕所抓住，而在写作中，他不自觉地采用了托翁行文上的某些特征。我们的诗圣杜甫，对于前代诗人是抱着多师主义的。李白目空一世，却"一生低首谢宣城"。苏东坡所由得益的古典著作，大家说是《孟子》《檀弓》《战国策》，也有人特别指出了《刘宾客集》。在《女神》里我们仿佛闻到《草叶》（Leaves of Grass）的香气，在《野草》里，也隐约听得到查拉图斯屈拉（Zarathustra）的语声……算了罢，这是一笔没有法子算得完的数目。

如果我们以为这种情形仅仅限于创作方面，那就错了。在创作上这样，在理论上何曾不一样？现在许多重要的文学原理，我们多少可以从希腊、罗马或我国的古文献中找到它的根芽。至于欧洲一两世纪以来，那些优秀的文学及美学上的学说对于目下文学理论的影响更不用说了。圣佩孚（Sainte-Beuve）的传记主义或太纳（H. Taine）的"三条件说"，一面虽已经被超越了，但是，《月曜日讲话》或《艺术哲学》之类，对于我们还是一种很有启发性的著作。西洋有句名言："蛇不是吞了别的蛇就不能够变成龙。"这不是说出了伟大作家成功秘诀的一面么？

我们现在，有好些作者和理论家分明是很懂得这种真理的。他们知道文学上的革命不只是虚无党人的激情的举动。他们知道怎样从那些有益的古典著作中去深化自己的心魂和训练自己的技艺。他们甚至于了解，并且实行着一种奇特的教训——"学习你的敌人"！

可是不理解这种真理，甚至于采取和这正相反的态度的人也正不少。他们不愿意念一念屈原、杜甫的诗篇，对于宋词、元曲或施耐庵、吴敬梓等的作品也一点不感觉兴味。他们以为《堂·吉诃德》是老太婆的啰嗦话，莎翁的戏曲是贵族的娱乐品，《失乐园》和《浮士德》鬼话连篇，托翁的某些作品是神经病者的梦话。他们以为刘勰、司空图、安诺德、罗斯金等的诗文理论，都是破庙里的烂菩萨——它已经完全失威灵了。我这样说，也许有点形容得过火。但是，谁也不能够否认，时下有好多青年文学工作者，对于古典文学抱着一种冷淡或轻蔑的态度。他们不很理解新的从旧的蜕变而来的道理。他们的艺术口味，仅仅限制在少数现在本国或外国作家的著作上。古来那么多而且好的文学美味，在他们好像是一种禁忌（Taboo）的食品。

我不想在这里恶里恶气地责骂他们。我不能这样做。因为，我知道那正是经历上一种很自然的现象。但是，像我在别的文章里所说过一样，"自然的"未必就是"合理的"。为着我们这文坛的坚实的长成，我希望那种情形能够在短时期内改正过来，越快越好——像情人希望缩短别离的日子一样。

今天，我们文学的任务是重大的。因此，它的修练功课也特别艰难。现实的知识自然最重要，书本的知识也一点不容许看轻。在书本知识的学习上，除了基本的哲学、社会学、历史等以外，文学本身也就是一个很广阔的领土。我们熟悉一些国内和国外最新而且最好的作品、论著，是千万应该的。但单单这样，却是不够的。必须把诵读的范围尽可能推开去——去到那些好像和我们隔得颇遥远的境地！在那里有着无数充满活力的东西，有着永远不死的著作。那些著作，在一方面虽然是受限制的，但是它更有那不为短窄时空所限制的别一方面。这就是它所以伟大的地方。它是一面不受时间的尘土掩没了光芒的古镜。它对于我们的感动力、启发力，往往会超过于现在那些最好的作品。它是永远吸取不干的人类高贵心智的源泉。它滋养着过去时代的文学，滋养着当前时代的文学，而对于未来的文学，它还是一股新鲜的乳汁。——这就是歌德所叫做"生产力"或天才的一种成果。

古典文学往往是含有毒素的。它的好处我们当然得承认。可是在给予这种好处同时，它不会产生一种副作用么？——也许有人要这样提出意见来罢。我以为这是稍为过分的担心。自然，古典作品并不是千种一律的。有的确实在同一个身上并存着维他命和砒霜。但这究竟属于少数。大多数的古典作品是壮健的——虽然不是无限制。如果说青年文学工作者在诵读上要有一些聪明的抉择或警觉，这点我们自然很同意。不能够因为要喝泉水就必须连带吞下那些有毒的矿质。可是，如果进一步说，一个文学工作者假使具有那种科学的人生观、文化观，同时在生活和艺术上又能够做真挚、勇敢的努力，那么，他去诵读一切的古典作品，除了教给他那些可贵的人生社会的真理和艺术创造的秘奥等以外，决不会有什么坏处——或较大的坏处。如果他自己先就是糊涂、脆弱，甚至于卑劣的，那么，即使他双眼从来不接触过一行古典作品，也未必就会有健全、美好的创作或评判的能力。残疾、乏弱的人对于事物才到处感到妨碍或威胁，好像阳光那样美丽有益的东西往往也要遭到拒绝。你想，这是不是一种可怜的境遇？今天，一个精神上具有坚利的防垒、武器的文学工作者，似乎不必和残疾、乏弱的人一样罢？

这是一种急迫的义务！今天一般青年的文学工作者，对于古典文学必须培养起丰富而健全的兴味。一种合理义务的履行，是会带来高贵的利益的！

附记 这篇试论，是几年前（1946年）写下的，脱稿后就编入一个准备付印的散文集里去。可是，那个散文集的出世运气有点乖蹇，它直到现在未能够呱呱坠地。灯下复读这篇小文，觉得当时所针对的文坛现象，虽然目下已经有些改变，可是全文的主旨并不因此失去意义。就让它去见一见世面罢。

方言文学试论

引　言

　　大约去年十月间，林洛君在《正报》上（第二年，第八期）发表了一篇《普及工作的几点意见》的短文，最后一段谈到"地方化"问题。接着蓝玲、孺子牛、琳清、阿尺诸君继续在同刊物上抒发了各自的意见，于是讨论就展开来了。《正报》本身不用说，就是《华侨日报》的《文艺周刊》、《文史周刊》，乃至《群众周刊》等都有讨论或建议的文章发表。方言诗的产量多起来了，方言短剧、方言故事等也产生了。座谈会、研究会也开起来了。这种情形，使我们好像回到民国六七年新文学运动发生时候所看到的热闹景象。十余年前，瞿秋白先生所倡议的"新的文学革命"，这回是被实现了！——虽然内容和他理想的并不完全一样。

　　这个运动在初发生的时候，我就感受到一种高兴。因为我自己除了是一个普通的文艺学徒之外，多少还是个民间文学和民间文化的探索者。可是，职务绊住我，一直没有写文章表示意见，甚至连那些讨论的文章也没有完全读过。近来因为校中不同籍贯的同学，成立了一些这方面的研究会，我也被约去参加。到了会场自然不容许不开口。这一来我就不免临时凑些意思说出来。有一回，因为本刊编者的询问，我把自己一部分的意见告诉了他。他希望我写出来，并且还在本刊上登出预告。这样，欲退不能，只好硬着头皮拿笔。客里参考书籍太缺乏，各家所发表的文章也未能够细读，加以交卷时期迫促，结果只能够粗率地写出一点大意而已。文中所说，也有些已经别人提到的，但是我仍然保留了它。原因是：第一，自己本来具有这种想头，不是有意抄袭；其次，这回方言文学问题的讨论，已经成了一个运动，同样的意见多些人开口，也可以壮壮声势；最后，主意尽管相同或相似，具体的说话是不会完全一样的。

对于这样一个有意义的文学运动，我却第一次献出这样草率的文章，怎能够不对读者预感到脸热呢？

从历史看的方言文学

从历史的现象看，各民族早期的文学，大都可以说是方言的。

在每个民族的婴儿时代，他的一般成员，像需要工作和食物一样，也需要文学——它是他们的斗争手段，生活的一个必需部分。在劳动的时候，在战争的时候，在集会的时候，在求偶的时候，在追思往迹的时候，在工作闲暇的时候……他们就不免要咏唱歌诗，讲述故事，或表演戏剧。因为他们生活在一定的小区域，所用的语言也大都是小集团中所通行的。由这种语言表白的文学，都可以说是方言的文学——更精确点说，是后来方言文学的祖宗。中国古代文献上所保留的"逸诗"之类，大多是这种文学产品的遗珍（好像涂山女所唱的"候人兮，猗！"或襄田者所唱的"瓯窭满篝"的祝词等）。如果从民族学的事实看，我国现代南方一些少数民族像苗、傜、佷、僮、黎等，他们的文学还多少停留在这种阶段中。在清朝李调元编纂的《粤风》，和近人辑集的《广西特种部族歌谣集》（陈志良），《贵州苗夷歌谣》（陈国钧）等里面，就可以找到这种时期文学作品一些标本。

人类社会发展了，扩大了。同一个民族国家中，因为政治、商业乃至于军事等关系，一部分的人（大都是上层社会或经商的人），口头上渐渐说着一种共通或近似的话，一种普通话。它大都是拿那时候政治兼商业的中心地语言做主体的。这种话叫做"官语"，即孔老夫子所谓"雅言"。它经过士大夫的采用锻炼以及长时期的沿袭，就形成了那种"文言"——它固然跟各地的土话大不相同，就是跟当时的口头上的官话（普通话）也不能够怎样合一了。欧洲古代的拉丁文，中国过去的文言文，大体上就是这样的东西。正统的文学，自然不能不用这种官话或僵化了的语言去写作。这种文学，在上层社会中不管它具有怎样尊严，可是僻处各方的民众，口头上依然说着他们的土语方言，他们承继的和自己创作的故事、诗歌、曲文等，也大都是用这种粗野的语言做的。这种现象，恐怕我国自周秦到现在，大体上都是一样的。（自然，由于地理位置的不一，由于所出族系的异同，更由于迁移时期的先后，和异族间语言融合程度的深浅等，各地民众间方言差异的程度也很大。）总之，在中国过去长时期中，各地民众的语言，大体上是被摈斥在士大夫文学语言之外的。但是他们自己长久创造并承继着一种方言文学。而一般士大夫虽然自命高雅，平日不大看得起民众的语言和创作，可是，有时候，也不得不承认它们的价值，甚且进一步去仿效它们。现在只把文学史上一些显著例子提点一下，大家就可以明白这方面的一些情形了。十五国风和九歌等，是春秋战国时代，不同区域或不同民族的方言文学。在南北朝时代，北方的横吹曲，南方的吴声歌曲和西曲歌等，情思上固然俨然成了对照，在表现的媒介上彼此也是有很大差别的。它们是不同地区的方言作品，而且全是民间的作品。（前人往往把这种歌曲，附会到那些名人文士的身上去，其实是不可信赖的。）唐以后的白话小说、南北戏曲，以及小词、散曲、山歌等，大都是出自民间的方言文学，或文人模仿这种文学的产品。（宋人的小词，往往多量地应用着方言；元曲中方言色彩的浓厚，更是大家都知道的了。）

新文化运动主要是一种反封建文化的运动。这个运动在文学方面的任务，是摧毁传统的文学观念、方法和形式，而代以一种跟时代生活状态和要求相适应的东西。在表现媒介上，它主张并实行打倒文言，采用白话——即以北京话做主体的普通语。这个汹汹涌涌的洪流附带着一条小支流，就是对于民众的文学和语言（方言）的注意。民国七年北京大学的征集歌谣，就是这种活动一个有力的先驱。此后，搜集和研究故事、歌谣、谚语等的工作，不断有人在进行，有些时候还显得相当热闹。在另一方面，又有些作者偶然仿作民谣（例如刘半农），或用土语写新诗（例如徐志摩），作新剧（例如杨晦），而且成绩也并不算坏。我们知道这种现象，在世界文学史上并不是怎样特殊的。西欧浪漫主义抬头时期，德国和英国的作家、诗人，都曾经有过类似的活动。我们只要记起赫尔德（J. G. Herder）、歌德和斯葛德等作家的名字就得了。

后来（1931年至1932年），瞿秋白先生倡议来一次"新的文学革命"（或叫做"俗话革命文学运动"）的时候，也曾约略提起方言文学问题。他说：

"有特别必要的时候，还要用现代人的土话去写（方言文学）……"（《普洛大众文艺的现实问题》）又说："有必要的时候，还应当用某些地方话来写，将来也许要建立特别的广东文、福建文等等。"（《大众文艺的问题》）上海文艺界热烈地讨论大众语问题的时候，又有人明白主张用土话来创作给大众看的文学。好像耳耶先生就是其中的一个。他说："我们必须有一种以某一个地方为主要对象，完全用一个地方的土话写的作品。运用一切形式，运用最土的土话，就是大众最容易了解的土话，也就是现有的不折不扣的大众话写文章。"（《大众语跟土话》）从实践方面来说，在我们广东，欧阳山先生就曾经办过一个小刊物，专门做这种活动。抗战时期，战地的政工人员，更写了不少的客音山歌、广州话的木鱼书、龙舟歌等。这些主张和写作，都是比前者更进一步的。可是到底没有形成文学上的巨大潮流，时机还没有怎样成熟。

方言文学与眼前政治要求

由于当前政治的急迫需要，由于解放区文艺成功的刺激，方言文学的主张，在这里被认真提起和合理解决——不，它已经急速地和广泛地被实践起来了。这是我们新文艺史上的一件大事，也是中国人民文化演进上的一件大事。

一件社会事象的产生和消灭，滋长或衰颓，都是有它的"因缘"的——社会学上的因果关系的。今天，方言文学主张重新提出后，就遭到大家的热烈注意，展开了讨论，促进了实践，并且成立固定的组织，给以不断的研究和辅导。它已经成了华南文艺界一个有力量的运动。这决不是偶然的事情。因为所谓"有特别必要的时候"，这"预言的"日子是已经到临了。今天是全中国的人民大众急剧地走向解放大道的日子，是他们为着创造理想的王国，和一切障碍生争死拼的日子。文学工作，要在这个严重的时刻，竭尽它的对民众加强认识、鼓舞战斗、巩固革命意向等的任务，那种为他们所容易领会、喜欢接纳的作品，何等急迫需要！特别在广东一带，民众的语言，和国语相差很远。对于这些地方乡僻的农民，国语差不多就像一种外国语。拿国语作品去教育他们，即使不至于全无效果，但是收获总是缓慢而且微小的。而另一方面，在遥远的北方，那种采用大众土语和民间形式的新生文学，又把它成功的范例展示在眼前。我们的文艺工作者怎能够禁止自己对于方言文学的热情呢？他们热烈地辩论、建议、创作、研究……这是一个"新的文学革命"，是应付着巨大的需要和尽着伟大的任务的。从人民的观点看起来，它比起过去世界文学上的几次新语文运动（例如文艺复兴时期意大利等的语文运动，或浪漫主义时期欧洲各国的语文运动，乃至日本维新时期和我国"五四"前后的白话文运动等），是具有同样重大的意义的。

从艺术表现效果看的方言文学

方言文学的提倡和实践，不但满足了眼前政治的急切要求，从艺术本身说，也是非常需要的。方言文学是最能够发挥艺术表现效果的文学，是本地作家最容易获得成功的文学。它同时也是民族文学乃至于世界文学的坚实基础和重要成分。

文学是语言的艺术。作家用以创作的语言，必须跟他有着深切的关系。他不仅要明了它的意义，它的结构，并且要能够微妙地感觉它，灵活地驱使它。这样才会造成那种艺术的奇迹。我们平常用以谈话、讲书或写作论文的语言，是偏于智性的。只要能够把一定内容传达出来，大体就算完事了。因此，对于那种需要（谈话、写理论文章等），普通学来的语言（有时候还是在很短时期中学会的），往往就可以勉强应付。如果要拿这种语言去做诗、讲故事或写作戏剧，就会显出无力了。因为它是比较贫乏的，没有情趣的。它怎能够美妙地表现出事物或心灵的体态神味呢？我们懂得最深微，用起来最灵便的，往往是那些从小学来的乡土的语言，和自己的生活经验有无限关联的语言，即学者们所谓的"母舌"（Mother tongue）。这种语言，一般地说，是丰富的，有活气的，有情韵的。它是带着生活的体温的语言。它是更适宜于创造艺术的语言。我们常常看到有些人，用他自己家乡的话谈天或讲故事，觉得津津有味或神情活现。可是，当他用起别一种比较生疏的语言的时候，就索然无味了。这种成功和失败的理由是很明白的。语言的熟习程度，大大地决定了那表现的结果。你想，一位生长在潮州或广州乡下的人，虽然读了许多国语的文学作品，但是如果要他用国语去刻画性格，抒写情思，希望达到那种入神入妙的境界，总是相当困难的。如果让他用本地方言去表现，往往就要事半而功倍了。（自然，严密地说，一件作品的成功与否，因素是相当复杂的，表现媒介只是其中的一项。但它无疑是很重要的一项。它的得力与否，是密切地关联到全体的。）

我们从另一方面看，也可以知道方言在产生艺术表现效果上的重要性。作品所用的语言，和所表现的事物或心理等（即作品的内容）有不可分离的关系。用村妇乡农的语言去描写贵族、买办或知识分子的生活、行动和心情，固然不很容易肖妙。反之，用知识分子或达官贵人的"雅言"去描写农民的状貌、性情，去抒述他们的忧愁和希望，更不容易做到极恰切的地步。高尔基说过："一切语言是从行为和劳动中产生的，所以语言是各种事实的骨头、筋肉、神经、皮肤。"（《文学放言》第三篇）又说："文学的第一要素是语言。它是文学的基本工具，又跟各种事实和生活现象一样地是文学的材料。"（《与青年作者的谈话》）日本进步的文艺批评家森山启也说过："语言当做思考上的概念，不过是文学形式的一部分，不过是表现手段。但是，实际上，它是内容的表情、色彩、肉身。作品有机体的活的各个细胞，是一个个的语言。"（《文艺评论》）他们两位作家（森山本来是诗人）是深刻地体味出语言和作品内容的骨肉关系的。今天为民众写作的文学，它的表现对象，固然不一定只限于民众本身，可是，主要的必然是他们。表现民众的劳动、受难、斗争的场景，表现他们的苦恼、愤怒、决心、同情……等心理，这些都是今天文学的主要任务。要完成这个任务，用那些跟民众生活远离的知识分子欧化的语言，固然缺乏亲切，就是用普通的国语去表现，多少也会不够味道。在这里，跟当地民众的生活和感情组结着的语言（方言），就特别显出它的重要性了。其实这种道理，从来有好些作家就已经知道的，彭斯（R. Burns）拿苏格兰土语去写作田间生活和民主思想的诗，约翰·心孤（John Synge）应用爱尔兰语写他的地方情调的剧本，而我们的韩子云，就大胆地用了苏白去写吴妓生活的小说。就是我国古代许多做诗的人，也未尝不多少知道一定内容和表现媒介的亲密关系。我们只要看他们做那些写述民间疾苦的所谓"谣""叹"一类作品的时候，大都放弃了传统的"诗的修辞"，去采用民众那种直截、质朴的语言，就可以明白了。总之，要写述某种地方、某种人物的生活和他们的行动、情思，最容易传神的语言，主要是他们所惯用的语言或者在一般生活和文化上跟他们比较近似的人们的语言。各地民众的方言，正是表现他们的生活、战斗和思想、感情的最有效力的手段。

记得几年前，老舍先生曾经发表过一篇《略论文学的语言》的文章。因为看到许多文学青年在运用国语写作上，显出了那样没有血气和神采的样子，他诚恳地劝他们抛开假国语，放胆用自己熟悉的方言土语去写作。这样，至少也可以除去一些贫血的状态。这位善用旧京土白写故事的作者的劝告，不能只当做个人的私见看。它在当时虽然没有得到应有的反响，现在却由时势证实了它的正确和必要了。我们深深理会到：文学作品，由于政治的理由固然需要用方言去写，由于艺术本身的理由，一样需要用方言去写。

对方言文学一些疑问的解答

在这次相当热闹的方言文学讨论中，曾经有人提出了一些疑问。此外，还有一时虽然没有正式提出来，却是很可能发生或者已经浮现在某些人们心里的问题。这里当然不能够一一举述和详细解答。我们只选出一些比较切要的来谈谈。

第一，是关于方言作品了解范围的问题。有人以为用一种纯粹方言写的作品，不懂这种方言的别个区域的人就没有法子懂得了。这种文学的读者不是很狭窄么？这话并不是没有根据。一般地说，方言的作品，在传播上多少是受限制的。可是，我们不要忘记，今天的特别提倡方言文学，主要是在应付一种特殊的要求。就我们广东来说，绝大多数的民众，都说着跟国语距离相当遥远的各种方言。如果我们不要求自己的作品去鼓舞他们，教育他们，使他们奋起并坚持战斗，那也就罢了。要不是，我们就不能够不创造一种为他们此刻所容易接纳和喜欢接纳的文学，一种用他们熟悉的语言乃至于形式写作的文学。我们现在写作着和要写作的广州话文学、潮州话文学、客家话文学、海南话文学……主要就是为了那些流行着这种语言的区域的人民——特别是他们中占绝大多数的农民。这些区域的人民在数量上已经不是微末，而他们在革命战斗上又是那么重要。只要那些方言作品能够对于他们起相当作用，就算尽了它的责任，就有它存在的价值。至于别的区域或方言圈的人民或知识分子，到底是否看得懂听得懂，或懂到怎样程度，那算是次要的事情。因为别的区域或方言圈的民众，应该有用别种相应语言写的作品去满足他们。（至于知识分子，他们能够诵读的作品范围是很广泛的。）一种方言的作品，如果必要的话，也可以译成别种方言或国语。这样，流通的问题也不是怎么难解决的。在这一点上，苏联各联邦间文学的关系，多少可以做我们的借镜。

如果进一步说，那么，我们知道，一种文学作品，要是真正优秀的，在流传上往往就会超越了语言的疆界。方言作品，如果它写得真实，写得灵活，写得美妙，它就能够具有那种魔惑人的力量。它往往会强烈地吸引着那些本来不熟悉这种语言的读者或听者。它使他们自然地理解它，耽爱它。它同时施行着文学的兼语言的两重教育。结果，往往不但推广了那种文学，同时还推广了那种语言。例子是举列不尽的。好像从前我们广东的许多读者，是不熟悉北方话的，可是，他们对于《水浒传》《红楼梦》《儿女英雄传》等，不但看得懂，而且喜欢看。他们在欣赏这些作品，同时也就不觉地学习了这种语言。又如明人编的《山歌》，清人著作的《海上花列传》《何典》等，许多本来不懂吴语的人也会读得懂，甚且喜欢读。有好些外江佬，居然在不绝口赞美我们招子庸的《粤讴》。现在南方的读者，也并不因为作品中有些特殊的方言，就不能够赏识《王贵与李香香》或《李有才板话》……美好的作品，是曾超越语言的界限的。不，它是要扩大那种语言的流传区域的。何况为着要帮助一种方言作品的流传，除了前面所指出的翻译外，还有一种比较简捷的方法，就是对于作品中那些特殊的语词或语法，加以扼要的注释。我们能够没有疑难地诵读用江阴方言和渔歌形式写作的《瓦釜集》，主要就是得力于这种方法的帮助。

第二，是方言文学和国语文学关系的问题。有人以为如果我们提倡方言文学，发展方言文学，就要妨害到国语文学或国语的统一。关于这个问题，已经有好些人给以答复了。我只想简括地说几句。前面已经很详细地说过，今天方言文学的提倡和实践，主要是为着那些不懂普通语的特定区域的民众的。这些民众的大部分，眼前对于国语（普通语）和它的文学，是很少缘分的，至少是不容易感到很亲切。方言文学，是当前他们最可能接纳的文学，差不多是不容许别的作品代替的文学。他们将来也许可以去鉴赏用那些别种语言写作的东西，可是，在今天，在此刻，这未免是奢侈的希望。为着他们的文学需要，方言文学差不多是惟一的粮食，至少也是最主要的粮食。自然我们并不因此就不要别的文学。方言文学不是"排他的"。它是要和别的方言文学以及普通话的文学共存共荣、携手并进的。它是使将来的普通话文学更加壮实的。在苏联，现在除俄罗斯语文学之外，不是还有数十种的方言文学（少数民族的文学）么？他们的文艺理论家或批评家，都把这个当做一种骄傲。实在，只有这种万紫千红的景致，才是人民的艺术和文化发达的象征。我们为什么要眷恋着那种贫乏的、单色的黄土广原或严冬景色呢？至于所谓"国语的统一"，现在事实上既不存在，将来的又须待各种语言的互相融合渗透，那么此刻要拿它做理由来阻止急迫需要的方言文学，似乎是不必要的。

第三，是方言俗语笔录的困难问题。有人以为许多方言，都是没有经过文人记录的，它们是没有在纸笔上定形过的东西。方言文学的作者，碰到这类语词，不能不把它写成汉字（就眼前的情形说）。可是这就有麻烦了。自然有些方言很容易找到声音相同或音义都相同的汉字。可是，这种幸运并不是怎样普遍。有许多语词简直很难得有相同或近似声音的汉字可以写出来。这将怎么办呢？又，对于某些常用的方言语词，并没有一定的写法，你写你的，我写我的，一个语词，在文字上会变成好几个样子。这也是成问题的。况且在共同方言区中，同一个语词，念起来，声音上就并不完全一致。差不多距离几里路，语音语调就有些参差了。这又怎么办呢？……我得承认这些问题，至少有一部分，现在是没有十分完善的办法解决的。可是，这并不妨碍到方言文学的建设。在我们的方言文学没有出现之前，各种方言中已经产生过无数的作品（我们可以叫它做"自发的方言文学"）。这种民间的创作，有许多自然只是口传的，有许多却是印刷的。后者，就潮州话的"歌册"来说，就有数百种。广州话的木鱼书、曲本、小说、笑话等，数量也相当可观。而各地的报纸也常有方言的文字发表。基督教的圣经译本，差不多是各种方言都有的。这些书本和报章，对于各种方言中比较常用的语词，大概都已经有了记录，我们大可以从中间把那些比较常见的拿来应用。如果确有些没有被记录过的，我们就只好依据它的声音（如果可能，也兼顾及意义方面），找寻相同或相似的汉字去把它记出了。方言文学的语词，既大半以标音为主，就使有一个语词写成了各种形体的现象，也不是什么大不了的事。关于这些问题，我们不妨拿现在和过去的白话文学来做做前例。白话文学初诞生的时候，记录口语的文字，就大都是沿袭宋元以来的评话、语录、戏曲和通俗小说的。而前代那些白话著作，对于同一语词的记录，也往往并不一致（例如"的"字或作"底"，"什么"或作"甚"，"咱"或作"喒"，"们"或作"每"，例子很多）。但我们读起来并没有多大问题。能够划一，自然更好。一时办不到，也没有妨碍。只要声音念得出来，就会知道它是什么意思了。至于一定方言区内同一语词的"音差"，这恐怕是一切语言都有的现象。方言这样，普通话何曾不一样？今语这样，古语也没有例外。可是，并没有因为这点，古语或普通话等的"书面化"就无法成功。这种困难，要有更为妥善的解决，恐怕须等到拉丁化实现的时期了。

第四，是方言的表现能力问题。有人也许怀疑到那些从来不登大雅之堂的俚语俗言，到底能不能创作出有价值的文学？它果真有美妙地塑造人物、描写故事、抒写情思的能力么？关于这一点，我们的回答更是容易的。因为在世界文学史上，用民众语言创作成的优秀作品太多了。各民族的"自然史诗"之类且不要去说它，那些第二流以下的作品或作家也可以搁在一边，只要单举出一些最出色的有世界性的来，也就叫我们大大壮胆了。（关于这点，新文学运动初期已经有人做过，虽不完备，也就不必多赘了。）民众的语言是从他们实际的生活、斗争中产生和发展的。它具有那种刚健的力和质素的美。它不是许多文人的矫揉的、装饰的和乏弱的语言所能媲美的。古今大作家不但善于运用民众语言，而且也能够清楚地说出它的价值。苏东坡的诗歌是常常用俗语的。他说："街谈市议，皆可入诗，但要人熔化耳。"（《竹坡老人诗话》）为着想救助民众而苦恼地度过了下半生的老托尔斯泰，对于民众语言的美丽是很敏感的。他说："民众的语言具有表现诗人能说的一切声音。它是诗歌最好的调节器。"（据罗兰《托尔斯泰传》所引）他又说，语言的天才存在于那些背着粮袋在田野中乱跑的流浪者身上。以历史小说的成功，被戴上了新时代的月桂冠的小托尔斯泰，对于俗语的艺术性说得更醍畅了："在诉讼的（审问的）案卷里——审官事的话，不嫌鄙语，人民的俄罗斯，在那里陈说了，呻吟了，撒谎了，由恐惧和痛苦哭泣了。真纯的、质朴的、准确的、绘影绘声的、曲折自如的语言，仿佛特别对伟大的艺术而创造的一般。"（《我的创作经验》）广东的各种方言都是有相当历史和文学锻炼的语言。［单就客家话来说，它在诗歌（山歌）方面的光辉成绩，差不多是全国人都知道的。那位清末诗界革命的巨子，就毫不犹豫地把这种人民的优美诗作收进自己的诗集里去。］民众的语言在合理而熟练的运用之下，必然要产生优异的作品——至少是会产生那种为当地人民所喜欢接纳和应该接纳的作品。事实将是最有力的证明人。

附记 本篇全文共分七节。后面两节抽出另行发表（小标题是"方言文学的创作"和"方言文学运动纲领"）。

1948年2月29日

方言文学的创作

这一次在香港发生的方言文学讨论，一开头就带着不同的性质。如果过去谈到方言文学，大都是从理论上出发的，那么，这一回却是从创作实践出发的。对于这个问题首先发难的林洛君，他反对大胆地发展方言文学的理由是："在这方面，我们发现一种偏向，把方言当作时髦的货色，不经选择便搬来应用……而且写出广东方言来，和现在应用的文字完全脱离，连读了几十年书的也摸索不通，仅能认字的人就更不必说了。"（这类写作很多，篇幅关系，恕不一一举例。）（见《正报》第二年第八期《普及工作的几点意见》）尽管他的观察有偏颇和结论有欠正确的地方，却不是凭空立论。他的问题是从对创作实践的检讨出发的。

不久，这个讨论发展开来，结果不但建立了方言文学的理论基础，同时也壮大了这方面的创作潮流。几个月来，产生了许多方言歌谣、方言速写，方言故事、方言短剧和方言杂文等。中间也有些相当优秀的。这是很可喜也正是很自然的事情。因为这个问题本来是从创作的实践中发生的，它检讨和解决（即使是粗略的）的结果也必然要回头去推进创作的实践，扩大创作的实践。

展望起旷远的前途，我们今天的方言文学创作，还不过是个"开始"。它正在一步一步地学行。创作的真实进步，除客观的社会条件外，自然主要是靠作家们英勇而勤苦的实践。可是，理论上的指引或忠告也是不可少的。为着这种理由，我来试写出一些粗浅的个人见解。

题材、题旨和作者态度

方言文学，从名词上看，好像它的特性是在于语言。它和普通文学不同的地方只是表现媒介上的。因此，谈论到它的创作，好像应该只限于语言或形式方面。但实际上，今天提倡方言文学，决不仅仅是语言的、形式的问题，同时也是内容的问题。两者实在有密切的关系。要不是，我们何必辛辛苦苦再来创作？香港广州许多报纸和小刊物上的粤语小说和粤讴，不是"方言的"作品么？或者把新文学运动以来一些优秀作品以至世界名著改译成粤语不就得了么？如果你觉得事情并不是这么简单，就多少证明今天方言文学创作问题，不仅仅是语言的、形式的了。内容的问题正一样重要，我们不能够大意地忽略它。

提到内容，请先谈题材和题旨。

作品的内容是不能够离开读者对象去空谈的。要使你的作品容易产生效果，就必须使你的题材、题旨适合于读者或听者的需要和理解等。我们要谈方言创作的内容，必须先确定这种作品的对象。从今天革命的整个情势看，从方言文学问题发生的原因看，作品的主要对象没有疑问是农民和工人。而在人口的数量上和在革命力量的比重上，前者今天更占着重要的位置。此外，当然还有士兵、小市民、知识分子等，不过比较上次要些。今天方言文学主要对象既然是乡下人（中国的工人和士兵也大都是从农村出来的），我们的作品的题材和题旨，首先就必须向着他们（或为着他们）去选择决定。中国绝大多数的农民，因为受长期的、多方面的压迫，物质和一般教养都很贫乏。他们很少人能使用文字。他们对于本身和村落以外的事情知道得很少，理解得很模糊。他们除了山歌、传说、民间故事和土戏等，也很少文学的训练。他们的趣味，和他们的行事一样地受着传统的拘束。当然，农民的智力和趣味等是会变迁的。在生活解放之后，他们的精神也就要跟着解放起来。可是，在今天，对于一般未解放或正为着解放而斗争的农民，却不能够期望太高，要深切地理解他们，恳挚地提携他们。现阶段选择、处理题材和题旨的原则，应该是采用他们所急切需要的，并处理得使他们容易理解和高兴接纳。这看来像简单，实际却相当困难。因为今天我们多数的作家，虽然在思想上、感情上是站在人民一边，并情愿将自己的劳作去献给他们。可是，由于出身、教养的关系，由于眼前生活和农民隔离的关系，对他们真实的遭遇、要求、思想、感情和趣味等，不免相当隔阂。而他们的遭遇、感情等又不是到处一样、历久不变的。我们的创作要能够真正满足他们的需要，激励他们的感兴，就非有极大的努力不可。（这并不仅仅是观察、选择、表现的问题，而且像是作者生活、思想等的改造问题。）

从一般情形上看，越是和人民现实生活的景况和要求等接近的题材、题旨，就越容易产生效果。譬如说，眼前内地正普遍在刮粮拉丁，那暴露这种事件的罪恶和鼓励抗争的作品，如果写得相当真实，就会被人民高兴接受，并且影响到他们的行动。再拿些实际的作品来做例子：好像黄宁婴先生的《西水涨》，是写已经遭水灾而又"受官气"的民间情形的；春草先生的《我是拖车佬》，是写农村被迫出来，在都市又受重压，因而决心回去革命的劳动者的。这两首诗，对于那些有相同或近似遭遇的人，就要唤起他们真实的感应。它要使他们悲伤、愤怒以至于奋起。但是，社会和人生的种种事象道理，并不是彼此孤立的。它们往往互相关联。这边掀起一阵浪潮，那边也就发生一阵动荡。今天主要把农民等做对象的方言文学的内容，自然应该多多采取他们切身的或现于周围的事象和道理。可是，却不能以此为限。它必须在有节制的原则之下拓展开去。例如给今天广东内地农民写的作品，也可以取材北方农民的翻身，上海工人的罢工，或美兵在中国的暴行，以及京沪学生的"反压迫反扶日"等。这些事情，有的看起来好像和他们的生活和斗争不大有关系，其实是血肉相联的。不过采用这种题材、题旨，作者在剪裁结构上，要更加关顾到人民的理解、兴味和艺术习惯等罢了。此外，我以为还有一个可以采取题材、题旨的资源，那就是民间文学，人民自己的艺术宝库。我们都知道，世界文学史上，有许多伟大的作家是采用民众的创作，去塑造成自己卓越的艺术的。中国民间文学的宝藏，正像它地下的矿产那样可惊的丰富。在这种民众自己的创作中，正不乏很动人的故事和很宝贵的真理。它的优越有时候绝不是我们的创作所能够赶得上。像希腊的普罗米修士神话，和俄罗斯的拉进（Stenka Rasin）歌谣或传说，那种有意义的东西，并不只是那一个民族所特有的。中国古代的民间创作中像夸父追日或牛郎织女等神话，如果能够正确地把握它原来的意义，正可以写成相当有价值的东西。现在民间流传的故事、笑话中值得拿来再创作的更多了。取自民间文学的题材、题旨，不单是人民容易感觉兴味的，而且是对他们相当滋补的。这条道路，眼前走的人还很少。可是，我们敢担保，谁要是肯认真走下去，收获决不使他失望。此外，关于题旨问题，有一点值得在这里特别提出，就是在这样历史转折的时候，对于社会的及人生的事象，必须从新生的、发展的那一面去把握它的意义。这样，才能够切合历史进步的真理，也才能够有效地去教育广大的人民。

内容问题的第二项，是作者的态度。前世纪那些写实主义或自然主义的作家们，大都不肯让自己的思想情感渗进作品中去。他们中的一位大师就这样宣说过："艺术和作者完全没有共通的地方。"他们所努力和骄傲的，是在作品中躲开自己。在我们看起来，这种态度不但是不应该的，而且也是不可能的。一个人怎能够在有光的地方藏匿他的影子呢？老托尔斯泰到底是伟大的师匠，他虽然是个写实主义者，可是，却以为作者对事象人物的主观态度是艺术作品最重要的原素之一。那种对于自己所描写的事物漠不关心（没有爱和憎，没有赞成和反对）的作法，是具有崇高情操的艺术家所决难忍耐的。现在的文学理论，大体已经把这个问题合理地解决了。作者应该在作品中表示他的判断和爱憎（它正是艺术作品动人力量的一个来源）。这原则，不管用什么语言写作的人都应该记住。可是，原则到底还不过是原则，在具体的应用上必须有些分别。由于文学体类的不同，这种主观态度的表现不能够漫然一律。譬如在抒情诗或讽刺诗上，你可以（或应该）率直地凸出地表白你对事物的判断和爱憎，可是在叙事诗性质的作品（例如小说、戏剧等）上，你就不能使用那样率直的做法了，你得把自己的是非的判断，爱憎的情感，渗入在对客观事物的写述中。你可以从事象、人物的选择配置上，或者从作品人物的口中，去显出你的态度。莎士比亚是被看做在剧本中躲开了自己的作家。也因此，他的创作方法，被称做"莎士比亚式的"，而和主观主义的席勒的创作方法对立起来。但是，莎士比亚真的在他的作品里逃跑了么？他对于客观而深刻地表现了的事象人物，没有流露出他个人的态度么？我们只要举出一个显著例子就可以明白了。《哈姆雷特》是公认的莎翁最伟大的剧作之一。这个伦敦的戏子对于性格奇怪的丹麦王子，抱着怎样的态度呢？是的，莎翁自己没有站到台前对我们说，我爱这个古怪的年轻人；或者说，你看，这个家伙是怎样优柔寡断呀！但是，他对于自己作品中的主人翁真的没有一点意见和爱憎之感么？在对于这位青年王子行动和说话的表现中，已经透露着他的态度。可是，并不就在这里止步。他借着王子敌人口中的话来给予称扬。最后，他又用挪威王子的舌头唱出这样赞美的诗句："假如他登基为王，他一定是最为威武而尊严……"（用曹氏译文）还有比这更清楚的态度么？可是，我们不要忘记，莎翁是用一种间接的方法在表现自己的情思的。他决不让他的情思鲁莽地破坏自己的艺术。这虽然是一般创作的规律，方言文学作者也不可不留意。因为我已经看见有些叙事性质的作品，由于不能适当地安排自己的情思，使本来可以表现得更深刻、更生动的事象人物成了"漫画性的"东西。这是不好的。其实，这点，一般民间的作者，也大都能够知道。他们的叙事作品，在事象人物的写述上，决不心急地去涂上自己主观的思想情感。他只忠于事件的叙述和人物的表现。好像《罗敷行》《孔雀东南飞》之类，在叙事写人上面，作者并没有怎样明白说出自己的意见和爱憎，但那种意见和爱憎是明显地存在的，不过表现的手法不同罢了。这是值得方言文学的作者们学习的。

以上对于方言文学创作内容的叙说，不免相当阔略和偏重。好像关于写给小市民或知识分子等看的作品方面，就很少提到。但我希望文中所说的一些原则，有的多少能够包含它。在这里，我要提出一个更概括的原则来。不管你的作品的对象是哪一类人，不管你用的是什么题材、题旨，不管你在作品中怎样表示自己的态度，同时也不管你是在怎样环境下铺纸执笔的，今天对于创作内容，都必须牢守住这个原则：要直接或间接地服务于当前中国人民伟大的解放事业——促成它的彻底胜利！这是一道严紧的境界线！如果谁轻轻滑开了，他的作品的意义也就丧失了。

体裁、语言

我们移到形式问题。

首先是体裁。茅盾先生对于近年解放区产生的作品，曾经做了一个简要的分析。据他的意见，那里共有三种形式（体裁）：第一是新形式，大都是短篇小说；第二是改造过的旧形式或民间形式，好像《洋铁桶的故事》《李家庄的变迁》等；第三是创造性的形式，像《王贵与李香香》《李有才板话》等。他的结论是："在形式方面，他们……大胆采用旧形式而同时大胆把新的血液注入旧形式和民间形式，他们教人民进步，同时又向人民学习，不超过群众同时也不做群众的尾巴——这都是值得我们取法的。"原则上我同意他这个见解。周扬先生在论秧歌的时候，也说过一段话："戏剧上各种形式应该让它们同时并存，共同发展。任何艺术形式，只要是能够反映人民大众的现实生活和斗争与历史的革命内容的，都应当让其存在，促其发展……我们的任务只将各种艺术形式引导到一个共同正确的方向，而同时使之互相配合，各尽所长。"（见《表现新的群众时代》）这也可以帮助我们去决定处理方言文学创作形式（体裁）的态度。我们略把过去几个月创作的实践情形检查一下，大体上也正是走着这种途径。单就韵文来说，有仿山歌，仿龙舟，仿木鱼，仿十二月调的，这是一方面；又有采用"五四"以来新诗形式写作的，这是另一方面。此外，还有用四句一节连缀成长篇，创作出新叙事诗的（好像楼栖先生的《鸳鸯子》，金帆先生的《正月寒冷桃花开》）。就数量上说，运用旧形式的显然多些。这并不是怎样不自然或不应该的现象。因为这回方言文学运动的产生和发展，是由于要使艺术更贴近地方的人民大众。民间文学和通俗文学是人民大众自己的文学形式，或和他们比较接近的文学形式。它不但容易接纳些，在某种程度内，也许还比较适宜于表现他们的生活和情思。大体，在形式上和在内容上一样，今天我们要去提高人民艺术的鉴赏和创造能力，就必须先贴近他们原有的"艺术基地"，慢慢从那里高升起来。运用民间形式或旧形式，正是实践这种任务的一条比较便捷的路（当然不是惟一的路）。

对于运用民间形式，我要添说两点。第一是，眼前已经运用的这方面的形式还很有限，必须更扩大起来。民间文学和通俗文学的种类是很丰饶的。我们发掘的工作本来做得不够，运用的范围自然更狭窄些。例如就我个人所知道，广东和浙江（别的省份恐怕也一样）民间都有一种简短而俏妙的"对话"，这是很便于应用的小形式。又如各处地方戏的插剧（好像潮州戏的"桃花过渡"等），形式简练，且富于风趣，正可以拿来表现某种时事或世态。它对于某些农村或小城市中的民众，可能比新型的活报剧更感兴味些。这不过随便举一二例罢了。民间的形式可利用者正多。我们不单要写新五更调，新十思量，还要写新笑话（最泼辣的文学形式），新寓言，甚至于新俚谚！第二是，作者运用的形式最好是自己所熟悉的，同时也是民众所熟悉的。方言文学，主要是"地方人的"文学。不但读者或听者是地方人，作者也大抵必是地方人。

因此作品所运用的形式，自然是地方性的比较适宜。例如我们广东方言文学的作者，要给某种语言（广府话、客家话或潮州话）地区的读者或听者写一篇韵文，他可以在那地区里选择适宜于表现它的内容的形式，正不必去仿效自己和民众都不大熟悉的北方某种民歌的格调。因为那往往是吃力而未必讨好的事情。艺术的亲切感，在创作者或享受者都是很重要的。"新鲜"是艺术的必要因素，"陌生"却不一定有什么好处。总之，在运用民间固有的形式上，"熟悉"是一个应该注意的原则。至于运用时必须带有"革新"的意味，这点说的人已经很多，我可以不必啰嗦了。

前面已经说过，采用新形式，创造新形式，这是很必要的。但是，它必须小心地关顾到眼前民众的生活、思想和艺术等的固有习惯。这就是所谓"中国作风"。好像用新诗形式做"方言诗"是应当的。可是，你的形式必须和原有的歌曲有些接近的地方。例如诗句的腔调，虽然不必像山歌之类那么整齐，却也不能随便违反原有的习惯（这种习惯，可能有相当的生理学或语言学的根据）。在这一点上，符公望先生《太婆上祠堂》等篇的做法，是颇适当的。又像散文作品（小说之类），虽然可以打破通俗文学或民间文学那些"公式化的"形式，可是，多少必须保持着那种固有形式作品中的某些特点，好像故事性要相当浓厚，多叙述少描画，线索眉目要清楚。有了这些特点，就是一种新形式也不会妨害民众的理解和感应。总之，新形式的尝试也好，旧形式的运用也好，都必须密切注意眼前读者或听者的文化程度和艺术胃口。不要自己觉得完满了，就以为可以畅行无阻。民众的眼耳、头脑和心脏，才是判定你的作品价值的法官。

其次是语言。

在方言文学的创作上，语言问题，无疑是极重要的一个问题。关于方言的运用，此间文艺界的朋友，已经发表过许多积极的或消极的意见。有的说，应该分清楚方言的阶级性，不要把流氓或剥削阶级的语言，当做工农的语言去使用（孺子牛、李梨尼各位先生）。有的说，要在照顾到人民的文化水平的原则下予以升格（姚理先生）。有的说，应该把原有的素材拿来加工、洗练（冯乃超、邵荃麟、高阳各位先生）。有的说，应该纠正那种喜欢用稀奇古怪的成语险语之类，好像愈古怪就愈妙的偏向（琳清先生）……这些意见都值得我们重视。记得周扬先生在批评秧歌剧方言运用的时候，也曾经指出了一些缺点，就是"既少而又不精"。那种语言含着一些有害的杂质，一种是旧戏式的唱白，另有一种是知识分子气的语言——学生腔。又"语言是一般化的，不能表示出人物的性格和个性"。（见《表现新的群众时代》）这是一般方言创作很容易犯的毛病，同时也是极必须清除的毛病。

对于这个问题，我且简略地提出三点意见。

第一，运用方言，要使它成为有活气的、有生命的。大家都知道，文学的语言，跟普通记事、说理的语言不大相同。它必须带着浓厚的生活气息。它应该使事物具有"表情"。这样，才能叫读者或听者不单是理智地知道，同时还产生感情的激动。要能够使人感情激动，那语言就非具有生命不可！我们今天所以拿方言来写作，大半的原因，固然在使那特定方言区的人民大众容易懂得，喜欢接受，同时也为着它在表现上更便利于写态传神（这自然是仅对于能够懂得和应用这种方言的作家说的）。可是，要达到这种艺术的效果，作家必须有一种正确努力。让我在这里引用一段戏剧批评家的话罢：

> 剧作家把方言用论理的思维去使用的时候，那方言就变成了死的方言。结果只是方言的形态上的模仿，不能够得到一点戏剧的效果。跟这相反，剧作家把方言用生活、感情去使用的时候，那方言就成了贯通着血液的语言。换一句话说，跟方言一道哭泣，跟它一道哗笑，跟它一道生活的时候，那方言就发挥着戏剧性的效果。
>（大山功：《现代新剧论》）

这些话虽然是只就戏剧剧作方面说的，可是，对于诗歌、小说、报告文学等创作，大体也一样适用。文学的语言必须是生活的、感情的语言，而一般的方言，在生理上也许要显出贫乏生硬的，在表现生活和情趣方面，往往倒胜过那些应用较广的普通话。可是，事情也不是这样简单。用方言创作，在我们还是一个开头，手法上难免陌生或粗硬。而更困难的，是我们对于人民大众生活、情感和他们的实际语言的生疏。因此，在创作上多少会产生些欠健全的倾向。这原是相当自然的现象。但是，作家要完成自己的任务就必须尽可能克服它。谁克服得彻底，谁就得到更大的成功。肉贴生活，肉贴感情，肉贴热烘烘的思想，这是一切文学创作语言努力的目的，同时也正是方言文学创作语言努力的目的。

第二，要承受并发扬民众语言的基本特点。从生活、斗争中产生并紧紧服务着这种生活、斗争的民众语言，不管在另一方面，它带有怎样的缺陷，可是它的基本特点，是确切，是具体，是简明，是素朴，是生动。这些不单单在一般语言上是优良的，就在文学艺术的语言上也是优良的。世界文学史上多少伟大的作家，凭借了这些特点建造了自己不朽的艺术殿堂。我们的新文学，过去由于作家出身和教养的关系，已经造出了许多奇形怪状、浮肿赘疣的"文学语言"。如果我们现在不特别小心，在方言文学的创作上多少沿袭了过去的错误，那么，辛苦制造出来的精神武器，就要因为它而减少火力了。我们用方言写作，不单单要采用大众口头上现成的健实美妙的语言，同时更要虚心学习他们语言的特点，把那些优良的特点变做自己的。我们更要努力去发扬这些特点。今天新生的大众文学，固然要建筑在这些语言特点的基础上面，将来更高级的更完美的大众文学，也一样要建筑在这些语言特点的基础上面。这些特点是基本的，同时也是高超的。

第三，要以一定地区民众口头的活语言做主体，并有限制地渗入新语。在讨论这个问题的初时，有一些人主张拿国语做主体，在必要的地方渗入方言，这样可以使地方色彩或情调显得鲜明。这种主张，后来在讨论中被否定了。其实，这也并不是什么新主张。自新文学产生以来，就多多少少有人在实践。抗战以后，小说家这样写的更多了。我们并不根本反对这种做法，而且在今后国语文学的创作上，它也许还要被推广或加强。可是，我们得明白指出，这和今天所特别提倡的方言文学有显然的区别。方言文学，是用"非国语的"特定地区的语言，去给那特定地区的一般大众写作的。那语言的主体，当然是方言，而在必要和有限制的条件下才渗入国语及新语。这是和拿国语做主体的文学截然各别的东西。可是，和前面的意见相反，也有人主张要用"纯粹方言"写作。这也许是矫枉过正些。语言随着社会生活而变迁和混杂。在这样的世代，社会动荡，交通便利，就是比较偏僻的乡村或市镇，语言也不能完全保持一种静止和纯粹的状态。所谓"纯粹方言"，至多也不过只是程度的问题罢了。这还是就自然方面说的。如果再从教育方面说，某些语言虽然一时在人民口头上还是生疏的，但是因为迫切需要，我们就不能不借口头或文字去灌输给他们。自然，这种灌输必须经过考量。它绝不是漫然的给予或卖弄，要顾到他们的接受能力。如果借以灌输的是文学作品，还要顾到它的性质和全体的调和。在这一点上，我觉得北方的新文学已经做出了很好的例子。好像《王贵与李香香》，它用的大体当然是经过选择锤炼的农民口头的活语言，可是中间也用了好些新名词——白军、红军、平等、游击队、少先队、闹革命、自由结婚等。因为事实上的存在和必要，又因为作者艺腕的灵巧，这些新名词用来并不使人觉得刺眼或刺耳。这正是值得遵循的一条道路。

附记 这篇小论，本来是拙作《方言文学试论》未发表部分中的一节。因为本刊编者殷殷指索，只得略加增订交卷。这个问题在方言文学理论上，是比较复杂难处理的，加以篇幅有限，更不容许周详地写。这只能算是一个"备忘录"罢了。我希望不久能够比较精密地谈论一下。

1948年6月6日

文学研究中的艺术欣赏和民俗学方法

——在《文学评论》创刊四十周年纪念会上的讲话

　　首先，让我对《文学评论》创刊四十周年表示由衷地祝贺！在我们的国家里，一个刊物，特别是一个学术态度严肃的、理论性的刊物，能够坚持办刊四十周年，不是一件容易的事情。如刚才一些同志在报告中所说的，《文学评论》在过去的四十年里，经历了风风雨雨，但是，它为祖国的文学理论建设做出了重要贡献。它没有辜负创办者的辛劳，也没有辜负人民的希望，这就是一种不平凡的文化事件。因此，对它的四十年，应该总结，还应该予以展望。

　　《文学评论》的前身，是《文学研究》。一般的说法，认为它创刊于1957年，但据我的印象，至少在1956年的下半年就已经开始酝酿了。那时我也是参加里面工作的人员之一。发起人是当时的文学研究所所长郑振铎先生。实际上由何其芳同志主持工作。此外还有几位编委，我记得有余冠英和冯至等。如今他们多已作古，不能参加这个盛会了，我也恐怕是仅存的一二个人之一了。而今天这项事业已经有了很大的发展。回顾四十年的岁月，不免对故友产生无尽的怀念之情。特别是看到他们人虽不在，但他们的功绩还存在于我们的文学界中、生存在我们的事业里的时候，更感到今天的事业与他们过去的创业之间的联系。为此，我在祝贺《文学评论》创刊四十周年所写的诗里，最后一首写了以下四句话：

评论有前身，
其名曰研究。
想起创刊时，
怅然怀故友。

其次，许多同志刚才讲到《文学评论》四十年来在文学理论上的建树，我都很赞同。我再谈谈自己的另一方面看法。说来惭愧，我的专业，现在已不在文学界，而在别的方面了。但我年轻的时候，还是搞过文学的。后来有几十年，也教过文学理论。因此，我想还可以稍微讲讲个人的认识。我们的刊物，现在叫《文学评论》，原来叫《文学研究》。无论《文学评论》也好，《文学研究》也好，都表示在文学领域里，这是一项十分重要的工作。文学有两个方面，一方面就作者而言，指创作；一方面就第三者而言，指对它进行理性的考察，也就是所谓的评论。再加以分析、阐述，那就是研究。但在我看来，文学，作为一种艺术现象，同其他的文化现象还不大一样。我认为，对于文学，可以评论，也应该评论；可以研究，也应该研究。但是，最基本的，或者说从更广泛的意义上看，还应该注意到对它的鉴赏，或说欣赏。你要评论一篇文学作品，你就要先钻进去，达到对作品的深入了解，就是中国文学传统所讲的，要涵咏其中，这样下来，你才可能对作品有些体会。不管是作为评论家，还是作为研究者，这都是应该经历的阶段。假如有些评论家，就满足于他的文学鉴赏，而且到此为止了，那也未尝不可。大家都知道的法国的弗朗士，他的月曜讲话，不就反映了他对文学的这样一种特殊的态度——欣赏的态度吗？当然，文学作品的内容很复杂，也有一些乌七八糟的东西，那就不在欣赏之列。我们所接触到的文学作品，应该说，绝大多数是好的，或者比较好的。它们也许层次不同，但主流是可以肯定的。那么，对于好的文学作品，就首先应该欣赏，然后再行评论或研究。我在上面提到为《文学评论》所写的贺诗里，第一首就讲了这个意思：

> 艺术重欣赏，
> 其次乃评论。
> 倘若两兼之，
> 品格自高峻。

倘若既能欣赏，又能评论，或者说，你的评论是通过欣赏得来的，那你的评论就应该属于更高的层次。

过去有一个时期，把文学理论的评论搞得过于狭窄，好像文学评论者对文学作品，只是执行法官的任务。这是特定历史时期的特殊情况，对这个问题现在也还可以研究。但我们今天所要讲的，是在正常的情况下，欣赏——对于文学评论的理论来讲，应该是被置于突出的地位的。试问，你对一篇文学作品还不清不楚，怎么评论？怎么研究？要知道，真正的艺术产品不是普通的东西。曾经还有一种倾向，就是把文学艺术品仅仅当做思想资料来处理，那也是狭隘的。因为，艺术的内涵，远远超过思想。艺术品里固然有思想，这毋庸置疑。但是，它还有感情，还有专门的艺术象征等其他方面的性质。所以，对待这个问题，这些年来，大家既然都多少有些认识，那就应该继续本着解放思想、实事求是的精神，打开眼界，加强它、发展它，辟出一席之地。

再次，我们的指导思想是马克思主义。但马克思主义是一个开放的理论体系，是可以发展的。中国改革开放以后，在经济政治战线，它也正在被加以发展。我认为，这个原则，对文学评论界同样适用。就是说，对那些有益于马克思主义文艺理论的发展、丰富和强化的其他理论与方法，也应该为我们所适当地吸收。只要它们对我们理解和阐释文学现象的确有帮助，我们就应该实事求是地予以借鉴。我举个例子。在世界上的一些国家，比如在日本的文学界，文学理论研究，就有不同的方面，一个方面是文艺学的研究，一个方面是文献的研究，如考证古代文学作品的作者等。我国学者也有人做这种工作，如考证某些署名欧阳修的词作究竟是不是他的作品，不是他的不能安在他的头上，是他的也决不能剔除出去，这些古典文献上的考证工作是必须的。现代作家也有需要考证的问题。如有的作家"五四"时期写的作品，以后收进文集时，个人的思想变化了，他就依据后来的认识把早期的作品修改了。如果不加以考证，把作者改动后的作品当做原作来研究，恐怕就会出现偏差。此外，还有民族学和民俗学的方面等。国外的作法，借鉴得好，可以促使我们增加认识民族文学的新视角。

在这里，我想应该提出增加民俗学研究的新视角的问题。我是搞民俗学的，提出这个建议，难免有卖菜翁说好之嫌，但我不是这个意思。我是很客观地考虑如何开拓文学理论的阵地的。就此而言，我认为，民俗学，也是一种视野，一种方法。

文学与民俗的联系很自然。因为文学作品是用人的生活的形象来表达思想感情和传达真理的。而民族的民俗正是同人们的生活发生着最密切关系的文化事象。我经常打一个比喻：人们生活在民俗里，好像鱼儿生活在水里。没有民俗，也就没有了人们的生活方式。因此，文学要表现人，表现人的关系、人的事情和人的思想感情，就离不开与之密切相关的人们的生活方式，即民俗。这个道理说起来很简单，但在传统学界，把民俗学的视野，或民俗学的方法引进文学评论，或文学研究，还是比较少的。一些作家曾选用民俗做素材进行创作，如老舍先生的京味小说，鲁迅先生的绍兴味作品等，民俗曾使他们的创作个性大为生色。我同样相信，如果文学评论家们也具有这方面的视野，那他们的研究，在说明文学艺术的境界上就会有所开拓，甚至还可能启发其他一些创造性的思维。

从我国的文学史来看，将民俗学的视角应用在文学鉴赏和文学评论上，也确实是大有可为的。例如，六朝的志怪小说，多数是神话传说和民间故事的简单记录。唐传奇中的许多传世之作，也取材于民间。至于元杂剧的代表之一——关汉卿的《窦娥冤》，其母题原型即汉代传说"东海孝妇"，我也在以前撰写的文章中多次提到过。所以，照我看，一个文学理论的研究者，缺乏民俗学的知识，那他对这类作品的理解就不免肤浅，至少是不完整的。相反，具备了民俗学的眼光，那他的评论发言就增加了分量。在英国，像莎士比亚这样伟大的剧作家，仅研究他的著作据说就可以建一个图书馆。但是，就我所知道的，从民俗学的角度来研究他的，西方人也有，东方人也有。而我们对自己民族文学史上的屈原和杜甫这样的诗人，还没有从民俗学的角度去探索，这不能不说是一种遗憾。

我个人曾设想进行这方面的尝试。我记得，我年轻的时代在杭州，很喜欢看李商隐的诗。李诗中采用了不少神话传说的典故，我想就此写一本书，后来因为事忙，没有写成。不过，至今回想，这个动机还是有道理的。因为，即使像李商隐这样被认为是唯美派的诗人，其作品里还是有很多同民俗文化相关的东西，何况历代其他诗人文学家的作品呢？所以，我觉得，现在的文学研究，既然路子很宽，应该有同志从民俗学的方面开辟一块领域。我真心地期待着。他们由此能够获得一些意想不到的新成果，也说不定。

谢谢大家！

钟敬文

（董晓萍整理，本文发表于《文学评论》1998年第1期。）

学术论文

中国的天鹅处女型故事

——献给西村真次和顾颉刚两先生

一

"天鹅处女型故事"（Swan Maiden Tale），如这个标题所昭示，在许多民间故事中，它是特别地富有所谓"诗之美丽"的情趣的。从另一方面看，它又是一个在我们地球上，有着极广泛的流布区域的故事。因此，于一般的故事阅读者、搜集者不必说，便是神话学、人类学的研究者们，也对它怀抱着特别的兴味。

关于这个故事的谈论、研究者，在西方和东方的学人中，虽然不在少数，但成绩更昭著的，恐怕要算英国的有名人类学者哈特兰德博士（Dr. E. S. Hartland）①和日本早稻田大学教授西村真次氏②了。而后者（西村氏）所搜集世界的同型故事几近五十篇，一时颇使人有"叹观止矣"之感。

西村氏关于故事同型篇章的搜集，虽不能说他没有达到相当的程度，但对于我们中国这样世长地大的国度，却仅收录了一篇，并且是属于蒙古族的。这至少在我们中国人，是要感到相当的遗憾吧。从前（十九世纪）欧洲学者谭勒斯氏（Dennys）作《中国的民俗》一书，把中国使臣所记琉球的天鹅处女型故事和欧洲的比较后，颇诧异于中国本土（对琉球而说）的没有这故事出现。后来日本神话学者高木敏雄氏，把《玄中记》中所载的"女鸟"故事举了出

---

① 在哈氏的名著《童话的科学》（Science of Fairy Tales）中，对于这故事，有很长的篇幅的论述。

② 见西村氏所撰的《神话学概论》的"附录"中。

来，证明在中国古代，曾经存在过这种类型的故事①。其实，这插着翅膀飞遍地上各处的天鹅处女型故事，在中国古代固然早已出现，就是现今国内各处，也莫不呈现着它的踪影，并且姿态万千。

因为种种的障碍，外国学者对于中国神话、故事、民俗等的观察、研究，正如对于同国的别部门的探讨一样，往往非常隔膜，有的甚至于是错误的。（自然，正确而较深入的获得，也不能说完全没有，不过仅限于很少数罢了。）这在我们，是应给以谅解的。但是，利用自己的能力与方便，把外国学者所不易摸捉住的真相，给以叙述说明，这难道不是我们忝为主人者的职务？

根据上述的理由，使我不敢再秘藏自己的疏浅，鼓着少年的勇气，来一度担负叙述这有世界性的天鹅处女型故事在本国传播情况的责任。我自己比任何人更先明白，这工作，是不能达到使读者感受满意的程度的。但事实上，这微薄的献礼，倘能于研攻这故事的学者们的成绩之上略有所增补，这于自己的愚念，不是已相当地酬偿了么？

二

什么是天鹅处女型故事呢？换句话说，天鹅处女型故事，是具着如何形态的一种故事呢？

这个问题的提出，在一部分对于神话、故事已具素养的读者，诚然不免觉得太多事，但在一般人面前，不见得全是没有意义的吧。

我们在这里，将如何完成解答这个问题的任务呢？这看来似简单的故事，其实它的形态的复杂，正和传播的广远及历史的悠久②成一个正比例。详细的述说，在这里不但非篇幅所应许，而且也是不必要的。我们且画一画它的轮廓吧。

这故事在各地传布着的形态，哈特兰德博士，把它归纳为下列六式：

---

① 见高木氏所著《日本神话传说的研究》（神话传说篇），第231页。
② 西村教授推断这故事开始传播的时间，至少也当在"新石器时代"终了以前。然否固待考究，但这种型式的故事，它的产生必非甚近是不容疑惑的。

一、海生式。

二、平阳侯式。

三、海豹女郎式。

四、星女儿式。

五、梅露西妮式。

六、梦魇式[①]。

这里各式相互间颇呈现着高度的异态，甚至于有令我们要诧异或怀疑它们原来是同属于一个类型的。在约瑟·雅科布斯氏（Mr. Joseph Jocobs）所修正的哥尔德氏（S. Bring Gould）的《印度欧罗巴民间故事型式》中，也载了这故事的型式。它的情节如下：

一、一男子见一女在洗澡，她的"法术衣服"放在岸上。

二、他盗窃了衣服，她堕入于他的权力中。

三、数年后，她寻得衣服而逃去。

四、他不能再找到她[②]。

这是比较普遍、单纯，近于原形的状态。依西村教授的研究，这故事的"本来形态"，应该如下面所列：

一、天鹅脱了羽衣，变成天女（人之女性）而沐浴。

二、男人（主要的，为猎师或渔夫）盗匿羽衣，迫天女与之结婚。

三、结婚后，生产若干儿女。

四、生产儿女之后，夫妇间破裂，天女升天。

五、破裂原因，即由于发见了"在前"为"结婚原因"的被藏匿的羽衣[③]。

现在地球上各处所流布着"五花八门"的形态，是从这种"基本型"分化、加减而成的，这是西村教授所提示于我们的意见。

我们就在这里终止了"正文之前"的叙说，让下节直接地去开始那"正

---

① 参看赵景深先生编著的《童话学ABC》第八章。

② 原文见伯恩女士（Miss Burne）编著的《民俗学手册》"附录C"，中文有我和友人杨成志先生合译的单行本出版（国立中山大学语言历史学研究所印行）。

③ 见西村教授的《神话学概论》第372页，及同氏的《人类学泛论》第六章。

文"的描述吧。

三

天鹅处女型故事，开始产生或传播于中国境内的时代，现在实在不容易考见了。倘就尚存的文献看来，在晋代当已很流行吧。干宝《搜神记》中，有着这样的一段记载：

> 豫章新喻县男子，见田中有六七女，皆衣毛衣，不知是鸟。匍匐往，得其一女所解毛衣，取藏之。即往就诸鸟，诸鸟各飞去。一鸟独不得去，男子取以为妇。生三女，其母后使女问父，知衣在积稻下。得之，衣而飞去。后复以迎三女，女亦得飞去①。

郭氏的《玄中记》②也记述了这个故事。把两者比较起来，语句大致相同③。但后者（《玄中记》）前面多了这样一段关于鸟的叙述："姑获鸟，夜飞昼藏。盖鬼神类。衣毛为飞鸟，脱毛为女人。名曰帝少女，一名夜行游女，一名钩星，一名隐飞鸟。无子，喜取人子养之以为子。人养小儿，不可露其衣，此鸟度即取儿也。以血点其衣为志。故世人名为鬼鸟。"④周作人先生，怀疑这种"鬼鸟"传说，原来并非和天鹅处女型故事一道的。不过因为"衣毛为飞鸟，脱毛为女人"二语，而联带记述了它（天鹅处女型故事）罢了⑤。这个推

---

① 见《太平广记》卷四六三所引，现行本《搜神记》第十四卷中有此条。

② 此书旧云"郭氏撰"，作者的时代及名字不详（有人以为郭氏就是郭璞，恐未免误会）。但就南北朝隋唐学者的频见称引（《水经注》《齐民要术》《北堂书钞》《初学记》《艺文类聚》等，都曾引用此书）一点看，它的著作时代，在晋代前后，约略可以推知。

③ 《玄中记》所记，豫章下少新喻县三字（据《太平御览》所引），郦道元《水经注》卷三十五所引，首句作"新阳男子"，而下文也颇有不同。马国翰氏以这是由于"约意言之"的缘故。

④ 此段语句，参合《荆楚岁时记注》及《太平御览》所引而成。

⑤ 见周氏近著《儿童文学小论》第48页。

想，我以为是颇近情理的。

这故事的古代记录中，特别使我们感到珍贵的材料，更没有比得上20世纪初年敦煌石室中新发见、题句道兴撰的《搜神记》里所载的田昆仑故事了。这记录长近两千字，叙述文词，不但十分浅显，并且相当地采用了当日的口语。故事的内容，也拙朴少装点。它在学术上应当占有的价值是很高的。微可惋惜的，是语词之间略有脱落讹夺的地方。但这些是不足抹煞它的好处的。现在把它逐段转述于下。

从前有一位田昆仑，他的家里很贫乏。到了相当年纪，还没有讨老婆。境内有一个水池，水深而且清澄。有一次，正是禾稼成熟的时节。昆仑到田里去，远远地望见了三个漂亮的姑娘在洗澡。他要看清她们，谁料忽然已变成三只白鹤。两只坐在池边的树头，一只仍在池中洗垢。他便悄悄地跑近了她们，并且偷取了一套衣服①。一会，大的两个各抱了自己的天衣，乘空而去。只剩下一个最小的留在池中不敢出来。久之，她遂向昆仑吐露实情，说她们姊妹三人，原是天女。偶游戏于池中，因被他看见，两位姊妹各自抱了天衣而去，她自己留在池中，衣服被他取去，所以不能露形出池。深愿他把衣服发还。出池以后，当和他结成夫妇。昆仑怕她得衣即飞去，所以只答应脱自己的衣服给她盖体。天女起初不肯接受，后来看看实在没有办法，只得服从他的意思。出池的时候，天女又想向昆仑骗回天衣，但他终坚持着不肯放松。结局，他们一道回到昆仑家里，成为夫妇。

以上，可算是这故事的第一段。

昆仑夫妇，过了若干时候，便产下一个儿子。形容端正，叫做田章。昆仑因事西行②，一去不还。他临行的时候，天女说，他去后，她当抚养儿子三年③。到了期满时，她便向阿婆索看天衣。当昆仑离家时，曾叮咛地嘱托母亲，勿使媳妇得见天衣，并商定了秘藏它的地方。这时阿婆本不愿意把天衣给她看。无奈被她诉说得太频繁了，只得让她看一回。她见了天衣，一时以未得

---

① 原文没有此句，这是我依下文语意补上的。

② 原文此句作"其昆仑点著西行"。

③ 原文此处道："夫之去后，养子三岁。"由上下文势看来，线索颇欠分明，姑揣译之如此。

方便，所以暂隐忍着没有披了它飞去。不久，她又向阿婆求看天衣。阿婆初不肯，但被她用甘言说动了。在防备谨严之中，天女竟穿了她从前的衣服，从屋窗飞了出去。此时在这屋子里剩下的，只是阿婆的伤心。

到此处，算是故事的第二段。

天女在人间，虽然已经历了五年的时光，但从天上的日历看来，不过仅有两天而已。她这回归到了天上，给姊姊们骂了一顿，怨她不该和地上众生缔结夫妇[①]。她在天上因挂念世间的儿子而哭泣[②]。两位姊姊便劝慰她不要干啼湿哭，说明天和她再到人间游戏，定可以看见儿子。另一边，突然失去了抚养的幼儿田章，也在因想念母亲而啼哭。正是天女们要下凡间来游戏的那一天，田章在田野中悲哭着。忽遇了一位来散步的董仲先生。他晓得哭的是天女的儿子，又知天女将到世间来。便对小儿说，当日中时你即向池边看，有三个穿白练裙的女人走来。两个举头看你，其他一个低头不看你的，便是你的母亲。田章依从了他的教训做去，果于日中时看见三个穿白练衣裙的女人，在池边割菜。他便跑前去叫唤"阿娘"。她止不得地悲哭起来。于是，姊妹三人便把天衣共乘这小儿到天上去。

以上为第三段。

小儿被带到天上，天公看了，知道是自己的外孙，他老人家兴起怜惜的心肠，便教他学习方术技艺。至五六日间（小儿在天上虽然只经过了几天的学习，但成绩却抵得人间的十数年以上），天公对小儿说，你带了我的八卷文书下去，将得一世的荣华富贵。倘若入朝，必须谨慎言语。小儿听了吩咐，便回到人间来。当时一般人都晓得他的本领，皇帝听到了，便召为宰相。后来因在殿内犯事，被流谪于西荒之地。

以上，为第四段。

后来，官众在田野里游猎，射得一只白鹤。厨人破割鹤嗉，里面有一个小儿，身长三寸二分，带甲头弁，见人辱骂不休。当时朝廷群臣百官，都不晓得他是什么人。不久王在田野中游猎，又得一枚齿，长三寸二分，捣击不碎。

---

① 原文此句作"你（指昆仑妻）共他阎浮众生为夫妻"。
② 原文此处接连下文语句似颇朦胧，或许有讹夺也说不定。

朝内群臣又没有一个晓得它的来历。于是，官家便发出榜文，昭告世人，有能够晓得这两件物事的，赐金千斤，封邑万户，官职由他选择。但结局终没有人来应征。

以上，为第五段。

这时候，朝廷中群臣百官便共商议，大家以为这种奇物，恐怕除了田章，别人是不容易晓得的了①。官家便即发驿马走使，去把配流的田章找了回来。于是，便发问道，近来听说你聪明广识，奇怪的事都晓得。现在问你，世间有大人么？田章回答道，有，那是秦故彦。他是皇帝的儿子。因为战斗②，被打落板齿，不知所在。有人得到的，当可证验。接着官家又问他道，世间有小人么？他回答道，有，那就是李子敖。他身长三寸二分，带甲头弁。曾在田野之中，被吞于鹤。到现在，尚在鹤嗉中游戏。不是（？）有人猎得的，验之便可知道。官家又问天下之中，有大声不？章答曰，有。有者何也？雷震七百里，霹雳一百七十里，皆是大声。天下有小声不？章答曰，有。有者何也？三人并行，一人耳声鸣，二人不闻，此是小声。又问天下之中，有大鸟不？田章答曰，有。有者何也？大鹏一翼起西王母③，举翅一万九千里，然（后）始食，此是也。又问天下有小鸟不？曰，有。有者何也？小鸟者，无过鹪鹩之鸟。其鸟常在蚊子角上养七子，犹嫌土广人稀。其蚊子亦不知头上有此鸟。此是小鸟也。皇帝便封田章做仆射之官。这样一来，皇帝和世间百姓，才晓得田章是天女的儿子④。

以上，是故事的收梢——第六段。

这个记述，和干氏的及郭氏的记录比较起来，不仅是描写上繁简的不同而已，内容的演变，情节的增益，处处表现着这故事在当时民间传播上形态的进展。我国古代小说，到了唐朝，有着蓬勃生长的气势。我们现在读《霍小玉传》《南柯太守传》《柳毅传》《虬髯客传》等传奇的作品，颇赞赏那时散文

---

① 原文，此句作"惟有田章父识之，余者并皆不辩。"以下文看来，"父"字或有误。

② 原文，此句作"为昔鲁家战斗"。

③ 此处西王母三字，似当作地名解。

④ 这故事全文，见罗振玉氏辑印的《敦煌零拾》第15页（铅印本）。

文学艺术手腕的进步。这篇天鹅处女型故事的记录，在一般守旧的文学评论家看来，语词上殊欠所谓"雅驯"也未可知，其实，依我们的眼光评量，这一篇最早期的现代语化的散文文学的作品，至少它的价值——文艺之历史的价值，不应远在前文所提及的《霍小玉传》等之下[1]。它实在和同被发现于石室中的《季布歌》《昭君出塞》等[2]通俗文学，有着一样被重视的意义。这虽然是就文学方面来看的，但是，同时它的做为民俗学资料的价值，不也因此更加唤起我们的注意么？

四

现在，中国境内，尚存活着的天鹅处女型故事，因在流传上经过了改削、增益、混合等种种自然的作用，它的姿态不但和古代的显出差异，便是同时彼此之间，也有很大的悬殊。为了叙述及研究之比较上的方便，我们可试把它划分为数组——自然，这不必是较严格的型式的区分。

现在，在这里开始第一组的篇章的叙述吧。

首先要提到的，是赵景深和赵克章二君所记述的《牛郎》。据说，从前有弟兄两人。弟弟心肠忠厚，哥哥却很奸猾。弟弟因常赶牛的缘故，被人叫做牛郎。弟兄分家，弟弟只得了一辆破车和一只老牛。一天，老牛对主人说，某处河里，有许多仙女在洗澡。倘他能取得她们中间任何人的衣服，便可以得她做妻子。第二天他跟了老牛出发，果然看见了许多正在洗澡的仙女。他抱了一堆衣服上车（牛车）就走。结果便带回了一个仙女做妻室。她就是织女。织女和牛郎生下一对男女。一天，她用巧语骗得了自己从前被取去的衣服，便乘云而去。牛郎忙担了他的儿女，穿上牛衣（这是老牛死时所嘱咐的），急赶上去。谁晓得慌张中少穿了一只牛腿，使他不能即赶上了织女。正在追逐的当

---

① 句氏《搜神记》，似从来未见著录。它著作的年代，不能详知。但以同时被发见的许多通俗文学作品推测起来，当在唐代，或在这前后，所以把它和当时（唐）的传奇比较。

② 俱见刘复博士编辑的《敦煌掇琐》上辑（国立中央研究院历史语言研究所刊印）。

儿，忽来了王母。她用玉簪划成一道天河，把他们两人分开。牛郎托了燕子去说合，不意被误传了日期，所以后来永远只能一年一会①。这个故事，没有记明所由采集的地域，但附注中有"北"人称妻室为媳妇的一句话，也许是我国北部的哪一省所流传的吧，虽然两记述者都是西部四川地方的人。

其次，是洪振周君所记的，和前篇用着同样标题的奉天的传说。从前某处，有一个叫做王小二的孩子，依着坏心肠的哥嫂过活。一天，他在牧场看牛。忽然黄牛告诉他，哥嫂在家里弄好东西吃。他忙跑回去，果得分吃了香喷喷的蒸豚。后来有一次，黄牛又告诉他，哥嫂正在准备给他毒药吃；并嘱他分家的时候，只要求分得了自己（黄牛）便算。他回到家里，果证实了哥嫂的毒计。便立即提议分家。自己什么也不要，只带着黄牛走了。走到一个地方，黄牛忽变成了苍颜白发的老头子。他对小二说，自己乃是天上被谪的星宿。它死了，坟上必定长出一棵葫芦秧子。他（小二）沿着秧子走前去，便有很大的好处。到了那时候，小二遵从了黄牛的话做去，看见一道河流，里面有一位美丽的姑娘，正在那里洗澡。他便拿走她放在岸上的衣服。到了夜间，那姑娘说，自己和他有夫妇的缘分，愿意一道过日子。并说，她是王母的女儿，名字叫做织女。于是，小二把衣服还了给她，彼此共同快乐地过活。有一天，是王母的诞辰。织女因怀念母亲，便和小二同去拜寿。王母见了，把他们痛斥一顿。二人啼啼哭哭，终不忍分开。王母便用金钗在他们中间划了一道天河，吩咐他们于明年七月初七日再见面。从此，他们每年便只有一回相会的机缘了②。

再次，我们看看郑仕朝君的记录，他的故事的采集地，是浙江省南部的永嘉。据云，有个看牛的孩子叫做牛郎。一天，他正要回家的时候，他的老黄牛，忽然向他说起话来。自称本是上界神仙，因犯罪被谪于人间。现在主人（牛郎）有性命的危险，他为报答平日善遇的恩惠，所以要向主人告说。接着说家里的哥嫂，怎样在设计谋害他，并吩咐他分家时，只要分得了它自己（老黄牛）和一辆破车及一只破皮箱便算了。牛郎回到家里，立即证明了哥嫂的狠心——要把毒药杀死他。于是，他便去请了舅父来替他们分家。舅父颇想帮助

---

① 见赵编《中国童话集》第一册。
② 见《妇女杂志》第七卷。

他，使他多得点东西。但他却服从了老黄牛的吩咐，终竟只要求了那三件不值钱的东西（老黄牛、破车、破皮箱）。牛郎和老牛离了家，老牛变出酒菜让他吃过之后，又告诉他以获得美貌老婆的方法。它说，前面的河里，有个女子正在洗澡。她是位神仙，名叫织女，和他（牛郎）有夫妇的姻缘。他前去取得她的衣服，彼此便可成为夫妇。牛郎依所吩咐的做去，果得了织女为妻。三年过去了，牛郎和织女，已生下两个孩子。一天，老黄牛告诉牛郎，说自己灾期已满，要回到天上去。它（黄牛）死后，织女定要逃走。那时穿了用它的皮所做的靴子，便可赶上了她。老黄牛死了不久，织女果然乘牛郎不备的时候，穿了从前的浴衣，腾空而去。牛郎穿了皮靴，抱着儿子赶上去。织女拔下金簪，划了一条天河，阻住了牛郎的去路。彼此在河的两岸，以牛轭、梭子互相抛掷。（这些东西，至今每当七夕前后，还可见于天河两岸。）后来，天帝替他们说和。但"逢七见面"的消息，竟被拙于言词的鹌鹑，说错成了"七七见面"。直到现在，鹌鹑还短着尾巴，口里常说"不对不对"，这是被罚和想改正误报的缘故①。

　　更次，有孙佳讯君记述的流传于江苏省灌云地方的《天河岸》。从前，有一个贫少年，家里只有一头老水牛。他因为常常看管着它，所以大家称他牵牛郎。有一次，老水牛忽然告诉主人（牵牛郎），说草地南边的河里，有七位仙女在洗澡，他前去把她们的宝衣一套藏起来，便可以得到一位做妻室。他照老水牛的话做去。那时，其他许多仙女，都披了各自的宝衣上天去，只一位叫做织女的，因为衣服被拿掉，不能腾空驾云，结果只好跟着牛郎做妻子。不久，牛郎的老水牛生病了，它临死时，吩咐主人等它死后，把皮剥下来，包上许多黄沙，又用它鼻上的索子，捆成一个包袱。每天把它背在肩上，遇紧急时，一定能够给他以帮助。牛郎当然遵话做去。两三年后，织女生了一男一女。她时常追问她从前被取去的宝衣，牛郎总不肯老实告诉她。这一次，她又问起了它，并且动以甘言，牛郎终告诉以埋藏的地方。她得了自己的宝衣，便披着驾云而去。牛郎忙拉了儿女，靠肩上牛皮的法力，腾空赶去。织女为了隔断他们追逼，用金钗划成了一条白浪滔滔的大河。牛郎皮包袱里的黄沙洒了出

---

　　① 见拙编《新民半月刊》第五期。

来，立时河中现出一道沙堰。织女仍被紧紧追赶着，于是，她用前法再划了一条天河。可是牛郎却因牛皮包袱里的黄沙已洒尽，而不能赶过去了。他把捆包袱的索子抛了过去，织女也用梭子回报他。（后来我们在牛郎织女二星身旁所看到的小星，便是当时抛掷的索子和梭子。）在这当儿，忽来了一位白胡子的神仙，奉了天帝的命令，替他们解决此事。从这以后，两人各住河的一边，每年七月七日在河东相会一次。他们便永远服从这个命令了①。

这四个说法，相互间固然也有许多歧异的地方，但大体上是一致的。因为它们都是被借以解释牛郎织女两星的起源的，所以为了方便，不妨把它们简称作"牛郎式"吧。

五

属于第二组的篇章，其内容的梗概如下。

首先，且述林憾君记录的闽南故事的《七星仙女》之一。据云，许多年以前，有一位德行很好的穷农夫。天帝可怜了他，便问七星仙女，哪一位肯下凡给他做妻子。答应了这命令的，是她们中间最小的一位。仙女既到人间做了农夫的妻子，他们的家境，便渐渐富裕起来。不久，又生下一个儿子。三年期满，她便离开丈夫和儿子回天上去了。儿子稍大时（十余岁），入塾跟从了有名的术数家鬼谷子读书。他常常悲哭自己没有母亲。后来鬼谷子指示他会见母亲的方法道，某天到某山中去，那边有一条小溪。在正午时有七只白鹤飞下来洗澡，那便是七星仙女。他要先躲着，等她们洗澡要飞去的时候，向那只羽毛略松的白鹤哭叫"母亲"，她便会现出真形（一个美丽的仙女）相见。并郑重吩咐他不好说出是自己教他这样做的。儿子照了先生的话去做，果然和生身的母亲快乐地相会。天女临去时，给了他一些宝物，并嘱他带了一个葫芦去送给先生（鬼谷子）。儿子回时，把葫芦掷进先生房中，这一来，把他推算天上事情的书籍都烧光了（从此世上无人更能晓得仙人们的事）。现在七星的末一

---

① 见林兰编《换心后》第53页。

颗，比较没有光彩，便为的是她曾经下凡做过母亲的缘故①。

其次，是孙佳讯君记的《海上仙女》，采集地为灌云。东海扶桑谷上有一个洞，洞里住着八个仙女。一天，她们同在天河洗澡之后，最小的一位，忽觉得自己有尘缘未尽，便独自地飞下人间来了。她遇见了一位小秃子，一道同到他的家里，因此就成为夫妇。小秃子渐渐发起财来，秃头也长出了黑发。不到两年，又养了一个孩子。过了三年之后，来了一位走江湖的先生，对小秃子说他遭遇了女妖怪。并给予他三张治理她（女妖）的神符。仙女见了他拿着神符进来，便说他和自己（仙女）缘分已尽。她去后，儿子倘想念她的时候，可到东海扶桑谷，悬杨柳下，扶着白版石，左右各唤三声"妈妈"，便能够相见。她走了以后，小秃子一切回复到以前的不幸。他懊恼之余，便抱着孩子决意去寻他（孩子）的妈妈了。经过了几个月的路程，最后又爬过高山，渡了大海，（渡海时，靠着一只大虾蟆的帮助）才达到扶桑谷。依前日仙女所吩咐的话做去，他看见了带着铁索链的妻子了，——她因破坏仙家的清规，受了刑罚。仙女给儿子戴上一顶风帽，对秃子说了几句话，便不见了。他只得仍抱着孩子，走那回家去的路。在道上，他发见了风帽带上的六个青铜钱——永远使用不完的宝贝。直到现在，海边的人还常能听见浪头里的铁链声呢②。

复次，有黄廷英君记述的广东境内罗定县流行的传说——《七月七日的一件故事》。据说，董仲舒的母亲，是天上的一位仙女，因一时动了尘念，到人间和董仲舒的父亲结为夫妇而生下了董仲舒。后来，她忽辞别了丈夫及儿子而去。数年以后，仲舒在私塾里念书，因为同学带点心的事，使他怀念起自己的母亲来。回到家里，便向父亲询问。于是，父亲对他说，到了七月七日五更的时候，东海里面，有一群女子在洗澡，他的母亲就是其中的一个。他把岸上摆列着的第七套衣服拿起来，然后高声唤"母亲、母亲"，她便和他会见了。时候到了，仲舒照父亲的话去做，果然在东海的海边和母亲相会。他不肯把衣服交还母亲，苦苦要她同回家去。后来，她摘了海边的棠莺果给他吃了，才得取回衣服而去③。

---

① 见林兰编《龙女》第15—19页。
② 见国立暨南大学出版的《秋野》。
③ 见国立中山大学民俗学会的《民俗》周刊第十七、十八期合刊。

最末，我们来介绍广东梅县民间的七星传说，那记录者是黄伯彦君。从前有一个穷孩子，为奴于星卜师。时常因苦于没有母亲而哭泣。一天，星卜师告诉他说，他本有母亲，不过现在她已列籍仙邦。七月七日，在七星桥上，将有似乞丐装束者七人走过，其中一个衫角有血光的，便是他的母亲。他信从了星卜师的话，到了那时候，跑到桥上去等候，果然来了七个乞丐模样的女人。他向那位衫角有血污的拉住而哭。她见同伴已远去，儿子尚不肯放手，便拿出一个葫芦来给与他。并对他说，以后倘需要什么，葫芦必能使他如意，可不用啼哭。另外，又取一葫芦，叫他带回给星卜师。她既去，儿子也循原路回家。他把葫芦掷入星卜师的房间，于是，所有的星卜书籍，都被烧掉了[1]。

六

现在，轮到属于第三组的篇章之叙述了。

第一个，我们就提到《华姑》吧。据说，古时有穷少年张三。一天，他在山前的河旁捞草，忽然跑来了一只老麋鹿，向他乞求救命。一会，猎人来时，他依照了老麋鹿的话把他骗走了。老麋鹿忽变成老头子，请他一道到它家里去玩。他到山洞里，备受了优待。老麋鹿又叫孩子们送米到他家里，并替他盖好房子。过了几天，他要回家，老麋鹿怜悯他没有女人。便对他说，它家后花园里，有八位仙女在池里洗澡，衣裳都挂在池旁的树枝上，他若取了一套跑回家里，自然有一位给他做妻子了。他依了它的吩咐做去，果然得到那本来住在北方很远很远的华姑。结合两年后，她养了一个男孩子。一天，华姑问张三宝衣藏在什么地方，他给甘言所打动，便老实说出来了。他说完话，到山洞里去看老麋鹿。老麋鹿知他的妻子寻到从前的衣服，必已经抱着小孩跑了。便给了他一个小瓶（含在口里，使人不饥饿），并告诉他去找寻妻子的方法。他听从了老麋鹿的话，便向北方走去。走了三天，到一块地方，被一条大河阻住了去路，因为得了河岸上一位老婆子抛线锤子的帮助，才安稳地渡了过去。他一直走了七天七夜，到一座荒山上，才会见了所想念的妻子和儿子。她很感激他

---

[1]　见中山大学民俗学会的《民间故事调查表》（未刊稿）。

的殷勤，并说明自己母亲是一个欢喜害人的老妖精。他见了岳母，依妻子的吩咐，不敢吃她（岳母）命令吃的饭。夜里他歇息在东廊房，岳母使蚊虫精去吃他，因为华姑绿手帕的帮助，得免于难。第二天晚上，他睡在西廊房，又来了吃人的黑蚤精，但同样地因为被认为华姑（他盖了她的绿手帕）而幸免了。次天，岳母觉得他还有点本领，所以不再想谋害他。因此，他们夫妇便快乐地住在这荒野的山上①。这故事的记录者，是孙佳讯君，但采集地域，却没有注明。

第二个，是陈凤翔君所记的《刘孝子娶仙女》。流传地是浙江的台州一带。据说，从前某村，有一个姓刘的人，平日很孝顺父母，所以人家称他做刘孝子。他家里很穷苦，到了三十岁，还没有讨妻子。他怨恨土地菩萨没有保祐他，所以把偶像凌辱了一阵。晚上，梦见土地菩萨来指点他得到美丽的妻子的机会。第二天，他便依梦中所听得的话去做。带了铁锄，在离家三十里的松树旁掘了一会，果然发现了一条巨大的蚯蚓。他立即闭着眼骑在它的背上飞去。到耳边没有风声时，他把眼睛打开了。当前立着的是一位土地菩萨。他告诉他说，这里已是天上。天上有七颗星（即北斗星），是七姊妹。今天她们要到某处烧香，必须经过此地。他躲在这里等待着。到那时候，让她们前面的六位走过去，将第七位抱住，她便是他的妻子了。土地菩萨说完忽不见，他便伏在一间凉亭里等着。不久，仙女过时，他抱了最后一个，于是，她便成了他的妻子。他们同回到人间。但世代已离他别家时很远了。仙女以法术造出大房子和许多器物。不知怎样，事情给仙女的父亲知道了。他愤怒地到了人间，把刘孝子和自己的女儿带回天宫去。一面把女儿关闭在冷房中，一面以严刑处置刘孝子。当天，他吩咐下人，于晚上把刘孝子送进水牢淹死。他第四个女儿，把消息传给七妹。于是，刘孝子得了妻子和她姊妹们的帮助（给了他一个避水的纸包），才安然过了这难关。次天，仙女的父亲，吩咐下人当晚把他送进火牢烧死。又被第四个女儿泄漏了消息。刘孝子得了妻子所给予的小瓶（瓶里装着水）的助力，仍没有损伤地过了一夜。父亲恨极了，便准备自己去处理不怕水火的刘孝子。第四个女儿，仍然把这消息传给了七妹。于是，她便偷走出了冷

① 见林兰编《鬼哥哥》第46页。

房，去预备帮助丈夫。当父亲拿刀来杀刘孝子时，她却掷去一个布包，他便失明了。他们夫妇乘此机会，重回人间过甜蜜的生活。以后，天上七颗星中只有六颗光耀着，就是这个缘故^①。

上述两则，除这故事一般共有的情节外，其较特异的地方，如最后一段，便是前举许多则中所没有的。

七

除前述三组的许多篇章外，有在别的型式的故事中，包含着这故事（天鹅处女型故事）的一二情节的。这些，本来原可略而不述。为了材料上提供的较周详起见，不妨试举一例，以资参考。

我们就举出米星如君所记的《孔雀衣》吧。这故事，从大体的情节上看，是属于在中国境内流行颇广的"百鸟衣型"^②。但前面叙述主人公白秀得妻一段，却假用了这天鹅处女型故事一部分的情节。据说，主人公生性呆呆，屡受同伴们的欺骗。到了七月七日，那些聪明的人们，又打算欺哄他了。他们当他走过时，便说当天的半夜里，南天门是会开的。从天上下来许多的仙女，都落在村后的山上。山顶上有一个清水池子，仙女们要到那里洗澡。又说，天上的仙女，每年有一个下来嫁给世上的凡人。若是谁有福分，今天夜里到山顶上去，伏在池子的旁边，定会看见她们，而且不定可得到一个做自己妻子。白秀听了他们的怂恿，半夜里果然到山上的池旁去等候。当好听的音乐把他的睡眠惊走时，见从水池的那边走过了七位仙女，都穿着轻飘明丽的衣服。等她们走过面前，他便把末了一位的裙子拉住，要求她做自己的妻子。仙女终于笑着答应他了。从这以下，述的都是属于百鸟衣型一般所具的情节，和天鹅处女型

---

① 见《新民半月刊》第三期。

② 见拙作《中国民间故事型式》，其情节大致如下：（一）一人，得一美女为妻。（二）他恋家废工，妻令带己（她）像往工作。（三）像为风吹去，贵人得之，大索图中人。（四）妻别时，嘱他日后以百鸟衣往叫卖。（五）贵人堕其计中，夫妻再合，并得富贵。

故事没有关系，不更说下去了①。

八

在这里，让我来做一点比较的探讨吧。

干氏《搜神记》和《玄中记》的记录，不但在文献的"时代观"上，占着极早的位置，从故事的情节看来，也是"最原形的"，至少"较近原形的"。关于这，我们只消把它和西村教授或雅科布斯氏等所拟定的型式一比较看，便自然地明白了。

这故事，到了句道兴氏的记载中，便有很大的演化。以前的女子，是鸟的变形（衣毛为飞鸟，脱毛为女人），现在的白鹤，却反是仙女的化身了。中间如术士的教唆，田章的召对等重要情节，都是出于后来的增益。此外，象干记中没有明言男主人公姓名，句记中却说是田昆仑②，干记中的女子六七人，句记中却说是仙女三个，干记中女鸟生三女，句记中却说是一子，干记中女鸟使女问父亲而晓得了藏衣的处所，句记中却说是仙女自己向婆婆问出来的等差异，以及其它干记所没有，而句记细写着的零星情节，更不必细述了。总之，这故事情节的进展，在一千年前③已是那样地足令人惊异了。

属于现在这故事的第一组的所谓"牛郎型"，大概共同的情节如下：

一、两弟兄，弟遭虐待。

二、分家后，弟得一头牛（或兼一点别的东西）。

三、牛告以取得妻子的方法。

四、他依话做去，得一仙女为妻。

五、仙女生下若干子女。

---

① 见米星如君编述的《吹箫人》第100—115页。

② 我国古代有所谓"昆仑奴"，唐人文籍中尤常提及。据近人考证的结果，是指一种"黑奴"（参看《现代学生》第一期《昆仑奴考》）。这里田昆仑的"昆仑"二字，自然有指为"黑奴"的可能，但却未必一定这样，——由公名借为私名，可能性也很大。又"田"字，必一定是姓，因为下文他的儿子叫做田章。

③ 敦煌所发见的文籍，其写藏年代，约从唐末始，至宋初止，最近的也在千年左右了。

六、仙女得衣逃去。他赶到天上被阻。

七、从此，两人一年一度相会。

四个记录里面，虽然大致的情节是相同的，但部分的或极微末的地方，自然不免互有差异。为了阅览上的方便，我们不妨略选几点，写出一个对照的表来——

	主人公	仙女数目	子女数目	离去原因	划河者	隔居原因
赵记	牛郎	许多	一男一女	骗得衣服	王母	燕子误报
洪记	王小二	一位		向母庆寿[①]	王母	王母之命
郑记	牛郎	一位	两个孩子	取得衣服	织女	鹌鹑误报
孙记	牛郎	七位	一男一女	骗得衣服	织女	天帝之命

第二组里四则，它的较根本的型式，大约如下：

一、仙女（大多是星之女神）由于天帝之命或自己的缘分，下嫁一凡人。

二、仙女生子后，以某种原因离去。

三、儿子思母，以术士或父亲的教唆，而寻见了母亲。

四、儿子得利，术士遭殃。

五、解说某种自然现象所以致然之故。

各篇中，也有部分情节和这型式不尽符合的。例如，术士因泄漏天上的事情被报复一点，在孙佳讯、黄廷英二君的记录上是没有的。又如关于某种自然现象成因的说明，也不是很普遍的，所以在两位黄君的记录上都看不到。（两君的记录，同是采自广东境内的传说。）其它，各篇尚有或大或小的诸差异。好象在黄廷英君的记载上，仙女的儿子是历史上大名鼎鼎的董仲舒，于其它各篇中，他却是连姓名都没有的"谁某氏"。仙女的离去，大都是出于自动的，但在孙君的记录上，却出于术士符箓的迫勒（虽然同样说是因缘分已尽）。在黄伯彦君的记述上，这故事极重要的情节之一，——仙女或鸟浴于水中——却变

———

① 女主人公的回到母家庆寿，是和丈夫一道同行的，和普通的单独离去（并且是偷偷地离去）的不同。

298

成十分稀淡的残影（七月七日，七仙女装做乞丐模样在桥上经过）了。此外，歧异的地方还尽有着，读者当能更详细地留意到吧。

第三组中的故事，我们试假定它共同的型式如下：

一、一男子有某种美德。

二、他以动物或神仙的帮助，得一有超自然力的女子为妻。

三、女子生子后，自动或被动地离去。

四、女子的父或母，以异力谋害男子。

五、他以妻子的帮助得免。

六、女子的父或母宽恕了他们，或他（她）自己反受祸。

这组虽然材料只有两则，但除较基本情节的相似外，彼此歧异的地方也颇不鲜少。略举数点如下：一、男主人公得助的原因，在孙记是救了老麋鹿，陈记说是他愤辱了菩萨。二、使男主人公得妻的经过，孙记大略和这故事一般的述说相近（由动物的吩咐或引带，他窃取了女鸟或仙女的衣装，而得到她为妻），但陈记却有骑着蚯蚓到天上去一类的情节。又陈记中仙女非为洗澡而来，乃因烧香经过，也不是普遍的说法。三、男主人公到妻子的母家去，孙记说是寻找妻子，陈记以为是被妻父所带走（与妻子同被带走）。四、男主人公的遭危难及解脱，孙记是他被送到东、西廊房，夜间动物精前往侵害他，依妻子的手巾而得免，陈记却说他被送进水、火二牢，以避火及避水的宝物（妻子所给与的）而脱险。五、收梢，陈记说明天上某星光所以不亮的缘故（和前组的林君的记录相同），孙记却没有这种说法。其它更微末的异点，不必尽举了。

最后，关于米星如君记述的《孔雀衣》中所包含的这故事（天鹅处女型故事）情节的一部分，是一般同型故事的记录上所共有的（自然同时也是重要的部分），这该用不着叨叨申说了吧。

以上所做的比较工作，自然是很粗略的，并且比较的范围，大都各限制于狭小的境域（如以古代的与古代的对比，现代的又分为各组而相较）中，但为给予读者一个较简单明了的印象，这也许勉强足够了。

九

前节把中国古代和现代的天鹅处女型故事，枝节而粗略地比较了一番，在本节里，我们想把这故事的形态上的变化，再概要地叙述几句。话分做几段说吧。

一、旧有情节的修改

一个故事（民间的故事）从前代传到后代，或从甲地传到乙地，它的形态必然要或多或少地被修正改削。这种修改，有人仅仅归因于口舌传述的错误，这是太把修改者的心理（无论是意识的、或非意识的）忽略了。因为时间上的或地理上的文化程度高低的不同，往往把传来故事的原有情节，给与以适合于自己社会的习俗和心理的改正，这是学者们所公认了的事实。例如灰姑娘式故事，在文化较高的社会里所说的那位帮助女主人公的仙女，在文化低级的社会里，原只是山羊或牛或狗之类①。把这种歧异，单看做由于误传的缘故是很缺少理解的。

在这故事（中国的天鹅处女型故事）里，对于原有情节的修正的地方颇为繁伙。我们选择几点较重要的说说吧。

（一）在干记上的女主人公女鸟，自句记以下，差不多无例外地都变成仙女了。

（二）女鸟或仙女的无意被男主人公看到，在现代有些地方的传述上，便变成自己有意的（如灌云、罗定的）或被命令的（闽南的）行为。

（三）女鸟或仙女衣装被盗因受劫持的情节，在现代的传述上，变成女身被抱住，或衣裙被拉牢（前者如陈凤翔君所记，后者如黄伯彦君所记——但在这里，拉衣裙的人已不是她的丈夫而是儿子了）。

（四）女鸟或仙女，到后来得衣而遁，在现在或变为缘尽而去，或以别种理由而离开（前者如林憾、孙佳讯二君所记，后者如洪振周君所记）。

前述四处情节的改变，大都是有社会文化史的意义的。原始的社会不存在了，它遗留在文艺（神话、故事、民谣等）中的事物和思想等，不再适宜

---

① 据英国人类学者安德留兰氏（Andrew Lang）的说法。

于后阶段社会人的理解，所以不能不按照着当时的思考给以变形。这些修正，一方面是促进了故事的合理性，一方面却渐渐地使它远离了原始创作时的形态了。

二、吸收或混合了别种故事的情节

吸收或混合了别种故事的情节，使自身渐渐地和原始的形态显出了不同，这也是一般传播广远的故事的常例。中国的天鹅处女型故事，在这一点，并没有什么例外。略掇举数点于下：

（一）句记中后段述朝廷官员因为打猎得了奇物，没有人能够辨识，便召回远谪的田章来询问。他一一给以满意的答覆。这一种"答奇问"的情节，大概是从别的故事上吸收来的（或者重新创作的）。

（二）现代的"牛郎型"四篇记录中，除了孙佳讯君的以外，首段都混合了在我国民间故事中最常见的"两兄弟型"的情节。

（三）句记及林、黄（伯彦）二记，都混合了一部分术士泄漏天仙行事的情节。孙、黄（廷英）二君所记虽略有不同，但可看做这种情节的变形，或对另一种情节的吸收（后者用以解黄记较妥当）。

（四）第三组的两个记录，都有男主人公到了妻子家里，被她的父母所虐待的叙述，这种施用酷刑的情节，也是从别的故事上吸收过来的。

这种情节的吸收，大抵自然是为了"必要"的关系，但其中也不无是一时偶然拌合的吧。

三、故事性质的转变

在后代流传的民间故事（Folk Tales）中，有许多是由于原始时代的神话（Myth）、传说（Legends）堕落而成的，这是神话学者、童话学者所常说的话。反之，民间故事也未尝不可以变成严肃的神话或传说。两者实有彼此变换的可能，不，两者还有"循环转变"的可能。

天鹅处女型故事，它开始时便是一个民间故事，抑是由于神话的堕落，这笔老帐颇难数得清楚，并且恐怕各地所有的，来源未必尽同，倘使我们不赞成全世界这型式的故事，都出于同一根源的话。但就中国这故事最早的记录看，却只是一个"民间故事"。如果后来这个故事的演化，是由于这里（即干氏等所根据的民间故事）做出发点的，那么，我们可以说，这故事是由民间故事而转变为其它性质不同的故事——神话、传说的。

（一）变为名人传说。在句记上已有这种意味。不过，所谓田章并不真是历史上有名的人物，而只是传说中的"名人"而已。在现代某地方的传述中，便老实把它和汉代的名儒董仲舒拉在一起了①。又在林君的记录中，所谓术士的就是有名的鬼谷子先生。

（二）变为自然现象起源神话。在"牛郎型"中，这故事都成为解释牛郎、织女两星运行的神话②。又在有些地方，或变为星光的解释（如林君、陈君所记），或成了潮声的说明。

此外，如林君记录上谓术士书籍被烧毁后，人间再不能晓得天上仙女们的行事（黄伯彦君所记梅县的传说，虽没有明白写出，恐也有同样意味），这也是一种解释性的神话——关于人事的神话。

以上所述三种形态上的变化（旧有情节的修改、吸收或混合了别种故事的情节及故事性质的转变），自然是择举较重要者叙说而已。其它还有枝叶的变态，这里姑且从略了。

十

在这里，我们要做点关于这故事所含的质素的探讨，这可以略补足前文

---

① 这地方的董仲舒，恐怕因句记中所说的术士董仲而缠误的吧。但无论如何，一个民间故事被变形为名人传说是很常见的事。

② 中国的牛郎、织女星神话，起源甚古，在传播上形态也屡有变化（参看《妇女杂志》十六卷第七号黄石先生的《七夕考》及中大《语言历史学研究所周刊》第一集第十一、二期拙作《七夕风俗考》）。但象现在这故事（天鹅处女型故事）的"牛郎型"所具的形态，于文籍考核起来，在宋代也许已经存在。龚明之（宋人）的《中吴纪闻》有一段云："昆山县东，地名黄姑。父老相传，尝有织女、牵牛星降于此地。织女以金篦划河水，河水涌溢，牵牛因不得渡。今庙西有百沸河。……"这记载，虽于二星故事写得太缺略了，但现代牛郎型故事中的以金篦（或作金钗之类）划河的情节，在这里已昭然地存在。且从这记载的文意看来，牵牛和织女，因故互相追逐的情事，并非丝毫没有线索可寻。所以我疑心在当日，现代"牛郎型"的情节已相当地成立了。《江宁府志》记"织女庙"条，文意大约和龚记相近，并说该庙是宋咸淳五年，嘉定知县朱象祖重修的。

过偏于形态方面的论述吧。

　　自然，这故事依前文所叙述，篇章相当的繁富，它里面所包含的要素也不免很庞杂。因为篇幅的关系，我们只能从中选择出若干点，加以适度的论述。假若比较重要的那些不被刊落，这目的就算完成了。

　　一、变形。这是世界神话、民间故事中所共同的要素之一。它出现在故事中的形态很复杂，但归纳起来，可分两类：一类是自动变形的，另一类是被动变形的。后者例如格林所记《蛙王子》《百合花和狮子》等的男主人公，都是被魔术师使变形的[①]。前者例如阿西娜的变海鹰，海神的幻形为狮子、野猪等[②]。但西洋民间故事中的变形较多属于后者，在中国呢，却以前者为常见。天鹅处女型故事的变形（女鸟化为女郎，或仙女化为白鹤），也是前者的一类。象这种禽鸟或兽类，化为女子，或仙女化为鸟类的故事，在中国古代文籍上，或现代民间口碑中，真是不少[③]。关于鸟类化为女子，以至仙女化为鸟类的原因，西村氏引用哈特兰德博士的话，疑这是图腾主义时代的思想，以为脱羽衣而沐浴的理由，虽不呈现于故事的表面，但所谓白鸟舍弃重荷而发达为人的过程，似潜藏在故事的里面[④]。这自然是有相当理由的看法。但我以为鸟兽脱弃羽毛或外皮而变成为人的原始思想，或许由虫类脱蜕的事实做根据而衍绎成功的也未可知。我们故乡，有一个关于"人为什么会死"的解释神话。大意说，人类本来是没有"死"这回事的，到了老年，只要象虫类一般脱了一回皮（即蜕），便又回复少年了。后来，有某人，正在脱皮时期，误被媳妇所窥见（破坏了他的禁戒），从这以后，人间便永远存在着死神了。这明明是应用虫类蜕化的事实到人类上面来的想法。又如前人所记董上仙故事，关于她仙去时的情形，有云："因蜕其皮于地，乃飞去。皮如其形，衣结不解，若蝉蜕耳。"这和上述神话，都足以加强我的"假设"成立的可能性。至于由仙女变

---

　　① 俱见《格林童话集》。

　　② 俱见于荷马（Homer）的第二史诗《Odyssey》中。

　　③ 例如猪变女子（《搜神记》卷十八），白鹭变女子（《搜神后记》及刘氏《幽明录》等），鹿变女子（《太平广记》引《五行记》），狐变妇人（张读《宣室志》），又天女化燕子（《采兰杂志》等），仙女化白鹤（《太平广记》引《河东记》）等等。

　　④ 见《神话学概论》第374页。

成鸟类或兽类，可以看做这种思想的引申或递变，抑或由另一种思想（当然也有某种事物做根柢的）所形成的。

二、禁制。禁制的风习，在原人社会中有很大的势力，因而于神话及民间故事里，也深映着它的踪迹。例如西藏的《白鸟王子》的故事，女主人公阿乃杜，误信了老妇（大约是妖妇吧）的话，把白鸟王子（这时他被魔法变为白鸟）所卸下的羽毛烧掉了，因此他（白鸟王子）便失掉了灵魂，——虽然结果仍由她经过种种困难去换回了它①。希腊神话中，爱神丘比特和赛支恋爱的故事中间也有一段和这意味相仿佛。中国民间故事中，如《直往西南》里的男主人公因违背了妻子的告诫，在中途张开了雨伞，因此使她（妻子）陷于苦难的境地②。这也是一种禁制。天鹅处女型故事中的女鸟的羽毛或仙女的衣裳被人所藏匿，便不能不受人的支配。一直到她重得了羽毛或衣裳，才恢复了原来的自由。这是显然的禁制思想的表现。

三、洗澡。这故事中除了极少数的变形外，差不多都有洗澡的情节——女鸟或仙女到池或海中洗澡的情节。这看去虽然是象不关什么重要的事，但在民俗学上的意义是颇可吟味的。在神话和民间故事中，这种女性（人间的或超人间的）洗澡的叙述，往往可以碰到。希腊神话里面，常见女神们在溪涧或海中洗浴的事③。在印度，也有王女到外面的池里洗澡，遇着了豹的一类故事④。中国故事中的这种情节，最深印于我们的脑海的，怕是《西游记》里蜘蛛精在濯垢泉洗澡，而猪八戒前往鬼混的一幕喜剧吧⑤。前人所记关于融县铁船山的仙女泉的传说云，七月七夕，尝有仙女浴于泉侧⑥。这不但洗澡一点和天鹅处女型故事相近，并且使我们不能不怀疑到它原是这故事所吸收或分出的一部分。现在民间故事中，如《摘心避难》的男主人公，在山里见到池中一位

---

① 见远生氏编译的《西藏民间故事》。
② 见谷万川君编述的《大黑狼的故事》。
③ 例如月神狄亚娜常和她的从者在深林的小川中洗澡。史克拉在清池中洗浴，为格老苦士所看见等，不一而足。
④ 见戴伯诃利（Lal Behari Day）的《孟加拉民间故事集》（Folk Tales of Bengal）豹媒篇。
⑤ 参看《西游记》第七十二回。
⑥ 见《名胜记》（据《月令粹编》卷一二所引）。

天女似的姑娘在洗澡（她是大红蛇变形的）^①。这也是一个显例。这类情节的叠出，是颇有可研究的意味的。许多关于原人的记述中，常提到他们在河海中野浴的事。例如清人六十七在《番社采风图考》中，记台湾野人妇女的川浴云："彰化以北，番妇日往溪潭盥颒沐浴，女伴牵呼，拍浮蹀躞，谑浪相嬲，虽番汉聚观，无所怖忌。"这故事所具有的洗澡的情节，看做他们（原人）平日真实生活的反映，自然是很正当的。但我们如果再做进一步的思考，也许可说其中或带有"除秽"一类宗教上的意味。说到这里，我联想起古代弗里季地方，他们的女子在结婚之前，照例要到河里去洗澡，目的在奉献她们的贞洁于费略斯精的民俗^②。又希腊及许多印度欧罗巴民族间，多有相似的风习。著名学者卫斯特马克氏（E. Westermark）以为这种行为，暗示着"净化"的目的^③。我们虽然不敢遽然断说这故事中洗澡情节的原义，是一种献贞或净化的作用，但在后来的传说上，或多或少地带着这种意味也未可知。再者，这故事中的女主人公原本是一种鸟类（外国大多是天鹅，中国则是女鸟）。鸟类里面有许多是常沐浴于水中的（如天鹅、凫、鸥、鸳鸯等）。脱羽毛洗澡的情节，或仅是原人极幼稚的一种推想也未可知。（后来的仙女洗澡，是一种情节上的因袭，或者夹杂着另一种意义。）

四、动物或神仙的帮助。再没有比动物友谊地或报恩地帮助主人公的情节，更普遍于民间故事中的了。欧洲故事中，象《靴中的猫》^④一类的谈述，是大众所周知的。中国古代记录上，象《蛇衔珠》《黄雀入梦》的故事^⑤，我们也不至于忘记吧。和动物的帮助人相近，神仙（超自然者）也常在故事中演着这种脚色。这在古代希伯来民族及希腊民族的神话、传说中，已不是怎样生疏的事例了。中国古今的故事中，这类情节更丰富。随便拈掇一例，如张成因幻形为妇人的神明的帮助，岁岁大得蚕^⑥。这是一个极普通的民间故事。中国

---

① 见谷编《大黑狼的故事》。
② 见沙尔、费勒克著的《家族史》第十二章。
③ 见卫斯特马克氏的《人类婚姻小史》第八章。
④ 法国贝洛、德国格林等，皆记录过这故事。
⑤ 前一条，是隋侯故事，后一条，是晋杨宝故事，详见干宝《搜神记》卷二十。
⑥ 见干氏《搜神记》卷五。

的（其实别国的也有一样的）天鹅处女型故事，有一部分的说法，是含着动物（牛或鹿）或神仙援助男主人公的情节的。这在故事的演进上看，是以后吸收而来的成分的一种。但就这种"成分"的本身看，却是在故事中很普遍而富于文化史意义的东西。人类学者们以为动物对人类报恩或友谊的资助，这种故事的发生，应追溯到人类生活和动物还有密切关系的时代。而神仙（超自然者）和人类交涉的思想，也已远在人类宗教行为产生的远古时代。

五、仙境的淹留。哈特兰德博士在他的名著《童话的科学》中，所论述到的五类童话，里面有一种，就是"仙境淹留"（Supernatural Lapse of Time in Fairyland）。这种类型的故事，虽然各地所传情节不很一致，但重要之点却是大抵相同的。记得宋人绝句云："娟娟红树碧峰前，为爱桃花入洞天，偶逐霓旌才百步，却忧人世已经年。"[①]又云："棋罢不知人世换，酒阑无奈客思家。"[②]这都是歌咏淹留仙乡的情景的。欧洲民间故事中，我们可举出格林所记，牧人彼得因追踪亡羊的缘故，到了一个仙人所居的洞穴，回来时人世已历二十余年的故事[③]。中国古籍上关于这类型故事的记载，最为我们所熟悉的，是晋朝王质入山采樵，看两位童子下棋，等到棋下完时，他的斧柯已经烂了的传述[④]。但和天鹅处女型故事中的这种类型情节（指陈凤翔君所记录的）相近的，是刘晨、阮肇误入天台的故事[⑤]。因为两者都是说及男女两性的因缘的，和彼得、王质或李班、惠霄、蓬球等[⑥]传说颇有不同的地方。

十一

前节纪述了这故事所含的要素五种，在本节里我们还要继续写述下去。

六、季子的胜利。据学者们的搜集和研究，人类的家族制度上，曾经存

---

① 陈尧佐《洞霄宫诗》。
② 欧阳修《梦中作》。
③ 见英译本《格林童话集》。
④ 见梁任昉撰《述异记》等书。
⑤ 见《太平广记》六十一引《神仙记》。
⑥ 李班等故事，都见于唐段成式撰《酉阳杂俎》前集卷之二。

在过一种奇异的继承法，就是继承家业的，不是年纪长大的儿子而是最幼小的季子。这种制度，现在亚洲、美洲、澳大利亚等处的自然民族多尚残存着。而世界上许多文明的民族，它的上代大都也可以找出实行过这种制度的痕迹。有力地证明着这种初期的继承制度的，是神话、民间故事中"季子胜利"题材的普遍。《小说的童年》作者麦考劳克氏（J. A.Macculloch），谓周英斯氏（W. H. Jones）的《马札尔人民间故事集》，所收五十三个故事中，竟有二十一个是属于季子胜利式的。日民俗学者松村武雄氏说："这种现象，殆一切民族的故事所共通的。是不问东、西洋，也不问自然和文化民族地显著的民间故事的普遍相之一。"①西洋故事中如前文所提到《靴中的猫》，便是季子胜利式的好例。中国古代，是否存在过季子相续制（Ultimogeniture），这问题还有待于社会学者们的探讨、证实，但民间故事中这种情节的存在，确乎是无可怀疑的，至少现在口碑中，这种讲述极为丰富。我们试举一个最显明的例，如狗耕田型故事，占胜利的总是年幼的弟弟，而齿长多谋的哥哥，所赢得的无非是恶劣的结局②。中国的天鹅处女型故事，在现代某几处地方的叙述上，也显明地具有这种情节。据我想，这大约是从本来独立地存在的狗耕田一类兄弟型的故事中吸收了来的。

七、仙女居留人间。和前节所说的凡人淹留仙境的"主题"相反，而一样地广布于故事中的，是仙女居留人间的故事。希腊神话中，往往有上界女神到人间帮助凡人，或和他们结缘的，这是大家知道的事③。中国古代记述中，这种型式的故事也非常地丰饶。如晋干宝所记《园客妻故事》，云园客貌美，没有娶妻。后来有天上神女，下来助他养蚕。不久，便一道成仙去了④。这以外，象成公智琼、杜兰香⑤等故事都是好例。但以上所举的，不过泛说是仙女，没有指明是何种星宿的女神。和天鹅处女型故事中现代一部分的说法（指

---

① 见松村博士所著《末子相续制与故事》（《民俗学论考》第333页）。

② 参看拙作《中国民间故事试探》（《民众教育季刊》第一卷第一期）。

③ 仙女到世上帮助凡人的，如荷马史诗中所述，其例甚伙。至和凡人结缘的，象丘比特女儿的下恋安特米翁之类便是。

④ 见《搜神记》卷一，又出《女仙传》（据前人类书所引）。

⑤ 见《太平广记》引《集仙录》及《墉城仙录》。

把那仙女认为七星之一的说法）尤相似的，莫如唐朝牛峤所记的织女下偶郭翰的"罗曼斯"①。这篇记录写得很缛艳，自然是和当代许多传奇性质相近的东西，但它的骨髓里，怕不会没有若干民间故事的成分吧②。

八、缘分。神话、民间故事中的重要质素，大多是世界上各民族所共通的。这只要看本节和前节的一些论述，便可以相当地感觉到了。但也不是完全如此。有许多要素则是仅存在于少数民族中间的。例如我们现在要谈到的"缘分"，便是其中的一个。在西洋及其它各处的故事中，说及缘分的似乎很少见。在中国，不始于现代，自六朝以来的记载上，含有这种成分的故事，早就大量地存在了。这种故事的情节，大致说天上的仙女，以和世人有宿缘的缘故，自动或受天帝命令去和那人结合。后来缘尽，便独自回上天去了。这是约略的说法，实际上各故事自然有和这稍稍出入的地方。例如前人所记唐宝历时封陟的故事。那仙女以"业缘遘萦，魔障剡起"的缘故，虽然对这位男主人公怎样地献媚殷勤，无奈他老用着"不欺暗室"的理由回绝她。结局，他却不免陷于恸哭自咎的境地③。这便是一种较特异的说法。（其实，这种变异，可能是儒教思想所渗入的结果。）中国天鹅处女型故事中关于缘分的情节（洪振周、孙佳讯二君所记述的），是很近于通常的形式的④。本来缘分的思想，不是中国的固有物，这只要查考一下汉、魏以前的神话、传说便了然了。它大约是跟佛教一道传入中国的。所以，六朝以来的故事中，多浓郁地带着这种色彩。自然，我们晓得一种思想或制度，由甲地传至乙地，在那里所以能够发育滋长，是要有相当的土壤的。但关于这问题的话只能暂止于此了。

九、术士的预测。法术（Magic），到了我们文化已高度进步的社会里，和微生虫在极讲究卫生的场所一样地是不适宜于存活了。但在文明民族的远古

---

① 见牛氏所著《灵怪录》（依《唐人说荟》本）。

② 这故事大概的情节，和晋以来许多笔记小说所记载的相似，而天上织女下嫁凡人的故事，也不是很仅见的。例如为董永偿债而来的仙女，便自称是"帝之织女"（参看《搜神记》卷一）。

③ 见前人类书援引《传奇》。

④ 这种型式故事的记载，屡见于前人笔记中。兹特举近人记录的一个民间故事为例。某君所述的《水獭精》云，当水獭变成白面书生，走进船舱里时，对赵家的女儿说道："我俩生前有缘分，我早已被你迷住了。"（《小猪八戒》第48页）

时代，或现在尚停留在文化史初期的自然民族，法术在他们的社会里一般是演着很重要的角色的。近世考古学者和土俗学者所揭示于我们的事实，是怎样地显明而真确。英国人类学者马栗特（Marett）博士说："法术实未开人秘密的科学"。①这话是很接近真理的。法术，在它产生的初期，也许是由于一般人执行的，到了后来，便渐渐有了术士、巫师一类的专门家。于是，大部分较重要的法术，都由这种专家去司理。神话、民间故事中，以法术或术士做为要素而组成的，是很普遍的事。如古代阿剌伯故事中，所谓非洲法术师，使徒弟下地穴盗取神灯的事情，我们凡读过《天方夜谭》的人，是不会忘记的。埃及故事中，含有法术或术士的要素的，到处可以找到②。我们中国，在古代已很富于这种故事了。其中说术士能预知神仙的行止，象天鹅处女型故事里所具有的一样，我们可以举出三国时管辂的故事为例。据说，这位大术士，一天去到平原地方，见了一位姓名叫做颜超的小孩子。他断说他不易活到壮大。于是，小孩子的父亲便求为设法延命。他指点他们于某天用酒食去诱求在大桑树下弈棋的仙人，找寻解救的办法。颜超依话做去，果然获得完满的结果③。这和天鹅处女型故事中，术士嘱咐仙女的儿子，于她（仙女）下凡或在某处经过或洗澡时，把她缠住的情形，不是极相似吗？

十、出难题。人类或超自然者课役人去从事于智力上或体力上种种艰难繁重的工作，而被役者终获得了胜利（或否）。这种情节，在世界各民族的神话、民间故事里，是广泛存在的。古代希腊神话，说半人半兽形的斯芬克斯（Sphinx）蹲在道旁，要求过路的人猜它那"早上用四只脚，白昼两只脚，晚上三只脚走路的是什么"的谜语，这不是大家更熟悉没有的故事么？古代印度的故事中，象耶沙怕尼王误听了恶臣的谗言，使正直的和尚去做种种超越人力的工作④，也是这类故事的适例。关于试验智力一类的故事，中国现在民间颇

---

① 见博士所著《从咒文到祈祷》一文。按博士此话（"法术实未开化人秘密的科学"），乃为修正世界著名民俗学者弗雷泽（J. G. Frazer）博士的"法术是相应于我们的自然科学的未开化人的科学"的话而说的。

② 例如《木乃伊与法术的书》《比赛法术》《苦敷王与法术师》及《咒的黑箱》等故事，不一而足。

③ 见《搜神记》卷三。

④ 见于印度的古童话集《Jataka》中。

丰富[1]。要求和女子结婚的青年，被女子的家族课以种种困难的工作或可怕的危害，但他卒因女子（或超自然者）的帮助，得以成功，这是所谓有名的"求婚故事型"[2]。我国古代记录中，如杨伯雍求婚于著名徐氏之女，徐氏故索白璧一只为聘仪，杨氏因超自然者的助力，终于达到他的目的[3]。虽然这故事的一部分情节，和一般的求婚故事型略有出入，但因求婚而被课以自己力量上所难办到的事物，而终由于"他力"的帮助解除了那困难，这种要点是赫然存在的。天鹅处女型故事的古记录中，田章被召回的时候，有解答奇异问题的情节。这大体上可看作"答难题故事"一类的说法。

至于近人孙佳讯、陈凤翔二君记录的末段，说男主人公到了妻家，受尽种种的虐待，终因妻子的帮助免于危难，这简直是一般求婚故事型中重要的情节了。

除本节和前节所论述的十项外，关于这故事中所包含的要素，尚有好些。不过在这方面确已写得不少了，还是暂告结束吧。

1932年夏作于西湖

---

① 例如《李太白识破蛮书》《孔子穿九曲明珠》等故事。

② "求婚故事型"，即故事学者所谓"远旅的故事"（A Far-travelled Tale），这类故事的著例，象希腊《耶松取金羊毛》、日本《大国主命逃出根坚洲国》等都是。

③ 见《搜神记》卷十一。

老獭稚型传说的发生地

——三个分布于朝鲜、越南及中国的同型传说的发生地域试断

一

把古代扶余族间所传述的朱蒙传说[①]，来和现代朝鲜咸镜北道会宁附近等地方民间所传的近似老獭稚传说的故事[②]做一种故事学上的比较工作的，这在1913年日本人种学者鸟居龙藏博士所发表的三轮山传说的论文[③]中，已经启露

---

① 朱蒙传说，在我国东汉的时候，已见于文人的著录（参看王充《论衡》第二卷"吉验篇"）。但这传说，因流播的长久和扩大，它的形态上自然要发生相当的变化，所以在中国和朝鲜的文献上所记，颇有互相出入的地方。现在，且录魏收所著的《魏书》的有关记载于此："……自言先祖朱蒙。朱蒙母河伯女，为夫余王闭于室中。为日影所照，引身避之。日影又逐，既而有孕，生一卵，大如五升，夫余王弃之与犬，犬不食，弃之与豕，豕又不食，弃之于路，牛马避之，后弃之野，众鸟以毛茹之，夫余王割剖之不能破，遂还其母。其母以物裹之，置于暖处。有一男破壳而出。及其长也，字之曰朱蒙。其俗言，'朱蒙'者'善射'也。夫余人以朱蒙非人所生，将异志，请除之。王不听，命之养马……后狩于田，以朱蒙善射，限之一矢，朱蒙虽矢少，殪兽甚多。夫余之臣，又谋杀之。朱蒙母阴知，告朱蒙曰：'国将害汝，以汝才略，宜远适四方！'朱蒙乃与乌引、乌违等二人弃夫余东南走。中途遇大水，欲济无梁。夫余人追之甚急。朱蒙告水曰：'我是日子，河伯外孙。今日逃走，追兵垂及，如何得济？'于是，鱼鳖成桥。朱蒙得渡，鱼鳖乃解。追骑不得渡。朱蒙遂至普述水。遇见三人，其一人著麻衣，一人著衲衣，一人著藻衣。与朱蒙遂至纥升骨城，遂居焉。"

② 鸟居博士所介绍的两则传说（一则关于明太祖的，一则关于清太祖的），都算不得较完整的老獭稚型传说，因为它们都缺乏天子地的一部分情节，换句话说，它们仅具有老獭稚型传说的前部分（三轮山型）而没有那后部分（天子地型），虽然它们也同样地带着异物所生之子孙，终于成功为人间的帝王的一类说明性部分。

③ 这论文，后来收在《有史以前的日本》一书（1928年初版）中。

了端倪①，但是正式地把老獭稚传说和朱蒙传说做比较研究的，那是1930年彼国已故今西龙博士所作的贡献。今西博士关于这问题的探究的论文题目，是《朱蒙传说》及《老獭稚传说》②。在那里，今西博士从文献上和口碑上，提供出了非常丰富的关于朱蒙传说和老獭稚传说（及和它部分地同型式的诸传说）的资料③。临末，他给予了这样的结论，那历见于中国和朝鲜古文献上的朱蒙传说，它原始的姿态，是类似于现在会宁附近所流传的老獭稚传说一类的东西。换一句话说，就是现代的老獭稚型传说，是古代的朱蒙传说的原始形态。

这个问题，到了去年（1933）末，却又被彼国的另一位学者给予以新的论断。他以从别一个国境所获得的资料为根据，强力地推翻了今西博士的结论。这反对论的主持者，是那时候刚从越南的"学术之旅"归来的松本信广教授④。松本教授在同年的十二月号的《民俗学》（月刊，东京民俗学会辑编）上，揭载了一篇论文，题目作《老獭稚传说的越南异传》。据松本教授的意思，那现在流传在朝鲜会宁附近的老獭稚传说和过去流传在越南境内的丁部领出生传说，两者乃是同出于一个本源的异体⑤。他并推断：这些传说中的女子

---

① 鸟居博士于引录了《后魏书》中关于朱蒙传的记载的后面，接着说道："这（朱蒙传说）我以为是和前述的豆满江畔的传说（他所介绍的关于清太祖的传说）颇同其形式的东西。"又说："象以上所述的，那些传说，初看虽然象不同的样子，但把它们细加考察的时候，可以说是同一形式的东西。"（第145—146页）

② 发表于为内藤博士颂寿纪念的《史学论丛》中。

③ 今西博士在那篇论文中所引用的关子朱蒙传说和老獭稚传说等的资料如下：《论衡》，《好太王碑》，《魏书》，金富轼《三国史记》，《旧三国史记》（以上朱蒙传说），崔氏《云渊实迹》，卢氏《记清太祖之父传说》，《清太宗汗之父努尔哈齐故事》，《努哈齐神话》，《老努哈赤之父底传说》，《兀良哈传说》，《清室祖先传说》，《满洲始祖出生故事》，《兀良哈始祖传说》等（以上老獭稚传说及和它部分地相类的传说）。

④ 松本信广教授著有《古代文化论》及《图本神话的研究》等书。去年，他为极东文化的研究，曾亲赴越南作学术的踏查。

⑤ 松本教授云："要之，这两种传说（老獭稚传说和丁部领传说）的相异点，并没有那么重大，都是从同一的本源而出的异体无疑。"但从他的整个的结论看，所谓"从同一的本源而出的异体"的，并不是指的这两个传说的全部分，而只是它们中间的某一部分，即关于天子地的那部分。

和动物结婚的情节，是两地各自固有的古传承，而那因为骸骨被安置于水里灵物的口中或角上，子孙便得成为天子的说法，却是从中国境内发生了而分头传开去的。他颇抱歉于不能得到中国的这种材料（关于天子地的传说）为左证。

以上，是老獭稚传说和别的传说（朱蒙传说及丁部领传说）的比较问题的提起以至于论驳的一段小史。

在这里，谈谈我现在重新来触动这题材的一点旨趣。

象前面所叙述了的，我们邻国的三数学者，各自运用专门的学识，来从事这类颇近于冷僻的"民间传承学"上的比较研究工作，他们的热心和毅力，是叫人钦佩的。正因为这样，我们不能不利用自己的方便，在他们赤足踏过了的道径上做更进一步的探险。这结果不一定就是成功，但我们总算尽了自己可能尽的责任，也是人类文化演进史上的一种必需的共同协力。

在这篇小文里，我所企图尽力的，不是要重新来讨论老獭稚型传说是否为朱蒙传说的原形的问题（关于这，我同意松本教授的结论），也不仅是为论定这两个传说同出于一源的问题。我的主要的工作，是一方面提供出他们所不曾发见的同型式（老獭稚型）的中国的资料，一方面根据这新资料而做出比较确切的论断——关于这些同型传说发生地域的决定。

自然，这工作是很困难的。本来关于诸种民族间文化流传的问题的考察，是极不容易成功的一桩事情，而这类问题属于"民间传承"方面的，那尤其是难于把握的了。何况笔者的学殖是这样荒落，更何况眼前环境不大适宜于从事这种细致的工作[①]，但是，明明晓得这样，却仍执笔来做这冒险的尝试，那正是为前面所说过的责任心所推动着的缘故吧？假如这小文能够相当地把我的本意大体表达出来，并且使读者于读完之后，觉得还不算是一种太不近情理的胡说，那就是笔者无上的满足了。

---

① 本文的大体，虽然是在国内起草的，但那时候正忙着预备出国，心绪匆匆，自然许多地方没有做到周密的地步。到东京以后，又忙着一些别的事情，几把它全搁置在冷寞里，中间只为它从所在学校的研究院中，借阅过一两册参考书。现在暂时移居到这海滨的乡下来，一切需用的文籍，都无从得到，而文章又偏偏不能不在这时候脱稿，这真是无可奈何的事。

二

所谓老獭稚传说，是怎样情节的一个故事呢？在这里，试把崔基南氏的记录①介绍于我们的读者吧。这传说大体上可分为两部分，前部分是叙述女子私和水獭婚合，以至于怀孕及水獭的被发现等情节的，就是日本故事学者们所谓的"三轮山型"②。后部分是叙述地师发现天子地，使老獭稚入水葬骸骨，以至于试验结婚及成为天子等情节的，就是我所谓"天子地型"。

> 咸北会宁郡西十五里地西村（即鳖池岩也），有土豪李座首者，年老无子，只有一女子，绝代姿容。长养深闺，父母极爱之。一日，其母审视其女，则孕胎弥月。大惊，急告其夫。曰："女儿急失行至此，家将亡矣！"其父大怒，打杀为计。直招女儿取问曰："尔以未嫁女子，与何人通奸，即从实直告！"女儿曰："小女生长深闺，果无犯罪。而但夜夜五更，枕睡之间，有何许四足兽，潜入闺内，密解里衣，□□而归。感悟而起，则迅出门外。夜夜如此者累朔，羞愧而不敢禀情云。"……其父曰："若然，则今夜假寐，□□之际，明绸细丝一缫丸，备于枕边，系其足解送，则必知其踪迹矣。汝亦慎从焉！"是夜，俟其来，果系其足。翌日，由丝寻迹，则丝入于附近小泽矣。于是，李座首多率里民，通沟注水，各持木桶，移水彻底，则有獭潜伏，丝系于足。于是，捕获打杀，埋于泽畔。其女子弥月解胎，即黄头小子也。不忍杀之，使母子即为别产，名其儿曰老獭稚。

---

① 崔基南氏，朝鲜人。他关于这传说的记录，题作《云渊实迹》。作于韩隆熙二年，但至明治四十一年始刊行。

② 所谓"三轮山型"，是日本的重要神话、传说之一。从古便见于记载，现在尚流传于民间。据各家著述所载，形态也很有不同的地方。现在就把其中比较普遍的一种说法，略介绍于下：有一个女子，每天晚上，跑来了一个男子和她同睡，后来，事情给父母晓得了。父母便吩咐她，等他晚上再来的时候，把穿了线的针，给刺在衣上，看他究竟回到哪里去。后验出那男子是来自三轮神社的，始知道他是一位山神。不久，女子遂生了一个孩子。

以上是前部分的记录。以下便是后部分的了。

> （老獭稚）渐长，气质武强，禀性敏异。善潜泳水，如獭性。
> 每日出游，往于泽畔，守獭冢焉。一日，有客着蔽阳笠者，来访老
> 獭稚，指往泽畔。相见曰："我有堪舆之术，得吉葬之地而在渊
> 中，故不得遂试。"老獭稚曰："第言之。"地师曰："深渊之中
> （此深渊未详，似指汉城岘深渊），有卧龙石，左角有天子之气，
> 右角有王侯之气。裹尸骨挂其角，则子孙必有发祥之兆矣。则我葬
> 于左角，尔葬于右角，则各遂其愿矣。"于是老獭稚左手持地师之
> 父尸骨，右手持老獭之骨，投入深渊中。暗生诡计，换手挂
> 角。须臾而出。地师亦知其情，然势莫奈何。叹曰："是亦天也！各归其
> 地。"老獭稚居常不事产业，只为水猎而已。钟城郡南四十里地水
> 门洞，家有一女子，其性迂阔，意气过于男子。年已冠笄，请婚者
> 多。其父母欲许，则女子自谓非我述也，使其父母不许云云。老獭
> 稚闻其言，往其家请婚。则女子窥其门户，出言曰："君为人非
> 常，则我有试取之方。"同时小便，两人各穿地三寸。于是，应
> 诺，成婚而归。连生三子，三郎即清太祖也[1]。

关于这传说，尚有咸镜北道庆兴郡守卢镒氏的记录[2]，因为情节上大致和这相似，便从略不赘了。

顺次，得叙述到越南境内所流传过（或者现在尚以原来的抑稍变异了的形态流传着）的丁部领出生传说。这传说在彼邦，正和老獭稚传说在朝鲜一样，也有中文记录[3]。我们试先看看它的前部分：

> 丁先皇，华闾洞人也。世传洞中旧有深潭。其母为骥州刺史丁

---

① 这个记述，是根据今西博士的论文中所引转录的。其中有一二很明显的误排或误笔，已给予改正，其它一律仍旧。

② 卢氏以外，尚有几则记录，因为它们都不能算是比较完整的老獭稚型的传说，所以，不提及。

③ 见彼邦文献（《公余捷记》卷五）。

公著媵妾，常于潭边洗濯。适见一巨獭，胁与之交。归而有妊。居期生一男子，丁公甚钟爱之。母独知其为獭所生。未几，丁公卒，而獭寻为人所获。洞人烹而食之，弃其骨。母闻之，候众人散去，拾骨以归，封裹置之灶上。尝嘱儿曰："尔父骨在此。"

再看后部分：

及（獭子）稍长，轻捷善氽（音斗），号为丁部领。时有北客，就我国（越南——笔者注）看地，因从龙脉至此。适觉天文，见有红光之气，自潭中起，望之如一匹练，直射于天马星。明日至其旁，觅看良久，曰："水中必有神物。"因求善水者探之。原潭内有一处最灵，人莫敢近。客人以厚赏邀求，部领闻而愿往。即氽深处，以手摩之，果见一物，似马形，立于水底。登时回报。客人曰："尔可复下，以草纳这马口，试看如何？"部领即将草一把向马前。马果开口嗑之。再归以告。客相与语曰："果然有穴。"即索银与部领曰："今少酬劳，他时更有厚赠。"仍约以暂且归国，不久复来。时部领虽少，是个聪敏的人，闻北客语，曰："穴在马口无疑。"待他去后，即取灶上骨，以草包之，下水推入马口。马便吃了。既而人多慑服，推为众长，居陶澳册。尝与叔父战，奔过潭家湾桥。桥折，陷于淖（泥也）。叔父欲刃之，忽见二黄龙拥之，叔惧而退。由是，归附益众。居数年，客人即火烧先人骨，自北而来。寻至伊处，欲葬之。闻部领英才盖世，手下已千余人。知此穴他已葬了。自以枉费工夫，因此含怨。即就与之语曰："闻君已得地，此穴虽佳，第马无剑也不好。今许剑一把，置诸马颈。必能纵横寰宇，到处清夷。"部领信之。遂入水，就神马处，以手摩其颈，置剑而回。其后，每战必克，号万胜王。卒平十二使君，是为先皇。在位十二年。寻为内人杜奭所弑，及其子琏。盖堕于客人之计，马首有剑（带杀敌也）。[1]

---

[1] 依松本教授论文所引转录。除一二处错字略加订正外，大体仍旧。

这传说，若和前面所录的老獭稚传说严密地比较起来，自然有着许多歧异之点。例如：（一）故事中的那位和水獭交合的女子，在那里是处女，在这里却是"有夫之妇"。（二）在那里是水獭偷走进李家里和少女交，在这里是妇人到水边去而被奸于獭。（三）在那里有和三轮山传说中的情节一致的系丝于獭身的事情，在这里却没有。（四）在那里只说獭子常守老獭冢，在这里却有母亲置骨于灶上的事。（五）水中的灵物，在那里是卧龙石，在这里却是神马（或马形的东西）。（六）在那里不见存在地师复仇的情节，在这里却显然具着。（七）在那里所有的试验结婚情节，在这里也没有。（八）在那里成为人王的是水獭的孙子，在这里是水獭的儿子。这种种的不相同的地方，我们是不能够否认的事。但这两个传说中，彼此所具有最重要的骨干，却是一致的。那就是下列的型式：

一、獭和人类的女性婚合而生的儿子，善于泅水。

二、因外人的请求，发现了水中的灵物。

三、安葬先人遗骨的时候，把自己父亲的骸骨放入。

四、因此，便成为天下之主。①

三

现在，我要来开始介绍在我国东部（江苏灌云）所流传的宋太祖（赵匡胤）的出生传说了。这传说的原记录者，是对于我国民间故事的搜录上有相当功绩的孙佳讯氏②。下面所写录的，就是孙记的述略。

> 从前有一姓赵的人家，把渔船当做住屋，讨生活于海浪之上。一天晚上，船上忽然来了一只大水獭。它打一个滚，变成白面书生。跑进赵姑娘所住的舱里，说自己和她有缘分。从这以后，它便夜夜来和她同睡在一起。不幸，赵姑娘的肚子渐渐地大起来了。终

---

① 这个型式，大体是用松本教授的语句写成的。

② 孙佳讯氏所记录的传说、民间故事很不少，已结集成书的，有《娃娃石》一册（开明书店版）。其它，散见于各种刊物及别人所编纂的故事集中。

于在父亲做寿的那一天，被他老人家看破了秘密。他便责骂他的老婆。其实，她也并不晓得女儿干过些什么事。询问的结果，才知道原来是那么一回事情。她便吩咐女儿备好穿上细麻线的针，等它今夜再来的时候，给刺在衣上，看它把麻线究竟拖到什么地方去。晚上，水獭精来了，赵姑娘虽然不免因将断情而哭泣，但终于依照母亲的话做了。第二天早晨，她的父亲带了铁锹，尾随着麻线去追寻那怪物的踪迹。大水獭的身体，在沙滩上被发现了。结果，是他把它劈死了，埋葬在那里。以后赵姑娘每经那块地方，便禁不住哭泣起来。几个月后，她生下了一个小孩。她的父亲，因为自己没有儿子，便把他收养起来，给他一个赵小的名字。

赵小从幼便很能泅水。到了十一二岁的时候，竟能钻进冰冻了的海里去取鱼。有一天，他因为做买卖，打死了一个取货不给钱的滑头子，被送进衙门里去。县官很奇怪他年纪这样轻，会有力量打死人。接着听说他是卖鲜鱼的，更觉得诧异，因为，那正是海上结冰的时候。盘问之后，县官晓得他所捕鱼的那海中，有一条活龙在那里（它常给赵小嘘气保暖）。于是，他便要他（赵小）带自己（县官）祖宗的骨灰去送进龙嘴里。这样，就可以赦免了他的杀人罪。赵小自然同意。县官便把那装着骨灰的小瓶交给他了。赵小回到家里，硬要母亲告诉他自己是否有爸爸。她被迫不过，只得把过去的事情说出了。她立刻跑到埋葬水獭的地方，掘出了几根骨头，把它烧成灰，装进了一个小瓶里。他带了两个装着骨灰的小瓶，跳进冻窟窿里去了。这回，那活龙的嘴，却不象平常一样地开着，只从鼻孔里嘘出热气来。他为要使它开嘴，便把一根芦柴塞进它的鼻孔里去，叫它打喷嚏。当那龙正在打开嘴巴来的时候，他即刻把自己父亲的骨灰送进去，而龙的嘴巴马上又紧紧地闭住了。从这以后，无论怎样它再也不肯打开。他没有办法，只好把那县官祖先的骨灰瓶，挂在龙角上。因爸爸的骨灰葬在龙肚里，赵小后来就做了皇帝。那便是宋太祖赵匡胤。那根芦柴的后代（柴王）和那位县官，也都因受了龙气的影响，各获得了相当的高位。[1]

---

[1]　原文刊在北新书局出版的《灰大王》（第48—54页）。

读完了这宋太祖出生传说，不免使我们感到不小的惊异。它和前节所述的朝鲜的老獭稚传说及越南的丁部领出生传说，三者除一些细节不同之外，大体上是多么相象啊！

我们早就明白，因为民族或部族间彼此文化阶段的相近，而产生了相似的神话和传说等，这种神话学上所谓的"心理作用相同说"（即英国人类学家所主张的），是具有颇大的解释一般神话事象的能力的。但是，象前面所列述的那些传说主要情节高度的类似，不，简直该说是相同！却不能尽在这种原则（心理作用相同）之下，去求正确的解释。换一句话说，我们与其把它们（流行朝鲜、越南和中国的三个同型式的传说）看做各自独立地发生了的，怕不如看做从同一的根源传布出来的更为符合事实。更简截一点说，就是对于这些相类传说的解释，用神话学上的"传播说"，似较胜于应用那"心理作用相同说"。

四

如果我们象前面所说，肯定了这流传在朝鲜、越南和中国的三个同型式的传说，是从同一的根源分传出来的，那么，这些传说本来发生的地域应该在哪里呢？朝鲜？越南？还是中国？这问题，是自然地要求我们解答的。

前文所已提及了的，松本教授对于老獭稚传说和丁部领传说的来源问题，曾作过这样的论断：这两个同属一个型式的传说，前部分（就是三轮山型的情节）是两地各自固有的民间传承，而后部分（天子地型的情节）却是从中国发生了而分头传去的。这样，便产生了两地的型式上相同的传说。

松本教授的这个论断，对我们现在所直面着的问题，是否具有妥当地解决的能力呢？在我们看来，松本氏的论断，对于他所处理的原有的材料说，既已稍嫌牵强，他对事象构成的解释，是采取着那么凑巧的方式，而所援引的证据，又不免稍濒于薄弱①，对于我们现在的问题（已发见了新的更重要的材料的现在的问题），当然更是无力的了。我们得另外再找寻妥当的推断。

---

① 松本教授所用以证明越南地方原有的三轮山型传说的存在的，是《渊鉴类函》上一段关于南方獭类习性的记载。

我们以为，这三个分布在亚细亚的东南部的同型式的传说，它发生的地域以位置于中国境内为适宜。

我们支持这论断的根据在哪里呢？

第一，因为中国的这个传说，比于朝鲜和越南的，较近于原始的形态。关于这，我们试举出几点看看：

一、中国这传说中，把水里的灵物（龙穴）说是活龙（或有灵的龙），这比于越南传说中的说是马形物（或神马）[①]，朝鲜传说中说是卧龙石，都较近于原始的意味[②]。

二、中国这传说中，说水獭骨殖的埋葬，从灵物（活龙）的口中送进去[③]，比于朝鲜传说中说是挂在角上的，显然更属于传说的原来的型式[④]。

三、中国传说中，后来成为天子的，是水獭的亲生的儿子[⑤]，而在朝鲜传说中，他却成为老獭的孙子，后者无疑是被变形了的结果[⑥]。

四、朝鲜这传说中的女子试夫一段情节，从这类型式的故事看来，实是一种添附的成分[⑦]，所以在中国传说中便看不到，越南传说中也一样。又越南

[①] 松本教授曾在他那篇论文中，引用了越南地方的别一个故事，以证明越南民间对于"龙"和"马"两者的混同。倘若真的这样，它或反足以证明我所主张的这传说从中国传去后曾被变形的推测。

[②] 在中国许多比较典型的风水传说中，都把那葬地看做活的动物，例如龙、狮子、牛等。这种思想正是被灵魂主义（Animism）所深切支配着的原人或近原人的正当想法，虽然在我们现在看起来是那么可笑。又中国习惯，一切的葬地都叫做"龙穴"。这传说中，那葬地的活动物，在若干同型（天子地型）的传述上，既然都说是"龙"（中国的七篇记录中，有三篇说它是龙），那无疑它的原始的一种说法。而所谓龙形石和马形物，都当是稍为变形了的东西。

[③] 关于这点，越南传说和中国的其它许多天子地型的传说，大抵都是一致的。

[④] 朝鲜传说中，所以有把骸骨分挂于灵物左右角的说法的缘故，大概由于原来故事中有把地师祖先的骸骨挂于角上（或项上）的情节（如中国和越南的说法）而传误的吧。

[⑤] 这点，越南传说也和中国一样。又中国其它许多天子地型的传说中，除了本文第五节所举例的那个以外，也没有不同的说法。

[⑥] 朝鲜传说中的这种变形，恐怕和试夫情节的混入有关系，就是说，因为混合了试夫的情节，不能不把"儿子"改为"孙子"。

[⑦] 试夫的情节，在有些传说、故事中，虽然是一种重要的因素，但在这种传说（老獭稚型传说）里却分明是属于附益的成分。

传说中地师破地的情节，也不象是这传说原来所具有的（它似是因故事所附丽的主人公——丁部领——的事实的关系而增益了的），所以，在中国传说中就找不到这一点，当然，在没有和越南传说着同样特殊背景的朝鲜传说中，也不会存在着它的。

以上，是我们粗略地检举出来的几点。当然，如果我们精细地加以考察，中国的这传说中，或许不无一些是较属于后起的成分，但是，从大体上看（如上面所列举的），中国传说比起朝鲜和越南的，较近于这传说产生时候的形态，这总是可以相对地肯定的。

本来，在若干同型式的传说中，较多地或最多地保存着那传说的原始形态的，固然不一定就足以绝对地证明它所流传的地域必为那些传说的共同发源地，但不能不说它往往具着较大的盖然性。假如，这同时更得别方面的佐证的时候，那可靠性也自然越增高了。

五

其次，因为构成这些同型传说的主要的前后两部分情节（三轮山型和天子地型），现在一方面尚各自以独立的形态，流传在我国民间的口头上。

关于三轮山型的传说，象今西博士和松本教授所已知道，它在千余年以前就已被记录于我国的文献上了。那便是唐代张读氏所记的曹氏子的故事①。

----

① 见张氏所著《宣室志》中。这故事大略的情节云：平阳人张景，有一个爱女，独居于旁室。一晚，房中来了一位白衣的男子，向她求欢，并自说是齐人曹氏子。女子很怕他。那男子到第二晚又来，次日，女子便把这事情告诉父亲。父亲交给她一支末端穿着线的锥子，并嘱咐她那人来的时候，给刺在身上。晚上男子又来了，女子使用甜言瞒他。到了半夜，她暗地用锥子刺他的项。那人跃然大叫，拖着线跑了。第二天早晨，女子的父亲，叫仆人追寻他的踪迹。到舍下数十步的古木下，发见一个洞穴，绳缕穿在里面。再穷探究下去深不到数尺，有一只大蝼蛄蹲在那里，锥子正插在它的项领上。张景把它杀了。从这以后，那男人便不再来了。关于这种型式的传说，比《宣室志》所记更古的，有刘敬叔所著的《异苑》中的记载。在那记载里，有些地方更近于三轮山传说（象男子是山灵，至少，他自认是山灵，及他曾经和女子实行交媾等点），但做为三轮山传说的主要情节之一的刺针（或别物）于异物的衣上（或身上）的情节，在那记载里却找不到。这，不晓得是在传承上本来欠缺的，还是由于记述者把它省略了。

和曹氏子的故事相类或稍为变形的传说，散见于古来杂记一流的书物中的颇不少，象清代李调元氏所记的柳树精传说①，便是一个例子。过去的且不必说。现在中国民间口碑中，这类型式的传说仍然很丰富地流播着。就已著录的几篇记载看来，我国东部临海各省都有着这种传说。下面所介绍的，是蒋昌声君笔录的浙江海盐地方的传承：

> 从前，某处有一所人家。那家里养着一位非常美丽的女儿。某天晚上，忽然有一位穿黑衣的少年，跑到她的闺房里和她同睡。这样过了好些时候，终于被她母亲知道了。母亲便责骂她说："女儿呀！你怎么可以瞒着你母亲去偷和男子睡觉呢？"女儿只得羞涩地述说了事情的经过。母亲听完了，便说："这样，你更不应该了！连姓名和住址都不知道的人，怎么就可以和他睡觉呢？"接着她吩咐道："今天晚上，我给你在犀车上绕一条很长的线，它的别一端穿在缝针上。当那男子临去的时候，你把缝针暗插在他的衣领上。这样，明天便可以寻出他的究竟来。"女儿果然照办了。第二天，她们沿着那条线走，走，走，走到河边的一棵空心大杨树桩旁，向里面一看，那里一只大乌龟颈上正插着一支缝针。②

这个故事，不但大体上很和三轮山传说的情节相同，而其中和人间女子私通的异物，是属于水栖动物的乌龟这一点，尤其使我们想到它和宋太祖出生传说（及其它的老獭稚型传说）中的水獭的关系③。其实，在中国古来的传承上，把水栖动物的獭做为主人公的"人兽婚型"的传说（大致上和三轮山型相

---

① 见李氏所著的《尾蕉丛谈》卷一。

② 笔者数年来在浙江所搜集的"民间传说丛稿"之一，未刊。

③ 关于这一类传说中的那异物的种属问题，鸟居博士所说的下面几句话，很值得我们玩味："我以为这三轮山型传说的形式，最初，是象现今豆满江畔（或扶余族）所流行的，到少女之处来的美少年，乃是水獭一类的水族的东西，那或者变成了龙或蛇吧。且最初，美少年是走入水里去的，这渐渐变化，或者成为洞穴之中，而最后便至于变成象《古事记》的在山中神社的说法吧。"（《有史以前的日本》第158—159页）

近的传说），是颇为丰富的①。而当中更表现着和老獭稚型传说的前部分情节相近的，是《通幽记》上所载的关于楚州沈氏女的故事。这故事的情节如下：

……村民有沈某者，其女患魅发狂，或毁坏形体，蹈火赴水。而腹渐大，若人之妊者。父母患之，迎薛巫（薛二娘）以辨之。既至，设坛于室，卧患者于坛内。旁置大火坑，烧铁釜赫然。巫遂盛服奏乐，鼓舞请神。须臾，神下，观者再拜。巫莫酒祝曰："速召魅来！"言毕，巫入火坑中坐，颜色自若。良久，振衣而起，以所烧釜，覆头鼓舞。曲终去之，遂据胡床。叱患人令自缚。患者反手如缚。敕令自陈。初泣而不言。巫大怒，操刀斩之。割然刀过，而体如故。患者乃曰："伏矣。"自陈云："淮中老獭，因女浣纱，悦之。不意遭逢圣师，乞自此屏迹！但痛腹中子未育！若生而不杀以还某，是望外也！"言毕呜咽，人皆悯之，遂秉笔作别诗曰：

> 潮来遂潮上，
>
> 潮落在空滩。
>
> 有来终有去，
>
> 情易复情难。
>
> 肠断腹中子，
>
> 明月秋江寒。

……须臾，患者昏睡。翌日，乃释然。方说，初浣纱时，有美少年相诱，因而来往，亦不自知也。后旬月，产獭子三头，欲杀之。或曰："彼魅也而信，我人也而妄；不如释之。"其人送于湖中，有巨獭迎跃，负而没之。②

---

① 例如刘氏《异苑》卷八所载的张道香的故事云："宋元嘉十八年，广陵下市县人，张方女道香，送其夫婿北行。日暮，宿祠门下。夜有一物，假作其婿来云：'离情难遣，不能便去。'道香昏惑失常。时有海陵王纂者，能疗邪。疑道香被魅，请治之。始下一针，有一獭从女被内走入前港。道香疾便愈。"

② 据《太平广记》卷四七〇水族类所引。

我们试把这故事中关于女巫作法的一段情节除去①，以它来和宋太祖出生传说中的水獭和人间女子私通以至于她的怀孕、生子等情节相比看，不是会使人自然地想到它们之间的密切关系么？至少限度，我以为这比松本教授所援引的关于南方土俗之类的记载，是更能说明那老獭稚型传说前部分情节的根源所在的。

我们再谈到天子地传说问题。关于这类传说，十分地和老獭稚型传说后部分情节的说法相似的，在我国古代文献上，似乎尚未被发现过，虽然象孙坚得仙人所指点的葬地，后来便成为天子的传说，早就显现于文籍中了②。现在民间口碑中，这种型式的传说（和老獭稚型后部分情节相类的传说），却很广泛地流布着。就我个人所看到的记录，已有六篇。从流播的地域说，象东南部的江苏、湖南、广东等省，都有它的踪迹存在。故事中的主人公，大多说是赵匡胤③，其次，是朱元璋④，也有说是不很知名的霍滔的⑤。诸传承的情节，大抵相类似。现在从其中检出一个来，把它重要的情节略述于下：

一、地师为了追寻龙脉，来到海滨。

二、他看见一个童子在那里呆望，便问他什么原因。童子说是看见海中有海狮在弄球。

三、地师晓得那里是龙脉的所在，便约定童子明天再到那里相会——替他带食物给狮子吃。

四、童子回到家里，把在海滨所遇到的事情告诉母亲。她心里明白了地师的用意。

---

① 这种女巫作法驱魅的情节，恐怕不是这传说的原初时所具有的形态。大约，这传说原来是仅为叙述那人兽婚合的故事而作的，后来因被借用作女巫法力宏大的证明的时候才变成了这种形式的吧。

② 见《异苑》卷四。刘氏原文云："……孙坚丧父，行葬地。忽有一人曰：'君欲百世诸侯乎？欲四世帝乎？'笑曰：'欲帝。'此人因指一处，喜悦而没。坚异而从之。时富春有沙涨暴出。及坚为监丞，邻党相送于上，父老谓曰：'此沙狭而长，子后将为长沙矣'。果起义兵于长沙。"

③ 象适（《李子长好画》）、俞琴（《朱元璋故事》）、张立吴（《呆黄忠》）等人的记录。

④ 象志桓和无名氏（俱见《呆黄忠》）等人的记录。

⑤ 见刘万章氏编述的《广州民间故事》中霍壁奇氏的记录。

五、第二天，母亲给了童子一包东西（她丈夫的骸骨）叫他带去给狮子吃，并嘱他不要让地师晓得。

六、童子到了海滨。地师也交给他一包东西，叫他带进海里去喂狮子。

七、他进了海里，把母亲所给予的一包先送进了狮口。狮子马上把口闭住不再开了，因此，他只得把地师所给予的那一包挂在狮项上。

八、地师虽然明白地看出了童子在水里所做的事，但因为即使这样，于自己仍然有着好处，便也不再多事了。

九、那童子便是做了皇帝的赵匡胤（宋太祖）的父亲。那地师呢，就是后来为宋室名臣的赵普的祖先①。

这叙述自然不是十分近于这传说发生时候的原形的东西，因为里面有若干的地方，象是比较地属于后起的②。同时它也不能算是其它诸记录的最严格的代表，因为在许多点上，彼此是颇分歧的③。但把这做为这类传承的一个例子，大体没有什么不可以吧。

我们把这例子的情节，去和流布在朝鲜、越南和中国的老獭稚型传说的后部分对比着看，彼此大致上相同的地方，谁还能够不承认呢？

由上面的论述看来，我们至少可以这样推定：所谓老獭稚型的传说，大概是原来流传在中国境内的三轮山型和天子地型的两种传说混合而成功的④。

---

① 见林培庐氏编述的《李子长好画》第121—123页。

② 例如说那水中的灵物是海狮，和后来做皇帝的不是童子本身而却是他的儿子等点，都不象是这传说最初所具有的形态。

③ 把各记录比较地看来，传说中主要的情节虽大致相同，但枝节的地方颇多差异。象张立吴氏所记的，临海有闻鸟声和灶神上奏玉帝等情节，这些，在适氏的这记录里是看不到的。而其它诸记录一致地说是地师父亲（或祖先）的骨被挂在灵物的"角"上的，在这记录里，却独说挂在"项"上。

④ 朝鲜（以及日本）虽早有三轮山型传说流传着（见僧一然撰述的《三国遗事》等），但关于天子地型的传说，却不被发见。而中国，一面既有混合形式的宋太祖出生传说流布着，一面又存着三轮山型和天子地型各自独立着的传承（前者一千多年以前已见于文人的记载）。况且，水獭和人间少女（或少妇）结缘以至于生子等情节的故事，又那样显然地盛行着。我们自信这种假定，不是怎样地属于幻想的东西。

六

再次，因为老獭稚型传说中所表现的"风水思想"，是中华民族的最有特征的民俗信仰之一种。

自然，关于风水思想的发源地及其所流布的区域等问题，这在没有做过精密的学术上的检察的现在，我们是不能够随便武断的。但是，至少我们可以大胆地这样说：风水思想即使不是发源于中国，即使不仅仅流行于中国的整个的民间，但它老早已在中国人民的思想中占着势力（这是从文献上便可以考知的），它流传的广泛和深入，也恐怕要以在中国境内为最。

这不是笔者个人虚妄的臆说。松本教授在他论文的推断中，不把天子地的情节，看做朝鲜或越南传承上所固有的东西，而特地把它归源于中国，也正是因为这缘故吧。

不论文献中、口碑上，表现着这种风水思想的传说、故事，在中国真是多到比太平洋中的波浪还不易数得清。所以象把这种思想做为故事重要骨干的老獭稚型传说，在我们看来正是一宗很亲热的"道地国货"，一点不觉得是从别个民族传来的生疏的东西——自然我们晓得，在那流传着老獭稚传说的朝鲜境内，也颇富于风水思想和表现着这种思想的民间传说[1]。但那恐怕是由中国所输去的文化之果罢了。

更次，是因为中国对于朝鲜和越南的一般文化上的密切关系，换句话说，就是中国文化素来对朝鲜和越南的深重的影响。

朝鲜和越南，因为地理上接近中国国境的缘故，在古代，在政制上不用说，就是一般制度、习惯和信仰（简括地说：一切国民的文化），也都和中国有着极深切的关系，这是无论在历史书上，在考古学上，在民俗学上等，都可以历历证明的[2]。仅就朝鲜方面来说，她现在的民间传说中，和中国所有的大

---

① 朝鲜民间所流传的风水传说，例如《河回柳氏墓地传说》，《松林寺缘起述》（俱见孙泰晋氏编述的《朝鲜民谭集》），《风水先生的兄弟》（见中村亮平氏编述的《朝鲜童话集》）等。

② 我们仅从"文字"一项来看，便可晓得中国文化和朝鲜、越南两国关系的深切。她们虽然各有其自国的特殊的文字，但都曾经把中国的文字做为她们的"国文字"而使用着（参看久保天随氏所著的《朝鲜史》和李根仙氏撰述的《越南杂记》等书）。

体相同，且可以断定，必是从中国流传过去的着实不在少数[①]。

假如我们真地承认流布在亚细亚东南部的三个境地的老獭稚型传说，是必出于一个根源的，那末，把它的最初发生地域安置在中国境内，这仅仅从这同型传说流传地的三个国度的从来文化的关系上看，也不见得是很不妥当的。

此外，如果我们从这些同型传说（老獭稚型传说）的三个流传地域相关的地理位置来看，以至于从朝鲜和越南传说中所谓"天子"的那实在人物（清太祖和丁部领）和中国政治的关系来看，把它们共同的起源断说在中国，也都是有很大的可能性的。

在这里，让我把全文的主要意思，概括在下面：

老獭稚型的传说，除朝鲜和越南之外，在中国境内，也一样地流传着。我们从（一）传说中所保存的原来的形态的多量；（二）传说所由组成的主要情节的独立存在；（三）风水思想的主要流行地；（四）传说诸流传地的文化的历史的关系；以及（五）传说诸流传地的地理位置、传说中主人公的政治关系诸点，推断这三个流布于亚细亚东南部的同型传说，它发生的地域大概在中国境内。

1934年8月10日脱稿于日本房州的海岸

[①] 详见拙著《中鲜共同民谭的探究》（未刊）。

槃瓠神话的考察

引　言

槃瓠神话是中国南部少数民族祖先起源的神话①，具有高度的文化史的意义。在这个神话中，我们可以窥见原始人生活、习惯及思想的一斑。如果把从古到今世界上各民族的同类神话搜集起来，进行精密的整理和研究，这对于阐明人类幼年期的文化史，无疑将会有所帮助。

槃瓠神话虽然只是偶然地被记载在早期的中国文献上，但这终究是一件可喜的事情。根据可靠的材料，这个神话在东汉时代已有著名学者应劭的记录②。到了魏、晋、南北朝，它在流传中又产生种种的歧异，分别见录于当时文人、史家的著述。直至今日，这股余波仍未断绝。

古代的学者记录了槃瓠神话，但却不能正确地理解它。《通典》的作者

---

① 关于中国南部各省的少数民族，古来许多文献上，几乎都说是槃瓠的子孙。这种说法恐怕没有什么"可凭信"的价值。刘锡蕃在其近作《岭表纪蛮》中，极言只有瑶族（包括畲民）才是槃瓠的子孙，因为祀槃瓠的只有那个民族。本文引作例证的文献，较多采用瑶族的材料，偶然也引用属于苗族的材料。因为在中国古代文献上，"苗"字含有广狭二义。前者和泛称南方少数民族的"蛮"或"番"是同义词，后者则是专指某个特定的民族。为此在关于"苗"族的文献中，往往混杂有关于瑶、壮等民族生活的记录。本文在使用有关苗族的文献时，是从"苗"字的广义着眼；凡涉及瑶族的地方，也不得不从古代文献泛称为"蛮族"。古代文献中，对少数民族往往有称为"蛮夷"之类的歧视称呼，本文有的地方又不得不引用，但并非同意这种偏见。

② 据《后汉书·南蛮西南夷传》李贤注，又罗泌也说："应劭书遂以为高辛氏之犬，名曰槃瓠，妻帝之女，乃生六男六女，自相夫妇，是为南蛮。"（《路史发挥》卷一"论槃瓠之妄"）

杜佑最先对于范晔的记载提出非难①。到了宋朝又有罗泌出来应和。罗泌本人也被后世的学者指摘为好著录怪诞，可是他对于槃瓠神话，却毫不含糊地斥之为诡妄②。其后还有侯加地的辩难——一种"唯理主义式"的辩难③。直至现在，《岭表纪蛮》的著者刘锡蕃，还把《后汉书》等关于这个神话的记载看作是"附会无稽之词"，并由此慨叹国人之妄言妄听，正是造成学术不进步的最大原因④。可见这个神话在中国古代的学者们那里，所受到的误解真是不少。

然而这个富有意义的神话，决不会永远为误解的迷雾所掩蔽。目前，对于它的科学探究的曙光已经出现在学术界的一隅，而且是越来越扩大了。1928年，笔者的朋友余永梁首先在《西南民族研究专号》上发表了《西南民族起源神话——槃瓠》⑤，我在为他写的论文《后记》中指出这篇文章提出了两个问题：一个是"槃瓠故事和盘古故事"，另一个是"槃瓠故事与马头娘传说"⑥。余文的论断虽然未必是定论，但是这种探讨是一种开创性的而且合理的研究。余文发表两年之后，笔者在起草《种族起源神话》一文时，除了引用《搜神记》中关于这个神话的记录之外，还引用了明代邝露及近人某君的记述，希图证明槃瓠原是南方少数民族的动物祖先——自认为是血统所由来的"图腾"⑦。但是笔者那篇文章只不过是简略的论述。对于这个富有学术意义的问题——槃瓠是南方少数民族图腾的问题——的探讨，去年由于松村武雄博士的着笔而比较有力地展开了。博士在那篇《狗人国试论》的论文中，引用了关于这个神话的历史文献及其它记录，从而推断说槃瓠是某个南方少数民族的

① 杜佑《通典》卷一八七"南蛮"上"槃瓠"条云："按范晔《后汉书·蛮夷传》，皆怪诞不经。大抵诸家所序，大多类此。"
② 见罗泌所著《路史发挥·论槃瓠之妄》。文中有云："……是黄闵《武陵记》所志者，然实诞也。"又云："高辛氏之事，常窃诞之。"
③ 转引自清修《湖南通志》。侯加地的辩论之词如下："犬负公主至南山石室，道数千里。即使一虎负人，人将逐之，而况一犬乎？"
④ 见刘著第一章"瑶族"条。
⑤ 见中山大学《语言历史研究所周刊》第三集第三十五、六期合刊。
⑥ 这类问题在余文未发表之前也偶然有人论及。例如关于"槃瓠故事和马头娘传说"的问题，沈雁冰和笔者都曾先后论及。余文主要是对于槃瓠神话的一种比较的和综合的探讨。
⑦ 见《民众教育季刊》第三卷第一号。

图腾①。由于他的文章重心并不在此，有关槃瓠是南方少数民族图腾的考证只是他文章中的一个侧面，所以对于这个问题不能作更详尽的论述，但是他的探讨还是很有价值的。

如前所述，关于槃瓠神话的科学研究，现正在逐渐开展中。但是，在这个境域之内确实还有很辽阔的荒土，需要我们用很大的努力去从事开垦和耕耘。不仅是材料的搜集、比较工作需要做，有关槃瓠图腾的性质问题也需要研究。此外，我们还面临着许多新近提出而有待于解决的问题。

看到这一情况，笔者不敢偷安，决心要尽力来耕耘那些尚未开拓的部分。这方面的有关问题都是很有趣味的，但是为了便于探讨，只能先从中选择一些来进行研究。本文主要论证两个问题，即对槃瓠神话诸记录（文献的和口碑的）的搜集和比较研究，以及确定主人公槃瓠的图腾性质。

上　篇

槃瓠神话，有的文献说在汉朝已经被录于应劭的著作之中。但是，在他流传下来的著作《风俗通义》里，却找不到有关的记载。如果退一步，依从章怀太子的说法，就算把范晔的记述看作是应劭的手笔。但是，仅仅弄清楚应劭对这个神话的记录情况还是不够的。

现在且先来看看干宝的《搜神记》中有关的记录。干宝这本书目前有两种流行本。一种是作为单行本发行的，另一种则被收录在《汉魏丛书》《龙威秘书》等丛书中。前者凡二十卷，后者十卷。两方所记载的槃瓠神话，不仅有些地方文字不同，连情节也有相异之处。松村博士在《狗人国试论》中所引用的是后者②，而笔者在《种族起源神话》中引用的却是前者。很明显，两者之中无疑有一种是后人假作或篡改过的。然而我们一时不能断定哪一种是真，哪

---

①　见《民众教育季刊》第三卷第一号。松村博士在这篇论文中所引用的文献，见之于《搜神记》《玄中记》《后汉书》《三才图会》等书。博士根据干宝《晋纪》的叙述，从而推断犬属是古代南方少数民族的图腾之一种。

②　松村博士文章中引用此文献时并未注明出处，可能是从类书中转引的。由于其文词完全和丛书本的《搜神记》一致，所以笔者作此推测。

一种是假①。鉴于这些记录都是比较前期的文献，对于这个神话的研究都有相当重要的意义，所以都抄录如下：

> 高辛氏，有老妇人居于王宫。得耳疾历时。医为挑治，出顶虫，大如茧。妇人去后，置之瓠蓠，覆之以盘。俄尔顶虫乃化为犬，其文五色，因名"槃瓠"，遂畜之。时戎吴强盛，数侵边境。遣将征讨，不能擒胜。乃募天下有能得戎吴将军首者，赐金千斤，封邑万户，又赐以少女。后槃瓠衔得一头，将造王阙。王诊视之，即是戎吴。为之奈何？群臣皆曰："槃瓠是畜，不可官秩，又不可妻。虽有功，无施也。"少女闻之，启王曰："大王既以我许天下矣。槃瓠衔首而来，为国除害，此天命使然，岂狗之智力哉？王者重言，伯者重信，不可以女子微躯，而负明约于天下，国之祸也。"王惧而从之。令少女从槃瓠。槃瓠将女上南山，草木茂盛，无人行迹。于是女解去衣裳，为仆竖之结，着独力之衣，随槃瓠升山入谷，止于石室之中。王悲思之，遣往视觅，天辄风雨，岭震云晦，往者莫至。盖经三年，产六男六女。槃瓠死后，自相配偶，因为夫妇。织绩木皮，染以草实，好五色衣服，裁制皆有尾形。后母归，以语王，王遣使迎诸男女，天不复雨。衣服褊裢，言语侏僚，饮食蹲踞，好山恶都。帝顺其意，赐以名山广泽，号曰"蛮夷"。蛮夷者，外痴内黠，安土重旧，以其受异气于天命，故待以不常之律。田作贾贩，无关繻符传租税之赋；有邑君长，皆赐印绶；冠用獭皮，取其游食于水。今即梁、汉、巴、蜀、武陵、长沙、庐江郡夷是也。用糁杂鱼肉，叩槽而号，以祭槃瓠，其俗至今。故世称"赤髀横裙，槃瓠子孙"。②

---

① 载于单行本的槃瓠神话，隐约可见《魏略》所记的槃瓠犬由来的传说和《后汉书》的槃瓠神话记录相混合的痕迹。然唐朝欧阳询等所撰的《艺文类聚》兽部中引用的《搜神记》记述，也有和《魏略》所载的槃瓠犬的由来相同的一段文字。所以事实究竟怎样，一时颇难断定。

② 见单行本卷十四。

以上是载在单行本上面的。下面抄录丛书本的：

    昔高辛氏，有房王作乱，忧国危亡，帝乃召群臣，有能得房氏首者赐千金，分赏美女。群臣见房氏兵强马壮，难以获之。辛帝有犬名槃瓠，其毛五色，常随帝出入。其日，忽失此犬，经三日以上，不知所在，帝甚怪之。其犬走投房王，房王见之，大悦，谓左右曰："辛氏其丧乎？犬犹弃王投吾，吾必兴也。"房氏乃大张宴，为犬作乐。其夜房氏饮酒而卧，槃瓠衔王首而还。辛见犬衔房首，大悦。厚与肉麋饲之，竟不食，经一日，帝呼犬亦不起。帝曰："如何不食？呼又不来？莫是恨朕不赏乎？今当依募赏汝物，得否？"槃瓠闻帝此言，即起跳跃。帝乃封槃瓠为会稽侯，美女五人，食会稽郡一千户。后生二男六女，其男当生之时，虽似人形，犹有犬尾。其后子孙昌盛，号为犬戎之国。周幽王为犬戎所杀。只今土蕃，乃槃瓠之胤也。①

和干宝差不多同时代的郭璞，在他的《山海经》注文中也录有槃瓠神话。郭云：

    昔槃瓠杀戎王，高辛以美女妻之。不可以训，乃浮之会稽东南海中，得三百里地封之。生男为狗，女为美人。是为狗封之民也。②

此外，在晋朝还有一向题作郭氏所著的《玄中记》，其中也载有这个神话，大体上和上面所引的郭璞注文相同，署名上所谓"郭氏"也许就是郭璞吧③。

---

    ① 见《龙威秘书》本卷三，文中的"会稽侯""会稽郡"或又写作"桂林侯""桂林郡"。

    ② 《山海经广注》卷十二。

    ③ 例如，宋朝罗苹曰："《玄中》之书……不知撰人名氏。然书传所引，皆云'郭氏《玄中记》'。而《山海经》记狗封氏事，与记所言同一，知为景纯。"

范晔的《后汉书·南蛮西南夷传》说（也可以看作是应劭的记录）：

> 昔高辛氏有犬戎之寇，帝患其侵暴，而征伐不克。乃访募天下，有能得犬戎之将吴将军头者，赐黄金千镒，邑万家，又妻以少女。时帝有畜狗，其毛五彩，名曰槃瓠。下令之后，槃瓠遂衔人头造阙下，群臣怪而诊之，乃吴将军首也。帝大喜，而计槃瓠不可妻之以女，又无封爵之道。议欲有报而未知所宜。女闻之，以为帝皇下令，不可违信，因请行。帝不得已，乃以女配槃瓠。槃瓠得女，负而走入南山，止石室中。所处险绝，人迹不至。于是女解去衣裳，为仆竖之结，着独力之衣。帝悲思之，遣使寻求，辄遇风雨震晦，使者不得进。经三年，生子一十二人，六男六女。槃瓠死后，因自相夫妻。织绩木皮，染以草实。好五色衣服，制裁皆有尾形。其母后归，以状白帝。于是使迎致诸子。衣裳斑斓，语言侏僚，好入山壑，不乐平旷。帝顺其意，赐以名山广泽。其后滋蔓，号曰蛮夷。外痴内黠，安土重旧。以先父有功，母帝之女，田作贾贩，无关梁符传租税之赋。有邑君长，皆赐印绶。冠用獭皮，名渠帅曰精夫，相呼为姎徒。今长沙武陵蛮是也。①

范晔以后直到清朝的一千多年之间，槃瓠神话依然不断被著录于史乘之中，但是，却未发现有比前引的几篇更重要的新材料。在《艺文类聚》《通典》《太平广记》《太平御览》《册府元龟》《通志》《文献通考》《三才图会》等古籍中，关于槃瓠神话的记载，不是直录旧文，便是删存骨干，或合并古记而加以删节②。

---

① 见《后汉书》卷七十六《南蛮西南夷传》。
② 载于《册府元龟》等书的是直录《南蛮传》旧文的例子，刊于《通典》等书的是删存主干的例子，而《三才图会》中所载的是合并古记而加以删略的例子。

关于槃瓠神话比较完整而重要的文献，已尽于前所引述①。此外，还有一些和这个神话有关的断片记录，为节省篇幅起见，这里就不再抄录了。

笔者近来出于种种的机缘，得到一些有关这个神话的新材料。新材料和上面引述过的典籍记载大不相同，如果把二者进行一番比较，实在是很有意思的事情。

余永梁在他的论文中最先引用了从广东省采集到的记录。它的内容如下：

> 从前有一个皇帝烂了足，很利（厉）害，遍请医生们医理，都不见效。时帝蓄有大黄犬一只，性甚驯，无论命它什么事，它都很顺从。一天帝独居，犬在帝旁，便向这犬说，你能医好我的足么？它表示可以医好。帝对它说，你真能把我的足医好了，情愿将公主配你，并封你疆土。它于是点头将己舌向帝烂足舐了一阵，不数日，足便好了。它便向皇帝作要求的样子。帝晓得它的意思，但不愿将公主给它，因为人和兽怎能配合。只允给予许多金子和封以广土。它见帝不允，很不快活，几天不食。帝怜念它医好自己的足，不得已将公主配它，并封以荒土。公主见父言出法随，也只得从它居住这荒土。后来生的儿女多有尾。这是关于人类有尾的传说。②

这个故事无疑是槃瓠神话的一个异传，因为它们的情节大体上是相似的。类似这样的传承情况，在浙江省南部畲族所居住的地区也有发现。笔者近

---

① 刘著《岭表纪蛮》第一章有如下一则记录："南越王，有犬名槃瓠。王被擒，其母传令有能脱王归者，当以王女妻之。槃瓠闻言欣然往，窃负而逃，遂妻以女，槃瓠纳诸石谷，与之交媾，生子数人：曰僮、曰傜、曰僚、曰很、曰伶、曰侗，各成一族，自为部落，不相往来。故傜人多姓'槃'。嫌犬名不雅，改为'盘'。且冒称盘古之裔，其实非也。"按：此传说是槃瓠神话的异传。故事的一部分极似马头娘传说。据刘氏自注，此文引自《古今图书集成》一四一○卷。但笔者曾在匆忙中查阅此书，却未见有载。姑志于此，以待进一步查考。

② 见《语言历史学研究所周刊》第三五、三六期合刊的《西南民族研究专号》，记录者是叶观君。

来已经获得两则有关的材料。下面先转录怀清所记录的一则：

　　昔某皇帝患烂足疾。国内的医生都不能医好。皇帝便下命令谁能够医好烂脚便把皇女嫁他。某天，有一匹狗来对皇帝说，你的脚让我舐三天一定会好的。皇帝起初不相信它。后来觉得有点奇怪便让它试试看，却意外地有了效果。因为舐过一次而大大减少了痛苦，便让它继续舐下去。第三天，脚竟完全好了。于是，狗便向着皇帝要求皇女。但是，皇帝和皇女因为它是畜生而不允许它。狗便说："请你把我藏在柜中，四十九天之后我便成为一个漂亮的人了。"皇帝照着他的话做了。皇女非常懊丧地在第四十八天就把柜子打开来。这时狗的身体已经变成人样，只有头还没有变成。他因为皇女不守戒约而不能变成完全的人样，所以很恨皇女。这时候皇帝和皇女已经不能找出口实来拒绝他，便招他做了驸马。他们所生的五个孩子由皇帝赐以五姓，即雷、兰、钟、鼓、盘。现在多数的畲民都是从这五人出来的。

以下再抄录魏人箕的记录：

　　从前，某个贤明的国王有一个非常美丽的女儿，国王十分的溺爱她。某一天皇女突然不见了，国王十分焦急地使下臣们各处搜查，但是半个月还一点消息都没有。国王深思之后，贴出一张布告。说是有谁找到了皇女，便招他作女婿。这张布告贴出后几天，某一天黄昏时候，一只壮大的狗带皇女到宫里来。国王大为欢喜，可是，看到带皇女回来的却是一个畜生，不觉烦恼起来。但是因为他不想失信，便对狗说："皇女当然要下嫁给你了，而你又是兽类，怎么好呢？"狗听了频频摇动尾巴对王说："把我放在铜柜内七天，我可以变成漂亮的人。"王就命侍臣照办了。宫女们听说狗要变成人，觉得很奇异，但因为国王的禁令还不敢打开铜柜。到第六天夜晚，一个宫女终于打开来看了，那只狗的身体和手脚已经变成人的样子，只有头还没有变成。因为被人打开来看了，已经不能再变。国王为了履行自己的约言，不得已把皇女给它。狗和皇女就是后来畲民的始祖。①

这两份记录，一看便可知道和余永梁所引用的是同一个故事，无需再加分析。不过，值得注意的是现在在朝鲜人民当中，也流传着和中国南部少数民族起源神话同样的故事。他们是这样叙述的：

从前黄帝轩辕氏有一个最爱的女儿，为了选女婿而用绳作一个大鼓挂在门前，布告说：如果有人打这个大鼓使鼓声传到内庭去便收他作女婿。某一天有了鼓声，出来一看，见是狗在打鼓。叫它再打，它又举起脚来，真的发出象敲大鼓一样的声音。只得依照约言把女儿给了它。狗伴着女子，日里是狗，夜晚就变成美少年，言语应对也和人一样。某天狗对妻子说，明晚为了要完全变做人，须得禁闭在房内。房内如果有痛苦的声音也切不可偷看。第二晚果然房内有痛苦的声音，妻子忘记戒约跑去偷看，狗已经脱去皮毛几乎是完全的人形，但是只有头上还剩有些皮毛，因为被妻子所窥，已经不能再脱了。现在的□□人是他们的后裔，所以头上留长发作标志。②

为什么会产生这种地域相隔较远，而其流传的故事却相似的情况呢？是由于人种迁移，还是由于故事本身的传播，或者还有其它的原因？探讨这类问题，对传承学的研究是有意义的。然而这不是本文的主意，因此不准备去讨论它。

关于槃瓠神话的近代人的记述，除了前面介绍过的以外，还有刘锡蕃所记的新资料。

其一云："或谓瑶之始祖，生未旬日，而父母俱亡。共家畜猎犬二，一

---

① 魏人箕和怀清二君的记录稿，是笔者收着的未刊稿。

② 见今西博士《朱蒙传及老獭稚传说》（刊于为内藤博士颂寿纪念的《史学论丛》，原文是长川口卯氏所采访的）。这和中国南方少数民族起源的神话无疑是一致的。

雌一雄，驯警善伺人意，主人珍爱之。至是，儿饥则雌犬乳儿，兽来则雄犬逐兽。儿有鞠育，竟得生长。娶妻生子，支裔日繁。后人不忘狗德，因而祀奉不替。"①

其二云："或又谓瑶之始祖畜一犬，甚猛鸷。一日临战，于阵上为某大酋所执。将杀之，刃举而犬猛啮酋。酋出不意，竟死。瑶甚德狗，封之为王，以所爱婢妻之。其后子孙昌大，遂成一族。"②

其三云："其又一说，则与范晔《后汉书》所云相类，唯谓犬子长成之后，与狗父出猎。狗父老惫，堕崖而亡。子负犬还。犬时口流鲜血，沿子肩部下交于胸。子哀之，自后缝衣，即象其形，另缀红线两条，以为纪念。"③

上面所录的三则记述，虽然过于简略，但其重要价值是不容忽视的。下面先就其中最重要的两点发表一些意见。

其一，综观上述各种记录，可以看出现代所搜集的槃瓠神话，倒似乎比古代文献的记载更接近于原始的形态。范晔、干宝的记录都是在一千多年以前写下的，但是故事中所涉及的制度和所表现的思想，却类似于文明社会的产物。例如："乃募天下，有能得戎吴将军首者，赐金千斤，封邑万户。"以及"帝大喜，而计槃瓠不可妻之以女，又无封爵之道。……女闻之，以为帝皇下令，不可违信，因请行。"等等的记叙，就是明显的例子。过去有些学者之所以对这个神话产生怀疑，主要原因就在这里。④固然，古代文献中也有能比较

① 见刘锡蕃《岭表纪蛮》第八章"狗王"条。
② 同上。
③ 同上。又刘氏所著《苗荒小纪》中也载有这个神话，说法略有不同，今并录之以资参考。其文曰："瑶之始祖，父犬而母人。或曰，女为高辛氏公主，生四子。及长，挈犬出猎，犬老惫不能工作。子怒，推之河，死焉。及归，其母问犬。子以告。母大恸，以实语子。子亟赴河，负犬尸还。犬时口流鲜血，沿子胸部而下。子哀之，自后缝衣，必纫红线两条，交叉于胸，所以为纪念也。"（见第八章）按无名氏著的《桂杨风俗记》中，叙述土人赛槃瓠的礼俗云，"其歌尾词，辄曰寻耶（爷）去。言槃瓠以寻父死于野，招其魂焉。"（《小方壶斋舆地丛钞》第六帙）这一记述过于简略，使人无法明白传说的原委，但仍可以肯定必和刘氏的记述有关，系同一神话的歧传。
④ 例如杜佑说："晔云：高辛氏募能得犬戎之将军头者，赐黄金千镒，邑万家，妻以少女。按黄金，周以前为斤，秦以二十两为镒。三代以前分土，自秦汉分人。又周末始有将军之官，其吴姓宜自周命氏。晔皆以为高辛氏之代，何不详之甚！"

保持原始文化色彩的记载，但是大体上都已被套上了后代文化思想的锦衣。而现代所记录的几篇材料中，虽然也同样表现出某些和产生这一神话时的社会情况不相调和的地方，然而从全局来看，比起范、干等人的记述来，和口头流传的原型显然接近得多。例如在浙江的畲祖传说中，一方面有着"皇帝和公主，因为它是畜生而不许它"这样的说法，另一方面其整体的叙述却毕竟保存了一种比较纯朴的形态。

应该如何解释古记录（以至一部分新记录）中存在比较后起的文化色彩的这一现象呢？以笔者的浅见，认为可能由于以下三个原因。

一、产生和传承这个神话的少数民族，后来他们的文化发展到相当的高度（不论是全体或是一部分），所以一面承继着远祖的传说，一面又有意识或无意识地进行了修改。

二、当这个神话由少数民族传到汉族的时候，汉族人民不知不觉地把自己比较高级的社会文化色彩掺和进去，因而改变了它的原形。

三、出于记录者有意无意的改动。

上面所说的第一条，是造成各民族大部分的神话先后异形的一个重要原因。然而对于这个特定神话的变形考证来说，却不能作为主要的理由。为什么呢？因为产生及传承这个神话的少数民族，迄今为止文化程度仍滞留在比较幼稚的状态——由于分布的地区不同，文化状况稍有差别，但基本上是没有太大差距的[①]——不管怎样，实际情况都和范晔、干宝记录中所反映的不相适应。

第二、三两条，虽颇富于盖然性，但也不能很容易地判别它们的主次。——或者可以说，从某个方面看来，还是后者起了较大的作用吧。[②]

其二，古今各种记录，故事情节虽然多少有所不同，但是故事主干却大体相同。换句话说，它们似乎是同出一源的异传。

众所周知，神话、传说很容易变形，这是"传承学"上的一条规律。至

---

① 参检有关南方少数民族的各种文献，其中所记述的瑶、畲族的生活情况，大抵是处在狩猎兼初期农耕（即刀耕火种）的阶段。近年来其中汉人化了的部分，大抵也只从事稍为高级的农业。

② 范、干二氏的记录，一部分文词和本来是素朴的"民间传承"相异，这大约是经过记录者渲染了的。

于变化的程度、原因，却是各不相同的。无论如何，只要经过相当的时间或空间的流传，任何神话、传说恐怕都不可能完全保持着产生时的固有形态。一部族、一种族、或者一民族的神话（包括极严肃的族祖起源神话在内），辗转传述的结果，必然分化成若干大同小异或小同大异的型式。流传的时间愈久、范围愈广，差异也就愈大。试举一、二个例子来看。如台湾巴娃奴族的关于祖先发祥的神话，就因部落、蕃社或者叙述的人不同而产生差异，以致想作出一个概括的说法都非常困难。仅只关于祖先出生这一点，就有以下各种的异说。"有说是由石卵孵化的，有说是从大石的裂缝生出的，有说由竹里生出的，有说是由大树根生出的，又有说用神仙的歌造出的。"关于出生地点的说法同样也是纷歧不一①。另外，苗族（狭义的）的种族起源神话也呈现颇为歧异的样式②。总之，世界各民族的神话和传说，在经历了相当的时间和空间的口耳相传之后，都必然会多少有所改变。

综观槃瓠神话的古今诸记录（除刘氏记述的第一则外③），故事的主要情节大体是相同的。它的简略型式是：

一、某首领遭遇某种急难④。

二、一只狗为他完成工作。

三、狗得首领女子为妻。

四、狗和女子成了某一种族的祖先。

以上这些主要情节，必定是这个神话产生时的本来样式。——至少是非常接近于本来的形态。我们在上述各种记录中所见的种种异说，主要是在"传承过程"（包括汉族传述阶段）中产生的。这是就一般而言。如果细加剖析，

---

① 见台湾总督府习惯调查会出版的《番族习惯调查报告书》第五卷之一。
② 参看东京帝国大学出版的《苗族调查报告》第四章及刘锡蕃《岭表纪蛮》第一章。
③ 刘氏所记的这个槃瓠神话（上文引用的"其一"："或谓瑶之始祖，生未旬日，而父母俱亡。……"条），和这个神话的一般说法颇不相同。但由故事的情节看来，大约不是极后代的产物，也不是汉民族的伪造。因为象这个类型的神话，在一些文化后进的种族中也在流传。举例来说，《周书》卷十五的记载云：突厥的祖先在幼年时，被部族中人弃于草泽之中，一只牝狼给他肉吃，得免于死。长成之后，与狼交合而传下后代，是为突厥，在罗马的建国神话中，也有说一个被弃的婴儿得牝狼的哺乳而长大，后来成了建国英雄的故事。
④ 这一节在间岛朝鲜族的同型神话中有一种说法是"酋长特意出难题"。

那么，其中也会有由记录者所加的部分，或者神话中某些初生时的说法，由于部族分化而仅留存于某一部分族人的口中。例如在采自浙江南部的记录中，有着当狗正在变形时因妻子违约而失败的情节，这种说法似乎并不是后起的。

下　篇

如"引言"所述，从唐朝到现在，有些学者对槃瓠神话持有怀疑的意见。他们中有的人认为，这个神话所说的不符合历史事实；有的人觉得神话中的事件太过于违反事理；也有的人说，神话中的怪诞之处是由于后人误解附会而加上去的。他们的意见虽然彼此不同，但是对于这个神话中所说的事情，以至神话本身，都一致抱着怀疑的态度[①]。

应该承认，这些看法并不是没有理由。甚至可以说，它们在一定程度上还是正确的。不过我们不能满足于这种简单的否定结论，而必须作进一步的科学的探讨。

任何神话的产生和流传，都必定有它的现实根据和心理根据。槃瓠神话中的狗祖先及其行为，在很长的年代里一直被南方少数民族认为是真实的事情。可见这槃瓠神话的存在无疑是真的存在过的。它不是后人（包括记录者）的随意捏造。

在澳洲、亚洲及美洲等地区的土人部落中，把动物或植物——极少数是无生物当作亲人而对之敬爱的习惯，即所谓Totemism（图腾崇拜），谁都知道到今天还残存着。这种习惯的表现之一，是凡信奉图腾的氏族，大抵把那作为图腾的动物、植物或无生物，认作自己的血统所由来，并造出种种的神话、传说来加以证明。美洲的印第安图腾氏族，乃至古代及现代信奉图腾的人群之中，都存在这类的传承。关于这种信念和行事的资料，除民族学的及文献学的以外，在先史考古学中也可以发现[②]。现在试举民族学上一二个显著的例子。

---

① 以为不合历史事实的有杜佑，认为太违反事理的有侯加地，主张因后人的误解、附益而产生这种怪诞的说法的有罗泌、刘锡蕃。

② 早川译《世界原始社会史》第二编第四章中说："在法兰西的某个洞穴内发现如次的绘画：一个肚子很大的孕妇仰卧着，上面站着驯鹿。这个绘画，恐怕是表现了一种动物起源的图腾信仰。"

据美洲绰头人（Indian's Chotows）的传说，那些蛇氏族、鹰氏族，便是蛇、鹰和人类的女子结合而发祥的[①]。虾氏族传说，以从前绰头人从缸里拾到虾，便教它用两脚走路，把它的脚爪和身上的毛除掉，这个甲壳动物就逐渐变成人了。据说这就是那个氏族的起源[②]。又有一个神话说是一只鸟捉住一只蜂壳，那壳忽然变作少女，后来产生了印第安的一个氏族[③]。在马达加斯加岛的亚卡拉脱拉人当中，传说狗是本部落的祖先[④]。诸如此类的例子，实在不胜枚举。所以许多学者认为，氏族成员自认为出于动物祖先的血统，正是图腾制度的一种特征[⑤]。

由此看来，槃瓠神话，不也就是我国南方某些少数民族在其氏族时代产生的关于自己图腾祖先的一种传述么？

所谓"槃瓠"——这个神话的主人公，并不是以动物命名的祖先的误传[⑥]，也不是开辟中华的盘王的讹传[⑦]，实在是某些少数民族所信奉的动物，是图腾时代的"动物的祖先"。因为在这个神话中，兽和人结合，以及族人是从兽的传殖而生的种种说法，正是图腾时代人类所必然产生的思想——人和兽没有分别，甚至还有着亲密关系的一种合理的"心之反映"。

如果认为这个神话还不足以说明槃瓠是某些少数民族的图腾动物，我们还可以另外找到各种更加有力的证据。首先从宗教的仪式来看。因为礼仪是原始人群真实生活的一个重要方面。

法国著名的社会学者杜尔干（Emile Durkeim）将原始人群的宗教仪式（图腾氏族的宗教仪式）作了分类，其中有所谓"模仿的"及"纪念的"仪

---

① 见于托依（C. H. Toy）著《宗教史序说》（Introduction to the history of Religion）第五章。

② 见培松（Maurice Besson）著《图腾主义》第三章。

③ 同上。

④ 同上。

⑤ 例如高尔登魏赛尔（A. A. Goldenweiser）在他所著的《图腾主义的分析与研究》中所举图腾主义五特征中的"从图腾发展来的信念"一例。又伯思女士也在她增订的《民俗学概论》中有关于成员和图腾的血缘关系或他们自信是来自图腾的例证。

⑥ 罗泌说："伯益经云，卜明生白犬，是为蛮人之祖。卜明黄帝氏之曾孙也。白犬者乃其子之名。盖若后世之乌彪、犬子、豹奴、虎独云者，非狗犬也。"

⑦ 刘锡蕃认为《后汉书》等所记述的槃瓠，乃是最先开辟华土的一个瑶民族长——盘王的误传。

礼。前者是当氏族举行宗教典礼的时候，族员及司祭者们模仿氏族图腾的形态、举动及声音等等的行为。这样做的主要目的是表示族员和图腾是同一性质的，彼此间有亲缘关系，都是共同社会的成员。后者是在行宗教典礼的时候，族员及司祭者们，以种种的设备和动作表演神话祖先的"传说生活"。这样做的目的是在使氏族的"神话的过去"复活在氏族成员的精神中，使他们振奋起为生存所必需的集团意识——社会的意识[①]。

以上所说的两种礼仪（特别是前一种），在各地的图腾部落中是常见的。下面举几个明显的例子。澳洲的阿仑达族在举行图腾动物（青虫）的祝祭的时候，有模仿青虫由蛹蜕壳出来的仪式[②]。又在举行另一种青虫图腾的祝祭时，"主祭司一下向地面曲下身体，又一下跪行着，同时抖动伸出的手腕，以表示昆虫振动翅翼。还时时伏在楯上，模仿蛾由卵生出来飞回在树上的样子……祭司模仿那动物脱出蛹时或者努力想飞起时的动作而转动着。"[③]瓦拉蒙加人（Waramunga）也有这种模仿的祭仪。"祭仪在晚间十一点开始，到半夜时，氏族的酋长便很单调地学着鸟的啼声。"[④]澳洲西北大多数的部族中，都存在着这种模仿的礼仪。如果在食物很少的时候，属于这一动物图腾的氏族首领，就要伴着它到某个一定的场所去举行宗教的仪式，而在仪式进行中，首领的主要动作便是模仿那动物最重要的特征[⑤]。得基沙斯地方的印第安人也有这样的宗教仪式。狼氏族的少年战士达到成年的时候，用狼的皮包住身体，和其它同样装束的战士们一齐把两手放到地上，做四脚走路的样子并且学狼的叫声[⑥]。住在中国最南部的黎族，传说着少女和犬配合而成为那一族祖先的神话，据前人记录："醉即群作狗号，自云狗种。欲祖先闻其声而为之垂庇也。"[⑦]这大概也是模仿图腾动作礼仪的一种变形或误记。以上说的是模仿礼仪，下面再举一些纪念仪式的实例。澳洲的娃兰格族在举行黑蛇祝祭的仪式

---

① 参照杜尔干的《宗教生活的雏形》第二编第三、四章。
② 杜尔干《宗教生活的雏形》第三编第三章。
③ 同上。
④ 同上。
⑤ 同上。
⑥ 见培松《图腾主义》第三章。
⑦ 见张庆长《黎歧纪闻》、陆次云《峒溪纤志》。

中，有演出祖先历史（从由地下出来到决定再回地下时止）的一幕[①]。亚仑达族也有这种表演图腾的"神话历史"的仪式。

松村博士在前述的论文中引用了干宝《晋纪》中的一段记载："武陵、长沙、庐江郡夷，槃瓠之后也。杂处五溪之内。槃瓠凭山阻险，每每常为害。糅杂鱼肉，叩槽而号，以祭槃瓠。俗称赤髀、横裙，即其子孙。"博士接着说："如果这种记述是传达着事实，那么为狗人的远祖的槃瓠是一种灵威。其子孙崇拜之，用'糅杂鱼肉，叩槽而号'的祭仪而祭祀之。"[②]博士所说"如果这种记述是传达着事实"的话，恐怕只能看作是行文上的委婉，而并不包含怀疑的意思。总之，在我们看来，在那个自称为是槃瓠后裔的少数民族中，这种"叩槽而号"、模仿图腾动物动作的祭仪是确实存在的。因为这除了见诸干宝的记载之外，还可以从其它文献得到证明。如马端临《文献通考》卷三百二十八中云："（瑶民）岁首祭槃瓠，杂糅鱼肉酒饭于木槽，群号为礼。"明朝邝露的《赤雅》也载有"侧具大木槽，扣槽群号。"[③]清朝的官书和私人撰录中都有同样的记载[④]。笔者在十多年前调查广东省的某个峜山所得资料也和文献记载相符合。"他们（峜民）每年到了阴历五月初五，不许外人进村。传说他们在这天取出狗祖宗的像来，挂在祠堂中间，一起顶礼膜拜。这时全部人员都以手足抵地，做出兽类的种种动作。"[⑤]刘锡蕃在他的近著《岭表纪蛮》中记述瑶族祭狗王的祀典说："每值正朔，家人负狗环行炉灶三匝，然后举家男女，向狗膜拜。是日就餐，必扣槽蹲地而食，以为尽礼。"[⑥]以上

---

① 见杜尔干《宗教生活的雏形》第三编第四章。

② 此处所引《晋纪》及松村博士语均见《狗人国试论》，载《民众教育季刊》三卷一期（1933年）。

③ 见邝氏书卷二"瑶人祀典"条。

④ 见于官书的记载，如《皇清职贡图》卷四第三十一页记述兴安县（广西省）平地瑶的风俗云："每岁首祭槃瓠，杂置鱼肉酒饭于木槽，叩槽群号以为礼。"私人的撰述中，如陆次云《峒溪纤志》说"岁首祭槃瓠，糅鱼肉于木槽，扣槽群号以为礼。"（据《龙威秘书》本）又闵叙《粤述》中说："岁首祭先，杂糅鱼肉酒饭于木槽，扣槽群号为礼。"（据《说铃》本）

⑤ 参照中山大学《语言历史研究所周刊》第一卷第六期拙作《惠阳峜仔山苗（畲）民调查》。

⑥ 见刘著第八章。

许多记载划然一致，足以证明这类模仿仪式是确实存在的。也许有人怀疑以上诸文献所载，是传闻错误或者互相抄袭的结果。不过这种怀疑实际上是不可能成立的。为什么呢？因为这些文献大半出于曾亲去察看的学者之手，其中有两三位还声明他们是专为传达事实而写的[①]。可见，这种模仿图腾动作的祭仪，的确是和槃瓠神话相结合而存在于南方某些少数民族的实际生活中，这应该是毫无疑义的。

至于少数民族中纪念的礼仪，似乎没有模仿的礼仪那么丰富。但是不管这方面可考的文献是多么缺乏，我们仍然可以肯定这类仪式也是确实存在过的，正如模仿礼仪是确实存在过的一样。关于纪念礼仪的文献，有前面提到的邝露的著述。其文曰："其乐五合，其旗五方，其衣五彩，是谓五参。奏乐则男左女右、饶鼓、胡卢、笙、忽雷、响瓠、云阳。祭毕合乐，男女跳跃，击云阳为节，以定婚媾。侧具大木槽，叩槽群号。先献人头一枚，名吴将军首级。予观祭时，以桄榔面为之，时无罪人故耳。"[②]这是邝露记述"瑶人祀典"的一段文章，其中最值得我们注意的是最后的几句话。从行文的语意看，当时该地的瑶人在祭图腾槃瓠时，照例要举行有关的"神话历史"仪式——用一个罪人的头当作神话中人物吴将军的头而供献于灵威之前。邝露去看的时候，恰巧没有罪人，得不到生人头，便用桄榔面来作祭品[③]。这里所述的仪式情况也许和原来的多少有些不同，但是仍可以断言大体上是从前遗留下来的。因为这种仪式不仅和前面所说的澳洲图腾氏族的纪念仪式非常相象，而且和本部族所郑重传承的神话也是完全合致的。

其次，从与宗教仪式有关的衣服、装饰来看，以证明南方某些少数民族和犬属之间确实存在着一种图腾关系。

如前所述，信奉图腾的民族，在举行宗教仪式时，通常都要学那图腾动物的各种举动。有的部落，其司祭者或全体，都要服用那种动物的皮革或羽毛

---

① 例如陆次云《峒溪纤志》自序云："峒溪种类多矣。诸书所载，同异攸殊。余征诸见闻，详为考正。措辞虽简，征事弥该。"刘锡蕃也在《岭表纪蛮》中说明自己是根据实际调查所得来写的。
② 见邝露《亦雅》卷二"瑶人祀典"条。
③ 以人头作祭品是在自然种族中常见的风习，中国南部少数民族中也不乏此例。

（或身体的其它部分），把自己装扮得和图腾动物相似。这样做的目的，不用说就是为了表明或促进和图腾的亲密关系。类似的做法并不局限于举行宗教仪式的时候，在平时的装束中也往往表现出来。例如美洲奥马哈（Omaha）地方的龟氏族，族人把头发剃成龟甲一般的形状，四边分开编六条小辫子，以象征龟的头尾和四脚。小鸟氏族的人，在额上编极小的辫子以象征鸟嘴，有的还在脑后垂一条小辫子以象征鸟尾，两耳上还扎起两丛头发以象征鸟的两翼①。中国古代西南部的哀牢夷，是一个以龙为图腾的部落，所以"种人皆刻画其身，象龙文，衣皆著尾。"②

《搜神记》和《后汉书》在记录中，对于自信为槃瓠后裔的族人服饰，都作以下描述："好五色衣服，裁制（或制裁）皆有尾形。"作此装饰，其目的不正是为了表明自己和犬属的血缘关系吗？明朝学者陶宗仪在《南村辍耕录》中"老苗"条记述当时南方苗、瑶人的衣饰说："束腰以帛，两端悬尻后若尾。无问晴雨被毡毯，状绝类犬。"陶氏所说，不能视之为后代人好奇夸诞的记述。因为他所描写的装束，确是以犬类为图腾的氏族的一种"同体化"的表现，和干、范二氏的古记录也可以互为证明。

《贵州通志》中《土民志四》记述狗耳龙家的风俗说："衣尚白，……男子束发而不冠。妇人辫发，螺髻上指，若狗耳状，衣斑衣，以五色药珠为饰。"陆次云的《峒溪纤志》"土司"条中也说："狗耳龙家妇人作髻，状如狗耳。"又《皇清职贡图》卷三中，也记述古田（福建省）的畲妇头上的装扮说："妇以蓝布裹发，或戴冠，状如狗头。"所以会形成这种特殊的风俗，决不是偶然的，其中想必有重要的原因。也就是说，这种装饰风俗，和把犬属奉作亲族的社会、宗教制度（图腾信仰）是直接有关的。进一步说，这种风习，就是原始时代模仿图腾形状的遗俗。在《魏略》和单行本的《搜神记》中，在记述槃瓠的由来时，都说"俄化为犬，其文五色"③。而《搜神记》及《后汉书》又都说槃瓠的子孙好五色衣。关于这一点，松村博士认为犬有五色毛的说

---

① 见培松《图腾主义》第三章。

② 参照《后汉书·南蛮西南夷传》及鸟居博士《有史以前的日本》中的"倭人的文身"。（此文笔者曾译成中文，刊于《艺风月刊》第二卷第十二期）

③ 《魏略》的记述被引用在唐人的《后汉书》注中。

法，是由于那个少数民族在祭槃瓠的时候，司灵者穿上五色衣而形成的。这当然是一种合理的假定。但是反过来说，不也可以把后者当作前者的结果吗？具体的说，先有了图腾动物是"五色毛"的神话，后来族人们才在祭祀时穿上五色衣以表示自己和神话中的祖先原来是同体的。如果这个假说可以成立的话，那么自《搜神记》以下，各种文献都基本一致地说南方某个少数民族好着五色衣服①，这一事实足可证明那个种族的人是多么喜欢在衣饰上模仿他们的图腾动物（同时又是他们的神话祖先）。

再次，某个南方少数民族对于犬属的敬爱、禁忌，也可以证明有关的图腾信仰确曾存在。

氏族人员和图腾的关系，决不止是名义上的、淡薄的关系。氏族人员希望从图腾得到保护、指示以及其它利益。而他们的义务是必敬重和爱护图腾。所以一般图腾氏族大抵不伤害、不食用他们的图腾（如果是无生物就不使用它），甚至于连碰它都不允许。他们并且往往禁止或限制别族人伤害它或食用它。有的图腾氏族，在发现图腾动物尸体时，为它营葬仪或服丧服。许多学者把以上这类行为看作是图腾主义的重要特征②。我们不妨举些实例来看。亚仑达的氏族以蚊为图腾，那氏族的人就不能对蚊加以伤害③。奥马哈族不能碰麋

---

① 中国古今文献中关于这一点的记载很多。这里举一、二个例子。《隋书·地理志下》曰："诸蛮本其所出，承槃瓠之后，故服章多以班布为饰。"明末屈大均《广东新语》曰："槃瓠毛五彩，故今瑶娏徒衣服斑斓。"（卷七）清朝魏祝亭《两粤瑶俗记》曰："衣则男女皆涷五色缕织之。若贸汉纯素及间色布，亦必绣刺五彩。以槃瓠毛五彩故也。"（收于《小方壶舆地丛钞》再补编第八帙）近代莫加玛《融县苗山概观》曰："狗瑶中女人头发掩于面前，衣裳多为花者。"（南宁《民国日报》副刊）

② 例如里法治所拟的《图腾主义大纲》第三项说："对上述那些动物、植物、无生物（按系指与人类某个集团有关系的动物、植物、无生物）表示尊敬。这种表示尊敬的类型样式，如果对象是动物、植物的时候，便严禁吃它；如果是无生物，便禁止使用，或使用而加以某种限制。"（被引用于别里著的《太阳之子》中）伯恩女士在《图腾主义三个特征》的第三条说："相信在人类集团和图腾之间，存在着咒术——宗教的结合。集团的成员在希望得到图腾的保护时便对它表示尊敬。这种尊敬的表现形式各种各样，最普遍的是禁止毁伤他们的图腾，如果是可以吃用的东西便禁止吃用。"（《民俗学手册》第一部第三章）莱那黑（S. Reinach）及弗罗伊特（Freud）也以为，氏族偶然发现死了的图腾动物，便和族员同样对待予以追悼、埋葬。这是图腾主义的一个象征。（见莱那黑《祭祀、神话及宗教》）

③ 见培松《图腾主义》第二章。

鹿的任何部分。澳洲的图腾氏族，见到图腾动物的尸首，就要为它服丧或举行郑重的丧礼[1]。

关于槃瓠后裔的风习，在我国古文献中也有记载，可惜未见述及对于图腾动物的爱敬、禁忌风俗的，甚至连痕迹也见不到[2]。不过在文献中不能获得的资料，却一再地见于近人的记录，因此仍无妨于我们的论证。如兰英在《荔浦瑶民生活素描》[3]和廖我在《广西瑶民生活缩影》[4]《蒙山县瑶民生活概况》[5]等文中都提供了这方面的资料。由这些新记录看来，有的南方少数民族（至少是其中的一部分部落），至今还流行着对于图腾动物的敬爱、禁忌等风习。这种风习无疑是从图腾时代一直传下来的。

上面从信仰、礼仪、服饰形象以及对于犬属的爱敬、禁忌等方面论证了"犬属曾是某个南方少数民族的图腾"这个命题，其它还有可作为旁证的一些记载。例如某个南方少数民族地区有槃瓠石像。《辰州图经》说："隍石窟如三间屋，一石狗形，蛮俗云，槃瓠之像。"[6]游朴的《诸苗考》也说："麻阳民，土著者皆槃瓠种。……一村有石，名槃瓠石，民共祀焉。"[7]读了这些记载，使人自然联想起澳洲的图腾氏族雕刻在岩石、墓石、木头上的图像，以及亚美利加的土人雕刻在旗杆（图腾柱）、屋子、天幕等上面的图像。可以推断，这些现象都是文化不发达民族的宗教信念（图腾主义），它既是宗教的又是艺术的表现。又如沈作乾的一个调查记中说，某民族婚俗"新郎和新妇交拜成礼，然后悬一狗头人身的祖像于堂中，大家围着歌拜"。[8]这种结婚仪式显然是从前以犬属为图腾的原始时代礼仪的一种残留，当然也必然有和以前不同的地方。

---

① 见培松《图腾主义》第一章。
② （晋）周处《风土记》曰："每岁七月二十五日，种类四集于庙，扶老携幼，宿其旁，凡五日。祀以牛羹酒酢，椎歌欢饮即还。唯不用犬云。"（原书已佚，这是根据《五朝小说》中所收的逸文）这段话的最后一句很值得注意。不用犬作牺牲，就是表示避免杀吃祖先的物类。根据这仅能获得的文献资料，亦可作为对于图腾所行禁忌的一个例证。
③ 见广西南宁《民国日报》所刊《出路》（1934年8月4日及6日）。
④ 同上。
⑤ 同上。
⑥ 引用在罗氏《路史》注中。
⑦ 据吴任臣《山海经广注》卷十二所引用。
⑧ 见《东方杂志》二十一卷七号。

综前所述，可以断定犬是某个南方少数民族的图腾动物①，槃瓠神话是荒远的古代人们所编造的关于氏族血统来源的说明神话。原始人崇敬槃瓠，不只是对一只"个体的"狗，而是把它当作犬的代表②。这些互相关联的制度、神话、风习等，也有因为氏族社会的进步、分化——主要的是由狩猎文化阶段进到半狩猎半耕种的文化阶段——而逐渐变形的。不过这种社会变革，毕竟不是很重大的和急遽的。分散在各处的同种部落，在相当的一段时期内还会多少保存着这种制度、神话和风习。

本文对于槃瓠神话的考察，应该说还是不够充分的。如对外婚制③、氏族

①　原始人以动物，植物以至无生物作为图腾的原因，是一个有争论的学术问题，至今还没有得出定论。如果这里面的原因对于不同的集群来说是各不相同的话，那么，中国南方的少数民族以犬作为图腾的原因，或者可以归结到狩猎生活时代与犬的深切关系。因为那些种族，至今还把狩猎作为一种生存的手段（虽然他们中大部分已经懂得了原始的，或者是较高级的耕种法），从文献上也可以明白地看出他们以犬为劳动中的助手。我们假如想知道原始人（狩猎时代的原始人）和猎犬的亲密关系，读了下面一段记载就可以明白。"（番人）以田犬为性命，时抚摩之，出入与俱，数年前，有长官欲购番一犬，弗与，强而后可。犬出，举家阖户，痛哭如丧所亲。"（台湾《诸罗县志》卷八中所记述的番族风俗）我以为，在这样的条件下，是有可能产生以犬属为亲属的图腾主义的。

②　据兰英所记述，其中一部分族人至今还爱护着犬属全部，这是一个很好的证明。

③　关于这些问题，本文再无讨论的余裕。这里只就"外婚制"略说几句。述说南方少数民族婚制的文献虽然很多，但大抵偏向于自由择配的描写，关于两方当事人的世系等却往往忽略了。不过，我们从干宝的"产六男六女……自相配偶，因为夫妇"、范晔的"生子一十二人，六男六女。槃瓠死后，因自相夫妻"以及屈大均的"婚姻不辨同姓"等等记录来看，他们的婚姻似乎是"内婚制"。这也许是图腾主义逐渐崩坏时的一种现象，因为外婚制往往是和图腾主义并行的。可是话说回来，存在图腾主义的部落，同时不一定有外婚制，而行外婚制的部落又不一定存在着图腾主义。这是已经学者们证明了的。所以，以为图腾主义和外婚制决不分离的人很多。而主张两方面没有必然联系的人也为数不少。例如在图腾研究方面卓有成就的弗雷泽（J. H. Frazer）博士，在他的重要著作《图腾主义与族外婚制》（Totemism and Exagamy）中，就作了如下的警告："图腾主义及外婚制这两种制度，在许多种族中有偶然的交错和混合，但是我要请读者记住它们在起源和性质上是根本不同的。"所以那个自称为槃瓠后裔的南方少数民族没有外婚制，也决不会妨碍图腾主义的存在。对这个问题还需要深入探讨，目前只是作一个简单的推论。（近人著述的广西凌云县瑶人报告中，有关于该族婚姻的简略记载，但是这里不可能再论及了。）

制及母系制等与图腾主义有关的问题，本来也有一一加以探讨的必要。但是，因为时间、学力等限制，只好等待将来有条件时再续笔了。

1936年夏作于东京

口头文学：一宗重大的民族文化财产

一 新的创造与凭借

1949年10月1日，中国几万万人民依照自己的愿望和意志，建立了一个完全摆脱封建统治和帝国主义压制的国家。现在大家正在中国共产党和人民政府领导下忘我地努力着。我们要在自己的国土上，创造出一种完全属于广大人民的理想的社会制度和生活文化。我们在写作崭新的历史。

是的，我们在写作没有前例的历史。我们是旧历史的埋葬人。但是，建造一个民族的新制度、新文化，不管带着多大的革命意义，总不是从虚空中去创造。不是象希伯来神话中的上帝一样，说要有光就有光。真实的建造，大都是要有已经存在的事物作凭借或借鉴的。它选择、消化，进而综合、创造。新的东西主要从旧的东西蜕化出来。毛主席早就说过："中国现时的新政治新经济是从古代的旧政治旧经济发展而来的，中国现时的新文化也是从古代的旧文化发展而来，因此，我们必须尊重自己的历史，决不能割断历史。"①一般新文化的建造是这样，新文艺的创造也是这样（也许应该说，特别是这样）。要创造为工农兵服务的文艺，不从民族固有的有价值的文学艺术资产的库藏里去观摩、吸取，就不容易进一步创造出真正民族的、大众的作品。在毛主席的《新民主主义论》和《在延安文艺座谈会上的讲话》发表以前，这个简明的真理是被一般文艺工作者所忽略的。他们虽然存心为大众服务，事实上却往往闭门造车，或企图简便地移花插木。近年以来，老解放区的文艺实践基本上已经

---

① 《新民主主义论》，《毛泽东选集》第二卷，第668页。

改正了这种错误方向。新文艺的创造，要从人民大众固有的文化水准和文艺的基础出发，这已经是一个公认不易的原则了。

能够给与新文艺创造以凭借或借鉴的文化财产，范围是相当广大的。在这里面，有今天世界进步的国家的文学、艺术，有欧洲各国资本主义社会初期乃至远古的比较健康的文艺成果，有我们自己民族长期创造和继承下来的许多有价值的作品。单就自己民族的这一份来说，也就相当繁富了。"中国的长期封建社会中，创造了灿烂的古代文化。"①在这种创造物里，有一部分当然是从有教养的知识分子的心手中出来的。他们虽然大多数是服务于统治阶级的，但是其中比较优秀的一些作者，多少反映了人民的生活、思想和愿望，他们的艺术在历史限制中达到了一定的高度。这种作品，虽然不怎样多，总是值得看重的。这是民族文化遗产的一部分。但是，另外一部分，而且性质上往往是更有价值的，却是广大人民的创造。亿万人民，在长流不断的世代中，过着贫苦灾难的生活，他们却创出了无量数的物质财富，更创造了无量数的精神财富。口头文学就是这些财富中的一宗。这宗财富决不是等闲的。其中，包含着不少优异的东西，包含着我们民族文化的精华部分。所以毛主席谆谆教导我们："必须将古代封建统治阶级的一切腐朽的东西和古代优秀的人民文化即多少带有民主性与革命性的东西区别开来。"先有这种区别，进一步把后者（优秀的人民文化）吸收起来，这样，才能够"发展民族新文化提高民族自信心"②。在清理民族文化财产，并要进一步吸取它的精华来建立和丰富新文化、新文艺的今天，对于人民的口头创作，来一个大略的检讨，这是我们一种不容推诿的义务。

二　口头文学的优越点

中国是一个有长久历史和广大领土的国家。我们的人民就占了世界全部人口的四分之一。他们创造了非常丰富的口头文学。往往在一个并不大的地

---

① 《新民主主义论》，《毛泽东选集》第二卷，第667—668页。
② 以上引文均见《新民主主义论》，《毛泽东选集》第二卷，第668页。

区中，可以采集到很多的故事、歌谣和谚语等。这方面的采集工作，过去虽然断断续续地已经做了二三十年，但是，我们现在随便在刊载这类资料的报纸、杂志上，都可以看到那些从来没有记录过的新东西。有许多省区，在这方面差不多还是"处女林"。有许多地方，已经发掘出来的矿产，还远不及它的蕴藏量的十分之一二。就歌谣方面来说，连那些种类的固有名称，我们也还知道得太少。在别的领土狭小、采集比较普遍和深入的国家，他的学者已经可以相当详细地画出民间作品分布的地图了。在我们国度里，这方面的工作，一时是没有法子动手的。尤其是我们新的采集工作，正在开始。新的种类和作品，也正在源源涌现出来。要在这时候来做一种"结算"工作，为时太早。总之，我们由于地广人多，历史悠久，特别由于过去读书、写作的事情，给那少数的人所垄断，广大人民只能用口传的文艺形式来表现情思、传达知识，因此，民间所产生和继承下来的口头文学作品，在数量上实在是太富饶了。我们这份文化财产，如果充分发掘出来，并加以科学的整理，那不但是我们民族的一种夸耀，同时也是世界人民（特别是劳动人民）的一种夸耀。

我们人民的口头创作，如果光从它的产量丰富来夸耀，那是不能够叫人完全心服的。产量丰富是好的，但是同样重要的是它的素质问题。如果人民的口头创作在内容上和形式上没有怎样值得珍贵的地方，那么，它就象恒河沙数，又有什么了不得呢？因此，我们必须检讨它在内容和形式上的成就，才能够确定它在民族文化财产上的位置，才能够确定它在新文化建造上的意义。但是在这里详细地来检讨口头文学的一切特点和优点是不可能的。我们只要指出它内容和形式上一些比较基本的优点，而这些优点是跟我们今天所要求的思想和艺术密切关联的，这就足够了。

我们都说文艺是社会的反映、生活的反映。真正能够广泛地而且正确地反映出一定历史阶段中重要的社会、生活的现象和它的意义的，必待一定时代中的伟大作家。这类作家在我们的文学史上并不很多。过去服务于封建统治阶级的大多数作家，往往把题材局限于自己的琐事闲情，或者上层阶级的一般生活事象。他们很少把眼光照射到广阔的社会那里去。就是偶然写到这类题材，那观点和立场也大都是统治阶级的或准统治阶级的。

但是，在广大人民的口头创作中，却正是另外的一种情形。口头文学的作者，是生息在广大的民间的，是熟悉各种社会现象、关心各种实际生活的。因此在他们的故事中、歌唱中，甚至三言两语的俗谚中，大都能够反映出比较有普遍性的世态人情。汉、魏以来文人骚客所做的仅少的社会诗、故事诗，大抵取法于乐府，而所谓乐府"古辞"（即许多乐府诗题的最初篇作），却大都是取自民间的口头创作。这就表明这类性质的作品，是民间歌谣的固有特色。在近代民谣里面也可以清楚地证明了这点。过去中国社会中具有普遍性质的许多不平的、悲惨的社会现象，象官吏压迫百姓、地主剥削佃户和长工、男子欺侮女人、家姑虐待媳妇等，在浩如烟海的诗文集里能够看到多少反映呢？更不必说反映的观点、立场怎样了。但是，现代的民谣里（故事里也一样），我们可以找到关于这方面的多么丰富的抒述啊。而且这种抒述，观点上大体很正确，它决不歪曲客观事实和它的意义。象关于"姑恶鸟"的题材，宋朝以来曾经有好多诗人歌咏过。他们大都是用封建道德的观点，给那位家姑辩护的，有的甚至于说出这样强词夺理的话："姑恶姑恶，姑蒙恶名，非姑虐妇，自戕厥生！"①但是原来民间的口头作者，不但郑重地把这种封建社会中很普遍的家庭惨剧当作创作题材，而且在作品中明白地揭露了这惨剧的真实意义。被虐待而死的媳妇，冤魂不散，化作鸟儿，永远向人间叫着"姑恶姑恶"，这不是无情地暴露了封建伦理的罪恶么？民间文学不但广泛地反映出一定社会中有普遍性的重要事象，并且真实地反映了它——没有歪曲，没有粉饰。它现实主义地暴露了事实的真相。高尔基说过，俄国的民谣就是俄国的历史。我们如果要写一部比较具体的中国的社会史，生活史，舍弃了民间文学和一般民俗资料是不能够有更丰美的凭借的。

口传文学的内容价值，不但在于广泛地并且正确地反映了社会的、生活的真相，尤其在于忠实地表现出人民健康的进步的种种思想、见解。

尽管封建社会的唯心论的学者，怎样片面重视精神的价值，说"劳心者治人，劳力者治于人"，但是，广大的劳动人民却充分知道"劳力"（体力

---

① 这是李联琇的诗句。姑恶诗中，持论比较公平的，要算范成大，但是也只委婉地替被谤做"子妇之不孝者"稍为开脱而已。

劳动）的真正价值。他们用不着去做艰深的理论探索。他们的生活和劳作，自然地教给了他们这种伟大的真理。谚语是最简括地直接地反映人民的思想、意见的。在这种断片的口头文艺里，我们可以晓得广大劳动人民是怎样看重劳动和品定劳动的价值的。他们赞扬自己劳苦的行业："三十六行，种田下地第一行。""种田钱，万万年；做工钱，后代延；经商钱，三十年；衙门钱，一蓬烟。"他们肯定劳力的收获："锄头口里出黄金。""扁担一条龙，一世吃勿穷。""若要富，鸡啼三声离床铺。"他们看不起那些劳心的大人或坐享别人血汗果实的人："孔子孟子，当不得我们挑谷子。""乡下人不种田，城里人断火烟。"（或者说："没有乡下泥脚，饿死城里油嘴。"）高尔基告诉过我们：原始劳动人民的口头创造（神话、传说等），那故事中的英雄，大都是现实的劳动者的理想化，而这种想象的创造是由于现实劳动的需要——减轻苦恼和提高工作信心等。在中国的古神话传说里，这种劳动人物的"神圣化"或劳动本身的"高雅化"的故事，虽然由于使用文字的士大夫的有意抹煞或无意忽略，保存得并不多，但是如果详细的探索，至少是可以找到一些的。鲁班师的故事就是劳动和劳动英雄神圣化的一个例子。这种故事，不但屡见于文献，[①]而且今天还广泛活在人民的口头上：这里说这座塔是他一夜造出来的，那里说那座桥是靠他的神力建造成功的。……象希华斯托斯（Hephaistos）是希腊神话中冶金的大神一样，象特淮斯特尔是印度神话中技艺的大神一样，鲁班是中国神话传说中建造的大神。他是建造工匠的理想化。他是工匠的英雄和模范。此外，象牛女神话的裁制荒废劳动，愚公移山传说的隐示劳动可以战胜自然的障碍等，都是古典神话中明显可看到的尊重劳动的思想。在现在口头活着的故事、传说中，表明人民这种思想的例子，就更举不胜举了。这些故事，有的从正面证明劳动的美满成果，有的从反面指出懒惰的悲惨结局，有的用对照的结构使人领悟到劳作的重要意义，有的却用了诙谐的情节使人明白不劳动的可耻。在多样的叙述中，明确表出一个共同主题：劳动的必要和高尚。这是口头文学对于文人文学在思想上一个明显的对照。中国过去文人的诗文，大部分是

---

① 鲁班，古书多作公输般（般或作盘）、公输子或鲁般。关于他的巧艺的传说，初见于先秦诸子（《墨子》《慎子》等）。汉以来著作，象《论衡》《风俗通义》《述异记》《酉阳杂俎》等书都有所记载。

宣传闲适、游乐、疏懒的。那些作者以脱去俗务为风雅，以四体不勤为高贵。他们在文艺上是表示不吃人间烟火（实际上自然是相反）的。这种宣扬逸乐、游惰的士大夫文学，不但是我们今天所唾弃的，也是从古以来的口头创作家所不容许的。凭手足的勤劳养活了自己并且养活了社会寄生虫的劳动人民，决不会创造出根本上反劳动的文艺作品。

人民口头文学中另一种值得注意的思想，是对于集体力量的肯定。过去的许多文人，是不怎样认识群众力量的重要的。他们的社会地位、生活和工作方式等都不容易叫他们深感到这点。劳动人民就跟他们相反。在生活上——特别是在工作上，劳动人民不可能是孤独的。象建造城堡、房屋，修筑河道、堤防等重大工程，固然要有群力合作，就是小规模的农业经营，在某些重要的工作象莳秧、收割、车水等，也必须有多数人参加，才能进行和完成。象过去知识分子那种脱离群众的生活和工作情况，广大民众是不会有的。所以真正劳动人民的口头创作，显著地表现着他们肯定集体力量的思想。有一个流传相当广泛的民间故事说，有个穷苦人家，生了十个孩子。每个孩子都有一种特殊的本领。他们就凭这种多样的集体的本领，不断应付了许多困难，最后并且收拾了他们的敌人。①这是一个很有意思也是很有趣味的故事。我又记得过去的小学教科书里，曾经载过一个传说，大意说吐谷浑的首领将死的时候，怕他的二十个儿子们不知道合作，容易遭人消灭，就用折箭竿的事实（单支易折，多支难断）告诫他们。②这本来是一个世界性的传说，我们的古文献上也不止一次地记载过。这传说所以流传很广泛和长久，就因为所表现的真理，是各处人民容易共同体验到的。在谚语里，更常看到这种道理的宣传。"三个臭皮匠，合成一个诸葛亮。"这是毛主席引用过的。此外，象"大家一条心，泥土变成金。""只要人手多，牌坊搬过河。""一个人是死的，两个人是活的。"或者"一人不治二人治，三人治的圆圆的。"……实在不能尽举。和这些意思同样，却说得更加精警的，是："众人是圣人。"人民也用诗歌唱出同样的道

---

① 十个怪孩子的故事，过去已经有人记录过，象孙佳讯的《怪兄弟》（见林兰编的《民间童话集》）就是一例，但是，近人记录的，更饶意义。（参看田星编的《民间故事选集》或工农兵丛书中的《水推长城》。）

② 教科书中这个传说，大概是根据《北史》的。

理："一条竹竿容易弯，三缕线纱拉断难，……"离群独立的生活，虽然过去被好多知识分子在作品里歌颂过，但那到底不是一般的生活真理，而是一种病态。只有过着这种病态生活方式的人才会珍重它。

我们国家过去绝大多数的人民，很久以来就是受榨取、受压迫的。这种榨取和压迫，方面很多，程度也很酷烈。在经济上，他们饿着冻着为贵族、地主们生产。在政治上，他们受差遣、受凌辱、受不公平的法律裁判。在文化上，他们连起码的教养也被剥夺掉，而且还要被迫去喝统治阶级思想、文化的毒液。平常的日子，他们就已经象牲口一样活着，遇到水旱等灾难年头，他们除了"造反"就只有死亡了。过着这种不幸生活的广大劳动人民，对于那些统治者、剥削者，怎能够不心怀抗议和仇恨呢？而一般统治者、剥削者，由于地位和财富的关系，他们的生活、行为，又大都是放纵的、腐化的、虚伪的和凶残的……这又要使下层的广大人民深深感到厌恶和痛恨。人民是受损害和侮辱的，因此，他们对于那些罪犯们的罪行、丑态必然会特别敏感和注意。这种对压迫阶级的抗议、仇恨和厌恶等，在为统治阶级服务的文学中，自然不能希望它有较多的真实的表白，但是在人民（特别是劳动人民）自己的创作中必然要或明或暗地反映出来。只是过去由于统治阶级把持了发表工具和严行着思想统制的结果，人民反抗、攻击和嘲笑的声音，除了偶然的例外，一般是不容易被保留下来的。但是，就是这样，我们还能够在官家或士大夫的著作中找到一些材料。单从韵文方面看，象孟轲所引用的"时（是）日曷丧，予及女（汝）偕亡！"这样两句简短的古谣，含蕴着人民对于"独夫"的多少仇恨！此外，象秦时民谣、汉桓帝时巴郡人谣、吴孙皓时童谣等，[①]有的怨恨徭役的艰重，有的哀诉勒索的残酷，有的抗议供应的繁重，这些都是控告统治者的压迫和剥削的。又象后汉顺帝京都童谣、元至正江西奉使宣抚谣、马士英卖官谣等，[②]有的讽刺是非不明，有的诅咒奸佞祸民，有的讥弹将军的腐化，有的嘲笑大臣的贪污。在这些歌谣中深刻地暴露了统治阶级和他的爪牙的丑行、劣迹。现在民

---

① 《秦时民谣》，见杨泉《物理论》引；《汉桓帝时巴郡人谣》，见常璩《华阳国志》引；《吴孙皓时童谣》，见《宋书》五行志引。

② 《后汉顺帝京都童谣》，见《后汉书》五行志引；《元至正江西奉使宣抚谣》，见陶宗仪《辍耕录》引；《马士英卖官谣》，见《明史》马士英传引。

间活着的口头创作中，这种材料就更加丰富了。象攻击国民党反动派的歌谣，暴露地主丑恶行为的故事，都是一些最突出的例子。如果今天还有象过去的梁实秋之流不相信文学的阶级性的人，他固然应该读读这类作品，就是想学习文学的斗争性、攻击力的同志们，也不可忽略这种很尖锐的民间创作。

人民不但仇视自己民族的压迫者、剥削者，他们尤其反对异族的侵略者、压制者。过去曾经有些所谓"学者"，以为中国的广大人民是愚昧的、自私的。他们从来没有什么爱国心，没有什么民族意识。这其实是一种明目张胆的诬蔑。我们用不着多谈理论，只要看一看历史的事实就可以明白了。当北宋和明朝覆亡的时候，近年日帝大举入寇的时候，人民的反金、反清和反日帝的斗争队伍何等众多并且勇敢！事实告诉我们：大多数勤劳而英勇的人民，才是最彻底最坚强的爱国者、民族保护者。他们大都比地主阶级或资产阶级的人们肯牺牲、明大义。他们既然用血肉去表现他们的爱国心，自然也要用歌声、故事去传达它。古代的作品我们且不必征引了，就现在口头活着的作品（这种作品，一部分是前代流传下来的，一部分是现代人民即景即事创作的）看，已经够使我们明了一般人民是怎样坚决反对异族的侵略者、压制者了。

在中国的许多省份，流行着一个传说。这个传说叙述的是元朝统治者的残酷和人民起义的故事。据说，元朝的统治者自从入主中原以后，就实行了对汉族的严酷统治。每三家人只准合用一把菜刀，夜里睡觉不准关闭门户。三家人要合养一个元兵，那个元朝统治阶级的爪牙，事实上就等于一个小皇帝。他们对于汉人要打就打，要杀就杀。每家娶亲，都要让给他们"初夜权"。在这样的虐待和侮辱下面，每个人的心里都烧着复仇的火。但是，监视太严密了，他们不容易公开进行宣传和集会。在那时候，有一个聪明的人，就用了计策，事先把号召起义的传单暗藏在中秋节用的月饼里。到了那一天，大家果然一齐起义，就把元朝的统治推翻了。①这个传说的主要情节，自然不会是真正的史实。但是，这里表现着一个更重大的"史实"，就是中国人民对于异族压迫者的反抗心理。这是真正的"民族魂"的表现。此外，还有许多关于反抗异族侵

---

① 这个传说，骨干如此，枝叶上却有许多不同的说法。可参看《泉州民间传说》四集（吴藻汀编）、《民间故事新集》（黄华编）等。

略的英雄的传说（象戚继光、陈大成、郑成功等的故事），流传在东南沿海的许多省份。这是永久在人民心里照射着"民族意识的光"的创作。在歌谣里，这种声音是更响亮了。自甲午战争以来，数十年间，中国不断受着日本帝国主义者的欺负、压迫，1931年被抢夺去东北数省，到抗战时期，竟被践踏了半个国土。在这长期血肉涕泪交织的悲惨历史中，民间产生了许多长歌短谣，有的慨叹国权的丧失，有的愤恨敌人的凶残，有的充溢着战斗的情绪，有的喷射着咒诅的语词。篇幅只准我们举出很少的例子。"黄渤海，财无边，东洋鬼子驶汽船。有鱼不能捉，有钱不能赚，可恨中国没试验船！""日本鬼，真是凶，借口保侨占山东。杀死中国人，围了中国城，你说横行不横行？""日寇汉奸毒过蛇，区役所系（是）渠把牙（意同爪牙），表面看看，好似观音个菩萨，谁知食人骨头都无渣！""我们希望中国好，打的敌人向东跑，跑到大海里，一齐淹死了！……""日本飞机隆隆响，情郎哥哥快开枪！"[1]从这些极少的例子里，不是已经充分显出中国广大人民对日本侵略者的看法和态度么？自抗战结束以后，美帝国主义者在中国的侵略行为表现得更加露骨了。人民对于这位伪装成外婆的老黑狼，是认识得很清楚的。当蒋介石正在高声歌颂这老黑狼的"友爱""仁德"的时候，中国人民却用歌谣抗议和暴露着它的横蛮、丑恶："美国原来是霉国，中国内战他吹火。一装说和二驻兵，官拉偏架兵杀掠！""大飞机，美国货，头顶上，乱穿梭。俺的山来俺的河，你为啥在这里打旋磨？……"[2]异族的侵略者是不容易欺瞒和降服中国的广大人民的。人民的血管里沸腾着保卫乡土、保护祖国的血液。他们的创作，正是忠实地表示着他们爱国精神的脉搏。

过去我们常听到一些人们说，民众是保守的。他们的头脑不容易转弯，他们对于新事物的兴味和理解，远不如对于旧事物的眷恋。这种说法，自然不

---

[1] 第一例，是山东昌邑人民表达对大连日帝试验船在渤海里捕鱼，公然妨害我国渔民利益的愤慨；第二、三例，是日帝占领东北后，山东、河北等省人民仇恨的呼声；第四、五例，是抗日战争时期，广东及晋绥等省区人民表现他们对敌认识和战斗热情的歌谣。

[2] 这两个例子，都是全国解放前流传的东北民谣。关于几年来反美帝歌谣的论述，可参看拙作《民间歌谣中的反美帝意识》，该文刊载在《民间文艺集刊》第二册中。（文中例子和这条注解，都是重印时补加的。——敬文）

是完全凭空捏造的。它有某些事实的根据。但是它到底不是很正确、很周全的判断。过去，广大的人民（特别是劳动人民），由于他们经济、政治上的受压榨，很少有发展的机会，因此，在文化上、生活习惯上存在着相当的保守性。这是事实。但是，这是在一定历史阶段中的有限制性的社会事实。它不是在什么情况下都不变的。人民是很现实的，因此，他们也就相当敏感和容易改变。在社会比较固定的时期中，他们的思想和行动，一般地虽然遵循着传统的观念、形式，①在社会急遽变革的时候，他们的思想、态度等就会有重大的变更了。这种情形自然要在文学上表现出来。口头文学的创作中，过去有许多题旨、题材、结构和形式，长期地被反复着。表现新的思想、题材等的作品，并不是没有，但是那些因袭的好象总占着很大的位置。（这使一部分资产阶级的民间文学研究家，拿"不变的因袭性"当做民众文学一个固定的特性。）但是，到社会起了巨大的变革的时候，人民不但是新人物、新事件和新制度的眼见者，而且他们当中许多人就是担当者或创造者。在这样的景况中，他们怎样会反对新的事物呢？他们怎能够不在自己创造的文学里，明显地表白他们对于新人物、新制度的爱好和拥护呢？在伟大的十月革命发生以后，苏联民间产生了许多歌颂列宁、斯大林、夏伯阳等英雄人物，歌颂革命战争、歌颂苏维埃政权的故事、传说和歌谣。这些口头的文学创作，跟苏联著名作家的作品，在思想上乃至于艺术上是没有基本差别的。它们都是些人类新世纪的革命花园中美丽的不凋零的花朵。在我们二十多年来人民革命的过程中，人民的口头创作反映着现实的情况，也产生了许多同样的歌颂新人物、新事件等的作品。比较早的，象江西中央苏区所产生的歌谣，红军北上抗日时所经过地区对于红军的传说。抗日以来，这类歌咏革命英雄（毛主席、朱总司令、贺龙将军……）、赞扬新事件、新制度（土地改革、民主选举、变工互助、婚姻自主、学习文化……）的口头作品就更加丰富了。我们的人民不但是勤劳、勇敢的，而且是进步的。他们无数的实际行动证明了这一点，他们无数的口头创作也正证明了这一点。

---

① 我们得记住：这种情形，也并不是怎样绝对的，就在这样的时期，人民的思想和行动，也常随着具体的情况而多少有着变动。

　　我们上面简要地举述了口头文学中所含蕴的几种有价值的思想、见解，就是看重劳动，肯定集体力量，反抗压迫者、剥削者并讥刺他们的妖形鬼状，反对异族的侵略者，歌颂新的事物等思想、见解。当然，人民的这些思想、见解，多少带有朴素性。它未必都是很完整、很精纯的。但是，这些思想、见解，无疑是优越的思想、见解，是我们今天和明天都急切需要的东西。何况口头文学，除了这些思想上的优越素质之外，还有艺术上的优越点。从历史上说，口头文学长期地受着封建文人的轻蔑。这种轻蔑不但是关于它的内容的，同时也是关于它的艺术的。他们总觉得人民的作品，一般是粗陋、平凡的。它缺乏雅致，缺乏精练，缺乏富丽和庄严。其实，这种意见，正是从他们阶级的审美成见中出来的。口头的创作，单从表现技术的观点看，也正有它不可企及的成就。

　　民间的散文作品，象神话、传说和民间故事等，大多数是虚构性的。但是，它从现实的深处取来重要的题旨，取来人物、情节的素材，用灵活的想象和有力的结构、语言把它表现出来。流传过程中，又经过千万人的增删和锤炼。因此，能够造成那些优越的典型人物和故事。关于这一点，高尔基说得更精要不过了。[1]就是资产阶级的文人学者中洞察力比较敏锐的，也多少能够看出神话等在艺术上的某种优点。象我们过去文艺界曾经很熟悉的文艺批评家L.哈恩（日本姓名叫小泉八云），就非常推崇神话文体在艺术上的优越地位。[2]故事型的创作中，有一种喜剧性的作品（笑话或寓言），它在讽刺的简短尖锐上，往往达到不能比拟的程度，这是统治者文艺的武库里所缺少的匕首。至于一般韵文的抒情作品中，很多是简练、谐和，富于天然的风韵和情味的。这就是过去有些封建的文士不能不违反自己阶级或所服务的阶级的审美观，去承认民谣（例如乐府中所收的某些作品）的艺术价值的原因。有位明朝批评家对古代民谣推崇得很到家。他说："质而不俚，浅而能深，近而能远，

---

　　① 参看曹葆华译的《苏联的文学》及水夫、林陵译的《高尔基与民间文学》等文章。

　　② 哈恩的话见他的《文学讲义集》。

天下至文，靡以过之！"①这种颂词，不但他所指的汉代乐府歌谣可以承当，就是一切优秀的民间歌谣承受起来也是不会脸红的。到今天，我们进步的文艺界里还有些朋友，以为民间文艺都是幼稚的、原始的，在艺术上完全谈不上什么价值。这种见解是错误的、不公正的。它对于人民创造的有价值的文化没有应具的理解和敬意。人民的口头创作，从一方面看虽然大都是幼稚的、原始的；但是从另一方面看，它往往又是成熟的、美好的。你以为这是一种矛盾的说法么？是的，这是矛盾的。但是它的实际情形却正是这样。如果我们要引用一句经典的话来说，这种幼稚而又美好的作品，就是一种"早熟的儿童"。儿童是幼稚的，但是"早熟的儿童"，却具有一种永不能够回复、永使人羡慕的"天真"。如果容我进一步说，优秀的民间口头创作在艺术的完美程度上，并不完全只是些早熟的儿童，有的还是身心都相当发达的青年或壮年。它是可以列入健康的成人行列的。总之，民间文学在艺术上的成就，并不比他在内容思想上的成就来得逊色。

三　口头文学在新社会中的作用

由于上面简单的论述，可以大略知道我们丰富的人民口头创作，在思想上艺术上具有怎样优越的素质。这些素质，对于我们新文化、新文艺的建立和创造是很关重要的。搜集、研究和利用民间文学，在今天正是我们文化工作者，特别是文艺工作者一种迫切的任务。记得十多年前，J.阿里特孟在论高尔基对民间文学的态度的时候，曾经说："在我们国家里，这种口头文学，既不属于口头文学研究者特殊行帮的老人们的玩物，也不是考古学者、博物馆员和研究家的'美味'，这是一切文学的活生生的问题。"②这话正可以适用于今天中国的情形。由于毛主席正确的见解和指导，过去数年中，许多为人民服务的文艺工作者，抛弃了身上不合时宜的"思想包袱"，毅然投身到人民的海洋中，跟他们一道生活、一道呼吸和战斗。看重人民固有的文艺，搜集它，分析

---

① 见胡应麟著《诗薮》内篇。
② 见《论文学的真实》。

它，评赏它，吸取它。用它们那些传承了许多世代的艺术形式来表现最新的人物、事件和思想。在戏剧、绘画、音乐、诗歌、故事各领域，都创造了"新民主主义内容、民族形式"的作品。（当然在运用民间形式时，已经有着或多或少的改造，但是一般地是保存着民间艺术某些主要特色的。）这不但是现阶段为工农兵艺术的适时创造，而且也是未来伟大艺术的坚实基础。可以说，由于这种新结合，就是新的题旨、题材跟人民的固有创作形式的结合，我们的真正的大众的、民族的新文艺才正式开始。

从这种显著而且有非常意义的事实看来，人民口头创作对于我们的新文化、新文艺的影响的巨大，是没有疑义的。可是，如果因此就以为口头文学对于新的人民文艺的作用，对于新的人民文化的作用，光限于上面所说这一点，那就把这宗重大的民族文化财产的价值小看了。口头文学在今天新文艺、新文化的建设上是有比这更广大的作用的。几年来，我们对于人民口头创作的利用，虽然主要限于形式方面，其实，它的内容方面一样是值得采取和运用的。我们有权利或义务，把人民在实际生活和斗争中所感受到的某些形象和真理（这种形象、真理，往往是经过千百万人民在数不清的年代中鉴定和陶炼过来的），再活在我们的作品里，去继续和扩大它的教育作用。这是过去从东方到西方，许多伟大作家走过的道路，在今天它还是一条可走的道路。走这条路的人现在虽不是完全没有，譬如中山狼、山伯英台一类的故事，就有人把它拿来"再创作"，但是，到底不多。或者有人不免怀疑，在过去封建统治下人民中产生的口头作品，它的主题、情节和思想、情感等，到今天崭新的社会中，还值得我们注意、采取、吸收么？是的，有许多歌谣、故事的内容，是跟着它的创作者和享受者，跟着一去不复返的时代社会一齐过去了。如果它今天还活在人民口头上，那是一种没有扫除掉的文化渣滓，是应该把它放进垃圾坑里去的。人民口头创造的贮藏室中，固然有许多发了霉的东西，但是，同时也有很多还在闪光的东西。后者是我们民族文化的永久财宝。它有权利再活在我们的新创作里，它会在新的孵育下更加强壮地生活起来。我们谁能说，普罗密修士已经不能感动我们新时代的人了？同样，谁能说，夸父的跟自然斗争的意志，是我们的新教养上所不需要的？谁能说，斯但加·拉进（Stanka Razin）不是永久的富于诗意的形象？同样，谁能说，我们许多象巴尔达那样机智地捉弄地主的长工故事，不是在阶级观点的教育上有效用的？在过去人民创作的库藏里，蕴蓄着相当分量的有价值的创作思想和题材，它在等待新时代的埃斯基拉斯、卜伽丘、莎士比亚、米尔顿、哥德、雪莱、拜伦、普希金……它等待在新艺术的形体中射出它不朽的光芒，发挥它优异的教育效能。

把有价值有意义的民间口头作品，再来一番创造，使它具有新的意义和作用，这自然是今天文艺工作者应该做的一种工作。但是，人民的口头创作，不只是可以作为我们新创作的题旨、题材，实际上，有许多本身就是完成了的作品，不是一种"素材"或一种值得入诗的"思想"。这种作品，我们只要从人民的口头忠实地把它记录下来，就能够发挥新的作用。这不是我个人的理想或推测。它是有事实根据的。让我举一位在这方面有过实际经验的工作者的报告罢：

> ……晋绥山地的农村里，也有很多的故事传说。在一九四二年，就有少数文艺工作者注意采集。有计划的主动的采集、整理工作，则是在延安文艺座谈会主席讲话以后。那时候晋绥文艺工作者深入到农村，在农村工作中，逐渐地接近了民间故事，采集与整理工作才认真地搞起来。在一九四五年以后，就陆续出版了《水推长城》《天下第一家》《地主与长工》三个民间故事集子。这三个集子中所包括的故事大部分是当地采集的，一小部分是从其他报刊上选来的。当地采的故事全部在《晋绥大众报》上发表过。从在报纸上发表到出版集子，一直受广大读者（或听众）的喜爱，特别在群众变工互助组里、土改时的诉苦会上被朗读与讨论，它成了区村干部工作的有力助手。由此帮助提高了群众的生产热忱和阶级觉悟。在晋绥，凡具有初步阅读能力的区村干部、小学教员、中学生几乎是人手一册。民间故事成了干部和群众的好朋友。①

在这一段简明的叙述里，我们可以明白看到那被照样记录下来的民间传

---

① 见李束为作《民间故事的搜集与整理》。

说、故事，在新的情况下，怎样发挥着积极作用。这种情形，决不限于一时和一地。人类真正有益的东西，它的作用远比我们能够想象的更为深大。人民口头创作在教化上的潜力，往往不是我们脑子一时能完全测度得尽的。现在苏联的教育家，在培养国民的爱国思想、情操上，相当重视民族的口头创作。我想，这是有充分理由的。广大人民过去在生活和斗争中产生的美好文艺作品，是汇集了众多的经验、众多的思索和众多的才能创造成功的。这种作品比起个别的优秀作家的创作，往往还更深刻，更伟大，更富于艺术的香气。在时间的考验上，也不容易成为一种文化的化石。它是一道不枯竭的流泉。如果一个民族或全人类有一种值得长久保留，并且能够长久发挥教养作用的文化财产，那么，从口头记录下来的有价值的民众创作，至少要在那中间占一个位置。

有价值的人民的文化财产，不但是新文艺、新教养的一种凭借和基础，有许多本身就应该成为我们新文艺、新文化的构成部分。要把这宗巨大而有贵重作用的文化财产充分发掘出来，充分清理出来，特别是充分利用起来，这工程是相当巨大的。好在今天我们大家对这工程的意义已经有相当认识，工作的条件又非常有利，在某些方面并且有了可喜的开始。为着建造新中国的新文化、新文艺，我们必须完成这个工程，而且相信一定是能够完成这个工程的。

1950年开国纪念日前夕脱稿

民俗学与民间文学

——在北京师范大学暑期民间文学讲习班上的讲话

　　最近，学界的许多人，都感到有必要迅速恢复和发展民俗学的搜集、研究工作，以填补我国人文科学这方面的空白。我觉得这是很及时和有益的想法。

　　我国关于民俗学的工作，早在五四新文化运动前后就开始了。尽管当时这方面的学术指导思想还不是马克思主义的。从那以后的一段期间里，建立了一些专门机构，收集了不少资料，讨论了一些问题，培养出一些专业工作者……。总之，从20年代到30年代，那些热心的先行者，在这方面无疑做了好些有利于这门科学发展的工作。

　　50年代以后，我们不少人文科学，是呈现繁荣景象的，但是有些科学却受到冷视，像民俗学、民族学和人类学等，就是明显的例子。过去二十多年里，民俗学这门科学，不但没有被重视，而且还受到一些不公允的批评。现在该是给它恢复应有的学术地位的时候了。

　　近来，国内有些刊物，已经开始这方面的新步伐了。例如吉林出版的大型杂志《社会科学战线》，1980年第2期上，就刊登了一篇有相当分量的《云南永宁纳西族的阿注婚姻》的文章。作者企图用丰富的民俗学资料，去论证现存的"阿注"的婚姻形式跟远古母系氏族公社的婚姻及家庭制度的关系。不仅立论是确切的，做为学术界的一种趋向看，更是个好消息。它是一枝报春花！这种文章，打开了学术界多年来的禁区，显示出民俗学研究发展的前景。很希望我们的学术界，今后有更多的这样的文章出现。

　　民俗学是人文科学的一种。它在那里占有一定的位置，跟其它人文科学如民族学、文化史等都有相当关系，特别跟民间文艺学（以研究民间文学为职责的科学）的关系更为密切。我们研究民间文学或从事民间文学教学工作的同志，一定要重视民俗学这门科学，懂得这种学问的性质和基本知识，注意学界这方面的研究成就和活动趋向。这样做，对于我们所从事的研究或教学工作，将会是有相当好处的。

一、民俗学的定义、领域及任务

先谈谈民俗学的定义。

民俗这个科学名称，是从英语的Folklore一词翻译过来的（日本学界先采用了这个译名），意思是"民众的知识"、"民众的学问"。它是由英国学者汤姆斯在1846年首先提出来的。他想用它去代替当时惯用的"民间的古俗"。这个科学名称，后来在一般的使用上含有两方面的意思：一指民俗本身，就是民俗志的资料，如风俗、习惯、歌谣、故事等；二指研究民俗的理论，就是民俗学。因为这个名词，作为一种科学用语比较适宜和方便，所以后来许多国家的学者都采用它，使它成为具有世界性的学科名称。

在我国，这个名词的较早出现，好像是在北京大学出版的《歌谣》周刊上。1922年，该刊的《发刊词》把歌谣的搜集、研究，纳入民俗学的范围，并认为在中国，研究民俗学是一种重要事业。到了1928年，我们在广州中山大学创立民俗学会，刊行《民俗》周刊和民俗丛书。这个科学名称就渐渐普及于我国一般学术界了。

像上面所说，民俗学这个名称，已经成为世界学术界的通用语（除开像德国等有自己的专门用语的国家以外）。但是，对这个名词（或类似的名词）的解释，却并不怎样一致。这里，我们试介绍一些定义看看。

英国著名的民俗学者，《金枝》大著的作者弗雷泽认为：民俗学是"在别的事情已经升到较高的平面的民族，那里所见到的较原始的观念和举动的遗留物"。日本人类学者西村真次博士也说："民俗学是研究原始时代习惯、信仰、故事、技术的遗留物的学问。"这种定义，基本上代表了英国人类学派的见解。所谓"遗留物"是这一学派的惯用语，指的是在文化比较发展的社会里，一部分或大部分人的观念和行为，跟同一社会里那些文化已经提高了的人所想和所做的大不相同，往往显得是怪异不可理解的现象。那些学者们认为这种现象，原来是那社会还在幼年时期所产生、流行的心理和行动；社会发展了，但是那一部分人仍然保存着这种远祖时期的文化遗产。这就是"遗留物"，或称"文化遗留物"。要证明这点，最好是用现在地球上晚熟民族里那些活的社会风俗，制度和种种心理状态去加以比较。那些学者的民俗研究是和民族学（或人类学）紧密联结在一起的。

我们还是继续谈定义。法国民俗学者山狄夫（P. Sain-tyves）认为"民俗学是文明国家内民间文化传承的科学"。他虽然承认民俗学是研究"民间传承"的科学，但并不使用"遗留物"这类的名词。而且从"民间文化"的用语看，范围也显然广泛些。

被人称作德国民俗学的建立者的黎尔（W. H. Riehl），他认为民俗学（按指他倡议使用的本国学名Volkskunde）是研究德国民族的学问。他说："如果不能在那散乱的研究的中心点看出国民（Nation）的理念，就完全不能认为是科学。"他坚信重视国民或民族的理念，是民俗研究的学问的特点，同时也是它的任务。

日本民俗学的创建者柳田国男给这种学科的定义是："民俗学是通过民间传承，寻检生活变迁的踪迹，以明确民族文化的学问。"他注重民间文化变迁的事实，并认为民俗学的研究能够阐明民族文化，他还认为根据这种研究的结果，将产生一种"新国学"。

现在试介绍我国这方面学者的看法。

我国民俗学者江绍原先生，在30年代初，曾经给民俗学下过定义："民学（江先生提议用这个词代替当时已经流行的'民俗学'）者，研究文化虽已升至较高的平面，然而不是普及于一切分子的社会，其中民阶级之生活状况、法则，及其物质的经济基础、观念形态、情感表现及此等事实之来源、变迁和影响者也。"今天，我们从比较严格的马克思主义观点看来，这个定义的措词是有些不够精密、准确的。但是，它有自己的特点，也许应该说，同时还是它的优点。它扩大了对象的范围（自然，这种范围究竟应该扩大到什么程度，今后大家还可以讨论），并且朦胧地想在这种新学术园地上应用马克思主义的观点——它是跟当时我国学界这方面的热潮分不开的。这也是值得我们今天在这里指出的。

此外，还有人类学者杨成志等的定义，为了避免繁琐，就不一一介绍了。

上面我们所举例的一些中外学者的定义，一般地说，固然各有所见，但是总的说来，它们都不是马列主义的。那些学者还不能运用科学的马克思主义的立场、观点、方法去观察、概括民俗学这门人文科学的性质、特点。这是由于他们当时的社会地位和教养所限制，是无可奈何的事情。我们现在介绍这些历史上的定义，目的只想使大家约略窥见在过去一百多年里，一些学者们是怎样概括这种学问的性质的。至于更正确和适用的定义，还有待于在吸取和改造前人的成果之后，进一步去拟定。我们总得在前人的基础上提高，在前人已经达到的地方继续前进。

再谈谈民俗学的领域，也就是说，谈谈它的范围及分类问题。

这个问题，像定义问题一样，也不单纯。各国各派学者对它有不同的看法和处理法。有的学者把范围划得狭窄些，有的却划得宽泛些。这点我们从上面所举的一些定义，也多少可以看得出来。较早期的英国学者把"民俗"只限于"没有受教育的"平民所传承的古风的习俗、信仰和口头文艺，而把物质的文化和技术等都搁置在外。关于这点，英国民俗学会刊行的《民俗学手册》（过去或译作《民俗学概论》）里有一段话是很能道破其中消息的。这段话说："引起民俗学者注意的，并非锄头的形式，而是农夫把锄头插入泥土里时所举行的仪式；并非渔网或渔叉的制作，而是出海渔夫所遵守的禁忌；也并非桥梁或住宅的建筑术，而是那伴随着建筑的牺牲和人们的社会生活。"这充分说明那些学者们的着眼点。自然，就在英国，后来情形也有所改变。在另一方面，有的国家的学者，就把范围放得相当宽泛。像德国的学者，就把衣服、房屋和民间美术、技术等都包括进去。法国学者也把民众的社会组织形式和物质生活等都算在这种学问范围之内（详见下面所引分类）。

在规定民俗学范围的问题上，还有对时代的界限的看法。有不少学者把对象限于过去（如注重原始遗留物的研究），它可说是一种"社会考古学"。他们的着眼点，是古代文化在现代生活中的遗留。反之，有的学者却不囿于这种界限。古代文化的遗留物，他们固然要搜集、研究，现代产生和流行的民众思想和行动，他们一样不肯忽视。我们觉得后者这种看法是比较明达的。

为了更具体地理会民俗学的内容和范围、界限，最好看看那些学者们的分类。时间只容许我们举一些比较有代表性的。

首先，我们看看过去英国民俗学会会长博尔尼女士在她修订的《民俗学手册》里的分类。她把民俗资料分为三大类：

甲、信仰及行为。

乙、风习。

丙、故事、歌谣与成语。

甲类里分为十目：1. 土地与天空；2. 植物界；3. 动物界；4. 人类；5. 人工物；6. 灵魂与他生（按指人世以外的生活）；7. 超人的存在；8. 预兆与占卜；9. 巫术；10. 疾病与民间医方。

乙类分为五目：1. 社会的及政治的制度（按指那些原始性的制度）；2. 个人生活和各种仪式；3. 职业和工业；4. 历法与祭礼；5. 竞技、运动与游戏（按：所谓竞技、运动是指民间所流行的）。

丙类分为四目：1. 故事（当真讲述的，只有趣味而讲述的）；2. 歌谣与民间叙事歌；3. 谚语与谜语；4. 谚语的韵语和地方的俗语。

这个定义是代表当时英国学派观点的产物，也是较早地（三十年代）被介绍到我国学界来的。接着再看我们上面提到过的那位法国学者山狄夫的分类，他也把对象内容分为三大类：

甲、物质生活。

乙、精神生活。

丙、社会生活。

甲类分为三目：1. 经济的物质（土地或城市、食料、居住等）；2. 生存的方法（劳动）；3. 营利与财富。

乙类分为五目：1. 语言；2. 民间知识及其应用；3. 民间睿智；4. 美学；6. 神秘观念及活动。

丙类分为三目：1. 血缘关系；2. 地缘共同体；3. 特殊联盟（经济的、政治的、竞技的等）。

山狄夫这个分类，跟上举博尔尼女士的分类比较起来，可以看到他所注意的是比较广泛的一般社会事象。这跟他强调注重"现在的"研究方法是有连带关系的。

现在再介绍瑞士学者霍夫曼·克莱耶（E. Hofmann-Krayer）对民俗学书物的分类。他把这方面的资料分为二十类：

1. 总类（书目与方法）；2. 乡村；3. 建筑物；4. 用具；5. 标章（象征的东西）；6. 民间工艺与技术；7. 民众心理现象；8. 衣饰；9. 饮料及食物；10. 风俗（仪式、节期、游戏等）；11. 民间规约；12. 信仰（宗教、神话、巫师等）；13. 民间医药；14. 一般民间文学（理论）；15. 民间诗歌（民歌、民间叙事诗等）；16. 民间故事（怪谈、谐谈、传说等）；17. 民间戏剧；18. 民间历法；19. 民间谚语；20. 名号（地名、人名、神仙名等）。

最后，我们看看日本柳田国男的分类。他也是先把民俗对象分为三大类（尽管在顺序上有他自己的设想）：

第一部，分习惯（生活技术）、居住、衣服、生产、交通、婚姻等十八目。

第二部，分口碑（语言艺术）、新语作成、谚语、谜语、诵的词句、儿童语、歌谣、民间故事、传说等十目。

第三部，分感情、观念、信仰、憎恶、趣味、恐怖、祈愿等八目。

柳田认为第一部是旅人的学问，第二部是寄居者的学问，第三部却是土著人的学问。因为最后者，若不是生长在本土的人是颇难于感觉到的。

通过这些分类的例子（尽管所列举的，彼此并不完全一致），我们可以大略看出民俗学这门科学主要包括哪些内容，它的疆界在哪里？当然，有关今后我国这门科学所包含的内容和它的分类，还有待于这方面专门研究者的共同讨论和商订。记得20年代前期，北京大学教授张竞生，曾经拟过风俗调查表，稍后，中山大学同事陈锡襄先生也曾拟过中国民俗的分类草案。可是，这些只能供今后草拟新分类时作参考。

在这里，我想附带提一提民俗事象的集体性和传承性问题。民俗事象，正像口头文学一样，一般地说是集体活动的产物。一种节令风俗，一个结婚仪式，并不是哪一个人、哪一家的创举，而大都是社会集体里的共同遵循的活动。这种活动，从时间上看，也都是世代相承，演为成规、"故事"的。自然，在民俗活动上，也并不是完全没有个人的、一时的东西。但是它也是产生一般风俗的那种客观条件和共同心理所造成的。自然，越到现代，这种个人的、一时的因素可能就比较突出些。这是应该承认的。但是，从古往今来大量的民俗事象看，集体性和传承性是决不能忽视的。它们是这种文化现象的特点的一部分（不用说，任何事物的性质、特点，也有它的历史界限）。

下面谈谈民俗学的任务。

关于民俗学的任务，有的学者认为它是要通过这方面的文化事象，把没有被记录过的民众的历史（生活、文化史）写出来，特别是早期的国民史。有的却认为它的任务在于给那些不容易理解的民俗事象，找出它的起源或原来面目。这些都不失为一种主张。

我们认为，今天我国的民俗学，似乎负有这样的任务：用科学的方法，尽可能搜集流传在广大群众当中的生活、文化活动现象（包括相关的思想、感情和想象的现象），加以整理研究，借以阐明一向不被重视的（过去长时期内不为学者所记录和谈论的）、真实的民众的文化活动及精神状态和特点——这种活动和状态等。主要是指长期历史的，但也包括现在的。我们的民俗学，既是"古代学"，也是"现在学"。

过去一般历史家的注意点，多放在对上层社会的政治活动及其生活、文化的记述和评论。作为各时期基层社会的生活和文化的历史，在他们的史书上几乎是一块没字碑。就是我们现在的史书或人文科学著作（包括心理学等），有关这方面的记录或阐述，也是很稀少的。过去有些史学家曾经标榜，历史的取材要注意三种来源：一、文献的；二、考古学的；三、传承的。这末一种，是属于民俗学的。但是在实际上，他们所重视和倚靠的，还是前两种。即使采用传承的资料，也多处在侧面地位，跟真正的民众生活史、文化史和他们的心理学，是相差颇遥远的。因此，如果我们要真正了解和阐明广大劳动人民的生活、文化和相关的心理活动，民俗学的记录工作和研究工作，是决不可少的。从达到上述的目的来说，这是一条阳关大道。

二、民俗学的方法和作用

进行任何一种科学的研究，如果希望取得预想的结果，除了别的必具的条件之外，都需要掌握一定的正确有效的方法。

民俗学的搜集、研究工作，首先自然要应用唯物辩证法和历史唯物主义的原理，要运用马克思主义的立场、观点和方法去观察、分析和论证民俗的各种现象和问题。这是在座的诸位所知道和赞同的。但是，要真正做到这一点，却并不是容易的事。它需要我们下绝大的决心和付出巨大的努力。我们还要知道，一种科学研究要取得成果，除了上面说的正确的世界观和基本方法（辩证法），还需要具有那些"技术性"的工作方法。而用什么样的工作方法，主要取决于那种科学的性质和需要。

民俗学的采集、研究工作，除了马克思主义的基本原理（包括辩证法）外，当然也需要自觉地采取一些必要的、有效的工作方法。这首先使我们想到"田野作业"的方法，就是实地调查的方法。因为这门科学的对象是广大群众的生活、文化现象，而这是一向很少被记录的。并且，随着社会情势的发展，它不免或速或迟地变化着。为了得到鲜活的、丰富的科学资料，就必须进行实地调查、采集工作。这种工作收获的结果，就是我们科学的建筑基础。过去的记录，也并不是完全没有或不可采用，但是，当我们有了自己获得的第一手资料时，那些陈编旧简，往往才能更显示出它新的意义和更多的使用价值。它像有些民间故事里所说的腌鱼那样，受过宝珠灵力影响之后，就活跃起来了。

其次，使我想到的是比较法。这是各种科学（不管是人文科学或自然科学），都可以采用的一种方法。但是，对于民俗学，似乎更是特殊地需要它。例如芬兰学派，他们那种历史—地理研究法，就是要依靠这种比较方法作手段的。推理是科学研究的必需手段，而要进行推理，就往往要运用比较的方法。譬如说，我们要推断我国古代的"十日"神话原来是不是产生于热带地区的，就必须把一些热带地区民族的太阳神话以及寒带地区民族的太阳神话，加以比较和分析，然后才能得出较有说服力的结论。又譬如过去顾颉刚先生研究孟姜女故事，他要整理出这个故事的历史系统和地理系统，如果不对那些流传两千多年和扩布几遍全国的、各种形态的资料，细心地加以比较，怎样能够得出条理分明的那故事的"纵的系统"和"横的系统"呢？其实，像比较这种方法，我们平常做文章或考虑事情时，都在运用着。不过，它往往没有进到自觉的境界罢了。但是，作为一个科学工作者，在方法的运用上越是自觉，那成果可能就更大些。

此外，如历史法，对于某些研究对象，也许同样是特别需要的。统计法之类，有时也可采用，或必须采用。至于归纳法等在科学研究上是运用得相当普遍的，就更不用说了。总之，除了是观点同时也是方法（观察事物的总方法）的辩证法之外，许多为科学研究所运用的技术性方法，在民俗学的研究上，大都也是必要的。如果贸然拒绝它，即使观点是正确的，也可能使我们的科学工作，成为一种贫弱、枯槁的东西。

我们今天研究民俗学，到底有什么作用呢？这个问题恐怕是大家所关心的。我想稍为谈一谈自己的看法。

研究民俗学，只要那结果能够正确地（或比较正确地）说明广大群众过去的和现在的风俗、习惯、文艺等以及相关的心理活动的性质、历史和作用等，它就是一种科学（正确的知识或规律），就是对人们有用处的东西。民俗学这种学问，至少有下列两种作用：

第一种作用，它能够帮助广大人民增强和加深对唯物历史观及"人民创造历史"的伟大真理的理解和信心，能有助于鼓舞今天广大人民在现实社会活动中的创造意志和奋斗热情。

自古以来，广大人民群众既是物质财富的创造者，也是精神财富的创造者，他们在长期的社会生活和斗争中，在创造生活资料同时，也创造了许多优秀的文化、技术。大家都知道，我国不少民间故事、传说和民间诗歌（包括兄弟民族长篇的民间史诗和叙事诗），不论是思想内容或艺术形式，都达到了很高水平；许多直到现在还在不断产生着的工艺美术品，往往具有巧夺天工的高超技艺；丰富的民间医药，尽管其中有一部分是来源于迷信或错误观察，但是，这方面确有大量的优秀遗产，是历代群众及民间医药专家的经验和智慧的结晶，是对世界医药史的一种贡献；……诸如此类民众文化里的瑰宝，是举述不尽的。我们把这些历代民众的创造，发掘出来，加以整理和科学的阐明，就能使广大人民在具体的事实面前，更好地认识到我们伟大的祖先（古代人民群众）在历史长流中，对祖国文化的各方面，有着多么伟大和美好的贡献；认识到广大从事物质生产劳动的群众是创造人类历史的真正主人，他们创造了各时期民族的优秀文化；认识到人类历史、文化产生和发展的规律。这正是马克思主义唯物历史观及"人民创造历史"真理的生动教材。这种教材，必然能唤起今天广大人民对民族文化的自尊心，对自己力量的坚强信念，从而激发他们在现实生活中的创造意志和奋斗精神。这正是当前为完成"四个现代化"的宏大目标的迫切需要。它是一种巨大的社会推动力。

另一种作用，是民俗学的研究结果，可以使今天广大人民明了许多民间风俗、习惯的起源和变迁过程，明了它们的社会性质和社会作用，自觉地或者比较自觉地去观察和对待那些跟自己生活有密切关系的民俗事象，从而加强对当前新的生活和文化的认识，有助于推动整个社会主义社会的发展进程。

我们现在正处在社会形态大转变的时期。随着整个社会经济、政治和人们的关系的激烈变动，社会上一切风俗、习惯、制度等上层建筑及相关的社会意识，迟早都要发生变化。自然，有些前代传承下来的民俗事象，是有它比较稳固的社会生活根据的，在新的社会里，只要性质或形式略加变化，就可以（或者需要）保存下去，继续为广大人民的生活和社会进步服务。它像经寒冬不凋零的松柏一样，是具有比较坚强的生命力的。但是，有许多向来流行的风俗、习惯、道德等，因为跟新的社会生活相抵触，就会变成为一种文化障碍物，从而迅速地或逐渐地沦于灭亡。像买卖婚姻、家长权威、财产继承权、结拜兄弟及宗教迷信等现象，就是这样。这种旧风俗、旧文化的灭亡，是跟新风俗、新文化的产生和流行辩证地关联着的。这是不可抗拒的历史法则。

在激烈变动的社会生活中，那些过时的旧风俗、旧习惯等的灭亡过程，并不是那么简单顺利的。人们的思想在"趋新"的同时，往往有"恋旧"的一面（自然归根究底，它是有一定的社会的和思想的根源的）。为了推进新生活、新风尚，必须进行"移风易俗"的工作。这种工作，要取得预期的成效，光靠政府命令或强迫的方法是不行的。有效的手段，是进行教育，进行说理启发。在这里，就有民俗学的"用武之地"。这种学问，能够明白地告诉大家：风俗、习惯的总体或它的某一具体事象（例如过年、端午节吃粽子、划龙船和结婚时撒帐或抢婚仪式……）是怎样产生的？有什么社会作用？它是怎样演变过来以及它的演变原因？它跟经济基础和其他上层结构（包括各种意识形态）的关系怎样？对它应该怎样评价？……明白了这些，就能自觉地，因而更好地去看待和处理那些切身的民俗问题，从而有利于提高我们社会的和民族的文化水平。

人们对于事物的性质、特点和发展历史等越认识得清楚，在实际处理上就越容易生效。对于民俗事象也完全一样。民俗学是帮助我们正确认识民俗事象的一种知识力量。我们掌握了它，就能使它变成一种物质力量，帮助我们按照自己的期望去改变现实，推进现实。

三、民俗学与民间文学的关系

首先，我们要认清：民间文学作品及民间文学理论，是民俗志和民俗学的重要构成部分。前者（民间文学作品等）是后者（民俗志等）这个学术"国家"里的一部分"公民"，在这学术"国家"里占据着一定的疆土。

从上面所举述的一些民俗学者们对这门科学所作的内容分类，我们就可以大略看到，民间文学在民俗学范围里所占有的位置。例如在伯恩女士和柳田国男的分类里，民间文学的材料，都占了三大类里的一类。我们再举一个另外的例子，如美国学者克拉普（A. H. Krappe）的《民俗的科学》一书里，把内容分为十八章：1. 神怪故事；2. 娱乐故事；3. 禽兽故事；4. 地方故事；5. 流传传说；6. 无韵的口传史；7. 谚语；8. 民歌；9. 民间叙事歌；10. 祝诵、韵语、谜语；11. 迷信；12. 植物俗说；13. 动物俗说；14. 矿物俗说、星宿说、宇宙发生传说；15. 风俗与仪式；16. 巫术；17. 民间戏剧；18. 神话。这里，我们清楚看到，在这位学者的民俗学的著作里，民间文学的内容占据了很大部分。

再从民俗学这种学问发展的历史考察，可以发现民俗学的产生或进展，往往从民间文学方面开始，就是说，从民间歌谣、民间故事等的搜集、研究开始。

先从我国这方面的历史事实看吧。像上面所谈到的，我国的搜集民间歌谣活动，在五四新文化运动前后就开始了。北京大学的文科教师，早在1918年春，就发起了这项工作。过了两年，成立了歌谣研究会。1922年，该会创办了专门刊物《歌谣》（以前只在《北大日刊》上逐日发表过《歌谣选》）。直到这时候才在发刊词中提出民俗学这个名词。发刊词中写道："歌谣是民俗学的一种重要资料，我们把它辑录起来，以备专门研究。"可见，我国的民俗学是先从搜集歌谣的工作开始的。当时北京大学那些教师们，把民间文学（歌谣、谚语等）看做民俗学的重要资料，——自然，同时他们还把它看做一种具有"生香活色"的野生文艺——因而从它那里入手。《歌谣》周刊的前期，不论作品资料或探究文章，多只限于歌谣方面。后来风俗调查会、方言调查会相继成立，在周刊（后来改为月刊）上，民俗的记录和探讨文章才陆续出现。

到了1928年初，中山大学成立民俗学会，出版专门的刊物和丛书，学界关于民俗资料的采集和问题的讨论、研究才多了起来。但是，就在那样的时期，虽然已经挂起了民俗学的招牌，可是搜集、发表的资料主要还是歌谣、故事、谜语、谚语等；理论的文章，也是关于这方面的占多数。

从上面简单的叙述看，我国20年代到30年代产生和发展的民俗学活动，不但是从民间文学开始的，而且民间文学始终在这门学科的学术活动里占着主要位置。这是不可否定的事实，也是值得寻味的事实。

中国的情况这样，欧洲的情况也差不了多少。

在欧洲，民俗学这个科学名称正式产生以前，有些国家的学者文人已经开始记录、整理、评价民间歌谣或民间故事，例如德国的赫尔德（J. G. Herder）对民歌的高度赞赏，自然也还有人记录过民间风俗，有些学者甚至认为这种活动可以追溯到古希腊人的著作。但是，一般认为，对现代民俗学这门科学来说，首先作出卓越贡献的，却是格林兄弟。他们就是以记录、探究民间故事等来开拓这方面的事业的。他们早在1812年，就编著了现在已成为世界古典名著的《格林童话》，由于这部著作，他们被认为是现代民俗学的奠基人。他们的特点，在于用忠实的态度记录了大量的、优秀的民间故事。这些故事大都是从老年妇人的口头移录下来的。由于格林兄弟是语言研究者，他们在搜集、记录的时候，就特别注重按照口头讲述的本来语言状态去忠实地处理那些作品，这是他们的著作富有科学意义的主要原因。除民间故事集之外，他们还在1825年著了《德意志神话》，1829年著了《德意志英雄传说》，并开始着重研究神话、传说里所表现的民族性格和民族精神。这些著作对于后来德国的民俗学的研究也是有相当影响的。

由以上可见，在欧洲民俗学的发展过程中，民间文学的搜集、探索工作同样是起了带头作用的。

不仅如此，在世界上，还有一些国家对民俗学的搜集研究，也是常常偏重于民间文学方面的，有的甚至把"民俗学"一词等同于"民间文艺学"（比较广义的，包括音乐等研究在内）。例如苏联学艺界，就是这样的。这种作法，虽然有些偏颇，但是我们从这里也足以窥见民间文学和民俗学的亲密关系，到底达到何种程度。

其次，民俗学可以作为人文科学乃至于某些自然科学（史）的手段学——方法学。

民俗学（包括民俗志）本身是一种相对独立的科学，但是它同时也可以作为别的科学的研究手段。例如研究语言学的，可以利用民间大量存在的方言土语以及遗留的古语，利用民间的各种语言艺术作品以及其他有关的民俗资料，以达到自己科学工作的目的。此外，如文化史、文学史、社会学、民族学，甚至天文学、气象学、地理学、医药学等自然科学的研究，也都可以在不同程度上利用民俗志的资料和某些民俗学的结论。

这种以民俗学作为手段的倾向，在现代有些国家（例如日本）的学界里是相当流行的，特别是在古代史和古代文学史、艺术史等的研究中，应用民俗学做手段，取得了很显著的成果，开拓了学术研究的新境地。我国郑振铎先生《汤祷篇》一书里的一些论文，也可以说是这方面的尝试性的成果，尽管它对民俗的取材比较广泛。

下面再谈谈民俗学对民间文学研究的作用。

这里有必要先声明一下。大家已经知道，民间文学本身是民俗学资料的一部分，因此，把这两个词相对待使用时，后者是指前者以外的那些民俗事象，即一般的风俗、习惯及民间制度等。但是，因为民俗学所包括的民间文学，严格地说，是指"现代"群众口上流传的作品，当我们把它去跟已见于前代文献上的这种作品相对待说时，它又是民俗学的一个部分。我们正是根据这种看法去进行下面的论述的。

（一）现代的民俗资料，可以被运用去解决或推断古代的民间文学（如古歌谣、传说、神话等）的某些问题。例如《诗经·国风》里的民歌，有不少是迭章复句的。一首民歌，分若干章，各章间的意思和语句，大体相同或相近。这种现象在后来作家的诗歌里是少见的（偶有一些，像张衡的《四愁诗》之类，那是比较例外的）。为什么一个意思，一些语句，要在一首诗歌里那样往返重复地出现呢？从常情看来，实在不太好理解。现代有些学者曾经用"为了奏乐的需要"去给以解释。虽然也有一定道理，但是到底未必完全解决问题。如果用我们现代民间唱歌的实际情形（唱歌风俗）和被记录下来的某些歌谣的例子去比较一下，那问题就容易解决了。

现代我国境内，部分汉族人民和许多少数民族人民，都有集合在一起唱歌的习俗。唱歌的场合，有的是在日常劳动中，更多的是在某些节日的定期歌会。他们（歌手和一般的歌唱爱好者）有的对唱，有的轮唱，在这种情况下就往往产生了那种迭章复句的民歌。此外，他们在山头水上劳作，有时一人即景或即事独唱，一章完后，意兴未尽，自己又依着原调，换一些语词，重迭唱上几章。这种结果，如有人把它记录下来，就是类似《国风》的那些迭章复句的篇章。这类作品，过去我在南方的山歌和置歌里都遇到过。记得20年代当中，我曾经就这个问题写过一篇短文（初发表在《文学周报》上，后来被收进了《古史辨》第三册里）。当时个人知道的情形不多，探索也不够，但是主要意思是说出了的。总之，如果我们不凭借民俗学的资料，对于某些古典诗歌的问题，就可能不大容易解决得恰当。

同样，古代神话上的一些问题的解决，也很需要民俗学资料（现代口头保存的神话等资料）的帮助。例如就说女娲造人的神话吧。据说，天地初开辟时，地上没有人。女娲氏拿黄土造人，因为工作繁重，应付困难，她就改用粗绳浸泥浆中，然后举起来一甩，那些泥浆就变成了许多人。结果，世上有了两种人，一种是做成的上等人（富贵人），一种是甩成的下贱人（贫贱、凡庸人）（见前人类书引《风俗通》的记载）。这个神话，现在我们一看，就能辨出它不是原来最早的面目，而是在阶级社会的流传过程里被修改过的。这是一种合理的推论，但终究只是一种推论。从科学的谨严性说，还需要有比较有力的证据（即使是旁证也好）。而民俗学的资料，正可给予我们这方面以有力的左证。过去，有些民俗学（民间文艺学）的热心者，曾经记录了好些关于天地开辟及人类起源的神话。其中一个是原始大神（一说是盘古）用泥土造人的故事（大同小异的记录，有二三种）。据说，当时那大神用泥土造了许多泥人，正放在外面晒干。不幸来了急雨，他就赶忙去收拾他们，因为时间紧迫，手忙脚乱，不免弄坏了好些。结果，那些泥人，有的躯体完好，有的就不免肢体残缺了。这就是现在世上，有那些残废人的原因。上述两个神话同样是造人和带有解释性因素的神话，但所解释的方面和所持观点却彼此不同，前者解释的是阶级社会的贫、富、贵、贱，后者所解释的是人类生物体态方面的完好或残缺。比较来看，后者显然是较接近原始神话的本来面目的，因此，它作为论证古典神话的性质、意义的资料是很有价值的。

（二）民俗学资料可用以论证现代流传的民间文学作品的社会意义和存在的问题。例如，我们上面提到的关于纳西族"阿注"婚姻形式的论文，它不仅用确实的、丰富的民俗资料，论断了这种遗留的、特别的婚姻形式制度的起源，并追溯到原始社会母系氏族公社的婚姻及亲属关系，同时还有力地说明了纳西族流传的关于古代女神干木神话里两性关系的意义。至于汉族现在民间还流传着的许多传说、故事（像白蛇娘娘传说、蛇郎精故事、老虎外婆故事等），里面所包含的原始风俗、信仰、观念等，也都需要用我国和世界的民俗资料及民俗学理论给以论证、推断，才能比较全面地阐明它们所包含的性质和意义。

在古代和现代的民间文学的探究上，民俗学的功用，无疑是相当大的。

最后，我想再度指出，现在研究民间文学，必须具备一定的民俗志和民俗学知识。研究民间文学，首先自然必须掌握本门科学的具体资料（民间文学的各种类作品）和基本理论。这是对研究者的起码要求。但是，要搞好这方面的工作，同时也必须掌握其它有关学科的基本知识和理论。在这方面，最接近、最重要的，就是民俗志和民俗学。像上面所论证，它（民俗学等）跟民间文学的关系是多么密切！如果缺乏这种"辅助科学"的知识武装，我们的战斗力将是很有限的。记得马克思曾经说过："外国语是人生的一种斗争武器，"对于民间文学研究者来说，民俗学也正是一种必需的科学斗争武器。

民俗学在我国学术界虽然有过一段可记忆的历史，但是由于种种原因，今天它还是一个幼稚的学科，我们必须迅速大力加以灌溉，培养，才能使它较快地成长起来，为祖国科学文化的新园林添上一株乔木。在这方面，民间文学工作者也有责任去尽自己的一分力量。这样做，对于民俗学和民间文学工作两方面都是有利的。愿和大家共同努力。

附记 这篇稿子，是根据1979年8月18日讲话的记录稿整理出来的。写文章和讲话虽然基本上是相同的，但到底也有些差别。加以那次上讲台，准备颇欠充分，讲话的缺点实在不少。因此，在这次整理过程中，不免有所删除，有所订正和补充。结果，多少改变了些原来的面目，但是主要的意思和结构，还是本来那个样子。

末了，我想附带说一下，篇中所引用的定义及分类的译文，一部分是借用过去我国学者们的成果，对其中有的文字作了一点调整，特此声明，并表感谢之意。

1980年1月20日改定

民俗学与古典文学

——答《文史知识》编辑部

　　民俗学与古典文学的关系问题，50年代初期很少有人去研究过。这是因为：一方面我国民俗学在50年代遭受不公正的待遇，民俗学被视为资产阶级学科，始终没有得到应有的重视。除了民间文学之外，在一段时期里，整个民俗学的研究几乎成了"绝学"。另一方面也由于我国古典文学的研究在相当时期中受国外某些学风的影响，分析问题主要只从文艺学的角度出发，而且大多偏重在作家作品的评价方面。这种单一的研究方向，多少造成了研究者视野的狭窄和思维模式的僵化，满足于对古代文学作品进行平面的图解，自然也就不可能从更高的审视高度上，对民俗学以及其他人文科学诸如：历史学、宗教学、民族学、文化人类学及心理学等学科有所借鉴，有所取资，对古典义学进行多学科的研究了。

　　然而，文学现象是很复杂的，特别是古典文学，它是古代人民社会生活和思想感情的形象的反映，它的内容非常丰富，涉及面很广，并不是单靠一种文艺学理论可以完全解决得了的。譬如楚辞中《九歌》和《天问》的研究，就需要多种人文科学的知识去作攻坚的武器。

　　把民俗学与古典文学联系起来考虑，仅仅是对古典文学进行综合研究的一个方面。这种考虑的根据在于：民俗学和古典文学研究都属于人文科学，两者都是研究人类社会的文化现象的。人类社会本是不可分割的有机整体，这就决定了两种学科之间是可以乃至应该互相沟通的。"他山之石，可以攻玉"，应用民俗学的理论和方法，对于丰富古典文学的研究手段、研究角度无疑会有裨益。

　　下面，我分三个问题，简单谈谈民俗学与古典文学的关系。

一、古典文学中民间文学所占的位置

从习惯的眼光来看，民俗学与古典文学研究似乎很难说是邻近学科，它们的研究对象、范围和方法都很不相同。可是，这两门学科之间并不是毫无关联的。这种联结的最直接、最显而易见的部分就是民间文学。民间文学从性质上看，它属于劳动人民的精神文化，是民俗学的重要组成部分；可是，它作为劳动人民的口头文学，又带有文学艺术的一般特征，因此很自然地又与古典文学联系起来。它在民俗学与古典文学之间是一种过渡的、中介的，有时甚至是完全重叠的部分。为了阐明民间文学在古典文学中的作用，我们有必要从民俗学和古典文学各自的研究范围说起。

（甲）民俗学的范围和民间文学的关系

民俗学是研究民间风俗、习惯等现象的一门人文科学。它早期的概念和范围都比较窄，譬如英国民俗学原来的概念中只包括歌谣、故事和一部分古老的风俗习惯。可是，随着时间的推移，民俗学所涉及到的领域变得越来越宽泛了。到了今天，它几乎已经扩展到全部的社会生活、文化领域了。具体地说，比如过去民间各种劳动组织、各种节日（如端午吃粽子、划龙船，中秋吃月饼等）、村社组织、家族制度、社会交往、民众娱乐、民间文艺，以及各种民间宗教信仰活动（包括占卜、巫术等等），或者本身就是一种民俗现象，或者附有一定的风俗行为和相应的心理活动。它们都是民俗学所要研究的对象。譬如"老鼠娶亲"的年画，开始反映了古代人民对老鼠的畏敬态度。但在有些年画的右上方，后来又加上了一只硕大无朋的猫。这实际上又反映了古代人民对老鼠由畏敬到制服的一个历史心理的演变过程。所以说，民俗现象在人类社会中是无处不存在的。只要有社会生活、社会思想的地方就有民俗，也就是说，都有民俗学研究的对象。

从民俗学发展的历史来看，民间文学的搜集、研究从来就占有很重要的位置。把民间文学归入民俗学的研究范围，这是一个老传统。

民间文学与物质文化、社会组织、民间科学、宗教、信仰等其他种种社会现象是很不相同的东西，它们在民俗学上为什么可以归在一起呢？这是因为民俗现象是指广大民间群众的那种集体所传承和拥有的文化现象。这种文化现象的特点，首先必须是集体的，它不是个人有意无意的创作。即使有的原来是个人或少数人创立或发起的，也必须经过集体的同意和反复履行，才能成为风俗。其次，跟集体性密切相关，这种现象不是个性的，而是类型的或模式的。第三，它们在时间上是传承的，有传统性；在空间上是扩布的，有地域性。这三点是区别民俗现象与非民俗现象的一种分界线。也正是这三点，把民间文学与作家文学区别开来，而成为民俗学研究的重要部门之一。总之，民间文学是群众集体创作的、类型的、传承的一种语言艺术。由于这种特点，使它必然地要成为民俗学研究范围的一部分。

（乙）古典文学的范围和民间文学的关系

古典文学，顾名思义，应该有时代和典范的意思，也就是说，它指的是古代作家的典范作品。然而这个概念并不是固定不变的。它只是一个历史范畴。《诗经》中的"国风"和"小雅"的部分作品，本来就是民间歌谣，可是因为传说它是经过孔子的删润的，在汉儒眼里看来，就成了神圣的经典，"关关雎鸠"的歌谣也就成了歌颂"后妃之德"的作品。五、七言律，绝，在今天看来，是标准的古典文学体式，可是在唐人眼里，却只能算是"今体诗"。所以，古典文学研究的范围本身有一个演变过程。我们知道，在封建时代，古典文学的主体是诗歌和散文两大部，小说、戏曲只能算"小道"，是不登大雅之堂的。晚清到"五四"，由于接受西洋文学定义的影响，范围才扩大为诗歌、小说、戏剧及部分散文作品。"五四"以后，由于一般民间文学受到重视，连古代的俗歌、民谣、故事（文献上所载的）也都算作古典文学了。现在通行的文学史一般把《诗经》，《楚辞》，先秦诸子散文，《史记》，乐府（仿制的和民间的），唐、宋、元、明、清的俗文学都算作古典文学。所以，今天古典文学这一概念，实际上是士大夫上层文学、市民文学（小说、戏曲）和劳动人民的口头文学（故事、传说、歌谣、谚语等）三者的总和。其中很大一部分市民文学（俗文学）和民间文学，它既是古典文学的研究对象，也是民俗学（历史民俗学）的研究资料。

民间文学与古典文学的关系远远不止于此。所谓古典文学不仅把一部分民间文学直接收进自己的范围，而且它在体裁、题材、思想感情、形制格式、修辞手段诸方面都受到民间文学的巨大影响。

先讲体裁。我国过去许多文学的体裁（特别是韵文的）大都来源于民间文学。对此，鲁迅、郭沫若、胡适都曾提及。这并不是个别地区、个别民族的现象，从整个人类文学史的发展来看都是如此。文学作品的种类不外乎韵文、散文、戏剧三种。韵文开始于原始歌谣。散文的小说来源于神话、传说和民间故事。戏剧来源于古代社会宗教、巫术仪式和原始歌舞。我国的情况也是如此。在我国的古书中还零星地保存着一些原始歌谣，如《弹歌》，短短八个字，概括了整个原始狩猎活动的过程，语词简短、整齐、有韵，显示了古代诗歌的最早性质和风貌。小说也是如此，例如早期的笔记小说《笑林》，基本上是民间笑话的记录；魏晋六朝的许多志怪小说，大部分是作者笔记下来的当时的民间故事、传说，并不是他们个人的艺术创造，尽管其中杂有作者的主观因素。我国严格意义的戏剧文学，虽然一直到宋、元才开始出现，到明、清才有长足的发展，可是我国古籍中很早就有"鸟兽跄跄"、"凤凰来仪"、"百兽率舞"的记载，反映了我国先民摹仿动物的各种原始舞蹈。此外，手执干戚舞蹈的《刑天氏之乐》，反映黄帝与蚩尤之战的"角抵戏"，也都起源于原始社会。说明我国作为戏剧重要元素的舞蹈、音乐等是早已存在的。到了唐代，开始出现"参军戏"、"踏摇娘"、"大面舞"等早期戏曲，它们都是在民间文艺的土壤中成长起来的。由此可见，我国戏曲也跟其他文学体裁一样，起源于民间文艺。

其次是题材。古典文学作品中有很多是取材于民间文学的。唐宋传奇虽然是作家文学，可是有不少都可以从民间传说中找到它们不同程度的故事原型。如无名氏的《补江总白猿传》、沈既济的《枕中记》、李公佐的《古岳渎经》、李朝威的《柳毅传》等等，就是一些例子。即使像《三国演义》《水浒传》《西游记》这样著名的长篇小说，其中有些故事，最早也是在民间流传的。后来由说书人（或书会才人）掇拾起来，编织到说书中去；最后才由罗贯中、施耐庵、吴承恩等作家把说书底本整理加工成今天这个样子。类似的例子，在戏剧方面也不少。如关汉卿的《窦娥冤》的主要情节，显然是取自前代记载的"东海孝妇"故事的。元杂剧中的《张生煮海》，也来源于民间关于煮海的传说。又如元人郑德辉所作《迷青琐倩女离魂》杂剧，是根据唐人陈玄祐的《离魂记》传奇改编而成的。陈玄祐在传奇的结尾说："玄祐少常闻此说，而多异同，或谓其虚。大历末，遇莱芜县令张仲规，因备述其本末，镒则仲规堂叔祖，而说极备细，故记之。"可见这个故事本来就是民间传说，在口头上"多有异同"的。只不过最后出于自称故事主人公张镒为其堂叔祖的张仲景之口，陈玄祐才信以为真罢了。其实"倩女离魂"所反映的只是一种很普遍的民俗信仰现象：古人由于不理解自身的精神现象，尤其是在梦境中，误以为人类的灵魂可以离开肉体四处飘荡。这种"灵魂出窍"的观念在世界很多民族中都有。"倩女离魂"正是"灵魂出窍"的观念的反映，只不过它加进了反封建的进步思想内容，有了更为大胆的自由幻想，因而整个故事显得更加美丽，更加动人罢了（实际，表现两性关系的离魂传说，在六朝人的笔记里已经出现了）。

第三，是思想感情。这方面一般古典文学作品受民间文学的影响也是十分明显的。就思想感情来说，在过去阶级社会里，多数作家文学，大都代表统治阶级的意识和利益，从总体上来说，与民间文学是对立的。可是，在社会生活中，不同阶级之间的关系不仅表现为对立和斗争，往往也表现为互相联系、互相渗透。因为社会是一个统一的共同体，不同阶级之间除了对立的阶级关系之外，还有民族关系、社会及亲族关系等千丝万缕的联系。我们不能只简单地强调阶级的对立和斗争，而忽视其他社会之间的各种联系及其作用。事实上，在古典文学中，尤其是那些同情劳动人民的优秀作家的作品中，都不同程度地吸取了广大人民及民间文学进步的思想营养。在某些仿古乐府中表现得相当明显。如《公无渡河》（即《箜篌引》），据崔豹《古今注》的记载，它原来是一首民间歌谣："公无渡河，公竟渡河；渡河而死，将奈公何！"歌咏的本事十分简单；可是，它那无可奈何的绝望呼号，深刻地反映了古代底层人民的命运，因此广泛而长久地流传于民间。这种呼号，同时也打动了某些同情人民的古代知识分子的心灵。从梁朝的刘孝威，到唐朝的李白、李贺、王建、温庭筠都有拟作。这些拟作是一种有意识的再创造，体式从简单的四言发展到五言、七言，但是基本思想并没有大变。李白的拟作："……旁人不惜妻止之，公无渡河苦渡之。虎可搏，河难凭，公果溺死流海湄。有长鲸白齿若雪山，公乎公乎挂骨于其间。箜篌所悲竟不还。"对那位不幸的溺水者，李白倾注了深切的同情。李白还在他所作的《横江词》中（第三首）再一次运用这个乐府诗的故事："郎今欲渡缘何事，如此风波不可行。"语意更加逼肖原作。

最后，在形式方面，诸如形制格式、修辞手段，民间文学也为古典文学提供了丰富的资料和借鉴经验。譬如刘禹锡的《竹枝词》，就是运用民歌的固有形式进行创作的。郭茂倩《乐府诗集·近代曲辞三》说："《竹枝》本出巴渝。唐贞元中，刘禹锡在沅湘，以俚歌鄙陋，乃依骚人《九歌》作《竹枝》新辞九章，教里中儿歌之。由是盛于贞元、元和之间。"据研究，他所依据的实际上就是土家族的民歌。它虽为七言四句体，但内容、韵律都和当时文人所作的七言绝句不一样，有着很浓厚的民间特点和地方色彩。至于利用民间文学作修辞手段的，如古典诗文中经常使用的典故，有不少是从民间文学来的。如"促织鸣，懒妇惊"，本是民间谚语，可是在文人笔下，常被用来形容思妇的秋思。此外如愚公移山、精卫填海、杜鹃啼血、韩凭夫妇化蝶等民间神话、传说在古典文学作品中也大都使用得很频繁，例子不胜枚举。

以上种种，说明民间文学作为民俗学的重要组成部分，不仅有许多篇章已经直接成了古典文学及其研究对象，而且对一般古典文学作品从体裁、题材、思想感情、形制格式以至于修辞手段等方面都有巨大的影响。这是文学史上一种非常值得注目和应该认真探讨的现象。

二、一般古典文学作品中所反映的民俗现象

如果说前面阐述的是民俗学与古典文学的特殊关系，那么，这里所要说的是民俗学与古典文学的一般关系。民俗学之所以能够在更大范围内与古典文学联系起来，是由人们的社会生活与社会风俗的关系所决定的。哪里有人群，哪里就有社会生活，因此哪里就有相应的社会风俗。文学的特点是用形象反映人们的社会生活（包括思想感情）。因为人们的生活中到处都存在着社会风俗、习惯以及有关的思想感情，所以要形象地真切地反映人们的生活，就必须以具体的生活样式来表现。如果离开了跟人们生活密切相联的风俗就不免显得抽象了。譬如鲁迅的名作《祝福》中所反映的祥林嫂对生死的观念；《药》中

用人血馒头治肺病的俗信；如果作者不了解当地具体的民俗事实就写不出来。巴尔扎克在他的《人间喜剧》序上把自己的作品分为三个方面，其中之一就是"风俗研究"，原因也正在于此。

　　我国古典文学的著作汗牛充栋，其中所反映的民俗现象是极其丰富的，譬如《诗经》里就大量地反映了我国古代劳动人民的原始民俗。"天命玄鸟，降而生商"（《商颂》），如果从正统的儒家观点去理解是荒诞不经的（所以他们要设法曲解它）；作为一般的迷信去看待，也显得流于肤浅。其实，这里所反映的是母系氏族阶段的一种神话思维，或图腾崇拜。我国现代的少数民族中还保存有许多这方面的传说。例如云南的傈僳族，就相信虎、羊、蜂、鼠、猴、熊等为他们氏族的祖先。联系这一种民族俗信，那么，"天命玄鸟，降而生商"一类的说法也就比较好理解了。

　　楚辞中也大量地反映了我国古代南方民族的社会风俗，《九歌》中的祭祀场面，《离骚》中请巫师占卜的叙述，这些都是珍贵的民俗史料。有人认为《招魂》是招死者之魂。其实，《招魂》是招生人一时脱离身体的灵魂，并不是指招人死后的亡灵。近代我国民间还有这种习俗。小孩病了，家人手持病者的衣服到街上或野外去叫着名字呼唤他。认为这样做，可以召回他离体的灵魂，因而使疾病痊好。可见这种俗信仪式一直延续了几千年。朱熹《楚辞集注·招魂》说："《招魂》者，宋玉之所作也。古者人死，则使人以其上服升屋，履危北面而号曰：'皋，某复！'遂以其衣三招之，乃下以覆尸，此礼所谓'复'。……而荆楚之俗乃或以是施之生人。故宋玉哀闵屈原无罪放逐，恐其魂魄离散而不复还，遂因国俗，托帝命，假巫语以招之。"这实在是一个用民俗学来解释古典文学的范例。朱熹虽然是个封建士大夫，在注释古代文学作品时却能运用当时的民间风俗资料，实在是难能可贵的（他对于《诗经》也有类似的高明见解）。

　　《诗经》《楚辞》中的作品，因为它们有的本身就是民间文学，而大部分跟民间的距离也比较近，可能还不足以完全说明问题。但在古代一般作家文学中，这种民俗现象也是大量存在的。如宋玉《高唐赋》的巫山神女，《颜氏家训》中所记的北方少数民族的风俗，《水浒传》的民间结义和混号，《红楼梦》中的抓阄、放风筝（放晦气）及重阳吃螃蟹风俗等等，都表明古代文学创作中所反映的民俗现象，它不仅丰富了作品形象，本身也正是十分珍贵的民俗学资料。

如果我们的眼光不仅仅局限在狭义的古典文学，那么我们将发现在经、史、子、集等重要文献（也可说是广义的文学）中都存在着很多民俗资料。譬如《淮南子》就记有宓妃、织女、青女、女夷、西王母、北斗的雌神等多种女神名称，并且还记载了汉人重狗肉、禁杀牛，各民族的发式，鬼畏桃枝、乌鸦、土龙以及各种盟会的习俗（弹首、刻臂、歃血等）。《吕氏春秋》中也有宴会次日致谢主人，大出丧的排场，羌人火葬等记载。这是一份极其丰富、极其宝贵的文化遗产。民俗学和古典文学都可以从不同的角度对之进行研究。

三、研究古典文学如何借鉴民俗学研究的理论和方法

古典文学可以从多种角度去进行研究，比如文艺学、美学、社会学、语言学、历史学、心理学等等，同样也可以从民俗学的角度去研究。而后者这种研究在现在有些国家（例如日本）是相当流行，并且获得可喜成果的。因为多一个角度，就多一种观照方面，对于问题的了解就会更丰富、更深入一些，也更全面一些。

古典文学的研究应该借鉴或吸取民俗学的理论和方法。这是由研究对象的性质所决定的。因为：（1）古典文学的研究对象是古代的文学作品。这些作品由于时间的推移，已经"古典化"了，它们大多已经凝固成文献材料。严格地讲，古典文学研究乃是一门历史的科学。而民俗学则不同，民俗学与人类学、民族学、社会学这几门姊妹科学一样，都是现代的科学。它们的研究对象都是现代社会的文化现象。它们的着眼点主要是现在而不是过去。由于它们的现在性，所以它们往往非常注重实地调查、实地考察，尽可能掌握第一手活的资料。所以，这几门新兴学科带着更多的实证意义，与现代社会生活的关系更为密切一些。（2）正因为民俗学、人类学、民族学、社会学与现代社会的关系比较密切，所以，现代科学技术的成果和一些新的方法，常常较先在这些领域里得到应用。譬如结构主义，就是法国著名学者列维·斯特劳斯把它应用于人类学等的研究因而更广泛地传播开来的。在这

些领域里，方法论具有特殊重要的意义。一种调查方法、研究方法的改进往往意味着理论上的重大突破。而古典文学则不同。由于它的研究对象已经凝固，所以研究方法也容易比较稳定化。乾嘉学派的校勘考证至今仍有其应用价值，原因也正在这里。由于上述两个原因，更由于我国古典文学研究比较停留于单一研究的模式，所以，目前古典文学向民俗学等学科借鉴理论和方法是相当重要的。

民俗学的理论、方法颇多，一时难以列举，现在略举其要者数端于下：

①注重实地调查。实地调查并不是民俗学所特有的方法，只不过民俗学应用得更为普遍、更为经常而已。读万卷书，行万里路，本是中国知识分子的理想。司马迁在写《史记》的时候，就曾经进行过广泛的调查。只是后来古典文学的研究日益案牍化，这种方法也就很少有人问津了。但实地调查常常能弥补文献考证的不足。日本的杜甫研究专家吉川幸次郎曾经遵循着杜甫当年的足迹进行了一番实地考察，结果颇有收获。近年来，我国有人也追随着李白的行踪进行了考察，调查了许多民间传说、文物遗迹，结合文献记录，解决了不少历史疑案。此方法如能经常使用，对于古典文学的研究是会有新的启发和推进的。

②注重类型的、比较的研究。这是民俗学常用的方法。因为传统性、类型化，正是民俗现象的基本特征之一。可是古典文学中长期应用的是典型理论。典型的特征是个性与共性的统一，以此来研究古代文学，有好些地方是不容易解释得通的。譬如古代神话、传说、故事，以及《水浒传》《西游记》等俗文学中的人物形象，如果应用民俗学的类型学说，这种问题就比较好解释了。又如《桃花源记》，属于"超时间经过故事"的类型。它与王质看棋，刘、阮入天台的故事大体属于同一类型。分析这同一类型的作品，对于说明其题材的来源和作家与民间文学的继承关系等很可能有所帮助。

③注重地域性的研究。古典文学中有许多现象是可以借鉴民俗学的地域性的研究方法的。譬如某一时期某一地区出现著名的文学流派如江西诗派、闽南十子、江左三大家等，它们往往与该时期该地区的经济条件、文化基础及社会风尚等有关。对它们进行地域性的综合研究，往往能够总结出文化群落兴衰的某些规律。

借鉴民俗学对古典文学研究的益处是很多的。除上述几点以外，还如用古代或近代民俗志资料去印证和论述古典文学中的某些现象、问题，有可能起到钥匙的作用等。为了避免烦絮，就不多说了。

陈仲奇记录整理

1981年6月

外国文学评论

波亚罗的《诗的艺术》

——关于它的"现代意义"的一个备忘录（Note）

如果把亚里斯多德的《诗学》比做刘勰的《文心雕龙》，那末，波亚罗的《诗的艺术》，也可以比做严羽的《沧浪诗话》罢。但是，这只是一种粗疏的比拟。实际上，《诗的艺术》一书，那本身的价值和所发生的影响是远超过于严氏的著作的。

《诗的艺术》，是波亚罗费了五年的光阴写成的。这是一部精审的诗学著作。在西洋文学史上的古典主义时期，它差不多是这个文学潮流的主导理论。它是古典主义的圣经。直到浪漫主义的狂潮到来，它才受到猛烈的打击。但是，它本身已获得了"古典的"位置了。

这部由十七世纪巴黎市民同时又是宫廷诗人的手写成的著作，它的性质和价值，自然是受着当时社会的种种条件的限制的。那里面有许多见解，是早随着产生它的社会环境而一同葬去了——那些已成了诗论的"木乃伊"。我们随便举出几点。好像他的无限制地崇奉着理性，承认创作上呆板的格律（三一律等），不赞成表现社会人生黑暗面，重视贵族的语言，反对把艺术接近民众，在现在的我们看来，都是诗学上的残骸了。

但是一种真正有价值的著作，它的意义决不会"完全地"属于一定的历史时期。它除了贡献于产生它的当时社会以外，还应该给后来的人类以一些有益的影响。它是时代的同时也是超时代的。《诗的艺术》，决不是那种朝生暮死的著作。它有它"现代"的意义。换一句话说，它对于今日大部分的诗人、艺术家，还是有着相当的教育作用的。新的文化是在旧的文化的废墟上建筑起来的。

那么，这古典主义时代的诗学经典，对今日的作者，有着哪些值得领教的地方呢？在这里，且举出几点说说罢。

波亚罗所谆谆教诲我们的，是忠于自然。换一句话说，就是忠实于人的性格。"不可脱离自然！"这是他的一句格言。在论喜剧的地方，他这样很明畅地说着——

> 想要以喜剧家出名的人，须得专心致力去研究自然。如果把人好好观察，十分注意地去考究许多人心的隐微底奥，而知道了什么是奢侈者、吝啬汉、有教养的人、愚蠢的骄矜者、嫉忌者或轻薄子，然后才能使他们在人前活泼地行动、说话。常常描写各种人的自然姿态，而需用最泼辣的光彩去表现出来。自然有着不同的类型，对于每个人给以不同的特征，那虽然表现在一举手一投足之间，但并不是什么人都具有辨认它的眼力的。

波亚罗力主模仿自然，探究自然。但是，他并不叫我们去做自然的机械模写。吉江博士对于这一点解释得很好。他说："文艺上的模仿，起码要叫人感得是真实的才行。即使是事实上体验过的事情，即使模仿得很精密正确，如果不能使人首肯，那便不能成为艺术上的模仿。要叫人家感得真实，那被模仿的事情便非具有合理性、必然性、普通性不可。给人家以孤立的偶然般的感觉的事象，是不成功的。"波亚罗自己的警句是："真实有时候也会好像不真实。"这种深刻的见解，一面继承亚德诗学中"或然论"精义，一面被发展修改而成为现代的"典型论"。

因为要作者忠实于"自然"，进一步当然要他们重视个人的经验。经验是创作的基础。没有深刻丰富经验的伟大作家是难于想像的。说所有的著作是一种自叙传，这也许过火些。但是，说一切作品多少必有作者的经验做"素地"，这是没有什么明智的人会反对的。波亚罗在论述"哀歌"（Elegie，英语作Elegy）有表现恋情的一方面性质之后，接着说：

> 为了巧妙地表现这种有趣的轻浮，单只是诗人，还是不行的，一定要是真正懂得恋爱的人。但是，讨厌的不走这条路的作家，白

白辛苦地要勉强作哀歌，虽然诉说着热情等，而诗里面是完全没有热的，冰冷的。他们故作苦恼的样子没有感动地假装颠狂，为了要做诗而假说的，自己是恋爱的奴隶。他们最快美的陶醉状态不过是空话罢了。

你看，波亚罗氏对于那种没有经验、没有感动而勉强执笔的作者，何等不满！

到现在也许还有人以为创作是纯然情感的、兴会的事情，清明的思想是用不着的。这是一种很重大的误会。没有一种真正伟大的艺术作品是能够完全脱离明智的参与的。作者也许并不显明地意识到。但是，对于创作的进行，思想力因素的重要，是什么人都不应该怀疑的。重视理性的波亚罗，自然不会看漏这点。他明确地说：

……学习在下笔之前好好地思考啊！表现的混沌或者清楚，是根据于我们的观念的暧昧或者明白的。认识非常透彻的事件，便能够明白地述说它。如果要表现它，语词也很容易溜出来。

这不正是黄梨洲的"所谓文者，写其心之明者也"的道理么？

艺术的目的是给予快乐呢，还是给予教训，这是诗学上艺术理论上最重要的问题，同时也是一向被热烈讨论着的问题。我们只要一翻文艺复兴时代的文学理论史便可见一斑了。我们这位古典主义理论的大师，对于这问题怎样说呢？

著作家们，请倾听我的教训！如果想要你们那用丰富的想像力写成作品被人们爱好，那么，请使你们的诗富有良好的教训，常常使坚实和有用陪伴着愉快。贤明读者是避免无用的娱乐而希望从游乐中也得到有益的东西的。

这很像何累士那"给予快乐同时并给予教训"的主张。这种理论可说是比较健康和适合于艺术实际的，——虽然所谓"教训"不能看得太狭隘和呆板。

波亚罗虽然过于重视理性和古代形式，但，也常常清楚地记着艺术是创造的，是不应妄受拘束的。他在论述作家应注意选择好的批评家那一节里说：

> 放胆的诗人的心，有些时候，陶然入于梦幻沉醉的境界，在那当儿，自然破除十分烦杂的格式，虽然是"出了格"，但却是很"合格"的——把这类事情告诉他们（作家）的，实在是上面所说的批评家。（按：即指那理性丰富，知识充实而为作者所应该找寻的批评家。）

他承认某种艺术上的破格就是合格，可见他并不很呆板地要人去模仿古典作品。这正是文艺理论上很明达的一种观点。

波亚罗氏教训作家不要成为书呆子，要扩大生活，并努力做一个诚实的人——诚实不是一切创作的源泉么？他这样叮咛着——

> 不要把诗当做你们永远的职能。厚重朋友的交往，用心去做个诚实的人。以为在著作中才有快适、吸引的情况，是不行的。须得理会谈话的艺术和处世的方法。

自然，严格地看，把这当做作家生活实践的范围，还是过于狭窄的。但是，这些话的意思，却已是很可宝贵的了。

在创作的技术上，波亚罗更贡献出许多精确的意见。他要作者们排除艰涩烦冗，注意明确统一，追求素朴、单纯，努力推敲补订等，这都是千古诗人应该记住的良训。现在抄译一二段出来，当做这篇备忘录的收梢。至于详细地评述这部古典的诗学著作的工作，且等待不久的将来罢。

> 从容地前进罢！别失掉勇气，一二十遍地修改着自己的作品，不绝地磨而又磨，有时补缀不足的，又时时抹掉那多余的。
>
> 以为这样的诗风（按：指那素朴自然的牧歌作风）是没有成功希望而焦心的拙劣诗人，往往懊悔起来，分心地抛去那笛呀管呀

（抛开素朴而优雅的纯粹的牧歌调子），被纷乱的热力所驱赶，而装上了发疯一般的华丽，在"对话牧歌"当中吹奏着喧闹的喇叭声（发出叙事诗一样巨大的声音）。怕听这声响的牧羊神，将逃到芦苇里面，水怪们也骇得躲下水底去了。

周译《浮士德》序

一

读《浮士德》不是一件容易的事情。给予这不朽的创作译本写序文，自然更是沉重的负荷。

但是，我像是被派定了要来写这部译本的序文样的，尽管怎样明了自己的无能，不，自己对于这个工作的感到惶恐。像译者在译序里所说，这个杰作译述工程的开始和进行，我是曾经友谊地尽过些怂恿的微力的。从而，由译者所发出的"写序文"的嘱托，固然不容易推辞；就是对于这部译本的一般读者，自己也像感到负有一种未了的"言责"样的——虽然这也许仅是一种多余的幻觉。

踌躇！俄罗斯十九世纪伟大的作家屠格涅夫氏，在他那《关于歌德的悲剧浮士德》一文中写着："当在这里，把这伟大的悲剧解剖，我们不知不觉地感到一些踌躇。"我此刻没有解剖这伟大的悲剧的雄心——或不如说还没有这种充分的能力。但是，心里所怀抱着的踌躇，却无疑是比屠格涅夫氏的更厉害。

时间是不容许我再作自私的踌躇了。为了要使这部译本快些送到读者的眼前，只好放纵着我的拙笔，让它去完成那不敢预想的结果吧。

二

时代变动着，剧烈地变动着。

过去的一切——人类过去文化史成绩的一切，在这大时代之前，都不免受到一种新的解释和批判。在文学的领域内，正像在别的领域内一样，这种工作，也已然在泼辣地进行了。不世出的文豪，过去文学的地平上秀出的山峰的德意志诗人歌德氏，他的思想和创作——特别是他那倾注毕生的精力而写成的《浮士德》，自然是不能从这种关系中逃开去。他的宇宙观、社会观、人生观、创作观以及作品的社会的、艺术的价值等，都重新或详或略地被解释着、批判着。

关于歌德思想的解释、批判，有着种种的说词，例像："歌德，时而是伟大，时而是微小，时而是不妥协的、嘲笑的、轻蔑现存世界的天才，时而是谨慎的、满足的、狭量的俗人。""歌德，一方被俘虏于宗教的残滓，一方有着依自然而被训练了的有机的、动态的思考方法。"……

概括地说，在思想上，歌德不是纯净地属于某一个简单范畴的人物。他的思想有着种种形态和矛盾。炯眼地认识了拿破仑的历史的意义的是他；用动物叙事诗来嘲笑革命家的行动的也是他。确信科学知识的力和它的进步的是他；对于自然持着泛神论的倾向的也是他。指导"疾风怒涛时代"的文艺革命的是他；回归到希腊古典文学领域的也仍然是他。歌德，他是这样参差不一的、矛盾的思想的所有者。

他为什么会成为这样的一个思想家呢？批评家们的答案，大都把它归因到那时候德意志现实的社会情况和他在那社会里的生涯的变动。

至于《浮士德》，现在批评家们，对她又说了些什么话呢——他们怎样给予她以一种解释和批判呢？一位批评家这样写着：

> 第一部，和歌德创作的疾风时代有着紧密的关系。关于陷于"杀婴孩"的失恋的少女（格莱卿）的主题，在疾风怒涛时代中广泛地可以看到。向光辉的哥特克时代的转向，有四扬音及脚韵的诗句，通俗化了的语词，向一人剧的发展——这一切，说明向疾风怒涛时代的接近。于海猎娜（Helena），特别地看到了艺术的表现的第二部，是走入了古典时代文学领域的东西。哥特克的轮廓，让位于古代希腊的轮廓。希腊，成为活动的舞台。辞书体被一扫了。有四

扬音及脚韵的诗句，被古代型的诗句所取代。各形态获得着某种的特别雕刻的结合。歌德于《浮士德》的最后舞台中，付给年贡于罗曼主义，取入神秘的合唱，启示加梭力克教的天国于浮士德。

和《威廉·迈士脱的遍历时代》一样，浮士德第二部，是关于自然科学、政治学、美学及哲学的歌德思想的异常的结晶。各插话，在给予某种科学的政治的或哲学的问题以"艺术的表现"的作者的努力之中，纯然看到那种确证……

别一批评家写着："歌德从一切精神的、思辨的东西离开，而探求新的根据于自然和人间性之中……但是，歌德没有把他的意向彻底地推进，而仅求于泛神论的自然和被包容于这样的自然界的个人私生活过程的人间性之中。在这里，《浮士德》有着理念的矛盾和不彻底。"

像《浮士德》这样内容深微繁复的大作品，自然不是简略的几句话或数十句话所能够解释、批判得了的——甚且不是很短的时间内，三数人的解释、批判的试作，便能够完全把她决定的。所以，这里所引的两三段话，只是这种论述的一点例子罢了。

在这里，似乎应得赶紧声明一句：歌德作品——特别是《浮士德》——的伟大性是无可怀疑的。

尽管现在的批评家们，怎样地在进行着那新的解释、批判，歌德的文绩，总是世界文学史上同时也就是文化史上的划期的、杰出的一份！"《浮士德》是伟大的创作，那是欧罗巴决不再来的时期的最完全的表现。"（屠格涅夫氏的话）这话，在九十年前的往日，就已被写下了的。但是，现在我们看来，并不怎样觉得它不很适用。

"歌德，是立于十八九世纪的优胜的写实主义的最高峰的。"今日新兴的批评家，也是不吝惜地这样称赞了。并且，这不仅是一两个人的私见而已。

三

接受过去遗产的问题，在我们文坛上，也已被相当地注意了。在不被引入歪邪途径的范围内，这自然是很值得赞许的事。因为正像异国一位文学者所说过的："不通晓过去伟大的文学的遗产，我们是不能造出伟大的不灭的文学吧。"

去年，世界文坛上的巨星高尔基氏，在一个盛大的文学者集会的演讲中，很慨叹彼国的新作家们还未能创造出一个像浮士德、哈姆雷特那样"世界典型"的人物——一个具体的小市民性的典型的人物。而这在文坛上却是必要的事。由这，我们可以晓得这位老作家是怎样佩服着歌德和莎士比亚，而热望新的文学者们学他俩去造出那能够永远纪念碑地存在的世界典型的人物来。

现在，世界各国的文坛，正像各国的商场一样，日益强度地国际化了。特别是我们中国，她二十年来所表现的现象，证明了这种趋势的存在。这不是一种应该忧虑的事。不，倒不如说是很可欣喜的事。因为这是合理地朝向着正路进行的。我们固有的文学的遗产，虽然不是没有那伟大而可珍贵的，但是数量较稀少，而且现在我们看来，大多有些陈旧了——不管在形式上或内容上。所以我们说到接受遗产（做为作家的修养而接受遗产），那除了很少数的本国所有的珍品之外，不能不把国际过去的伟大的创作品，来充当我们的"目的物"。我们有什么理由，可以拒绝对那"全人类"的卓绝业绩的继承呢？（自然对于她们，仍然是应该批判地接受的。）

"以为伟大的作家的影响，因那作家国家的境界而停止了的，是重大的一个错误。"法兰西优秀的创作家兼批评家的纪德氏，像在替我们说话般地，早就这样喊出了——在他的那篇《歌德论》之中。现在歌德氏这不朽的杰作（《浮士德》），已由力学深厚的周学普君，全部地介绍到中国来。我以为这不仅在国家文化的体面上，有相当的意义而已，在我们这基础还比较薄弱的新文坛上，她无疑是将致来那坚实的文化之果的。

1935年5月10日于东京

关于拜伦

——序陈秋子译《拜伦传》

我没有留心过现代的传记学。我既不知道现在传记所到达的确实成就，更不知道关于它的性质、历史、风格和效能等，学者们曾经有过什么讲究。过去虽然也偶读过一二册外国学者所写的"传记文学"一类小书，但是，隔了许多年月，那点儿知识，早已像月下远山的影子一般模糊了。现在来谈谈传记文学，不过仅仅拿个人一点微薄的经验做根据罢了。

我少年时期，虽然也曾经在"子曰馆"里念过一些时候的"人之初"，但是，大体上总算是受过新式教育的。而这种教育性质的不完全，是现在三十岁以上的人士并不难于想像得到的事情。在那闭塞的小市镇的学校里，我一面读着雇佣编辑家们编撰的课本，一面又哼念着那些唐诗宋文等古典著作。像外国少年人所容易得到的活泼有趣的名人传记等读物，是没有福气上眼的。因此，我在传记文学方面的兴味发生得很迟缓。可以说，到近年来才对于传记文学感到真实的爱好。

第一位启导我对于传记的爱重的，恐怕要算罗曼·罗兰先生。他那几部名人传，我是用着对一册比一册更热烈的情绪诵读过来的。他不仅仅教导我深切地了解和敬爱那些大艺术家、政治家，而且教导我去热爱着那记述伟大人物的文学。实在的，因为诵读托尔斯泰、米开朗基罗和甘地等传记的不容易找到比拟的感动，我才用很大的兴味和期待去诵读《罗兰传》《雪莱传》及《伏尔泰传》。换一句话，由于罗兰先生的启导，我才有意地去搜读兹维格、摩罗哀等名手的作品。而从那些作品里，我吸取了生命和艺术的最醇美的液汁。

一本传记，或者说一本好的传记，对于读者所能够引起的兴趣和产生的实益决不在那些普通的文学名著之下。试想想，当我们披读着一个艺术家、思想家或政治家的生平记录，他所受的熏陶，所处的环境，他的思想和性格、行动和挫折……一切内外的现象和经历，都浮雕般显现在我们眼前。我们有的时候陪他高兴，有的时候替他掉泪。有许多事情，会唤起我们的沉思，有许多事情，又催迫着我们振奋。我们不是在读小说，不是在听奇谈，我们是在接触一个人真实的生命，一个活跃的灵魂，而从那里得到了最实在的教益。我们读罗兰先生的《托尔斯泰传》时候是这样，读路德威希（Ludwig）的《耶苏传》时候也是一样。

好的传记，是真挚的艺术。它是最动人情思、策人奋进的一种读物。

拜伦这个异国诗人的名字，在今天我们读书界一般人的眼中，总不算是生疏的了。

有许多人在中学时代，就已经念过他那《哀希腊》诗章的译文。（而且，只要不是太缺乏热情的，就会发疯般喜爱它，直到壮大了也不容易让那印象从脑里消去。）而他毅然抛去诗笔，把资财和生命都贡献给反土耳其野蛮统治的希腊革命军的壮伟故事，更是长时期处在革命和战争中的中国知识分子所从心钦仰和欢喜讲述的。但是，我们文坛对于这位革命诗人的介绍，却太过缺略了。《哀希腊》几章悲壮的诗歌，虽然译述得那么早，而且一再地烦劳了名家的手笔，但是，直到现在，我们还没有《哈罗公子漫游记》或《堂·琼》的译本，甚至于一个薄薄的他的诗歌译集都没有。关于这诗人的生平，我们的研究家或介绍家，也一样那么吝惜。我们还没有一本关于他的传记，不管是写作或译述的。因此，除了少数能够直接阅读外国文书籍的以外，许多想比较详细地知道他生平的读者，都不能得到满足愿望的机会。这种缺陷实在已经到急待填补的时候了。现在这个传记译本的出版，多少可以算做一点值得欢喜的事情。

对于拜伦诗歌的价值，批评家有种种不同的意见。但是，他的诗作曾经摇撼过欧罗巴的读书界，而且差不多形成了一个文学上甚至于思想上的"拜伦时代"。在今天或稍后的世代里，他那些狂风烈火般的诗句，到某种程度，是仍然有着伟力，可以激动那些反对专制和因袭者的心灵的。大家只要承认这种已然的及可能的事情便够了。比较精细的剖析讨论，且让别的人在更适宜的机会里去做罢。

谈到拜伦的生平，像这个传记里详细地叙述着的一样，它是一个汹涌着惊涛骇浪的江海。他那幸福而又不幸的家庭，倾倒一世的诗才风貌，放肆和侠义的种种行动……这些构成一个惊心动魄的人生纪录。在这里，没有平凡，没有因袭，没有死气奄奄的沉静。它是力，是反抗，是不可捉摸的飞动。

是的，拜伦的某些行为，是诡异得叫人不免皱眉头的。像他那样对于女性的卑视，对于游乐甚至于虚荣的耽溺，便是一些好例子。试读摩氏《雪莱传》的后半部，在他那明确线条的显示下，我们分明可以看到两个诗人灵魂的差异点———一个是那么天真和慈悲，另一个却是那么傲慢而缺少情理。我们并不是不知道，拜伦所遭受的家庭，异性和社会的冷遇及虐待是那么深重。但是，他那种过于矫激的行为，总很容易驱使我们的同情和爱，更倾注到像雪莱那样天真率直的人物身上去。我们耽爱质朴而不喜欢矫情。

但是从整个人看，拜伦的确具有一种魔人的力量。他像一条铁索样牢系住我们的心。这不仅仅像雪莱那样，主要的是对他抱着一种怜才的念头。我们对他怀有更崇高的敬爱。几年前，当我在陀勒（Toller）那部名剧《机械破坏者》的篇首，谈到拜伦爵士在贵族院慷慨地替劳苦人民辩护的演讲词，我的心情禁不住热烈地腾烧起来。直到现在，我还没有消失掉对于那个剧本的眷恋。在这个传记里，不是动人地记述着他在意大利积极帮助当地革命团体（烧炭党）的活动情形么？这是和他后来穿起绯红色的戎装，在那个偏僻的小村里，为希腊那民族的古代文化和人民自由而战斗而牺牲的行为，有机地相关联的，而且是一样叫人心魂驰慕的！

当然，我们不会把拜伦当做神看待。我们知道他的许多弱点，也知道影响他的豪侠思想的时代浪潮。他的最好的思想和实现这种思想的行为，原是当时欧罗巴社会情形下的必然产物。而他因为出身、教养及生性等关系，在思想上行为上（同时又在作品上）不免遗留着种种束缚和限制的痕迹。他是一个新旧过渡时代的人物。他虽然最后大踏着步赶上时代的尖锋，却已经是满身血肉模糊的创伤者了。但是，不管怎样说，像他那样勇敢那样慷慨的贵族知识分子，总是英国的甚至世界的文学史上和社会史上的一个夸耀！

当做艺术家看的拜伦不消说了，当做人看的拜伦，也是那么英雄卓特的！他是一位能够用生命去殉从理想的人。他是我们异代的师范！

鹤见氏是现代日本文坛一位知名的文笔家，同时又是实际政治的参与者——他一向是民政党的国会议员。

他的主要思想，是英国式的自由主义。但是，他的狭窄的国家观念也好像颇为强烈。他曾经用盼望产生卑斯麦一类英雄的热望告白于青年的本国人民。所谓《英雄待望论》便是这种心情露骨的表现。

他的文笔好像比他的思想来得可爱些。他写了许多游记、随笔和小说。因为语词的热烈和活泼，做为青年读物，做为大众读物，都得到很广大的读者。他的随笔集《思想、山水、人物》，在十数年前，已经由周豫才先生译成中国文，比较喜欢新文艺的人大概是读过它或者晓得那个名字的。近来，好像又有人译出他的另一个随笔集——《读书三味》。我自己是爱读过他文章的。他的《南洋游记》和《欧美大陆游记》等，都是曾经占据过我的案头的书物。就是现在，我还会偶然去读一读那些从《思想、山水、人物》的译本里选出来的文篇。

鹤见氏又是一个雄辩家。我曾听见人说，如果日本现在要举出四个雄辩家，他便是那当中的一个。记得有一回东京中国基督教青年会请他演讲，我也曾经在那广座上做一个听者。他大意是说，中国到日本留学的学生，大都是间接去学习西洋学术的。就文学方面来说，大抵是在那里研究英、法、德、俄等国的作品，对于日本文学即使加以涉猎，也限于明治以来的东西。他认为这是一种可惜的事情。远迢迢地到那个国度去求学，却放弃了认识和享受她本身文化、艺术的好机会。他还说，他无论到世界的哪一个角落去，行箧中都没有忘记带着那部爱读的唐诗选本。又说，他到浙江某处游览的时候，追想起千余年前他们的高僧最澄（谥号传教大师）到中国求道的故事，不禁感到两国文化关系的深长和那求道者精神的高迈。他的话并没有藏着什么奇思妙想，但是，在台下人的耳朵里却颇觉得娓娓动听。他是一个能够把那平常的道理用不很平常的话讲述出来的人。简单的一句话，他是一个雄辩家。

他自己最得意或者使读者界最感兴味的，怕要算到他的传记作品罢。在这部《拜伦传》出版以前，作者早已印行过《卑斯麦传》和《拿破仑传》等流行一时的著作。《拜伦传》，据说作者是预备了许多时间才动笔的。它做为通俗的读物，出版以后，曾经非常风行，没有多少时间便再版了许多次。现在我们平情看起来，这个革命诗人的传记并不是没有缺点的。例如，对于拜伦个人生活和时代的关系没有更深刻地注意到，文词上也往往有流于浮夸的地方。这些都可以说是重要的缺点。但是，资料丰富，风趣横溢，文词也大都生动流利，拿这些长处来表现一个卓特的天才，是会对读者发生相当重大的魔力的。

今天，在艰苦地战斗着，在崇敬着拜伦那种豪侠行为的中国知识分子，特别是青年知识分子，他们不会从这个传记里得到深刻的感动和高贵的启示么？

1941年11月9日序于坪石

罗曼·罗兰的名人传

——为纪念他逝世三周年作

> 这些名人传记不是向野心家的骄傲申说的，而是献给受难者的……让我们把神圣的苦痛的油膏，献给苦痛的人们罢！我们在战斗中不是孤军。世界的黑暗，受着神光烛照。
>
> ——《悲多汶传》[1]绪言（傅雷译文）

这几天气候突然寒冷起来。天空低压而灰黯，周围的山色更加显得严凝了，海水也不安地颤抖。人们多缩手缩脚的。我皱起眉头想一想，又是年岁将尽的时候了。回忆一年来——不，应该说十年来，那些漫长的、阴沉苦难的日子，自己还能够咬着牙根度过来，这自然首先要感谢那照耀着我们时代和国土的真理的星光。可是，在我精神上还有一种眼睛看不见的伟力在鼓舞着。如果没有这种伟力，我也许还是会消失在浓黑里的。

我曾经说过，罗曼·罗兰是教我知道爱好传记文学的启蒙老师。我又说过，这位"欧洲的良心"在我个人精神生活上，曾经给予了怎样的扶持和督促。现在我要重新而且加强地宣告一次：靠着罗曼·罗兰的人格和著作——特别是那些名人传，我才能够生活得稳定些、结实些。

> 它正像一璀璨的明星，
> 在暮夜悠长的行程中，
> 不歇地辉照着我疲惫的灵魂。

---

① 现通译作《贝多芬传》。

　　传记是一种实录性的文学。在理论上，我也承认那些飞腾的想像在文学作品中的重要位置。可是实际上，我总偏爱那些事实气味浓重的作品。在那里，我仿佛更加能够接触到一种真实生命的呼吸和表情。

　　但是，传记所取材的人物和作家写作的态度、方法，是很不一致的。有些传记作品中的人物，只叫我们钦敬，甚至于只叫我们畏惧。他不叫我们怜爱，不叫我们反省。在罗曼·罗兰的传记中，许多人物虽然彼此性格十分差异——例如米克兰哲罗①既不和悲多汶相近，也和米勒有着分别，——可是，读了总叫人感动、反省和振奋。好像悲多汶那种坚强、泼辣而又富于人情的人物，他的震撼和扶掖我们不用多说了。托尔斯泰和米克兰哲罗——特别是米氏，都是具有很大弱点的人。可是，我们在传记里和他们接触，却感奋地分享了他们的痛苦、失败，同时也分享了他们的诚挚和成功。我们的生命和他们差不多融成一片，决不只"枕着他们休息一会"罢了。提到甘地，那更加叫我惭愧了。对于这位恒河岸边的圣人，不知道从什么时候起，我怀了一种很"不敬"的念头，——也许是他那"太东方的"斗争方式所引起的。可是，当我在一个异国的飞着雪的晚上，读了罗曼·罗兰写的传记，我的双睑即刻发热了。好像他那样深挚地眷爱祖国和同胞并完全贡献了自己的人——即使他的思想怎样值得批评——决不是我所应该随便轻蔑的。在他庄严的高耸的人格之前，我的"不敬"多少显出轻薄了！

　　有些传记，我们读了，只深深赞叹着作者艺术的高妙。可是，对于作品中人物的性格和行动，却不怎样兴起重大的关心。我们只做了一回人生的旁观者和艺术的鉴赏者。这种性质的传记，现代并不鲜少。好像莫洛哀那样的名手的作品，多少也要叫我发生这种感觉。罗曼·罗兰的名人传，分明是属于另一种类的。（在这些地方，S.茨威格的作品，好像是更加和罗氏接近的。）它不是没有艺术的威力，而是这种威力在显示了一种真实的人生之后，自己躲藏了起来。它不要叫自己浮泛在读者的意识上——因为这样会妨碍读者对作品中人物的交感、融会。这正是蒙庄所说的"得鱼忘筌"的境界。第一流的艺术家，

---

　　① 现通译作米开朗基罗。

要叫读者经由作品直接地去关与活的人生。那些叫人只停留在他们艺术的戏法前面的，往往不过是搔首弄姿的小家罢了。真正的艺术，应该超越艺术！

严格说来，罗曼·罗兰的名人传，自然并没有达到传记文学应该到达的理想地步。譬如说，他对于那些伟大人物性格的形成和发展等，就没有给予应有的深入的分析——特别是社会学的分析，而这在我们看来却是非常重要的。可是，他另一方面的成功太大了，以至于叫我们对于他这种缺点仿佛也觉得并不怎样紧要。

长年月的灾难、流离，叫人连一些心爱的书籍都不能够不东抛西散。他的全集不要提了，就是好像《超越战争》和《战斗的十五年》一类相从多年的散文集，也都离开了我的手头。对于这些只有痴情的怀念。可是，我也还不至十分失望。在眼前贫乏已极的书桌上还放着他的两三个不朽的传记。当精神苦闷或不安的时候，打开来高声念一两章，一股活力就流贯在我的全身上。意识澄清了，热情沸腾起来，"再回到人生的广原，心中充满日常战斗的勇气"。

1947年12月

海涅和他的创作艺术

——序林林译《织工歌》

> 诗歌，尽管我怎样爱它，在我常常只是神圣的玩具或者为着神圣目的而贡献的手段。我对于诗人的声名决不给以很大的价值。我的诗章受到称赞或者非难不大成问题。可是，你们得把一柄利剑放在我的棺材上，因为我是人类解放战争中的一员勇士。

> ——H. 海涅

一

1944年秋冬间，我在坪石那个朝不保夕的危险市镇中，写了十多首怀人绝句。里面有一首是怀念林林的。

> 海涅斗心原屹屹，
> 子房风致乃恂恂。
> 南溟劫火横飞后，
> 何处沧波问此人？

今天重读起来，不免忆起当时的状况和心境。敌人打下了衡阳，没阻拦地侵掠过郴州。坪石是广东境内粤汉铁路最北的一个车站，跟郴州相去只隔一些小站。要是敌人高兴动一动，即刻就会被插上太阳旗的。中山大学的同事和同学，胆小一点或手头比较松动的，在敌人打下长沙或围攻衡阳的时候，早就仓皇逃跑了。到了敌人占据郴州，剩下的实在已经没有多少。而这些并不一定是胆子大，或有把握预料敌人不来，大都只是跑不动或没处跑罢了。我自己就是这类人中的一个。家里本来也还简单，但有些年老的亲戚在一道，流动就添上困难了，重要的还是没有钱。几年中，每月支支离离所领得的薪水，大抵只够打发米价房租。战事越紧，口粮也就更加成问题。并且交通器具一天难得过一天，而交通费用却一天贵过一天。在这种情况下，逃跑是不容易的。困难还不止这些，太远的地方不能够去，较近的也是风险地带，而且到了那里怎样生活又是严重问题。想到这些，只有留下来赌运气了。学校里自然没有课上，自己的研究工作也不能够静心去做——惊险的消息像海浪那样一阵接着一阵。在没有可为的时候，脑子倒特别骚动起来了。抗战初期文化界的活跃，自己过去的带笔从戎，在粤北战地的所见所闻，战斗或流离在各地的亲友情形……这一切都在脑里翻腾着。为着镇静自己，我陆续写了几篇"战地印象记"。"讲堂已废墙沿草，吟绪难排夜抚栏。"偶然也写点小诗，那些怀人诗就是里面的一部分。1938年秋末，和林林在广州仓皇分了手，1940年又在桂林见面。往后，听说，他去菲律宾。可是刚到那里，太平洋的战事就起来了。信息杳然，我的怀念是相当苍凉的。

想到林林，就自然地使我联想到海涅。"海涅斗心原屹屹"，这并不是一个泛泛的用典。对于这点，如果说，是因为他们彼此都是诗人，而且都是那么斗志蓬勃的，这自然没有大错。可是还没有说得到家。他们在我脑子里，实在有着更加复杂的关联。林林和我在外国第一次交谈的内容，是关于讽刺诗的。他好像没有更多谈到海涅，可是我猜想那准是受了海涅的"时事诗"（Zeilgedichte）启发的结果。记得不久之后，他发表了一篇《关于海涅和他的诗》，主要就是介绍了战士的海涅和他的那种特殊武器的。他对于这位自负的"革命的儿子"，好像具有不尽的兴味。在菲律宾，日军投降后，他再拿起笔杆的时候，就译了海涅那些珠玉一样的抒情诗。这回到了香港，又忙着译出了这些蜂刺一样的社会诗。说到原因呢，我想除了海涅那种战斗的精神和灿烂的诗才以外，他的"丰富的人间性"和一生酸苦的遭遇，也是引起他敬爱的因素。甚至于海涅那种太过显明的矛盾，在我们这些过渡期的知识分子，也多少要引起了同情或怜悯。我们知道《资本论》的作者是和海涅有过怎样交谊的。

"我们不要用普通人乃至于异常人去评断诗人。诗人是特别的生物。应该让他任意地走着自己的道路。"这简单的几句话，含着多少友情啊！（怪不得海涅对于这位"革命博士"要说是他"向来所知道的人们中最亲切的富有情爱的人"了。）在理智上，林林是能够很正确地批评海涅的。正因为这样，他对于海涅的无尽的兴味，以至于看来好像有点偏私的耽爱，决不会有什么害处。在眼前，在过去，兼具有智慧、才情和正气的人是何等稀少啊！林林对于海涅的心情，我们是能够深深理解的。

二

提到海涅，我们首先想起的自然是他的健斗，他的纯情。但是，接着恐怕就要想到他那显著的矛盾了。是的，什么人能够想到他而忘记了这点呢？

一位批评家说："他热烈要求民众的解放，又以艺术家的（心情）恐怖着无智民众的当权时代。他讨厌贵族阶级的特权，又希望在这个阶级的庇护下面去就官职。他诋毁既成宗教，又看轻没有宗教的女子。一方面是实行'诗和现实的融合'的理性主义者，一方面又是在梦幻世界里找求理想的浪漫主义者。像他那样地在一个身上具现着人类的美和丑、刚强和脆弱，在矛盾的斗争相克里吹奏着不调和音调的人是很少的。"

另一位批评家说："海涅是幻影和空想的王，是浪漫的童话的王子，同时又是伟大的嘲笑家，'讥刺'的现实化身，天才的谩骂者。在这里，他是花和夜莺的指导人；在那里，却是革命的活跃鼓手。有时候是精神的贵族（Aristocrat），是多感的个人主义者，是耽美主义者，是最优美的缪斯（Muse）和格拉梯的爱人；在别的时候，却是马克思和恩格斯的朋友，被一切警犬所追踪，和基督教的德国笨货所苦恼的人。"又说："他高声歌唱'马赛歌'（Marseilloise）或'沙·伊拉'（Ca ira），粉碎基督教和唯心论，宣扬肉体的享乐，他对于妖女、骑士、王子的一切，射出了取笑、嘲弄、冷讥的适切的箭头。在这旁边，却站着另一个海涅。他看见饿死的惨苦，听见磨光的短刀的响声，早就知道谋反军的成熟和长成，而看透历史的利润的新世界，将由血腥的革命去宣告灭亡。这基本的矛盾是海涅的特征。他是急进的小资产阶级民主主义的诗人，是法兰西革命的鼓手，个人自由的使徒，同时，他也是对商人、股东、拜金家、榨取、俗物和市井小人等非常讨厌的侮辱者……他赞成康敏主义，却又害怕它。他对于劳动阶级的伙伴怀着恐怖，对于素朴平等开始战抖，担心着文明、科学、艺术乃至于水神（Nymph）、夜莺的歌唱。他的意识形态是很糊涂地矛盾的。他希望退出政治的斗争，在诗篇里又嘲笑了政治。"

像这样的论述，我们可以举出许多。但是，单单这些已经很够了。海涅一生思想上以至行动上，那种繁复的而且利害的矛盾，是我们不能够不承认的。但是，他为什么有这种矛盾呢？答案是相当分歧的。有的说是由于他的气质，有的说是由于他的职业（他是一个诗人，一个文艺作者）。自然更有人说是由于出身的阶级以及当时德国和欧洲的社会情势。这些不同的理由，都有它的存在权利，而后面的比前面的更加重要。对于海涅思想和行动的不调和音调，如果不是首先从他的出身的阶级，当时德国社会的、种族的关系以及法国的革命潮流，然后再从他个人的性情、教养和所做的工作等去考察，是不容易得到确切的结论的。

因为海涅的繁复而且利害的矛盾，使许多人对于他的人格和艺术的把握、评价，不免陷入纷乱的境地。我们已经说过，海涅的矛盾是不能不承认的。可是，如果因此就果决地断说他的思想、性格以至艺术，是四分五裂、丝毫没有主体的；因此就以为他的人格是一件百补衣，以为"海涅"只是一个复杂体的名称，它里面包含着众多的、不联串的、彼此敌对的性格，这就被现象的表面所迷惑了。海涅的思想行动和艺术，在表现上尽管那样光怪陆离，到底还是有中心的，有骨干的，在横山侧岭中，并不缺乏主峰。如果让我们刈除枝蔓地说，大体上，他反对压迫，憎恨庸俗。他醉心"自由"的新宗教。他热望社会的大变革。他"到死也不屈服"。毕赫说："海涅决不是'意识的'社会主义者，他也不是彻底的无神论者。可是，他是不屈不挠的革命家，是为着被压迫阶级的勇敢的先驱战士，是那时代眼光最远大的诗人。"高冲阳造也说："他始终一贯是政治自由的热烈拥护者，是非开化主义者——中世纪的蒙昧人的彻底厌恶者，是一切革命的热情欢迎者。"这些评语是相当中肯的。

三

　　谈到海涅，和他的矛盾性差不多引起相似程度的注意的问题，是他的爱国心。"信而见疑，忠而被谤"，这是古今中外常见的悲剧。海涅是一生拖着毁谤的长影子的人。在对他误会的、捏造的、诬枉的种种罪名中，不爱祖国是里面很重要的一项。他是德国的毁谤者，"非国民的"诗人。在当时，他固然成了祖国官宪和自私无知的知识分子们训斥、辱骂的箭垛；就是在死后，人们也不放松他。诋毁他的著作，曲解他的行动，阻止在国内建立他的纪念碑。而这种无礼和凶暴，到希特勒时候就更加厉害了。

　　海涅的人格和著作，不但在本国有一部分人拿"不爱国"一类罪名去加以诋毁，就是在别的国家也往往受到那些顽固的甚至于恶毒的"爱国主义者们"的排斥、污辱。拿我们的邻国日本来说罢，远在明治三十年的时候，文学者高山樗牛就已经表示了他怎样厌恶海涅的那种"非国民的"态度了。他因为反对在东京公园里建立西乡南洲的铜像，就拿海涅的事情做例子。据说过去德国人曾经好几回要建立海涅的纪念碑，都因为"他是对德国不忠的诗人"而停顿了下来。高山氏很赞成德国人这种"国民精神的巩固"。他觉得海涅的遭唾弃是罪有应得的。我们别以为这已经是几十年前的事情了。对于海涅的恶意或误解，直到现在还活跃在日本一部分学者的心里。我手头恰巧有一部几年前（昭和十八年）出版的鼓常良氏的《德国文学小史》，我们就看里面对于海涅的态度罢。他在诋毁了海涅文格的卑下、创作动机的丑劣和道德的堕落以后，接着更严厉地指摘：

　　　　……更极端的是对于德国的国家和国民玩弄讥刺和奇智，去博取颓废的人或仇视德国的人们的喝彩。《阿泰·特罗尔》（Atta Troll）或《德国——一个冬天的童话》就是这样的著作。

作者大约觉得这样说还不能够充分表现自己一片报国的赤心（当时，他们的皇军正在东征西讨，大振天威），他不得不对于那些还在介绍海涅和爱护海涅的人发出严重警告。他说：

　　总之，海涅具有不健全的魔力，顾念国家的人决不能把他推荐到本国国民的读物中去。在提倡"报国文学"的今天，海涅的译书尽管销路很好，可是像有意无意地呈现他"变质的"义侠心的事情，是应该指摘的。

这位德国文学的研究家，同时正是大日本帝国主义者。他的思想和希特勒血脉相通的。可是，海涅真像他所说那样无聊无耻么？可惜他们的箭头虽然涂上浓烈的毒药，却不能够射中那红心。它落空了！——不是的，它折回到发箭者的身上了。海涅是一个热情横溢的天才。他的"祖国爱"，哪里是那些德国的乃至东方的伪君子、阴谋家和市侩们所能比拟的！"唉，德国呀，我遥远的爱人呀！"这是眷爱着祖国而又被祖国放逐了的海涅永久的纯情的声音。当诗人回归那离别了十二年的祖国的时候，他的心情怎样呢？他到了国境，心就加倍地跳，泪水也流出来了。那种亲切的乡音，使他感到特别的意味，好像心里痛快地流着血。他说，他自从踏上祖国的泥土，身上就贯注了神秘的液汁。它生长起新的力量了，正像希腊神话中大地的儿子，身子再贴着他的母亲（大地）时候一样。他对汉堡的守护神述说他归国的心情：

> 我眷念泥炭的气味，
> 眷念德国的烟草气，
> 我的脚因焦躁而颤抖，
> 期望践踏德国的土地。

他说，他每天晚上叹息着，盼望再看见那位老妈妈，又怀念着那位老绅士——那督责过他而又爱护过他的叔父。他眷念德国的一切风物：

> 我眷念德国烟囱里升起的
> 那一股青烟，
> 眷念下隆克森的夜莺，
> 眷念幽静的橄树林。

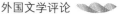

他甚至于眷恋那些地方——那些烦恼的驿站。他想要痛哭，在他曾经痛哭过的地方。这实在是一种"祖国爱"。已近晚年并且厉害地攻击过浪漫派的海涅，这种对于祖国的近于感伤的抒情，不是从他那太过热烈的心灵去理解，是会使我们感到奇异的。

　　这样热情的一个德国的儿子，为什么偏偏要被人看作"非国民的"诗人呢？这里就存在着"悲惨的真理"。如果海涅是一个比较平常守分的人，他的铜像也许早就在祖国建立起来了罢。可是，海涅却是另一种人。他是自由的儿子，是革命的儿子，是民主主义者，是自矜"血管里没有一点保守的血"的人。他无情地攻击教会，攻击王权。他嘲弄那些奴才，嘲弄那些俗物。他赞美法兰西，赞美拿破仑，赞美希腊和法国的讽刺诗人。他希望他的祖国"能够完成法国人所开始了的事情……思想能够尽量升高……能够肃清奴役制度，即在天国也使它毁灭……把人世心中的上帝从屈辱中救起来……能够使可怜的、被剥夺了幸福的国民和被嘲笑的天才，被凌辱的美恢复他们的荣誉，好像我们伟大的先觉们所说过所歌咏过的那样……"这是何等抱负，何等英明！他正是当时祖国最忠诚、最需要的儿子！他是国际主义者，同时也是真正的爱国主义者。可是，这种真正的爱国者，照例是要被看做叛徒的。因为在社会转折的时期，一个国家或民族的进步必然要大大不利于那些享有特权的人，必然要否定了那些传统的、腐朽的文化。因此，当时努力进步工作的人就一定要受到既成势力的攻击、围剿。他们成了祖国的"罪犯"。杀戮、黜斥、放逐……这是他们所常得到的酬报。这种悲剧的报施，有时候，甚至拖延了好些时期，扩大到一个国家或民族以外。海涅就是一个最好的例子。在生前，他的著作已经被宣布做非法的读物。他不能在祖国的领土内自由行走。他在外国发表诗文，也要引起本国政府的外交追究。死了之后，还要受到本国政府和外国学者的贬抑和攻击。那毁谤的长影子，长长地差不多拖了一个世纪！可是，海涅并不给这种横逆所压倒。他是个战士。他生前抗议着、嘲笑着，像帝王那样威严。就在今天，他的诗篇里还响着那强悍的笑声和严厉的叱喝声。他是有远见、有热情的爱国者。他不是那些挂着"祖国的招牌"去贩卖"自私"和"无知"的假药的人。他是真正的爱国者，是那些伪爱国者的死对头，也是对付他们的防腐剂。

到底德国和世界进步的知识分子及人民大众，是不会怀疑他的忠诚的。

四

海涅被批评家称做歌德以后德国的伟大抒情诗人。这种赞词的来由，恐怕在于他那些早年的纯朴的诗章，那些咏唱青春的热爱与悲伤的歌。自然，我们也珍惜那些歌声。它是人类头脑中流出来的非常甘芳醇美的液汁。它能够使人醺醉。可是，今天我们却更宝爱他后期的那些政治诗、社会诗。因为我们正生活在一个政治、社会的酷烈斗争的时代。我们需要军歌过于牧笛。我们需要"狼号"（用海涅自己诗中的象征）。夜莺的歌吟，且留待他时享受罢。就海涅诗作的本身看，从《歌集》到《新诗集》，正说明了他精神的长成。今天我们必得看重长成了的海涅。我们要高吟他放肆地笑骂的歌！那是火焰！是剑芒！

在这个诗歌的特殊的阵地（政治的、社会的讽刺诗）里，士兵实在不多，像海涅一样壮勇的自然更少了。这位希腊喜剧诗人阿里斯多芬（Aristophanes）的贤弟子，是近代欧洲文艺界一个特异的存在。单从这方面说，就是伟大的歌德，也是不能够和他"分庭抗礼"的。

海涅的政治诗、社会诗，如果寻绎起来，自然有着不少足供讨究的特点。可惜此刻我们没有充分时间来做这种工作。这里只想提出一点，就是他这方面作品中一种特殊的表现法（过去好些批评家也已经注意到的）。他爱把幻想掺入现实的题材中（或者把现实的题材幻想化）。他使那些作品成为写实的和浪漫的混合物。我们也许可以叫它做半神话的或拟童话的文体。长篇像《阿泰·特罗尔》《德国——一个冬天的童话》，短篇像《中国皇帝》《新亚历山大》《路德威戈王赞》等，就可算是这种创作方法的例子。我们就拿《德国——一个冬天的童话》来说罢。在这个长篇纪行诗里，像第一节和第二节，那些景象、事件和人物，都是很现实的。可是像第十五节到十七节，第二十三节到二十六节，那些红胡子、守护神一类的人物和那些场面、对话等，就非常浪漫的了。在这些地方，是一种神话的或寓言的境界。它和那些写实的部分截然不同。这种特殊的创作方法的来源，是值得探究的。有些批评家把它只看做海涅早年浪漫派作风的遗留。这话自然不是没有道理。艺术上的习惯要比艺术上的主张来得顽固些。现代不是有些决意为劳动阶级读者执笔的作家，在创作上却往往难免出现着那种不调和甚至敌对的旧手法、旧风格么？但是，我以为海涅这种特殊创作方法的产生，还应该别有原因存在。那种原因，甚至是更加重要的。从当时德国政治、社会的环境说，文学上批评的自由很受限制，特别是政府宣布了"青年德意志派"的叛逆之后，被看做捣乱分子的海涅的作品是更加受钳制的。在《德国——一个冬天的童话》的序文上，头一段里不是就诉说着这种冤苦么？——"我虽然不惮烦地把那些好像跟德国气候不适合的地方屡加缓和或删除，但在三月里把原书寄给汉堡的出版者的时候，还有许多可疑虑的地方要我考虑。我又不得不忍痛修改，那结果很可能把严肃的情调过分减损，而使语调过于幽默、轻薄。"海涅的社会诗，既然多是对于王公、大人、绅士、僧侣等有地位人物的辛辣讽刺，为着使作品能够通过检查的封锁线，他要故意把现实的材料，用一种或半神话的或半寓言的形式去表现，这不能够不说是很自然的事情。我们如果没有忘记俄国前世纪，有许多作家必须把血淋淋的现实事象和对于它的批评，用了"奴隶的文体"（寓言）去表现出来，对于海涅讽刺诗的这种特征的手法，就不难理解了。还有一点原因，我想也值得提一提，虽然在意义上没有前一点那么重要。讽刺诗是一种"喜剧性的"作品。它所写述的对象大都是被否定的。在这种作品上，采取浪漫的手法，实在比较容易达到那种夸张的谑画（Caricature）的效果。我们细读海涅的作品，就可以得到一种证明。自然，这些原因（特别是前一种）是值得注意的。可是，同时我们别忘记海涅是具有丰富的浪漫的气质和教养的人。他早年那些甘露样的抒情诗，就是这种气质和教养的结果。后来他虽然在思想和创作方法上都向前了，可是这种过去的因素，却和当前创作的需要有机地结合起来，成就了那特异的文体。明白了这些，我们就不必在海涅的谜里再添加一层神秘了。

有人说，这种半浪漫半现实的手法，不是要减少艺术的感动力么？我一点没有看轻现实的创作方法的意思。现实的创作方法，一般地是必须尊重的。可是不能因此就完全否定浪漫手法的存在意义及价值。重要的是要看作者的基本思想和那浪漫的实在性质。关于这个问题，我想高尔基的光辉的论证，已经尽可以扫除那些疑虑了。在这里实在没有更多嘴的必要。海涅的半浪漫半写实的作品，到底能够产生什么效果呢？如果我们不很相信自己的感受力，那么，试听听一位作家简要的意见罢：

> ……只要立脚在和现实矛盾的发展相对应的一个现实的根据上面，那么即使在方法上取了夸张、空想、拟态，乃至浪漫架空的手法，在效果上依旧可以对观众给以真实的感动。在海涅的许多政治的抒情诗里面，他常常用他独特的浪漫主义的手法，将读者引进架空的世界里面，可是他批判现实和对丑恶投掷丑恶之点，依旧能使读者感到《德国——一个冬天的童话》中的真实性的……（夏衍：《历史与讽刺》）

艺术作品具有一种灵奇的联系力，我们能够在罗亭或阿Q身上读出自己来，就是这种力量的一种证验。文学上所以盛行着隐比、象征和寓言等表现法，并不是没有原因的。海涅讽刺作品中的半现实的或寓言的手法，在某种意义上，倒是很富于艺术效果的。这是他的特征手法，同时也是使他的诗篇具有锐利的攻击力的一种要素。

五

海涅死去将近百年了（他是1856年，死在巴黎的"被窝墓穴"的）。一世纪以来，世界的情势和人类的精神状态有着多大的变迁啊！旧的王国衰颓了，崩溃了；新的王国生长着，茁壮着。在当时没有梦见或被看做不可能的事物和制度，现在变成常识，变成现实了。时代产生了新的人物，新的事象。它也产生了新的真理，新的热情。旧艺术和关于艺术的旧看法，虽然还在微弱地喘着息，可是一种崭新的壮健的艺术和艺术思想渐渐已经取得了"君临"的地位。在这样的日子，我们来诵读海涅，甚至于介绍海涅，是不是适合时宜呢？海涅和我们的修炼，他和我们今天所致力的事业，是否有一种血肉相连呢？这位矛盾著名的、前世纪的德国诗人到底该不该在今天中国的青年人心腔中占一个位置呢？

　　严格地说，海涅的性格和行动，有许多地方是我们决不能够同意的。我们不必隐瞒或粉饰这点。可是，我们前面已经提到，他的人格和艺术到底是有他的中心，他的强处的。他富于反抗性。他憎恨封建以及市侩的一切丑恶和庸俗。他渴求新的理想，新的社会制度。为着实现那种制度，他甚至于情愿牺牲自己所宝爱的文化和艺术。他智慧、热情、勇敢，而且坚强。他是世界文学史上少数至死不变更政治节操的作家中的一人。他的很锐利的战斗诗篇，多是在晚年那种极度难堪的景况中写成的。就是这一点也很够我们拜倒了。现在他的骨头虽然已经腐朽，可是，我们读着他的传记，他的散文和诗篇，他那姿态，那口吻，甚至于他一切精神的棱角和波澜，都生动地或明亮地现在我们的当前。正像庾道季说的："廉颇、蔺相如，虽千载上死人，懔懔恒如有生气。"如果今天青年朋友们还得"尚友古人"的话，那么，海涅正是他们应该伸过手去的英杰们中的一个。他的人格和精神的威力是会感发他们的。

　　海涅艺术的富于魔力，就是他的许多反对者也不能够不承认。他作品中思想、感情的新颖、奔放和警拔，不必提了。单就风格说，也是很值得耽爱的。他是德国近代半通俗半文艺的文体的创造人。他的诗文充满着现代性。他散文的丰华、灵敏，诗歌的明妙、单纯，都是一种不容易攀登的境界。本来，一切成功的作家，多少有他的天分。可是，海涅身上天才的记号却好像特别来得鲜红。仅仅读过他的几首短诗或一两篇散文的人，也不会不感到他那优异的品质和风致的。他真是一个才人！

　　海涅的社会诗，尽管不断被那些庸俗的文艺史家和批评家所贬斥或忽视，可是它的价值却越久越见昭著。这位"什么时候也是原来的强盗头子，伟大的嘲笑家"（F.梅林的话）的诗人，他那些没有顾忌地对权威者、腐败者、变节者们讽笑的诗章，不单有深刻的历史意义，并且有重大的现实意义。那些尖利的声音，在今天甚至于在明天，还是有效地指斥着人世的凶恶、丑陋和无耻的。它好像一把不生锈的武器，超越时间闪着使人胆寒的光芒。我们这位伟大嘲笑家，同时也是无剥削的社会的欢迎者。他渴望新社会的实现。可是，他料想到了那时候，他心血结晶的诗集会被人当做包香烟或咖啡的废纸。自然，这预言是错误的！他那些生气勃勃的诗章，在明天（今天已经开始了）一定要被无限广大的自由的世界人民歌诵着，而真正能够理解他的艺术的，也正是这些衣服油污或满脚泥巴的人。

海涅和那位"革命博士"的交谊，是世界学艺史上的美丽逸话。在第一节上，我已经引用过马克思对海涅的十分友情的说话。其实，他对海涅的作品也是极感兴味的。像拉法格在回忆文里所述，他不但能够背诵海涅的诗句，而且常常在谈话上引用它。他在那部经济学经典中，为着"给自己的说话以辉煌的生彩、力量和表现"（用批评家释勒的话），他利用了希腊悲剧家、中世大诗人和歌德、巴尔扎克等大师的文学形象，同样也利用了海涅的。恩格斯不但承认海涅是仅有的认识黑格尔哲学体系的一个人，并且说，七月革命以后的海涅，是新时代所利用的"民族的文学和生活"的基础。早年受尼采影响很深的鲁迅先生，到晚年，案上却堆起《海涅全集》，并且郑重地诵读它。据那位记了这个逸事的外国学者的解释，这是表明鲁迅先生从观念的孤高走下来，深入到现实的深奥里去。郭沫若先生在十多年前写的一篇文章里，说影响他早期新诗创作很大的两位外国诗人是泰戈尔和海涅。他很称赞海涅的抒情诗："他的诗表示丰富的人间性，比起泰戈尔的超人间性的来，我觉得更要近乎自然。"总之，海涅优秀作品，是跟世界革命的思想、文化和艺术血脉相关的。它是世界可贵的进步文化遗产中的一部分。在今天，我们与其花许多精神去斤斤讨论它的价值，倒不如集中力量切实多做些介绍工作。林林这个译诗集，我觉得是一种适切的努力。我希望它只是这桩巨大工程的一个新的开始。像海涅这样的作家，还不值得有个美好的全集译本么？

伟大的解放战争在急剧进行，新的社会和文化在等待创造。我们热烈欢迎这位革命的儿子，欢迎他为人民自由解放而写作的诗文！

1948年10月30日序于青山

附记 篇中援引《德国——一个冬天的童话》的序言和诗句，主要是用友人周学普教授的译文。再者，高冲阳造氏编辑的《海涅研究》（评论和传记集），也给了我好些方便。在这里谨声明和道谢。

《日本古典俳句选》序

石蒜香中重把晤，殷殷恰似初逢。百千情事莽盘胸。话澜纷涌处，日影暗移中。　　余事诗人编简在，词坛更策新功。燕飞掠地雨情浓。[①]相期同奋足，青眦振雄风。

——调寄临江仙

这是林林重新出来工作相见后，我写给他的一首小词。

我不是一个广交游的人。这恐怕跟我的性情和职业都有关系。现在我寓所的小客厅里，每天都不断客人的足迹，有时也因之影响了我作文、读书等工作。但是，说句老实话，真正值得"乐与数晨夕"的"素心人"，或像现在普通所说的"老朋友"，实在并不多。在这种仅少的朋友里，林林要算是一个。

回想起来，我跟林林的交往是久历岁月的。

最初相识，记得是在海外。当时我们同在东京学习，并且还同在一个学校里，尽管分散在不同部门和年级，也没有在校里碰过头。我们的开始接触的情形是相当特殊的，因此，多年以来，它还被保留在我本来不济事的记忆里。时间是30年代前期的末一二年（1934年或1935年）。一天，我照例从那设在九层楼图书馆的研究室里出来，正走在回寓所去的路上，忽然有人从后面赶来。他走到我的面前时，向我介绍了自己。他就是林林。那时他当然很年轻，躯体修长，面目清秀，见了使我自然地联想起拜伦、雪莱那些诗人穿着翻领衬衣的照片来。应该说，他初次给我的这个印象是愉快的。至于我们当时的对话，尽管记不太清楚了，但是，有一点是没有忘记的，我们谈到亨利·海涅的诗，而

---

① 此句本于林林某词中的句意。

且是由他先提起的。他当时正是个"海涅迷"。在海外，我们好像没有再晤谈过。那大概因为当时我们彼此都很忙。他正在跟朋友办《质文》一类的杂志，当然还有其他文化工作。我呢，正在利用仅有的时间，研习着图腾主义、太步（禁忌）、巫术等原始文化的问题。

抗日战争的第二年夏天，我们在当时充满战斗气氛的广州市又碰头了。那时，他在夏衍同志领导的《救亡日报》社工作，我呢，在四战区政治部。因为同从事救亡文化活动的关系，我们接触多起来，彼此相互间的了解和关心也增进了。但是，没有多久，敌人在惠州大鹏湾登陆，敌机不断加强对市区的轰炸。广州危在旦夕。我和政治部的同志，是乘这个危城的最后开出的一班火车离开那里的。这时《救亡日报》社的同志，还在尽最后的努力。当我们到了那万头攒动、电灯光显得格外辉煌的火车站，夏衍和林林同志等都赶来送我们。这个不平凡的场面，一直鲜明地深印在我的脑里。几年后，我在粤北中山大学教书时所做的一首怀念夏衍同志的律诗里，一开头就写述了这个送别的场景：

> 记曾感极句难搜，
> 危驿千灯照别愁。

说是"别愁"，其实是不准确的，至少也是不免简单化了。当时充满我们每位同志的心胸的，是悲愤，火样的悲愤！"别愁"的成分即使存在，也是混和着那种悲愤的。

林林等离开广州后，徒步往西，最后到了桂林，因为《救亡日报》要在那里继续刊行。后来林林去马尼拉（据说，当它沦陷后，他还在菲律宾境内参加过华侨游击队的工作）。太平洋战争发生后，我们再得不到他的消息，即使是间接的。在坪石——中大临时校址所在地——沦陷前，我写了几首怀人绝句。下面这首，就是关于林林的：

> 海涅斗心原屹屹，
> 子房风致乃恂恂。
> 南溟劫火横飞后，

何处沧波问此人？

这首小诗，既提到林林的思想、志向和状貌，又抒写了我的怀念的心情。它在我的那个诗组里，恐怕算是写得比较成功的一首吧。林林的爱人很喜欢这首小诗，见面时总要提到它。这也许不仅仅因为他们间的感情关系吧。

解放战争时期，国民党掌权派感到自己的末日快到了，因此那统治也更加残酷起来。在蒋管区内，不但中共人员受残害或驱逐，连一般民主人士也站不住脚了。我就是在那时候被接受了上级"指示"的中大当局强行解聘的。我逃到香港，就在共产党和民主党派在那里合办的达德学院教书。过了些时候，林林也从马尼拉回来了。我们正好同在一个系（文学系）里，见面谈心的时间就更多了。不能忘记，在芳园（学校的校址）的附近，有一间旧茶馆，是我们学院师生经常吃饭喝茶和谈天的地方，有时学习小组会或工作会，也是在那凉棚底下围着简陋的旧桌子开的。此外，我们还常在当地一些进步的文艺或文化活动的集会里见面。有时，我从学院的青山进市区，晚上回不来了，就在他的寓所里共同打地铺。在这段共同流亡的时期里，最值得纪念的，是我曾给他所译的海涅诗集《织工歌》写了序文，那恐怕是到那时止我所写的第一篇长序了。

全国解放后，我长住北京。林林开始在广州工作，后来又到印度去办理外事。在那时期里，也偶有把晤的机会，主要是当他到北京述职或开会的时候。见面机会较多的，还是近几年。不但在参加文艺界的集会时要碰头，偶尔也互相过访，更多的当然是书信的来往。我们就这样渐渐成为老朋友了。在这里，起作用的，除了交往时间长，自然加深了解之外，彼此都喜欢诗歌，在诗学上有互相切磋的要求和活动，这不能不说是一个重要原因罢。

年来，林林对日本俳句感到很大兴趣。他既和两三同志提倡写"汉俳"（中国式的俳句），又利用工余时间，翻译了近世著名俳谐师松尾芭蕉、与谢芜村和小林一茶三人的作品。他的这种活动，不仅因为对于诗歌的喜爱，也还有想促进国际文化交流的因素存在。最近，他把整理完毕的译诗集的稿子送给我看，并希望我在上面写一篇序言。他当然知道我不是这方面的专门家，尽管我是颇喜欢这种带有余韵的小诗的。因此，他附带说，要我写序的目的，主要是为了纪念我们的友谊。如果译者要求写的是一篇行家的评论，那么，照道理，我是应该爽直地或委婉地推辞的。但是，译者却是这样的想法，那我又怎么能只顾为自己"藏拙"呢？现在，在序文的开头，我就纵笔写了这么一大片，说的正是我们交往的经过。自然，序文的内容不能仅仅以此为满足。它只是一曲前奏罢了。下面我得说说对于俳句的理解吧，或者还有其他一些有关的话头。

俳句是日本传统诗歌形式的一种，是其中体积最小的一种——全首只有十七个音，句调是五、七、五。我们古典诗歌里，词体最短的是"竹枝"，单调的每首二句十四字。其次是"归字谣"，每首十六字。诗体最短的是五言绝句，四句二十个字。但是中国语文，往往一个字（音）就是一个词（当然同时还有一词两字或三字的），它与复音的日本语是不同的。日本的俳句，作为一种独立诗体，成于十五世纪中，到现在已经四百多年了。据说它是从体积较长的"连歌"的"发句"脱离出来的。自它独立、流行以来，已经产生许多优秀作家（俳谐师）和作品。现在，仍与传统形式的短歌和新体诗等在文坛上乃至于一般社会上流行着，似乎比起我们的旧诗词的形式还有更大的广泛性。在新时代的流传中，它的内容乃至形式不能不有一定程度的改变，这也是很容易理解的事。

这种体积极小的诗形，到底能不能担任起诗歌（就算抒情诗罢）的任务呢？换一句话，它是否能在一定程度上表达作者的思想、情绪，并且多少有感人的艺术能力呢？这虽然像是一个值得提出的问题，但是，实际已经被它所经历的事实正面回答了。它虽然产生在前代，而且有种种限制，但作为一种传统形式，经过必要的改造，并不是不能生存下去的。事实证明它是具有相当强韧的生命力的。

我们试进一步探索这种小体积诗歌的特殊性。它的音数、句数有明显的限制，这是它体裁上的特点。由于这种特点，就产生了一系列的内容选择、表达方式等方面的特殊现象。（自然，从体裁发生史的角度说，它的产生，首先是由于存在着那种要求表现的刹那情思。）具体点说，它所表现的事物和情思，必须是极简单的、压缩的。像叙事诗所表现的那些巨大复杂的故事情节、人物形象以及渗透其中的相应的思想、感情，固然无法受容和表出，就是一般抒情诗（特别是西方式的抒情诗）所表现的事象、景物稍为复杂或错综的内容和对它的写法，也是无法办到的。它只能极简洁地含蓄地去表现那些片断的、一闪即消失的景象和情思。它像含苞欲放的花朵，那些花瓣和它的色香，都没有怎样展开和放出。我国古代诗歌史上，曾记载着某些一两句的诗，如"抱鼓不鸣董少年"、"满城风雨近重阳"，以及"风萧萧兮易水寒，壮士一去兮不复还"，"将军三箭定天山，壮士长歌入汉关"等，大都是大家比较熟悉的。至于那些富有诗趣的、被编入古诗集里的谚语就更多了。现代中国北方民歌中，还有两句成章的信天游（陕北）、爬山歌（内蒙一带）等诗体。我国古今这些小诗，虽然跟日本的俳句乃至川柳，自有它们彼此不同的地方，但是，这种小体积的韵文，在我们文艺（包括民间文艺）领域里并不完全陌生，却是事实。

由于上面所说的那些特点，俳句在对读者的作用上，主要是暗示的或触发的。读者除对这种特殊诗歌，有一定的理解之外，还必须有相当生活体验（包括对自然界事物的体验），并善于思索和体味。这样，才能通过它的凝缩的表现去领会作者所含蕴的情思。它像我们对经过焙干的茶叶一样，要用开水给它泡开来。这样，不但可以使它那卷缩的叶子展开，色泽也恢复了（如果是绿茶）。更重要的是它那香味也出来了。对于俳句这种小诗，如果读者不具备上述的那些条件，结果恐怕要像俗话所说的"囫囵吞枣"那样，不知它到底是什么味道了。例如下面这首芭蕉的名作：

古池呀，青蛙跳入响水声。①

这里所表现的，是作者对于那种特殊的闲寂境界的会心。如果我们不知道作者的世界观和世界感（他是一个颇耽闲寂的俳人）及他遇到的那种情景——在极幽寂的境界内忽然听到那种因青蛙跃入而响起的水声，以及这种特殊情景所唤起的作者心理体会（南朝诗人的名句"蝉噪林逾静，鸟鸣山更幽"所写境界，

---

① 译文，是从这个集子里引用的。以下同此。

两者正有相似之处），并细加吟味，那么我们又怎么能深刻地理解它、鉴赏它，并且评价它呢？

从俳句对内容的表现看，大致上有两种不同的形态。一种，也许是数量上比较多的一种，它只集中地凝缩地表现了作者所经验的景物或事象（包括人物的活动、思想等）。在这里，它并不显露地或比较直接地表示出作者的思想情绪，看来像是纯客观的，但是，细细加以考察，在那被写出的物象或事象的背后（或当中）是潜藏着作者一定的看法和感情的（两者又常常互相胶结着，虽然在这种小诗里，理智的成分往往超过情绪的）。我们试看看下列一些例子：

春风吹绿三笠山，游人语声喧。

白雪之下，独活呀，冒出浅紫芽。

——以上芭蕉

暑天月下人声喧，村民引水入干田。

风雪夜来人，拔刀喊借宿。

——以上芜村

绿蛙悠然见青山。

抓住新出的瓜，睡着的孩子。

——以上一茶

这些句子，乍看起来，并不使人感到那些俳谐师们的见解和心情。其实不然，里面正存在着这种心理因素。（否则，它还能为诗么？）例如芭蕉的第二句，他对于那在寒冻里冒出芽来的植物的生命力是深深理解到并且给以赞美的。又如一茶的第一句，那悠然看着青山的青蛙的态度和当前境况，不是这位诗人心里所羡慕和神往的么？总之，在俳句里，这种占重要位置的手法，看似限于客观事物的表现，实际是隐藏着主观成分在内的。这和过去所称的我国盛唐诗歌的某种表现法有些接近。所谓"不着一字，尽得风流"，大概正是说的这类境界吧。俳句这种小形式的诗,更多地采用这种表现法,是有它一定的理由的。

但是,在俳句里也有另外一种表现法,那就是在作品里比较显示出作者的心理态度的——有的所呈现的理智或情绪,还是具有相当强度的。例如:

坟墓也震动,我的哭声似秋风。

命也如是,只有草笠下,稍得些凉意。

——以上芭蕉

踩了亡妻梳子,感到房中凉意。

我死之后,也作墓旁狗尾草。

——以上芜村

我这颗星,在何处寄宿啊,银河?

瘦青蛙,别输掉,这里有我一茶!

——以上一茶

这些诗句对内容的表现,显然跟前面那一组的例子很不同。在这些诗句里,作者的思想、感情是跃然纸上,使读者一接触到就会受感染的。芭蕉的第一句,是追悼他的弟子小杉一笑的。在这两句里,不是直接地把这位老师对于早死的门人的满腔感情吐露出来了么?何等强力的诗句!它很像一具拉紧欲发箭的弓!从这些地方,我们可以明白有人以为这种特殊诗体只能表现比较细微纤弱的感情的看法,是不确当的。主要问题,还在于作者思想、感情的强弱和他的艺术观的倾向。一茶的俳句里的思想,用我国古人的话是"民胞物与";用现在的话说是"人道主义"或"民主精神"。他这首关于瘦青蛙的俳句,不过是许多同类作品的一首罢了。我们看它在那样绝少的字句里,多么强劲地表达出自己同情弱者的心思!从这个角度说,像芭蕉的"寂静蝉声入岩石"或一茶的"筑摩川蝉声贴在天"等句,都是同一性质的表现法,也都是我上面所说道理的有力证明。

在这些俳句里,还有一种比较特殊的表现法。那就是句里表现不同感觉的"交错"或"汇通"，即注文里所谓"通感"。例如"比起石山石，秋风色更白"，"海边暮霭色，野鸭声微白"或"牛棚残暑蚊声暗"（都是芭蕉的句子）。熟悉欧洲近代诗学史的同志大都会知道这种通感法，正是象征主义诗人及同时代其他流派一些作者所主张过或采用的一种表现法。

我国古代诗歌中似乎也偶然出现过这类手法。在俗语里也有时用味觉的"甜"字去形容声音或人的境遇。这种表现法，如果用得恰当，给人的感觉，不但新鲜，而且有时也是深刻的。但是，它的使用领域比较受限制。如果用得不合适（勉强），那就不是诗的辞藻，而是梦呓或疯子的话了。

文艺作品，是反映人们的社会生活的，是表达作者的思想、想像和情绪的。不管怎样特殊的体裁，对于这种原理是很少例外的。在这个集子的作品里，广泛地反映出作者的祖国的山川气候、风俗人情、历史人物以及草木鸟兽各方面的情形，自然同时也或明或隐地反映了他们相关联的思想、想像和感情。在这里，特别引起我们注意的，是过去日本人民那些风俗习惯，以及当中不少跟我们国家过去所流行的（有的，现在某些地方还多少有它的余留）民俗活动。这是日本民俗史的重要资料，也是东亚比较民俗学的重要资料。前者，例如盂兰盆节的男女集合舞蹈，男女佣人每年正月和七月十六日放假回家，以及九月十三夜赏月……这些大都是日本民族自己的民俗（有的可能有点大陆风俗的影响）。后者如在正月七日的吃七草粥、以五月十三日种竹，认为易生，号"竹醉日"，及小孩生后保存脐带的习俗等，这就跟大陆过去民间风俗、习惯有极亲密的关系了。孔老夫子对于诗歌的作用，除了兴、观、群、怨之外，并指出"多识鸟兽草木之名"。用我们现在的话来说，就是诗歌除了能给人以精神修养，还能够提供人们所需要的某些实际知识（自然的和社会的知识）。这个俳句集，对于我们的作用也正是这样（尽管需要同时来读译者的注释才能充分得到那些知识）。

中国诗歌，大概千年以前就流传到日本了，并且在那里产生了一定的影响。但是，日本的俳句、短歌，比较认真的介绍入中国，却是在"五四"新文化运动之后（虽然现在算起来，那也已经六十多年了）。在那前后被介绍过来的还有法国诗人所仿作的俳句（也可以叫作"法俳"吧？）和印度泰戈尔的小诗（《迷途之鸟》等）。这就出现许多爱读者和仿作（后者只是仿作小诗的形式和某些表现手法，并没有也不可能用原来的格律）。不仅在刊物上多看到这种两三行一首的小诗，而且也有人提出应作这种小诗的主张。根据我的记忆，初期的白话诗人如康白清、俞平伯、徐玉诺、汪静之……都作过这种受日本俳句等影响的小诗，而谢冰心更是写得多和出名的。朱自清的《除夜》，不但我当时反复吟咏过，后来也常常记起它。俞平伯《忆游杂诗》里某些章，情形也有近似之处。我自己呢，记得直到抗日战争后期，还写过这种形式的诗。自然，当时小诗的流行，并不是文艺界所有的人都赞同的。记得有的同志就严厉批评过（所谓"诗之防御战"）。由于新诗的进展和格律诗的提倡等原因，这种小诗活动，后来渐渐退潮了。到了现在，文艺界的同志，不是搞这一段时期的诗歌史的，恐怕连知道的人也很少了（尽管在抗日战争时期，又有人把它跟其他日本诗体的作品介绍过）。

林林这次不但在新的历史条件下，继续"五四"时期介绍俳句这种小诗的活动，而且在所译作品的数量，及对作者的介绍和作品的注释等方面都做了进一步的工作。尽管因为种种关系，这个译本不能说是完美无缺的。但是，在当前情况下，它的出版，不但是需要的，而且也是确实有益的。不错，这集子里介绍的是日本近世明治以前的文学作品，时代和作者乃至体裁本身等的限制，是不能免除的。但是，只要我们的读者用鉴别的眼光去观察、学习、品赏这种异国诗歌的历史遗产，我想决不会是徒劳的。我们的新诗的创立，尽管已有多年的历史，但是，在形式上它还在摸索过程中。现在这种译诗，在某些方面（例如表现的节约、精练）能给我们一点启示也未可知。

在这序文将要结束的时候，我想附带说说关于翻译这种小诗所用文字和句调的意见。它或者可供今后继续这方面译业的同志一点参考。

"五四"后，译日本俳句和短歌，用的是白话自由体（例如周启明的《日本的诗歌》）。后来有人翻译这类诗歌，基本上却采用文言和旧诗词句调（如钱稻孙的《日本诗歌选》）。现在林林的译文，是两种都用的——对芭蕉、芜村用文言、旧诗句调，对一茶则多用白话和自由体。这两种译法，都有一定的道理，也各有长处。我个人粗浅的想法，采用口语和散文体，尽管有它的缺点，如不能保持原诗格律化的特点，其次，是不大符合中国读者对诗歌的传统审美习惯，但是，它却另有两种颇值得注意的好处：

1. 它可以尽量保存原文所有的那些表示感情的感叹词，如ヤ、カナ等。在这种小型抒情诗里，这类感叹词的存在是重要的。它往往有着传神的作用。在另一种译法里，这种词一般就被删去了，这不能不是一种损失。

2. 如果说文言和传统诗词句调的运用，能照顾到读者的审美习惯，但用白话和自由体，却能产生一种异国情调。它原来是一种外国诗呀！我向来不大喜欢那些用中国五、七言古体诗形式去译西洋近代诗人的作品的作法。这也许是个人的偏见，但我想它也有一定的道理的。

最后，我表示一点虔诚的希望：林林同志或其他有条件和兴趣的同志，能够花功夫译出一些日本从明治以来直到现在所产生的优秀的俳句或短歌，这种文化作业，同样是我们学界所需要的。我个人也愿作它的一个爱读者呢。

1982年12月11日　北京

略谈巴赫金的文学狂欢化思想

——在《巴赫金全集》中译六卷本首发式上的讲话

二三十年前，中国还很少有人知道巴赫金。近年不同了，国内开始出现了这位俄罗斯著名学者的译著，人们在越来越多地谈论他的名字。据说，在世界范围，自60年代以来，他的学术声誉也一直隆盛不衰。这样的国际性学者是不太多见的。最近，河北教育出版社出版了《巴赫金全集》的中译本，这将有利于中国读者全面认识这一位杰出的思想巨匠。

巴赫金的学问，涉及了人文科学的许多重要领域，包括哲学、社会学、语言学和文艺学等。对于这一点，已有人讨论过，我就不多说了。我只从与我的专业有关系的方面，就他的文学狂欢化的观点，简要地谈谈自己的看法。

像大家所知道的，巴赫金在他的文艺学著作中，曾就探讨俄国的陀思妥耶夫斯基和法国的拉伯雷的名著，提出了文学描写中的狂欢化问题。他的这一创见，已得到了大家的公认；这一观点的影响，早已超越了他的国界，对远在欧美和亚洲其他国家的文艺学研究，也产生了一定的作用。

我个人认为，巴赫金的文学狂欢化思想确实具有比较普遍的学术意义。狂欢化的概念，的确可以被用于解释人类一般精神生活和叙事文学中的某些特殊现象。但这个概念应该包含两个层次，即狂欢现象和狂欢化的文学现象。当然，从人类的精神现象讲，它们是一个问题的两个侧面，在本质上是互有联系的。但就两者在社会生活中的地位和表现形式来讲，它们又属于两个不同的方面，彼此又是有所区别的。因此，我们要全面地了解狂欢概念的内涵，就应该对两者加以区分。

狂欢是人类生活中具有一定世界性的特殊的文化现象。从历史上看，不同民族、不同国家都存在着不同形式的狂欢活动。它们通过社会成员的群体聚会和传统的表演场面体现出来，洋溢着心灵的欢乐和生命的激情。对这些活动加以关注和研究，本来是人类学、民俗学和社会学的课题，而巴赫金主要是一个文学批评家，并不是完全意义的民俗学家或人类学家，那么，他能够通过研究文学作品中的狂欢描写，揭示出那种隐藏在文字背后的巨大的人类狂欢热情，从而得出他的文学狂欢化的结论，这就体现了他所具有的一种人类学或民俗学的切入视角，反映了他的研究方法的独特性。他的研究，因此也不是一般文艺学的研究，而是特殊文艺学的研究。他由此开拓了以往的文艺学领域。他的著作，还引起了其他各种人文学者对各自文化的狂欢传统的回顾，这也体现了他的学术思想的魅力。在这里，因为时间的关系，我们不能过多地涉及其他民族的狂欢文化现象；但仅就中国的情况而言，我认为，巴赫金的思想，对我们的这方面研究工作也是很有启发的。

中国文化中的狂欢现象，从历史和现实的情况看，都是存在的。至于巴赫金的狂欢化文学理论，同中国的文学作品和文学理论，能不能挂上钩？如果能，彼此之间又是一种什么样的联系？或者说，中国文学中的狂欢描写是以什么样的中国风格体现出来的？这些都需要给予切实的回答。

所谓"狂欢"一词，我国过去在学术上还不曾作为术语来使用，但在中国的社会史和文化史里面，的确存在着这种现象。像中国保留至今的民间社火和迎神赛会，其中的一些比较主要的传统活动和民俗表演，就同世界性的狂欢活动，在一定程度上，具有一致性。在华北，这种民俗事象，近年还普遍存在，有的甚至表现得比过去还红火。这些都说明，我国以往对这类事象，尽管没有用"狂欢"的词汇来加以概括，然而，它们的存在是毫无疑义的。但是，中国的这种民间聚会和公众表演，还有它的一定的特殊之处，这也是必须指出的。

与西方的狂欢有所不同的是，中国的这些民间社火、赛会和庙会中的狂欢现象所包含的文化内涵，要相对复杂一些。比如，首先，中国的这类活动，保存着宗教法术的性质，它们与现实的崇拜信仰，依然有着比较密切的关系。此外，它还带有民间娱乐、民间商业等种种其他因素，从而构成了中国这类活动的复杂内容，有的学者把它概括为"神、艺、货、祀"。但是，无论含有怎样混合的文化因素，其中，那种与世界性的狂欢活动相似的精神内涵，在中国的民俗中是同样存在的。比方说，两者都把社会现实里的一些事象颠倒了过来看，表现出了对某种固定的秩序、制度和规范的大胆冲击和反抗。它的突出意义，是在一种公众欢迎的表演中，暂时缓解了日常生活中的阶级和阶层之间的社会对抗，取消了男女两性之间的正统防范等等，这些都是中、外狂欢活动中的带有实质性的精神文化内容。

在中国的狂欢文化中，还有一个十分重要的角色，就是丑角。中国文学史上的丑角，是由先秦的俳优发展而来的。但在狂欢生活中，丑角，却扮演了对既定的社会秩序或规范进行嘲讽、抨击，甚至反抗的鲜明角色。对此，有些学者使用了"倾覆"一词来概括。总之，就是反对正统的意思。

就中国社会现象中的狂欢活动而言，它在解除传统的、扼杀人性的两性束缚方面，表现出了一种比较突出的抗争意义。在中国长期的封建社会中，特别是晚期封建社会里，这种人为的两性禁锢是比较严厉的。但每逢狂欢的节令，这种禁锢就松弛了，甚至有时还可以被冲破。拿我的家乡广东来说，过去，在乡下，女子平时是不出门的，但到了元宵节，男女老少就都出去了。这时，也有些浮荡子弟混杂在人群里面，做出某些不大规矩的举动，但总的说，平常很严厉的社会舆论这时就要宽松得多。相似的例子在亚洲其他国家也有。像在日本，到了樱花节，人们习惯于外出赏樱花，其实也是一种形式的狂欢，这时可以看见不少男子携酒郊游、纵情欢乐，对于所遇见的女子，他们偶有不大礼貌的言行或举止，一般也会被谅解，决不会像平时那样受到严厉的责备。

中国其他一些社会现象中也有狂欢性的活动，表现了抗争的精神。我再随便举两个例子。一是在中国的民间社火中，有一种叫做"骂社火"。在河南有两个村子，到了社火期间，东西两个村的村民要隔河对骂，骂什么呢，骂那些不规范的作法，比如贪赃枉法、欺压百姓和奸淫偷盗等。挨骂的一方，除了讲事实之外，不能随便地反驳"骂手"。这就是群众对于平时压抑的意见的一种异常形态的宣泄，一种公开的社会批评。一是在中国华北的某些地方，在社火期间要"闹春官"。"闹春官"时，老百姓要选举一个人做官，这个被选上的人要穿上官服，在社火的几天内，施展官方的权威，比如临时充任县长什么的，对老百姓向他报告的各种冤情，当众进行审判。这是一种典型的狂欢现象。它在我们的社会里面，不是现在才有的，而是历史上长期流传下来的。总之，人民群众在这些特殊的时间和空间内，对原有的社会生活秩序，来了一个上下颠倒，比较明白地表达了自己的生活愿望和社会理想。

至于巴赫金所说的文化狂欢化问题，在中国的文学作品中，也肯定是有的。比如，《水浒传》里面描写的大碗喝酒、大块吃肉，就不是平常的社会生活，而是一种特殊的农民精神解放现象，主要是一种狂欢。在这个程度上，可以说，整个一部《水浒传》，差不多都可以叫做狂欢文学。其他像《红楼梦》，也有狂欢情节的描写，《红楼梦》里面写到的许多宴会，就是一种狂欢化的象征。贾宝玉不喜欢做官，追求男女平等，在他的个性化的生活方式中，就有一些狂欢行为。类似的例子，在《儒林外史》等其他古典小说中也有。总之，在中国的文学作品中，不乏这种狂欢情节或狂欢精神的描写。从理论方面看，近年也出现了一些文艺学论文，对本民族的狂欢化文学进行了研究，有的青年学者还选择这个题目写作了博士论文。

现在，巴赫金的著作已从俄文译成了中文，大家看了他的著作，对里面关于狂欢化的描写和论述，一定会有所感触。有心者还能开发一些新的研究题目。他的著作，还必将对于中国的社会文化研究，包括民俗学的研究，起到相应的启发作用。

当然，举凡一切大作家、大理论家，他的理论不管怎样伟大，也难免存在一些不足之处。在这个意义上，对于巴赫金的卓越思想，我们一方面应该积极地消化它、借鉴它；另一方面，也应该分析地、批评性地和辩证地去运用它，这对于我国的文艺理论建设和社会文化建设，才都能得到真正的好处。

（本文是1998年5月14日钟敬文在《巴赫金全集》中译六卷本首发式上的讲话。选自钟敬文著，巴莫曲布嫫、康丽编《谣俗蠡测》，上海文艺出版社2001年版。）

附　录

七十年学术经历纪程

——《钟敬文学术论著自选集》自序

世途惊险曾亲历，
学术粗疏敢自珍？

——《九十自寿》次联

一

约略说来，我开始从事学术活动的时期是在1924年的夏秋间。它距离现在已经将满七十年。

那正是轰轰烈烈的，既是政治运动，又是文化运动的"五四"之后的几年。政治、文化两方面的运动各以另一种方式在继续着。北京大学《歌谣》周刊的刊行（1922）和收集、发表民间文学作品风气的广泛流传，就是那种新文化运动一个有机的和有力的部分。当时，作为一个刚见世面的青年，像触了电似的，我蓦地被卷入了这文化的狂潮里去。除了奋力学习新文学之外，我又不知疲倦地在向周围的人们采录民间歌谣、故事。这种活动，虽然在接触《歌谣》周刊之前的一些时候就已经开始（因为"五四"前一年发刊的《北大日刊》的《歌谣选》，早已影响了许多地方报刊，从而也引起了我的响应）。但是，它（《歌谣》周刊）的出现，无疑对我这方面的活动大大地起了添柴注油的作用。我不仅在尽力采集、记录那些野生的文艺，而且还有意地探索它、谈论它——对它进行一种理论性的思维。

我在1924年写作了十五则《歌谣杂谈》（陆续发表于《歌谣》周刊）。这些文章现在看来只是一些小学生的习作。但是，不要忘记，它是我少年时期对这门学术倾注着满腔热情写出来的，它也是我此后数十年这方面学术活动早期的"星星之火"。

1927年秋天，我由岭南大学转到中山大学任教。这时候，那原来在北京兴起并且影响到全国学界的歌谣学（或者说是民俗学）运动一时已经退潮了。一些本来在《歌谣》周刊等刊物上显过身手的新进学者，正好聚集在中山大学的文学院。校里的某些负责人又对这方面学术活动有些理解。顺理成章，中山大学的部分教师就成了举起那几濒于熄灭的学术火炬的接力人。这时我对这门新学术已经上了瘾，而客观上又需要我、容许我去着手工作。我怎能不尽力以赴呢？

这一时期，我先后参与建立民俗学会，编辑民俗刊物及丛书，管理民俗学传习班事务，当然也还写了许多文章发表在刊物上（稍后，大都收入《民间文艺丛话》一书中）。其实，那时我不仅缺少应有的工作经验，连比较基本的专业知识也不怎样具备。所凭借的，只是一股少年向往和肯干的热情，蛮劲。我的那些文章虽然还是习作性的，但是所从事的活动却并非没有价值。从我个人的学术经历来说，它的意义和作用是不容低估的。它不仅确固了我从事这方面学术的信心，也增进了对这方面工作的知识和活动才干。它正是我后来走向学术高峰期的必需准备。说到这里，我不禁要对那使我得到长进机会的中大语言历史学研究所和它的负责人表示感谢——虽然那年暑假，我就被那位假道学的校长辞退了。

二

过去数十年的学术生涯里，在经历上更有重大关系的是，我从广州到杭州以后的那几年的境遇和活动。这些境遇和活动，不管是在学习方面、在研究方面，或是在学术事业的建立和开拓方面，对我都有较大的益处。这一阶段，可以说是我一生学术生活中的第一个高峰期吧。

在这段时期里（1928年秋至1937年冬），我的活动大致上可分为三个段落。从1930年秋起，我辞去了浙江大学文学院的教职，转到一个培养民众教育师资和行政人员（如民众教育馆长和科长等）的特殊专门学校，讲授民间文学课。这是第一个段落。这时期，我除了讲课外，还和一些有同样学术兴趣的朋友，创办了近于全国性的中国民俗学会。又在进行过探索的基础上，写了几篇论文，如《天鹅处女型故事》《中国地方传说》和《金华的斗牛风俗》等。这些论文，有的曾经试图运用唯物论的观点，但一般的观点仍是英国人类学派的。不过比起中大时期所作的急就章，在收集材料和考虑论点上，用力更加勤劬，思索也稍为精细了。这在自己治学的道路上不能不说是一种明显的进境。自然，它距离成熟程度，还是有些遥远的。

从1934年春起，我暂时离开了杭州（当时我已回到浙江大学任教）。去日本学习，至1936年夏回国，这是第二个段落。在东京的两年多时间，我主要的活动是学习。在这一时期的最初阶段，我虽然对民间文艺学和民俗学的理解及探索有了一定进步，但我总觉得自己的专业知识及跟它密切相关的学科知识都太薄弱，只靠它不可能在研究上取得较大成绩。如果要进而推动全国这方面的学术运动，就更没有多大把握了。因此，必须有个机会，让自己去打好学业基础才行。由于当时我们已经与国外的同行有些学术上的交往（例如彼此互赠书刊、或把论文寄到国外去发表），于是，我重新做起留学的梦——少年时曾经做过的梦。我辞去了教职，毅然到东京去当苦学生。

在那座九层楼的大学图书馆里，我每天（除了星期天）要花上七八个小时的时间。我贪婪地阅读着能够入眼的有关书籍，除了专业知识以外，也涉及民族学、人类学、宗教学、语言学、原始社会文化史以及文艺理论、美学等学科的理论学习，作为图书馆知识的补充，就是在假日里畅游神田和早稻田大学门前的书店街。虽然在知识的汲取上不免有些狼吞虎咽，咀嚼消化得还不够，但是，总算在从事学术的知识的基础上铺上了几块大石头。这是我以后在发现问题和分析问题的能力上的重要凭借，它无疑是我的一份重要的治学资本。自然，为了整理自己的见解和换取生活资料的需要，当然我还写作了一些论文（如《民间文艺学的建设》《盘瓠神话的考察》等），发表于国内外的专门刊物上。这更是检验自己学习的机会，也增强了自己治学的信心。

1936年夏，我从东京回到杭州。次年秋，因敌人炮火迫近，抱病离开那里，这是第三个段落。这一年，我主要的职业仍是教学，实际上还作了不少学术活动。我为浙江民众教育实验学校的《民众教育月刊》编辑了两个专号：

《民间艺术专号》和《民间风俗文化专号》，又筹办了一次民间绘画展览会，以及刊行过两册"民间文化"小丛书。这时期，我对民俗学产生了一种新的观点，就是它的范围应该扩大，不能再为英国民俗学会过去所刊手册的范围所局限。从上述所出的刊物和办展览会等活动，约略可以看出我这方面思想变化的轨迹。至于这方面的学术研究，应该同社会、文化实践相联系的观点，我已在这时期的第一段落中意识到它，到这时不过更加增强罢了。由于日本军阀的侵略更见咄咄逼人，我们进一步了解广大民众的思想、文化，并利用他们习惯的事物和思考方式（包括文艺的表现方式）去进行对他们的宣传、教育工作，就更加感到是一种迫切的需要了。

总之，我前后在杭州度过的几年（中间部分时间在海外）中，我的学术经历和成果，不仅比前期有所提高，而且对我以后大半生这方面的活动，是具有相当决定意义的。

三

日军的加紧侵略和我国人民的坚决抗战，暂时打断了我原定的学术活动的正常进行。但它也给我的思想和学术活动注入了一种新的生命力。它像某些民间故事里所说的，那具有超凡力量的神仙，把枯鱼点化为活泼泼的生物。

抗战的第二年夏天（那时我在桂林教书），我应邀至广州（当时的南方抗战前线）四战区政治部，从事对敌人和民众的宣传工作。民俗学一类的工作当然暂时抛开了。面对着铁与火的战争，面对着广大从事抗日宣传的青年战友，我有着新的庄严任务！在促进、提高他们宣传（特别是以文艺为手段的宣传）的效力上，我在竭尽自己的力量。我热诚地对他们讲话，并写作鼓舞性的文章。从20年代中期，特别是后期所学习过的关于社会、文艺的马克思主义理论，在当时严肃的生活实践里得到孵育和印证。它迅速活跃起来，并保证了它以后的不断成长。这种现象的形成，除了环境的巨大作用外，还有人的因素在，那就是当时在政治部内外一些进步同志的感染和切磋。尽管由于国民党顽固派的作梗，我不能在那种环境中久滞，但这段经历对我的终生都产生了不可磨灭的影响——首先，是对于下一时期学术思想、著作的影响。

　　由于政治的逼迫，从1941年起，我第二次到中山大学任教（当时它的临时校址设在广九铁路广东境内最北边的车站所在地——坪石镇）。我每年重复讲授文学概论、诗歌概论等功课，这使我对于文学理论、诗学等的原理、问题，有机会做比较广泛和深入的思考。我先后写作了一些长短不等的文章，如《略论格言式的文体》《风格论备忘》《我与诗》等文章，而《诗心》那个小册子的思想，在我的诗论上更多少是有代表性的（该书大部分文字，后来并入《诗论》中）。总之，这个时期，我的文艺思想一般已经定型，在性质上也逐渐趋于成熟。

　　这也许可以在我的学术思想及其活动上，概括为第二个高峰期吧。

　　解放战争时期，南京政府悍然下了"勘乱令"，他们要把一切进步力量从大陆上消灭掉和驱除出去。我跟中大一些被看做"危险分子"的教授这时都受到"解聘"的待遇。我们逃到香港。在民主党派创办的达德学院文学等系任教。我教的是民间文学和文学专业选读等课。教师、学生大都有着明显的政治倾向。许多师生不是中国共产党党员，就是民主党派成员。因此，我们的身份既是授业的教师，又是政治活动的指导者。自然，我们没有以政治代替或压倒科学。我们重视专业知识的传习，不过带有相当的倾向性，不是一般的学院式教学罢了。我们文学系（后改称文哲系）先后出版了《海燕》《关于历史剧》等文艺理论兼创作的专集。我的《谈王贵与李香香》《诗与歌谣》，就是刊载在那些集子里面的。这时候，香港进步文艺界人士为了配合两广方言区革命宣传的需要，提出用方言创作的理论问题（同时一部分人已经在进行创作实践）。我因为是方言文学研究会的负责人，一连写作了几篇这方面的论文，并主编了一个以理论为主的《方言文学》专集。此外，也写作了《海涅和他的艺术》，以及纪念郁达夫、朱自清等作家的文章。这段时期虽不长，但文艺理论活动颇活跃，以至有些日本的中国现代文学史家（菊地三郎）把我算做这时期"华南文学"活动家中的一人。平心而论，我这时期不但写作了许多一般文艺的文章，在有关思想、见解上也有些跃进的地方。它在我文艺理论活动的整个历程上，起着一种承上启下的作用。

四

　　1949年春，北京解放。这年的5月，我跟其他一些留港的文艺界人士，响应号召，回到首都，开过全国第一次文艺界代表大会之后，我就任了北京师范大学的教职，一直持续到现在，它已经足足经过43年的岁月了。在这段时期里，我们国家和社会的变化是巨大的，个人的经历也相当曲折。这里，我只就学术上的经历和变化谈一下。

　　在这一大段时期里，大致也可分为三个段落。第一个段落是开国之初到"文化大革命"开始的前夜，第二个段落是那给民族和人民带来重大灾难的"文化大革命"时期，第三个段落是"四人帮"倒台到现在。在这些段落里还各有些小段落。

　　自1950年至"反右"前夜，学界虽然有过思想改造运动，对俞平伯、胡风等的批判运动，但从我个人的经历来说，还是比较风平浪静的。在其中的第一个段落里，我首先参加了中国民间文艺研究会（后改名为中国民间文艺家协会）的倡建工作，并被任为该会的负责人。这对我的学术活动（民间文艺学活动），无疑是一种重大的鼓励和赞助。因此，该会成立不久，由于我的创议，就出版了一个以理论为主的《民间文艺集刊》。我当时所写的纲领性的论文《口头文学：一宗重大的文化财产》，就是在它的第一期上发表的。这个刊物虽因抗美援朝战争精简刊物的缘故，只出了三期便停刊了，但是，它对新中国这方面的活动是颇有影响的。我因为自己教学和社会读者的一般需要，又编辑了一本《民间文艺新论集》。由于及时满足了客观要求，它很快就再版了。在这段时期里，我还在一些有关的集会（例如中国作家代表大会）上发表了宣扬这方面学术重要性的讲话，或发表这方面的宣传文章。这些活动，是跟我当时在北师大、北大等课堂上的讲授互相配合、多少起到促进这门学术的作用的。在大专院校文科的课程中，我也极力争取把这门学科列入学生的修习课（当时我们沿用苏联教学大纲的名称，叫做"人民口头创作"）。但为了适应当时我们高校教师学养的实际情况，把苏联这门课原来的"历史"（文学史）性质改为"概论"性质。直到"三面红旗"运动起来之前，许多高校文科都开设了此课，这对于我们国家这门学科知识的传播，起到一定的作用。1953年，我们第一个在北师大中文系开办了"人民口头创作研究生班"，当时就读的同学后来大都成了教授，有的还当了博士生导师。以上这些活动，虽然本身不是我的学术研究活动或成果，但它对于推动我国整个民间文艺学科的建设与发展，却有着重大关系。何况它对我个人的学术思想和所从事的事业也同样是很有作用的？我在那些工作过程中增进了专业知识，增加了学术的分析和概括能力，而这种结果就必然要体现在我此后工作的成效上。

可惜好景不长。我们正在这条大路上健步前进的时候，一场政治的暴风雨袭来了！在一些时期里，我不但被剥夺了政治权利，也被剥夺了从事学术（包括教学）的权利。同时，那种发扬广大人民优越心智、才能的人民口头创作课程，也几乎被砍杀殆尽。虽然情况如此，在三年自然灾害之后的一些年月里，我的生活和工作虽然并不自由，但我凭着一颗对祖国学术的赤诚的心，利用了一切能够利用的时间和其他条件，奋力写作了几篇中国近代民间文艺学史的论文（有些已经收在这本自选集里）。这是对于我国民间文艺学史的一种开荒工作，是中国学者在这方面学术上必须完成的硬任务。那些文章从现在看来，在某些方面虽不免有些缺点，但它的积极的科学史意义是不能否认的。此外，当时我还挤时间写作了《近代进步思潮与仁学》那篇文章。它是对于当时那些非历史主义的红学批评的一种挑战吧。

以上是我在新中国成立后第一个段落的生活经历和学术经历，它的前后期是截然不同的——后期所遭遇的情景是那么肃杀！但是，跟下一个段落比较起来，它多少还是有节制的，让人能够忍隐生活和偷空工作的。

60年代的后半段，那疾风暴雨式的"文化大革命"起来了，而且一直延续了十年之久！在这样的时期，我们这些老知识分子能够勉强生存下来，就是天大的幸事了，还敢过问那被认为"对人民犯罪"的学术么？这决不是我一个人的特殊遭遇，而是当时大多数知识分子的共同命运。在这个时期，全社会和个人所付出的代价是何等惨重！

这就是我在这个不平常的历史时期的经历和感受。这也是这个历史时期中我的学术经历的第二个段落。

"穷阴终久要回阳"！不可一世的"英雄们"终于倒下了。历史回复到比较正常的轨道上。我与其他知识分子一样，这时深感到一种解放的快慰！

但是，生命已经过了古稀之年，不但许多宝贵的时间被糟踏了，个人的精力也日见衰退了。但只要一息尚存，为建设和推进民间文艺学、民俗学科的志愿就必须实现！我利用当时的形势，竭尽自己的心力，既要对同志们大声疾呼，又要坐下来探索一些问题。寸阴是惜，双脚不停。终于与同志们重建了中国民俗学会，恢复了中国民间文艺研究会，并参加、推动、赞助各省市同类性质机构的恢复或创立。在学校里，我们恢复了民间文学教研室，大力培养了一批又一批的硕士和博士研究生。当前，不论从整个社会看，还是从我们的教研室情形看，这些新学科都有欣欣向荣的气象。这是七十年来所少见的！

在这十多年里，我个人的精力虽然在教学和社会学术事业上花去不少，但还是争分夺秒地探索了一些学术问题，写写论文及其他文章（如为同志们的著作写序文之类）。近年写作的几篇论文，其中如《论民族志在古典神话研究上的作用》《中国民间文艺学的形成和发展》《"五四"时期民俗文化学的兴起》等，多少是花费了一些心力的作品。对于我国这方面整个学术的建立和发展，多少是有所裨益的。

这是我在建国后这个时期里学术活动的第三个段落，也许还可以说是我生平这方面活动的第三个高峰期吧。

以上简要地叙说了近七十年来我在学术活动中的各个时期的境况和得失，它对于本书的读者多少可能提供一些我学术活动的背景材料，以及引起某些思考的凭借。就我自己来说，它也许将是诱导进一步的反思之资。如果真是这样，那就不至于成为一种虚文浮说了。

五

在拨乱反正后所提倡的"解放思想，实事求是"的学风影响下，十多年来，我对于学术研究的观点、方法，对于民间文艺学、民俗学乃至诗学的性质、范围以及功能等，都作了一些反省，有些新的领悟和新的看法。例如，关于研究的观点、方法，我仍然真诚地相信历史唯物论、唯物辩证法的基本原理的有效性。但是，我们必须放弃过去那种教条主义，或实用主义的态度。马克思主义是密切联系社会现实，吸收并改进一切新学理建立起来，并发展过来的。它是一种开放的学术体系。它与封闭的、僵硬的思维方式和治学态度是无缘的。现实是不断变化的，反映现实的思维和方法，也在不断变化，不断丰富。由此，我们对于马克思主义既要坚持其核心，保卫其精华，又要根据新的现实和经过检验的科学成果，加以丰富、补充，使之不断前进、发展。这是我现在所达到的对马克思主义的理解和基本态度。

至于对民俗学、民间文艺学乃至于诗学等理论的新领悟、新认识，方面颇多，这里只能举一二个例子。譬如关于民间文学的集体性问题。这是对民间文学性质认识的重要问题。从我个人的思想经历说，在20年代后期以后，我们对它就有模糊认识。后来接触了苏联的民间文学的理论，这种认识就更加明确和强固了。但是，近年在尊重事实的科学精神指导下，我感到自己过去的这种理论认识，多少不免有点简单化，甚至有些武断之处。因为，这方面事实的状态，远比我们过去所认为与表达的要复杂得多、曲折得多。又如对于民俗事象性质的认识，过去也朦胧地知道它是文化现象的一种，但在论述它时，却很少着眼到这方面。鉴于世界学坛交叉学科的大量出现，我近年来意识到有建立一种"民俗文化学"的必要，因此草写了《民俗文化学发凡》那样的倡议性文章。这是我对民俗学这门学科一种新开辟的尝试。我希望它能够得到同志们的注意（今年《新华文摘》第1期曾予以摘载）。

总之，个人的学术思想和活动，是随着时代和个人生活的向前而进展的。只要生命存在一天，它就决不会停止。

六

首都师范大学出版社，近年要为国内学者编纂出版一套学术著作自选集，这是有利于我国学术文化繁荣的一种美举。承主持者的好意，约我提供文稿。因事情比较忙碌，迟迟不能交卷。去年底，该社编辑同志催促甚急。我只得把打算选录和可备选录的一批文章交付连树声同志，请他代为选定、校订和编次。经过三个月的时间，这个"自选集"的初稿居然出来了，剩下的一个任务就是写《自序》。尽管我刚离开医院，不敢多用脑力，但事在必为，只好草草着笔。以上几段文章，就是它的结果。

　　像本书开头时所述，我从事这方面的精神活动，已经将满七十年了。但是，现在自己看看这个集子里所收的一些文章，不禁感到惭愧！它实在不免有些单薄！想起那些写出了许多使我爱读的学术名篇的文章巨子们，我是何等平凡、不长进的后辈和学生！造成这种现象，自然有些客观原因（例如出生地及家庭没有丰厚的文化背景，早年缺少名师指导、督促等等）。但是，从主观上说，我自己也有着不可推诿的责任。近日披读已故史学家和民俗学家顾颉刚先生的年谱，得知他去世后，遗留的学术笔记就近二百多册。这在治学上并不算是一件大事。但在这里，我们的前辈表现出对学业的何等专精和坚毅！他学术上的成功，原因自然是多方面的。但是，单就他做笔记之勤这件事，便不是我所能及的。我学术成果之所以如此寒伧，在这种地方，缺少"持之以恒"的毅力，就是原因之一吧。我希望像顾颉刚先生那样在学术上精勤的典模，能永为青年学者所继承！它也将使我减少那种自恧和不安吧。

　　末了，我谨对出版社的责任编辑吴海同志和为我分劳的连树声同志，致以诚恳的谢意！

　　　　　　　　　　　　　　1993年5月20日于北师大励耘红楼，时年90

特别声明

"粤派评论丛书"系广东省宣传文化发展专项资金资助项目。本丛书旨在壮大主流文艺阵地，增强文艺评论事业发展的动力，扩大广东文艺评论影响，助力岭南文化高地建设，为提升广东文化形象发挥重要的理论建构与支撑作用。

鉴于出版时间、项目规模、人力资源等因素制约，"粤派评论丛书·大家文存系列"在出版过程中与相关责任人未能一一取得联系。请有关人士见书后与我们联系，我们即奉上样书。

请通过电子邮箱联系我们：ghyclm@163.com。

"粤派评论丛书"编委会